I0632254

Marco Reuther

HALANA
und der Turm des Schwarzen Herzogs

ARMBRUSTVERLAG

ISBN: 978-3-946966-00-5

Armbrustverlag

HALANA

UND DER TURM DES SCHWARZEN HERZOGS

Marco Reuther

Für meine Eltern Maria und Gerhard Reuther
– verdammt gut, dass Papa den Schnupfen hatte.

Inhaltsverzeichnis

STAHL UND FLEISCH
Das Kind aus der Todzone

Die Wendeltreppe war steil. Als Halana und das Kind gerade die Hälfte des Weges geschafft hatten, hörten sie von unten das Bersten der Turmtüre. Als sie drei Viertel des Weges geschafft hatten, trafen sie auf zwei Wachen des Herzogs. Hinter ihnen trampelten jetzt schwere Schritte die Stufen hinauf.

»Großer Zerstörer!«, seufzte die Kriegerin, zog beide Schwerter, stellte sich mit dem Rücken dicht an die Wand und wies das Kind an: »Geh vor mir in die Hocke, kauere dich möglichst klein zusammen und schütz deinen Kopf mit den Armen.« Dann hielt sie ein Schwert treppauf gerichtet, das andere treppab und wartete auf den Angriff.

Das Pochen der Wunde in ihrem Bein erinnerte Halana daran, dass sie eigentlich nicht in der Verfassung war, gegen vier Soldaten des Schwarzen Herzogs gleichzeitig zu kämpfen. Aber die Wahlmöglichkeiten sind sehr eingeschränkt, wenn man in der Falle sitzt.

Dabei hatte sie geglaubt, der Schlinge, die Herzog Cosa nach ihr ausgeworfen hatte, schon entkommen zu sein. Doch nun schien sie sich doch noch um ihren Hals zu legen. Schlimmer noch: Oben im Turm, fast schutzlos, wartete das, was der Herzog so sehr begehrte, was er so sehr brauchte, um den nächsten Schachzug seines mörderischen Planes auszuführen. Ein Schachzug, in dem Halana der Bauer war, den man getrost opfern konnte.

Halana steckte wirklich tief in der Sch...

Ganz tief.

Und warum das alles?

Die Antwort war einfach: wegen einer Liebesnacht. Einer erbärmlichen, sinnlosen Liebesnacht, die sie in einem, in wirklich nur einem einzigen Punkt angreifbar und verletzlich gemacht hatte. Der eine Punkt hörte auf den Namen Ruff und hatte knapp zehn Monate nach jener Liebesnacht das Licht der Welt erblickt.

Sieben Jahre zuvor:

Petrinas Ohren glühten rot, ihr Mund stand offen. Obwohl sie die irdene Wasserschüssel für ihre Herrin halten musste, dachte sie einen Moment daran, angewidert das Zelt der Hebamme zu verlassen. Doch irgendwie war es auch faszinierend. Petrina, mit dunklen, kurzen Haaren, groß gewachsen und von kräftiger Statur, kam aus einer Bauernfamilie des Nordlandes. Die Bewohner waren rau wie das Land, und so war die junge Helferin mit ihren fünfzehn Jahren durchaus schon derbe Worte gewohnt. Doch dies hier... Diese schreckliche Frau beschimpfte ja sogar das Kind, das sie im Leib trug, mit übelsten Worten. Dabei mochte die junge Kriegerin, die nur mit einem kurzen, weiten Leinenhemd bekleidet vor Petrina stand, kaum älter sein als sie selbst.

Das schulterlange Haar, von dunklem Kastanienbraun und mit einem kaum wahrnehmbaren rötlichen Schimmer, klebte zerzaust an Stirn und Schläfen.

Das Gesicht, in dem man den sonnengebräunten Teint noch erahnte, war jetzt blass und verschwitzt. Krampfhaft hielt sich die Braunhaarige an einer Schlaufe der Gebärstange fest, die, an zwei Pfosten verankert, quer durchs Zelt verlief. Und sie fluchte und schimpfte nun schon fast eine Stunde ohne Unterlass in voller Lautstärke, wobei Petrina keine Wette eingegangen wäre, in dieser Zeit auch nur einen Fluch zwei Mal gehört zu haben.

Gerade hatte die junge Frau auch noch den Kindsvater verflucht, und das endete mit einer überaus plastischen Schilderung dessen, was eine reichliche Anzahl übler Krankheiten mit einem gewissen Körperteil des Mannes vollbringen möge, bevor es endlich mit Hilfe hier nicht näher zu schildernder Werkzeuge den Kontakt zu seinem Besitzer verlieren sollte.

Giula Wasserfrau, die Barbierin, Amputiererin und Hebamme dieses Feldzuges, lachte und meinte anerkennend: »Also wirklich Kindchen, das ist ja keinesfalls das erste Mal, dass ich für einen Kriegsmeister arbeite, und da bekommt man im Laufe der Zeit doch so einiges zu hören. Aber du überraschst selbst mich noch. Ich möchte jedenfalls nicht in der Haut des Mannes stecken, der dir deinen hübschen Bauch so schön gerundet hat, wenn du ihn wieder triffst.«

In diesem Moment wurde der Körper der jungen Frau von heftigen Wehen geschüttelt, und sie schrie: »Jaaa! Wenn ich den verdammten Bastard – der Große Zerstörer soll ihn holen – wenigstens wiedererkennen würde!«

Petrina machte noch größere Augen. Selbst Giula zog eine Augenbraue hoch, während sie die Stirn der jungen Kriegerin mit einem feuchten Lappen abtupfte und entgegnete: »Nun, das überrascht mich jetzt wirklich, Kindchen... Halana, nicht? Also, ich hatte eigentlich nicht den Eindruck, dass du blind bist...«

»Wirklich komisch!«, brüllte Halana die Hebamme an, dann ebbten die Wehen ab, und sie zischte: »Ich war nicht blind, und sicher auch nicht vor Liebe... ich war bloß betrunken... das erste Mal in meinem Leben...«

»Wie alt bist du denn?«

»Achtzehn. Glaub ich jedenfalls.«

»Achtzehn?«, sagte die Hebamme, und diesmal schwang ein wenig Wärme in ihrer Stimme mit, »und schon bei einem Kriegszug dabei? Und du glaubst nur, dass du achtzehn bist? Vom Alter her... bist du ein Kind der Todzone?«

Von dort, wo Petrina stand, hörte man erschrockenes Luftholen, während die Tonschüssel mit einem dumpfen Scheppern auf dem Boden zersprang.

»Dummes Ding!«, herrschte Giula das Mädchen an, »möchte gar nicht wissen, was man euch Bauerntrampeln für Geschichten über die Todzone erzählt. Die Kinder von dort spucken jedenfalls kein Feuer und fressen auch kein Eisen, und sie bluten wie wir – sie haben halt bloß keine Eltern. So, jetzt hol eine neue Schale, und mach schnell die Sauerei da weg. Wir wollen doch nicht, dass Halanas Kleine in die Tonscherben plumpst.«

»Danke!«

»Danke?«, fragte Giula überrascht, »wieso bedankst du dich, Halana?«

»Wenn die Leute von meiner Herkunft erfahren, zucken die meisten zurück. Manche sagen zwar, es sei ihnen egal, aber ich glaube ihnen nicht. Dir glaube ich.«

»Danke gleichfalls«, sagte nun Giula, während sie hinter Halana trat, sanft die verspannten Nacken- und Schultermuskeln der jungen Frau lockerte und dabei die feste Muskulatur einer Kriegerin unter ihren Fingern spürte, »doch wenn ich in meiner Profession nicht wüsste, dass es nur darauf ankommt, wer man ist, und nicht, woher man kommt, dann wäre ich wahrlich dumm – und ich hoffe, das bin ich nicht. Aber du wolltest erzählen, warum du nicht weißt, wie der Vater deines Kindes aussieht?«

»Wollte ich das?«, entgegnete Halana, doch fast lächelte sie trotz aller Erschöpfung. Dann grunzte sie: »Aah! Das tut gut!«, während Giulas Daumen links und rechts ihrer Wirbelsäule entlangstrichen. Und Halana erzählte: »Letzten August, als der Südwolfsgau noch abtrünnig war, hatte es einen Kampf am Ostrand der Wolfsebene gegeben. Du hast vielleicht gar nicht davon gehört, denn zur selben Zeit gab es auch eine größere Schlacht gegen das Vogtland, da ist unser Scharmützel wohl untergegangen. Für den König war es vermutlich auch keine große Sache. Doch für uns, die wir daran beteiligt waren und Freunde verloren haben, war es das schon. Und für mich erst! Es war mein erstes echtes Gefecht nach meiner Ausbildung zur Kriegerin. Und wir haben gewonnen! Tunefa, mein Kriegsmeister, der verrückte Bastard, war den Wolfsgauern drei Tag lang ausgewichen und hatte sie in dem Glauben gelassen, dass wir auch diesen Tag kampflos verstreichen ließen. Doch als die Sonne schon fast den Boden traf, sind wir aufgesessen und mit einem einzigen großen Keil mitten in die Wolfsgauer reingeprescht. Sie wurden so überrumpelt, dass sie sich kaum richtig formieren konnten. Der Kampf dauerte nicht lange, und sie ergriffen die Flucht, und ich...«. Halana schwieg und starrte ins Leere.

»Und du?«, half Giula mit leiser Stimme nach.

Halana blickte nach unten, wo sie nur die Wölbung ihres Bauches sah, und flüsterte:»Und ich habe zwei Männer getötet. Es ging so schnell. Der erste hatte es noch geschafft aufzusitzen. Unsere Schilde rasselten aneinander. Doch noch bevor sich unsere Klingen auch nur ein einziges Mal gekreuzt hatten, hatte sich mein Schwert schon, zwischen unseren Schilden hindurch, in seinen Bauch gebohrt. Hätte er doch nur sein Kettenhemd noch angehabt... er sah so erstaunt aus, als er vom Pferd rutschte. Der zweite...«, Halana schluckte,»drei Mal trafen sich unsere Klingen, und ich glaube, er war ein guter Krieger. Doch die meisten seiner Kameraden hatten da bereits die Flucht ergriffen, und meine Schwertschwester Lusian griff ihn nun von der anderen Seite an. Als er sich ihr zuwandte, war sein Hals einen Moment ungedeckt...«

Halana schwieg erneut, dann atmete sie tief durch und sprach weiter:»Na ja, auf jeden Fall haben wir ganz ordentlich Beute gemacht, was natürlich dem Kriegsmeister gute Einnahmen bescherte und seine Laune hob. Er überließ uns etliche Krüge Wein. Im Rausch des Sieges und um zu vergessen habe ich wohl Tenufas Großzügigkeit reichlich ausgekostet – zu reichlich, offenbar. Es blieb nicht nur beim Rausch des Sieges. Die Feier wurde immer ausgelassener und muss wohl bis zum Morgen gedauert haben. Allerdings... ich hab nicht den blassesten Schimmer, was in der Zeit nach Mitternacht passierte. Da ist nur so eine ganz verschwommene Ahnung, dass ich mich irgendwann in irgendeinem Zelt albern kichernd in die Arme eines Kriegers schmiegte – na ja, gewehrt hab ich mich offenbar nicht.

Das Nächste, was ich wieder mitbekommen habe, war... nicht wirklich lustig. Ich bin mit einem grauenhaften Brummschädel aufgewacht. Aber nicht in einem Zelt, sondern nackt hinter ein paar Büschen in der Nähe des Lagers. Offenbar wollte ich mich, na ja, in Ruhe übergeben, ohne das Zelt zu versauen, bin dann aber einfach dort, wo ich war, wieder eingeschlafen. Immerhin hatte ich aus unerfindlichen Gründen mein Kleiderbündel mitgeschleppt – andererseits: Hätte ich es zurückgelassen, dann wüsste ich wenigstens, in welches Zelt ich gekrochen war. Und dann, als ich mich anzog«, sie seufzte tief, »dann bemerkte ich ein bisschen Blut... Aber ich habe bis heute nicht herausgefunden, wem ich das zu verdanken hatte. Und vielleicht weiß ja auch jener Krieger nicht mehr, was geschehen ist, denn der Wein war an diesem Abend wirklich reichlich geflossen.« Dann seufzte Halana erneut und murmelte: »Als Kriegerin mit Kind, da wird es nicht einfach, es zu etwas zu bringen.«

Giula nahm sie tröstend in den Arm und sagte: »Arme Kleine. An einem einzigen Tag den ersten Kampf, das erste Töten, den ersten Suff und den ersten Mann... und dann auch noch beim ersten Schuss ein Treffer und den ersten Balg in dir.« Doch sie sagte es mit einem sanften Lächeln, so dass Halana, wenn auch mit einem erneuten Seufzen, zurückgrinsen musste.

»Aber keine Angst«, fuhr Giula fort, »unser König ist weise und weiß, was er an den Kriegerinnen Engalands hat. Er schickt bei den Kriegszügen immer ein paar ältere Frauen mit, die die Kinder betreuen. Denn glaub mir, du bist wirklich nicht die einzige, der das Geschenk zuteil wird, neues Leben zu geben. Und du bist stark. Du wirst dir noch einen Namen als Kriegerin machen.«

»Meinst du?«

»Aber ganz sicher.«

»Du?«

»Ja?«

»Du hast vorhin von meiner ›Kleinen‹ gesprochen. Glaubst du, dass es ein Mädchen ist?«

»Natürlich. Du bist stärker als der Vater. So wie du geflucht hast, kann das nur ein Mädchen sein, da bin ich ganz sicher.«

Es war ein Junge.

Doch mit ihrer anderen Vorhersage sollte Giula recht behalten: Halana brachte es unter den Kriegern des Königs zu einigem Ansehen. Nicht sofort allerdings, ein paar Jahre sollten noch ins Land ziehen. Aber dafür hatte der Tag der Geburt ihres Sohnes, den sie doch mit solcher Angst, einsam und

Kind wie Vater verfluchend, begonnen hatte, Halana auch etwas Gutes gebracht: eine Freundschaft. Die Hebamme, der die Kriegerin noch einen Tag zuvor völlig unbekannt gewesen war, hatte sich – sie wusste gar nicht so recht warum – zu dieser jungen, ungestümen Frau hingezogen gefühlt.

Schon fünf Minuten nach ihrer falschen Prognose hatten die letzten heftigen, aber glücklicherweise nur kurzen Wehen eingesetzt. Giula erkannte, dass die Zeit gekommen war. Schnell wusch sie sich nochmals die Hände, während sie ihre Helferin mit einem kurzen Kopfnicken zu der Gebärenden schickte.

Petrina trat, wie sie es schon am Beginn ihrer Dienstzeit vor drei Monaten gelernt hatte, hinter Halana und schob ihre Arme unter deren Achseln hindurch, um sie zu halten und zu stützen, während sich jeder Muskel im Körper der jungen Kriegerin anzuspannen schien und sie sich, erneut Flüche durch zusammengebissene Zähne pressend, an der Halteschlaufe fast vom Boden hochzog. Giula kniete sich derweil zwischen die gespreizten Beine der Kriegerin, brauchte aber nicht mehr zu tun, als das Kind in Empfang zu nehmen und mit dem kleinen Silbermesser, das sie zuvor aus einem Topf mit kochendem Wasser gezogen hatte, die Nabelschnur zu durchtrennen.

Der berühmte Klaps war nicht notwendig gewesen: Der kleine Junge hatte sofort und aus vollem Halse seine Ankunft verkündet, als er auch schon von Giula in ein sauberes Baumwolltuch gebettet wurde. Halana hatte sich unterdessen erschöpft auf das hinter ihr bereitstehende Feldbett sinken lassen.

Die Hebamme trat auf sie zu, blickte in ihre türkisgrünen Augen und wollte ihr das kleine krähende Bündel in die Arme legen, doch Halana machte eine abwehrende Geste und zischte: »Wirf es weg. Ich will es nicht haben!«

Die Hebamme lachte nur, legte der Kriegerin das Bündel auf den Bauch und meinte: »Zurückstopfen kann ich's ja nun nicht mehr, also schau's dir erstmal an.«

»Na ja,« entgegnete Halana mürrisch, »ich kann ja mal sehen, ob ich nicht die Fratze des Vaters wiedererkenne.«

Sie strich sich das verschwitzte, kaum merklich gelockte Haar aus der Stirn, zog dann das kleine Bündel vorsichtig weiter nach oben und sah ihrem Kind zum ersten Mal ins Gesicht.

Seltsam, irgendwie dachte sie plötzlich gar nicht mehr daran, dieses unter einem Flaum dunkler Haare hervorlugende winzige Gesichtchen mit den

schwabbeligen kleinen Pausbacken nach irgendwelchen Merkmalen abzu-
suchen, die sie mit einem ihrer Kameraden in Verbindung bringen könnte.
Die kleine Nase schien jedenfalls eher ihrer eigenen zu ähneln, die
Lippen... konnte man wohl noch nicht sagen, ihre eigenen fand Halana je-
denfalls etwas zu voll für jemanden, der das Kriegshandwerk zu seinem
Beruf gemacht hatte.

Irgendwann murmelte sie: »Ich werde dich Marika nennen.«

»Äh, geht nicht«, wandte Giula etwas verlegen ein.

»Warum nicht?«

»Na ja, hat doch 'n Zipfel...«

»Oh! Na gut, dann heißt du eben Ruff.«

»Ruff?«, kam es missbilligend von Petrina, »das ist aber ein hässlicher
Name!«

»Na und? Ist ja auch ein hässliches Kind. Seht doch: viel zuviel Haut für
den kleinen Körper – der wirft ja richtig Falten«, doch dann gab sie Ruff
ganz, ganz vorsichtig, einen zarten Kuss auf den Kopf.

»Keine Angst«, lachte Giula, »der kleine Scheißer wird schon noch in
seine Haut reinwachsen. Ich frag mich allerdings, ob du genauso gut in deine neue Aufgabe hineinwachsen wirst, Kriegerin.«

»Welche Aufgabe?«

»Mutter sein!«

»Oh heiliger Zerstörer! Mutter? Ich?«

Das war der Moment, in dem Giula kopfschüttelnd seufzte und sagte:
»Ich weiß zwar nicht, warum ich das jetzt tue... hör zu, Halana: Ich habe
bald 48
Sommer auf dem Buckel und selbst zwei Kinder großgezogen. Solange
du deinen Dienst noch nicht wieder aufnehmen kannst, wirst du bei mir
bleiben, und ich bringe dir bei, wie du mit deinem kleinen Ruff umgehen
musst, so dass er sogar bei dir eine Chance hat, die nächsten Tage zu überleben.«

»Das... würdest du für mich tun?«, fragte Halana ganz überrascht, die es
nicht gewohnt war, dass ihr andere eine Wohltat gewährten. Doch es war
der Beginn einer tiefen Freundschaft, und Halana lernte nicht nur den Umgang mit einem Baby, sondern sie saugte begierig jedes Quäntchen Wissen
auf, das Giula ihr geben konnte. Und später, wenn Halana zu Kriegszügen
aufbrach, dann blieb Ruff meist nicht in der Obhut der Kinderfrauen des
Heerlagers, sondern bei Giula, die er »Ohm« nannte, und bei »Tante Petrina«, die in Giulas Diensten blieb.

Doch wir greifen den Ereignissen vor. Vielleicht, ich gestehe es, nur deshalb, um etwas Zeit zu schinden. Aber leider: Ich muss nun von ihm berichten. Auch wenn ich es uns gerne erspart hätte. Doch es muss sein. Denn er war es, der Blut und Zerstörung beflügelte, ihnen die Sporen gab und sie noch härter vorantrieb, als man es selbst in diesem Land gewohnt war.

Gönnen wir also Halana und ihrem Sohn noch einen kleinen Moment des Friedens und lassen Sie uns Ort und Zeit wechseln: Wir befinden uns jetzt, etwa fünf Jahre nach Ruffs Geburt, im Schwarzen Land des Herzogs Cosa, direkt in seiner Hauptstadt Vandar. Dort betreten wir die Gemächer des Herzogs in seiner Burg.

Ach so, bevor ich's vergesse – schließlich möchte ich Sie ja nicht in die Irre führen: Das Schwarze Land, der größte Nachbar des Königreichs Engaland, heißt nicht etwa aus einer Metapher heraus Schwarzes Land, weil von dort »das Böse«

seine Finger ausstreckt und sein Unwesen treibt oder irgend so ein Unsinn. Nein, es ist viel einfacher: Das Land war früher – obwohl heutzutage ein Großteil der Flächen gerodet ist – über und über mit dunklem Tannenwald bedeckt gewesen, daher der Name. Länder an sich können ja auch gar nicht böse sein.

Menschen schon.

Der Mann, den wir gleich kennen lernen, gab sich jedenfalls alle Mühe, dem Namen »Schwarzes Land« tatsächlich eine finstere Bedeutung zu geben.

Herzog Cosa.

Herzog Cosa begehrte…

Nein, bitte vergessen Sie den letzten Satz. »Begehren« wird dem nicht gerecht, was in Cosas schwarzem Herzen brannte (und diesmal hat das »Schwarz« nichts mit Bäumen zu tun).

Er sehnte sich…? Er verzehrte sich…? Es schrie…!

Es schrie Tag und Nacht in ihm, dieses unbändige Verlangen, diese dröhnende Wut. Das Verlangen, seine Hand auf das Land seines Nachbarn zu legen; diese Wut, dass sich König Róge VI. und seine Krieger nicht zermalmen ließen; dieses Begehren, seine Macht ins Unermessliche zu dehnen; diese brennende, sinnlose Frage, warum der König König war und er, obwohl Herrscher über ein mindestens ebenso großes Land, nur Herzog; dieser immer wieder wie ein Vulkan in ihm explodierende Drang, sich dem Großen Zerstörer durch immer neue Opfer zu beweisen, und… ja, und der rasende Zorn, dass Karandra, des Königs älteste Tochter, seinen Boten auslachte, als der in seinem Namen um ihre Hand angehalten hatte. Und bei allen Kräften des Großen Zerstörers: Wenn Ihnen Ihr Leben etwas bedeutet, dann nennen Sie den Herzog ruhig grausam, ja, nennen Sie ihn einen Schlächter, es wird ihn nicht stören, aber erwähnen Sie nie – hören Sie? –, erwähnen Sie niemals den Namen der Prinzessin in seiner Gegenwart.

Cosa war ungeduldig. Dabei hatte er mit seinen 41 Jahren noch Zeit, seine Ziele zu erreichen. Und der erste Schritt war ja bereits getan: Der Tod Kasims III., seines Vaters, hatte ihn, Cosa I., auf den Thron des Herzogtums gebracht.

Es war ein schrecklicher Unfall gewesen, der Tod des alten Herzogs. Unachtsam war er gewesen und nach dem Genuss von zuviel Wein beim Urinieren von den Zinnen des Nordwest-Turms gestürzt. Nur Cosa war in jener späten Abendstunde bei ihm gewesen. – Ja, ein Unfall war es. Denn Cosa hatte seinen Vater nicht umbringen wollen. Nein, wirklich nicht.

Aber so eine Gelegenheit…

Und böse war es doch eigentlich nicht gewesen, oder? Dessen war sich Cosa jedenfalls sicher, denn schließlich wusste ja niemand davon.

Wie? Diese Einstellung finden Sie seltsam?

Nun, viele Menschen wären überrascht, dass sie, falls sie einmal einen Blick in ihr tiefstes Inneres wagen sollten, genau diese Einstellung finden würden. Und bei Cosa fand man sie sogar ganz bestimmt. Simedi, der Philosoph, den er sich hielt, um auch seinen Geist zu schulen, hatte ihm einst folgendes Gedankenspiel zum Nachdenken gegeben: Man stelle sich vor, eines Nachts, im Schlage eines Augenblicks, würde sich, weil es dem Ewigen Zerstörer so gefiele, die Größe von jedem Ding und jedem Lebewesen auf der Welt verdoppeln. Ja, die Welt selbst und das gesamte Universum und alles darin wäre von einem Moment zum anderen doppelt so groß wie zuvor. Niemand würde es merken, denn die Größenverhältnisse aller Dinge und Tiere und Menschen hätten sich nicht geändert. Aber wenn es niemand bemerkt hat, hat es dann überhaupt stattgefunden?

Cosa hatte Simedi damals auspeitschen lassen, weil er mit solchem Unsinn seine Zeit verschwendete. Doch die Frage war ihm nicht mehr aus dem Kopf gegangen. Und er beantwortete sie für sich schließlich mit »Nein!«, eigentlich hatte überhaupt nichts stattgefunden, wenn es niemand bemerkt hatte. Und war es nicht genau so mit einer bösen Tat? Wenn niemand davon wusste, dann war es doch so, als sei sie nie geschehen. Nun ja, vielleicht hatte Kasim III. den kurzen Stoß in seinem Rücken noch richtig gedeutet in den drei, vier Sekunden, die ihm blieben, bis sein Körper auf den schroffen Steinen am Fuß der Burg zerplatzt war. Aber Cosa glaubte es eigentlich nicht, weil er seinen Vater nie für besonders helle gehalten hatte – wie konnte man Herzog eines so großen Landes sein und seine Hand nicht nach Mehr ausstrecken wollen?

Herzog Cosa I. war einst ein schöner Jüngling gewesen, mit stolzem, ebenmäßigem Gesicht, starkem Kinn, gerader, aristokratischer Nase und kurz geschnittenen schwarzen Haaren. Auch als Mann wäre er sicher noch schön gewesen, doch die ständige Wut und die zornige Überzeugung, dass ihn die Hälfte der Welt hintergehen und ihn die andere Hälfte gleich umbringen würde, wenn er nicht ständig wachsam und unnachgiebig sei, hatte sein Gesicht zerfurcht und seine Mundwinkel nach unten gezogen. Ein stechender, kalter Blick wäre für seine blauen Augen sicher angemessen gewesen, doch so war es nicht. Vielmehr waren sie leer, seine Augen, verbargen die Gedanken dahinter. Nur bei seinen gefürchteten Wutausbrüchen schienen sie Flammen zu sprühen.

Herzog Cosa war auch ein großer Mann – rein körperlich gesehen: Fast 1,90 Meter erreichte er, zudem war er breitschultrig, kräftig und äußerst gewandt. Schon seit früher Kindheit trainierte er täglich mit dem Schwert und anderen Waffen, zu denen er auch seine Fäuste zählte. Als Cosa bereits mit 14 Jahren eine große Fertigkeit mit der Klinge erreicht hatte, die sogar die Kampfkunst seines älteren Bruders übertraf, tötete er innerhalb von einem Jahr zwei seiner Ausbilder und verletzte drei andere schwer, bevor ihn sein Vater endlich unter Androhung drakonischer Strafen dazu gebracht hatte, sich in den Kampfübungen besser zu beherrschen – Kasim hatte sich doch tatsächlich um diese Lakaien geschert, aber, wie gesagt, er war ja auch schwach gewesen.

Nach dem Frühstück hatte Cosa noch etwas Entspannung bei einem zitternden Bauernmädchen gesucht, das ihm ein Leibwächter zugeführt hatte. Ihr Gesicht hatte er schon in dem Augenblick wieder vergessen, als er sich von ihr abwandte. Dann verließ er, nachdem er sein Kettenhemd wieder angelegt hatte, seine Gemächer und schritt in Begleitung zweier Krieger seiner Leibgarde zum kleinen Beratungssaal. Unterwegs zwirbelte er seinen exakt gestutzten Kinnbart, der sich von Ohr zu Ohr zog. Er mochte seine neue Angewohnheit nicht, beim Nachdenken an seinem Bart zu spielen. Doch im Augenblick merkte er es gar nicht, denn in Gedanken war er schon in der Runde mit seinen Beratern.

Wieder einmal würde es darum gehen, wie es gelingen könnte, das Königreich niederzuwerfen, hinter dem dann leichtere Beute auf seine starke

Hand wartete. Wieder einmal verfluchte er die ungünstige Lage seines Landes, denn es grenzte zum größten Teil an das Meer, an das Rote Gebirge und an die schier endlose Steppe. Drei kleinere Stämme hatte es einst in der Nachbarschaft gegeben, doch die hatte schon sein Urgroßvater unterworfen. Jetzt blieb, wollte man nicht über das Meer nach Altengaland oder zur Insel Kris segeln, zum Erobern nur das Königreich. Gut, man könnte auch einen nachschubtechnisch äußerst problematischen Zug durch die Steppe mit ihren barbarischen Bewohnern wagen, doch solche Raubzüge brachten, verglichen mit dem Aufwand, nicht viel ein. Nein, es musste das Königreich sein. Es sei denn natürlich, man rechnete auch... aber nein, das war ja noch nicht einmal denkbar, geschweige denn durchführbar.

Militärisch hatte er den König nicht in die Knie zwingen können, genauso wenig, wie es König Róge gelingen konnte, das Schwarze Land zu erobern.

Und der Versuch, Róges Tochter... Cosa knirschte mit den Zähnen und vertrieb den Gedanken augenblicklich. Er wollte bei der Beratung einen klaren Kopf haben. Vielleicht würde diesmal wirklich etwas dabei herauskommen.

Denn mit seinem Gold hatte Cosa sich Junas von Anselm eingekauft, den großen Taktiker und Intriganten. Es hieß, er sei jenseits des Königreichs in einer Stadt des Deunischen Städtebündnisses geboren worden, doch er verhandelte seine Dienste wie ein Söldner. Nur dass er nicht mit der Waffe, sondern mit seinem Verstand kämpfte.

Vor neun Wochen waren Junas und seine Leute in aller Heimlichkeit eingetroffen, dann hatten sie damit begonnen, Wissen zusammenzutragen. Und heute würde Junas endlich etwas bieten für sein wahrlich fürstliches Beraterhonorar: Er wollte erste Vorschläge unterbreiten, wie man das Königreich endlich von der Landkarte ausradieren könnte.

Der Herzog betrat das Beratungszimmer. Die anderen waren schon alle versammelt – natürlich waren sie das, denn wer hätte es gewagt, zu spät zu kommen?

Da war sein zwergenwüchsiger General Narsus, dann sein oberster Verwalter Klenko, neben Junas der einzige Nicht-Schwarzländer in der Runde. Klenko war einst ein Sklave auf der Insel Kris gewesen, doch sein Umgang mit der vertrackten Kunst der Zahlen und sein Händchen für das Vermehren von Münzen hatten die Aufmerksamkeit von Kasim III. erregt, der ihn in seine Dienste genommen und ihm schließlich die Freiheit geschenkt hatte. Klenkos Talent entdeckt und genutzt zu haben, war wohl die einzige wichtige Tat seines Vaters gewesen, dachte Cosa – wenn er auch die Sache mit dem Freilassen nie so recht verstanden hatte. Dann war da noch Telio, sein Berater und Schreiber schon aus der Zeit, als er nur Zweiter in der Thronfolge und noch kein Herzog war.

Eisenhand, der Befehlshaber seiner Leibgarde, war ebenfalls da, und – aber der zählte eigentlich nicht – der namenlose Hofnarr, ein gedrungener Mann mit fast schneeweißer Haut, schulterlangen weißblonden Haaren und leicht schräg stehenden Augen, Hose und Jacke aus bunten Flicken und Troddeln und mit einer flachen Lederkappe auf dem Kopf, an deren Rand ein paar Schellen angenäht waren. Das waren alle im Rat.

Nein, natürlich nicht.

Die Tür auf der anderen Seite des Raumes öffnete sich und SIE kam herein, in einem schlichten, bis auf den Boden reichenden weißen Leinenkleid und mit einer weißen Leinenhaube auf dem Kopf. Natürlich. Sie kam zu spät. Und sie wusste auch, dass sie es sich erlauben konnte.

»Mein lieber Junge!«, sagte die zierliche alte Frau zärtlich, »du bist schon da?« – die anderen zählten nicht – »vergib einer alten Närrin wie mir, die schon anfängt, die Zeit zu vergessen.« Tatsächlich war sie, und das wusste jeder hier im Raum, weit davon entfernt, senil zu sein. Auch ihre gemessenen Bewegungen konnten nicht darüber hinwegtäuschen, dass sie vor Energie sprühte. Ohne eine Entgegnung abzuwarten fuhr sie gleich mit ihrer sanften Stimme fort: »Aber es scheint, ihr habt noch nicht begonnen? So lass mich vorab nur eines sagen: Wozu auch immer du dich entscheidest, mein lieber Cosa, wichtig ist vor allem – es muss blutig sein. Blutig, mit größtmöglicher Brutalität und einem Maximum an Toten, denn...«

»Großmutter! Ich kenne deinen Standpunkt gut. Wenn du uns jetzt...«

»Meinen Standpunkt?!« – Ein ob der Unterbrechung zorniger Blitz aus kleinen, dunklen Augen traf Cosa. »Junge, es ist kein Standpunkt, es ist Wissen, es ist Überzeugung, es ist Hingabe, aber sicher kein ordinärer Standpunkt.

Gib dem Großen Zerstörer, was ihm gebührt, mach ihn glücklich, und er wird auch dich glücklich machen.« Fast zärtlich fuhr sie fort: »Blut muss fließen.

Und verschwendet eure Zeit nicht mit Tropfen. Es müssen Ströme von Blut sein!«

Der Herzog seufzte so leise, dass es seine Großmutter nicht hörte. Liebrose von Burgis, die Mutter von Cosas Mutter, wandelte inzwischen gut 70 Jahre unter der Sonne des Großen Zerstörers. Allerdings hatte sie etliche

Jahre ihres Lebens in Abgeschiedenheit verbracht – zumindest wusste niemand so genau, was sie in jenen Jahren getan hatte. Zwar war sie nach der Hochzeit von Kasim III. mit ihrer Tochter, Prinzessin Blau von Burgis, gemeinsam mit dieser in die Burg Vand eingezogen, doch hatte Kasim sie keine sechs Jahre später, als Cosa gerade vier Jahre alt geworden war, aus seiner Hauptstadt hinausgeworfen. Natürlich hatte man es damals nicht so genannt, doch tatsächlich war es nichts anderes gewesen: ein Rauswurf. Cosa wunderte sich noch heute, woher sein Vater die Kraft dazu genommen hatte.

Auch warum es dazu gekommen war, wurde niemals deutlich gesagt. Aber es ging das Gerücht, dass sich Liebrose an der Folterung Gefangener beteiligt habe, und Kasim sei dann der Geduldsfaden gerissen, als sie nicht nur an Verhören teilnahm, sondern ohne sein Wissen Gefangennahmen anordnete. Des Weiteren hieß es, selbst ihre eigene Tochter habe keineswegs protestiert, als Liebrose davongeschickt wurde. Zudem bekam sie die strikte Auflage, sich von der Familie fernzuhalten, so sie nicht selbst Bekanntschaft mit dem Kerker zu machen gedenke.

Dank ihres Goldes und ihrer Herkunft fand sie ohne Probleme Aufnahme in einem Haus des Ordens der Elf Gebote, der mit seinen spirituellen Diensten dafür sorgte, dass der Große Zerstörer den Menschen gewogen blieb. Doch nur wenige Tage nach dem Tod Kasims III., ihres Schwiegersohns, war sie wie selbstverständlich wieder mit einem kleinen Tross in der Burg erschienen und hatte sich ihren Platz genommen. Im Orden schien sie einiges gelernt zu haben – auch was den Umgang mit Menschen betraf. Vor allem aber war sie in jener Zeit von einer begeisterten Anhängerin zu einer geradezu glühenden und hingebungsvollen Dienerin des Großen Zerstörers geworden.

Der Einzige, der in der Ratsrunde Liebrose mit staunenden Augen und leicht spöttisch lächelnd ansah, war Junas von Anselm. Er kannte sie ja auch noch nicht wirklich, dachte Cosa und fragte ihn: »Nun, mein ›teurer‹ Berater – was sagt Ihr? Werden Eure Pläne den Wünschen meiner Großmutter entsprechen?«

Junas, etwa 45 Jahre alt und groß gewachsen, war elegant mit einem weißen Samthemd und einer grünen Brokatweste nach neuester Mode gekleidet, zu der er sogar im Saal ein passendes Barett trug. Er entgegnete gleichmütig mit seiner leisen Stimme: »Ja, verehrter Schwarzer Herzog, meine Dienste sind teuer, sehr sogar. Aber sie werden sich auszahlen. Auf die Gefahr hin, Eure werte Großmutter zu enttäuschen: Eure Eroberung könnte sogar mit einem kleinen Paukenschlag gelingen, der unter dem ersten Zuschlagen einen so heftigen Schwall an Blut hervorspritzen lässt, dass es kein weiteres Aufmucken gegen eure Macht geben wird und somit weiteres Blutvergießen gar nicht nötig ist.«

Liebrose von Burgis holte schon Luft, um zu protestieren, doch Junas, der es hatte kommen sehen, hob abwehrend die Hand und fuhr an die alte Frau gewandt fort: »Aber selbstverständlich, geschätzte Dame von Burgis, ist es dann Eurem Enkel überlassen, wie er nach dem Sieg mit seinen – hm – neuen Untertanen verfährt. Wenn er es für sinnvoll hält, sein Reich zu entvölkern und die Leute an den Großen Zerstörer zu verfüttern, bitte, das ist seine Sache.

Ich werde dann schon weitergezogen sein, mit meinem ohne Zweifel fürstlichen Lohn in der Tasche.«

»Ich weiß nicht, wie man dort, wo Ihr herkommt, zum Großen Zerstörer steht«, entgegnete die Angesprochene mit leisem, gefährlichem Grollen in der Stimme, »aber Ihr solltet hier nicht so despektierlich von seiner erhabenen Wesenheit sprechen, das kann... Folgen haben.«

»Großmutter, bitte! Der werte Junas ist unser Gast.«

»Bezahlter Gast«, war leise General Narsus leicht kieksende Stimme zu hören. Doch ein Blick des Herzogs brachte ihn zum Verstummen. Cosa, der schon langsam wieder diese Wut in sich aufsteigen spürte, weil die Runde nicht so lief, wie er sich das vorgestellt hatte, fuhr ungehalten fort: »Genug jetzt mit dem Geschwätz. Junas, Ihr habt also einen Plan. So redet!«

Junas von Anselm deutete eine leichte Verbeugung an und begann: »Eure Einschätzung, die Ihr mir in unserem ersten Gespräch gegeben hattet, mein Herzog, war absolut richtig: Im offenen Krieg werdet Ihr das Königreich allein mit eurem Heer nicht niederwerfen können.«

»Ich hoffe, ich bezahle Euch nicht dafür, mir das zu sagen, was ich ohnehin schon weiß?«, warf der Herzog jetzt fast schon drohend ein, während eine blaue Ader auf seiner Stirn sichtbar wurde.

»Aber nein«, beeilte sich Junas von Anselm zu versichern und war nun nicht mehr ganz so gelassen, »ich weiß, dass es etliche Berater gibt, die so verfahren und Altbekanntes nur in wohlverbrämte Worte hüllen. Aber ich werde Euch mit Sicherheit einen ganz neuen Weg präsentieren. Um ehrlich zu sein: Ich hätte durchaus auch ein paar andere lukrative Angebote annehmen können, statt ins Schwarze Land zu reisen. Doch ein wesentlicher Bestandteil meiner Idee war mir schon länger im Kopf herumgespukt, und hier bietet sich endlich die Möglichkeit, diese überaus reizvolle Sache in die Tat umzusetzen.

Also: Direkt könnt Ihr das Königreich in einem Krieg nicht erfolgreich angehen – das haben die entsprechenden Versuche gezeigt. Die einzige mögliche Folgerung: Ihr müsst einen Umweg machen, um das Königreich in Eure Faust zu zwingen. Zuerst wird es nötig sein, einen, sagen wir mal, feindlichen Akt gegen ein anderes Nachbarland zu begehen.«

»Pah!«, Narsus konnte sich nicht länger zügeln, »glaubt Ihr wirklich, auch das hätten wir nicht schon mehrfach durchgespielt? Aber weder unsere Nachbarn jenseits des Meeres noch die Steppen- oder Berg-Stämme oder gar die Völker hinter diesen sind irgendeine Option für uns.«

»Nun«, sagte Junas mit einem selbstgefälligen Lächeln, »ich dachte auch eher an einen anderen Nachbarn.«

»Mann!«, quäkte Narsus verächtlich, »für das Gold, das man Euch in den Rachen wirft, solltet Ihr wenigstens mal unsere Landkarten studiert haben! Wir haben keine anderen Nachbarn!«

»Doch! Doch!«, fiel der Hofnarr fingerschnippend und lachend ein, »unser werter Gast wird natürlich das Land der Zauberer meinen!«

Die Männer des Herzogs fielen in das Lachen ein, und selbst beim Herzog zeigte sich, was äußerst selten vorkam, der Ansatz eines Schmunzelns. Bis er bemerkte, dass ihn Junas nur schweigend und mit einem leisen Lächeln ansah.

»Moment mal!«, rief der Herzog verblüfft, »das ist nicht Euer Ernst, oder? – Ihr meint tatsächlich das Land der Zauberer!«

Bestürzte Blicke wandten sich Junas zu, und jeder holte Luft, um dem Berater etwas entgegenzuschleudern, als der Herzog persönlich Junas auch schon anbrüllte: »Verfluchter Bastard! Euer einziger Lohn wird die Axt des Henkers sein! Was fällt Euch ein, meine Zeit mit...«

»Stopp!« – wer sie nicht kannte, hätte nicht vermutet, dass Liebroses Stimme so laut sein konnte. »Stopp, mein lieber Enkel«, fuhr sie sanfter fort, »ich kann ja nicht behaupten, dass ich deinen Berater mag – ich habe das untrügliche Gefühl, dass er sich zu weit von der allumfassenden Fürsorge des Großen Zerstörers abgewandt hat –, aber dumm ist er nicht. Und dass das Königreich nicht mit normalen Mitteln zu bezwingen ist, musstest du ja schmerzhaft lernen. Also lass ihn ausreden. Für die Scharfrichter-Axt ist gegebenenfalls immer noch Zeit.«

Junas schluckte zwar, fuhr dann aber seinerseits verärgert fort: »Denkt ihr denn etwa wirklich, dass ich so verblödet bin und die Armee des Herzogs gegen das Land der Zauberer schicken will? Natürlich ist mir bekannt, dass es seit Generationen keinen Kontakt zu den Zauberern gab und dass jeder, der versucht hat, die Grenze zu ihrem Land zu überschreiten, den qualvollen Feuertod gestorben ist. Aber das ist es ja gerade: Stellt euch vor, diese oder eine ähnliche Waffe zu besitzen – oder gar die Zauberkraft selbst! Das Königreich Engaland hätte dem nichts, aber auch wirklich gar nichts entgegenzusetzen.«

Kurz flackerte fast so etwas wie ein sehnsüchtiger Blick in den Augen des Herzogs auf, doch dann schüttelte er den Kopf und entgegnete:»Ein wunderbarer Traum. Aber eben ein Traum. Denn wie sollen wir in das Land der Zauberer gelangen, ohne zu Asche zu zerfallen?«

»Oh, ›wir‹ werden es schon gar nicht tun, und man muss ja auch nicht immer mit einer Armee in ein Land einfallen, um zu erreichen, was man möchte. Das Zaubererland komplett erobern zu wollen, da habt Ihr natürlich recht, wäre ein völlig wahnsinniges und absolut aussichtsloses Unterfangen. Aber wenn man nur einen Apfel aus Nachbars Garten will, braucht man ja nicht gleich den ganzen Baum zu fällen.«

»Heißt?«

»Heißt: Es sollte vollkommen genügen, einen Krieger hineinzuschicken, der uns einen Zauberer fängt.«

»Was dem Krieger aber schwerfallen dürfte, da er die Entführung als Asche-Häufchen durchführen müsste«, warf der Hofnarr ein. Doch niemand lachte, und vom Herzog fing er sich, ohne dass der ihn überhaupt ansah, eine blitzschnelle und harte Rückhand-Schelle auf den Mund ein. Dann sagte Cosa zu Junas:»Inzwischen gehe ich davon aus, dass Ihr bei Euren Nachforschungen tatsächlich auf eine Möglichkeit gestoßen zu sein glaubt, mit der man einen Krieger unbeschadet in das geheime Land schicken kann?«

»Nicht jeden x-beliebigen Krieger. Aber, ja, ich denke, es wird funktionieren, auch wenn es vielleicht ein wenig dauern kann, eine geeignete Person aufzutreiben.«

Und dann breitet Junas seinen Plan vor den Anderen aus.

Als er geendet hatte, kamen zwar ein paar Einwände von Narsus, doch je länger der Herzog darüber nachdachte, umso besser gefiel ihm die Idee. Und auch falls sie scheitern sollte, wäre nicht viel verloren.

Der Schwarze Herzog gab schließlich Order, alles Notwendige in die Wege zu leiten, und er verließ mit einem seltenen Gefühl der Zufriedenheit den kleinen Ratssaal. Die Anderen folgten dem Herzog, abgesehen natürlich vom Hofnarren, der in einer Ecke kauerte und immer noch ein eigens zu diesem Zweck mitgeführtes Tuch auf seine blutenden Lippen presste.

Während des Hinausgehens wandte sich Liebrose an Junas von Anselm und meinte: »Nun, ich mag Euch noch immer nicht. Aber vielleicht hatte ich Euch zunächst unterschätzt... Seid so gut und folgt mir eine kurze Weile in meine Gemächer, ich würde gerne ein paar Fragen mit Euch erörtern.«

»Wie Ihr wünscht«, entgegnete der Berater mit leicht skeptischer Miene und folgte.

Schließlich hatten sie die Räume der alten Dame erreicht, wo sich Liebrose, gefolgt von Junas, gleich in ihre Schreibstube begab. Bei ihrem Eintreten hatte sich ein Mann erhoben, der offenbar in dem bequemen Fellsessel gewartet hatte. Viel mehr, außer dass er groß und stattlich war, konnte man nicht über ihn sagen, denn er trug einen schwarzen Umhang mit hochgezogener, weit ausladender Kapuze und zudem auf dem Gesicht eine ebenfalls schwarze Maske mit langer, spitzer, schnabelförmiger Nase. Vielleicht konnte man noch aus der Haut auf seinen Handrücken schließen, dass er den Zenit seines Lebens schon überschritten hatte. Auch seine sonore Stimme klang nicht wie die eines jungen Mannes, jedoch kräftig und befehlsgewohnt, als er jetzt ohne Umschweife die alte Frau fragte: »Wie ist es gelaufen?«

Die verneigte sich tief und antwortete: »Euer Plan beginnt, Erleuchteter. Er beginnt...«

»Gut zu hören, meine Tochter.«

Junas, in demütiger Haltung Abstand wahrend, räusperte sich leicht.

»Ach ja, natürlich«, sagte der Schwarze, »wie abgesprochen für deine Mühe...«

Damit zog er ein schweres Säckchen unter dem Mantel hervor und warf es beiläufig Junas zu. Als der es auffing, war ein helles, metallisches Klimpern zu hören.

Dann wandte sich der Maskierte nochmals an Liebrose und beschied ihr: »Da du eine treue Dienerin bist, hat es mir gefallen, deinem Wunsch zu entsprechen...«, er deutete auf eine kleine Kiste neben dem Tisch, »...das sollte deine Vorräte erst einmal aufstocken, die Sudmeister des Ordens kochen aber noch mehr davon.«

»Tausend Dank, Meister«, entgegnete Liebrose, klappte begierig den Kistendeckel auf und blickte erfreut auf eine große Anzahl mit Wachs versiegelter Tontöpfe. »Tausend Dank«, wiederholte sie und ergänzte: »Es ist nicht nur für mich. Es hilft mir auch, einen nützlichen Bauern in unserem Spiel an mich zu binden.«

»Nun, wenn es der Sache dienlich ist... doch Euch, meine Dienerin, scheint es auch gut zu tun. Euer Teint ist jedenfalls schön anzusehen.«

Die alte Frau errötete tatsächlich, während sich Anselm schnell abwandte, damit niemand die Mischung aus Übelkeit und Grinsen in seinem Gesicht sehen sollte. Der Erleuchtete lehnte sich unterdessen entspannt zurück und dachte, dass die Goldmünzen für diesen eitlen, gierigen Dummkopf und die Schmeicheleien für die schwachköpfige Greisin ein erstaunlich geringer Preis dafür seien, die Welt in Chaos und Untergang zu stürzen.

*

»Erzähl mir eine Geschichte. Erzähl vom Meer. Ich möchte etwas vom Meer hören.«

»Ach, Wieselchen, sei mir nicht böse, aber heute kann ich nicht so lange...«

»Wieso nicht?«, unterbrach die Stimme des Mädchens, die von oben aus dem schmalen Schacht kam, »und du nuschelst so...?«

Nun hörte er das Klirren der Eisenkette, dann wieder die diesmal ängstliche Stimme des Mädchens, das nun direkt vor der seitlichen Öffnung des Schachtes zu hocken schien, das Gesicht an den Eisenstab gepresst, der verhinderte, dass sie ihren Kopf in die Öffnung stecken konnte: »Er... er hat dich wieder geschlagen? Der böse Mann? Stimmt's?«

Der Hofnarr seufzte leise durch die geschwollenen Lippen, dann versuchte er seiner Stimme einen möglichst unbekümmerten Klang zu geben und entgegnete: »Ich sag's doch immer: schlau wie ein Wiesel. Dir entgeht nichts.

Aber sorg dich nicht, es war nicht so schlimm. Nur die Lippen sind etwas dick – das hat man halt davon, wenn man sie ab und an riskiert.«

»Das... das tut mir leid«, kam nun die zittrige Stimme aus der kleinen Zelle, »hat er dich wegen..., wegen mir...?«

»Nein, nein, Wieselchen, es gab eine Besprechung zwischen dem Herzog und ein paar Beratern, und ich hab an der falschen Stelle einen Witz gerissen.«

»Pass bloß auf dich auf! Wenn dir etwas passiert, was soll dann aus mir...«

Die restlichen Worte verstand der Hofnarr nicht, weil sie von leisem Weinen verschluckt wurden.

»Schhhh«, beruhigte er ebenso leise, »keine Angst, natürlich komme ich wieder. Jeden Tag. Bis du eines Tages wieselflink aus diesem Loch verschwunden bist.«

Das Mädchen hatte sich wieder zusammengerissen und sagte, beschämt, dass es zuerst an sich gedacht hatte: »Gut, dann geh jetzt, und ruh dich aus. Morgen kannst du mir ja vielleicht wieder etwas erzählen.«

»Aber eine neue Lektion können wir ruhig noch durchgehen.«

»Nein«, kam es bestimmt zurück, »ich werde halt ein paar alte für mich wiederholen – ich hab ja inzwischen genug.«

»Wirklich?«

»Sicher.«

»Und du machst auch immer deine Übungen?«

»Klar. Denkst du vielleicht, ich würde stattdessen spazieren gehen? – 'tschuldigung, das hätte ich nicht sagen sollen.«

»Wieselchen, du darfst alles sagen«, seufzte der Hofnarr, dann warnte er: »Achtung, ich schicke dir jetzt dein Essen rauf.«

Er zog an einem Seil neben dem Schacht. Von unten kam ein kleiner, nach vorne und hinten offener Kasten zum Vorschein, den er mit hohen Gefäßen bestückte. Die Gefäße passten oben genau zwischen Eisenstab und Wand hindurch. Kurz darauf kamen identische, aber leere Gefäße wieder hinunter. Dann überprüfte der Hofnarr noch vorsichtshalber – obwohl er es erst heute Morgen frisch gefüllt hatte – das Wasserfass, in das eine dünne, aus der Decke kommende Kupferröhre ragte. Er wusste, dass es über ihm, in der Turmzelle, eine Pumpe gab, und auch den »Luxus« eines winzigen Abort-Erkers in schwindelnder Höhe, so dass es dem Mädchen wenigstens erspart blieb, seine Notdurft mit dem Aufzug nach unten zu schicken. Es gab hier unten bei ihm sogar einen Kamin, dessen Abzug in drei kleinen Rohren durch eine Wand des Kerkers führte, damit es dort im Winter wenigstens nicht ganz kalt wurde.

Schließlich wollte der Herzog das Mädchen ja am Leben erhalten.

Vorerst.

Als er den Aufzug wieder versenkt hatte, fragte er schließlich durch den Schacht hinauf: »Soll ich morgen noch irgendetwas Bestimmtes mitbringen?«

»Na ja, ich… ich wachse…«

»Gut, ich werde sehen, dass ich die nächsten Wochen nach und nach ein paar Kleider nach oben schicke.«

»Und... und ein neues Buch?«, kam es fast ängstlich zurück.

Der Hofnarr seufzte innerlich. Bücher waren sehr, sehr teuer, und wenn ihn jemand erwischte, wie er eines aus der Bibliothek des Herzogs... aber dann dachte er daran, wie viel besser es dem Mädchen ging, seit er ihr das Lesen beigebracht hatte, und wie begeistert sie ihm von ihrem ersten Buch erzählt hatte, und so sagte er: »Natürlich. Ich werd sehen, was sich machen lässt.«

Fast schien es ihm, als hörte er einen dankbaren Seufzer von oben.

Dann kam ihr Abschieds-Ritual.

Der Hofnarr stellte vorsichtig einen brennenden Kerzenstummel möglichst weit am Rand auf das Dach des kleinen Aufzugs, steckte seinen Kopf seitlich in den Schacht und blickte nach oben. Dort sah er, von einer blassen, schmalen Kinderhand gehalten, einen Handspiegel erscheinen. Er lächelte nach oben in Richtung Spiegel – zum Winken war kein Platz (einmal hatte er es versucht und sich prompt den Ellbogen an der Kerze verbrannt). Dann änderte sich der Winkel des Spiegels etwas, und er konnte, kaum zu erkennen in dem trüben Licht, ein Viertel eines fast weißen Gesichts erahnen, mit einem kleinen Teil eines dichten rotbraunen Haarschopfs. Schließlich verschwand der Spiegel wieder, und die Hand tastete sich, an einem ebenso blassen Unterarm, so weit wie es nur ging den Schacht hinunter. Der Hofnarr nahm die Kerze heraus und reichte nun seinerseits mit dem rechten Arm, so weit er konnte, den Schacht hinauf, bis die Fingerspitzen von Mittel- und Zeigefinger, ganz, ganz sanft, zwei vor Anstrengung zitternde Fingerkuppen berührten.

Was hatte sich das Mädchen gefreut, als ihnen vor ein paar Wochen – fast zwei Jahre, nachdem er mit ihrer Versorgung betraut worden war – diese Berührung zum ersten Mal glückte. Und, ja, sie wuchs. Vielleicht konnten sie sich eines Tages tatsächlich die Hände reichen.

Falls sie lange genug lebte.

Und er auch. Wüsste der Herzog, dass er entgegen des ausdrücklichen Befehls begonnen hatte, mit dem Kind zu reden... die Zunge zu verlieren, wäre wohl das Freundlichste, was ihm dann passieren könnte. Und dass er ihr gar mehr Dinge als die notwendige Nahrung nach oben schickte... er wagte es nicht, darüber nachzudenken, was dann mit ihm geschehen würde. Glücklicherweise scheuten die meisten Menschen den mühsamen Aufstieg zum Turm-Kerker, und so hatten ihn schon lange keine Wachen mehr nach oben begleitet. Wozu auch? Niemand würde dem Kind eine Tür öffnen können, denn es gab keine. Die Treppe zum obersten Turmzimmer war abgerissen, das Loch in dem abgeflachten Tonnengewölbe zugemauert worden.

Schließlich zog der Hofnarr seine Hand wieder aus dem Schacht zurück, und dann kam natürlich noch ihre letzte Frage, die er jeden Abend hörte, bevor sie sich trennten: »Ach, sag mal, wie heißt du eigentlich?«

Und wie immer antwortete er: »Netter Versuch, Wieselchen, aber du weißt doch, ich habe keinen Namen.«

Dann verließ er die Kammer, die unter dem Turmkerker lag, schloss die Tür, stieg die lange Treppe hinunter und hörte nicht das leise Weinen, das nun aus dem Schacht drang. Doch in seinem Herzen wusste er davon.

1. STAHL UND KAMPF
Die Schlacht am Kleinen Horn

»Igitt! Was ist das denn für ein Fraß?«, angewidert schüttelte Lusian ihren Kopf, so dass die schwarzen, verdreckten Locken der Kriegerin nach allen Seiten flogen, während sie in den undefinierbaren Eintopf starrte, der in ihrer Holzschüssel hin und her schwappte.

»Was willst Du?«, entgegnete Halana, »ist doch eigentlich eine tolle Leistung unserer Köche, wenn man bedenkt, dass wir praktisch keine Vorräte mehr haben«, dann nahm sie selbst einen großen Schluck aus ihrer eigenen Schüssel, wobei sie ebenso angestrengt wie vergeblich versuchte, ihre Geschmacksnerven auszuschalten. Auch sie starrte geradezu vor Schmutz, was aber nach drei Wochen an der Front unter diesen Bedingungen wohl kaum anders zu erwarten war.

Die anfänglichen Sticheleien und Intrigen des Schwarzen Herzogs – wie etwa das Aufhetzen des Wolfsclans gegen den König – hatten sich längst zu einem waschechten Krieg ausgeweitet. Etwa einen Monat nach Ruffs Geburt hatte sich Halana wieder dem aktiven Dienst der königlichen Truppen angeschlossen, und jetzt, knapp zwei Jahre nachdem der kleine Hosenscheißer das Licht des Königreichs erblickt hatte und nicht mehr auf ihre Milch angewiesen war, hatte sie Ruff erstmals für längere Zeit in Giulas Obhut gelassen, um sich einem größeren Kriegszug anzuschließen. Aber die Sache war nicht ganz so gelaufen, wie sie es sich vorgestellt hatte.

Jedenfalls keineswegs so glatt und sauber wie damals im Wolfsgau. Einige der Krieger hatten es gleich als schlechtes Omen gesehen, als Fürst Rudgar, der den Kriegszug leitete, keine Woche nach dem Start des Trosses an der Ruhr erkrankt war, zurückbleiben musste und die Führung seinem noch unerfahrenen Sohn Ludgar übertragen hatte. An der Ebene des Kleinen Horns – einem Berg, der ziemlich abrupt aus dem Flachland aufstieg und erster Ausläufer eines kleinen Gebirges war – hatten sich die Heerlager schließlich gegenüber gelegen. An einem schönen, warmen Frühsommertag, der eigentlich eher dem Leben als dem Tod gehören sollte, war es zur Schlacht gekommen: Rund 1500 Krieger des Schwarzen Herzogs unter Oberbefehl von General Jam standen, in gut einem Kilometer Entfernung, etwa ebenso vielen Kämpfern des Königreichs gegenüber, dazu auf beiden Seiten mehr oder weniger 300 Mann Hilfstruppen. Es sah so aus, als würde der stärkere Schwertarm den Kampf entscheiden müssen.

Die Schlacht begann, als hätten sowohl General Jam als auch Fürst Ludgar ihre Lehrbücher über das Kriegswesen wohl studiert: Die größte Streitmacht der Fußtruppen stand jeweils im Zentrum, zu beiden Seiten von kleineren, aber weiter nach hinten reichenden Flanken-Blöcken abgesichert. Je 100 Krieger der Reiterei warteten in den Lücken zwischen Zentrum und Flanken darauf, hervorzubrechen und die Schlacht zu eröffnen. Hinter den Kriegern und vor den breit gefächerten Schanzen des gut 800 Meter zurückliegenden Lagers stand zudem eine kleine Reserve bereit. Die Bögen blieben bei diesen offenen Feldschlachten in der Regel im Lager zurück, denn seltsamerweise verspürten die Krieger beider Seiten eine gewisse Abneigung dagegen, in einen Pfeilhagel des Feindes zu laufen. Daher hatte es sich auch eingebürgert, dass die Reiterei den Schlagabtausch eröffnete. Stießen die Reiter einer Seite ins offene Feld vor und tauchten nicht gleich auf der anderen Seite die Reiter des Feindes auf, dann wurde der Angriff sogleich abgebrochen, denn dann hätte man ein Ziel für die – beliebter Trick – vielleicht ja doch lauernden Bogenschützen geboten. Es wurde erst so richtig zünftig, wenn beide Seiten ihre Reiter nach vorne warfen, wodurch Bogenschützen eher die eigenen Leute statt den Gegner treffen würden.

Die Ausrüstung der Fußtruppen ähnelte sich auf beiden Seiten: Die Kriegerinnen und Krieger trugen eiserne Brustharnische, an denen kurze Kettenröcke befestigt waren, feste Stiefel und gepolsterte, haubenähnliche Helme, von denen kurze lederunterfütterte Kettenbahnen herabhingen, die Ohren und Nacken schützen sollten. Die Helme der Schwarzländer hatten kleine Hörner an beiden Seiten, die der Engaländer ein drei Zentimeter breites, glänzendes Stahlband in der Mitte, das über die ganze Länge des Helms verlief. Unterarme, Oberarme und Schienbeine der Krieger waren mit zwei Zentimeter starken Ledermanschetten geschützt.

Die Schilde waren nur in den Größen genormt: Die Krieger des Herzogs trugen knapp einen Meter durchmessende Rundschilde, die des Königs langgezogene Sechseck-Schilde, 140 Zentimeter hoch und in der Mitte 70 Zentimeter breit. Verziert waren die Schilde dagegen ganz nach dem Geschmack der Besitzer. Viele hatten die Wappen ihres Clans darauf gemalt oder – wer es sich leisten konnte – in das Metall punzen lassen. Einige Schilde hatten auch aufwändige Gravuren, Glückssymbole oder sogar aus der Mitte herausragende Metalldorne. Halana war fast die einzige in dem Heereszug, die ihren Schild unverziert und nur glänzend blank poliert trug.

Auch die Bewaffnung der Krieger war unterschiedlich. Die meisten Kämpfer bevorzugten Schwerter, die etwas zu groß waren, um Kurzschwerter genannt zu werden, aber es gab auch Äxte, Lanzen, Morgensterne, Streitkolben und eine Art kurzen Dreizack. Unter ihrem Rüstzeug trugen die Frauen und Männer des königlichen Heeres dunkelgrüne Hosen und Hemden, die des Herzogs braune.

Die Hilfstruppen waren bunt zusammengewürfelte Haufen, die nur dadurch einer Seite zuzuordnen waren, dass sie entweder grüne oder braune Stirnbänder und Armmanschetten trugen. Dennoch waren die Krieger der Infanterie keineswegs abgeneigt, Leute der Hilfstruppen in ihrer Nähe zu haben und sie gegebenenfalls auch zu decken. Denn in Ermangelung teurerer Waffen hatten es etliche Leute aus dem Kontingent der Hilfskräfte zu einer beachtlichen Fähigkeit in der Kunst des Messerwerfens gebracht.

Die Reiter waren ähnlich wie die Fußkämpfer ausgerüstet, trugen allerdings zusätzlich Speere, die etwas länger und kräftiger als die herkömmlichen Speere des Fußvolks waren, da sie im Reiterkampf auch als Lanzen eingesetzt wurden. Zudem waren bei den Reitern die Schilde beider Parteien rund, sowie etwas kleiner und handlicher, und die Helme waren aufwändiger: in der Mitte etwas weiter in die Stirn gezogen, nach hinten um die Ohren herum bis in den Nacken ausladend, mit seitlichen Schutzscharnieren über die Schläfen. Von den Helmen der Reiter des Herzogs wehten lange Rosshaar-Büsche, von denen des Königs Federbüsche. Zudem trugen alle Reiter lange, ausladende Staubumhänge, die beim Galopp hinter ihnen her wehten.

»Ich finde die Dinger bescheuert, die sind doch nur hinderlich«, hatte Halana schon am ersten Tag ihrer Ausbildung zur Reiterin gemault.

»Ja«, hatte der alte, einäugige Ausbilder entgegnet, »aber das dient dazu, dem Gegner Angst einzujagen. Wenn der Umhang, groß und rot, beim Angriff hinter dir her weht, dann macht dich das größer.«

»Aber die Reiter des Feindes haben doch auch solche Umhänge?«

»Stimmt.«

»Was nutzen sie dann?«

Als Antwort hatte ihr der Ausbilder nur einen leichten Klaps auf den Hinterkopf gegeben und so was gemurmelt wie: »Kannst ja mal den König fragen.«

Kurz nach Sonnenaufgang hatten beide Heere, zwischen denen sanft das noch unberührte Gras wogte, ihre Positionen bezogen. Der junge Fürst Ludgar saß, mit goldverzierter Rüstung und geschützt von zehn ebenfalls berittenen Gardisten seines Vaters, zu Pferde in der vorderen Mitte des Zentrums, während die Flanken-Blöcke von erfahrenen Kriegsmeistern geführt wurden.

Ludgar spähte angestrengt zu General Jams Truppen hinüber. Immer wieder wischte er unwirsch eine seiner roten Haarlocken aus der Stirn, die unter dem Helm herausschaute und sich partout nicht zurückstopfen lassen wollte.

Plötzlich meinte Ludgar auf der anderen Seite eine Bewegung zu erkennen und gab sofort das Zeichen zur Angriffsformation. Der Hornist stieß ins Horn, die Reiter schwärmten vor das Zentrum und hatten sich, wie in vielen Übungen und Einsätzen gelernt, in wenigen Augenblicken paarweise in drei langgezogene, versetzt hintereinander liegende Reihen formiert.

Flankiert von seinen beiden Stellvertretern hatte Kriegsmeister Bagnan, der erfahrene Lanzenführer der Reiterei, seinen Führungsplatz in der Mitte der hinteren Reihe bezogen. Halana dagegen hatte ihre Position in der vordersten Reihe etwas rechts der Mitte und somit gut 100 Meter vor ihrem Anführer – die jungen, unerfahrenen Krieger waren bekanntlich am leichtesten zu entbehren und daher meist in der ersten Reihe zu finden. Halanas weiße Stute Smila schnaubte ungeduldig. Links neben ihr saß Lusian auf ihrem Rappen. Seit Halanas Schwertschwester vor einem Jahr den kleinen und den Ringfinger ihrer rechten Hand durch den Schwerthieb eines kurz darauf toten Schwarzländlers verloren hatte, bevorzugte sie im Kampf die linke Seite.

Inzwischen war es ihr auch mit viel Übung gelungen, eine perfekte Linkshänderin zu werden.

Das zweite Signal ertönte, Halana senkte ihre Lanze und wusste ohne hinzusehen, dass es ihr 199 weitere Krieger gleichtaten, bereit, die ungeschützte Seite des Schwertbruders mit dem Leben zu schützen.

Atemloses Schweigen lag über dem Schlachtfeld, nur noch vereinzeltes Schnauben der Pferde war zu hören.

Dann kam das dritte Signal.

200 Rösser schossen aus dem Stand wie ein einziges Pferd nach vorne, 800 Hufe donnerten über den Boden, Adrenalin pumpte durch 8000 Liter Pferde- und Menschenblut, als Ross und Reiter auf die Linie der Schwarzländer zurasten.

Doch… schnell hörte Halana über das Tosen hinweg Lusians Ruf neben sich: »Verdammt! Da tut sich nichts! Warum bläst der Trottel nicht ab?«

Endlich kam das Hornsignal zum Abbruch des Angriffs, aber bis die Pferde gezügelt waren, war die vorderste Reihe der Reiter schon nahe genug an der feindlichen Linie, um geübten Bogenschützen ein Ziel zu bieten. Das war den Reitern nicht entgangen, denn nicht wenige hielten während der ersten Meter des Rückzugs den Blick zurückgewandt und den Schild halb erhoben. Das brachte ihnen zwar keine Pfeile, dafür aber Gejohle, Pfiffe und spöttische Schreie der Infanteristen des Herzogs ein.

Schnaufend und schnaubend vor Anstrengung, den Adrenalinausstoss zu zügeln, ordneten sich die Reiter mit ihren Tieren wieder in der eigenen Linie ein. Doch kaum war dies geschehen, ließ Fürst Ludgar, der abermals eine Bewegung wahrgenommen hatte, erneut Signal geben, und das Spiel begann von vorne. Immerhin wurde diesmal der Angriff rechtzeitig genug abgebrochen, um die Reiter nicht mehr in unmittelbare Gefahr zu bringen.

Beim dritten Mal waren dann tatsächlich ein paar Berittene der Schwarzländer vor deren Front erschienen. Doch kaum waren die Reiter des Königs daraufhin erneut vorgeprescht, hatte sich der Gegner schnell wieder zurückgezogen. Schließlich, auf dem Rückzug vom fünften abgeblasenen Angriff – der Tag begann bereits warm zu werden –, maulte Halana lauthals zu Lusian hinüber: »Na, General Jam führt unser Bürschchen ja ganz schön vor. So langsam sollte der's doch kapiert haben!«

»Das will ich nicht gehört haben!« – Halana hatte nicht bemerkt, dass Bagnan hinter ihr ritt. Schuldbewusstsein wollte sich aber bei ihr nicht einstellen, zumal sie sah, dass der Kriegsmeister, genauso verstaubt und verschwitzt wie sie alle, einen keineswegs glücklichen Eindruck machte. So zuckte sie nur die Schultern und meinte: »Na, wenn das so weitergeht, fallen wir vom Pferd, bevor die Schwarzen nur einen Handstreich machen müssen.«

Diesmal hatten sie sich noch nicht einmal in die Linien eingeordnet, als schon wieder wegen einiger Schwarzland-Reiter das Signal ertönte, Stellung zu beziehen. Jetzt war nicht nur von einem Reiter ein ungehaltenes Raunen zu hören, und es dauerte schon etwas länger, bis alle ihr Plätze eingenommen hatten. Halana wollte sich gerade lauthals bei Lusian beklagen. Aber in diesem Augenblick verdrängte eine unumstößliche Gewissheit alle anderen Gedanken. Sie fragte sich nicht lange, warum, doch statt loszuschimpfen zischte sie zu ihrer Schwertschwester: »Pass auf! Diesmal ist es echt!« Und schon wandte sie sich nach rechts und brüllte laut zum nächsten Reiterpaar hinüber: »Vorsicht! Konzentriert euch! Diesmal wird es ernst!«

»He! Was soll das? Wer hat dir erlaubt, hier den Anführer zu spielen? Das wird eine Strafe nach sich ziehen!«, hörten sie nun Bagnans verärgertes, aber auf die Entfernung kaum zu verstehendes Brüllen aus der hinteren Reihe.

Lusian blickte einen kurzen Moment verunsichert zu ihrer Freundin, wandte sich dann aber nach links und brüllte ebenfalls: »Achtung! Es wird ernst!«

Und noch bevor sie von Bagnans Zetern eingeholt wurden, waren die Warnrufe der beiden jungen Frauen nach beiden Seiten weitergegeben worden. Da kam auch schon das Angriffssignal.

Und diesmal formierten sich auch die Reiter von General Jam, gesellte sich zum Dröhnen der eigenen Hufe das harte Getrampel der Schwarzländer Pferde...

...das immer näher kam.

Hinter den Reitern General Jams setzten sich jetzt auch dessen Fußtruppen in Bewegung, marschierten im Eilschritt nach vorne, und Halana wusste, dass es ihre eigenen Leute genauso machen würden. Natürlich sah sie sich nicht um.

Noch 100 Meter.

Das Dröhnen ihres Blutes übertönte nahezu das rasende Stampfen der Pferde.

90 Meter.

Ihr Blick hatte sich auf ein Reiterpaar der Schwarzländer verengt, das ihr und Lusian fast auf ihrer eigenen Linie entgegenkam.

80 Meter.

Wie auf ein geheimes Kommando schwenkten die beiden Schwertschwestern komplett auf die zwei heranstürmenden Gegner ein.

70 Meter.

Die Pferde keuchten immer schwerer. Die Speere senkten sich hinter den Schilden hervor auf Stoßhöhe – auch die der Gegner.

60 Meter.

Die Hufe dröhnten. Wer mochten die beiden sein?

50 Meter.

Wer würde heute sein Blut über das gerade noch so unberührt wogende Gras verspritzen? Diese beiden oder...?

40 Meter.

Gleichzeitig gaben Halana und Lusian ihren Pferden nochmals die Sporen, forderten alles...

30 Meter.

…schrieen wild »Engalaaand«, hörten den Kriegsschrei aus 1000 weiteren Kehlen, dem sich von der anderen Seite ein heißeres, tausendfaches »Schwarzlaaand!« entgegenwarf.

20 Meter.

Körper streckten sich über Pferderücken, Schaum tropfte aus keuchenden Rossmäulern und wurde vom Wind fortgerissen, Muskeln spannten sich aufs Äußerste.

10 Meter.

Zielen, Finte…

0…

Ein ohrenbetäubendes Scheppern erfüllte das Schlachtfeld, und nicht wenige Kriegsschreie waren zu Schmerzensschreien geworden.

Halanas Widersacher hatte mit seinem Pferd im letzten Moment eine ungewöhnlich weite Ausweichbewegung nach links gemacht. Sollte das etwa eine neue Finte sein? Beinahe wäre er nicht mehr in Lanzenreichweite gewesen – beinahe. Doch Halana hatte sich fast waagerecht nach rechts und nahezu von Smilas Rücken geworfen, den Arm mit Schild und Speer in unmöglichem Winkel verdreht, die feindliche Lanze mit der Schildkante gerade noch erwischt, so dass sie haarscharf über ihrem Ohr ins Leere zischte, während ihr eigener Speer unter dem Schild des Mannes durchtauchte und ihm durch die rechte Achsel stieß.

Ein Schrei, und er wurde vom Pferd geschleudert. In dem Sekundenbruchteil, als sie aneinander vorbeischerten, hatte Halana erkannt, dass es sich um einen Mann handelte, schwarze Haare, knapp 40 Jahre alt – ob er überleben würde? Wohl kaum. Doch gleichzeitig suchte ihr Blick schon nach Lusian und neuen Gegnern. Ah! Auch Lusian saß noch im Sattel, ritt, wie sie, nur noch im Trab; offenbar hatte deren Widersacher komplett abgedreht und…

Knapp 40 Jahre?

Normalerweise wurden die jungen, unerfahrenen Reiter in die erste Reihe gesteckt. Und Lusians Gegner hatte abgedreht. Hatte ihrer das nicht auch versucht? Und war der Aufprall der feindlichen Reihen wirklich so laut gewesen, wie er es hätte sein müssen?

Doch wie ein Blick über das Schlachtfeld zeigte, schienen die Reiter von General Jam tatsächlich zu fliehen… und dann hörte Halana einen Freudenschrei, der ihre Befürchtung bestätigte: »Jaaa!!! Jetzt machen wir sie fertig!«, brüllte der junge Fürst Ludgar nur etwas weiter hinter ihr. Den Erfolg vor Augen, hatte ihn nichts mehr an seinem Platz gehalten, und er war mitsamt seiner berittenen Garde nach vorne gestürmt.

»Das ist eine Falle!«, schrie Halana, ihr Pferd zurückreißend, als der Fürst an ihr vorbei preschte. Doch er hörte nicht.

Nur Lusian zügelte augenblicklich ihr Pferd und kam zu Halana, die gerade Bagnan knapp hinter dem Fürst herreiten sah. Sie gab Smila die Sporen und rammte fast Bagnans Schlachtross, als sie ihn seitlich abdrängte, zum Anhalten zwang und brüllte: »Das ist eine Falle! Ihre erste Reihe bestand aus erfahrenen Reitern!« Überraschenderweise machte Bagnan sie nicht einen Kopf kürzer, sondern reagierte – nach einem herzhaften »Scheiße« – ohne Verzögerung. Offensichtlich hatte ihm das ungestüme Vorgehen seines Feldherren und das Bild, das die Schlacht abgab, auch Kopfzerbrechen bereitet.

Augenblicklich griff er zum Horn und blies die Reiterei zum Rückzug.

Nun geschahen mehrere Dinge in kurzer Folge: Die gut gedrillten Reiter reagierten tatsächlich und kehrten zurück – jedenfalls die der beiden hinteren Reihen, doch für die ganz vorne war es zu spät. Direkt nach Bagnans Signal war auch von der Seite General Jams ein kurz anschwellender Hornstoß ertönt. Dessen Fußtruppen waren, da seine Reiterei später als die Ludgars gestartet war, schon viel näher am Geschehen als die des Fürsten. Die Fußsoldaten des Generals stürmten nun voran, um die Reiter in die Zange zu nehmen. Diese hätten sich natürlich einfach aus dem Staub machen können, wenn...

Wenn nicht plötzlich gut 100 sonderbare Gestalten mit grün angemalten Gesichtern in ihrem Rücken aufgesprungen wären: Männer, die nun mit Grassoden bedeckte Tücher von sich abwarfen und in der gleichen Bewegung eine Art kurze Zäune aus sich überkreuzenden Holzspießen aus dem hohen Gras hervorzuklappen schienen. Dann richteten sie sich mit langen Lanzen gegen die Reiter Ludgars.

Wenigstens war, dank der Warnung, nur etwa ein Drittel der Reiter auf diese Weise eingeschlossen, und so mussten sich die Grüngesichter nach zwei Seiten wenden. Blöd allerdings, dass auch der Fürst selbst in der Zange saß.

»Auch das noch!«, brüllte Bagnan, »ihre Reiter sammeln sich hinter der Front wieder. Ich fresse einen Besen, wenn die nicht das Getümmel umgehen, um unser Lager anzugreifen. Wir müssen zurück... aber der Fürst?!«

Doch Zögern half nicht, also gab Bagnan nach einem verärgerten Wut-schrei den Reitern das Signal, einen Keil zu bilden, um den Fürsten rauszu-hauen.

Halana und Lusian wollten sich einordnen, doch Bagnan rief: »Nein! Sollten von uns welche zurückkommen, werden sie das Lager dringend brauchen – reitet zurück und schickt unsere Fußtruppen zum Lager, und vielleicht erreicht ihr es zu Pferd vor den Reitern der Schwarzen – ihr müsst es mit der Reserve unbedingt halten!«

Dann setzte sich Bagnan an die Spitze des inzwischen formierten Keils, der genau dort auf das Schlachtgetümmel zudonnerte, wo sich Fürst Lud-gar und die noch lebenden Reiter kaum noch gegen die Übermacht halten konnten.

Halana und Lusian rissen, ohne zu zögern, ihre Pferde herum und sprengten zurück, hatten schon nach wenigen Augenblicken die eigenen Fußtruppen erreicht, die sich im Eilschritt näherten. »Befehl von Bagnan – zurück! Wir müssen das Lager schützen!«, brüllte sie Haman, dem Kriegs-meister des Zentrums, entgegen. Der aber fauchte verärgert: »Sag deinem Bagnan, er kann mir nichts befehlen!« – ah!, die Eitelkeiten zwischen In-fanterie und Reiterei…

»Keine Zeit für den Unsinn! Der Fürst und ein Drittel der Reiterei sind in eine Falle gelaufen, Bagnan haut ihn raus, doch die Reiterei der Schwarzen umgeht das Schlachtfeld, um das Lager anzugreifen. Wir versuchen, es mit der Reserve zu halten. Aber ihr solltet so schnell wie möglich zurückkom-men, falls ihr noch ein Lager vorfinden wollt!« In einer Eingebung fügte sie hinzu: »Lasst nur die Flügel weiter vorrücken, um Jams Kräfte zu bin-den. Sonst können die eine zweite Reihe bilden und unseren überlebenden Reitern den Weg abschneiden. Aber unsere Flügelleute sollen sich nach dem ersten Kontakt kämpfend zurückziehen. Ablenken und binden genügt, doch nichts riskieren.

Wir werden noch jeden Krieger brauchen!«

»Auch eine Idee von Bagnan?«

»Ja«, log Halana, ohne zu zögern, »und ich würde ja noch gerne weiter plaudern, aber die Zeit wird knapp.«

Damit gab sie Lusian einen Wink, und sie holten nochmals das Letzte aus ihren Pferden heraus.

Es wurde wirklich knapp – genau genommen sogar mehr als das.

Auf ihrem rasenden Rückweg mussten Halana und Lusian mit Schrecken feststellen, dass ihnen plötzlich die eigene Reserve entgegenkam. Deren

Kriegsmeister hatte ein verstümmeltes Hornsignal missverstanden und war mit seinen Männern zur Unterstützung nachgerückt. Zwar konnte Halana die Nachhut schnell zum Umkehren bewegen, doch nun, da zu Pferde viel schneller, waren sie und Lusian mit weitem Abstand die Ersten, die die Palisaden des Lagers erreichten. Und von drinnen hörten sie bereits Kampflärm.

Da sie erst drei Tage zuvor angekommen waren, war das Lager ohnehin noch ein Provisorium. Nur zur Front hin gab es knapp zwei Meter hohe Palisaden und ein paar Vorschanzen, zu den Seiten und nach hinten dagegen war das Lager bisher lediglich durch einen Verhau aus den Baumkronen geschützt, die beim Herstellen der Palisaden übrig geblieben waren. Wie sich später herausstellen sollte, hatten die Reiter des Schwarzen Landes einfach mit Hilfe von Seilen und Pferdekraft zwei Baumkronen auf der rechten Seite herausgezerrt. Es war kaum jemand im Lager gewesen, der sie daran hindern konnte.

»Verdammt! Wie kommen wir rein?«, brüllte Halana aufgebracht, als sie vor dem verschlossen Tor die zitternden Pferde zügelten.

»Ich verstehe das richtig?«, keuchte Lusian, »du bist ganz scharf darauf, da hineinzukommen, damit wir zwei so etwa 200 Reiter der Schwarzen angreifen können?«

»Hm. Darauf läuft's raus, ja.«

»Ich bin mir nicht sicher, ob ich wirklich nach einer Möglichkeit suchen soll, da hinein...«

In diesem Moment öffnete sich das Tor.

»Na, das wird ein Spaß«, knurrte Lusian noch, während sie und Halana ihre Speere hoben. – Die Torflügel schwangen auf. Für einen winzigen Moment starrten sich die beiden Reiterinnen Engalands und vier überraschte Krieger des Schwarzen Landes an. Die vier hatten ganz offensichtlich nicht damit gerechnet, dass der Feind bereits wieder so nahe am Lager war. Dann flogen die Speere, und nur noch zwei der Schwarzlandkrieger starrten. Doch noch während die Augen ihrer durchbohrten Kameraden brachen, wurden die beiden schon von den Schlachtrössern der Kriegerinnen schlicht über den Haufen geritten.

Noch in derselben Bewegung, mit der sie ihre Speere schleuderten und ihre Pferde antrieben, zogen Lusian und Halana blank. Im Lager zügelten sie einen kurzen Moment die Rösser, um sich einen Überblick zu verschaffen. Linker Hand waren etliche der Schwarzlandreiter damit beschäftigt, Schlacht- und Milchvieh sowie die Ersatzpferde aus einer großen

Lücke im Verhau zu treiben. Viele der Schwarzen waren auch abgestiegen und plünderten in den Zelten, von denen einige in Flammen aufgegangen waren... »Da!«, rief Lusian und deutete nach rechts.

Unter den wenigen Leuten des Fürsten, die noch im Lager gewesen waren, musste mindestens einer einen kühlen Kopf bewahrt haben: In aller Eile hatten sie an der rechten Seite des Lagers, am Kochplatz, zehn große Küchenwagen zu einem Halbkreis zusammengeschoben und dann nach innen umgekippt. Diese halbe Wagenburg – die Rückseite wurde von der Baumkronen-Wand des Lagers gebildet – wurde offenbar von einem kleinen Häuflein gehalten, während sich davor gut 40 Reiter zu einem Angriff formierten.

Die Kriegerinnen blickten sich eine Millisekunde in die Augen und nickten sich kaum merklich zu, dann gaben sie ihren Pferden die Sporen.

Die Aufmerksamkeit der meisten Schwarzländer war entweder auf das Plündern oder den Angriff auf die Wagenburg gerichtet. Dennoch hatten ein paar von ihnen Halana und Lusian bemerkt. Doch verblüfft, dass nur zwei der Engaländer in das fast besetzte Lager einritten, und befürchtend, dass gleich noch viele mehr durch das Tor strömen würden, reagierten sie nicht sofort. So hatten die jungen Frauen inzwischen schon die hintere Reihe jener Krieger erreicht, die sich gerade zum Sturm auf die Wagenburg bereit machten.

Zwei Stiche.

Zwei Hiebe.

Zwei Stiche.

Sechs Gegner weniger.

Na ja, von hinten... das ist vielleicht nicht ganz fair... aber beim Großen Zerstörer – gegen diese Übermacht! Und natürlich darf man eines nicht vergessen: Es war Krieg.

Als die Krieger der Schwarzen verwirrt merkten, dass nicht sie es waren, die angriffen, da hatten Lusian und Halana ihre Reihen schon fast durchbrochen. Erst jetzt stießen die Kriegerinnen den Angriffsschrei ihres Landes aus und drängten sich, Seite an Seite, mit Schwert und Schild die ersten Hiebe der Gegner parierend und wütende Hiebe austeilend, durch die letzten Schwarzländer hindurch und verlangten noch eine letzte Anstrengung von ihren Tieren: Mit wenigen Sätzen waren sie vor der Wagenburg, und mit einem gewaltigen Sprung, die Reiterinnen in den Steigbügeln stehend nach vorne gelehnt, flogen die Pferde über einen der umgestürzten Wagen und landeten, verfolgt von den wütenden Schreien der Feinde und willkommen geheißen von den Jubelrufen der Verteidiger, im Inneren der Wagenburg.

Als Halana von ihrem fast zu Tode erschöpften Pferd glitt, rief ihr ein hünenhafter, jedoch einbeiniger Mann, der aus einem hässlichen Schnitt in der Stirn blutete, lachend entgegen: »Nette Art, vorbeizuschauen – wo sind die Anderen?«

»Welche Anderen?«

»Oh! Scheiße!«, sagte der schwarzhaarige Mann, doch sein Lachen wurde noch lauter.

»Wo sind die Krieger?«, fragte nun Halana.

»Welche Krieger?«

»Oh! Scheiße! Wer hat dann die Wagenburg gehalten?«

»Na wir. Die Köche, Küchenhelfer, Wagenlenker und ein paar Marketenderinnen... ach ja, und natürlich unser guter Barbier – aber die meisten Köche sind ehemalige Krieger, die irgendwann mal...« – dabei deutete er auf sein Holzbein – »...aus irgendeiner Schlacht mit irgendeinem nicht ganz unrelevanten Körperteil weniger zurückgekehrt sind.«

Jetzt sah sich Halana die Leute genauer an, die hinter den Wagen standen: Knapp 30 waren es. Viele trugen tatsächlich die grauen Kochschürzen, einige die ledernen Schürzen der Kutscher. Ein paar waren mit Schwert und Schild, andere aber auch mit Bratspießen, Waldäxten und Knüppeln bewaffnet. Halana sah sogar eine kleine, kräftige Marketenderin, die ein langes Holzpaddel, wie es zum Brotbacken benutzt wurde, in den Händen hielt, und ein vielleicht zwölfjähriger Küchenjunge umklammerte mit der Rechten den Griff eines langen Messers, während er in der Linken tatsächlich einen großen Topfdeckel als Schild hielt.

Weiter hinten versuchten sich etwa 20 Marketenderinnen und verängstigte Händler einen Weg durch den Baumkronen-Verhau zu bahnen. Einige mochten es auch schon geschafft haben, dank der Zeit, die sie durch die Verteidiger gewonnen hatten.

»Bist du der Chef der Küche?«, fragte Halana den Schwarzhaarigen.

»Ich? Nein. Ich bin Hanumann, der Koch. Unser Chef...«, Hanumann sah sich suchend um, »ich glaube, da hinten, hinter den Kartoffelsäcken, hat Herr Manru sich verkrochen. Ich meine, ich kann seinen Angstschweiß bis hierher riechen.«

Von den Wagen ertönte ein Ruf, es war der Küchenjunge: »Achtung! Sie kommen wieder!«

Es war ein harter Kampf.

Zweimal war es Kriegern des Schwarzen Landes gelungen, von den Rücken ihrer Pferde aus in die Wagenburg einzudringen, und so mussten Halana und Lusian, die den Köchen den Rücken frei hielten, einmal gegen vier, beim zweiten Mal sogar gegen fünf Krieger kämpfen. Halana wusste später nur noch, dass sie ihren Verstand hinter ihren Instinkt gestellt hatte. Immer ihre Freundin im Rücken, waren Schwert und Schild mit wütender Präzision und Härte geführt worden, bis sieben der Gegner tot und zwei schwer verletzt am Boden lagen.

Nur sieben Minuten, sieben ewig lange Minuten hatten sie die Wagenburg gegen die Übermacht gehalten. Dann war ein ihnen unbekanntes Hornsignal erklungen, und die verbliebenen Reiter der Schwarzen, die sich noch nicht mit Beute davon gemacht (die meisten) oder tot am Boden lagen (auch ein paar), waren eilig durch die Bresche in der Baumkronen-Mauer davon geritten. Nur wenige Augenblicke später waren die 300 Mann der Reserve im Laufschritt ins Lager eingerückt, nach und nach gefolgt von den übrigen Fußtruppen – und schließlich auch von der Reiterei. Besser gesagt: von dem, was von ihr übrig war.

Bagnan war es tatsächlich gelungen, den jungen Fürsten herauszuhauen – doch um welchen Preis!

Nur 54 der 200 Reiter waren zurückgekehrt, und nur 2 der 10 Leibgardisten des Fürsten. Fürst Ludgar selbst war durch einen tiefen Stich in die Schulter, der ihn viel Blut gekostet hatte, schwer verletzt worden. Der Barbier konnte die Blutung zwar stillen, und er hatte die Wunde auch gründlich mit Branntwein gesäubert, bevor er das Fleisch mit tiefen Stichen wieder zusammennähte, doch er wollte sein Barbiermesser nicht darauf verwetten, dass Ludgar den nächsten Sonnenaufgang erleben würde. Bei den Fußtruppen hatte es an jenem Tag nur einige Leichtverletzte gegeben, aber ein paar Verteidiger der Wagenburg hatten ihren Mut mit dem Leben bezahlt. Auch für den Küchenjungen und die mutige Marketenderin war es der letzte Tag ihres Lebens gewesen.

Auf der Habenseite konnte Ludgars Trupp 19 erschlagene Reiter des Herzogs allein in ihrem Lager zählen (die meisten gingen auf Halanas und Lusians Konto). Zudem war es den Köchen und Kutschern gelungen, wenigstens einen Teil der Vorräte in die Wagenburg zu retten, dazu ein paar wenige Stücke Schlachtvieh.

Doch diese wenigen Vorräte waren in den letzten Tagen zur Neige gegangen, und Wasser durfte schon lange nicht mehr zum Waschen benutzt werden, als sich Halana und Lusian, die Schalen mit der wässrigen, übel schmeckenden Suppe in der Hand, gut zwei Wochen nach der Schlacht unterhielten.

Drei Viertel ihrer Reiterei beraubt und nach der nahezu gelungenen Falle des Gegners nicht gerade bester Stimmung, hatten die Truppen Ludgars nicht noch einen Angriff gewagt. Einfach abmarschieren konnte man natürlich auch nicht, denn dann hätten die Schwarzländer, deren Späher das Lager Tag und Nacht umstreiften, leichtes Spiel gehabt. Ludgar selbst hatte überraschenderweise bisher überlebt, lag aber die meiste Zeit in einem fiebrigen Delirium und fiel als Anführer aus. Das hätte Halana ja eigentlich als Segen betrachtet, wenn nicht nach ihm vier gleichrangige Kriegsmeister übriggeblieben wären: Bagnan, Haman, sowie Bert Halefson und Olman Schwertwind, die die Flügeltruppen befehligt hatten, konnten sich ganz offensichtlich nicht auf ein Vorgehen einigen.

»Eigentlich haben wir ja wirklich noch Glück gehabt«, meinte Lusian gerade zu Halana.

»Na, Schwester, ich hatte immer schon den Verdacht, dass Du ein bisschen abartig bist«, feixte Halana, »ich würde mich jedenfalls nicht unbedingt als glücklich bezeichnen, wenn man mir gerade gründlich in den Hintern getreten hat.«

»Doch, nämlich dann, wenn die Alternative ein finaler Riesen-Tritt gewesen wäre, der von deinem hübschen Arsch nicht mal mehr ein winziges Stück zum Reinkneifen übrig gelassen hätte. Überleg mal: Wenn die Reiter der Schwarzen, statt mit der Mehrzahl ihrer Leute zu plündern, unser Lager richtig besetzt und gehalten hätten: Unsere zurückkehrenden Truppen hätten dann ganz schön alt ausgesehen – wenn Du nicht behaupten willst, wir zwei hätten es gegen alle kampfbereiten Reiter aufnehmen können.«

»Ich sage es ungern, doch Du hast natürlich Recht. Seltsam ist es aber schon: Einerseits hatte General Jam so eine ausgeklügelte Falle vorbereitet. Aber dann sind seine Reiter nicht in der Lage, die Gunst der Stunde zu erkennen, um uns den Rest zu geben.«

»Pah«, entgegnete Lusian, »zum ersten glaube ich nicht, dass die Idee mit der Falle auf General Jams verfluchtem Mist gewachsen ist. In den Schlachten, die er bisher geschlagen hat, hat sich der Alte jedenfalls nicht mit ungewöhnlichen Taktiken oder gar Fantasie hervorgetan. Er wird wohl einen Berater haben. Und der war ganz offensichtlich nicht beim Reiterangriff der Schwarzen dabei, sonst wäre die Sache für uns noch übler ausgegangen. Ich stelle mir das so vor: Die 200 Reiter der herzoglichen Truppe hatten den Befehl, unser Lager soweit als möglich zu zerstören und vor allem unsere Vorräte zu klauen. Und das Ganze – rein, raus – mit einer Blitz-Attacke. Weil derjenige, der diesen Angriff plante, ja damit rechnen musste, dass unsere Reserve unmittelbar vor dem Lager stehen und dort schleunigst wieder einrücken würde. Er konnte ja nicht ahnen, dass der Trottel von Unterkriegsmeister, der die Reserve befehligt hatte, mit seinen Leuten in Richtung Schlachtfeld vorrücken würde. Und wer immer die Reiterei anführte, hat sich eben stur an seine Befehle gehalten, statt ein wenig Eigeninitiative zu zeigen und die neue Lage zu nutzen oder auch nur zu erkennen.«

»Unser Glück. – Da sieht man mal, dass es nicht immer angebracht ist, Befehle zu befolgen, und dass ein klein wenig Fantasie nichts schaden kann.«

»Kommt drauf an«, knurrte Lusian, »ich denke gerade daran, als Du mich in unserem ersten Ausbildungsjahr überredet hast, das Lager nachts heimlich zu verlassen, weil dir während der Mittagsrast dieser Dorfjunge schöne Augen gemacht hatte… und wen haben sie dann erwischt, während Du am Rumknutschen warst?«

Halana kicherte und meinte: »War aber nett, dass Du mich nicht verpfiffen hast.« Dann wurde sie ernst und fragte: »Weiß man eigentlich inzwischen, was das für seltsame Krieger waren, die da plötzlich aus dem Gras aufgetaucht sind? Nur Soldaten des Herzogs mit Farbe im Gesicht?«

»Wohl nicht. Unsere überlebenden Kameraden haben erzählt, dass sie sich Worte in einer fremden Sprache zugerufen haben. Auch sei ihre Haut dunkler als die unsere und die Augen ovaler gewesen. Und gekämpft hätten sie wie die Löwen. Ich denke, es sind Söldner von… der Große Zerstörer mag wissen woher, vielleicht von einem Steppenvolk. Würde mich aber nicht wundern, wenn wir unter ihnen auch den Berater finden, der sich die nette Falle ausgedacht hat.«

»Der Zerstörer soll sie holen…. Und unsere derzeitigen Anführer gleich mit, wenn die sich nicht bald etwas einfallen lassen. Ich muss in spätestens drei Wochen zu Hause sein, Du weißt…«

»Ja, klar, Ruff hat Geburtstag, Du erwähnst es ja bloß so zwei, drei Mal am Tag. Deine Sorgen möchte ich haben. Mich interessiert vielmehr, ob unsere Reiter durchgekommen sind und Fürst Rudgar, falls er nicht an der Ruhr krepiert ist, schnell Ersatztruppen schickt, oder meinetwegen auch der König persönlich. Wenn sie nur hier sind, bevor Jam Verstärkung herbeigepfiffen hat, mit der er uns über den Haufen rennen kann.«

»Wenn wir nicht ohnehin vorher verhungert sind«, meinte Halana mit einem betrübten Blick in ihre Schüssel, aus der sie dann geräuschvoll die letzten Tropfen schlürfte.

»Apropos verhungern«, Lusian stupste Halana an und deutete in Richtung der Küchenwagen, »wenn man vom Teufel spricht, da kommt unser heldenhafter Koch angehumpelt.«

An den vergangenen Abenden hatten sie sich ab und an mit Hanumann und ein paar der Überlebenden aus der Wagenburg getroffen, um die Zeit mit Würfeln totzuschlagen. Jetzt schien der Koch sie zu suchen, denn er kam direkt auf sie zu. Lusian begrüßte ihn: »Bin sehr erfreut zu sehen, dass Du deinen zweiten Fuß noch dran hast. Bei dem Geschmack der Suppe…«, dabei klapperte sie mit ihrem Holzlöffel energisch an ihre Schüssel, »…hatte ich schon befürchtet, du hättest dir das andere Bein auch noch abgehackt und uns serviert – unter Weglassen des Waschens, natürlich.«

»Irgendwann wird dir mal jemand dein freches Maul stopfen«, lachte Hanumann und grinste dabei übers ganze Gesicht, »aber hoffentlich jetzt noch nicht. Ich bin nämlich gerade auf der Suche nach zwei Kriegerinnen, die nichts dagegen hätten, den Großen Zerstörer selbst herauszufordern. Vielleicht so Leute, die, wenn's sein muss, auch eine zwanzigfache Übermacht angreifen, um in eine belagerte Wagenburg zu gelangen. Ihr kennt da nicht zufällig jemanden?«

»Oh!«, sagte Halana, jetzt ganz Ohr, »wenn es mir hilft, in drei Wochen zu Hause zu sein… worum geht's denn?«

»Na ja«, antwortete Hanumann und sah sich schnell um, ob jemand zuhörte, »vielleicht kommen wir nicht schneller nach Hause, aber einen vollen Magen sollten wir jedenfalls bekommen. Passt auf: Als ich noch auf zwei Beinen durch die Welt lief, war Olav das Rohr mein Schwertbruder.«

»Der Kundschafter? Der so lang und dürr ist?«

»Genau der. Heute Morgen, kurz vor Sonnenaufgang, kam er von einer ausgedehnten Tour zurück und hat mir später davon erzählt – obwohl er es eigentlich nicht durfte, haltet also bloß eure losen Mäuler! Jedenfalls: Ein gutes Stück im Westen kommt ein kleiner Waldausläufer, dahinter setzt sich die Ebene fort, und dort grast eine riesige Herde Dickhörner.«

»Dickhörner!?«, rief Halana begeistert.

»Psst! Noch lauter, und es hören auch noch General Jams Leute in ihrem Lager… Olav hat jedenfalls sofort unserer Führungs-Quadriga davon erzählt. Und Kriegsmeister Bagnan sagt gleich: Klasse, da schnappen wir uns ein paar Dutzend…«

»Na super!«

»Denkst Du! Kriegsmeister Haman sagt nämlich: Nein, zu gefährlich, wir brauchen jeden Mann und halten durch, bis Verstärkung kommt. Und Kriegsmeister Bert Halefson sagt, er weiß nicht, was er sagen soll, und Kriegsmeister Olaf Schwertwind sagt mal dies und mal das, und dann wollen sie Fürst Ludgar fragen, doch der sagt gar nichts, weil er wieder weggetreten ist, und schließlich schlägt sich Schwertwind doch auf die Seite von Haman... und jetzt läuft unser Essen da draußen rum, und wir dürfen's nicht holen, dabei lechzen meine Töpfe danach, gefüllt zu werden. Aber der Befehl lautet: Keiner außer den Spähern verlässt das Lager.«

»Hmmm...«, murmelte Halana.

»Oh, oh!« seufzte Lusian.

»Was haben wir heute gelernt?«

»Sag's nicht.«

»Dass es nicht immer angebracht ist, alle Befehle zu befolgen.«

Lusian seufzte: »Das habe ich befürchtet. Wann geht's los?«

»Na, heute Nacht natürlich, was hast Du denn gedacht? Ach... Hanumann?«

»Ja?«

»Sag mal, wer Dickhorn-Steaks braten kann, der kann die Viecher doch sicher auch treiben?«

»Interessante Theorie.«

*

Als die Köche am Nachmittag mit den Vorbereitungen begannen – es sollten nun tatsächlich vier der nur noch wenigen Pferde geschlachtet werden, was die Moral der Krieger nicht gerade hob – , gingen sie recht laut zu Werke. So wurden die Geräusche übertönt, die Halana, Lusian und ein paar mit Hanumann befreundete Kutscher machten – auch unterdrücktes Fluchen und Stöhnen gehörte dazu – , als sie im Schutz eines Küchenwagens einen Tunnel in den Baumkronen-Verhau schnitten. Einen Tunnel, der breit genug war, um einen Reiter hindurch zu lassen, an dessen Ende aber noch genug Astwerk stehenblieb, damit er von außen nicht auffiel.

Kaum war die Dunkelheit hereingebrochen, machte sich eine dralle Küchenhelferin mit zwei ordentlichen Suppenschüsseln voll dampfendem Pferdefleisch auf den Weg zum Tor. Dort reichte sie die Schüsseln den beiden Wachen, die, auf dem erhöhten Laufgang stehend, eigentlich über die

Palisade hinweg in Richtung Feindesland blicken sollten. Die Männer waren jedoch sehr erfreut über das Essen und auch gerne bereit, sich, mit vollgestopftem Mund sprechend, von der netten Frau in ein kleines Schwätzchen verwickeln zu lassen. So bemerkten sie nicht, dass sich aus dem Schatten der Palisaden ein weiterer Schatten löste und eilig in Richtung Feindeslager in der Dunkelheit verschwand.

Die Nacht schien friedlich. Trügerisch friedlich. Denn plötzlich ertönte aus dem Niemandsland zwischen den beiden Lagern ein so durchdringendes, schrilles Hornsignal, dass eine der Wachen vor Schreck die Schüssel mit noch immer ein paar Brocken warmen Fleisches darin fallen ließ.

Jetzt sahen die Wachen hinüber zum Feind. Dem Signal folgten nicht minder schrille Schreie, dann stiegen tatsächlich zwei Brandpfeile in die Luft... inzwischen standen etliche Krieger auf dem Laufgang, einige der neu hinzukommenden riefen aufgeregt: »Sie greifen an! Sie greifen an!«

Aber sie ahnten nicht, dass zur gleichen Zeit ganz ähnliche Rufe auch im Lager des Feindes ausgestoßen wurden. Denn die Schwarzländern deuteten die ihnen genauso unbekannten Hornsignale ebenfalls als Angriffszeichen des Feindes... – Kaum war das erste Hornsignal ertönt, ritt Halana an der Spitze einer sonderbaren zehnköpfigen Schar durch den Tunnel, die Hufe der Pferde mit Lumpen umwickelt, und verschwand hinter dem Lager in der Dunkelheit.

Fünf Stunden später.

Die beiden Wachen am Tor hörten ein seltsames Vogelzirpen aus naher Distanz – zweimal kurz, zweimal lang, einmal kurz. Sie ließen ein Knotenseil über die Palisade hinunter, und wenige Augenblicke später zog sich ein erschöpft keuchender Späher über das hölzerne Hindernis.

»Na – gibt's was Neues?«, fragte einer der Krieger, ohne jedoch wirklich eine positive Antwort zu erwarten.

»Und ob!«, sagte Olav das Rohr, noch immer außer Atem, »ich muss schleunigst unsere Anführer sprechen.«

Die waren zunächst wenig begeistert, aus dem Schlaf gerissen zu werden. Doch was sie dann, im Zelt von Kriegsmeister Bagnan, zu hören bekamen, ließ sie schnell putzmunter werden.

»Wenigstens einer unserer Melder muss durchgekommen sein«, schilderte Olav das Rohr aufgeregt, »ich bin etwa eine Stunde westlich von hier auf ein Lager gestoßen – jetzt haltet euch fest: Fürst Rudgar selbst ist gekommen – hat wohl Angst um seinen Sohn –, und zwar an der Spitze von 500 Reitern.«

»Gerettet!«, rief Infanterie-Kriegsmeister Haman, »warum ist er mit seiner Truppe nicht gleich mitgekommen?«

»Weil es auch die Krieger von General Jam mitbekommen würden, wenn hier 500 Reiter einziehen.«

»Na und?«

»Nun, wie will man einen Überraschungsangriff starten, wenn es keine Überraschung gibt?«

»Was für einen Überraschungsangriff?«, fragte Haman, während in den Gesichtern der drei anderen Kriegsmeister bereits ein gewisses Verstehen heraufdämmerte.

Der Späher fuhr fort: »Der Fürst, der bei seinem Eilritt auch nur Satteltaschen-Vorräte mitbringen konnte, will die Sache hier schnell beenden. Er greift eine Stunde vor Morgengrauen an. Das heißt: Genau genommen stößt er zu unserem Angriff dazu.«

»Wie bitte?!«

»Wir sollen mit den Fußtruppen und dem Rest unserer Reiter aufmarschieren und Jam aus dem Lager locken – er wird denken, wir machen einen Verzweiflungsangriff, weil unsere Vorräte zur Neige gehen. Aber wir bilden einen Kreis und ziehen uns langsam zurück, verteidigen dabei den Schildwall und die Bogenschützen verrichten aus dem Inneren des Kreises heraus ihre Arbeit.

Sind wir weit genug, so dass Jams Krieger nicht mehr rechtzeitig in ihr Lager können, kommen die Reiter des Fürsten wie ein Blitz aus dem Osten über sie, und wir gehen in die Offensive.«

»Oh nein!«, sagte Haman, »ein Nachtangriff? Mit Unterzahl? Und wir sollen uns auf 500 Krieger verlassen, die ich noch nicht mal gesehen habe? Das ist zu riskant.«

»Ha!«, rief Bagnan, und in seiner Stimme klang unverhohlene Genugtuung, als er Haman entgegnete: »Glücklicherweise spielt es keine Rolle, ob Du es für riskant hältst. Denn Du wirst ja wohl nicht bestreiten wollen, dass – wenn schon nicht ich – so doch der Fürst im Rang weit über dir steht. Jetzt ist's also endlich genug geplaudert! Lasst uns dafür sorgen, dass unsere Krieger munter werden und keinen Krach machen. Und dann werden wir diesen Hurensöhnen den Tod meiner Reiter heimzahlen.«

Haman sah hilfesuchend zu den beiden anderen Kriegsmeistern, doch die nickten nur kurz Bagnan zu und machten sich auf den Weg, um ihren Unterkriegsmeistern Befehle zu erteilen.

So schwang schließlich eine gute Stunde vor Sonnenaufgang das Tor auf.

Die Krieger marschierten hinaus und schritten in enger Keilformation auf das gegnerische Lager zu. Es kam wie erwartet: Noch mehr als die Hälfte der Wegstrecke bis zum Feldlager des Generals fehlte, als dort mehrere Hornsignale ertönten. Bald sahen die Krieger an der Spitze des Keils schemenhafte Gestalten aus der Nacht auftauchen: Eine Reiterwelle jagte heran, konnte aber den marschierenden Schild- und Speerwall nicht durchbrechen und war wahrscheinlich ohnehin nur als Test gedacht, ob es sich denn tatsächlich um einen ernst gemeinten Angriff handelte.

Kaum war der Hufschlag der abziehenden Reiter schwächer geworden, kam dafür das gleichmäßige Stapfen der Infanterie näher, das aber zu einem abrupten Halt kam. Dann leuchteten Feuerpunkte in der Ferne auf, und plötzlich schossen im hohen Bogen kleine Flammenbahnen durch den Himmel. Die Krieger warteten den Befehl gar nicht erst ab, sondern hoben gleich ihre Schilde, als auch schon ein Hagelgewitter aus Brandpfeilen herunterging, aber wenig Schaden anrichtete. Doch den erfahreneren unter den Kriegern war klar, dass die Pfeile nur für etwas Licht sorgen sollten, damit die nächsten Salven aus der Dunkelheit heraus besser gezielt abgefeuert werden konnten. So ließ Bagnan gleich das Signal geben: »Schilde oben lassen!«

Tatsächlich heulte es plötzlich mit einem unheimlichen, näher kommenden, sirrenden Pfeifen durch die Dunkelheit, und unzählige Pfeile prasselten auf die Schilde – ein paar trafen auch Fleisch. »Es wird wohl Zeit«, murmelte Bagnan und gab selbst das Signal, zu stoppen und den Kreis zu bilden. Nach zwei weiteren Pfeilsalven war es einen winzigen Moment still. Unheimlich still...

...dann ertönten die Angriffsschreie der feindlichen Krieger, die in einer großen Welle heranstürmten.

Noch bevor die ersten Schwerter auf Schilder klirrten, war der Verteidigungskreis schon auf dem Rückzug. Doch die große Formation, die um keinen Preis auseinanderbrechen durfte und kampfbereit bleiben musste, kam nur langsam voran. So war der Gegner schnell heran, und es begann das Hauen und Stechen...

Es dauerte nicht lange, und die den Schwarzländern zugewandte Seite des menschlichen Verteidigungskreises, die harten Schlägen ausgesetzt war, bekam eine gefährliche Einbuchtung nach innen. Doch dann, plötzlich: »Sie kommen, sie kommen!«, hallten erfreute Rufe aus den Reihen der königlichen Krieger. Weit im Osten waren kleine Leuchtpunkte zu erkennen, die aber rasch näher kamen – und im Eifer des Gefechts wunderte sich niemand, warum die verbündeten Reiter ihren Überraschungsmoment durch Fackeln stören sollten.

Das Rufen und die Lichter waren natürlich auch den Kriegern Jams nicht entgangen. Deren Anführer behielten aber klaren Kopf. Sie zogen ihre Krieger ein Stück aus dem Gefecht zurück, ließen nun ihrerseits einen Schildwall gegen die Kämpfer des Königs richten, wandten aber auch einen Teil ihrer Krieger in Richtung Osten und ließen die Bogenschützen in Position gehen.

Dann jagten sie, als die Lichter deutlicher wurden, den Herannahenden eine Pfeilsalve entgegen. Die musste, bei diesem offenen Angriff, viele Ziele gefunden haben, doch die Lichter, das Stampfen und jetzt auch ein lautes Rufen und Klappern kamen unbeirrt näher.

»He!«, sagte plötzlich der neben Bagnan stehende Hornist erstaunt, »das hört sich ja an wie… sagt mal, muhen da Kühe??«

Dann waren plötzlich entsetzte Schreie aus der ersten nach Osten gerichteten Reihe des Gegners zu hören, die sich unversehens aufzulösen schien – doch nicht schnell genug.

Und nun war auch nicht mehr zu übersehen, was sich da heranwälzte: Eine riesige Herde Dickhörner, wohl über zweitausend Stück an der Zahl, stürmte in wilder Panik direkt auf die Krieger des Herzogs zu. Hinter und zwischen ihnen konnte man ein paar Reiter erkennen, die schrille Schreie ausstießen und, an den Sätteln festgebunden, ein Sammelsurium laut klappernder Töpfe und Pfannen hinter sich herschleiften. Vor allem aber: Einige der Tiere hatten brennende Teerklumpen auf den Hörnern, was sie in ihrer Panik außer Rand und Band brachte.

Die Herde raste mitten hinein in die Schwarzland-Krieger. Nur wenige Augenblicke später war der Spuk vorbei, und die Kämpfer des Königs hatten leichtes Spiel mit den übrig gebliebenen Männern des Herzogs, die nicht wussten, wie ihnen geschehen war.

Während die Herde im Licht der ersten Dämmerung weiter Richtung Westen raste, hatten die Reiter, die die Tiere angetrieben hatten, ihre Pferde nun gezügelt. Keuchend und lachend zugleich kam Halana, gefolgt von Lusian, auf Bagnan zugeritten und rief ihm entgegen: »Wir haben Frühstück mitgebracht. Einige unserer gehörnten Verbündeten haben Pfeile abbekommen und liegen weiter hinten auf dem Schlachtfeld.«

»Ich vermute mal«, entgegnete Bagnan erschöpft, »der ›Fürst‹ und seine ›500 Reiter‹, das seid ihr beide und diese Rindviecher?«

»Oh, nicht zu vergessen ein paar Köche, die auch geholfen haben – ich glaube, die sind aber schon unterwegs, um nach unserem Frühstück zu schauen.«

»Köche? Besiegen mit zwei grünschnäbeligen Kriegerinnen und einer Herde Dickhörner ein Heer des Herzogs? – Ich glaube, nicht nur unsere vierbeinigen Verbündeten sind heute die Gehörnten.«

Das Heer von Fürst Ludgar machte an diesem Tag viele Gefangene. Nur von der Reiterei des Feindes waren die meisten entkommen, zudem auch General Jam selbst und die kleine Lager-Besatzung. Dennoch fanden die Krieger des Fürsten bei ihrem Einritt das Lager des Feindes nicht ganz verlassen vor: Es gab einige gefangene Reiter des Fürsten zu befreien, zudem hatten die Schwarzländer ihre Schwerverwundeten zurückgelassen – was vielleicht auch der Grund war, dass die Gefangenen beim überhasteten Abzug aus dem Lager nicht massakriert worden waren: Das hätte eine Rache an den Verletzten und auch an den gefangenen Schwarzländern nach sich ziehen können.

Halana warf ebenfalls einen Blick auf die verwundeten Krieger des Feindes, hoffte… und tatsächlich: Da lag ein Mann in den Vierzigern, schwach und bleich, mit gebrochenem Bein – und mit einer durch einen Lanzenstich durchstoßenen Achsel.

»Was willst Du?«, knurrte er Halana böse an, als er deren Interesse bemerkte, »bei mir gibt es nichts mehr zu plündern!«

»Du solltest in deiner Position keine so große Klappe riskieren«, sagte Halana, während sie sich neben ihm niederließ.

»Pah! Ich lasse mir von einem Engaländer nicht das Wort verbieten!«

»Nein? – Das finde ich gut. Aber hört mir trotzdem zu: Wenn Ihr in unser Lager gebracht werdet, schicken wir unseren Barbier zu Euch. Der versteht sein Handwerk und kann auch Euer Bein anständig schienen, dass es nicht krumm bleibt.« Dann sah sich Halana verstohlen um, schob dem Schwarzländer schnell ein paar Münzen unter die gesunde Hand und meinte beiläufig:

»Wie man hört, soll es Aufseher geben, die Gefangene auf der Austausch-Liste nach oben geschoben haben – gegen handfeste Argumente.«

Verblüfft starrte der Krieger Halana an, doch dann blitzte Verstehen in seinen Augen auf. Er deutete, die Münzen darin verborgen, mit der Faust auf seine verletzte Schulter und stellte fest: »Du warst das? – Hey, wenn du das jedes Mal machst, wirst du es nie zu etwas bringen.«

Halana entgegnete seufzend: »Den anderen könnte ich allenfalls eine Beerdigung spendieren – was ich bedauere, aber besser ist, als selbst beerdigt zu werden.« Der Krieger antwortete: »Ja, das Köpfespalten ist manchmal eine Last« – und sie verstanden sich.

Sie nickten sich kurz zu, dann stand Halana wieder auf und ging zum Ausgang des Krankenzeltes, wo Lusian kopfschüttelnd auf sie wartete.

Gerade als sie ins Freie trat, rief ihr der Fremde noch nach: »Als Krieger werde ich mich natürlich nicht bei einem Feind bedanken, aber – danke im Namen meiner Kinder.«

Als sie zu ihren Pferden gingen, meinte Lusian zu ihrer Freundin: »Kindchen, du bist einfach zu nett.«

»Ach was. Das Geld hatte ich ohnehin einem Toten abgenommen. Und jetzt habe ich das Bedürfnis, unseren Sieg zu feiern. Mit vielen gegorenen Getränken.«

»Ich bin dabei. Aber pass bloß auf, dass du nicht wieder irgendwo mit einem Kind im Bauch aufwachst.«

Zurück im eigenen Lager wartete allerdings statt eines Festes eine unangenehme Überraschung auf Halana und Lusian. Infanterie-Kriegsmeister Haman tobte vor Wut, und die beiden Kriegerinnen hatten keinen Zweifel daran, in ihm einen Feind fürs Leben gefunden zu haben. Ein Leben, dessen Zeitspanne nun durchaus zu einem jähen Ende kommen mochte. Als sie sich gerade zusammen mit Hanumann einen Krug erbeuteten Gersten-Gärs schmecken ließen, hatte Haman sie von vier Kriegern zu sich bringen lassen. Auch die Kriegsmeister Bert Halefson und Olaf Schwertwind waren da, nur den Reiterführer Bagnan hatte Haman wohlweislich nicht zu der Runde dazu gebeten.

Haman malte in düstersten Farben aus, was geschehen wäre – und wie leicht es hätte passieren können –, wenn der Plan der Kriegerinnen nicht aufgegangen wäre.

»Oh, eigentlich war es gar kein Plan«, entgegnete Halana leichthin, »nachdem Lusian für ein wenig Ablenkung gesorgt hatte – später ist sie wieder zu uns gestoßen – und wir so ungesehen aus dem Lager gekommen sind, wollten wir eigentlich nur ein paar Dickhörner für unsere leeren Töpfe besorgen. Aber als ich dann diese riesige Herde vor mir gesehen habe, ist mir eine Lektion eingefallen, die ich kürzlich gelernt hatte.«

»Was?«, wollte Lusian im Plauderton wissen, während Haman der Mund sprachlos offen stand, »dass es nicht immer angebracht ist, allen Befehlen Folge zu leisten?«

»Nein, das Andere.«

»Das Andere?«

»Ein klein wenig Fantasie kann nichts schaden. – Außerdem muss ich ja in drei Wochen zu Hause sein.«

»Klar, das entschuldigt alles.«

»Und da hatte ich eben die Idee, wenn schon keine Verstärkung kommt, dann könnte ich ja selbst eine zimmern.«

»Eine Verstärkung zimmern?«, rief Haman ungläubig und zischte dann gefährlich leise: »Ihr habt mich belogen und betrogen, und ich werde dafür sorgen, dass ihr in Ketten...«

»Haman – halt die Klappe!«, eine raue, fast krächzende Stimme war dem Kriegsmeister vom Zelteingang her ins Wort gefallen.

Alle wandten sich um, und Haman begann erbost: »Wer wagt es... – oh! Mein Fürst!«

Schwer gestützt von Koch Hanumann, die Schulter noch immer dick bandagiert, blass und schwitzend und nur mit einer Hose bekleidet – aber aufrecht –, stand dort Fürst Ludgar. Das Sprechen strengte ihn noch sichtlich an, doch er sprach: »Wenn nur die Hälfte von dem stimmt, was mir dieser Koch gerade erzählt hat... du bist Halana?«

Die Angesprochene nickte nur und warf dem jungen Fürsten einen skeptischen Blick zu.

»Und du hast einem Späher aufgetragen zu erzählen, dass mein Vater mit 500 Rittern zum Entsatz kommen würde?«

»Ja.«

»Und du hast den falschen Befehl geschickt, im Morgengrauen anzugreifen?«

»Ja.«

»Und dann hast du so etwa 1500 Schwarzland-Krieger nur mit deiner Schwertschwester und einer Herde Rindviecher angegriffen?«

»Nun ja, zehn amputierte Köche waren ja auch noch dabei.«

»Werd nicht frech! – Dir sollte klar sein, dass schon der falsche Befehl genügt, um deinen hübschen Hals Bekanntschaft mit dem Richtblock machen zu lassen.«

»Aber Fürst!«, wollte Lusian dazwischen gehen, doch Halana unterbrach sie gleich: »Nun, wenn ich dafür bestraft werden soll, dass ich die meisten von uns heil hier heraus gebracht habe... Aber die anderen können nichts dafür. Ich habe sie überredet. Um die Wahrheit zu sagen, wollten sie eigentlich gar nicht mitmachen; ›Was würde der junge Fürst sagen?‹, haben sie gesagt, aber dann habe ich ihnen…«, doch an dieser Stelle begann Ludgar tatsächlich zu lachen, was er aber gleich mit schmerzlich verzerrtem Gesicht bereute. Dann sagte er: »Halana, ich denke, du hast mir und uns allen wirklich den Allerwertesten gerettet. Und du hast den Mist ausgebügelt, den ich angerichtet habe.«

»Aber nein, mein Fürst, Ihr habt doch nicht…«

»Schweig, Haman. Wenn ich mich schon nicht gerade mit Ruhm bekleckert habe, dann stehe ich doch zu meinen Fehlern. Und du, Halana… ich denke, ich kann dafür sorgen, dass dich mein Vater zur Kriegsmeisterin macht…«

»Was!?«, platzte Haman entgeistert und das Redeverbot ignorierend dazwischen, »von einer einfachen Kriegerin direkt zur Kriegsmeisterin? So ein Gör? Das ist unerhört! So eine junge Kriegsmeisterin hat es bisher noch nie gegeben!«

»Nun, Haman«, entgegnete der Fürst, jetzt mit müder Stimme, »es gibt ja immer ein erstes Mal, nicht? Etwa, dass Köche die Arbeit der Kriegsmeister erledigen, um eine Niederlage doch noch in einen Sieg zu verwandeln.

Vielleicht sollte ich ja meinen Vater ebenfalls bitten, dass er euch die Plätze tauschen lässt? Aber wahrscheinlich würdet Ihr auch in der Küche alles anbrennen lassen.«

Haman zitterte vor Wut, wagte aber nicht, etwas zu entgegnen.

Und so kam es, dass Halana als jüngste Kriegerin, die das bisher in Engaland erreicht hatte, in den Rang einer Kriegsmeisterin erhoben wurde. Wohl gemerkt: in den Rang erhoben. Fürst Rudgar, von der Ruhr genesen, wollte seinem Sohn die Bitte nicht abschlagen, doch ein echtes Kommando übergab er der Kriegerin nicht. Halana war darum keineswegs böse, denn sie hatte ohnehin keine besondere Lust verspürt, ihre Freiheit dagegen einzutauschen, irgendwelche Truppenteile zu dirigieren. Außerdem verstand sie die Beweggründe des Fürsten, die er ihr offen im Vieraugengespräch erklärt hatte: Zum einen hatte sie nun mal keine Erfahrung im Führen und Organisieren von Truppenverbänden, zudem hatte sie keine Ausbildung zur Taktikerin gemacht. Vor allem aber – Ruhmestat hin oder her – würde sich bei einem Großteil der erfahrenen Krieger arger Unmut breit machen, sollte man von ihnen verlangen, tatsächlich den Befehlen einer so jungen Kriegerin zu folgen. Und so ließ sich auch Fürst Rudgar etwas Neues einfallen und machte Halana zur »Kriegsmeisterin für besondere Aufträge«.

Halana jedenfalls war schon glücklich, dass ihre »Beförderung« auch mit einem kleinen monatlichen Grundsalär einherging. Das war zwar nicht eben fürstlich, aber doch deutlich höher – und regelmäßiger – als der karge Lohn eines Kriegers. Das bedeutete eine gewisse Sicherheit für sie und ihren Sohn. Zudem ließen sich der alte und der junge Fürst nicht lumpen und überreichten auch Lusian sowie den Köchen eine respektable Belohnung.

Aber vielleicht fragen Sie sich ja inzwischen, warum ich Ihnen die Geschichte von der Schlacht am Kleinen Horn überhaupt erzählt habe? Was sie wohl mit unserer großen Geschichte zu tun hat? Nun, hätte es Halana zu jenem Zeitpunkt gewusst, sicher hätte sie gerne auf ihren neuen Posten und den zusätzlichen Lohn verzichtet – ja vielleicht sogar auf den ganzen Angriff mit den Dickhörnern (obwohl: nein, darauf hätte sie nicht verzichtet, denn sie war auch damals nicht der Typ dazu, einfach ihren Charakter über Bord zu werfen). Jedenfalls wurde die Geschichte des wahnwitzigen Sieges natürlich verbreitet. Und damit der Name Halanas. Es war der Beginn ihres Ruhmes, und der sollte sich noch steigern, denn sie bekam tatsächlich einige »Spezialaufträge«, deren Gefahren sie mit Geschick meisterte. (Welche Gefahren? Nein, jetzt nicht. Vielleicht erzähle ich das ein andermal.) Und da sich die Menschen für Helden interessieren, sprachen sich nicht nur ihre Taten herum, sondern auch Geschichten aus ihrem Leben. Dass sie ein Kind aus der Todzone war. Von den anderen Kindern aus jener unheimlichen Zone war dagegen nie bekannt geworden, wohin sie ihr Schicksal im Laufe der Jahre führte.

Zudem wusste man über Halana auch, dass sie einen Sohn hatte. Einen Sohn, für den sie sogar ihren Hals riskierte, um nur ja rechtzeitig zu seinem Geburtstag von einem Kriegszug zurückzukehren. Und all diese Geschichten wanderten an ein paar Stellen sogar über die Landesgrenzen hinaus. Etwa ins Schwarze Land. Und auch bis zu einem gewerbsmäßigen Taktiker namens Junas von Anselm. Der irgendwann für einen ungewöhnlichen Plan ein Kind aus der Todzone brauchen würde, das bis dahin auch zu einem brauchbaren Krieger herangereift sein musste. Und es musste eine Möglichkeit geben, sich diesen Krieger gefügig zu machen. Bedingungslos.

Ach ja: Halana war übrigens tatsächlich noch rechtzeitig zu Ruffs Geburtstag gekommen.

2. STAHL UND LIEBE
Das Verlangen und der Tod

»He! Der Neue schaut schon wieder zu dir rüber!«

»Na und?«, zuckte Halana mit den Schultern. Sie war gerade von einem langen Ausritt zurückgekommen, den sie mit Ruff unternommen hatte. Der tollte jetzt mit ein paar anderen Kindern im Lager umher, und sie wollte eigentlich nur in Ruhe mit Lusian einen Schluck trinken, weswegen sie nun, mit Krügen in den Händen, auf einem gefällten Baumstamm im Bereich der Küchenwagen saßen.

»Na ja«, ließ Lusian nicht locker, »irgendwie sieht er schon lecker aus. Aber wenn du kein Interesse hast, dann werde ich ihn vielleicht mal auf ein Gersten-Gär einladen.«

Jetzt sah sich Halana doch um. Hm. Lusian hatte nicht ganz Unrecht. Der Krieger saß, keinen lockeren Steinwurf entfernt, mit seinem Schwertbruder im Schneidersitz auf dem Boden. Er musste wohl zu der Hundertschaft gehören, die vor zwei Tagen aus dem Westen gekommen und zum Heerlager gestoßen war. Und er sah gut aus, wie er da mit bloßem Oberkörper saß. Ebenfalls einen Holzkrug neben sich auf dem Boden, ölte er gerade gelassen sein Schwert ein. Er mochte ein wenig älter sein als Halana, die inzwischen ihr 25. Lebensjahr erreicht hatte. Und seine Muskeln waren so, wie Halana es mochte: hart, aber nicht zu groß und hervorquellend.

Das Beste aber war: Genau genommen hatte Halana auch die notwendige Zeit für ein wenig Zerstreuung. Denn das kleine Heerlager war nicht etwa die Etappe zu einem Kriegszug, sondern ein Sammelpunkt für die Abordnungen verschiedener Fürstentümer, die sich auf den Weg nach Berlundel machten. In knapp drei Wochen würde in der Hauptstadt mit viel Pomp der 50. Geburtstag von König Róge VI. gefeiert werden. Ohne zu zögern hatten Fürst Ludgar und Fürst Rudgar ihre beiden besten Kriegerinnen mit in ihre Ehrengarde aufgenommen, zumal es für die beiden derzeit nicht viel zu tun gab. Der dunkle Herzog hatte sich in den vergangenen achtzehn Monaten überraschend zurückgehalten, und auch an all den anderen kleineren Brennpunkten war es derzeit recht ruhig.

Zwar hatten sich Lusian und Halana bei Hanumann darüber beklagt, dass sie beide wohl nicht dazu taugten, ohne echte Aufgabe zu sein, sondern lediglich ein schmückendes Beiwerk für die beiden Fürsten, aber so ganz überzeugt waren sie selbst nicht von ihrer Beschwerde gewesen. Denn zum einen waren sie die vergangenen Jahre entweder auf Kriegszügen oder mit noch gefährlicheren Spezialaufträgen unterwegs gewesen, oder sie hatten in irgendwelchen Heerlagern auf den nächsten Einsatz gewartet. So freuten sie sich insgeheim doch darauf, mal etwas anderes zu Gesicht zu bekommen. Und dann auch noch die Hauptstadt des Reiches!

Schon zwei Mal waren sie im Rahmen verschiedener Aufträge in Berlundel gewesen, konnten aber in beiden Fällen – eben wegen dieser Aufträge – nicht lange bleiben.

Berlundel! Oh ja! Wenn es in dieser Welt irgendwo einen Hort der Zivilisation gab, dann war es die Hauptstadt Engalands.

Und glauben Sie nicht, zwei Kriegerinnen, deren Leben sich ansonsten in... nennen wir's mal wohlwollend: eher rauen Kreisen bewegt, könnten die Vorzüge der Zivilisation nicht schätzen.

Die großen Bade-Anlagen mit ihren Saunen und Massagehäusern, die Prachtstraßen und Paläste, die Theater, die Gelehrtenhäuser, die Großmeister-Stätten der Gilden und einige auserlesene Schankhäuser mit raffinierten – und sündhaft teuren – Speisen, dazu die Lese- und Debattierhäuser, die Arenen, die Musikabende auf öffentlichen Plätzen und in jenen Parkanlagen, die die Sinne fast so betörten wie die Dämpfe in den Huuuh-Häusern... all diese Dinge und noch vieles mehr gedachten Halana und Lusian ausführlich zu genießen. Ja, in Halanas Kopf begann sich sogar ein nahezu verwegener Gedanke einzunisten: Sie hatte wenig Gelegenheit gehabt, allzu viel von ihrem Sold auszugeben, und bei den Bezahlungen für ihre Spezialaufträge hatten sich die Fürsten zwar nicht als verschwenderisch, aber doch als durchaus großzügig erwiesen. Dann kam auch noch das ein oder andere Beutestück aus den Kriegszügen hinzu... vielleicht, so hatte Halana gedacht, war es ja an der Zeit, etwas mit dem Geld anzufangen? Sicher, Ruff, inzwischen sieben Jahre alt, war an das Leben in den Heerlagern gewöhnt. Aber sollte sie ihrem Sohn und auch sich selbst nicht so langsam mal eine feste Bleibe bieten? Oder doch wenigstens eine feste Anlaufstelle? Und wenn, warum dann nicht in der Reichshauptstadt? Da sie keine Familie hatte und ständig umhergezogen war, gab es nichts, was sie eine besondere Bindung zu irgendeinem Ort im Reich fühlen ließ – vielleicht mal abgesehen von... aber nein, das lag ja nicht im Reich und war wohl auch kaum erreichbar... Möglicherweise könnte sie sogar Giula, die ja auch nicht jünger wurde, überreden, als Hebamme und Heilkundige in Berlundel sesshaft zu werden und mit Ruff in ihrem Haus zu leben.

Es wäre schon nicht schlecht, Ruff in Sicherheit zu wissen, und auch sie selbst und Lusian würden die Möglichkeit für ein Leben jenseits von Krieg und Tod haben – wenigstens ab und an für ein paar kleine Fluchten aus diesem Leben.

Und wer weiß? Vielleicht wollte sie ja gar nicht immer Kriegerin sein? Es gab unter den einfachen Kriegern nicht viele Kämpfer, die älter als 50 Jahre waren – viele, weil sie das Alter gar nicht erst erreichten, einige aber auch, weil sie irgendwann doch den Absprung geschafft hatten. Andererseits: Vielleicht würde sie ja auch über kurz oder lang nicht nur dem Titel nach eine Kriegsmeisterin sein, sondern auch als eine eingesetzt werden. Doch dieses Amt wirklich ausfüllen, konnte sie das? Wollte sie das? Sie sah zu Lusian hin, die immer noch interessierte Blicke zu jenem fremden Krieger hinüber warf.

Die echten Kriegsmeister hatten keine Schwertbrüder mehr. Halana beschloss, dass sie sich in Berlundel wenigstens mal nach den Preisen für Häuser erkundigen würde, sowohl in der Stadt selbst als auch im Umland, denn ein kleiner Hof wäre vielleicht auch nicht schlecht, und...

»Heeh! Kannste nich aufpassen, wo du deine Kackstelzen hinhängst?«

In Gedanken versunken, hatte Halana nicht weiter darauf geachtet, dass eine Gruppe von sechs Kriegern an ihnen vorbeiging. Nach den roten Strichen in den Gesichtern zu schließen und nach den Pelzborden, die ihre Helme umliefen, kamen sie aus dem Wolfsgau. Und einer, ein großer, breiter Kerl, war über ihre ausgestreckten Beine gestolpert, wobei er eine ordentliche Ladung Malzschnaps aus seinem Trinkhorn verschüttet hatte.

Halana war sich keineswegs sicher, ob sie tatsächlich schuld daran war, dass dieser Kerl hier durch die Gegend stolperte, oder ob er einfach nicht aufgepasst hatte. Aber ihr war ganz und gar nicht nach Streiten zumute, deshalb sagte sie gelassen: »Nur die Ruhe, Wolfsgauer Krieger. Hol dir einen neuen Schnaps, ich zahle.«

»Was denkst du dir eigentlich, du Schlampe?«, brüllte unvermittelt der Krieger, der wohl schon ein paar Schluck zuviel hatte, »ich hab mindestens zehn Minuten angestanden, bis mein Horn gefüllt wurde! Du holst mir jetzt ein neues, oder ich mach deinem Arsch ein paar zusätzliche Beine!«

Offenbar wusste der Kerl nicht, wen er vor sich hatte, und Halana trug auch nicht ihre Insignien als Kriegsmeisterin. Doch egal ob Kriegsmeisterin oder einfache Kriegerin: Es war schlicht unmöglich, diese in aller Öffentlichkeit vorgetragene Beleidigung auf sich sitzen lassen, zumal inzwischen ein paar andere Krieger interessiert herübersahen.

»Hör zu, Rotfresse…«, sagte sie, während sie aufstehen wollte. Doch sie hatte sich noch nicht halb erhoben, als ihr der Krieger einen kräftigen Stoß vors Brustbein gab und sie rücklings über den Baumstamm fiel. Und wie aus dem Nichts hielt der angetrunkene Mann plötzlich sein Schwert in der Hand, während auch seine fünf Kameraden blankzogen. Lusian, die eine Millisekunde ungläubig geguckt hatte, konnte sich gerade noch mit einer Rolle rückwärts vom Baumstamm herunter außer Reichweite bringen, als auch schon ein Schwert eines dieser Spießgesellen die Luft dort durchschnitt, wo sie gerade noch gesessen hatte. Halana war heftig auf dem Rücken aufgeschlagen und versuchte nun verzweifelt ihr Schwert zu ziehen, das sie durch den Sturz unter ihrem Gesäß eingeklemmt hatte. Doch unterdessen war der Anführer des Schlägertrupps schon mit irrem Schnauben auf den Baumstamm gesprungen, und Halana sah, wie der Kerl doch tatsächlich mit erhobener Waffe zum Sprung auf sie ansetzte. Im Bruchteil einer Sekunde schoss ihr durch den Kopf, dass sie seltsamerweise nicht wütend war, sondern nur verblüfft: All diese Schlachten und Kämpfe hatte sie überstanden, nur um nun in einer der kurzen Zeiten des Friedens und im eigenen Lager durch die Klinge eines Trunkenboldes zu sterben…

*

Viel zu schnell waren ihr Ausflug zum nahen Wald und ihre Jagd auf Fasane an der Waldgrenze zu Ende gewesen. Bei der Jagd hatten sie zwar keinen Erfolg gehabt, aber das war nicht so wichtig. Denn das Wichtigste für Ruff war es, überhaupt mit seiner Mutter zusammen zu sein und gemeinsam mit ihr etwas zu unternehmen. Was, das war zweitrangig.

Gleich würde sich der Junge mit dem schwarzen Lockenkopf und den großen braunen Augen auf den Weg machen, um ein paar Spielkameraden zu finden – man fand immer welche in den Lagern der Krieger. Viele Freunde sah man allerdings lange oder überhaupt nicht wieder, wenn sich die Wege der Krieger wieder trennten. Aber daran gewöhnte man sich schnell und vergoss schon bald keine Trennungstränen mehr. (Obwohl, wenn Ruff zum Beispiel an Kinvi dachte, mit dem er fast drei Monate Schwertbruder gespielt hatte…, na ja.) Aber bevor er sich zum Spielen aufmachte, würde er erst einmal sein Pferd zur Versorgungskoppel bringen. Jawoll! Sein Pferd war es! Mit glühendem Stolz war der Junge bei diesem Ausritt auf seinem eigenen, noch jungen Pferd geritten. Zu seinem siebten Geburtstag hatte er die Apfelstute geschenkt bekommen. Anfangs war Ruff fast ein bisschen beschämt gewesen, wenn er daran dachte, wie einfach er zu seinem Tier gekommen war, und wie schwer seine Mutter für ihr erstes Pferd hatte schuften müssen.

Halana hatte es ihm einmal erzählt: Wer zur Reiterei wollte – ganz egal ob zu der eines Fürsten oder zur Reiterei der Reichskrieger –, der musste ein eigenes Pferd mitbringen. Und Pferde waren teuer – klar waren sie das, sonst würde es ja mehr Reiter als Infanterie-Krieger geben, oder? Aber Halana hatte unbedingt zu den Reiterkriegern gewollt (»Wieso sollte ich laufen, wenn ich stattdessen auch reiten kann?«, hatte sie ihm augenzwinkernd erklärt). Schon als sie, nicht älter als er heute, noch im Haus der Waisen gewesen war, hatte sie jede kleine Kupfermünze, die sie durch Botengänge oder kleinere Arbeiten ergattern konnte, beiseite gelegt.

Als sie etwas älter war, hatte sie für einen Markthändler in Langadack geschuftet und dort, auf dem Markt, schließlich einen Zauber-Gaukler kennengelernt, für den sie als Anheizerin arbeitete. Ruff wusste zwar nicht so genau, was eine Anheizerin zu tun hatte (und als Tante Lusian einmal kichernd von »Trickbetrügerin« gesprochen hatte, da wollte er noch nicht einmal wissen, was damit gemeint war), doch schien seine Mutter ihre Sache gut gemacht zu haben. Und das war wichtig. Jedenfalls sagte seine Ohm Giula das immer zu ihm: »Merk dir das, mein kleiner Ruff: Es ist ganz egal, was du einmal tun wirst, wichtig ist nur, dass du es gut machst.« Na ja, manchmal sagte Ohmschen eben seltsame Sachen. Und ihn »kleiner« Ruff zu rufen, damit könnte sie ja wohl so langsam mal aufhören… schließlich sagte seine Mutter immer, dass er groß und schlau für sein Alter sei, was er ihr nur zu gerne glaubte…

Ach ja, seine Mutter! Die war, wie gesagt, offenbar eine gute Anheizerin gewesen, denn als sie dann mit sechzehn oder so (was für ein unvorstellbares Alter!) endlich zu den Kriegern gegangen war, musste sie gar nicht erst lange ihren Sold ansparen, sondern konnte, nach der Grundausbildung, gleich das Geld für ein Pferd vorweisen und sich für die Reiterei ausbilden lassen – damals hatte sie auch Tante Lusian kennengelernt.

Nur seinen Papa, den hatte sie irgendwie gar nicht kennengelernt. Sie hatte ihm auch mal erklärt wieso, aber so richtig verstanden hatte er das noch nicht. Jedenfalls war es nicht so wie bei den anderen Kindern ohne Papa oder Mama, wo einer von beiden – oder manchmal auch alle beide – nicht mehr aus einem Krieg zurückgekommen und jetzt tot waren und zu Erde wurden. Soviel hatte er jedenfalls verstanden, dass sein Vater noch irgendwo lebte. Vielleicht aber auch nicht mehr. War aber eigentlich egal –

schließlich hatte er ja Giula (der er, wenn er müde vom Spielen war, wieder so lange auf die Nerven zu fallen gedachte, bis sie ein paar Süß-Stäbe herausrückte). Und er hatte Lusian. Und natürlich Halana, seine Mutter! Aber sie war ja gerade mit Lusian unterwegs, bei anderen Erwachsenen (»was trinken, und das ist nichts für dich«). Na ja, man musste die Erwachsenen wohl auch mal unter sich sein lassen, sonst wurden sie mit der Zeit komisch. Aber was Halana wohl gerade tat?

*

Halana sah den Wolfsgauer Krieger leicht in die Hocke gehen, um sich vom Baumstamm abzustoßen, auf sie zu springen und ihr den Rest zu geben. Sie sah sein siegessicheres, fratzenartiges Grinsen, sah aus den Augenwinkeln ein fast nicht wahrnehmbares metallisches Flirren von links heranschießen und sah, dass dem Wolfsgauer plötzlich ein frisch eingeöltes Schwert seitlich so tief im Hals steckte, dass es auf der anderen Seite gut zur Hälfte wieder herausragte. Noch einen Moment hielt sich das siegessichere Blitzen in seinen Augen, dann wurden sie groß und schielten nach rechts, wo er offenbar gerade noch den Schwertgriff im Blickwinkel hatte. Seine eigene Waffe fiel ihm aus der Hand, er tastete fahrig nach dem Griff, dann brach er lautlos zusammen. Gleichzeitig schossen mit wilden Schreien zwei Krieger von der Seite heran und warfen sich auf die fünf übrigen Wolfsgauer. Zwei hatten sie bereits mit gewaltigen Faustschlägen außer Gefecht gesetzt, als sich auch andere der Umstehenden auf die drei verbliebenen Angreifer stürzten.

Halana und Lusian waren beliebt, aber da zu Beginn der Streiterei alle bestenfalls mit einer saftigen Prügelei gerechnet hatten, jedoch sicher nicht damit, dass ein durchgeknallter Wolfsgauer tödlichen Ernst machen würde, hatte auch noch niemand eingegriffen. Doch jetzt halfen fast ein Dutzend Krieger, die Gruppe der Angreifer zu überwältigen und zu fesseln.

Halana hatte sich nun endlich aus ihrer misslichen Lage befreit, war aufgestanden und sah dem Krieger, der sie durch das Werfen seines Schwertes gerettet hatte, ruhig in die Augen. Es war natürlich jener Mann, der gerade noch sein Schwert polierte und ihr, wenn man Lusian glauben durfte, interessierte Blicke zugeworfen hatte. Der Kerl grinste jetzt jungenhaft übers ganze Gesicht und meinte munter: »Dass du dich gleich bei unserer ersten Begegnung auf den Rücken legst, ist sicher meinem blendenden Aussehen zu verdanken, muss aber nicht sein.... Obwohl, wenn ich's mir recht überlege...«

»Mann! Halt bloß die Klappe. Ich bin etwas gereizt, weil mich dieser Blödmann auf dem falschen Fuß erwischt hat, und du siehst ja, dass ich jetzt wieder an mein Schwert herankomme. Aber... Danke. Das war ganz schön knapp. – Ich bin Halana.«

»Weiß ich doch. Mein Name ist Ruben. Und das da...«, er deutete auf seinen Schwertbruder, einen stämmigen weißblonden Mann mit Bart und ungewöhnlich heller Haut, »...das ist Blondchen.«

»Blondchen?«

»Na ja, seinen richtigen Namen vergesse ich immer.«

Gerade hatte der Blonde noch geholfen, den letzten sich sträubenden Wolfsgauer zu fesseln, nun kam er schwer atmend heran, gab Ruben einen sehr unsanften Stoß in die Seite und erklärte mit gelangweilter Stimme: »Ruben ist wirklich manchmal zum Brüllen komisch... Mein Name ist Berthold.«

Es war ja wohl das Mindeste, was Halana tun konnte, dass sie Ruben und Berthold zu ein paar Humpen Gersten-Gär einlud, was diese keineswegs ablehnten.

Nein, sie gehörten nicht zu einer der Abordnungen, die zu des Königs Geburtstag anreisten, plauderte Ruben – Berthold schien eher von stillerer Natur zu sein –, sondern sie hatten schon vor ein paar Jahren bei den Kriegern der Krone angeheuert. Die vergangenen vier Jahre hatten sie sich mit einer Expedition bei den Steppenvölkern herumgetrieben (Halana vermutete, dass es dabei wohl darum gegangen war, wie man die wilden Reiter bei ihren Überfällen in den Grenzregionen des Schwarzen Landes unterstützen oder gar dazu anregen konnte). Und nun wollten die Beiden in der Hauptstadt etwas Sold verprassen, um sich dann nach den nächsten Einsätzen umzusehen.

Die zwei fremden Krieger ließen sich auch nicht lumpen und sorgten ebenfalls für Nachschub an Krügen, deren Inhalt in der prallen Sonne des frühen Nachmittags besonders hübsch zu Kopf stieg. Irgendwann blinzelte der hellblonde Krieger, ein ungehaltenes Geräusch ausstoßend, kurz in die Sonne, wischte sich den Schweiß von der Stirn und zog dann eine flache Holzdose aus seinem Umhängebeutel. Überrascht sahen die beiden Kriegerinnen, wie er mit der Fingerspitze eine ganz klein wenig einer fast weißen Paste aus der Dose strich und dann in seinem Gesicht verrieb.

»Eh…,, macht dein Freund eine Schönheitskur, wie es manchmal die feinen Damen tun?«, fragte Lusian Ruben mit einem anzüglichen Kichern.

»Täubchen, seh ich etwa so aus, als bräuchte ich eine Schönheitskur?«,
brummte Berthold.

»Du meinst, bei der Visage ist das ohnehin zwecklos?«

Halana verschluckte sich prustend am Gersten-Gär, selbst Berthold
musste, wenn auch ein wenig verkniffen, mitlachen, entgegnete dann aber:
»Zwei meiner Großeltern sind einst aus Radost weit im Norden gekommen
– das liegt noch hinter dem Deunischen Städtebündnis – und haben sich in
Engaland niedergelassen. Denen verdanke ich meine Haarfarbe und die
helle Haut, die nicht sehr viel von der Sonne hält. Aber diese Ölpaste hier
sorgt dafür, dass meine Haut nicht krebsrot wird und brennt.«

»Und was ist das für'n Zeug?«, wollte Halana wissen.

»Das ist ein Geheimnis«, flüsterte Berthold wichtigtuerisch und mit etwas schwerer Zunge, »ein geheimes Mittel, das mir eine Rose anvertraut
hat«, dann brach er in Gelächter aus.

Halana und Lusian sahen sich nur ratlos an, Ruben winkte dagegen knurrend ab: »Ich denke, wir haben genug für heute… Immer wenn Berthold zu
viel intus hat, fängt er von seiner geheimnisvollen Rose an… Aber ich meine, mich an eine Geschichte von ihm zu erinnern, dass er mal in einem
Bordell in Keukelle eine begnadete Hure mit so einem blumigen Namen
kennengelernt hatte…«

Dass die beiden Kriegerinnen auch über diesen doch eher bescheidenen
Witz lachten, zeigte, dass auch sie dem Alkohol ordentlich zugesprochen
hatten. Dennoch sollten noch zwei weitere Runden und ein paar vertrauli-
che Albernheiten folgen, und der Alkohol sorgte auch keineswegs dafür,
dass Halana diesen Ruben weniger attraktiv fand. Eher im Gegenteil…

*

Lusian war – am Vormittag des zweiten Tages nach ihrer unschönen Begegnung mit den Wolfsgauern – auf der Suche nach Halana. So schaute sie
auch im Heiler-Zelt vorbei, um Giula nach ihrer Schwertschwester zu fragen.

Normalerweise waren auf Zügen der Krieger sowohl Heiler als auch
Hebammen dabei. Da es sich aber hier nicht um einen Kriegszug handelte,
Schwangere nicht zum Aufgebot für den König berufen worden waren und
auch nicht mit einer größeren Anzahl Verletzter gerechnet wurde, hatte sich

Giula nur zu gerne erboten, an Stelle eines Heilers mitzuziehen. Für sie war es eine willkommene Gelegenheit, um bei Ruff und ihren Freundinnen bleiben zu können und um mal wieder die Hauptstadt zu sehen. Der enttäuscht dreinblickenden Lusian konnte sie jetzt allerdings nur sagen, dass Halana schon vor zwei Stunden mit Ruben verschwunden und nicht wieder aufgetaucht war. Lusian murmelte etwas, das sich wie »Schon wieder?« anhörte und wollte das Zelt gleich verlassen, als sie ein leises Stöhnen hörte. Erst dadurch wurde sie darauf aufmerksam, womit Giula beschäftigt war. Gerade hatte sie einen Krug mit kaltem Essigwasser aus einem tönernen Kühl-Topf genommen und näherte sich damit einem Feldbett an der Rückwand des Zeltes, von wo das Stöhnen gekommen war. Dort lag ein älterer, braun gebrannter und muskulöser Mann mit entblößtem Oberkörper. Ein mit reichlich Blut besudeltes Hemd lag hinter dem Feldbett auf dem Boden. Der Grauhaarige war übel zugerichtet: Beide Augen waren zugeschwollen, die Nase schien heftig geblutet zu haben, die Oberlippe war auf der rechten Seite aufgeplatzt und sein Körper wies eine ganze Reihe heftiger Blutergüsse auf, die Giula vorsichtig kühlte, bevor sie an die größeren ein paar Blutegel ansetzen wollte.

»Wer hat den denn so zugerichtet?«, wollte Lusian wissen.

»Keine Ahnung«, entgegnete Giula, während sie sanft ihre Arbeit tat, »zwei der Torwachen haben ihn vor fünf Minuten hier reingeschleppt, bisher ist er noch nicht wieder... da! Er scheint zu sich zu kommen!«

Mit einem weiteren Stöhnen schlug der Mann die Augen auf, sah nur einen kurzen Moment verwirrt zur Decke des großen Zeltes hinauf und überraschte dann die beiden Frauen, indem er sich plötzlich aufsetzte und aufspringen wollte, aber mit einem schmerzhaften Zischen wieder aufs Feldbett zurücksank.

»Keine Angst«, sagte Giula mit freundlicher Stimme, »du bist hier in Sicherheit und kannst dich in Ruhe erholen.«

»Aber ich muss zu meinen Kindern!«, rief der Mann mit flackernder Angst in den Augen.

»Stopp!«, sagte Lusian mit Bestimmtheit und sich gleichzeitig ärgernd, dass sie sich einmischte. »Erzähl der Reihe nach und so, dass wir auch verstehen, was geschehen ist.«

Hastig schilderte der Mann: »Ich bin Gupp der Ältere. Mit meiner Artistentruppe wollte ich nach Berlundel, um während der Feierlichkeiten zu des Königs Geburtstag in den Straßen aufzutreten. Auf dem Weg hörten wir von diesem Heerlager und dachten, wir könnten hier schon ein paar

Münzen verdienen. Aber auf der Wiese nicht weit vor dem Tor waren Krieger beim Klong-Stein-Spielen. Die haben uns angehalten, und wir sollten etwas vorführen.

Nur hatte ich kein gutes Gefühl, weil ein paar der Männer ganz ordentlich angetrunken waren, und wollte weiter. Doch ein großer Kerl sagte, als Sipp hätten wir zu gehorchen, und sie rissen mich und meine Tochter einfach von unseren Pferden. Meine Söhne und meine Leute wollten sich auf sie stürzen, doch der Große drückte meiner Tochter die Kehle zu, und so trauten sie sich nicht, zu kämpfen. Vielen der Soldaten gefiel das zwar nicht, aber sie taten nichts, sondern gingen einfach davon. Dann fragten die übrigen, die geblieben waren, ob wir in letzter Zeit ordentlich verdient hätten... irgendwann sagte ich ihnen dann, wo das Geld versteckt war, ihr könnt sehen, warum... Dann zwangen sie lachend meine Leute, Kunststücke vorzuführen. Ich hab mich zum Tor geschleppt und die Wachen um Hilfe angefleht, doch einer zuckte die Achseln und meinte, dass man sich für ein paar Sipp sicher nicht mit einer Horde betrunkener Soldaten anlegen werde... dann bin ich hier aufgewacht.«

»Du bist ein Sipp?«

»Ja«, sagte der Mann, und Trotz lag in seiner Stimme. Die Sipp lebten zwar in Engaland (wie auch in einigen anderen Ländern), galten aber seltsamerweise trotzdem nicht als Einheimische. An ihrem ständigen Umherziehen konnte es eigentlich nicht liegen, denn es gab ja auch viele wandernde Händler oder Karawanser, die trotzdem als Engaländer galten.

Lusian brummte: »Was soll's? Ich bin heute eh schlecht gelaunt, ich hole deine Familie.« Damit eilte sie aus dem Zelt, saß wieder auf und war in wenigen Sekunden durchs Lager und auf das Feld geprescht.

Schon von weitem hörte sie grölendes Lachen. Als sie näher kam, verzog sie angewidert ihr Gesicht. Sicher, das Soldatenleben war oft rau, und so waren es auch die Scherze der Soldaten, aber das hier... die meisten der Schausteller waren an die drei großen Gespanne der Truppe gefesselt, nur drei der Sipp befanden sich innerhalb eines Kreises von 20 johlenden Soldaten. Eine junge schwarzhaarige Frau wurde von einem großen Mann festgehalten, der ihr die Arme hinter dem Rücken zusammenhielt, während ihr ein langer, dünner Kerl ein Messer an die Kehle drückte; ihre bunte Weste lag neben ihr auf dem Boden, die obersten Knöpfe ihres Hemdes waren geöffnet. Unterdessen jonglierten zwei junge Männer der Sipp, blutige Kratzer im Gesicht und keuchend, indem sie fünf Bälle zwischen sich kreisen ließen. Unvermittelt gab einer der umstehenden Krieger einem der beiden Artisten mit einem brüllenden Lachen einen heftigen Stoß in den Rücken. Verzweifelt versuchte der junge Mann, die Bälle weiter am Fliegen zu halten, doch zwei fielen zu Boden.

»Na so was! Schon wieder hingefallen!«, grölte der große Mann, »tja, ihr wisst ja: Wenn ihr so ungeschickt seid, dann zahlt eure Schwester den Preis dafür.« Damit griff er in das lange, gelockte Haar der jungen Frau, die stoisch geradeaus blickte, zog ihren Kopf nach hinten und presste einen Kuss auf ihre angewidert zusammengekniffenen Lippen, während er einen weiteren Knopf des Hemdes öffnete. »Ich befürchte, mein Täubchen«, säuselte er dann bösartig, »dass dein Hemd bei der nächsten Ungeschicklichkeit deiner Brüder weg ist.«

»Und ich bin mir sogar ganz sicher, Arschloch, dass es kein nächstes Mal geben wird.«

Irritiert sah sich der große Krieger nach der Sprecherin um – es war eine nicht sonderlich große, aber überaus geschmeidige Kriegerin, die sich mit ihrem schwarzen Pferd mühelos in den Kreis der Männer hineindrängte.

»Halt dich raus, Schlampe!«, fauchte der Krieger, der der Schwarzhaarigen das Messer an die Kehle hielt.

»Ich soll mich raushalten?«, fragte Lusian spöttisch, »nun gut, ich mach mir nicht die Hände schmutzig...« – langsam wendete sie ihr Pferd, dann gab sie das Zeichen, indem sie dem Rappen leicht ans linke Ohr schnipste. Augenblicklich zuckte der Hinterleib des Tieres nach oben, und es trat mit einem explosionsartigen Ruck nach hinten aus. Der rechte Huf traf, der Messerhalter flog drei Meter durch die Luft – das heißt, nicht ganz: Ein paar Zähne blieben am Ort des Geschehens zurück. Dann lockerte die Frau auf dem Pferd gemächlich ihr Schwert in der Scheide und erklärte laut und deutlich: »Ich bin Lusian. Kriegerin und schlecht gelaunt. Und niemanden unterstellt außer Fürst Rudgar und dem König. Und ihr solltet euch schämen. Ihr werdet augenblicklich euer schändliches Tun einstellen.«

Ein Murmeln setzte unter den Kriegern ein, das zeigte, dass Lusians Name bekannt war, und auch ein aufgeregt geflüstertes »Halanas Schwertschwester!« war zu hören. Doch ein kleiner Kerl mit breitem Gesicht und schlechten Zähnen spuckte schließlich aus und zischte: »Die große Lusian! Aber auch du kannst bluten, und du stehst hier allein.«

»Das würde ich so jetzt nicht sagen... oder siehst du vielleicht noch ein Messer an der Kehle unserer Schwester?« – und schon krachte die Faust eines der Brüder gegen das Kinn von Schlechtzahn, dann sprangen die beiden jungen Männer federnd und synchron in die Höhe, gaben zwei gezielte

Fußstöße und bei der Landung zwei präzise rechte Gerade ab, so dass plötzlich fünf Krieger benommen oder bewusstlos am Boden lagen, während sich die Brüder mit erhobenen Fäusten Rücken an Rücken stellten.

»Alle Achtung!«, sagte Lusian im Plauderton, »und ihr seid...?«

»Gupp der Jüngere...«

»... und Gupp der ganz Junge – obwohl mich nur elf Minuten von meinem Bruder trennen«, stellten sich die beiden mit leichter Verbeugung vor.

In dem Moment riss sich die Schwarzhaarige von dem verunsicherten großen Krieger los und hieb ihm mit aller Macht den rechten Ellbogen in den Solarplexus. Dann wirbelte sie herum, sprang den jetzt zusammengekrümmten Krieger wie ein Puma an, und als ihre gespreizten Hände mehrmals durch sein Gesicht fuhren, waren sie so schnell, dass man ihnen kaum folgen konnte. Der Große, der nun, die Hände vors Gesicht gepresst, in sich zusammengesunken auf dem Boden hockte, würde sich lange Zeit nicht rasieren können.

Mit einem heftigen Atemzug stand die junge Frau auf, wischte sich über die Lippen und ergänzte die Vorstellung ihrer Brüder, als ob nichts geschehen sei: »Und ich bin Lugta, die Tänzerin auf dem Seil, an Jahren zwar etwas jünger als meine Brüder, in meinem Kopf dagegen ein gutes Stück weiter. Wir stehen in deiner Schuld, Kriegerin.«

»Lass gut sein, Krallentänzerin, ich hatte ohnehin grad nichts zu tun...«

»Aber nun müssen wir dringend meinen Vater finden!«

»Da kann ich euch beruhigen. Er ist zwar übel zugerichtet worden, doch er ist jetzt in guten Händen, bei einer Freundin und Heilerin, die ihn gerade versorgt. Er war es auch, dessen Schilderung mich hierher gebracht hatte. Aber wir können gleich mal...«

»Ahm!«, einer der übrig gebliebenen Krieger, von denen nun keiner mehr auf Streit aus zu sein schien, hatte sich geräuspert. Der Man war mit etwa 40 Jahren vermutlich der Älteste in der Gruppe und mit einer breiten Narbe quer über dem Gesicht verunstaltet.

»Ja?«

»Lusian... du hast recht. Ich schäme mich tatsächlich. Dieser immerwährende Krieg und der Alkohol... aber das ist keine Entschuldigung.« Dann griff er in die Weste des am Boden hockenden großen Mannes, zog einen schweren Beutel heraus und warf ihn einem der Brüder zu mit den Worten: »Hier. Das Geld, das wir eurem Vater gestohlen haben. Außerdem... erzwungen oder nicht, ihr seid für uns aufgetreten und habt ein Recht auf Bezahlung.«

Er griff in die eigene Tasche und warf noch eine große Münze hinterher, ein paar der anderen taten es ihm gleich, dann trollten sich alle – jedenfalls diejenigen, die noch gehen konnten. Nur der Älteste ging noch zu den Wagen der Schausteller, um den Rest der Truppe zu befreien. Im Gehen sagte er noch: »Der Gesichtslose ist übrigens Monta, ein Krieger des Fürsten Wulfric, der zahnlose ist Brunno aus der gleichen Truppe.«

»Hmm«, brummte Lusian, »mein Fürst wird mit deren Fürst ein Wörtchen reden…«

»Nein, nein, lass gut sein«, wandte einer der Brüder ein – Lusian war sich nicht ganz sicher, ob es jetzt der Jüngere oder der ganz Junge war, »wir haben so unsere Erfahrungen, und die sagen mir, dass ein Fürst nicht wirklich begeistert sein wird, wenn er sich für einen Sipp einsetzen oder sich gar mit einem anderen Fürsten anlegen soll.«

»Aber mein Fürst ist aufrecht. Er tut auch Dinge, die ihm nicht gefallen, wenn es sein muss.«

»Danke, doch mein Bruder hat recht«, wandte Lugta ein, »als Sipp sollte man möglichst nicht das Wasser im Kreis der Mächtigen aufwirbeln. Selbst wenn diese wohlmeinend sind, kann man sich an den Wellen leicht verschlucken.«

»Nun gut, Ihr müsst es wissen.«

Nach und nach kamen nun die befreiten Sipp herüber, und einer der Brüder stellte sie vor: »Diese Bohnenstange da mit dem hässlichen Haarkranz auf der Glatze ist Der Rote. Er kann Feuer fast drei Meter weit spucken und mit seinen Spinnenfingern verblüffende Zaubertricks ausführen.« Der etwa 45-jährige Mann verbeugte sich lächelnd. »Und das da«, jetzt deutete er auf eine betagte Frau, die sich eine Wollstola über die Schultern gezogen hatte, »ist Gupps Schwiegermutter Hunnigudd, unsere Wahrsagerin – na ja, eigentlich war sie mal eine tolle Seiltänzerin und Springtuch-Artistin, ist aber inzwischen für beides viel zu alt. Doch wenn wir einfach sagen, sie sei Wahrsagerin, dann kann sie uns auch noch ein paar Münzen in die Kasse spülen.« Nach und nach lernte Lusian noch den starken Errit und die Mitglieder der Artistenfamilie Terzin kennen, zudem die bärtige Anbagtal (die auch schon mal die Fischfrau gab, aber vor allem – ohne Bart – für die Logistik der Truppe zuständig war) und den Meister-Bogenschützen und Waffenkünstler Knrrrk – ein drahtiger Mann aus den Steppen und somit der einzige der Truppe, der kein Sipp war.

Schließlich brachte Lusian die Gupp-Geschwister zu ihrem Vater und erreichte von Fürst Ludgars Stellvertreter – der Fürst selbst und sein Sohn waren schon in die Hauptstadt gereist – die Zusage, dass die Sipp im Lager bleiben durften, um die Soldaten zu unterhalten, während sich Gupp der Ältere erholen konnte. Der war aber bald schon wieder genug bei Kräften, um Lusian und Halana zu einem Festschmaus mit seiner Sippe einzuladen.

*

Acht Tage waren sie nun schon gemeinsam in dem Sammellager. Die Treffen von Halana und Ruben hatten bereits ab Tag drei eine gewisse Regelmäßigkeit bekommen – und das nicht nur wegen Rubens humorvoller Art, die ihm schnell etliche Freunde unter den Kriegern eingebracht hatte. Seine Geschicklichkeit mit dem Schwert hatte Halana ja kennengelernt, doch auch sein Verstand funktionierte bestens, empfand Halana nach den ersten Gesprächen. Was sie an Ruben aber wirklich fasziniert hatte: Er schien nicht nur daran interessiert, das Lager mit ihr zu teilen – na ja, zumindest nicht ausschließlich –, sondern führte auch lange Gespräche mit ihr. Und das Beste: Offenbar hatte er auch einen Narren an Ruff gefressen.

»Ich hoffe, wenn du deine Liebeswallungen ausgetobt hast, und wenn's nicht mehr so juckt, weil du genug gekratzt wurdest, dann wirst du auch mal wieder mit mir ein Gersten-Gär trinken«, hatte Lusian erst einen Tag zuvor geknurrt, und es hatte sich bestenfalls halb belustigt angehört.

»He! Wir sind Schwertschwestern, aber ich wüsste nicht, dass wir verheiratet sind«, hatte Halana zurückgegiftet. Lusian hatte sie daraufhin so merkwürdig angesehen, wollte etwas sagen, zögerte, dann: »Ich gehe noch zu Hanumann und den Sipp, wir wollten ein wenig zusammen trainieren.« Aber Halana hatte das untrügliche Gefühl, dass dies nicht wirklich der Satz war, den Lusian loswerden wollte, die schließlich mit einem Achselzucken die Szene verließ.

In der Ausbildung hatte Halana die zwei Jahre ältere Lusian damals kennengelernt. Die schwarzhaarige Kriegerin stammte, was eher ungewöhnlich in diesem Metier war, aus einem wohlhabenden Elternhaus. Allerdings hatte sie sich wohl mit ihren Eltern ordentlich verkracht – soweit Halana wusste, weil sie jenen Mann, den ihre Eltern gerne als Schwiegersohn gesehen hätten, schlicht zum Teufel gejagt hatte. Dass es an besagtem Tag ziemlich turbulent gewesen sein dürfte, konnte Halana aus ihrer ersten Begegnung mit Lusian erahnen.

Irgendwie war Halanas Herkunft durchgesickert, und Lusian hatte sich darüber lustig gemacht, dass man »das Baby« – Halana hatte wirklich noch sehr jung ausgesehen – ob seiner ungewöhnlichen Geschichte vielleicht nur als niedliches Maskottchen bei den angehenden Kriegern aufgenommen habe. Halana hatte ihr ohne Umschweife entgegen geschleudert, dass sie lieber aus der Todzone stamme als die Ware eines alten Pfeffersacks auf dem Heiratsmarkt zu sein. Dann hatten sie sich »stinkende Schlampe« und »läufige Hündin« genannt. Danach waren die ernsthaften Beleidigungen gefolgt. Während der anschließenden Prügelei gingen drei Zelte und das Nasenbein eines Unbeteiligten zu Bruch, aber keine von beiden konnte die Oberhand gewinnen. Als die Schmerzen der einkassierten Hiebe zu heftig geworden waren, hatten sie sie gemeinsam mit Alkohol betäubt. Mit viel Alkohol. Und hier ist nicht von einer Einreibung die Rede.

Nachdem die angehenden Kriegerinnen wieder nüchtern gewesen waren und auf Anordnung ihres Ausbilders zwei Wochen lang Latrinen geschrubbt hatten, waren sie unzertrennliche Freundinnen und schließlich Schwertschwestern geworden. Nun ja, für ihre arme Schwertschwester war die Zeit hier im Lager vor Berlundel, das musste man zugeben, etwas weniger angenehm als für Halana. Berthold hatte bei Lusian nämlich nicht so landen können, wie er es wohl erhofft hatte. Aber der blonde Krieger hatte offensichtlich noch nicht aufgegeben und umwarb sie weiter redlich. So hatte er sich auch jetzt, als sich Halana und Ruben ein wenig zurückziehen wollten, erboten, Lusian und Giula Wasserfrau zu begleiten, denn Giula wollte an einem nahen Bach nach einem bestimmten, Wehen lindernden Moos suchen, dessen getrocknete Variante in ihrem Vorrat langsam zur Neige ging. Ruff war nur zu gerne mit von der Partie, gab es ihm doch die Gelegenheit, wieder seine Reitkünste vorzuführen.

Und selbstverständlich war Ruff stolz wie ein König, als Berthold ihn unterwegs zu einem kleinen Wettritt aufforderte und gewinnen ließ. Als schließlich alle vier am Bach angekommen und abgestiegen waren, zog Berthold sein Schwert und stieß es Lusian mit solcher Wucht von hinten in den Rücken, dass die Spitze zu ihrem Bauch wieder heraustrat.

*

»He! Halana! Hallo! Warte mal!«

Es war früher Nachmittag. Angenehm entspannt waren Halana und Ruben gerade von einer nahen Waldlichtung zurückgekommen und durch das Tor ins Lager geritten, als Petrina eilig auf sie zugelaufen kam. Die Helferin Giulas hatte auch nach all den Jahren noch gehörigen Respekt vor der

Kriegerin. Allerdings war die Abscheu vom Tag ihres Kennenlernens nach und nach Bewunderung gewichen – die Halana auch schon mal auf die Nerven gehen konnte. So blieb Halana, die nicht wirklich Wichtiges von Petrina zu erfahren erwartete, auf ihrem Pferd sitzen, zügelte es aber und wartete, bis die junge Frau Nordländerin keuchend herangekommen war.

»Ich mache mir Sorgen«, stieß Petrina mit geröteten Wangen hervor, »Giula, Ruff, Lusian und dieser Berthold sind noch immer nicht von der Kräutersuche zurück!«

»Na ja«, erwiderte Halana gelassen, »wenn Ruff dabei ist und eine seiner merkwürdigen Ideen von Zeitvertreib hat, dann kann es ganz leicht mal etwas länger…«

»Nein! Du verstehst nicht«, unterbrach Petrina hektisch, »vor gut einer Stunde wollte Giula zwei schwangere Marketenderinnen treffen!«

»Was?!«, nun war Halana besorgt, »weißt du, wohin sie geritten sind?«

»Moment, ich versteh nicht ganz«, schaltete sich Ruben in das Gespräch ein, »es kann doch immer mal passieren, dass jemand die Zeit vergisst und sich verspätet?«

»Du kennst Giula nicht«, entgegnete Halana mit nervöser Miene, »ihr Beruf ist ihr heilig. Seit wir uns kennen, habe ich es kein einziges Mal erlebt, dass sie zu einem abgesprochenen Termin nicht pünktlich erschienen ist – einzige Ausnahme: wenn eine Entbindung dazwischen gekommen ist. Aber ich glaube kaum, dass sie im Wald plötzlich als Hebamme eingreifen musste. – Petrina?«

»Wenn man vom Lager direkt auf den Wald zu reitet, trifft man auf die Schnellstraße nach Norden. Schon bald kommt man erst an ein kleines Rinnsal, dann an einen etwas größeren Bach, an dem auch ein kleiner Pfad entlangführt. Folgt man dem Pfad Richtung Westen, erreicht man nach einigen Minuten wieder freies, felsiges Gelände. Dort soll auf den Felsen direkt am Wasser ziemlich viel Seufzer-Moos wachsen, hatte uns eine einheimische Kräuterfrau geschildert.«

Halana wendete ihr Pferd und ritt, gefolgt von Ruben, wieder auf das Tor zu. »He! Wartet! Nehmt mich mit!«, rief ihnen Petrina hinterher.

»Keine Zeit«, knurrte Halana und stieß Smila ihre Fersen in die Flanken.

Halana war Petrinas Beschreibung gefolgt und verließ nur knapp fünfzehn Minuten später, dem Pfad neben dem Bach folgend, wieder den kleinen Wald. Kaum hatte sie den Schatten der Bäume hinter sich gelassen, zügelte sie erschrocken Smila und starrte nach vorne.

Keine hundert Meter weiter graste friedlich ein schwarzes Pferd auf einem Fleckchen Grün zwischen zwei flachen Felsen. Es war Lusians Rappe, das erkannte Halana auch auf diese Entfernung – natürlich erkannte sie ihn, war sie nicht unzählige Male neben ihm geritten? – Und ein kleines Stückchen vor dem Pferd, halb auf einer kaum aus der Ebene herausragenden Felsplatte und halb auf dem Grasland, lag eine Gestalt. Leblos.

Einen Schrei ausstoßend trieb Halana ihr Pferd zu einem kurzen Spurt an und sprang neben der Gestalt zu Boden. Es war Lusian. Auf dem Bauch liegend, den Kopf leicht zur Seite geneigt. Halana konnte nur einen Teil ihres Gesichtes erkennen. Es war wachsweiß. Halana sah nur das rechte Auge. Die Augenlider waren weit aufgerissen, der Augapfel starrte ins Leere. Unter dem inneren Augenwinkel verlief eine getrocknete salzige Spur, die sich den rechten Nasenflügel entlangzog. Fliegen umschwärmten die große Lache in der Hitze schon fast geronnenen Blutes unter ihrem verkrümmten Körper. An der breiten Stichwunde in ihrem Rücken schienen die Fliegen geradezu festzukleben.

Man brauchte kein Spurensucher zu sein, um zu sehen, wo Lusian mit schnell schwindenden Kräften ihren Körper unter Qualen noch drei Meter durch das hohe Gras zu der Felsplatte hingezerrt hatte. Die wie in einer Schleifspur niedergedrückten Halme und das viele Blut verrieten es. Ihr Blut. Ihr Blut, das ihr als Tinte für eine letzte Nachricht diente. Mit immer undeutlicheren Buchstaben hatte sie, dort, wo ihre Hand noch hingelangen konnte, auf den Fels geschrieben: »Verrat B+3 Ruff > Cosa will dich erpressen«. Dann hatte sich, in der Wut über ihr Sterben, die Kriegerin noch einmal aufgebäumt: »Töte B!«

Ihr allerletzter Satz jedoch, der kam nicht von der Kriegerin: »Liebe Dich – immer«.

Zuletzt hatte sie mit dem letzten Funken Leben, ganz klein, in kaum noch zu entziffernden, krakeligen Buchstaben den Namen geschrieben: »Halana«, und ihre toten, kalten, halb offenen Lippen lagen direkt bei diesem Namen, als habe sie ihren letzten Atemzug einem Kuss gewidmet.

Halanas Brust schmerzte. Eine halbe Minute atmete sie nicht, dann sog sie rasselnd die Luft wieder ein, während der Eisklumpen in ihrem Magen sie neben Lusian in die Knie gehen ließ. Sanft küsste sie Lusians Stirn. Wie in Trance drückte sie ihre Handfläche in die Blutlache – es war schon keine Wärme mehr von Lusians Leben darin zu spüren. Dann löschte sie in kreisenden Bewegungen mit dem Blut und ihren Tränen die Schrift aus.

Ein Eispanzer umfing sie, doch durch diesen Panzer hindurch hörte sie nun ein Pferd, das den Wald verließ und sich ihr näherte. Sie hatte noch, am Ende von jenem anderen, fröhlichen Leben, bemerkt, dass ihr Ruben gefolgt war, als sie aus dem Lager preschte, doch sie war schneller gewesen. Nun war er heran, und sie hörte ihn vom Pferd springen und wie er rief: »Oh ihr Götter! Lusian!«

Langsam, als würde sie bereits von 80 Sommern hernieder gedrückt, erhob sich Halana, drehte sich um und ließ sich in Rubens starke Arme fallen. Dann stammelte sie: »Ruff! Mein Ruff ist entführt. Und Giula. Und Lusian...«, als könne es Ruben nicht selbst sehen, »Lusian ist tot. Meine Schwertschwester... mein linker Arm ist ausgerissen. Mehr als das...« Überrascht sah sie Ruben an und sagte: »Sie hat mich geliebt!«

»Sicher hat sie das«, entgegnete Ruben sanft, »schließlich war sie deine Schwertschwester.«

»Nein, es war mehr als das. Es war... richtig. Sie hat mich richtig geliebt. Und ich habe es nicht... hab ich es wirklich nicht gemerkt? Wohl doch. Ich wollte es nur nicht merken. Himmel! Wie soll ich nur ohne ihre Hilfe Ruff zurückholen... Es war Berthold. Er hat sie getötet.«

»Berthold? Unmöglich.«

»Doch. Sie konnte noch seinen Namen schreiben. Oh Ruben, halt mich!«

Ruben küsste sie sanft auf die Stirn, hielt sie umarmt und streichelte ihr sachte über den Rücken, während Halanas Körper immer wieder wie von Krämpfen geschüttelt zitterte. Dann glitt Rubens Hand ganz behutsam weiter nach unten, zog vorsichtig Halanas Schwert aus der Scheide und warf es beiseite. »Halana, ich muss dir etwas sagen«, erklärte er ruhig.

»Nein!«, rief Halana fast ängstlich, »nein, noch nicht. Halt mich. Nur noch ein paar Minuten.«

»Gut, sicher, mein Herz, was du möchtest.«

Und fünf Minuten gab sich Halana ihrer Trauer hin, ließ sich streicheln und trösten. Fünf Minuten mussten genug sein. Dann seufzte sie zitternd und sagte: »Ich muss an Ruff und Giula denken!«

»Ja, das solltest du wirklich.«

»Ruben?« Sie sah mit feuchten Augen zu ihm auf.

»Ja?«

Sie drückte sich langsam, die Hände auf seine starken Muskeln gelegt, aus seinen Armen zurück, blickte ihm weiter ins Gesicht und sagte: »Weißt du, dass du der erste Mann bist, bei dem ich den Eindruck hatte, dass er mir mehr bedeuten könnte als nur ein angenehmes Vergnügen? Und sogar mehr als Freundschaft?«

»Es freut mich, dass du das saaaarh – au-ah!!« – Mit einer wütenden Kraftexplosion hatte Halana ihre Stirn gegen Rubens Nasenbein krachen lassen, während sie sich fast gleichzeitig, sein rechtes Handgelenk haltend, mit Schwung drehte, den viel schwereren Mann mit einem Schulterwurf über sich hinweg katapultierte und sein Handgelenk nach oben riss, so dass Rubens rechter Arm ausgekugelt wurde, als er auf den Boden krachte. Mit aus der Nase spritzendem Blut und vor Schmerz keuchend, wollte er mit der linken Hand nach seinem Schwert greifen, doch da hielt es Halana schon in Händen, hieb ihm die flache Seite gegen die Schläfe, dass der Krieger benommen zurücksank, und presste ihm schließlich die Spitze seines eigenen Schwertes gegen den Kehlkopf. Dann keuchte Halana ihren Liebhaber an: »Weißt du, was das Schlimmste ist? Dass mein letzter Satz nicht gelogen war. Und nun, mein Geliebter, mieser kleiner Verräter…«

»Das sollte nicht passieren!«, unterbrach Ruben sie laut und angestrengt.

»Was!? Dass ich dich erwische? Denkst du, es war mir nicht sofort klar, dass du und Berthold zusammen arbeitet? Dachtest du etwa, dass ich es nicht gespürt habe, als du mein Schwert aus der Scheide gezogen hast?«

»Dass meine ich nicht… Lusian sollte nicht tot sein, und es tut mir wirklich leid. Es hätte vollkommen gereicht, wenn unsere Männer sie überwältigt hätten oder Berthold sie bewusstlos geschlagen hätte, doch der Trottel mussshtch…« – Halana hatte ein ganz klein wenig zugestoßen, die Schwertspitze hatte bis auf die Knorpel von Bertholds Kehlkopf geritzt, und dicke Blutstopfen quollen aus der Wunde, während Halana den nun völlig regungslos daliegenden Krieger wütend und ungläubig anzischte: »Du wolltest es nicht? Es tut dir leid? Und das macht sie jetzt wieder lebendig? Eine große Kriegerin, die nicht mal kämpfend sterben durfte, sondern hinterrücks niedergestochen wurde… Nein, Ruben, ob du es wolltest oder nicht, das ändert einen Dreck… Bah! Du wirst mir jetzt genau erklären, was hinter der ganzen Sache steckt und wie ich Ruff und Giula befreien kann, und dann, mein Herz, wirst du Lusians Ruhekissen im Reich der Toten sein.«

»Wenn du mich tötest«, röchelte Ruben mit zusammengebissenen Zähnen, »wenn du mich tötest, dann wirst du deinen Sohn nie wieder sehen. Das wäre schade. Aber es gibt jemanden, der dir ein Geschäft vorzuschlagen will. Deinen Sohn gegen einen kleinen Gefallen.«

»Wer?«

»Du glaubst doch wohl selbst nicht, dass ich dir das verrate, während mein Arm ausgekugelt ist und du mir ein Schwert an die Kehle hältst? Ich werde dich zu ihm bringen, dort gefällt mir das Kräfteverhältnis zwischen uns beiden wesentlich besser.«

»Ach – und du willst extra den ganzen weiten Weg mit mir kommen? Bis zum... Schwarzen Herzog?«

Ruben zuckte zusammen und flüsterte nur: »Woher...?«

Ebenso sanft, wie sie den Druck auf die Schwertspitze verstärkte, entgegnete Halana: »Ich hatte einmal eine Schwertschwester. Die beste. Sie hat sogar noch in ihrem Tod an mich gedacht. Sie hat es aufgeschrieben. Mit ihrem Blut. Sag, hätte Berthold das auch für dich getan? Oder du für ihn? Oder... für mich?«

Bertholds Namen verfluchend gurgelte Ruben: »Nein! Nicht! Ich weiß etwas... ich kann dir helfen.«

»Tja, ganz schön blöd für dich, dass Berthold Lusian nicht gleich richtig den Garaus gemacht hat, was? Und einen Scheiß weißt du! Der Schwarze Herzog mag böse sein, aber dumm ist er nicht. Er wird kaum seine Pläne einem kleinen miesen Handlanger anvertrauen, der bereit ist, für Geld sein eigenes Land zu verraten – und der bei seinem Auftrag dem Feind in die Hände fallen könnte.«

»Aber... aber ohne mich kommst du nicht...«

»Nicht zum Herzog? Unsinn. Es mag etwas schwieriger werden, doch glaub mir, auch wenn ich dir jetzt die Kehle aufschlitze, komme ich zum Herzog. Jedoch – und das mag dich jetzt überraschen – ich werde es nicht tun. Noch nicht. Ruff soll so schnell wie möglich wieder frei sein, und vielleicht kannst du mir ein paar Zeit fressende Komplikationen ersparen. Außerdem will ich dich nicht töten, wenn du hilflos bist. Lusian hatte keine Chance. Ich werde sie ehren und dich demütigen, indem ich dir eine Chance geben werde. Dann werde ich dich im Kampf töten.«

»Wirst du? Das wollen wir...«, dann biss sich Ruben auf die Lippen und schwieg.

»Sag ruhig ›Das wollen wir sehen‹«, lachte Halana bitter. »Ja, sicher kannst du auch kämpfen. Wobei das gegen diesen betrunkenen Wolfsgauer keine große Sache war... der war natürlich von dir aufgestachelt, damit du den Helden spielen konntest?«

»Natürlich.«

Dann trat Halana zurück, schob Rubens Schwert hinter ihren Gürtel, ihr eigenes in die Scheide und erklärte: »Ich muss mich jetzt von meiner

Schwester verabschieden und sie der Ewigkeit anvertrauen. Dann reite ich ins Lager, besorge Proviant und Ausrüstung und hole dich am Abend wieder ab.«

Ächzend rappelte sich Ruben auf und entgegnete: »Aber ich soll dich nicht aus den Augen lassen, wenn ich dich mal habe.«

»Doch du hast mich ja nicht, oder?«

»Ich komme mit!«

Halana sah ihm in die Augen und erklärte mit eisiger Ruhe: »Wage es, Lusians Bestattung mit deiner Anwesenheit zu besudeln, und mir wird einfallen, dass ich dich doch nicht brauche.«

Mit einiger Anstrengung und unter Tränen gelang es Halana, Lusians Körper vom Boden zu heben, über den Sattel ihres Rappen zu legen und festzubinden. Den Zügel von Rubens Pferd band sie an den linken Steigbügel von Lusians Rappen, den sie mit sich führte, als sie aufsaß und davonritt. Ruben rief ihr hinterher: »Und was ist mit meinem Arm?«

»Das wirst du wohl noch etwas aushalten müssen«, antwortete Halana, ohne sich umzuwenden, »aber freu dich: Heute Abend werde ich dir deine Schulter wieder einkugeln.«

Halanas Gedanken waren bei Lusian, als sie weiterritt.

»Ich weiß«, sprach sie zärtlich zu der Toten, als sie nicht mehr in Rubens Hörweite war, »auch du hast Ruff geliebt. Und Giula hast du für ihr Wissen bewundert, sie als gute Freundin geschätzt.«

–

»Ja, du hast Recht, unter diesen Umständen darf ich nicht lange bei deinem Begräbnis verweilen. Ich muss meinen... ich muss unseren Sohn und unsere Freundin retten, und daher muss ich auch noch, das ist dir klar, etwas Wichtiges mit Hanumann besprechen.«

–

»Es tut mir leid, doch die meisten deiner anderen Freunde werden noch etwas warten müssen, bis sie von deinem Tod erfahren. Aber ich verspreche dir: Wenn ich Ruff und Giula wiederhabe, werde ich mein Leben lang nicht aufhören, der ganzen Welt von dir zu erzählen.«

–

»Wo? Ich weiß nicht... Doch! Ich werde dir eine schöne Birke suchen, die du so magst, die du dann nähren und unter der du für die Ewigkeit zur Erde werden kannst. Lieben werde ich dich immer.«

3. STAHL UND LIST
Tee gegen Schwerter

Giula war Heilerin, keine Kriegerin. Doch selbst wenn sie eine unschlagbare Kämpferin gewesen wäre, hier wäre sie zu spät gekommen. Da nur sie genau wusste, wie das Seufzer-Moos aussah, hatte sie die kleine Truppe angeführt und war schon abgestiegen gewesen, als hinter ihr Ruff, Lusian und schließlich Berthold von ihren Pferden gestiegen waren. Sie hatte sogar in Richtung Lusian geblickt und es gesehen: wie Berthold, sein Schwert ziehend, hinter die Kriegerin getreten war. Sie hatte es gesehen, doch die Bedeutung war ihr auch in dem Moment nicht bewusst, und sie lächelte Lusian noch zu, als die Schwertspitze schon aus deren Bauch heraus schoss und mit brutaler Gewalt wieder zurückgerissen wurde. Erst als Lusian mit ungläubigem Blick auf die Knie fiel und dann lautlos nach vorne kippte, sprang Giula das Entsetzen an, umklammerte sie und ließ Körper und Gedanken erstarren. Ruff begann zu schreien.

Berthold setzte die Schwertspitze in Lusians Genick an, um es zu durchtrennen, trat ihr aber gleichzeitig mit der Stiefelspitze in die Seite. Da kein Stöhnen zu hören war und die Kriegerin leblos blieb, zog er das Schwert wieder zurück, trat zwei Schritte auf Ruff zu, gab ihm eine kräftige Ohrfeige und brüllte ihn an: »Halt's Maul – Aaargh!«

Ruff hatte die Hand gepackt und mit aller Kraft hinein gebissen, und Giula, durch die Ohrfeige gegen Ruff aus der Erstarrung gerissen, wollte sich nun ebenfalls auf Berthold stürzen, doch da hatte er den Jungen schon abgeschüttelt und unsanft zu Boden geschleudert, während er Giula das Schwert entgegen hielt und zornig rief: »Wage es nicht, alte Hexe! Du lebst nur deshalb noch, weil ich dich möglicherweise auf unserer Reise zur Burg des Herzogs brauchen kann, um den kleinen Bastard hier zu versorgen. Ihn will Cosa lebend, damit ihm Halana aus der Hand frisst, aber von dir war nie die Rede. Ich könnte es mir also anders überlegen und mit dir genauso verfahren wie mit dieser toten Schlampe hier, die zu fein für mich gewesen war. – Ah! Na endlich.« Seine letzte, laut gerufene Bemerkung hatte drei Bewaffneten gegolten, die, ein Packpferd im Schlepp, eilig aus dem Wald getrabt kamen. Sie gehörten zu dem kleinen Trupp, der mit Ruben und Berthold im Lager angekommen war.

Der vorderste von ihnen war ein großer, breitschultriger Kerl mit wilden roten Haaren, der eine doppelschneidige Streitaxt statt eines Schwertes im

Gürtel stecken hatte. Er rief, noch während er vom Pferd sprang: »Verdammt, wir hatten erst am falschen Bach gewartet.«

»Mann, Talches,« unterbrach der offenbar doch nicht so schweigsame Berthold, »auf Expedition zu den Reitervölkern gehen, aber dann zu blöd sein, zwei Bäche auseinanderzuhalten? Weiß nicht, wie's hier ausgegangen wäre, wenn mir diese Schlampe nicht den Rücken zugekehrt hätte... Aber egal, wir müssen los und den Vorsprung nutzen.«

Während die Männer gesprochen hatten, hatte Ruff sich wieder aufgerafft, rief weinend »Tante Lusian!« und wollte zu ihr eilen, doch Berthold packte ihn im Genick und am Hosenboden und setzte ihn kurzerhand auf sein Pferd. Auch Giula musste aufsitzen, und beiden wurden die Hände an die Sattelknäufe gefesselt, dann wurden ihnen Augenbinden angelegt, und die kleine Truppe trabte los, in die dem Lager entgegengesetzte Richtung.

Weder Berthold noch einer seiner Männer bemerkten, wie am Ort des Verrats Lusian die Augen aufschlug, den Reitern kurz hinterher blickte, stöhnend die linke Hand auf die Bauchwunde presste, um vielleicht ein paar entscheidende Sekunden länger durchzuhalten. Dann schob sie sich keuchend und zitternd zum nächsten flachen Felsen.

*

Weit genug vom Lager entfernt, dass sie nicht mehr wussten, wo sie sich befanden, wurden Giula und Ruff die Augenbinden abgenommen.

»Hört zu – und hört gut zu, denn ich werde es nur einmal erklären«, sagte Berthold drohend, »wir werden einige Tage unterwegs sein, um die kleine Plage hier zum Schwarzen Herzog zu bringen, der ihn als Faustpfand gegen seine Mutter braucht – fragt erst gar nicht, warum, ich weiß es nicht, und es interessiert mich nicht. Unsere Route haben wir so gewählt, dass wir auf keine Siedlungen stoßen, bis wir an die Grenze kommen – dauert zwar länger, ist aber sicherer. Wenn ihr also tatsächlich so dumm sein solltet und versucht abzuhauen, dann werdet ihr niemanden finden, der euch hilft. Doch ihr solltet uns ohnehin besser keine Schwierigkeiten machen, denn dann habt ihr von uns nichts zu befürchten. Falls aber auch nur einer von euch Ärger macht... nun, uns wird es nicht wehtun, wenn wir euch die Beine brechen und hinterherschleifen müssen – und ihr solltet das durchaus wörtlich verstehen... Was glotzt du mich so an, Rotzlöffel?«

Ruff sah ihm noch weitere fünf Sekunden wortlos und mit großen Augen ins Gesicht, dann zitterte seine Stimme leicht, doch er sprach es aus: »Du bist Berthold. Du hast Tante Lusian getötet. Und ich starre dich an, um mir dein Gesicht einzuprägen, damit ich es selbst dann noch erkenne, wenn es viele Jahre verändert haben.«

Berthold wollte schon ausholen, doch seine Männer begannen lauthals zu lachen, und der rothaarige Hüne Talches rief zwischen zwei Glucksern: »Alle Achtung, der Zwerg hat Mumm. Der wird sicher mal ein guter Krieger, falls er alt genug wird. – He, Berthold, du wirst doch nicht einen gefesselten Knaben schlagen wollen? Wir sind zwar Verräter, aber so tief wirst du doch nicht sinken, oder?«

So nahm Berthold seine zur Faust geballte Hand wieder herunter, weil er die Reise nicht durch einen Streit noch schwieriger machen wollte. Aber nach Lachen war ihm nicht. Er ärgerte sich, weil ein leichtes Kribbeln in seinem Rückgrat ihm sagte, dass er die Worte des Jungen nicht einfach als dummes Kindergewäsch abtun sollte – was sie ja zweifellos waren.

Giula dagegen war ein Stein vom Herzen gefallen, als die Krieger lachten und dieser große rothaarige Kerl – Talches hieß er wohl – sich tatsächlich für Halanas Jungen eingesetzt hatte. Sie fing seinen Blick ein und nickte ihm kaum merklich dankend zu. Es war noch nicht alles verloren.

Nach einem langen Tag folgte eine noch längere Nacht. Fast pausenlos ritten sie durch eine hügelige, leicht bewaldete, mondbeschienene Landschaft. Erst als der Morgen graute, schlugen sie am Rande eines Wäldchens ihr Lager auf. Berthold löste sogar ihre Fesseln, und Ruff ließ sich, todmüde wie er war, mehr vom Pferd fallen als rutschen. »Mach dem Jungen ein Lager und schlaf auch ein paar Stunden«, wies Berthold Giula an und gab ihr zwei Decken aus der Satteltasche des Packpferdes.

Im Schatten der Bäume scharrte die Heilerin Laub zusammen, über das sie die Decken breitete. Ruff ließ sich ohne ein Wort darauf niedersinken, Giula legte sich neben ihn. Der Junge drückte sich an sie und flüsterte: »Keine Angst, Ohm. Muma ist die größte Kriegerin des Reiches. Sie wird uns retten.«

»Ja, sicher, mein Schatz, das wird sie. Aber schlaf jetzt. – Wenn ich nur wüsste, wo wir sind.« Den letzten Satz hatte Giula nur zu sich selbst gemurmelt, doch zu ihrer Überraschung antwortete Ruff: »Wir reiten in einem großen Bogen erst in Richtung Westgrenze, wenn wir fast dort sind, geht es weiter nach Süden.«

Verwirrt fragte Giula: »Woher weißt du das?«

»Aber Ohm!«, entgegnete Ruff trotz Müdigkeit mit einem Anflug von Entrüstung, »du glaubst doch nicht, dass Muma mir nicht schon längst beigebracht hat, die Sonne und die Sterne und den Schatten zu lesen? Außerdem hat es der tote Mann doch gesagt.«

»Wer? Hat was gesagt?«

»Na Berthold.«

Giula schluckte und bat inständig: »So nennst du ihn besser nicht, wenn er dabei ist.«

»Bin doch nicht blöd.«

»Und er hat gesagt, wo wir lang reiten?«

»Ja. Na ja, nicht direkt. Aber Muma hat mit mir auch Karten studiert. Und der tote Mann hat gesagt, die Reise wird länger dauern und durch unbewohntes Gebiet gehen. In der Nacht sind wir an einigen Weilern vorbeigekommen. Richtung Nordosten gibt es immer weniger Dörfer, weil es kein gutes Land für Bauern ist. Wenn wir zehn Tage weiterreiten – oder auch zwei Wochen, erreichen wir die Trockenfelsebenen. Nirgends im Reich ist es so einsam wie dort. Dann noch drei, vier Tage, und wir stoßen auf den nördlichsten Zipfel des Schwarzen Reiches.«

Nun gähnte Ruff herzhaft und fragte schläfrig: »Ohm?«

»Ja?«

»Wo Lusian jetzt wohl ist?«

»In unseren Herzen, mein Junge, in unseren Herzen.«

Doch das hörte Ruff schon nicht mehr. Giula blickte dem schlafenden Jungen in sein schmutziges, jetzt so entspanntes Gesicht und seufzte. Aber wer weiß? Vielleicht konnten es Halana und Lusian... vielleicht konnte es Halana ja wirklich gelingen, sie zu befreien? Dann ließ auch sie sich zurücksinken, schloss die Augen, seufzte nochmals tief und sog dabei ebenso tief die Luft ein, meinte, einen Hauch von Pfefferminze zu riechen. Vielleicht könnte sie davon ja einen Tee brauen.

Schlagartig sprangen ihre Augen wieder auf. Womöglich musste sich Halana ja gar nicht in Gefahr begeben. Vielleicht konnten sie sich selbst befreien.

Nach nur drei Stunden ließ Berthold Giula und Ruff wieder wecken. Die Hebamme fühlte sich wie gerädert, bat aber, noch schnell etwas von der Pfefferminze sammeln zu dürfen – der Junge sei, verständlicherweise, doch sehr mitgenommen, und sie wolle ihm bei der nächsten Rast gerne einen erfrischenden Tee kochen. Berthold zögerte kurz, nickte dann aber und ließ Potr'e, einen schweigsamen Krieger mit langen strohblonden Zöpfen, die Hebamme begleiten. Es gab reichlich Pfefferminze in der Gegend, so waren die Blätter schnell gepflückt, und Giula achtete darauf, dass sie genügend Blätter hatte, um zwei, drei Tage nicht nur für Ruff, sondern für die ganze Truppe Tee zu kochen – Tee war sehr beliebt in Engaland, ganz besonders, wenn man es sich leisten konnte, ihn mit Honig zu süßen. Wieder bei den Pferden, stopfte sie die Pflanzen in ihre Packtasche, während Ruff neben sie trat und erstaunt begann: »Du, Ohm, du weißt aber schon...«

»Psss!«, unterbrach Giula leise und flüsterte hastig, »sicher weiß ich, dass du Pfefferminze nicht besonders magst, aber du wirst so tun...«, dann musste sie abbrechen, weil Hunold, ein glatzköpfiger, gedrungener Krieger und der dritte von Bertholds Spießgesellen, zu ihnen herantrat und zum Aufbruch mahnte. Beim Aufsitzen nickte Ruff Giula mit einem fast unmerklichen Lächeln zu. Er wusste zwar nicht, was für einen Plan seine Ohm hatte – doch sie hatte einen.

Tagsüber wurde kaum und nur kurz gerastet, aber diesmal schlugen die Männer, als die Dämmerung einsetzte, ein Nachtlager auf. Potr'e, einem ausgezeichneten Bogenschützen, war es gelungen, einen großen Hasen zu erlegen. Die Männer hießen ihn dankbar willkommen, denn die Trockenfleischstreifen, die auf Reisen durch unbewohntes Gebiet als Hauptnahrung herhalten mussten – neben etwas Trockenobst und Hartbrot-Fladen –, waren nicht sehr beliebt.

Wasser gab es auf ihrer Route offenbar genug, und so bekam Giula, was sie wollte. Sie füllte einen großen Koch-Beutel – ein Rindsleder-Beutel, auf dessen Unterseite eine Eisenscheibe festgenietet war – , hängte ihn über das Lagerfeuer und gab reichlich Pfefferminzblätter dazu.

Und dann geschah es genau so, wie es sich Giula nicht besser hätte wünschen können: »He«, knurrte Berthold sie an, als er sie am Feuer hantieren sah, »du bereitest den Hasen zu.«

Ob Berthold nicht viel von den Kochkünsten seiner Leute hielt oder Giula einfach demütigen wollte, das war ihr in diesem Augenblick egal – aber wenn sie es einfach hinnähme, wäre das vielleicht etwas zu auffällig. »Aber Berthold«, giftete sie den Krieger an, »ein großer, starker Mann wie Ihr, dem es auch keine Probleme bereitet, eine Kriegerin von hinten zu erstechen statt ihr von Angesicht zu Angesicht gegenüber zu treten, der wird sich doch nicht davor fürchten, einem Hasen das Fell abzuziehen?«

»Pass bloß auf, du Hexe,« entgegnete der Angesprochene mit nur mühsam unterdrücktem Zorn, »sonst fällt mir vielleicht noch ein, dass wir dich ja auf dieser Reise doch nicht brauchen! Und jetzt mach dich an den verdammten Hasen!«

»Und soll ich dem Vieh das Fell vielleicht mit den Zähnen abziehen?«, gab sie spitz zurück.

Kurz schien Berthold unschlüssig, dann wies er Potr'e an: »Gib ihr dein Messer, aber behalt sie im Auge, und sieh zu, dass du's nachher gleich wieder bekommst.«

So machte sich Giula ans Häuten des Tieres, äußerlich mit verkniffenem Gesicht, innerlich jedoch lachend und mit dem Gedanken: Glaubte der Dummkopf wirklich, sie würde irgendetwas mit einem Messer gegen die vier Krieger unternehmen wollen? Da gab es elegantere Möglichkeiten...

Als sie fertig war, fragte sie Talches freundlich – weil er der Netteste war und weil sie zeigen wollte, dass sie durchaus Abstufungen machte und Berthold für eine ganz besonders scheußliche Kreatur hielt – , ob sie vielleicht etwas Salz zum Würzen da hätten? Ja, klar, das hatten sie. Und zum Einreiben... nur ein paar Meter weiter hatte sie etwas Kerbel am Waldrand gesehen.

»Schmeckt das denn?«

»Gibt dem Fleisch eine besondere Note. Jedenfalls macht's Fürst Ludgars Lagerkoch für seinen Herrn so, der Koch hat mir auch den Kniff verraten.«

»Hmm... Na gut. Aber... wie sieht denn dieses Kerbul aus?«

»Kerbel.« Wunderbar, dachte sie, offensichtlich hatte die Bande keine Ahnung von Kräutern. »Ruff, du kennst es. Zeig es Talches.«

Berthold sah misstrauisch hinüber, meinte dann aber: »Na gut, doch wehe, Talches, der Junge geht dir irgendwie verloren...«

Als Hebamme und Amputiererin hatte Giula in den Feldlagern mehr zu tun, als Kinder zur Welt zu bringen und zertrümmerte Gliedmaßen zu entfernen. Zu ihr kamen auch Kriegerinnen und Krieger, wenn sie sonstige körperliche Beschwerden plagten. Wenn sie auch nicht wirklich eine Heilerin war, so kannte sie sich doch inzwischen bestens aus mit den Wirkungen von Kräutern und anderen Pflanzen, die Krankheiten und Schmerzen lindern, manchmal sogar heilen konnten. Über diese tieferen Kenntnisse der Hebamme waren sich Berthold und seine Leute nicht im Klaren. Und selbst wenn sie es gewusst hätten, so wären sie dennoch bass erstaunt gewesen, hätte man ihnen verraten, dass Medizin und Gift nicht selten ganz genau dasselbe sind – lediglich die Menge macht manchmal den Unterschied. So kannte Giula, die schon vielen Kindern das Leben geschenkt hatte, inzwischen gut 200 Pflanzengifte, von denen einige, in ausreichender Menge genossen, den Tod brachten.

Inzwischen dürfte wohl auch dem geneigten Leser klar geworden sein, wonach Giula Ausschau hielt. Bald würde sie leichtes Spiel mit den Verrätern haben... ja, das möchte man jetzt vermuten, was? Aber nein, so leicht ist es natürlich auch wieder nicht. Als Gefangene ein Gift unter den Augen der Bewacher zu brauen wäre schon mehr als gewagt. Und jede x-beliebige Pflanze konnte sie selbstverständlich nicht verwenden. Die Wirkung musste stimmen.

Denn es wäre in letzter Konsequenz wenig Erfolg versprechend, wenn sich ihre vier Häscher zwar vor Schmerzen krümmten, aber noch genug Kraft und Zeit haben würden, um ihren Gefangenen ein Schwert zwischen die Rippen zu jagen. Auch wenn die Wirkung – je nach Konstitution des Opfers – zu unterschiedlichen Zeiten auftreten würde, könnte das Giula gegenüber den letzten noch aufrecht stehenden Kriegern in ziemliche Erklärungsnot bringen. Ein weiteres Hindernis: Der Geschmack durfte natürlich nicht auffallen, musste im Gewürz der Speise oder im Gaumenkitzel des Tees verschwinden. So waren sie schon am ersten Tag, nachdem Giula den Entschluss zur Flucht gefasst hatte, an etlichen großen Blumenbüscheln vorbei gekommen, deren Blätter an Hanf, die Blüten an übergroße Maiglöckchen erinnerten. Der Stinkende Nieswurz ist auch tatsächlich ordentlich giftig. Doch ganz wie der Name vermuten lässt, hätte man eine mit dieser Pflanze präparierte Speise allenfalls einem nasenlosen Mann servieren können, aber ansonsten würde selbst ein Krieger mit hochgradiger Erkältung jeden Bissen verweigern. Auch an wilder Aprikose kamen sie vorbei, nur hatte diese zu dieser Jahreszeit keinen Samen – und selbst wenn, dann hätte er beim Essen doch zu sehr zwischen den Zähnen geknirscht. Dann gab es natürlich noch das größte Problem: Neben dem Gift wollte Giula auch ein weiteres Mittelchen parat haben...

Nach und nach schienen es die Krieger als etwas Selbstverständliches zu sehen, dass Giula zur unfreiwilligen Köchin der kleinen Truppe geworden war, und nach dem Appetit der Männer zu schließen, waren ihre Kochkünste überzeugend.

Am fünften Tag waren sie an Eiben vorbeigeritten – wäre vielleicht nicht schlecht gewesen, doch Giula war nichts eingefallen, ihre Wächter genau hier zum Anhalten zu bewegen und glaubhaft zu begründen, warum sie sich nun ausgerechnet an diesen Bäumen zu schaffen machen müsste. Doch dann, endlich, am siebten und am neunten Tag ihrer Reise, wurde sie beim Holzsammeln (während Ruff als Faustpfand bei den Kriegern blieb, denn so dumm war Berthold nun doch nicht) fast direkt beim Lager fündig.

Und es waren geradezu zwei Klassiker darunter: Eisenhut und Tollkirsche. Dazu noch eine kleine Prise Spindelstrauch-Samen. Diese Mischung würde dem Pfefferminztee eine ganz besondere Note verleihen.

Ebenfalls am neunten Tag entdeckte sie auch einen speziellen Eisenhut mit recht unscheinbaren gelb-grünlichen Blüten: den Gift-Eisenhut. Aber eine Kleinigkeit fehlte noch... Sie wollte die Hoffnung fast schon aufgeben, eine der wenigen möglichen Pflanzen zu finden, doch dann, am siebzehnten Tag, als sie sich nach dem Frühstück in die Büsche schlagen durfte, stolperte sie über ein ganz besonderes Exemplar: den Baum der Kalabarbohne, auch Götterurteilbohne genannt.

Am 21. Tag ihrer Reise war die Laune Bertholds, der in den vorangegangenen Tagen immer zur Eile angetrieben hatte, überraschenderweise nicht ganz so mies wie sonst. Aber wenn er sich gut fühlte, so schloss Giula, dann konnte das für Ruff und sie nichts Gutes bedeuten. »Ich schätze«, flüsterte sie Ruff kurz nach ihrem Aufbruch am Morgen zu, »dass wir nicht mehr allzu weit von der Grenze des Schwarzen Landes entfernt sind. Merk dir Folgendes, es ist wichtig: Wenn ich bei der Mittagsrast neuen Tee gebraut habe, dann tu um des Großen Zerstörer Willen bloß so, als würdest du davon trinken.«

Ruff stellte keine Fragen.

Eigentlich war es Giula schon vor drei Tagen gelungen – jedenfalls hoffte sie, dass es gelungen war –, alle Zutaten in den richtigen Mengen zu vereinen. Die klein gerupften und gequetschten Pflanzenteile hatte sie in zwei Stofffetzen eingebunden – sowohl das Gift als auch das Gegengift, bei dem überraschenderweise der Gifteisenhut den größten Anteil stellte. Eigentlich hätte sie also schon vor zwei Tagen zur Tat schreiten können. Aber sie hatte sich immer neue Ausreden erfunden, um es nicht zu tun. Sie hatte Angst davor, was geschehen würde, wenn ihr Vorhaben misslang. Und außerdem..., nun, sie war Hebamme. Sie half den Menschen ins Leben hinein. Ihnen hinaus zu helfen, widersprach zutiefst allem, woran sie glaubte. Aber nun war vielleicht die letzte Chance gekommen. Sie sah Ruff an, dachte an Halana, und diesmal würde sie nicht zögern. Vielleicht hatte die zusätzliche Wartezeit ja auch ihr Gutes, denn sie hatte ihre bittere Medizin mit etlichen harmlosen Pfefferminz-und ein paar Zitronenmelisse-Blättern gemischt, so dass deren intensiver Duft inzwischen den eher zarten Geruch der anderen Zutaten übertünchen dürfte.

Am Ende des Tages sollte Giula wissen, dass sie besser nicht gewartet hätte.

4. STAHL UND TAKTIK
Der Auftrag

Sie würde ihn töten. Eigentlich wunderte sie sich, dass ihr das nicht schon vorher klar gewesen war. Doch in dem Moment, als Halana dem Schwarzen Herzog in dessen Burg erstmals gegenüberstand und ihm in die Augen blickte, da war ihr klar, dass sie ihn töten musste.

Der Herzog dagegen musterte sie ungeniert und fragte Ruben, als würde er mit einem Lakaien über ein neues Pferd sprechen: »So, das ist sie also, diese Kriegerin? Man hat ja schon etliches von ihr gehört – wird sich zeigen, was sie wirklich taugt. Aber immerhin: hübsch anzusehen. Könnte interessant sein, sich von ihr die Laken wärmen zu lassen.«

»Tot.«

Es war das erste Wort, das Halana zu Cosa sagte. Ruben schluckte. Der Herzog fragte verwirrt: »Was spricht sie da?«

»Rühr mich an, Herzog, und du bist tot... noch früher tot, als es ohnehin der Fall sein wird.«

»Du wagst es...!«, wollte der Herzog aufbrausen.

»Nun, wenn ich die ganze Geschichte hier richtig verstanden habe, Cosa, dann brauchst du mich offenbar noch?«

»Jaaaa«, knirschte Cosa, »doch ich könnte deinen Sohn...«

»Aber, aber, mein lieber Enkel«, schaltete sich nun die Stimme einer alten Frau ein, die Halana auf Anhieb herzlich unsympathisch war, »wir wollen die Angelegenheit doch nicht komplizierter als notwendig gestalten. Denk an dein Ziel. Wenn das erreicht ist, was schert uns dann diese – hm – Kriegerin und ihr Gör?«

Neben Halana und Ruben hatten sich fast alle eingefunden, die auch schon vor gut zwei Jahren dabei gewesen waren, als der Plan geboren wurde, der nun in die Tat umgesetzt werden sollte. Selbst Junas von Anselm, der zwischenzeitlich noch zwei andere Aufträge angenommen hatte, war vor zwei Tagen wieder eingetroffen.

Halana ließ sich ihre Erschöpfung nicht anmerken. Sie und Ruben waren erst vor einer Stunde in der Burg angekommen. Diese Stunde hatte es gedauert, bis der Herzog über ihre Ankunft informiert werden konnte und die anderen zusammengerufen waren. Dann hatte Cosa zunächst Ruben alleine hereinrufen lassen und schließlich auch Halana.

Jetzt würde sie also endlich erfahren, warum Ruff entführt worden war und wozu sie erpresst werden sollte.

In nur sechzehn Tagen hatten sie mit täglichen Gewaltritten, immer wieder die Pferde wechselnd, den Weg bis zur Grenze zurückgelegt, hatten diese, abseits der Wege und ohne auf Patrouillen der einen oder anderen Seite zu stoßen, unter Rubens Führung überquert und waren in einer nicht minder anstrengenden Woche bis Vandar weitergeritten.

Es war keine schöne Reise gewesen, und das keineswegs nur, weil sie so viel Kraft gekostet hatte. Halana hatte sich bemüht, mit Ruben nicht mehr als die nötigsten Worte zu wechseln, dennoch war es drei Mal beinahe zu einer Eskalation gekommen. Und auf den langen Ritten musste Halana ständig an Lusian, an Ruff und an Giula denken. Doch irgendwann schaffte es die Kriegerin, einen Platz in ihrem Inneren zu finden für die Trauer um ihre Schwester und die Angst um den Sohn und die mütterliche Freundin. Einen Platz, an dem Trauer und Angst nicht verloren gehen würden, wo sie aber in Sicherheit wären, ohne Halanas ganzes Sein zu bestimmen.

Erst als sie vor Vandar angelangt waren, am Tor der mächtigen Stadtmauer, hatte sich Ruben offenbart und den Wächtern erklärt, dass er in einem wichtigen Auftrag des Herzogs komme.

Vandar, die Hauptstadt des Schwarzen Landes, stand Berlundel in Größe und Einwohnerzahl nicht nach. Viel mehr Ähnlichkeiten gab es allerdings nicht. Schon die Grundformen der Stadtmauern waren sehr unterschiedlich: Während in Berlundel runde Formen dominierten und es auch ein paar kreisrunde Vorkastelle um die Stadt verteilt gab, herrschten in Vandar die eckigen Formen vor. Statt Kastellen gab es hier Vorwerke, die an verschiedenen Stellen wie Speere mit breiten Spitzen aus der Stadtmauer herausragten. Und während in Berlundel der Palast des Königs, in einem nur von einer drei Meter hohen Mauer umgebenen Park gelegen, fast im Zentrum der Stadt stand, befand sich die mächtige Burg des Herzogs auf einem felsigen Hügel, beinahe schon einem kleinen Berg, fast 300 Meter entfernt von der Stadt. Verbunden waren Stadt und Burg durch eine breite, von Mauern eingefasste Straße, zudem durch eine von Ochsen angetriebene Lasten-Seilbahn und einen hohen Laufgang, der die Burgmauer direkt mit der Stadtmauer verband.

Um zu dem Tor zu gelangen, das zur Burgstraße führte, mussten Halana und Ruben die Stadt durchqueren. Beim Ritt auf der breiten Prachtstraße, vorbei an großen Steinhäusern, an Statuen, Wirtschaften, Brunnen und einem mächtigen Marktplatz, fiel Halana noch ein weiterer Unterschied zu

Berlundel auf, den sie zunächst nicht richtig fassen konnte, bis ihr klar wurde, dass hier etwas fehlte: Zwar herrschte auch hier reges Treiben auf den Straßen, doch Vandar atmete eindeutig weniger Kultur als Berlundel. Halana sah weder Theater noch Lesesäle oder Malerwerkstätten. Und in Berlundel hätte sie keinen so weiten Weg durch die Stadt reiten können, ohne nicht mindestens auf zwei, drei Straßenmusikanten zu stoßen.

Aber seltsam war es schon: Hätte ihr vor einem Monat jemand erzählt, dass sie, eine Kriegsmeisterin Engalands, schon sehr bald unbehelligt mitten durch die Hauptstadt des ärgsten Feindes ihres Landes reiten würde, um dem Schwarzen Herzog gegenüberzutreten, sie hätte es für als Scherz abgetan. Doch da sie schon mal hier war, versuchte sie, sich so viel wie möglich von den Befestigungsanlagen der Stadt und der Burg einzuprägen.

Auch wenn es im Moment wohl eher zweifelhaft war, dass sie noch lange im Dienst Engalands stehen würde. Viel wahrscheinlicher war es, dass sie bald einen Platz ziemlich weit oben auf der Abschussliste von König Róge oder der Fürsten Rudgar und Ludgar bekommen würde. Denn eines war ihr klar: Was auch immer der Herzog von ihr verlangen mochte, wenn sie es tat, dann würde sie zur Verräterin an ihrem eigenen Land werden. Und genauso klar war ihr, dass sie Ruff und Giula retten musste.

Bevor Herzog Cosa seinen Plan erläuterte, blickte er beiläufig zu Ruben und murmelte: »Du. Verschwinde. Ah – wart draußen, bis wir fertig sind.«

Für einen winzigen Moment sah es so aus, als wollte Ruben aufbegehren. Doch dann senkte er kurz den Kopf und verließ den kleinen Saal.

Nun sah Herzog Cosa die Kriegerin an, und man konnte ihm nicht vorwerfen, dass er lange brauchte, um zur Sache zu kommen: »Du wirst mir einen Zauberer fangen. Hast du Erfolg, bekommst du deinen Sohn zurück. Wenn nicht… nun, wenn du stirbst, ist es eigentlich egal, was mit dem Jungen geschieht, oder? Vielleicht bin ich großzügig und lass ihn am Leben.«

»Ich könnte mich ja dann um ihn kümmern«, kicherte die alte Frau belustigt, während Halana verdutzt den Kopf schüttelte, da sie einen Moment glaubte, sich verhört zu haben.

»Ich soll… was???«

Der Herzog sah sie geringschätzig an und sprach in den Raum hinein: »Junas! Erklärt es dieser Engaländerin.«

Ein elegant mit Samthemd, Brokatweste und Barett gekleideter Mann, der bisher scheinbar entspannt, mit übergeschlagenen Beinen in einem hölzernen Sessel gesessen hatte, beugte sich nun nach vorne und erklärte: »Schönes Fräulein…«

»Pfff!«

»Kriegerin, Ihr habt Euch nicht verhört. Die Sache ist eigentlich ganz einfach: Der Herzog braucht für seine… Pläne mehr Macht, am besten in Form mächtiger Waffen. Und wer könnte eine mächtigere Waffe sein oder erschaffen als ein Zauberer? Nein, sagt nichts. Ihr wollt einwenden, dass noch nie jemand die Grenze zum Land der Zauberer lebend passiert hat – und wisst doch selbst, dass dies falsch ist: Ihr selbst seid ein Kind der Todzone.« Unwillkürlich fasste Halana an die Kette um ihren Hals. »Man hat euch vor etwa 22 Jahren gemeinsam mit 83 anderen Säuglingen und Kleinkindern unmittelbar an der undurchdringlichen Grenze gefunden. Zusammen mit 132 Frauen – toten Frauen.

Mindestens 35 von ihnen waren schwanger gewesen, als sie starben. Die sonderbare Kleidung der Toten und der Säuglinge, die Tatsache, dass sie ohne Reittiere, ja ohne jeden Vorrat unterwegs waren und dass diese Gruppe – trotz ihrer Größe – in keinem der nahen Dörfer aufgefallen war und nicht eine der Toten dort bekannt gewesen wäre, dazu noch das Gestammel der ältesten dieser Kleinkinder: Es war klar, dass ihr von den Zauberern gekommen sein musstet – mitten hindurch durch die Todzone! Wieso die Frauen mit den Kindern von dort kamen…? Das weiß man bis heute nicht. Manche sind der Ansicht, dass es sich bei den Frauen um Dienerinnen der Zauberer gehandelt hat, die geflohen sind.

Ja, nicht wenige befürchteten sogar, dass die Frauen Ammen und die Kinder eigentlich kleine Zauberer wären, die, einmal ausgewachsen, Unheil über die Menschen bringen würden. Aber die Zauberer machten nie den leisesten Versuch, die Kinder zurückzuholen. Und Ihr könnt nicht zufällig zaubern?«

»Schön wär's«, knurrte Halana, »dann müsste ich mir jetzt nicht diesen Unsinn anhören.«

»Ah, dachte mir schon irgendwie, dass Ihr nicht magisch begabt sein könnt. Wie auch immer. Ist eigentlich auch ganz egal, wieso Ihr damals aus dem Zaubererland raus seid. Wichtig ist nur, dass wir vermuten: Wer raus konnte, ohne von dem magischen Feuer verbrannt zu werden, der kommt auch wieder hinein.«

»Ihr vermutet?«, meinte Halana mit einem leichten Schmunzeln.

Charmant lächelnd erwiderte Junas: »Nun, falls wir uns irren, wird es jedenfalls nicht uns wehtun, oder? Es wäre natürlich schade um so eine berühmte Kriegerin… eine Kriegerin, deren Ruhm nicht nur in Engaland bekannt ist. Eine Kriegerin, die mutig und gewandt genug ist, einen Zauberer zu überwältigen – zumal in einem Kerker irgendwo im Land des Herzogs der nötige Ansporn auf sie wartet. Wir hatten im Laufe der Zeit auch noch drei andere Kinder der Todzone ausfindig gemacht – doch einer war Müller geworden, ein anderer Schreiber. Der Dritte war zwar ein Krieger, hatte aber bei der Verteidigung der Stadt Tirmor eine Hand eingebüßt.«

»Der Glückliche.«

»Du bist jedenfalls mit Abstand die erste Wahl mit den größten Erfolgschancen.«

Halana verschränkte die Arme und sagte: »Bevor wir weiterreden, will ich meinen Sohn sehen.«

»Vergiss es!«, entgegnete ihr der Herzog spöttisch und ließ nun auch die Höflichkeit in der Anrede fahren. »Selbst wenn er hier wäre, würde ich dir den Balg nicht zeigen.«

»Mein Sohn heißt Ruff!«

»Und wenn schon! Zudem ist die Blage nicht in Vandar. Wir haben zwar schon die Nachricht erhalten, dass meine Leute deinen Jungen und diese Frau geschnappt haben, aber da sie aus verständlichen Gründen auf Umwegen ins Schwarze Land gereist sind, befinden sich die Deinen noch in einem Kerker im Westen meines Reiches. Und ich werde dir auch sicher nicht auf die Nase binden, ob ich sie wirklich in meine Burg bringen oder irgendwo anders in einem Loch verrotten lasse, bis du wiederkommst.«

Was Halana nicht ahnen konnte: Auch der Herzog selbst hatte nicht die leiseste Idee, wo sich seine Geiseln gerade befanden. Dieser Ruben hatte sich jedenfalls irritiert gezeigt, dass noch keine Nachricht von seinen Männern eingetroffen war. Aber was sollte es? Hauptsache war ja, dass diese Kriegerin dachte, dass ihr Sohn in der Gewalt des Herzogs sei. Der fragte nun: »Also.

Ich hab keine Lust mehr auf vornehme Spielchen. Machst du's?«

»Ja.«

Etwas überrascht zog der Herzog seine Augenbrauen hoch.

»Aber ich stelle zwei Bedingungen.«

»Keine Bedingungen.«

»Oh, keine Angst, Herzog, die könnt Ihr mir problemlos erfüllen. Die erste und wichtigste Bedingung: Ruben soll bei meiner Begleittruppe sein.«

»Warum?«, fragte Cosa überrascht.

»Liegt das nicht auf der Hand? Sollte ich lebend aus dem Zaubererland zurückkommen, dann werde ich ihn töten. Und dann will ich auch wissen, wo ich seine Begleiter finde.«

Jetzt musste der Herzog tatsächlich grinsen, als er antwortete: »Von mir aus. Sind ja nur Engaländer.«

»Wie konntest du Ruben und seine Leute eigentlich bestechen?«

Cosa sah fragend zu Junas von Anselm hinüber, der erklärte: »Die waren für König Róge bei den Steppenvölkern unterwegs, um herauszufinden, wie man diese am besten dazu bringen könnte, mehr als nur gelegentliche Pferdediebstähle im Schwarzen Land zu begehen. Sie gerieten dann aber an einen Stamm, dessen Häuptling wir uns schon durch ein paar Geschenke gewogen gemacht hatten. Die Steppenreiter setzten die fünf fest und informierten uns.

Keine gute Lage für die Agenten, die dann aber erfreut feststellten, dass wir unsererseits ein paar Engaländer suchten, die für uns einen Auftrag in ihrem Land übernehmen würden. Die Freiheit und das Angebot einer stattlichen Summe – im Erfolgsfall – überzeugte sie recht schnell.«

»Ja, ja, die ehrenhaften Engaländer«, kicherte ein zwergenwüchsiger Mann, der am Fenster stand.

»Und die zweite Bedingung?«, fragte Cosa.

»Ein Haus – muss nicht sehr groß sein – und etwas Grund und Boden für mich und meinen Sohn in deinem Land.«

»Oh! Tirrillie! Erst so kurz hier, und schon hat sie sich in das wunderschöne Land des Herzogs verliebt«, kiekste der Hofnarr und verdrehte die Augen.

»Schnauze!«, rief Cosa und fragte misstrauisch Halana: »Warum würdest du hier bleiben wollen?«

»Glaubst du, mir war nicht sofort klar, wozu du eine zauberische Waffe haben möchtest? Wenn ich erfolgreich bin, kann ich mich nie wieder in Engaland sehen lassen.« Das es dann womöglich ohnehin nicht mehr lange geben würde, fügte sie in Gedanken hinzu.

»Nun gut, warum nicht?«, meinte der Herzog, »aber da ich dir trotz allem nicht traue, habe ich auch noch eine Bedingung: Leiste den unbrechbaren Schwur des Kriegers, dass du alles daran setzt, einen Zauberer zu fangen.«

Der unbrechbare Schwur, den würde sie gerne vermeiden. Es sei denn..., ja, so konnte sie ihn eigentlich ruhigen Gewissens riskieren.

Telio, Cosas Berater, wandte ein: »Mein Herzog, bei den Kriegern gilt dieser Schwur nur auf Gegenseitigkeit, wie bei einem Tausch.«

Mist.

»Oh!«, flötete Liebrose von Burgis sanft und energisch zugleich, »mein Enkel wird dieser, dieser Kreatur sicher keine Art von Schwur leisten.«

»Was für eine nette Großmutter Ihr habt, Herzog, aber da ich Euch ohnehin nicht traue – wer weiß, vielleicht würdet Ihr ja sogar einen unbrechbaren Schwur ignorieren – schickt mir Ruben herein, er kann mir etwas schwören.«

Der Herzog und seine Großmutter sahen sich kurz an, diese zuckte mit den Schultern, und Cosa ließ Ruben wieder hereinkommen.

Halana erklärte ihm ohne Umschweif: »Ich soll für den Herzog ins Reich der Zauberer eindringen und ihm einen Magier fangen.«

»Was!?«, unterbrach Ruben entsetzt, doch Halana sprach weiter: »Klappe halten und zuhören. Auch wenn der Herzog Ruff in seiner Gewalt hat, bis der Auftrag erledigt ist, so will er dennoch, dass ich den unbrechbaren Schwur leiste, einen Zauberer zu fangen. Dich habe ich ausgesucht, mir den Gegenschwur zu geben.«

»Mich!?!?«, kam Ruben aus dem Staunen nicht heraus, »warum gerade...?!« Dann schien es ihm zu dämmern, und bitter ergänzte er: »Ich soll mich von einem Felsen stürze, falls du nicht zurückkommst?«

»Oh, eine verlockende Idee. Aber nur zur Hälfte richtig. Du wirst mit ein paar Männern des Herzogs mit zur Grenze kommen. Und sollte mich die Feuermagie verbrennen oder sollte ich, falls mir der Übergang tatsächlich gelingt, nach zehn Tagen noch nicht zurück und somit vermutlich tot sein, dann, das schwörst du mir, wirst du dich um Ruff kümmern. Du wirst alles daran setzen ihn zu befreien und auch Giula mitnehmen, und wenn es sein muss, wirst du Ruff mit deinem Leben beschützen.«

Sprachlos starrte Ruben sie an, während der Herzog tatsächlich lachte und rief: »Sie ist verrückt! – So einen unterhaltsamen Morgen hatte ich lange nicht mehr!«

Schließlich stammelte Ruben: »Nein, das kann ich nicht. Warum ich?«

»Erstens: Siehst du hier irgendwo einen anderen Engaländer? Zweitens, nun, das würdest du ohnehin nicht verstehen.«

»Genug amüsiert«, unterbrach Cosa und wandte sich an Ruben: »Du! Jetzt leiste ihr schon den Schwur, damit wir endlich weiterkommen.«

Ruben sah Halana in die Augen und erklärte: »Erstens hasse ich es, wenn jemand zu mir sagt, dass ich etwas nicht verstehe. Zweitens, ich glaube, ich verstehe schon. Du bist schlau. Gut. Ich mache es.«

Damit rollte er seinen Hemdsärmel hoch und hielt seinen Arm hin. Es war Liebrose, die ein kleines silbernes Messer aus dem Inneren ihres weiten Ärmels zog und es Ruben reichte, der sich einen Schnitt auf dem rechten Unterarm zufügte. Halana tat es ihm gleich, dann umfasste jeder den Arm des Anderen unterhalb des Ellenbogens, und sie pressten die Wunden gegeneinander.

Halana begann: »Der Große Zerstörer ist mein Zeuge, und er wird mich und meine Familie vernichten, wenn ich den Schwur breche: Ich werde alles, absolut alles in meiner Macht Stehende daran setzen, in das Reich der Magier zu gelangen und einen Zauberer zu fangen.«

Ruben schluckte und erwiderte: »Der Große Zerstörer ist mein Zeuge und er wird mich und meine Familie vernichten, wenn ich den Schwur breche: Solltest du, Halana, den Tod finden, dann werde ich alles, absolut alles in meiner Macht Stehende tun, um deinen Sohn Ruff zu retten. Auch Giula werde ich nicht zurücklassen, und ich werde mich um Ruff kümmern und ihn mit meinem Leben beschützen.«

Schon am nächsten Morgen sollte die Expedition starten, aber offenbar wollte Herzog Cosa Halana nicht des Nachts in seiner Nähe wissen: Statt in der Burg ließ er sie im obersten Stock einer großen Herberge einquartieren und postierte vorsorglich zwei Wachen vor ihrer Tür. Halana war es egal, sie wollte dem Herzog nicht an die Gurgel. Jedenfalls heute noch nicht. In ihrer Erschöpfung war sie in dem guten Bett nach nur wenigen Sekunden tief und fest eingeschlafen. Irgendwann träumte sie von ihrer Mutter. Und sie merkte nicht, dass plötzlich, gegen drei Uhr in der Nacht, eine Gestalt vor ihrem Fenster stand – was im vierten Stock auch nicht unbedingt zu erwarten ist. Wenn Halana in einer festen Behausung schlief, ließ sie immer das Fenster offen stehen. So war es für die Gestalt kein Problem, völlig lautlos in das Zimmer zu gelangen. In der Dunkelheit kaum zu erkennen, näherte sie sich leise dem Bett und hielt der schlafenden Kriegerin die Klinge eines Messers an die Kehle.

*

»Verdammt, verdammt, verdammt, verdammt! – Oh Schlafender Gott, man sagt, Du seiest gnädig! Warum hast Du mich dann mit so einem Herren gestraft?!« Müde schlurfte Timtom durch die schier endlosen Reihen der alten Bibliothek, die einen kompletten Flügel des Palastes einnahm. Helligkeit spendete ihm dabei, auf seiner leicht erhobenen Handfläche ruhend, eine magische Lichtkugel, die ihm sein Herr, der Zauberer Magus Prim, überlassen hatte.

So richtig wach war Timtom nicht, aber wie denn auch? »S'fast drei Uhr in der Nacht«, grummelte er in die Stille hinein, »und man sollte meinen, für Tedtims Sohn die ideale Zeit, wunderschön schlafend in seinen weichen Federn zu liegen. Aber nein, der große Zauberer muss mal wieder nachts studieren.

Und was macht er, wenn er glaubt, ein bestimmtes Buch haben zu müssen? Bewegt er dann seine eigenen Knochen hierher? Nein, er lässt den magischen Ruf los, und Timtom darf sich seinen Gehrock anlegen und muss sich auf die Suche machen. Ach, hätte ich doch nur nie Lesen gelernt! Dann könnte er jetzt sehen, wie er zu seinem Buch kommt. – Hmmm, ist es hier? K, K, K...«

Timtom nahm in der Abteilung über Geschichte und Herkunft der Magie ein paar Buchrücken etwas genauer ins Visier und murmelte: »Na was haben wir denn da für verstaubte Scheißerchen? ›Kabale der Liebe‹, ›Kälte in der Magie‹, ›Kantaloups Beschwörungen im Wechsel der Zeiten‹, ›Ka-T-sup im Zaubertrank – Gewinn oder Mode?‹, ›Katatonie in der Magie‹. Ah! Tatsächlich, da steht es ja: ›Die Katze mit den zwei Leben‹. Möchte wissen, wie er gerade auf das Buch gekommen ist und woher er wusste, dass es das überhaupt gibt; nein, wenn ich's recht überlege, möcht ich's doch nicht wissen. Außerdem wird es ja ohnehin wieder ein Fehlschlag. Seit Generationen ist der Gott nicht mehr erwacht, und ausgerechnet mein Herr will ihn beschwören! Als ob das nicht schon größere Geister versucht hätten – pah! Dabei ist Magus Prim nicht mal ein Magier des Ersten Gürtels. Er sollte lieber daran denken, wie gesund ein erholsamer Schlaf ist.«

Vielleicht, so überlegte Timtom einen Augenblick, könnte er ja auch einfach behaupten, dass er das Buch nicht gefunden habe, nur so, um seinen Herren zu ärgern? Doch dann... »Ach, bring ich ihm eben das Buch.«

Damit schlurfte er wieder, den Folianten unterm linken Arm, das magische Leuchten auf der rechten Handfläche nach oben haltend, in die Richtung, aus der er gekommen war, während er weiter murmelte: »Dann bleiben mir wenigstens noch ein paar Stunden in den sanften Federn. Und morgen darf ich ihm wieder das Frühstück bereiten, wohl wissend, dass er ja doch wieder bis zum Mittag schläft. Hoffentlich ist er wenigstens so vernünftig und lässt uns nächste Woche ausschlafen, bevor wir zu dieser öden Kontrolle des Grenzzaubers müssen. Aber ich glaub's ja nicht. Oh großer Schlafender Gott! Warum hast Du mich nur so gestraft?«

Dabei waren die Gedanken des Zauberers selbst, gerade jetzt, als Timtom sich auf den Rückweg zu ihm machte, auch nicht die glücklichsten.

Seinen Diener in Gedanken durch die langen, leeren Korridore begleitend, hatte er sich müde die Augen gerieben, konnte sich nicht mehr so recht auf das Buch vor sich konzentrieren und war im Geiste abgeglitten in jene Tage seiner Knabenzeit, als er selbst damit begonnen hatte, den Palast zu erkunden.

Natürlich war es den Kindern eigentlich verboten gewesen, sich hier alleine herumzutreiben. Aber wer wollte es schon kontrollieren? Und der Palast bot die Möglichkeit, der erdrückenden, ja verzweifelten Fürsorge der Erwachsenen zu entkommen.

Der Palast war ohne Zweifel ein grandioses Bauwerk. Ein riesiger Rundbau mit gigantischer Kuppel bildete den Mitteltrakt, an den sich nach allen vier Himmelsrichtungen vier ebenfalls kreisrunde Flügel anschlossen, in deren Mitte es vier herrliche Gärten mit Pavillons gab. Und alles war in strahlendem Weiß gehalten, von sich kreuzenden Kanneluren durchzogen, die im Laufe des Tages für ein mit der Sonne wanderndes Schattenspiel sorgten. Ja, der Palast war herrlich. Und dennoch hatte man in den Gängen immer den Eindruck von Kälte, ganz unabhängig von der Jahreszeit und wie sehr man auch heizen mochte.

Deshalb war der Palast schon in des Zauberers Kindertagen seit Generationen als Wohnstatt aufgegeben. Nur ein paar Hausbewahrer und Bedienstete, die hier zu tun hatten, wohnten mit ihren Familien im Erdgeschoss des Nordflügels. Denn nach wie vor wurde im Palast die Halle des Großen Rates als Versammlungsort genutzt, ebenso die Räume des Konkur, dem obersten Gremium der Zauberer, das Theater im Westflügel und natürlich die Bibliothek im Ostflügel. Und irgendwo im Palast verbargen sich auch die Gemächer des Schlafenden Gottes. Wo sie genau lagen, wussten allerdings nur die Zauberer des Ersten Gürtels – offiziell jedenfalls.

Als Kind hatte der Zauberer bei seinen Streifzügen so manches entdeckt.

Wenn er sich recht entsann, war er zwölf Jahre alt gewesen, als er den Raum fand, in dem er mit einem Schlag ein klein wenig erwachsener wurde. Schon in den Jahren zuvor hatte er gespürt, dass sein Volk ein trauriges Volk war, aber dieser Raum hatte ihm deutlich gezeigt, warum es so war: Sein Volk war ein sterbendes Volk. Er hatte damals den Raum der Zauberstäbe gefunden.

Nur ein kleiner Teil seines Volkes bestand wirklich aus Zauberern. Doch diese wenigen kümmerten sich um das Wohl aller – so hatte man es ihm jedenfalls beigebracht. Und die Zauberer, die über das Volk wachten, hüteten ihre Zauberstäbe wie ihre Augäpfel (um nicht zu sagen: eifersüchtig). Es war zwar nicht wirklich ausgeschlossen, dass jemand aus dem einfachen Volk zum Zauberer aufstieg, doch er kannte keinen Fall, wo dies auch tatsächlich geschehen war.

Die Zahl der Zauberstäbe war jedenfalls begrenzt, und sie wurden in der Regel nur in der Familie weitergegeben. Doch als er damals diesen Raum betreten hatte... Schritte hatte er gehört – vermutlich von Besuchern auf dem Weg zur Bibliothek oder zu einem der Gärten. Jedenfalls wollte er ihnen nicht begegnen, hatte die nächstbeste Tür geöffnet und stand in einem großen Raum. Kein einziges Möbelstück befand sich darin, nur Kisten, die sich an den Wänden bis zur Decke stapelten. Und vor diesen Kisten standen weitere Kisten. Er öffnete eine.

Sie war voller Zauberstäbe. Alle Kisten waren voller Zauberstäbe. Von Zauberern, die es nicht mehr gab und deren Familien es nicht mehr gab.

Ja, sie waren ein sterbendes Volk. Als der Junge da stand, in jeder Hand zwei Zauberstäbe haltend und in die zehnte Kiste starrend, die er geöffnet hatte, war ihm klar geworden, was es bedeutete, dass außer ihm nur noch so wenige andere Kinder in seinem Land zu finden waren. Und er verstand erstmals wirklich, warum ein heftiger Streit um ihn entbrannt war, als man neue Eltern für ihn gesucht hatte. Denn er war absolut einzigartig: Während es überall Erwachsene ohne Kinder gab, war er das Kind ohne Erwachsene gewesen. Dabei standen Unfälle in seinem so friedlichen, gleichförmigen, langweiligen Land doch eigentlich gar nicht auf der Tagesordnung. Doch seine Eltern waren, als er fünf Jahre alt gewesen war, zur falschen Zeit am falschen Ort. Sie hatten ein Haus in der leeren Stadt Konda untersucht, das dabei eingestürzt war. – Eigentlich stürzten diese dämlichen Dinger nie ein, doch ausgerechnet...

Seine Adoptiveltern, die man schließlich für ihn gewählt hatte – natürlich ein Zaubererpaar –, hatten ihn mit Liebe überschüttet. Wie neidvoll waren sie von anderen Erwachsenen angestarrt worden. Irgendwie schienen diese Erwachsenen zu glauben, auch sie hätten das Recht, ihn zu umsorgen, weil die beiden ja nun mal nicht seine leiblichen Eltern waren. Jeder noch so entfernte Verwandte seiner Adoptivfamilie suchte seine Nähe und überhäufte ihn mit Zuneigung. Gut, dass er schließlich den Palast als Zuflucht und Spielplatz entdeckt hatte. Und diese Ruhe, die er dort gefunden hatte, wollte er auch später nicht missen. So hielten ihn die anderen Zauberer vermutlich – gelinde gesagt – für ein wenig sonderbar, als er sich nach seiner Volljährigkeit dazu entschlossen hatte, eine der unzähligen leeren Wohnungen im Palast zu beziehen.

Dies hatte außerdem den Vorteil, dass er immer in der Nähe der Bibliothek war. Denn damals, als er mit zwölf Jahren vor den Kisten voller Zauberstäbe gestanden hatte, war in ihm ein Entschluss gereift. Der Entschluss, sein Volk zu retten. War schließlich nicht auch er ein Zauberer? Und liebten ihn seine Adoptiveltern und all die anderen nicht so innig, dass er ihnen helfen musste?

Ja, er wollte seinem Volk die Traurigkeit nehmen. Doch wie er nun in seinem Studierzimmer saß und auf die Rückkehr Timtoms wartete, da war ihm nur zu deutlich bewusst, dass er in all den Jahren nichts erreicht hatte. Ein Mal, nur ein einziges Mal hatte er tatsächlich ein Buch gefunden, das ihn seinem Ziel näherzubringen schien. Doch dann... Es war zum Verzweifeln. Aber er würde weitersuchen. Wenn es sein musste, bis zu seinem Lebensende.

*

»Sssss!«, ein scharfes, leises Zischen weckte Halana aus dem Schlaf. Als Kriegerin war sie darauf trainiert, selbst aus dem Tiefschlaf heraus sofort in einen konzentrierten Wachzustand zu wechseln – was ganz besonders gut gelingt, wenn der eigene Adamsapfel gerade von einer Messerspitze gekitzelt wird.

Hatte es sich der Schwarze Herzog anders überlegt und einen Mörder geschickt? Nein, der Herzog hätte es nicht heimlich gemacht, sondern sie einfach von ein paar Mann in seinen Kerker werfen lassen, bis er Zeit fände, ihr einen Besuch abzustatten. Gab es vielleicht eine andere Gruppierung, die sie aus irgendeinem Grund aus dem Weg räumen wollte? Aber dann hätte der Messerschwinger sicher schon zugestochen und sie nicht erst geweckt. Wieder hörte sie ein leises, fast schien es ihr etwas ungeduldigeres »Sssss!« Offenbar wollte sie der Kerl also nur wecken und dafür sorgen, dass sie nicht unbedacht die Wachen vor der Tür alarmierte. Wohl denn, ihre Hände waren ja ohnehin unter der Decke.

Blitzschnell schlug Halana mit der flachen rechten Hand, die Wolldecke als Dämpfer benutzend, das Messer beiseite und setzte sich mit einem Ruck auf.

Der Mann, der wohl eher mit einem zögerlichen Aufwachen als mit dieser schnellen Attacke gerechnet hatte, war verdutzt einen halben Schritt zurückgewichen. Er machte jedoch, kaum zu erkennen in dem schwachen

Mond- und Sternenlicht, das ins Zimmer drang, hektisch eine beschwichtigende Geste, die ihr bedeuten sollte, nur ja ruhig zu bleiben.

Halana deutete zur Tür und nickte als Zeichen, dass sie verstanden hatte – aber… wer war der Kerl? Sie ahnte in dieser Dunkelheit nur, dass es ein Mann war, und irgendwie kam ihr die Silhouette auch bekannt vor. Aber es gelang ihr nicht, das Gesicht zu erkennen. Nun steckte der Mann sein Messer weg – was schon mal beruhigend war – und bedeutete Halana mit einer Armbewegung, ihm zum Fenster zu folgen.

Eilig schlüpfte die Kriegerin in ihr langes Leinenhemd und trat, mit bloßen Füßen, ebenfalls ans Fenster, wo der Mann schon auf dem auswärts gerichteten Sims stand, so dass sie seinen Kopf nicht mehr sehen konnte. Dann schien er einfach nach rechts davon zu marschieren.

Halana blickte zum Fenster hinaus nach rechts. Na, der Kerl war ja gut drauf! Das Dach ragte mit seiner Schräge ein kleines Stück über die Hauswand hinaus. Die linke Hand als Stütze an der Unterseite dieses Überstandes entlang gleiten lassend, lief der Mann einfach über die Fenstersimse und machte große, hüpfende Schritte über die Zwischenräume hinweg. Erst fünf Zimmer weiter – es war das letzte Zimmer in dieser Etage – hielt er an und stieg durch das Fenster hinein. Was immer dieser Kerl auch von ihr wollte (aus dessen Kehrseite Halana immer noch nicht auf seine Identität schließen konnte), der Schwarze Herzog sollte es ganz offensichtlich nicht erfahren, ergo musste es wohl ein Zugewinn für Halana sein. Sie folgte.

Katzengleich turnte Halana, die etwa acht Meter bis zum Boden ignorierend, von Sims zu Sims. Hinter zweien der Fenster, an denen sie vorbeikam, hörte sie friedliches Schnarchen und wünschte den Schläfern in Gedanken – nicht ganz uneigennützig – eine tiefe Nachtruhe. Schließlich hatte auch sie in nur wenigen Sekunden das letzte Zimmer erreicht, vor dem, wie sie aus der Nähe bemerkte, das kurze Stück eines Seiles baumelte, das über das Dach herunterhing. Als sie in den Raum einstieg, hörte sie gerade noch das leise Sirren eines Schwefelzischers, mit dessen Hilfe der Mann, der ihr den Rücken zuwandte, eine Kerze auf einem kleinen Tisch zum Flackern brachte. Dann drehte er sich herum. Und Halana klappte – was nur ganz selten passierte – der Unterkiefer herunter.

»Mach den Mund zu, sonst fliegt dir noch ein Nachtfalter rein«, sagte der Hofnarr leise und mit einem Lächeln auf den Lippen. Dann nahm er auf dem Bett Platz und bedeutete Halana, sich neben ihn zu setzen. So nahe beieinander konnten sie die Unterhaltung auch leise führen, damit die Wachen auf dem Flur nicht doch noch auf sie aufmerksam würden.

Halana schüttelte ungläubig den Kopf, kam dann aber seiner Aufforderung nach und meinte: »Zugegeben, zu sagen, ich sei erstaunt, wäre untertrieben. Ich bin wirklich gespannt: Was möchtest du von mir?« Halana sah sich um. »Und wieso warst du sicher, dass das Zimmer hier frei war?«

»Um deine zweite Frage zuerst zu beantworten: Ich weiß, dass ein reicher Kaufmann es auf Dauer gemietet hat, als eine seiner Gemahlin unbekannte Zuflucht für Vergnügungen.«

»Aber wenn er nun gerade…«

»Oh, keine Bange. Der Kaufmann ist nicht nur reich, sondern auch alt. Sein kleiner Krieger schlägt schon lange keine Schlachten mehr. Er hat das Zimmer nur noch gemietet, um damit vor seinen Freunden anzugeben.«

»Du kennst dich offenbar in der Stadt aus.«

»Ja. Allerdings. Das ist zu meinem Lebensinhalt geworden: mich auszukennen. Und das bringt uns zurück zu deiner ersten Frage: was ich möchte. Auch das mag dich überraschen, denn zunächst einmal möchte ich nichts von dir, sondern ich will dir etwas geben: ein bisschen Hoffnung – jedenfalls wenn du wirklich eine so gute Kriegerin bist, wie man sagt.«

Falls er sie bisher noch nicht gehabt hätte, spätestens jetzt konnte sich der Hofnarr der vollen Aufmerksamkeit Halanas gewiss sein. Er fuhr fort: »Und wenn du auch nur ein klein wenig von dem Grips hast, den man dir nachsagt, dann ist dir natürlich längst klar, dass du den Versprechungen Cosas nicht trauen kannst. Doch vielleicht bist du ja stark genug sie wahr zu machen: Falls du tatsächlich aus dem Zaubererland zurück und wieder hierher kommen solltest, dann werde ich dir sagen können, wo dein Sohn und deine Freundin gefangen gehalten werden. Wie du sie dann befreist… nun, das ist dann wohl vor allem deine Sache.«

»Du machst Witze?«

»Klar. Schon vergessen? Ich bin der Hofnarr.«

»Wie? Nein, ich meine…«

»Weiß schon, was du meinst. Selbstverständlich mache ich keine Witze. Denn tief in meinem Inneren bin ich kein Hofnarr. Jede Faser in mir ist von Hass erfüllt. Dem verzehrenden Hass, den der Schwarze Herzog und seine Brut in mir entfacht haben und mit jedem Tag weiter nähren, den ich hier leben muss.«

»Hass gegen den Herzog«, murmelte Halana, »ein guter Grund, mir zu helfen, denn in mir brennt das gleiche Feuer. Aber wie willst du an die Informationen gelangen?«

»Das ist ganz einfach: durch meine Bedeutungslosigkeit. Du hast ja selbst gesehen, dass ich heute bei jener Besprechung zugegen war, in der dir Cosa seinen Auftrag offenbart hat. Ich bin schlicht Luft für den Herzog. Nach all den Jahren, die ich ihm dienen musste und immer gedient habe, erwartet er gar nichts anderes, als dass ich scherze und ab und an für ihn blute.«

Halana nickte bedächtig und meinte: »Aber ich schätze, das ist ein Fehler von ihm? Wieso hasst du ihn so sehr?«

»Glaubst du etwa, als ein Hofnarr durch die Welt zu laufen, sei die Erfüllung meiner Träume? Und dann noch für den Schwarzen Herzog? Auch nur einen einzigen Tag Cosas Hofnarr zu sein, würde jeden Menschen dazu bringen, ihn zu hassen.«

»Aber das ist nicht alles«, stellte Halana fest.

»Natürlich nicht.«

Halana sah ihn fragend an, doch der Hofnarr schwieg, und schließlich akzeptierte sie es mit einem Kopfnicken, dass der Mann für sich behalten wollte, welche Rechnung er noch mit Cosa offen hatte.

Dann griff der Hofnarr in die Tasche, zog zwei Schlüssel hervor, hielt sie Halana hin und erklärte: »Von der Küfergasse zweigt eine Sackgasse ab – nur eine einzige. Der große Schlüssel öffnet die Tür des letzten Hauses auf der linken Seite, der etwas kleinere ist der Schlüssel zur Dachkammer.«

»*Deine* Zuflucht?«

»Ja. Leider nicht aus so vergnüglichen Gründen wie diejenigen unseres reichen Kaufmannes hier, sondern nur für den Fall, dass ich mal sehr, sehr schnell untertauchen muss und es tatsächlich noch rechtzeitig aus der Burg schaffe. Falls du wiederkommst, schüttele die Truppe des Herzogs irgendwie ab – was vermutlich auch deinem Wohlbefinden gut tun dürfte – und quartier dich in der Dachkammer ein. Im Erdgeschoss lebt ein lahmer Veteran mit seiner Frau, im ersten Stock wohnen zwei Huren. Die sind zwar alle vier nicht sehr helle, aber anständige Leute und, wie so viele, nicht sonderlich gut auf Cosa zu sprechen. Zudem sind sie recht passable Informationsquellen, der Veteran durch seine Verbindung zu den Soldaten, die Huren durch ihr Handwerk. Ab und an schaue ich vorbei und lasse ein paar Kupfermünzen zurück.

Sie wissen natürlich nicht, dass ich der Hofnarr bin, sondern denken – merk dir das –, ich sei ein Wanderschreiber namens Taban, der die Kammer als Bleibe nutzt, wenn er mal in der Hauptstadt ist. Ich werde ihnen sagen, dass bald eine entfernte Cousine für ein paar Tage in die Stadt kommt, der ich gestattet habe, die Räume zu nutzen. Dort habe ich ein rotes Tuch hinterlegt. Wenn du es bis dorthin schaffst, dann häng das Tuch aus dem kleinen Dachfenster, das zur Burg zeigt. So werde ich erfahren, dass du da bist, und herunterkommen.

So, und hier habe ich noch etwas.«

Der Hofnarr zog eine flache Ledermappe aus seinem Wams hervor, der er ein zusammengefaltetes Pergament entnahm, das er zu einem großen Stadtplan ausbreitete. Dann erklärte er: »In den letzten Jahren habe ich einen Plan Vandars angelegt und immer weiter verfeinert. Und auf der Rückseite sind Pläne der Burg – alle Etagen. Auf beiden Plänen sind auch interessante Gänge und Brunnen eingezeichnet und alles, was ich in den vergangenen Jahren über die Verteidigungsanlagen und Mannschaftsstärken herausfinden konnte. Das hier ist natürlich nur eine Kopie, könnte aber trotzdem recht hilfreich sein.

Und falls du tatsächlich mit deinem König Ärger bekommen solltest, könnte ihn das wieder etwas besänftigen. – Ich nehme an, du hast nicht wirklich vor, dich dauerhaft im Schwarzen Land anzusiedeln?«

»Lieber sterbe ich. War nur ein kleines Ablenkungsmanöver. Ich vermute, Ruben dürfte es durchschaut und vielleicht auch den Herzog drauf gestupst haben. – Aber egal, das hier scheint ja ohnehin das Spiel der großen Charaden zu sein. Und was deine Charade betrifft: Ich bin überwältigt! Allein der Plan ist unschätzbar. Und wenn du mir wirklich sagen kannst, wo mein Sohn…

Aber du hattest gesagt, zunächst einmal möchtest du mir helfen. Was kann ich dann für dich tun?«

Der Hofnarr seufzte sachte und meinte: »Zunächst einmal sollte es niemandes Politik sein, Kinder zu entführen, und niemand sollte dies erleiden müssen. Also helfe ich dir so oder so. Aber falls du erfolgreich bist – und natürlich stehen die Chancen ziemlich besch…«

»…eiden, ja, ich weiß, danke für die Aufmunterung.«

»Keine Ursache. Jedenfalls: Solltest du wider Erwarten Erfolg haben, dann werde ich dich um einen Gefallen bitten. Und ich hoffe, du bemerkst den Unterschied: Ich mache es nicht zur Vorbedingung dafür, dass du mir hilfst, sondern ich gebe dir, worüber ich verfüge, und dann kannst du frei entscheiden, ob auch du mir hilfst.«

»Du brauchst es nicht zu betonen«, lächelte Halana, »ich habe schnell gemerkt, dass du nicht wie der Herzog bist.«

»Der vielleicht nicht mal der Schlimmste der ganzen Bande ist. Ganz besonders hüten musst du dich vor seiner Großmutter, Liebrose von Burgis.«

Dann berichtete er Halana knapp, was er von der Familie und den Vertrauten Cosas wusste, bis es an der Zeit war aufzubrechen. Beide erhoben sich, blickten sich in die Augen und gaben sich die Hand. Halana fragte: »Du kanntest meine Kletterkünste nicht. Was hättest du eigentlich gemacht, wenn ich schon auf dem Weg hierher abgestürzt und auf die Straße geklatscht wäre?«

Der Hofnarr grinste: »Wenn du daran schon gescheitert wärst, würdest du auch den Rest niemals schaffen, und ich hätte meine wertvolle Karte nicht an dich verschwenden müssen.«

Halana lachte leise und machte sich auf den Weg zum Fenster. Als sie schon auf dem Fenstersims hockte, blickte sie noch einmal zurück und fragte flüsternd:

»Mann...«

»Ja?«

»Es widerstrebt mir, dich Hofnarr zu rufen. Wie soll ich dich nennen?«

»Tja, das fragt mich Wieselchen auch immer. Aber so ein Pech: Ich habe keinen Namen.« Damit schwang er sich neben Halana aus dem Fenster, griff nach dem Seil, zog sich hoch und war nur einen Wimpernschlag später auf dem Dach verschwunden.

Halana hielt noch einen Moment inne und genoss die kühle Nachtluft auf ihrer Haut, dann hatte sie in nur wenigen Sekunden die Strecke bis zu ihrem Zimmer überwunden. Leise versteckte sie Stadtplan und Schlüssel in ihrem Gepäck und legte sich wieder hin, um noch ein Stündchen zu schlafen – mit fast so etwas wie Hoffnung als Ruhekissen.

*

Giula war besorgt, weil es den Anschein hatte, als wolle Berthold an diesem Mittag gar keine Rast machen. Auch dass das Land seine Kargheit abrupt verloren hatte und deutlich grüner geworden war, wollte ihr in ihrer Aufregung fast als schlechtes Omen erscheinen. Doch dann war ihr klar, warum Berthold weiter vorangedrängt hatte: Gegen zwei Uhr am Nachmittag erreichten sie den Grenzfluss – einen anderen Namen hatte er hier nicht –, der aus der Ferne nicht zu bemerken war, weil er sich durch eine zwei Meter tiefe, in Jahrtausenden gegrabene Senke schlängelte. Aber jetzt würde Berthold doch wohl noch eine Rast... nein, er ließ zwar alle absteigen, aber nur, damit sie die Pferde vorsichtig die recht steile Böschung in die Senke hinabführen konnten, dann saßen sie wieder auf und folgten am breiten Ufer dem Fluss noch eine gute viertel Stunde lang stromaufwärts. Doch endlich deutete Berthold nach vorne und rief, auf eine rissige, mit Büschen bestandene und über den Fluss ragende Felsnase deutend: »Da! Dort muss es sein!«

Hunold ritt vor, ließ sich vom Pferd gleiten und stieg gleichmütig ins seichte Wasser der Uferzone. Dann tastete er kurz unter die Felsnase, hielt plötzlich einen Strick in Händen und zog mit nur geringer Kraftanstrengung ein kleines Floß unter dem Überhang hervor.

»Tja«, grinste Berthold Giula an, »unsere gut zahlenden Freunde haben dafür gesorgt, dass wir nicht zu einer der überwachten Furten reiten müssen.

Mit dem Floß und zwei Seilen bringen wir nach und nach unsere Leute samt Pferden hinüber, und dann will ich sehen, wie uns die Mutter von dieser Plage wieder aus dem Schwarzen Land zurückholen will.« Nun wandte er sich an den größten Krieger: »Talches, schwimm mit einem Seilende hinüber, du bist der beste Schwimmer von uns.«

Giula sah schon schwarz für ihren Plan und überlegte fieberhaft, wie sie Berthold doch noch zu einer Pause bewegen konnte. Doch da brummte Talches:

»Der beste Schwimmer? Der einzige trifft's wohl besser. Und dieser einzige Schwimmer braucht erst mal eine Pause für seinen weich gerittenen Hintern und eine Stärkung, bevor er durch diese verdammt breite Strömung paddelt.«

»Aber drüben sind wir in Sicherheit«, warf Berthold unwirsch ein.

»Lass gut sein und hör endlich auf damit, überall die Flöhe husten zu hören«, wandte sich Potr'e an Berthold und ergriff Partei für Talches: »Du glaubst doch nicht wirklich, dass uns jetzt, nach drei Wochen, hier noch irgendwelche Verfolger finden?«

Schließlich lenkte Berthold ein, der auch nicht weniger erschöpft als die anderen war, und bald prasselte ein kleines Feuer auf dem Ufersand. Angeschwemmtes und im Sommer getrocknetes Holz gab es reichlich, dazu einen kleinen Dachs und zwei Schlangen, die Potr'e erlegt hatte und ein paar Beeren, die sie unterwegs gesammelt hatten – und natürlich wieder einen schönen, kräftigen Tee, von Giula mit stoischer Miene zubereitet.

Als die hölzernen Becher gefüllt waren, hatte Ruff eine Eingebung, hob sein Trinkgefäß und erklärte: » Die Soldaten, im Lager, die trinken doch ständig auf was. Ich glaub, so was will ich auch machen. Ich trink drauf, dass ihr den Lohn bekommt, den ihr verdient. «

Berthold schnaubte spöttisch und erwiderte: »Werd nicht frech, Floh. Aber warum nicht? Auf den Lohn, den wir bekommen werden, trinke ich gerne.« Er prostete seinen Spießgesellen zu und sagte: »Darauf, dass wir nie wieder unsere Köpfe um mageren Lohnes willen für feine Herren hinhalten müssen und dass wir viele, viele fette Jahre vor uns haben!«

»Auf die fetten Jahre!«, antwortete Hunold lachend, Talches und Potr'e sahen sich kurz an, zuckten die Schultern und zogen nach: »Auf die fetten Jahre!«

Dann leerten alle, sich ausmalend, wofür sie ihren Anteil des Verräterlohns ausgeben würden, ihre Becher mit langen, durstigen Zügen und merkten gar nicht, wie sie dabei gespannt von Ruff und Giula beobachtet wurden.

*

Etwa fünf Minuten, nachdem sie den Tee getrunken hatten – Talches hatte sogar noch einen zweiten Becher geleert und die drei anderen hatten auch schon ein paar Schlucke mehr intus –, waren gerade alle dabei, an ihren Stücken des gebratenen Dachses zu kauen, als Talches erst unwirsch den Kopf schüttelte, dann mit glasigen Augen abrupt nach oben schaute und murmelte: »Verdammt. Kaninchen is besser. Glaub, ich muss einen Busch suchen...«

Mühsam rappelte er sich auf. Doch schon nach ein paar taumelnden Schritten brach er, die Arme vor den Bauch gepresst und vor Schmerz röchelnd, ganz langsam zusammen. Die anderen Krieger, die bereits unruhig gewirkt hatten und denen der Schweiß auf der Stirn stand, sahen sich überrascht an. Schließlich wollte Potr'e zu Talches eilen, doch auf halbem Weg sank er aufstöhnend auf die Knie und begann, sich die Seele aus dem Leib zu kotzen. Hunold schien nicht mehr klar sehen zu können. Er stolperte torkelnd nach vorne. Erst, als die Schmerzen im Bein die Qual in seinem Magen übertrafen, merkte er, dass er mit einem Fuß im Feuer stand. Aufschreiend ließ er sich zur Seite fallen, wo er wimmernd und zusammengekrümmt liegen blieb.

Berthold saß noch immer auf seinem Platz. Die Zähne eisern zusammengepresst und unverständliche Laute aus der Kehle grollend, starrte er Giula hasserfüllt an – er hatte verstanden.

»Soviel also zu eurer Belohnung«, sagte Giula zu Berthold, dann zögerte sie kurz, meinte zu Ruff:»Mach unsere Pferde fertig«, und ging selbst zu Talches hinüber. Der Krieger lag zuckend auf dem Boden, war aber noch bei Bewusstsein. Während Giula in ihre Tasche griff, beugte sie sich über ihn und sagte eindringlich:»Das Gegengift hatte ich eigentlich für uns selbst gemacht, falls wir gezwungen gewesen wären, auch etwas von dem Gift zu trinken. Aber wir haben's nicht gebraucht. Und du warst der Einzige, der uns respektiert hat.« Damit stopfte sie ihm eine Handvoll zusammengepresstes Grünzeug in den Mund und mahnte:»Kau es, schluck es, und behalte es im Magen. Wenn du die nächste Stunde überlebst, dürftest du über den Berg sein.«

Dann wandte sich Giula wieder nach Ruff um... und stellte fest, dass sich der Junge keineswegs um die Pferde gekümmert hatte. Mit Hunolds Schwert in beiden Händen näherte er sich langsam dem keuchenden Berthold.

»Ruff! Nicht!«, schrie Giula, »der Kerl stirbt sowieso.«

Doch Ruff antwortete, während ihm nach all den Tagen endlich befreite Tränen über die Wangen liefen:»Ich habe Tante Lusian wirklich sehr, sehr lieb gehabt. Und jetzt ist der tote Mann nicht mehr stärker als ich.«

Von Krämpfen geschüttelt gelang es Berthold dennoch, sein eigenes Schwert zu ziehen, trotzdem ging der Junge weiter unbeirrt auf ihn zu.

Und wer weiß, wie dieses seltsame Duell ausgegangen wäre, wenn Giula nicht in diesem Moment einen lauten Schmerzensschrei ausgestoßen hätte.

Niemand hatte auf Potr'e geachtet. Der Krieger hatte, totenblass, sein Kotzen beendet, und es war ihm gelungen, mehr blind als zielend einen Pfeil in Giulas Richtung abzufeuern, der ihr schräg durch die linke Wade gedrungen war. Erschrocken eilte Ruff nun auf seine Ohm zu, während die Wut und die Chance, vielleicht doch noch Oberwasser zu gewinnen, Berthold aufrecht hielten und er hinter den beiden her torkelte. Potr'e versuchte unterdessen mit fahrigen Bewegungen, einen weiteren Pfeil aufzulegen, schaffte es aber nicht mehr.

»Hexe! Gib – mir – Gegengift!«, röchelte Berthold, langsam mit dem Schwert näher kommend. Ruff zerrte an Giula, die sich trotz Pfeil in der Wade wieder aufrappelte. Die Pferde standen zu weit weg, doch der Junge rief:»Aufs Floß! Sie können nicht schwimmen!«

Auf einem Bein hüpfend und von Ruff gestützt ließ sich Giula nach wenigen Sprüngen erschöpft auf das Floß fallen, Ruff hackte mit zwei Hieben das Halteseil durch und sprang hinterher. Das Floß trieb schon zehn Meter vom Ufer entfernt mit der Strömung davon, als Berthold noch nicht einmal auf fünf Meter ans Ufer herangekommen war.

»Na ja. Kein Gegengift für Berthold«, murmelte Giula erschöpft, als sie den Krieger vor Wut, Enttäuschung und Schmerz aufheulen hörte. Aber sie irrte sich.

Berthold wusste nicht, woher er die Kraft nahm, weiter gegen den Schmerz anzukämpfen. Doch er schleppte sich wie im Delirium zu Talches hinüber, ließ sich neben dem jetzt auf dem Rücken liegenden Krieger auf die Knie fallen und murmelte: »Tut mir leid, mein Freund.«

Talches sah Berthold aus fiebrigen Augen verständnislos an, als dieser sein Messer zog und seinem Kameraden mit einem Schrei in einem Ruck den Bauch aufschlitzte. Nun war es Talches, der schrie, während Berthold einen grünlichen Klumpen aus dessen Magen zog und sich in den Mund stopfte.

Das Leben verließ Talches gnädig schnell. Hunold war bereits kurz zuvor in tiefer Bewusstlosigkeit an einem Brechanfall erstickt. Potr'e hatte noch einmal flehend die Hand nach Berthold ausgestreckt gehabt und sogar noch dessen leichtes Kopfschütteln erkannt, jetzt röchelte er nur noch zuckend verkrümmt am Boden. Berthold selbst lag mit dem Rücken gegen die Böschung der Senke gelehnt und konzentrierte sich darauf, die nächste Stunde zu überleben.

Der Gedanke an Rache würde ihm vielleicht dabei helfen.

*

Ruff knurrte der Magen. Wahrscheinlich, so dachte er, hatte er deshalb noch keinen Fisch gefangen: Das Grummeln warnte sie.

Am Tag ihrer Flucht waren sie den ganzen Nachmittag und bis tief in die Nacht hinein auf dem Floß dahingetrieben. Erst dann hatten sie es gewagt, als ihr Gefährt wieder einmal gegen die hier flache Uferböschung stieß, an Land zu gehen. Das Gute war: Der Fluss hatte sie zunächst in Richtung Westen geführt, also nicht mehr auf die Burg Vand, das Zentrum der Macht des Schwarzen Herzogs zu, sondern in die entgegengesetzte Richtung. Das Schlechte war: Schon nach einer guten Stunde war der Fluss ziemlich abrupt in Richtung Süden abgebogen, und somit in die entgegengesetzte Richtung zu ihrer Heimat. Das Gute war, dass Suchtrupps des Herzogs es nicht einfach haben würden, sie hier im hohen Gras dieser weiten Steppenlandschaft aufzuspüren, die irgendwo im Nirgendwo lag. Das Schlechte war... nun ja, dass die Steppenlandschaft irgendwo im Nirgendwo lag und der Rückweg gefährlich und beschwerlich werden würde – zumal ohne Pferde, ohne Ausrüstung und mit Ohm Giulas verletztem Bein.

Sobald sie außer Sichtweite der sterbenden Entführer gewesen waren, hatte sich Giula etwas gesammelt, Ruff den Befehl gegeben, sich abzuwenden, dreimal tief eingeatmet, um dann selbst die aus ihrer Wade ragende Pfeilspitze abzubrechen und den Schaft mit einem Ruck herauszuziehen. Keuchend und erschöpft ließ sie die Wunde eine Minute bluten, in der Hoffnung, dass etwaiger Schmutz herausgespült werden würde. Mehr konnte sie – etliche Tagesreisen von ihren Salben und Kräutern entfernt – im Augenblick nicht tun.

Schließlich hatte sie Ruff gebeten, einen Stofffetzen im Flusswasser auszuwaschen, so gut es eben ohne Seife und Feuer ging, um sich damit die Wunde zu verbinden.

Körperlich und emotional zu erschöpft, um noch nach etwas Essbaren zu suchen, waren sie nach ihrer Landung fast augenblicklich auf dem Kies- und Sandgemisch des flachen Ufers eingeschlafen, wobei Giula noch versucht hatte, Ruff in ihren Armen wenigstens ein bisschen warm zu halten.

Giula erwachte nicht lange nach Sonnenaufgang durch einen lautstarken Fluch des Jungen. Alle Knochen schmerzten ihr von dem nicht eben bequemen Nachtlager, die Wunde pochte heftig, ihr war kalt und ihre Blase drückte, als sie sich stöhnend aufsetzte und ihre Gedanken langsam wieder im Hier und Jetzt einrasteten. Man konnte sich wahrlich einen besseren Start in den Tag vorstellen. Auch Ruffs Bemühungen schienen nicht gerade von Erfolg gekrönt zu sein: Der Junge stand im seichten Wasser und stach mit dem erbeuteten Schwert nach Fischen. Sein Fluchen sprach dafür, dass die Fische in diesem Kampf bisher Sieger geblieben waren.

»Lass erst mal gut sein, mein Schatz«, rief Giula Ruff zu, während sie ächzend und sich streckend aufstand, »ich werde sehen, ob ich ein paar essbare Wurzeln und Beeren auftreiben kann, und dann lass uns überlegen, wie wir so schnell wie möglich wieder aus dem Schwarzen Land des Herzogs rauskommen.«

Giula blickte Richtung Fluss, von dem Ruff nun, seine Halbstiefel in der einen, das Schwert in der anderen Hand, auf sie zu kam und dabei über ihre Schulter in das weite Land zu blicken schien. Plötzlich blieb er abrupt stehen und meinte: »Aaaahm, Ohm, ich glaube nicht, dass wir noch im Schwarzen Land sind.«

»Wie kommst du darauf?«

»Die Krieger des Herzogs, die haben doch keine Tätowierungen im Gesicht, oder?«

»Nein, wieso? Das machen, soweit ich weiß, nur ein paar von den Steppen-Stämmen, oh!«

Giula fuhr herum.

Keine zwölf Meter hinter ihr stand ein keineswegs freundlich wirkender, vielleicht 60-jähriger Mann, der sich offenbar durch das Steppengras angeschlichen hatte und gerade daraus hervorgetreten war. Die olivbraune Haut seines etwa 1,70 Meter großen, muskulösen Körpers war wettergegerbt, das dichte graubraune Haar war zu einem Pferdeschwanz zusammengebunden. Dunkle, leicht mandelförmige Augen stachen über hohen Wangenknochen hervor. Und unter jedem Auge verlief eine Reihe türkisblauer Tätowierungen aus verschiedenen Strich-, Kreuz und Punktmustern. Diese Muster begannen als filigrane Linie auf dem unteren Augenlid und zogen sich von dort an der schmalen Nase und den Mundwinkeln vorbei bis über den Hals hinunter. Der Mann trug eine braune Hose aus dickem Webstoff, mokassinartige Schuhe aus kräftigem Leder und über dem nackten Oberkörper eine offene Schaffell-Weste. Sein rechter Arm war von einer ganzen Reihe Narben verunstaltet. Die Regelmäßigkeit der Narben sprach dafür, dass es gezielt angebrachte Schmucknarben waren. Was Giula aber am meisten beunruhigte: Seitlich an jedem Oberschenkel war eine Art breite Lederlasche befestigt, aus der vorne und leicht nach oben geneigt je vier schmale Messergriffe ragten, und in der Rechten hielt der Kerl ein breites, in der Morgensonne gefährlich blitzendes Kurzschwert.

Nachdem sich der Mann und Giula sekundenlang in die Augen gestarrt hatten, blaffte sie der Krieger in einer fremden, harten Sprache an. Auch wenn Giula und Ruff kein Wort verstanden, so war ihnen doch klar, dass sie nicht zum Tee eingeladen worden waren.

Giula antwortete möglichst ruhig und mit leicht angehobenen Händen:

»Leider verstehe ich dich nicht, fremder Krieger. Aber wir sind keine Feinde und führen nichts Böses im Schilde. Wir wollen nichts weiter, als möglichst schnell wieder nach Hause kommen, und...«

Mit düsterer Stimme unterbrach sie der Mann und überraschte Giula mit recht passablem Engal: »Ich nicht fremder Krieger!«

»Äh. Nein?«

»Nein! Du!«

»Was?«

»Du hier fremd, nicht ich. Ich hier zu Haus. Und du? Du treten einfach in mein Haus und nicht einmal hast Respekt sprechen meine Sprache! Das beleidigt. Pah! Schwarzländer einfach nicht lernen! Schön – Schwarzländer mir schenken neue Narbe an Arm, wenn ich Respekt wieder herstelle mit Schwert.

Auch gut. Du ohnehin nur noch leben, weil neugierig: Wieso Schwarzländer so blöd, lass Frau und Kind allein in Chrrrr-Land?«

Giula, bemüht, sich ihre Angst nicht anmerken zu lassen, entgegnete: »Wir sind nicht respektlos, denn wir sind nicht freiwillig hier. Und Schwarzländer sind wir schon gar nicht, ganz im Gegenteil: Wir sind Engaländer, die von Schwarzländern gefangen wurden, wir konnten erst gestern fliehen. Und wir wären sehr dankbar, wenn du uns helfen könntest.«

»Ha! Was für Geschichte! Du denk ich hab Schaf-Kack im Kopf?«

»Aber sieh dich doch um!«, sagte Giula fast verzweifelt, »glaubst du wirklich, wir beide würden hier freiwillig herumlaufen, und dann auch noch ohne jede Ausrüstung und nur mit dem, was wir auf dem Leib haben?«

Der Krieger sah sie einen Moment an und meinte dann, immerhin etwas nachdenklich: »Hmm. Ja. Schwarzland von Grenze zu Chrrrr bis zu Grenze Engaland hier dünn. Wer weiß, vielleicht du wirklich sag Wahrheit? Aber… macht nicht groß Unterschied.«

»Wieso nicht? Engaland ist doch nicht im Krieg mit der Steppe?«

»Was soll's? Ihr hier, und in Sprache der Chrrr gibt kein Wort für ›Fremde‹, gibt nur Wort für ›Feind‹ – kein Unterschied, ich sagen.«

Giula, erschöpft und wütend, schüttelte erst fassungslos den Kopf, konnte dann nicht mehr an sich halten und fluchte: »Oh beim Großen Zerstörer! Fällt Männern eigentlich nirgends etwas anderes ein, als gleich alles umzubringen?

Hör zu, Krieger: Hilf uns, und wir werden uns dankbar zeigen. Andernfalls lass uns einfach unseres Weges ziehen, ich habe jedenfalls nicht die geringste Lust, gegen dich zu kämpfen.«

Der Krieger bekam für einen kurzen Moment große Augen, dann meinte er: »Mein Engal nicht so gut. Für kurz geglaubt ich verstanden, du willst kämpf.«

»Ja verdammt, was denkst du denn? Dass ich hier stehe und uns abschlachten lasse?«

Jetzt schien dieser Krieger doch tatsächlich zu grinsen und entgegnete: »Du wirklich kämpf? Oh, was Angst! Ich flieh und hol Verstärkung. Oder noch besser, Verstärkung komm gleich...«

Damit hob er nur ganz sachte den linken Zeigefinger, und fast ohne ein Rascheln erhob sich eine Reihe von zwölf weiteren tätowierten und nicht minder martialisch aussehenden Kriegern aus dem hohen Gras. Alle zwölf sprangen mit gezogenen Schwertern die kleine Uferböschung hinab.

Für Ruff sah das wie ein Angriff aus. Mit einem Schrei stürzte er nach vorne, um zwischen Giula und die Krieger zu gelangen und brüllte: »Kommt bloß nicht näher, oder ihr könnt was erleben!«

Dann hob er tatsächlich das Schwert über den Kopf – ein Erwachsener würde es mit einer Hand führen, er brauchte beide dazu – und stürzte auf den Krieger zu. Der sah ihn erstaunt an, hatte aber nicht die geringste Mühe, dem Hieb auszuweichen, so dass Ruf, vom Schwung mitgerissen, nach vorne stolperte. Doch er fiel nicht, sondern drehte sich blitzschnell mit weit nach vorne gestreckter Klinge um, und ein paar Fellhaare rieselten von der Weste des verblüfften Kriegers, den Ruff nun mit neuerlich erhobenem Schwert keuchend anbrüllte: »Sag deinen Leuten, wenn sie meiner Ohm zu nahe kommen, dann werde ich jeden einzelnen aufspießen wie ein Spanferkel!«

Und der Krieger übersetzte tatsächlich. Aber er tat es lachend, und als er geendet hatte, fielen die anderen Krieger in sein Lachen ein. Ein besonders großer Steppenkämpfer hatte sich sogar prustend die Hände auf die Knie gestützt, während ihm Lachtränen aus den Augen kullerten.

»Große Achtung«, sagte schließlich der Übersetzer, »kleiner Floh hat wirklich Mumm. Ich dich nenn Kampffloh. Wer weiß? Vielleicht wir nehmen dich mit und machen brauchbaren Chrrrr aus dir. Aber was machen mit Frau? Alt und hässlich, wir nicht brauchen.«

»Na hör mal!«, entgegnete Giula aufgebracht, »erstens bist du älter als ich, zweitens solltest du mal in einen Spiegel schauen, wenn du etwas wirklich Hässliches sehen willst.«

Überraschenderweise lachte der Mann schon wieder, während er rief: »Du hast recht. Ich hässlich wie Pferd. Ah – was dein König machen, wenn du ihm das in Gesicht brüllst?«

»Das wäre vermutlich kein gesunder Tag für mich, wieso...?«

»Ich mich schon vorgestellt? Ich Sssnrk, Häuptling Sssnrk, Herrscher der Chrrrr.«

»Oh Himmel!«

»Nein, nein, nicht im Himmel. Nur auf Erde, das schon genug. Morgen war schon lang nicht mehr so lustig. Hätt ich nur ein gut Grund, auch Frau mitzunehm?« Dabei sah er Giula fragend an.

Doch es war Ruff, der antwortete: »Häuptling Sssnrk, wenn die Frauen der, äh, Chrrrr Kinder bekommen, sind sie dann gut versorgt?«

»Hmm, immer mal wieder ein böser Tag, dass eine Tochter der Chrrrr oder Kind nicht überlebt. Warum frag?«

»Na, weil meine Ohm hier Hebamme ist. Die beste!«

»Heb... Hammer? Was?«

»Hebamme – sie kümmert sich darum, dass bei der Geburt alles gut läuft, und Ohm kennt viel Medizin, und sie weiß, was zu tun ist.«

»Aha!« Verstehen und Interesse blitzten in Sssnrks Augen auf, dann stieß er auf zwei Fingern einen lauten Pfiff aus, und nur kurze Zeit später näherten sich weitere Krieger, die etliche kleine, struppige, aber sehr kräftige Pferde mitführten. Dann forderte er Giula und Ruff mit einer Handbewegung zum Aufsitzen auf. Als sie losritten, wollte er noch von Giula wissen: »Wie ihr geflohen von Schwarzländer?«

»Na ja, wir hatten unterwegs vier Aufpasser...«

»Und...?«

»Ich hab sie umgebracht.«

»Große Achtung.«

5. STAHL UND MAGIE
Wie man einen Zauberer entführt
oder bei dem Versuch scheitert

Das also war ihr Ziel. Sah schon etwas einschüchternd aus. Was vermutlich beabsichtigt war. Neun Tage hatte die Reise der kleinen Truppe von der Hauptstadt des Schwarzen Landes bis zur Grenze des Reichs der Magier gedauert. Halana hatte diese Grenze noch nie bewusst gesehen, denn seit sie als Säugling an dem Übergang zwischen dem Zaubererland und ihrer späteren Heimat gefunden worden war, hatte sie nie wieder einen Fuß in die Nähe gesetzt.

Die Grenze begann am Meer, schnitt ein gutes Stück aus dem Schwarzen Land und dann aus Engaland heraus und führte wieder zum Meer zurück. Hier, wo sie jetzt standen, durchlief die Grenze eine Ebene. Weiter hinten im Zaubererland konnte man erkennen, dass die Ebene bald hügeliger und schließlich zu einer größeren Anhöhe wurde. Folgte man der Grenze weiter Richtung Engaland, gelangte man zunächst in einen Wald, dann zu den Ausläufern eines kleinen Gebirges, das sie durchschnitt. Es gab zur Abgrenzung nicht etwa eine Mauer. Nur einen 50 Meter breiten Sandstreifen, auch im Wald. Lediglich im Gebirge bestand der Streifen aus flachem Fels.

Und alle 50 Meter stand eine gut drei Meter große Statue auf einer glatten, zwei Meter hohen und zwei Meter durchmessenden Säule – auch auf der Meer-Seite, die komplette Küste entlang.

Diese Statuen waren es, die die einschüchternde Wirkung ausübten. Die meisten stellten männliche Figuren zwischen mittlerem und sehr hohem Alter dar, mit langen, wallenden Umhängen, langen Haaren und hohen, fast spitz zulaufenden Helmen. Nur ab und an war auch eine Frau darunter. Doch egal ob in den besten Jahren oder hoch betagt, egal ob Mann oder Frau: All diese Gesichter blickten grausam. Die Figuren hielten lange Stäbe in einer Hand, entweder nach vorne gereckt oder in den unterschiedlichsten Posen erhoben – gar keine Frage, es mussten Zauberstäbe sein. Die Gesten, die in Stein gebannten Bewegungen: Es schien, als würden all diese Zauberer jeden Moment von ihren Sockeln steigen, um ihre nicht magischen Nachbarn nur mit einer energischen Drehung der Zauberstäbe zu unterjochen. Halana fragte sich, ob diese grausamen Gesichter womöglich das Letzte gewesen waren, was ihre Mutter gesehen hatte, bevor sie mit der Tochter im Arm gestorben war.

Zehntausende Figuren mussten es sein, die das Reich der Zauberer umstanden. Und keine Statue sah aus wie die andere, so als seien die Figuren tatsächlich nach lebendigen Modellen geschaffen worden – was kleinmütigere Geister sogar an die Sage glauben ließ, dass es sich in Wirklichkeit um versteinerte Zauberer handele, die hier in ihrem schimmernden Grau zur ewigen Wacht standen. Beigetragen zu dieser Legende hatte sicher auch die Tatsache, dass die Statuen nach all den Jahrhunderten und Jahrtausenden nicht das kleinste Anzeichen von Verwitterung zeigten.

Halana hoffte jedenfalls, dass an der Sage nichts dran war. Denn andernfalls würde dies bedeuten, dass so ein Zauberer etwa drei Meter groß war. Und dann konnte sie sich mal etwas einfallen lassen, um so einen Riesen zu fangen. Aber natürlich wusste kein Mensch, wie so ein Magier wirklich aussah, denn niemand hatte jemals einen gesehen.

Dreißig Mann von Cosas Leibgarde unter Führung von Bannerträger Sudo hatten Halana »begleitet« – man hätte natürlich auch »bewacht« sagen können. Zudem war Ruben mitgeritten und – für Halana überraschend – auch Junas von Anselm mit dreien seiner Leute. Er wolle sehen, wie sein Plan voran komme und er sei neugierig, wie der Übergang vonstatten gehe, hatte er gesagt. Aber irgendwie war Halana überzeugt, dass es sich bei diesen Worten zumindest nicht um die ganze Wahrheit handelte.

Im letzten Städtchen, durch das sie gekommen waren, hatte Sudo auf Anregung von Anselm – und sehr zum Missfallen der ursprünglichen Besitzer – fünf große, von Ochsen gezogene Planwagen beschlagnahmen lassen. »Falls wir von Zauberern beobachtet werden«, hatte Anselm gesagt, »sollen sie uns für eine Handelskarawane halten.«

»Klar, fünf Wagen mit über dreißig Kriegern dabei«, hatte Halana, allerdings nur in Gedanken, hinzugefügt. Wenn Anselms Idee, dass sie den Grenzübergang schaffen könnte, auf genauso grandiosen Überlegungen beruhte, dann, so befürchtete die Kriegerin, würde sie wohl doch schon sehr bald als Schmorbraten enden.

Die kleine Truppe hatte die Grenze am Vormittag erreicht und ihr Lager aufgeschlagen. Halana wollte sich noch einen Tag von der Reise erholen und am nächsten Morgen den Übergang wagen. Wenn sie nach zwei Wochen noch nicht zurückgekehrt wäre, würde man zwar noch für einige Zeit vier Wächter an der Stelle des Lagers zurücklassen, doch der Rest der Truppe würde abziehen, da Halana, wenn sie bis dahin immer noch nicht wieder aufgetaucht war, wohl gescheitert und tot war. Falls der Tod nicht ohnehin schon beim Überschreiten der Grenze eintrat.

»Wo genau ereilt einen eigentlich der Tod?«, wollte Sudo wissen, der neben Anselm gedankenverloren über die Grenze hinweg starrte.

»Soweit wir wissen, gibt es keinen lebenden Augenzeugen eines solchen Vorgangs«, antwortete Anselm, »was kein Wunder ist, da man doch wohl zu Recht vermuten darf, dass seit Jahrhunderten niemand mehr versucht hat, in das Reich der Magier vorzudringen. Aber die Überlieferungen sprechen davon, dass dich der Fluch des Todesblitzes ereilt, wenn du exakt zwischen zweien der Statuen stehst – oder genau darüber.«

»Darüber?«

»Vor gut 400 Jahren soll ein junger Schreiber namens Hinez versucht haben, eine der Statuen mittels eines Leitergerüsts zu übersteigen, und zwar so, dass weder er noch sein Gerüst die Statue selbst berührten. Doch als er genau über einer Statue stand, ereilte auch ihn das Schicksal.«

»Pech für Hinez«, warf Ruben trocken ein, der hinzugetreten war.

»Ja. Und vermutlich auch für die Karnickel«, entgegnete Anselm.

»Die Karnickel?«

»Ich habe ein kleines Experiment vorbereitet.« Damit gab er einem seiner Männer ein Zeichen, woraufhin dieser eine durchlöcherte Holzkiste aus einem der Wagen herbeischleppte.

»Hab ich vorhin im Dorf gekauft«, erklärte Anselm mit einer Halana bedenklich erscheinenden Vorfreude im Gesicht. Dann zog er eines von drei Kaninchen aus der Kiste. Nun ging er auf den Sandstreifen zu, zögerte einen Moment, ging weiter und blieb etwa zehn Meter vor der imaginären Linie stehen, die zwei der Statuen miteinander verband. Dann packte er das Kaninchen und warf es unbarmherzig etwa fünfzehn Meter weit.

Alle hielten die Luft an… doch es schoss kein Blitz aus einem der Zauberstäbe oder sonst woher. Es passierte schlicht gar nichts. Das Kaninchen, das verblüffenderweise nicht weiter verletzt war, blieb ein paar Sekunden benommen sitzen und machte sich dann davon – noch tiefer ins Innere des Zaubererlandes.

»Aha!!«, rief Anselm versonnen, ließ sich ein zweites Kaninchen geben und trat sogar noch fünf Meter näher an die Grenze heran. Dann setzte er das Kaninchen hin und scheuchte es diesmal über die Linie. Wieder geschah nichts.

Mit dem dritten Kaninchen begab er sich nun in den Vorbereich zwischen den nächsten Statuen und ließ es loshoppeln. Es überquerte die Linie, kam wieder ein paar Hoppler zurück, überquerte die Linie ein zweites Mal und verschwand.

Anselm ging langsam zu den anderen zurück. Inzwischen hatte sich die ganze Reisegruppe versammelt und sah gespannt seinem Treiben zu. Anselms Gesicht war ein einziges Fragezeichen, doch dann verzogen sich seine Brauen fast ein wenig ungehalten, und er meinte zu seinen Helfern:»Da brat mir doch einer…, sollten alle unsere Vorbereitungen völlig unnötig gewesen sein? Es scheint fast, die Magie des Todesblitzes ist erloschen.« Nun wandte er sich laut an die Leibgardisten:»Ein Goldstück für denjenigen, der es als erster dem Hasen nachmacht und über die Grenze geht.«

Augenblicklich setzte ein – zumeist verunsichertes – Murmeln unter den Soldaten ein.

Anselm rief:»Tapfere Krieger – ihr werdet doch wohl nicht hinter einem Karnickel zurückstehen wollen? – Außerdem: Ich erhöhe auf zehn Goldstücke.«

Sofort schwoll das Gemurmel an. Zehn Goldstücke, das war ein kleines Vermögen, mit dem man ein paar Jahre ausgesorgt hatte oder sich davon eine neue Existenz jenseits des Krieges aufbauen konnte.

Schließlich fragte einer der Leibgardisten:»Zehn Goldstücke? Kein Scherz?«

»Ja, mein Wort drauf vor Zeugen«, erwiderte Junas, während Halana registrierte, dass offenbar selbst Cosas Leibgardisten nicht gegen die Verlockungen des Goldes gefeit waren. Das sollte man sich merken, vielleicht wäre es später mal von Nutzen.

Unterdessen hatten ein paar der Krieger begonnen, ihren Kameraden anzufeuern:»Na los!«,»Mach!«,»Du schaffst das!« Eine Minderheit allerdings versuchte ihn davon abzuhalten:»Lass es, Jondra, du bist kein Kaninchen!«

Der Krieger, wohl nicht ganz 30 Jahre alt, von großer Gestalt und muskulös, machte jetzt ein paar nervöse Schritte hin und her, während er sich fahrig das Kinn rieb. Schließlich blieb er abrupt stehen, sah Anselm in die Augen und erklärte mit heiserer Stimme:»Ich mach's!«

»Sehr schön. Wenn du zurückkommst, gehört das Gold dir«, erwiderte Anselm mit kühler Gelassenheit. Doch Halana fiel auf, dass seine Augenlider dabei zwei, drei Mal fast unmerklich und blitzschnell gezuckt hatten.

Der Krieger ging zum nahen Lager und kehrte kurz darauf zurück, diesmal mit dem Helm auf dem Kopf, den Schild über dem linken Arm und das Schwert gezogen. Dann nickte er nochmals seinen Kameraden zu, packte den Schwertgriff fester und schritt entschlossen auf die Linie zwischen den beiden nächsten Statuen zu.

Als er schon fast zwischen den Statuen angelangt war, blieb er noch einmal stehen, sah ein letztes Mal zurück – alle hielten den Atem an –, hob den Schild über den Kopf, machte einen Schritt nach vorne und... – blieb stehen.

»Ja so was!?«, rief Anselm (und Halana fand, dass es sehr überrascht klang), »er hat's tatsächlich geschafft!«

»Da wär ich mir nicht so sicher«, sagte Halana laut, »es sei denn, du meinst, dass er das Leben geschafft hat. Er ist tot.«

»Aber nein!«, rief ein Soldat aufgebracht, »Jondra steht doch noch!«

»Sieh genau hin«, entgegnete Halana ruhig, »er qualmt.«

Jetzt wurden Schreckensrufe laut, denn nun bemerkten es die anderen auch: Erst ganz dünn und schnell vom Wind fortgerissen, dann immer stärker, kam Qualm unter Helm, Kettenhemd und Brustharnisch hervor, während Schwert und Schild nun klappernd zu Boden fielen.

»Hat den Anschein, als würde Jondra gerade verdampfen«, meinte Anselm interessiert, während die Kameraden des Toten fassungslos auf das makabre Schauspiel starrten. Plötzlich begann Jondras Rüstung und alles Metall, das er bei sich trug, rötlich zu schimmern. Dann stoben nach allen Seiten kleine Funken aus dem Metall, und ein Knistern war zu hören, das bis zu den entsetzten Kriegern drang.

Jetzt erst brach Jondra – oder das, was von ihm übrig war – zusammen. Das Metall versprühte nun immer mehr Funken, bis der Stahl selbst unter dem sirrenden Glühen nicht mehr zu sehen war und die Funken schließlich zu einem einzigen grellen, heißrotweißem Licht verschmolzen. Plötzlich schrumpfte das Glühen mit einem Ruck zusammen, verblasste und war, abgesehen vom Nachglühen auf der Netzhaut, in nur wenigen Sekunden komplett verschwunden. – Doch nicht nur das Glühen war weg.

»Wo ist die Rüstung? Wo... wo ist Jondra?!«, schrie ein Krieger panisch in das entsetzte Schweigen hinein.

Die Rüstung hatte sich offenbar in Nichts aufgelöst, und von dem toten Krieger war nur noch ein großer, wie glasiert wirkender rußschwarzer Fleck im Sand übrig geblieben.

Plötzlich ertönte ein Schrei. Er kam aus der Kehle des Kriegers, der vergeblich versucht hatte, Jondra davon abzuhalten, sich auf Anselms Angebot einzulassen. Es war ein Wutschrei. Er sprang, mit der Wurfhand ausholend, fünf Schritte vor. Halana stieß noch einen Warnruf aus, doch der Krieger ignorierte ihn und schleuderte seinen Speer auf die nächste Zauberer-Statue.

Und wieder ertönten Schreie – aber diesmal des Unglaubens und des Entsetzens. Der Speer hatte getroffen – und doch nicht getroffen: Vor aller Augen schien er einfach durch die Statue hindurchzufliegen, so als existiere sie gar nicht. Der Speer bohrte sich gut vierzig Meter weiter in den Boden und die Statue stand noch genau so da wie zuvor – völlig unversehrt und so, als sei sie eben erst geschaffen worden.

Aber es sollte noch nicht genug des Entsetzens für einen Tag sein. »Da! Da!«, schrie unvermittelt einer der Leibgardisten, während er aufgeregt nach vorne deutete. Weiter hinten hatte sich aus der Hügellandschaft jenseits der Grenze ein kleiner, rot flackernder Ball gelöst, kam mit rasender Geschwindigkeit auf sie zu und schien auf den Krieger zu zielen, der den Speer geschleudert hatte. Der riss geistesgegenwärtig seinen großen Rundschild hoch. Was allerdings nur den Effekt hatte, dass auch sein Schild dran glauben musste.

Der Rundschild schepperte zu Boden. Sein Besitzer starrte verblüfft auf das gut 20 Zentimeter große, fast kreisrunde Loch in der Mitte des Schildes und auf seine abgetrennte Hand, deren Finger noch um den äußeren Haltegriff an der Innenseite des Schildes zuckten. Er sah an sich herunter und entdeckte, dass nicht nur sein Schild ein Loch bekommen hatte. Dann brach er tot zusammen.

Wie durch ein Wunder hatte hinter dem Speerwerfer kein weiterer Mann in der Flucht der Feuerkugel gestanden. So war diese ein paar Meter weiter und ohne neuen Schaden anzurichten schräg in den Boden eingedrungen, um dann restlos zu verglühen.

Sechs der Krieger rannten nun schreiend und kopflos davon, und vielleicht wären es noch mehr gewesen, hätten nicht einigen anderen die Beine den Dienst versagt. Doch es löste sich keine weitere Feuerkugel mehr aus dem Hinterland der Zauberer, so dass Anselm nach ein paar Sekunden lakonisch meinte: »Ich gehe mal davon aus, dass jetzt niemand mehr einen Speer werfen wird.« Leiser fügte er hinzu: »Ich hab ja auch schon mehr geboten bekommen, als ich erwartet hatte.«

Halana trat auf ihn zu und sagte wütend: »Du wusstest, dass den Hasen nichts passieren würde.«

»Was dachtest du denn? Hier auf dem Land weiß jedenfalls jedes Kind, dass Tiere die Grenze unbeschadet passieren können. – Aber sprich nicht so laut. Wir wollen doch nicht, dass Jondras Kameraden mir gegenüber ungehalten werden und so unser kleines Projekt in Gefahr bringen – und damit auch deinen Jungen.«

»Ich weiß zwar nicht so genau, was dich umtreibt, aber eines weiß ich: Ich mag dich nicht.«

»Hättest du Jondra im Kampf gegenübergestanden, dann hättest du ihn auch ohne mit der Wimper zu zucken umgebracht.«

»Nein.«

»Pah!«

»Nein, ich hätte ihn nicht umgebracht, sondern – mit tiefstem Bedauern – getötet, weil er leider ein Feind ist und ich selbst leben möchte. Das Wort ›Umbringen‹ ist allerdings durchaus angebracht, wenn man einen eigenen Verbündeten tötet. Etwa, indem man ihn für ein sinnloses Experiment opfert. Jedenfalls kann ich Menschen nicht ausstehen, die das Leben anderer um so vieles geringer schätzen als das eigene, dass sie glauben, es ganz nach Belieben wie eine Kerze auspusten zu können.«

Unter leisem, selbstgefälligem Gelächter entgegnete Junas: »Falls du es wissen möchtest: Auch du bist für mich nichts weiter als ein Mittel zum Zweck – ein Stück Fleisch, geeignet, um die Zauberer hervorzulocken. Ob du mich nun ausstehen kannst oder nicht, nun, du weißt gar nicht, wie egal mir das ist.«

»Mal sehen«, Halana lächelte den Taktiker kühl an, »ob dir das auch noch so egal ist, wenn ich diese Aufgabe meistere, den Herzog erledigt habe und dann vor dir stehe.«

Immerhin, ein klein wenig von der Selbstgefälligkeit wich aus Anselms Gesicht. Doch dann blitzte Gehässigkeit in seinen Augen, als er sanft zu Halana sagte: »Wenn du uns einen Zauberer fängst und wir diese fabelhafte Blitz-Waffe in die Finger bekommen... nun, mal dir ruhig aus, wie Engaland dann bald aussehen wird – oder das, was von deiner Heimat anschließend übrig ist. Wenn du morgen losziehst, dann...«

»Morgen? Nein, ich gehe jetzt sofort.«

»Bitte? Ich dachte, du wolltest dich vorher noch ausruhen?«

»Ja, das hatte ich vor. Doch selbst falls die Zauberer tatsächlich so blöd sind und uns die Sache mit der Karawane bisher abgekauft haben, so müssen sie doch spätestens nach diesem Budenzauber, den du ausgelöst hast, wissen, dass wir ihr Ziel sind. Und ich möchte gerne weit in ihrem Land sein, wenn sie hier an der Grenze mit was weiß ich allem anrücken.«

Damit ging sie zum Lager, füllte ihren Tornister mit Vorräten und tauschte Kettenhemd und Brustharnisch gegen ein robustes Hemd. Immer vorausgesetzt, sie schaffte es tatsächlich über die Grenze, dann hatte sie vermutlich einen langen Fußmarsch vor sich, und so eine Halb-Rüstung wog eine ganze Menge. Außerdem hatte sie das untrügliche Gefühl, dass sie auch mit ihrer Bewaffnung nicht wirklich erfolgreich gegen ein Zauberer-Heer antreten konnte. Und es gab noch einen Grund, den größten Teil ihrer Kriegs-Ausrüstung zurückzulassen: Sie wollte es vermeiden, einen allzu kriegerischen Eindruck zu machen. Das schätzten die Zauberer offenbar gar nicht, wenn man an ihre Reaktion nach dem Speerwurf des Kriegers dachte.

Halana wählte zum Übertritt eine andere Stelle aus als die, an der noch Jondras Überreste wie ein verzerrter Schatten seiner selbst auf dem Boden lagen und an seinen schrecklichen Tod erinnerten. Und dann stand sie selbst vor der Grenze. Was Jondra wohl gedacht haben mochte, als er so nahe am Übergang stand? Ob er Familie hatte? Die Kriegerin sah sich nicht um. Keiner ihrer Feinde – und schon gar nicht Ruben – sollte die Angst in ihren Augen sehen.

Sie dachte kurz an Lusian – der sie vielleicht in wenigen Augenblicken folgen würde –, an Giula und an ihre toten unbekannten Eltern. Und als sie dann an Ruff dachte und lächelte, tat sie einen Schritt nach vorne.

*

»Aaah! Verdammt, verdammt, verdammt! Der Schlafende Gott möge über mich kommen!«, schimpfte der Zauberer aufgebracht, »was nützt es einem, Magier zu sein, wenn man nicht mal in der Lage ist, einen Gegenzauber zur Magie unserer Vorfahren zu beschwören?«

»Ach, Herr«, seufzte Timtom, »bei Gelegenheiten, bei denen andere Zauberer aus der Haut fahren würden, bleibt Ihr gelassen, aber wenn der natürliche Gang der Dinge seinen Lauf nimmt, dann echauffiert Ihr Euch plötzlich – und wie ich hinzufügen möchte: unnötig.«

»Hä? Also, nenn mich ruhig einen Außenseiter, aber ich kann wirklich keinen natürlichen Gang der Dinge darin erkennen, wenn unser magischer Kugelblitz einem harmlosen Burschen ein Loch in den Bauch stanzt; einem Burschen, dessen einziges Vergehen darin bestand, vom Entsetzen übermannt worden zu sein.«

»Unsere Vorfahren haben's so eingerichtet, also ist es der natürliche Gang der Dinge«, erklärte Timtom stoisch, »außerdem: Ihr habt es doch selbst im Nebel des Ho gesehen, dass dieses Außenweltpack versucht hat, in unser Land einzudringen.«

»Ja, jaaa, natürlich habe ich's gesehen«, seufzte Magus Prim und sah nochmals auf den Nebel, der aus einem der drei großen Kupferbecken in der Mitte der Wachkammer waberte. Wobei es nicht der grau-weiße Nebel selbst war, der Prims Aufmerksamkeit beanspruchte, sondern das, was sich darin abspielte: Zwar klein, aber dennoch erstaunlich scharf war darin diese sonderbare Truppe zu erkennen, die sich vor der Grenze versammelt hatte.

Der Magus sprach weiter: »Gut, ich gebe es ja zu. Dass es diesen Trottel erwischt hat, der so verrückt war und über die Grenze gelangen wollte, dagegen ist ja vernünftigerweise nichts einzuwenden. Aber der andere Kerl hat doch keinen Schaden angerichtet.«

»Aber er hat seinen Speer auf Tunirka'O geschleudert!«

»Hm? Auf wen?«

Timtom verdrehte die Augen, als er antwortete: »Großmagus Tunirka'O – den zeigt die Statue.«

»Ach so. Aber es hat ihm ja wohl nichts geschadet? Mal ganz abgesehen davon, dass der echte Tunirka schon gut 3000 Jahre tot sein dürfte... Äh...

Timtom? Kennst du etwa die Namen von allen Zauberern, die in den Statuen abgebildet sind? Das müssen doch tausende sein?«

»51394, um genau zu sein. Nein, natürlich kenne ich sie nicht alle. Aber ich bin im Bezirk 3/12 geboren worden, und, ja, die Namen der 743 Zauberer, die die Grenze zu meinem Bezirk bewachen, die kenne ich selbstverständlich. Stammt Ihr nicht auch aus Bezirk 3/12?«

»Natürlich, und das weißt Du auch.«

»Nun, ich weiß ja nicht, was ihr Zauberer in der Schule über die Heimat beigebracht bekommt oder wie ihr in der Schule aufpassen müsst, in meiner Schule jedenfalls haben die Lehrer einem Anstand und Liebe zur Heimat vermittelt. Und ich finde es überaus bedauerlich, dass...«

»Stopp! Schluss jetzt, sonst verbiete ich dir den Mund. Wenn das während unseres Wachdienstes mit deinen Moralpredigten so weitergeht, dann... Holla!

Schau! Im Ho-Nebel! Da tut sich wieder was. Was macht denn diese Frau da? Beim Schlafenden Gott, hat die denn nichts gelernt?« Und aufgeregt brüllte Prim in den Nebel: »Nein, nein, Mädchen, bitte, tu es nicht! Du bist noch so jung! Oh nein, zu spät! Gleich qualmt sie.«

*

Wurde sie gerade gegrillt? Würden gleich Funken aus ihr stieben? – Nun, es fühlte sich jedenfalls nicht so an. Halana war doch ziemlich überrascht, noch am Leben zu sein. Sie hätte nicht allzu viel darauf gesetzt, dass Junas von Anselms Idee tatsächlich richtig sein könnte. Doch sie war der lebende Beweis – ho, ho, was für ein Wortspiel. Aber stand sie denn wirklich schon genau zwischen den beiden Statuen? Ein schneller Blick nach links und rechts... ja, exakt in der Luftlinie. Und jetzt machte Halana drei weitere Schritte, befand sich nun schon fast zwei Meter tief im Zaubererland und lebte noch immer.

Ruff hatte seine Mutter noch. Durch die abfallende Anspannung leicht zitternd, drehte sie sich um und sah den sonst so beherrschten Junas von Anselm einen Freudensprung machen. Und... nanu – sorgte die Grenze von dieser Seite aus für Halluzinationen? Oder hatte Ruben tatsächlich, die Mundwinkel nach oben gezogen, die Augen vor Erleichterung geschlossen, seine Faust zum Siegeszeichen gereckt?

»He, Ruben«, rief sie.

Er sah sie an. Halana tat, als würde sie ihn mit dem Zeigefinger zu sich rufen und gurrte kehlig: »Wie ist es, mein Geliebter, willst du nicht zu mir rüberkommen?«

Rubens Lächeln erstarb, und Halana schob hinterher: »Nun, hab ich mir fast gedacht – aber war einen Versuch wert. Denk an deinen Schwur.«

Dann drehte sie sich um und marschierte in Richtung der Hügel davon. Dass sie dabei beobachtet wurde, konnte sie zwar nicht mit Sicherheit wissen, doch sie ahnte es. Eine Ahnung, die nicht trog.

Und diejenigen, die sie beobachteten, sprachen über ihren Tod.

*

In der Kammer der Wachposten, die unter einem der Hügel verborgen lag, hätte man eine fallende Stecknadel hören können, wie sie auf ihrem Weg die Luft durchschnitt. Völlig perplex starrten der Magus und sein Diener in den Nebel des Ho. Es dauerte fast eine halbe Minute, bis Prim stammelte: »Wie, wie kann das sein?« – und es klang, als stünde mindestens ein Dutzend Fragezeichen hinter diesem kurzen Satz.

Timtom schüttelte ganz langsam den Kopf, als erwache er aus einer tiefen Trance, um dann, mit einem deutlichen Anflug von Panik in der Stimme, zu sagen: »Ganz egal, wie sie das geschafft hat – Ihr müsst sie töten. Jetzt!«

»He!? Bist du nicht ein bisschen schnell bei der Sache, was das Umbringen betrifft? Außerdem, wie soll ich das jetzt machen?«

»Das wisst Ihr genau.«

Natürlich wusste Prim das, und Timtom brauchte es ihm gar nicht erst zu erklären. Zwar konnte der Magus den Zauber seiner Vorfahren nicht ändern – jedenfalls hatte er keinen passenden Gegenfluch zu jenem Kugelblitz gekannt, der aufgestiegen war und den fremden Krieger getötet hatte. Doch Prim war sehr wohl in der Lage, selbst einen Kugelblitz heraufzubeschwören und auf einen Eindringling zu schleudern.

Der Magus überlegte. Unterdessen machte er zum Nebel des Ho mit der rechten Hand eine Geste, als wolle er etwas von unten ergreifen, mit den Fingern umschließen und zu sich heranziehen. Dadurch verschwand der Hintergrund zunehmend, während die Kriegerin immer mehr Platz im Nebel ausfüllte, bis sie fast lebensgroß zu sehen war und in Richtung des Zauberers zu marschieren schien, dabei allerdings auf der Stelle trat.

»Töten, ja, ja, sicher«, murmelte Prim schließlich, und es schien, als spreche er mehr zu sich selbst als zu seinem Diener, »aber es wäre doch für uns wichtig zu erfahren, wie es ihr gelingen konnte, den Schutzzauber zu durchbrechen? Hmm, verlieren unsere magischen Wächter nun etwa auch schon ihre Zauberkraft?«

»Herr!«, sagte Timtom eindringlich, »Ihr dürft nicht zögern!«

»Aber… sie ist wirklich mutig. Und… hübsch.«

»Hübsch?«, rief Timtom entsetzt, »beim Schlafenden Gott! Herr, was redet Ihr da? Kommt zur Besinnung! Wir müssen sie ohne Umschweife töten, dann den Rat informieren und die Magie des Todesfeuers untersuchen, das unsere Grenze schützt.«

Langsam schritt der Magus einmal um den Nebel herum, betrachtete die Kriegerin von allen Seiten und wiederholte schließlich: »Sie… töten? Ja, ja klar. Machen wir.«

Erleichtert atmete Timtom auf.

»Aber«, fügte Prim hinzu, »aber nicht sofort.«

Dann sah er den die Augen verdrehenden Timtom an und konnte die Begeisterung in seiner Stimme nicht verhehlen, als er ihn fragte: »Mal ehrlich: Findest du es nicht auch interessant, einmal einer leibhaftigen Außenländerin zu begegnen?«

»Herr! Ihr wollt doch nicht etwa…? Nein, ich fände es ganz entschieden nicht interessant. Ein gutes Essen finde ich interessant. Mein Bett nach einem langen Tag mit Euch finde ich überaus interessant. Aber was Ihr hier vorhabt – der Schlafende Gott möge es verhüten –, ist nicht interessant, sonder schlicht wahnsinnig! Ihr könnt nicht zu dieser Frau hingehen und gar mit ihr reden. Ihr wisst es doch: Die Außenländer sind schmutzig, sie sind böse und wild, und sie haben gefährliche Krankheiten.«

»Nun, wenigstens eine unheilbare Krankheit scheinen wir hier ja ebenfalls zu haben, da kommt es auf ein paar mehr auch nicht an, oder? Außerdem – woher weißt du das alles? Warst du mal drüben? Oder hast du dein Wissen nicht eher aus jenen uralten Geschichten, die man uns immer erzählt hat?«

»Ja«, sagte der Diener trotzig, »genau, aus uralten, wahren Geschichten, deshalb denkt nicht einmal daran...«

»Ah! Nur weil Geschichten alt sind, müssen sie ja noch lange nicht wahr sein, oder?«

»Aber Herr! Es gibt Dinge, die...«

»Schweig!«, fuhr ihm der Zauberer nun über den Mund, »meine Entscheidung steht fest: Ich möchte zuerst mit ihr sprechen, danach können wir sie ja immer noch von ihrem armseligen – aber vielleicht doch faszinierendem? – Außenländer-Leben erlösen. Wenn du Angst hast, dann kannst du ruhig hier bleiben.«

»Nein«, seufzte der Diener, »das kann ich natürlich nicht, und das wisst Ihr auch. Mein Leben ist an Eures gebunden. Also, wenn Ihr schon Unsinn machen müsst, dann komme ich eben mit. Auch wenn ich es bereuen werde.«

*

Wie war es ihr bloß gelungen, den magischen Todesschild unbeschadet zu durchstoßen? Darüber grübelte Halana, während sie sich auf die Hügel zubewegte. Dass sie in diese Richtung musste, schien ihr klar, denn da man beim Blick über die Grenze noch nie einen Zauberer zu Gesicht bekommen hatte, mussten diese ja wohl – falls sie nicht in Erdlöchern hausten – weiter im Landesinneren leben. Junas von Anselm hatte mit seiner Theorie zwar recht gehabt (nicht, dass sie sich darüber beschweren wollte), das erklärte aber nicht, warum er recht behalten hatte.

Ganz vage glaubte Halana, sich noch an ihre Mutter zu erinnern. Jedenfalls sah sie, wenn sie von ihr träumte, immer eine große, dunkelhaarige Frau vor sich, wobei sie aber nicht die Hand dafür ins Feuer gelegt hätte, dass ihre Mutter tatsächlich so ausgesehen hatte. Von ihrem Vater jedoch hatte sie nicht die allergeringste Vorstellung. War der womöglich tatsächlich selbst ein Zauberer gewesen, und sie hatte die Grenze passieren können, weil Zaubererblut in ihren Adern kreiste, das die magischen Wächter erkannt hatten? Und wieso ging eigentlich alle Welt davon aus, dass ihre Mutter und all die anderen Frauen, die damals über die Grenze gekommen waren, nicht selbst zu den Zauberern gehört hatten? – Vermutlich, weil sie gestorben waren. Sterben, das war wohl zu »normal sterblich«, selbst unter so außergewöhnlichen Umständen. Außerdem hatten wohl die äußeren Anzeichen darauf hingedeutet, dass jene Frauen auf der Flucht gewesen waren, und damit auch ihre Mutter, die ihre Tochter dadurch allein gelassen hatte. Aber wer sagte eigentlich, dass es nicht auch im Land der Zauberer Auseinandersetzungen verschiedener Gruppierungen geben konnte, und die Unterlegenen die Flucht ergreifen mussten.

Andererseits: Warum sollten nur Frauen mit kleinen Kindern und Schwangere derart in Ungnade gefallen sein, dass sie fliehen mussten? Jede Frage schien eine neue nach sich zu ziehen. Nur in einem Punkt war sich Halana sicher: dass damals irgendeine ganz scheußliche Sache geschehen sein musste. Doch was genau, darüber konnte sie wohl noch bis zum Tag des Großen Zerstörers spekulieren. Es sei denn, sie traf bald einen Zauberer, den sie fragen konnte.

Sobald sie auf ihrem Weg zwischen die ersten Hügel gelangte und somit von der Grenze aus nicht mehr zu sehen war, verfiel sie in einen flotten Laufschritt. Durchtrainiert wie sie war, konnte sie dieses Tempo stundenlang durchhalten.

*

Die erste Zeit hatte er schweigend im Schneidersitz hinter seinem Herren gesessen, doch jetzt maulte Timtom schon wieder, während sie auf ihrem magischen Luftfloß unterwegs waren: »Schon allein die Tatsache, dass Ihr diesem Weibsbild entgegen gehen wollt, ist mehr als nur bedenklich. Aber dass Ihr den Großen Rat nicht vorab über den Ho-Nebel informiert habt, ist sträflicher Leichtsinn – und das keineswegs nur sinnbildlich gesprochen.«

»Mein lieber Timtom, was glaubst du wohl, hätten meine Großen Brüder im Rat getan? ›Klar, lieber Prim‹, hätten sie sicher gesagt, ›kümmere Du dich ruhig allein um jene Fremdländerin, die es als erste und einzige in Jahrtausenden geschafft hat, unsere Grenze zu überqueren – wir anderen werden uns solange gemütlich zurücklehnen und keineswegs hysterisch werden‹, und sie hätten sicher nicht meine augenblickliche Rückkehr verlangt, um in dieser Zeit eine Armee aufzustellen.«

»Mal abgesehen davon, dass wir keine Armeen haben«, seufzte Timtom, »hätten sie Euch natürlich zurückbeordert, und das mit gutem Grund...«

»Na klar«, fuhr Magus Prim dazwischen, »und sicher hätte ich die Außenländerin auch noch zu Gesicht bekommen – bestenfalls aus der Ferne, schlechestenfalls wäre der Rat gerade von Leuten wie Puth'O dominiert gewesen. Dann hätte ich mir die Außenländerin aus der Nähe betrachten können – ausgestopft im Schauhaus.«

Timtom seufzte und meinte: »Aber können wir sie denn nicht wenigstens etwas weiter ins Landesinnere vordringen lassen? Hier im Grenzbezirk und fernab der Zivilisation...«

»Zumindest fernab unserer Zivilisation – jenseits der Grenze, heißt es, würde man schnell ein paar Dörfer finden.«

»Als ob die Außenländer Zivilisation kennen würden! Jedenfalls sind wir hier für meinen Geschmack zu weit weg von jeder Art möglicher Unterstützung. Unsere Vorfahren – Ihr verzeiht, mein Magus – müssen wohl kundigere Magier gewesen sein als die heutige Magierkaste. Man behauptet, es soll einst eine Art freien Ho-Nebel gegeben haben, und man habe auch noch von unterwegs und fernab der magischen Nebelquellen Hilfe anfordern können.«

Magus Prim nahm seinem Diener die Bemerkung nicht übel, erklärte aber:

»Es stimmt wohl, dass meine Vorfahren mächtiger waren als ich oder sogar die Magier Ersten Gürtels, aber die Legende vom ortsungebundenen Ho-Nebel halte ich für ziemlichen Unsinn. Wie hätte man den denn mitnehmen sollen? In der Westentasche etwa? Außerdem – was sorgst du dich eigentlich so? Ich dachte, in deinen Augen sind uns die Außenländer ohnehin haushoch unterlegen?«

»Jaa, na jaaa – aber diese Frau scheint eine Kriegerin zu sein. Jedenfalls hab ich ihr Schwert gesehen. Und ein Krieger, werter Herr, das seid Ihr, mit Verlaub, sicher nicht.«

»Aber ich bin ein Zauberer. Außerdem sind wir bewaffnet – und das weitaus besser als mit irgend so einem mechanischen Schwert.«

»Doch da wir unseren Beobachtungsposten verlassen haben, können wir auch nicht mehr sehen, wo sie sich aufhält. Und selbst wenn wir noch im Wachsaal wären... unser magisches Auge späht ohnehin vor allem in der Grenzregion. Wer würde auch erwarten, dass jemals eine von denen über unsere Grenze kommt? Das heißt jedenfalls: Bald werden wir absteigen und diese Barbarin suchen müssen – und damit meine ich zu Fuß.«

»Na und?«

»Was tun wir, wenn sie uns zuerst findet?! Uns überrascht?!«

»Quatsch. Was meinst du, warum ich dafür sorge, dass sich das Luftfloß zwischen den Hügeln hindurchschlängelt, statt über sie hinwegzugleiten?«

»Äh… Weil das Drüber-Gleiten im Hügelland verboten ist, damit man nicht von jenseits der Grenze gesehen werden kann?«

»Nein, du Depp! Ich mein, natürlich ist es verboten, aber jetzt geht es nur darum, dass sie uns nicht sieht. Wir werden ihr auflauern.«

»Ach herrje! Da seid Ihr gerade der Richtige dafür!«

»Wie meinen?«

»Äh, ich sagte: Müssten wir dann nicht so langsam absteigen und hinter einem Hügel in Deckung gehen?«

»Hast du nicht gesehen, wie langsam sie gegangen ist? Sie kann nie und nimmer schon bis hierher ge…UGRGGH!«

*

Halana war nicht nur zwischen den Hügeln hindurchgelaufen, sondern zwischendrin auch immer mal wieder über einen der Hügel drüber, ihn dabei seitlich bis fast zur Kuppe schneidend. Das kostete zwar mehr Kraft, gab ihr aber die Möglichkeit, über die Kuppe hinüber zu spähen und Ausschau nach etwaigen Bewegungen zu halten. Als sie gerade wieder über einen Hügelkamm hinweg vorsichtig geduckt die Gegend erkundete, hätte sie beinahe alle Vorsicht fahren lassen, um einfach nur aufzuspringen und davonzurennen.

»Großer Zerstörer!«, hauchte sie mit weit aufgerissenen Augen.

Sie wusste zwar nicht so recht, was sie im Reich der Magier erwartet hatte, aber das da sicher nicht…

Fliegende Menschen! Da hockten doch tatsächlich zwei Kerle im Schneidersitz auf einem… einem rechteckigen Ding, etwa zwei auf drei Meter groß, 30 Zentimeter hoch und mit stark abgerundeten Ecken, das sich flott zwischen den Hügeln auf sie zu bewegte – und zwar einen guten Meter über dem Boden.

Halana duckte sich tief ins hohe Gras. Es schien fast so, als würde sie viel früher als erwartet zu ihrem Zauberer kommen. Sie spannte ihre Muskeln.

Als das Zauber-Gefährt fast auf gleicher Höhe mit ihr war, stieß sich Halana ab. Sie prallte wie ein Geschoss fast frontal gegen den vorderen Mann, der durch den Schwung seinerseits gegen den Hintermann rasselte. Alle drei stürzten. Wobei Halana darauf achtete, dass sie oben auf dem Zauberer-Knäuel landete und so die wenigsten Blessuren davontrug. Die beiden Kerle waren, mit Halana obenauf, heftig auf der Erde aufgeschlagen und dann noch ein paar Meter bis zum Fuß des Hügels geschliddert. Ein paar blaue Flecken konnte auch Halana nicht vermeiden, doch sie sprang sofort wieder auf und zog ihr Schwert, während die beiden Männer stöhnend und halb bewusstlos liegen blieben.

So konnte sie sich ihren Fang in Ruhe ansehen.

»Treffer!«, murmelte Halana leise. Der junge Mann mit den kurzen braunen Haaren und dem blassen ovalen Gesicht, der nur eine Hose aus verwaschenem bläulichem Stoff, ein ebensolches Hemd und Sandalen trug, mochte ein Diener oder Sklave sein. Der andere jedoch, gut 50, wenn nicht gar 60 Sommer alt, trug ganz eindeutig die gleiche Kleidung wie die Magier-Statuen an der Grenze: ein silbergraues, seidig glänzendes, fließend den Körper umschmeichelndes Hemd ohne Knöpfe, das bis über die Knie reichte, dazu weit ausgestellte Hosen aus dem gleichen Material und feine lederne Halbstiefel, die in der gleichen Farbe schimmerten.

Sein grauer Umhang, der sich jetzt zerknittert neben ihm ausbreitete, hatte seltsamerweise einen leicht goldenen Glanz. Die langen grauen Haare des Mannes waren zu einem Pferdeschwanz zusammengebunden, der, ebenso wie die großen Ohren, unter einer Lederhaube hervorschaute, die durchaus eine gewisse Ähnlichkeit mit den Helmen der Zauberer-Statuen hatte. Und sein Gesicht mit dem dunklen, leicht zerfurchten Teint, mit der aristokratisch-geraden Nase, dem schmalen Mund und den dunklen, kleinen Augen unter buschigen Augenbrauen wirkte wie die Gesichter der Statuen an der Grenze, nämlich alles andere als freundlich. Wobei sich Halana eingestehen musste, dass von ihr auch niemand einen freundlichen Blick erwarten durfte, wenn sie gerade wie aus dem Nichts heraus überfallen worden wäre.

Sehr interessant auch, was da neben dem Zauberer auf dem Boden lag. Es war ein fast 50 Zentimeter langer, dicker Stab, der wie Silber schimmerte und über und über mit runenartigen Erhebungen bedeckt war. Sollte sie ihn aufheben? Halana zögerte und schalt sich dann eine Närrin, weil sie ganz offensichtlich Angst hatte, das Ding zu berühren und dadurch wertvolle Zeit verstreichen ließ. Schnell kickte sie den Zauberstab mit dem Fuß einige Meter beiseite und somit aus der Reichweite des Zauberers, der sich gerade ächzend in sitzende Position hochrappelte. Dann trat Halana mit halb erhobenem Schwert zu dem immer noch auf dem Rücken liegenden Diener, der sie jetzt mit seinen grünen Augen entsetzt anstarrte. Erst stach sie mit dem Schwert zwischen den linken Arm und den Ärmel seines Hemdes und schlitzte den Ärmel auf, um ihn anschließend mit einem Ruck abzutrennen, dann tat sie das gleiche mit dem anderen Ärmel, den sie zudem der Länge nach halbierte, während der Diener einen erleichterten Seufzer ausstieß. Mit schnellen Schritten wandte sich Halana dem sie benommen anstarrenden Zauberer zu, fesselte ihm die Hände auf den Rücken und stopfte ihm einen Stofffetzen in den Mund. Er begann mümmelnd zu protestieren, doch sie band ihm schnell den zweiten Stoffstreifen über den Mund, so dass er den Knebel nicht ausspucken konnte. Erst dann sprach sie ihren Gefangenen an: »Verzeiht, werter Zauberer, dass ich Euch knebeln muss. Aber ich gehe doch lieber auf Nummer Sicher.

Es wäre doch irgendwie blöd, wenn ich es bis hierher schaffe, und Ihr haut mich dann – auch ohne Zauberstab – mit irgendeinem Zauberspruch um.«

Der Zauberer sah sie nun mit weit aufgerissenen Augen an, begann heftig den Kopf zu schütteln und aufgeregt irgendetwas in den Knebel zu pressen, was Halana aber nicht verstehen konnte.

»Ähm!«

Halana fuhr herum. Sie hatte den Diener ganz vergessen. Der hatte sich inzwischen erhoben – er war ein wenig kleiner als die Kriegerin.

Schüchtern meinte der junge Mann nun: »Äh, werte Fremdländerin, tut meinem, äh, Herren bitte nichts, er ist zwar manchmal etwas unwirsch, aber eigentlich ein ganz netter Kerl.« Dann wandte er sich an den gefesselten Zauberer: »Bitte, Magus Prim, bleibt ruhig.« Der Gefesselte sah den anderen wütend an. »Nein wirklich: Beruhigt Euch. Ich bin sicher, die Kriegerin wird uns nichts tun.«

Der Zauberer schnaubte erst verächtlich, atmete dann aber einmal tief durch die Nase ein und versuchte, ruhig zu bleiben.

»Und wer bist du?«, wollte die Kriegerin wissen, der die Hilfe von dieser unerwarteten Seite nicht ungelegen kam.

»Äh. Timtom. Sein… Diener.«

»Timtom? Seltsamer Name.«

»So? Seltsam, dass du das seltsam findest. Mein Vater hieß Tedtim, und deshalb ist es doch ganz klar, dass…«

»Klappe!«, unterbrach ihn die Kriegerin laut, so dass der junge Mann erschrocken zusammenzuckte.

»Nichts für ungut, bei anderer Gelegenheit würde ich gerne viel mehr über euer Land erfahren, aber ein Narr wartet auf mich, ich muss meinen Sohn und meine Freundin befreien, und ich muss Rache nehmen. Ihr seht, ich habe alle Hände voll zu tun. Daher jetzt die entscheidende Frage...«

Halana wandte sich dem Zauberer zu, packte ihn mit der rechten Hand am Kragen – der Adamsapfel des Mannes begann heftig zu hüpfen –, dann fragte sie eindringlich und mit harter Stimme: »Du erkennst an, dass ich euch gefangengenommen habe?«

Augenblicklich begann der Zauberer heftig mit dem Kopf zu nicken.

Halana wandte sich an den jüngeren Mann: »Du bestätigst, dass der Zauberer eure Gefangennahme anerkannt hat?«

»Äh? Ja, sicher, wir sind deine Gefangenen.«

»Gut. Ihr seid frei.«

»Was? Wir sind...? Ja, wie jetzt?«

»Was ist daran schwer zu verstehen? Ihr seid wieder frei.«

Verwirrt entgegnete der junge Mann: »Aber, das könnt Ihr doch nicht machen.« Der ältere Mann hüpfte bei diesen Worten wütend auf und ab und knurrte zornig in seinen Knebel. »Ich meine, Ihr habt uns doch gerade erst gefangengenommen und Euer Leben dafür aufs Spiel gesetzt!?«

Jetzt war es Halana, die den anderen erstaunt musterte, dann lachend antwortete: »Wirklich, ihr seid ein seltsames Volk. Du bist jedenfalls der erste Gefangene den ich treffe, der entrüstet ist, wenn man ihn freilassen möchte. Na, wenn du's wissen willst – auch wenn ich bezweifele, dass du es verstehst: Ich bin gezwungen worden, den unbrechbaren Schwur zu leisten, dass ich einen Zauberer gefangennehme. Und genau das habe ich getan.« Halana lächelte hinterlistig. »Allerdings war in dem Schwur nie die Rede davon, wie lange die Gefangenschaft zu dauern hat oder dass ich den Zauberer gar zum Schwarzen Herzog bringen soll. Jedenfalls habe ich meinen Schwur erfüllt, und ihr seid frei. Ich muss nur leider den – hm – Magus noch eine Weile gefesselt lassen, damit ich euer Land wieder unbehelligt verlassen kann. Und das möglichst weit von der Stelle entfernt, an der ich reingekommen bin, damit meine sauberen ›Verbündeten‹ nichts davon merken. So, Magus, würdet Ihr mir nun bitte folgen? In einer viertel Stunde lasse ich Euch zurückgehen, dann kann Euer Diener die Fesseln an Euren Händen lösen.«

Sie packte den Magier energisch am Ellbogen, um ihn zunächst zurück in Richtung Grenze davonzuführen. Halana war allerdings noch kein Dutzend Schritte weit gekommen, als sie hinter sich erst einen Seufzer und dann die Worte hörte: »Das tut mir jetzt ehrlich, ehrlich leid.«

Halana wandte sich um und konnte gerade noch sehen, dass der junge Mann mit dem Zauberstab in der ausgestreckten Hand auf sie deutete, während er rief: »Schlafe!«

Eine Millisekunde lang hatte Halana den Eindruck, dass ein winziger, gleißend heller Blitz aus der Spitze des Zauberstabs heraus auf sie zuzuckte, dann wurde es schwarz um sie.

6. STAHL UND MACHT
Die Stadt der Zauberer I

Als Halana wieder zu sich kam, fand sie sich ihrerseits in Fesseln wieder. Lange konnte sie nicht weggetreten gewesen sein, denn der Diener machte gerade, mit dem Streifen aus seinem eigenen Hemdsärmel, den letzten Knoten um Halanas Fußgelenke, während der Zauberer im Hintergrund stand und sich schimpfend die Handgelenke rieb. Als der Diener fertig war, nahm er den Zauberstab wieder an sich, berührte in schneller Folge ein paar der erhabenen Runen und sagte mit erhobenem Kopf: »Wind, bring das Luftboot…« Er stutzte, brach ab, wandte sich zu dem Älteren um und fragte verwirrt: »Sag mal, haben wir Nr. B-35789 oder war es B-35798?«

Der andere knurrte missmutig: »Wann wollt Ihr Euch das endlich mal merken? Es ist C! C-35987!«

»Ah ja? Danke.« Dann wiederholte der Diener die Prozedur mit dem Zauberstab, sagte aber diesmal: »Wind, bring das Luftboot C-35987 zu Magus Prim! – So, hoffentlich ist es nicht zu weit abgetrieben. Aber ein wenig werden wir wohl warten müssen. Liegst du auch bequem?«

Der letzte Satz hatte Halana gegolten. Die richtete sich jetzt – dank trainierter Bauchmuskeln auch mit Fesseln kein Problem – in sitzende Position auf und meinte seufzend: »Hätte nicht gedacht, dass bei Euch sogar die Diener zaubern können.«

Mit einem Achselzucken und einem jungenhaften Grinsen antwortete ihr Gegenüber: »Nun, sie können's ja auch nicht.«

Nur einen kurzen Moment sah Halana ihn verwirrt an, dann wurden ihre Augen groß, und sie brüllte es fast vor Zorn und Überraschung: »Ihr! Ihr seid der Zauberer! Und das da…«, sie deutete mit einem Kopfnicken in Richtung des älteren Mannes, der sich gerade wieder seine Lederhaube auf den Kopf stülpte, die ihm beim Sturz abhanden gekommen war, »das ist der Diener?

Was bin ich doch für eine hohle Nuss! Bin einfach nach dem Schein gegangen, statt erst die Tatsachen festzustellen! Oh ich könnt mir in den…! Ich hab's wohl nicht besser verdient.«

Jetzt sah Halana den älteren Mann tatsächlich lächeln und hörte ihn erstmals reden, als er herantrat und sich an seinen jungen Herrn wandte: »Ich hätte nie gedacht, dass ich das mal sagen würde, aber ausnahmsweise war Eure – hm – legere Kleidung heute doch mal von Nutzen. Obwohl es Euch zu denken geben sollte, dass es diese Außenländerin nicht mal annähernd für möglich gehalten hatte, Ihr könntet der Zauberer sein – so schlampig, wie Ihr durch die Gegend lauft.«

»Sagt mal«, fragte die Kriegerin nun den echten Zauberer, »reden hier die Diener immer so mit ihren Herren?«

»Hm? Nein«, seufzte Prim, »nur dieser hier.«

»Was bei diesem Herren auch kein Wunder ist.«, knurrte Timtom leise.

»Aber eure Namen sind schon eure richtigen?«

»Ja, durchaus«, entgegnete Prim, während er sich Halana gegenüber, den Zauberstab in der Hand behaltend, im Gras niederließ, »aber wie Ihr es vorhin schon so höflich angedeutet habt: Es gibt wichtigere Fragen. Und nun möchte ich eine stellen: Wie, um des Schlafenden Gottes willen, habt Ihr es geschafft, unseren Schutzschild zu durchbrechen?«

Gespannt starrten Prim und Timtom Halana an – und wurden enttäuscht, als diese schulterzuckend entgegnete: »Tja, Jungs, ich wünschte wirklich, ich wüsste es… und ich bin auch nicht so ganz freiwillig in den Genuss eurer Bekanntschaft gekommen.«

Dann erzählte sie vom Schwarzen Herzog und dessen Berater, der ihn auf die Idee gebracht hatte, die Kräfte oder gar magische Waffen eines Zauberers einzusetzen, um Engaland niederzuwerfen und seine Expansionsgelüste zu befriedigen. Und sie berichtete, dass der Herzog ihren Sohn entführen ließ, um sie zu zwingen, einen Zauberer gefangenzunehmen.

Nur einmal hatte Prim sie überrascht unterbrochen: »Und du gibst hier einfach so ungeniert zu, dass uns dein Auftraggeber bestehlen oder gar einen von uns entführen wollte, bloß um irgend so ein dummes Blutvergießen in den Außenländern für sich zu entscheiden?«

Halana hatte die Achseln gezuckt und, ebenfalls zum Du übergehend, erwidert: »Hattest du den Eindruck, dass ich dem Befehl des Schwarzen Herzogs tatsächlich nachkommen wollte?« Und es klang nicht prahlerisch, sondern lediglich wie eine nüchterne Feststellung, als sie fortfuhr: »Ich bin eine Kriegerin. Bevor ich mein Land verrate, würde ich mich lieber vom Tod umarmen lassen. Doch abgesehen vom Verrat werde ich alles, wirklich alles daran setzen, meinen Sohn zu retten. – Am besten ohne, aber wenn es sein muss, auch mit dem ›dummen‹ Blutvergießen. Und wenn ich an euren Fliegenden Tod denke, der diesen armen Krieger durchbohrt hat… nun, ihr seid hier offenbar auch nicht zimperlich mit dem Blutvergießen. Wart ihr das? Habt ihr beide den Speerschleuderer getötet?«

Der junge Zauberer errötete tatsächlich und meinte bedrückt: »Das tut mir leid. Ich konnte es nicht verhindern. Du musst wissen…«

»He!«, unterbrach ihn sein Diener, »Meister! Ihr müsst Euch doch nicht vor der da rechtfertigen!«

»Nein?«

»Nein! Sie ist in unser Land eingedrungen und jetzt unsere Gefangene!«

»Oh. Hm. Da hat Timtom wohl Recht«, nickte Prim verwirrt. Dann wandte er sich entschuldigend an Halana: »Pardon, aber ich hab halt nicht so viel Erfahrungen mit Gefangenen…« – Timtom verdrehte mit einem Kopfschütteln zum Himmel die Augen – »…sei also bitte so nett und sag mir, wenn ich dich nicht hart genug behandele. Und nun fahr doch bitte mit deiner Geschichte fort – so was hab ich mein Lebtag noch nicht gehört! Ich unterbreche dich auch nicht mehr.«

Prim hatte Wort gehalten und Halana ungestört berichten lassen. Er hatte ihr so fasziniert zugehört, dass er nicht mal darauf achtete, dass das Luftfloß geräuschlos herangeglitt und wie von Geisterhand geführt in fünf Metern Entfernung sanft auf dem Boden aufsetzte – obwohl Halana ihre Erzählung kurz unterbrochen und mit großen Augen dorthin gestarrt hatte.

Selbst Timtom war es nicht gelungen, Interesselosigkeit an Halanas Worten vorzutäuschen, auch er hatte gebannt an ihren Lippen gehangen. Doch schließlich, als die Kriegerin mit ihrer Geschichte am Ende angekommen schien, fragte Prim: »Aber woher konnte dieser… wie heißt er? …dieser Junas von Anselm denn nun wissen, dass du beim Durchschreiten unserer Grenze nicht gegrillt werden würdest?«

»Tja, das ist die Frage. Er ahnte es wohl mehr als es zu wissen und riskierte ja nur mein Leben. Er denkt, weil ich schon ein Mal durchgekommen war, müsste es mir auch ein zweites Mal gelingen.«

Im ersten Moment begriff Prim nicht recht, dann runzelte er die Stirn und meinte: »Warte, da hab ich dich jetzt nicht richtig verstanden, wie war das?«

»Na ja, er dachte, weil ich als kleines Kind schon mal hier war, würde ich nochmals die Grenze überschreiten können.«

Prim starrte sie verdutzt und wortlos an.

»Was ist?«, fragte Halana und starrte zurück.

Es dauerte einige Sekunden, in denen es hinter der Stirn des Magus zu arbeiten schien, dann sprang er, der die ganze Zeit auf Halana einen eher sanftmütigen Eindruck gemacht hatte, wutschnaubend auf und schimpfte: »Oh ich Narr! Der Schlafende Gott soll mich holen! Kriegerin – du bist eine Spionin! Wolltest uns mit deiner Geschichte einlullen... aber du hast den Bogen überspannt! ›Schon mal hier gewesen‹ – Das ist ja wohl die infamste Lüge, die ich je gehört habe! Und ich hab in unserem Rat schon viele Lügen gehört.«

Halana stieg unterdessen die Zornesröte ins Gesicht, und sie brüllte zurück: »Nimm mir die Fesseln ab und nenn mich dann noch mal eine Lügnerin!« Und mit Entsetzen spürte sie eine Träne über ihre Wange rinnen, als sie noch lauter brüllte: »Wegen deinen Leuten habe ich meine Mutter verloren und meinen Vater nie kennen gelernt, und 83 anderen Kindern ging es genau so. Ja, das will ich jetzt wirklich von dir wissen: Was ist damals, vor 23 Jahren, im Jahr 11783 geschehen, als all diese Frauen mit ihren Kindern aus eurem beschissenen Land geflohen sind, nur um ein paar Meter hinter der Grenze voll Verzweiflung zu sterben, weil sie ihre Kinder alleine in einem unbekannten Land zurücklassen würden?«

Und genau in dem Moment, als sie vom verzweifelten Tod der Frauen gesprochen hatte, erschien plötzlich aus den Tiefen ihres Unterbewusstseins ein Bild vor ihren Augen: das Bild einer noch sehr jungen Frau. Diesmal konnte sie es nicht nur vage, sondern deutlich und klar erkennen: tiefschwarze, lange, zu einem kunstvollen Knoten gebundene Haare, ein ovales Gesicht mit wunderschönen braunen Augen, einer geraden Nase, ebenmäßigen weißen Zähnen und blasser Haut – tödlich blasser Haut. Und aus den Winkeln dieser verzweifelt blickenden Augen rannen Tränen, während der Atem stoßweise und immer schwerer kam; dann murmelte eine kaum noch zu verstehende, sanfte Stimme: »Es – ist – Gift. Alle Frauen...«, nun lauter: »Oh Großer Zerstörer! Oh Schlafender Gott! Lasst meine Tochter leben! Halana, mein Schatz, es wird jemand kommen und dich finden. Ich weiß nicht, ob du dich an mich erinnern wirst. Aber spüre es wenigstens: Ich liebe dich wie nichts sonst auf der Welt.« Dann legten ihr zitternde Hände eine Kette mit einem hübschen Anhänger um den Hals, das Gesicht verkrampfte sich und das Atmen hörte auf, dann... nichts mehr.

Jetzt strömten noch mehr Tränen aus Halanas Augen, aus Trauer über den Tod ihrer Mutter und all der anderen Frauen, aus Freude, dass sie nun endlich wusste, wie ihre Mutter ausgesehen hatte, und aus Scham, weil dieser Bastard von Zauberer sie weinen sah. Sie schrie ihn an: »Vergiftet! Vergiftet habt ihr die Frauen! Und was immer hinter all dem stecken mag: Tut nicht so, als wüsstet ihr heute nichts mehr davon, denn es kann ja wohl nicht um irgendeine Kleinigkeit gegangen sein!«

Der alte Diener räusperte sich.

Prim brüllte zurück: »Jetzt weiß ich, wieso du durch die Grenze gekommen bist: Du bist vollkommen wahnsinnig! Hast, wie ein Tier, keinen Verstand! Sollen sie dich doch ausstopfen und ins Schauhaus stecken!«

Timtom räusperte sich etwas lauter.

»Ja! Das passt zu eurer Brut!«, schrie Halana den Zauberer weiter an, »wer kaltblütig Kinder dem Tod aussetzt... Aarr! Hätt ich nur mein Schwert!«

»Du! Duuu...!«, der vor Wut zitternde Zauberer fand keine Erwiderung.

Sein Diener räusperte sich ein drittes Mal, tippte ihm sachte auf die Schulter und sagte zaghaft: »Meister...«

»Was!?«, schnauzte Prim ihn an.

»Ich fürchte, Meister, sie ist nicht verrückt.«

»Ja, sie ist verrückt, absolut und... Sagtest du eben *nicht* verrückt? Wieso ergreifst gerade du ihre Partei? – Timtom! Das ist nicht der Augenblick für Scherze, du...« Plötzlich stutzte der junge Zauberer, und man konnte geradezu sehen, dass irgend ein Groschen gefallen war, als er ergänzte: »Aber Scherze zu machen war eigentlich noch nie deine Sache?«

»Ich hasse Scherze.«

»Mann! So erklär dich doch!«

Der Diener sah nur kurz zu Halana hinüber und dann wieder seinen Herren an. Der wurde immer nervöser, seine Stimme zitterte, als er feststellte: »Sie soll's nicht hören? Du weißt wirklich etwas? Es waren tatsächlich schon mal Außenländer bei uns? – Sag es. Jetzt. Vor ihren Ohren. Wenn an der ganzen Geschichte wirklich etwas dran ist – aber das kann nicht sein! –, dann soll sie es auch erfahren.«

»Wie Ihr meint«, seufzte Timtom, und begann: »Ihr wisst, dass sich mein Vater viel früher von seiner Aufgabe als Diener aufs Altenteil zurückgezogen hat, als es allgemein üblich ist?«

»Ja, du hast mal erzählt, dass er krank war, und deshalb früher...«

»Das war gelogen.«

»Gelogen!? Du???«

»Nun, meine moralische Integrität mag ja groß sein, aber dass Ihr mir eine Lüge überhaupt nicht zutraut, schmeichelt mir.«

»Wenn's dich beruhigt, ich hatte eigentlich nur nicht geglaubt, dass du genügend Fantasie zum Lügen besitzt. Aber weiter jetzt!«

Kurz sah Timtom seinen Herren böse an, doch dann fuhr er fort: »Na ja, irgendwie war er schon krank. Aber nicht im Körper, sondern im Gemüt. Sein Herr war Puth'O.«

»Puth'O?«, unterbrach Prim mit einem überraschten Ruf, »das wusste ich nicht! Kein Wunder, dass dein armer Vater im Gemüt erkrankte.«

»Oh, damals war Puth'O noch ganz anders. Übermäßig ehrgeizig, ja, aber noch nicht so ungehobelt und verbittert wie heute. Doch selbst wenn er damals schon so voller Menschenfeindlichkeit gewesen wäre, hätte ich kaum glauben können, was mir mein Vater im Geheimen anvertraut hat. Aber jetzt, wo diese Außenländerin hier aufgetaucht ist... Nachdem es Puth'O und seinen Vertrauten aus dem obersten Rat weder mit Magie noch mit Medizin gelungen war, für neue Geburten in unserem Land zu sorgen, dachten sie sich ein verzweifeltes – und höchst illegales! – Experiment aus. Sie entführten Frauen aus den Außenländern, um sie mit dem Samen von Zauberern zu befruchten und endlich wieder für junges Leben zu sorgen.«

Entsetzt starrte Prim seinen Diener an und rief: »Wie? Was? So etwas würde doch selbst Puth'O nicht...! Und außerdem müsste man dazu ja unsere Grenzen durchqueren können! Unmöglich!«

»Tja, das denkt jeder, was? Aber nur weil keiner rein kann, heißt das ja nicht... die Erstgürtler haben aber scheinbar irgendein Hintertürchen, mit dem man Reinefreude verlassen kann.«

»Bitte!?«, kam es nun sowohl von Prim als auch von Halana, doch während Prim nun bestürzt schwieg, meinte Halana kopfschüttelnd: »Euer Land heißt Reinefreude? Und ihr sagt mir, dass ich bekloppt sei.«

Timtom fuhr fort: »Natürlich hat keiner der Erstgürtler meinem Vater die Zusammenhänge erklärt, und er kennt sicher nicht alle Details, aber er und ein paar andere Diener und Dienerinnen wurden unter dem Siegel der Verschwiegenheit und bei Androhung schwerster Strafen, falls sie plaudern sollten, dazu abgestellt, die Frauen und später die Kinder zu versorgen.«

»Aber irgend etwas ist schiefgegangen?«

Timtom seufzte, dann erklärte er: »Offenbar liegt es nicht an den Zaubererfrauen, dass wir kaum noch Kinder bekommen. Lediglich zwei der gefangenen Frauen wurden schwanger, und eines der Neugeborenen war eine Missgeburt, die das Licht der Welt nur für ein paar schreckliche Minuten erblickte. Und dann... dann taten Zauberer aus dem Konkur, dem innersten Kreis des Großen Rates, noch etwas viel Schlimmeres: Sie ließen, in entfernten Regionen, schwangere Außenländerinnen und wohl auch Mütter mit Säuglingen fangen. Die Kinder, so war der Plan, sollten dann in Zaubererfamilien aufwachsen.«

Fassungslos entgegnete Prim: »Das hätte ich selbst Puth'O nicht zugetraut!«

»Aber Herr!«, entgegnete Timtom, »ich mag ihn ja auch nicht, doch es war ein verzweifelter Versuch, unser Land zu retten. Und forscht Ihr selbst nicht seit Jahren, um einen Weg aus unserem Dilemma zu finden?«

»Ja, natürlich – aber doch in eine ganz andere Richtung! Ich entführe doch keine Menschen – selbst wenn es nur Barbaren sind! Ich versuche lediglich, unsere magischen Kräfte wieder zu stärken!«

»Ja«, seufzte Timtom, »indem Ihr den Schlafenden Gott wecken wollt. Wenn das nicht mindestens ebenso verrückt und zehnmal so hoffnungslos ist wie Puth'Os Plan, dann soll mich der Blitz beim… Ihr wisst schon.«

Prims Gesicht färbte sich zartrosa, und er wechselte das Thema: »Aber was ist schiefgegangen, damals?«

»Schiefgegangen? Es sieht so aus, als habe Puth'O ganz einfach den menschlichen Faktor nicht berücksichtigt.«

Prim sah ihn verwirrt an, Timtom fuhr fort: »Offenbar hatte einer der Eingeweihten Mitleid mit den Frauen und Kindern gehabt – mit Außenländern! Obwohl es um unsere Existenz ging!! Wie auch immer: Vater hat wohl nie erfahren, wer es war, aber jemand hat den Barbarenfrauen aus irgendeinem Grund zur Flucht verholfen.«

»Und sie damit in den Tod geschickt!«, mischte Halana sich ein, die bis dahin fasziniert und erschüttert zugehört hatte. »Warum?«, wollte sie wissen, »warum sind sie, nachdem sie gerade die Freiheit erreicht hatten, doch noch gestorben?«

Timtom zuckte mit den Schultern und entgegnete: »Das weiß ich auch nicht – nur dass sie gestorben waren, hat mein Vater berichtet. Woher er das wusste? Keine Ahnung. Jedenfalls muss es im Zusammenhang mit der Flucht der Frauen auch irgendeine Art von Sabotage gegeben haben. Und ich habe den Verdacht, diese Sabotage sollte dafür sorgen, dass niemand den Frauen über die Grenze folgen konnte, ja dass überhaupt keine Frauen und Kinder mehr gefangen werden konnten. Das Experiment scheint jedenfalls nie wieder aufgenommen worden zu sein, und das deutet darauf hin, dass wir seit jener Sabotage tatsächlich Gefangene in Reinefreude sind – ah! Ich meine natürlich, dass wir nicht mehr in Versuchung geraten können, unsere schöne Heimat zu verlassen. Allerdings… die hier« – Timtom sah Halana an – »ist ja reingekommen. Mag sein, wir können auf irgendeine Weise lernen, doch wieder hinauszukommen?«

Einige Sekunden starrten der Magus und sein Diener ihre Gefangene an. Dann…

»Nein! Um Himmels Willen! Meister, was macht Ihr?«

Prim hatte das Schwert der Außenländerin aufgenommen und ihre Fesseln durchtrennt. Dann hatte er die Klinge neben ihr in die Erde gestoßen und war einen Schritt zurückgetreten, während sich Halana, ihn verblüfft anblickend, die Handgelenke rieb. Zu Timtom sagte der Magus: »Sie ist frei. Sie hat uns vorhin nichts getan, als sie die Gelegenheit dazu hatte, jetzt wird sie uns auch nichts tun.«

»Der Rat wird Euch teeren und federn, wenn sie entwischt – und mich gleich mit!«, rief der Diener entsetzt, doch Prim erwiderte: »Ach Timtom, beim Schlafenden Gott! Ich kann ihr das nicht antun. Wir haben doch – «, und seine Stimme klang erschüttert, »wir haben ihre Mutter umgebracht!«

»Wir?!«, knurrte sein Diener, »also, ich für meinen Teil war es nicht gewesen.«

Aber Prim achtete nicht auf ihn, sondern sprach, halb zu sich selbst und halb zu Halana: »Aber wer weiß? Vielleicht... will sie ja doch mit uns kommen?«

Halana stand auf, steckte ihr Schwert mit ruhiger Bewegung in die Scheide und sah den Magier abwartend an. Der zögerte noch einen Moment nachdenklich, dann unterbreitete er ihr sein Angebot: »Kriegerin. Du bist frei, und wenn du es verlangst, dann werde ich dich an einem Punkt deiner Wahl an der Grenze absetzen. Aber ich habe einen Vorschlag, den du vielleicht auch in Erwägung ziehen könntest: Komm mit in unsere Hauptstadt. Hilf uns herauszufinden, wie wir das Land verlassen können, und ich helfe dir in Erfahrung zu bringen, was damals wirklich mit deiner Mutter geschehen ist und was hinter der ganzen Geschichte steckt. Ich denke zudem, nicht nur du, auch wir, wir Zauberer, die damals nicht beteiligt waren, haben ein Recht zu erfahren, was genau in jenen unseligen Tagen passiert ist. Außerdem: Wenn du uns hilfst und wir tatsächlich das Land verlassen können, dann werde ich dir helfen, deinen Sohn zu befreien.«

»Wie?«, warf Timtom ein, der den Spott in seiner Stimme kaum verbergen konnte, »seid Ihr jetzt so mächtig, dass Ihr Kugelblitze bis in jenes schwarze Land schleudern könnt, von dem die Außenländerin erzählt hat?«

»Nein, das bin ich nicht. Aber ich werde sie begleiten.«

Timtom klappte der Mund auf, doch es kam kein Wort heraus.

»Ja!«, bekräftigte Prim, der, nachdem es nun zum ersten Mal ausgesprochen war, immer mehr Gefallen an dem Gedanken zu finden schien, »ja, ich werde mitgehen. Und ich werde wirklich versuchen, dir zu helfen, Kriegerin. Und wenn wir deinen Sohn gerettet haben, dann hilfst du vielleicht mir, mein Volk zu retten.«

»Ha!«, Timtoms Lachen klang leicht hysterisch, »eine Barbarin soll der Zauberernation das Überleben sichern? Wie soll das denn gehen?«

»Indem sie mir bei einer Suche hilft. Halana, du hast inzwischen gemerkt, dass wir hier ein kleines Problem haben: Es kommen seit fünfzehn, zwanzig Generationen immer weniger Kinder zur Welt. Nur noch wenige Generationen, und es wird keine Zauberer mehr geben. All unsere magischen Kräfte und medizinischen Fähigkeiten haben uns bisher nicht helfen können, das Problem zu lösen. Ja, wir wissen noch nicht einmal, warum wir keine Kinder mehr bekommen. Und um dem ganzen Übel noch eins draufzusetzen, mussten wir feststellen, dass unsere magischen Kräfte offenbar auch mit der Anzahl der Zauberer, die es gibt, zusammenhängen. Unsere Kräfte scheinen wie in einem unsichtbaren See in unserem Land gebündelt zu sein, ein See, der von der Aura eines jeden Zauberers gespeist wird – und der demzufolge langsam am Versiegen ist. Es sieht jedenfalls so aus, als würden wir nach und nach die Kontrolle über unsere Kräfte verlieren: Obwohl wir die gleichen Beschwörungen wie eh und je benutzen, wirkt unsere Magie nicht immer so, wie sie es soll, und manchmal schon überhaupt nicht mehr.«

»Gut, nehmen wir mal einen Augenblick an, ich lasse mich auf deinen Plan ein«, entgegnete Halana, »so hat dein Diener – auch wenn ich's nicht gern sage – in einem Punkt nicht so ganz unrecht: Wie, um des Großen Zerstörers willen, soll ich euch helfen können?«

»Oh, gar kein Problem. Du sollst mir nur helfen, einen neuen Gott für uns zu finden.«

Halana starrte ihn nur fragend an, Timtom ebenso.

Prim grinste und erklärte: »Das ist vielleicht nicht ganz so irre, wie's sich anhört. Unsere Magie erlaubt es uns, ein klein wenig über unsere Grenze hinaus zu lauschen, daher wissen wir auch Einiges über die Außenländer und ihre Kriege und dass euer Gott der Große Zerstörer ist.«

»Und den wollt ihr haben?«, fragte Halana verblüfft.

»Aber nein. Schau: Unser Gott ist…«

»…ja, der ›Schlafende Gott‹, ich hab's inzwischen mitgekriegt.«

»Mhm. Er war es, der uns einst unsere Zauberkraft geschenkt hat. Leider birgt er aber inzwischen seit unzähligen Generationen einen nicht unerheblichen Nachteil für uns.«

»Der da wäre?«

»Nun ja. Er schläft.«

»Seit Generationen?«

»Genau gesagt: seit 6783 Jahren.«

»Gesunder Schlaf.«

»Kann man sagen. Jedenfalls ist es so: Die meisten Zauberer versuchen unser kleines Geburtenproblem zu lösen, indem sie Magie oder Medizin einsetzen – und offenbar auch illegale Mittel. Ich dagegen will das Problem grundlegend angehen.«

Timtom brummte dazwischen: »Es liegt im Blut meines Herren, Pferde grundsätzlich von der anderen Seite aufzuzäumen…«

Halana entgegnete: »Ich verstehe zwar nichts von Zauberei… (»Wär ja noch schöner«, grummelte der Diener.) …aber ich ahne, was du meinst: Du hoffst, dass euer Gott euch wieder die ganze Kraft der Magie zurückgibt und eure Nation vor dem Aussterben rettet – wenn er sein Nickerchen nur endlich mal beendet hätte?«

»Jaaa!«, rief Timtom dazwischen, der nicht mehr an sich halten konnte, »alle anderen Zauberer lachen über ihn, aber mein Herr hat nichts Besseres zu tun, als nächtelang zu studieren und in den Bücher unserer Vorfahren darüber zu forschen, wie man den Schlafenden Gott wieder wecken kann.«

»Na, mein lieber Timtom, ich kann dich beruhigen. Ab sofort werde ich meine Forschungen einstellen.«

»Ehrlich?!«, entgegnete sein Diener mit Begeisterung. Doch fast augenblicklich wurden seine Augen zu Schlitzen, während er den Kopf schief legte und fragte: »Aber die Sache hat einen Haken?«

»Ach was. Es ist einfach so, dass ich – falls ich Reinefreude tatsächlich verlassen kann – den Schlafenden Gott gar nicht mehr wecken muss.«

»Soooo???? Warum nicht?«

»Oh, ich denke, es genügt, wenn ich seinen Bruder finde.«

»Ah. So. Und jetzt ernsthaft?«

»Das ist mein Ernst.«

Timtoms raufte sich mit beiden Händen die Haare, während er verzweifelt stöhnte: »Und ich war so sicher, dass es heute nicht mehr schlimmer kommen könnte – seit wann, bitteschön, hat unser Gott einen Bruder?«

»Offenbar schon immer. Und die anderen Zauberer wüssten es ebenfalls, wenn sie sich in ihren Studien nicht nur auf die Magie beschränkt, sondern sich auch etwas der Geschichte gewidmet hätten. Bei meinen Forschungen bin ich jedenfalls nicht nur einmal darauf gestoßen: Unser Gott hat tatsächlich einen Bruder, einen Bruder, der keinen Schlaf braucht. Und nicht nur das: Offenbar haben sich die beiden Brüder sogar ganz bewusst aus diesem einen Grund getrennt, dass das magische Wissen nicht verloren geht, wenn sich einer von ihnen doch als... nun ja, als endlich erweisen sollte. Was meinst du, wie verzweifelt ich war, als ich zum ersten Mal kapiert hatte, dass es diesen Bruder tatsächlich gibt, aber eben außerhalb von Reinefreude. Da gibt es also möglicherweise eine Lösung für all unsere Sorgen, doch sie bleibt unerreichbar, weil wir ja unser eigenes Land nicht verlassen können – dachte ich damals jedenfalls. So bemühte ich mich schließlich, alle Gedanken an den Bruder des Schlafenden Gottes zu verdrängen und suchte weiter nach einer Möglichkeit, den Schlafenden Gott selbst aufzuwecken.«

Fast flehend wandte Timtom ein: »Aber selbst wenn es tatsächlich einen Bruder des Schlafenden Gottes gibt – was ich nicht glaube –, und selbst wenn es Euch tatsächlich gelingen sollte, Reinefreude zu verlassen ohne an der Grenze geröstet zu werden – was ich nicht glaube –, und selbst wenn Euch der Rat Eure Geschichte abkauft und die Außenländerin nicht ausstopft – was ich nicht glaube –, und wenn Euch der Rat auch noch die Erlaubnis für diesen kleinen Ausflug gibt – was ich ganz und gar nicht glaube –, wie, um alles in der Welt, wollt Ihr diesen ominösen Bruder denn überhaupt finden?«

»Ich habe eine Karte.«

»Hätte ich bloß nicht gefragt!«

Prim wandte sich nun an Halana: »Die Meinung meines tapferen Dieners kennen wir ja nun, aber wie sieht es mit dir aus? Würdest du mitmachen?«

»Wenn wir zuerst mit Unterstützung deiner Zauberkraft meinen Sohn retten?«

»Ja. Würdest du dann mitmachen?«

»Schon der Teil deines Planes, den ich verstanden zu haben glaube, hört sich äußerst chancenlos und bescheuert an. Und der Teil, den ich nicht verstanden habe, ist vermutlich noch viel schlimmer.«

Enttäuscht fragte Prim: »Du machst also nicht mit?«

»Doch.«

Halana hatte noch nie ein derartiges Kribbeln im Magen gehabt wie in dem Moment, als sie auf jenes seltsame fliegende Floß aufgesessen war und sie spürte, wie es sich vom Boden löste, um sie – tatsächlich schwebend – weiter ins Landesinnere zu bringen. Prim überlegte unterwegs, wie man den Rat und insbesondere Puth'O wohl dazu bewegen könnte, seinen Plan zu akzeptieren.

»Das wird nie gelingen! Niemals!« – Der Einwand kam natürlich von Timtom.

Das fliegende Floß sollte nicht die größte Überraschung für Halana bleiben. Nach gut drei Stunden schnellem Flug über eine unheimlich unbelebte Graslandschaft begann sich am Horizont ein kleiner Berg abzuzeichnen.

Ein Berg, der merkwürdig zerklüftet war, wie Halana bei der raschen Annäherung merkte. Nein, Moment mal! Der Berg war keineswegs zerklüftet. Und es war auch gar kein Berg, sondern es waren viele hohe, gerade aufragende und mit einer Art konischer Kuppeln gekrönte Einzelformen. Hätte Halana nicht gewusst, dass so etwas in dieser Größe unmöglich war, sie hätte fast vermutet, dass die Gebilde von Menschenhand... Inzwischen waren sie noch näher herangekommen. »Das sind ja... – nein, unmöglich... Doch! Das sind ja Häuser!«

Timtom hatte für Halanas überraschten Ausruf nur ein verächtliches Schnauben übrig, was Prim seinem Diener gegenüber zu der Bemerkung veranlasste: »Sie mögen im Vergleich nur Hütten haben – aber die Barbaren sind wenigstens lebendig.«

Halana hatte nicht auf die Bemerkung geachtet, denn sie war viel zu sehr in den Bann geschlagen von dem, was sich da vor ihr auftat: Die größten dieser Häuser maßen rund 50, 60 Meter in der Höhe, die kleinsten immer noch gut 20 Meter. Alle strahlten sie in einem reinen, glatten Weiß, in jeder Etage von gleichmäßigen Reihen kristallen funkelnder Fenster durchbrochen. Und es mussten Hunderte dieser Häuser sein.

Überwältigt stammelte Halana: »Ist das... ist das eure Hauptstadt?«

»Aber nein«, antwortete Timtom, ohne die Überheblichkeit in seiner Stimme zurückzuhalten, »das ist Whistaun, nur die westliche Vorstadt von Reinefreudestadt.«

Halana war so überwältigt, dass sie nicht mal daran dachte, eine Bemerkung zu dem bescheuerten Namen zu machen. Geradezu schockiert war sie, als ihr Luftfloß zwischen die Häuser hineinglitt und die Wohntürme fast bedrohlich um sie herum aufragten. Von hier unten, aus der Wurm-Perspektive, schienen sie nach den Wolken zu greifen.

Sie konnte keine Fugen in den Mauern der Gebäude erkennen und fragte sich, auf welche geheimnisvolle – ja vermutlich magische – Weise die Häuser wohl errichtet worden waren. Sie hatte auch nicht die allergeringste Ahnung, aus welchem Stein die Häuser bestehen mochten. Überraschenderweise war der Straßenbelag... nun ja, eigentlich war es nicht wirklich ein Belag: Zwischen all den Häusern gab es nicht etwa steinerne Wege, sondern nur kräftigen, kurz geschnittenen, fast türkisgrünen Rasen. Aber wer alle Transporte und Reisen über größere Entfernungen fliegend bewältigen kann, der braucht wohl auch keine befestigten Straßen, schoss es Halana durch den Kopf, während sie nach rechts auf den unter ihr vorbeiflitzenden Boden blickte.

Von links kam ein Geräusch. Halana blickte hinüber – und ihr Herz schien für einen winzigen Moment auszusetzen. Sie konnte es nicht mal verhindern, dass sich die Finger ihrer rechten Hand in die Schulter des neben ihr sitzenden Magus krallten. Der erschrak nun seinerseits und sah sie verständnislos an, doch dann ging ihm ein Licht auf, und er erklärte: »Du musst mir nicht die Schulter ausreißen. Weißt du, auch bei uns schneidet sich das Gras nicht von alleine. Das ist bloß ein Arbeits-Luftfloß.« Aus einer Nebenstraße war, nahezu geräuschlos arbeitend und nur Zentimeter über dem Boden schwebend, eine Kette aus sechs Luftflößen in die Hauptstraße eingebogen. Man konnte nicht erkennen, wie es geschah, doch die Spur hinter dem letzten Floß war eindeutig: Hier wurde gerade der Rasen geschnitten. Aber das allein hätte Halana sicher nicht so überrascht, sondern es war vielmehr die Tatsache, dass dieses Ding völlig eigenständig zu handeln schien. Sie sah jedenfalls niemanden, der es bediente.

»Nein, Geister haben wir hier nicht«, erklärte Prim, Halanas Gedanken erratend, mit einem Schmunzeln, »meistens sind es Magier des Vierten Gürtels, die sich um solche Arbeiten wie Rasenmähen und Fensterputzen kümmern – die Zauber dafür sind nämlich gar nicht so schwierig.«

»Gar nicht schwierig?!«, ächzte Halana, »na dann ist ja gut!«

Und erst jetzt, als sie sich von diesem Schock zu erholen begann und in Gedanken immer noch bei dem fahrerlosen Arbeitsgerät war, fiel ihr etwas auf, was sie ohne den überwältigenden Eindruck dieser Stadt sicher schon längst bemerkt hätte: »Aber wo sind eigentlich die Menschen? Warum bleiben die alle in ihren Türmen?«

Diesmal gab Timtom keine überhebliche Antwort, sondern sah betreten unter sich, während Prim mit einem Seufzen erklärte: »Es gibt einen einfachen Grund, warum niemand aus den Türmen kommt: Sie sind leer. Alle. In ganz Whistaun wohnt kein einziger Mensch mehr. Auch nicht mehr in Dolon und ebenso wenig in Brückwind, Moran oder Tessar – und ich könnte dir noch viele weitere Namen nennen.«

Eine solche Trauer war in der Stimme des jungen Zauberers mitgeklungen, dass Halana nicht anders konnte: Wieder legte sie ihm eine Hand auf die Schulter, aber diesmal in einer Geste des Mitgefühls. Sanft sagte sie: »Erst jetzt wird mir klar, wie groß euer Problem wirklich ist. Wie viele sind denn noch übrig?«

»Du willst das ganze Ausmaß kennenlernen? Bitte: Unsere Geschichts-
bücher sprechen davon, dass unsere Einwohnerzahl einst konstant bei 45
Millionen Menschen lag – mehr ließ man nicht zu, denn das hätte, da wir
unser Land ja nicht vergrößern konnten, unser sorgenloses Leben gefähr-
det. Du siehst: Wie man Geburten verhindert, das wenigstens wissen wir
dank unserer Magie. Doch diese Tränke haben wir schon lange nicht mehr
gebraut. Inzwischen gibt es weit weniger als zweihunderttausend von uns.
Und die leben fast alle in der Hauptstadt. Ansonsten sind nur noch ein paar
Gehöfte bewohnt, die wir zur Nahrungsgewinnung brauchen.

In fast leeren Städten zu wohnen, das hatte die Menschen wahnsinnig
gemacht, und so sind wir in Reinefreudestadt zusammengerückt. Dadurch
hat es wenigstens den Anschein, als gäbe es noch viele von uns. Allerdings
stehen inzwischen auch in der Hauptstadt die ersten Viertel leer.«

»Aber warum macht ihr euch dann noch die Mühe, in den anderen Städten alles zu erhalten? Warum, um des Großen Zerstörers willen, mäht ihr
hier noch den Rasen?«

»Alles erhalten? Von wegen! Ich zeig dir was.«

Prim hob den Zauberstab und gab einen Befehl. Daraufhin wurde ihr
fliegendes Floß langsamer und bog von der Hauptstraße ab. Nicht lange,
und sie flogen über üppig wucherndes Gras hinweg, dann auch über Sträu-
cher und zwischen Bäumen hindurch. Die Farbe der Häuser war hier auch
nicht mehr weiß, sondern grau und stumpf, und durch viele Fenster pfiff
der Wind und klimperte an ein paar spitzzackigen Scherben, die noch von
den Scheiben übrig waren. Und dann, als sie um eine Ecke bogen...

»Nein!«, rief Halana.

Sie starrte auf ein riesiges Trümmerfeld, aus dem wie ein abgebrochener
Zahn die noch immer mächtigen Überreste eines dieser Riesen-Häuser herausragten. Was rundherum an Mauerbrocken und inzwischen undefinierbaren Einrichtungsgegenständen herumlag, war alles mehr oder minder von
Strauchwerk überwuchert.

»Vor 52 Jahren ist hier der erste Wohnturm zusammengekracht«, erklärte
Prim mit einer eisigen Ruhe, die jedem Menschenkenner sofort gezeigt
hätte, dass er in Wirklichkeit alles andere als gelassen war. »Der Turm hat
dann, als sein Oberteil seitlich wegkippte, einen kleineren Turm mitgerissen, und zusammen beschädigten sie noch zwei größere Türme.... Der da
hinten, der so aussieht, als hätte ein Riese ein großes Stück aus seiner Seite
rausgerissen, dürfte der nächste Kandidat sein. Und in anderen unserer leer

stehenden Städte sieht es noch viel schlimmer aus, da gehen wir schon gar nicht mehr hin.«

Halana fiel nichts anderes ein, als ungläubig zu fragen: »Aber warum mäht ihr in dieser Stadt noch den Rasen?«

»Gute Frage. Ich denke, es geht lediglich darum, den Schein aufrechtzuerhalten. Wer aus der Hauptstadt zum Wachposten fährt, der nimmt den direkten Weg durch Whistaun. Und wenn dann die Silhouette der Stadt und die Häuser links und rechts der Hauptstraße noch einigermaßen in Ordnung aussehen, muss man nicht gleich daran denken, dass es eine tote Stadt ist – und wir ein totes Volk.«

Halana schwieg lange Zeit. Erst als sie die Stadt schon eine Weile hinter sich gelassen hatten, sagte sie leise: »Das ist das Traurigste, was ich je gehört habe. Ich habe Lusian verloren, die mich liebte, und der Stich, der sie getötet hat, der ging auch durch mein Herz, und die Wunde wird sich niemals ganz schließen. Giula, die für mich wie eine Mutter ist, wurde entführt und auch der kleine Mensch, der mir mehr bedeutet als alles andere auf der Erde: Ruff, mein Sohn. Aber ihr, du und dein Volk, ihr habt ja noch nicht einmal die Möglichkeit, Kinder zu bekommen, die ihr verlieren könntet. Das ist schrecklich, zu leben und zu wissen, dass alles vergebens ist, dass Hunderte Generationen ihr Wissen, ihre Kultur und vor allem ihr Selbst weitergegeben haben, nur um zu sehen, dass alles wie in einem Albtraum erlischt...

Zauberer Prim, ich sage dir: Bei aller Macht, die euch eure Magie geben mag, ich möchte niemals mit einem von euch tauschen. Und, ja, ich werde euch helfen. Ich werde es denjenigen von euch, die meine Mutter ermordet haben, nie verzeihen können, was sie ihr und den anderen Frauen, was sie den Kindern der Todeszone und was sie mir angetan haben. Aber wie es scheint, war dafür nicht dein ganzes Volk, sondern nur eine im Verborgenen handelnde kleine Gruppe verantwortlich. Den Tätern werde ich nicht vergeben, und sollte ich ihnen gegenüberstehen, dann wird der Zeitpunkt gekommen sein, an dem ich Rechenschaft verlange. Aber ich weiß auch, wie verzweifelt sie waren und wie verzweifelt sie noch immer sind. Wenn die Sehnsucht nach noch nicht geborenen Kindern, die Sehnsucht nach einer Zukunft auch nur halb so groß ist wie die nach einem verlorenen Kind, dann weiß ich, was ihr durchmacht.«

Nach kurzem Innehalten und einem Seitenblick auf Timtom bekräftigte die Kriegerin: »Ihr mögt überheblich sein, ihr mögt – was diesen Puth'O und Seinesgleichen betrifft – gefährlich für mein Volk sein, und vielleicht sind wir, gemessen an euren Möglichkeiten, wirklich nur ungebildete Barbaren. Doch wenn ich kann, dann helfe ich euch. He, Magier, warum läuft eurem Diener eine Träne über die Wange?«

»Hm? Tatsächlich. Man mag es ihm nicht anmerken, aber er ist ein Mensch. – Und ich bin froh zu sehen, dass er wichtige menschliche Fähigkeiten nicht verlernt hat. Er schämt sich. Und Halana…«

»Ja?«

»Ich danke dir.«

Obwohl noch vor wenigen Stunden keiner der Beiden von der Existenz des Anderen gewusst hatte, obwohl ihre Herkunft nicht unterschiedlicher sein konnte, fragte der Magus: »Schmieden wir einen Bund?«

Wortlos hielt ihm Halana die Hand hin. Auch im Zaubererland kannte man diese Geste. Prim ergriff die Hand und drückte sie, mit festem Blick in Halanas Augen, ebenso wortlos.

Und wider Erwarten murmelte Timtom: »Ich glaube nicht daran… aber ich wünsche so sehr, dass ihr Erfolg habt.«

Halana war berührt und verwirrt von diesem Augenblick, von dieser in jeder Hinsicht neuen Art von Begegnung. Doch bald sollte dieses Gefühl, das sie gerade noch tief bewegte, von einem neuen Eindruck beiseitegewischt werden. Denn falls Halana gedacht hatte, nach Whistaun könne sie der Anblick der Zauberer-Hauptstadt nicht mehr aus der Fassung bringen, dann hatte sie sich getäuscht. Die Stadt brachte sie sogar außerordentlich aus der Fassung. Fast so sehr wie Skrumps, der D'Goristi.

7. STAHL UND STEPPE
Der Hunger des Gelb

Ruff war ja fast nichts anderes als Lagerleben gewöhnt, aber dieses hier war irgendwie ganz anders, und er konnte nicht einmal genau sagen, wieso. Dennoch versuchte er es gegenüber Giula auszudrücken: »Das hier ist das... Das ist das unlagerhafteste Lager, das ich je gesehen habe.«

Erst sah die Hebamme ihn verdutzt an, dann ließ sie den Blick umherschweifen und nickte: »Ja, ich verstehe, was du meinst. Hmm... ich denke, es liegt daran, dass es für die Chrrrr eben nicht nur ein Lager, sondern tatsächlich ihre Heimstatt ist.«

Einen ganzen Tag lang waren sie, nachdem Giula nochmals die Gelegenheit bekommen hatte, ihre Wunde ordentlich zu versorgen, durch hohes Steppengras geritten. Und etwas anderes schien es hier auch nicht zu geben: nur in sanften Wellen wogendes Steppengras, fast soweit das Auge reichte. Bloß ganz weit im Westen zeichnete sich am Horizont eine Bergkette ab. Den ganzen Tag waren sie keiner Seele begegnet, und sie hatten auch mitten im Nirgendwo übernachtet. Was Ruff an dem Nachtlager am meisten gefreut hatte: Die Steppenreiter hatten am Abend ein kleines Feuer entfacht, drei Eisenstangen in eine mit drei Löchern versehene hölzerne Kugel gesteckt, so dass sich aus der Konstruktion ein etwa eineinhalb Meter hohes Dreibein ergab. Daran wiederum hatten sie an drei dünnen Ketten ein rundes Gittergeflecht gehängt, das sich über dem Feuer mit einem kleinen Stupser in Drehung versetzen ließ. Und dann hatten sie aus der Packtasche eines Lastpferdes etliche Steaks hervorgezaubert und über das Feuer gelegt. Bald verbreitete sich dieser Geruch über die Steppe, der das Wasser im Munde zusammenlaufen ließ und nur noch durch den Geschmack des Fleisches selbst übertroffen wurde, das sich als ausgesprochen delikat erwies. Durch all die Aufregung und zuletzt auch durch die Müdigkeit hatte Ruff gar nicht gemerkt, wie hungrig er war. Als sie noch Bertholds Gefangene gewesen waren – er möge in der Hölle schmoren –, waren ihre Mahlzeiten ja auch nicht gerade üppig ausgefallen.

Als Ruff sich das dritte etwa zwei Handteller große Steak geholt hatte, hatten sich die Steppenreiter gegenseitig lachend darauf aufmerksam gemacht und ihm mit Zeichensprache bedeutet, dass er einen Bauch so dick wie ein Pferdearsch bekäme, wenn er so weiterfuttern würde.

Auch Giula, die erst etwas skeptisch gewesen war, schmeckte es. Was sie aber darüberhinaus mit ausgesprochener Erleichterung erfüllte, war das Verhalten dieser wilden Krieger. Zwar wusste Giula noch immer nicht so recht, ob sie nun Gefangene oder Gäste oder eine Mischung aus beidem waren, doch die Krieger grinsten wie die Honigkuchenpferde und schienen sich wie kleine Kinder zu freuen, dass es Ruff so gut schmeckte und er beherzt und ohne Scheu zulangte. So sagte sie schließlich offen zu Sssnrk: »Bratspieße, Pfannen und Kochtöpfe kenne ich ja, doch Fleisch wie auf einer Schaukel übers Feuer tanzen lassen... das muss ich mir merken. Aber gib es zu: Ihr habt das Fleisch vor dem Braten nur deshalb mit Öl und Kräutern eingerieben, um dadurch das lange Lagern in der Packtasche zu übertünchen?«

»Aah – nix tünchen!«, entgegnete der Angesprochene, während er selbst herzhaft in ein auf einen kleinen Ast gespießtes Steak biss und mit vollem Mund fortfuhr: »Ist nur wegen Geschmack. Wenn wir nehmen direkt nach Schlachten frisch Fleisch auf Ritt, es bleibt vier, fünf Tag gut, wenn gut gekühlt.«

»Gekühlt? Beim Ritt durch die Steppe? Du machst Witze!«

»Oh ja, ich gern mach Witz – aber nicht jetzt. Du hast gesehen Packtasch wo Fleisch drin? Extra gemacht für kühl. Hat doppelt Boden: Unten kräftig Tonplatt in dünn Eichenrahmen, nach oben – innen in Tasch – dünnes gewachst Leder. Zwischen Tonplatt und Leder man kann füll Wasser – Wasser verdunst durch Ton, Rest Wasser in Tasche wird kühl, macht Fleisch kühl.«

Giulas verblüffter Gesichtsausdruck schien Sssnrk zu freuen, und Giula fragte sich einen Moment lang, auf welcher Seite bei diesem Gespräch gerade der Barbar saß.

Nach seinem dritten Steak erhob sich Ruff angenehm satt und müde und machte Anstalten, das Lager zu verlassen. Sssnrk rief ihm nach: »He! – Verfressen Kampffloh! Wohin?«

»Äh!? Austreten.«

»Aber nicht ohn Fackel! Nimm mit!«

»Aber ich sehe doch den Feuerschein vom Lager, da werde ich mich schon nicht verlaufen.«

»Wenn ich sag, du Fackel, dann du nehm Fackel! Will nicht, dass der Gelb kommt, und du kein Fackel, und dann du nicht mehr komm. Gelb zwar bisher noch nie bis hier, kommt aber immer weiter nach Ost, und sicher ist sicher.«

Ruff verstand nur Kutschenstation, war aber froh, dass die Sache mit der Fackel offenbar kein Sieger-Gefangener-Ding war, sondern dass es der Häuptling auf irgendeine Weise gut mit ihm zu meinen schien – und zum Nachfragen war er jetzt viel zu müde. Ausgerüstet mit einer Fackel kam er jedenfalls unbehelligt wieder zurück und war, in eine geliehene Wolldecke eingehüllt, schnell eingeschlafen.

Am Vormittag des nächsten Tages waren sie dann erstmals wieder Menschen und auch vielen, vielen Tieren begegnet: Zuerst waren sie an einer riesigen Herde brauner Rinder vorbeigekommen, an deren Rand immer mal wieder zwei, drei Reiter der Chrrrr dafür sorgten, dass sich einzelne Tiere nicht zu weit entfernten. Dabei ließen die Chrrrr ihre Arbeit augenscheinlich ganz locker angehen und schienen vor allem mit Gesprächen beschäftigt zu sein. Ab und an waren sogar ein paar von ihnen von ihren Pferden gestiegen, saßen im Gras bei einer Art Würfelspiel, wobei sie sich auch durch den vorbeireitenden Häuptling nicht stören ließen. Es sah ganz so aus, als würden die Viecher nicht allzu viel Arbeit machen. Scheinbar waren die Kühe nicht besonders wild darauf, ihre Familie zu verlassen.

Drei Tage später hatten sie am frühen Mittag das Lager erreicht, das bei genauem Hinsehen eigentlich ein mobiles Dorf war. Es lag eingeschmiegt in einen recht lichten Wald, genauer gesagt: in eine Einbuchtung der Steppe in den Wald hinein, so dass das Dorf von der Rückseite her und zum Teil auch von den Seiten durch den Baumbestand windgeschützt war. Der Wald selbst erstreckte sich links und rechts des Dorfes in so weite Ferne, dass sein Ende nicht mal erahnt werden konnte. Hinter dem Wald im Westen waren inzwischen viel deutlicher die hohen Berge zu erkennen.

Klar, auch in all den wechselnden Militärlagern, die für Ruff praktisch die einzige Heimat gewesen waren, hatte es Frauen und Kinder gegeben. Doch nicht so viele wie hier. Vor allem aber spürte man, dass man es hier, zwischen diesen seltsamen ausladenden weißen Rundzelten aus Tierhäuten, mit einer echten Dorfgemeinschaft zu tun hatte. Das ging schon damit los, wie die heimkehrenden Krieger willkommen geheißen wurden. Giula fragte sich fasziniert, wie wohl ein engaländer Heerführer reagieren würde, wenn er in aller Öffentlichkeit so begrüßt worden wäre wie hier der Häuptling. Kaum dass Sssnrk abgesessen war, hatten ihn fünf kleinere Kinder mit lauten »Okaaa, Okaaa«-Rufen geradezu umlagert, und keines gab Ruhe, bis Sssnrk nicht jedes mindestens dreimal hochgehoben, schmatzend auf die Wange geküsst und in die Luft geworfen hatte, wobei sie lachend und kreischend und mit wechselndem Erfolg versuchten, ihm in die Nase zu kneifen. Als Sssnrk merkte, dass Giulas Blick auf ihm ruhte, zog er mit sanftem Druck eine kleine Hand von seiner Nase und rief ihr lachend zu: »Sie nicht wunderbar? Alles Enkel von Häuptling!«

Giula hatte es schon beim Heranreiten nur schlecht abschätzen können, wie viele Zelte hier aufgebaut waren, doch weit über tausend mussten es wohl allemal sein.

»Warum sind hier so viel mehr Frauen und Kinder als Männer?«, fragte Giula, nach einem Rundumblick, Sssnrk durch das Kindergewimmel hindurch.

»Oh! Viele bei verschiedenen Herden im Land rund um Dorf, viele auch mit Kriegern aus andere Dorfen an den Grenzen, aufpassen. So wie wir gemacht, als gefunden zwei verlorengegang Vögelchen. Und was geschieht mit Vögelchen, heut Nachmittag Häuptling berat mit Alte vom Stamm und mit Weise vom Stamm«, dann lachte Sssnrk und ergänzte: »Ein paar wenig sogar beides! – Du, Heb-Hammer-Frau, du wart hier, ich dir gleich schick Leut, die dir zeig wo bleib.«

Ruff war inzwischen von einer ganzen Schar ihn neugierig anstarrender Kinder umlagert, nicht wenige von ihnen seltsamerweise mit dicken braunen Streifen im Gesicht und das ein oder andere auch mit verschnörkelten Linien über dem bloßen Brustkorb und den Armen. Die Kinder redeten kichernd miteinander, wobei Ruff natürlich kein einziges Wort verstand. Doch dass es um ihn ging, war klar, denn schließlich deuteten sie ungeniert auf ihn und schienen, so zeigten es ihre Gesten, die Unterschiede zwischen seinem und ihrem Aussehen zu diskutieren. Besonders seine hellere Haut, die runderen Augen und die spitzere Nase lösten offenbar Heiterkeit aus.

Bevor der Häuptling ging, sagte er noch augenzwinkernd etwas zu den Kindern, wobei er zunächst auf Ruff deutete und sich dann auf den Bauch klopfte – was bei den Kindern Gelächter auslöste, während Ruffs Ohrenspitzen eine deutlich rote Färbung bekamen. Aber gleich trat ein pausbäckiges, ebenfalls bemaltes Mädchen mit Strubbelkopf, vielleicht ein klein wenig älter als Ruff, auf ihn zu und griff in eine ausgebeulte Seitentasche ihres langen Rocks.

Unter dem Rock schauten Füße hervor, denen ein kleiner Spaziergang in einem Bach nichts geschadet hätte. Aus der Tasche zog das Mädchen eine kleine, dunkelgelb glänzende, rechteckige Platte, die sie Ruff mit einem auffordernden Nicken reichte. Der Junge nahm das Stück und hielt etwas sehr Klebriges und mit undefinierbaren Fusseln bedecktes in der Hand. Vorsichtig biss er ein winziges Stückchen ab, riss erstaunt und entzückt die

Augen auf, um dem ersten Stück augenblicklich ein deutlich größeres folgen zu lassen, was den anderen Kindern ein neuerliches Lachen entlockte. Hmmm... das schmeckte nach Honig und nach...»Guuuuut!«

Mampfend deutete Ruff auf die Streifen im Gesicht des Mädchens und fragte mit vollem Mund:»Und... mmmh... wozu sind die da?«

Das Mädchen überlegte kurz. Ihre Antwort sorgte dann dafür, dass sich einige der anderen Kinder geradezu vor Lachen kringelten und selbst ein paar der umstehenden Erwachsenen in das Gelächter einfielen. Fragend blickte Ruff den Häuptling an, der mit breitem Grinsen übersetzte:»Tingli sag: Braune Erdstreifen immer Ritual bevor Kinder von Dorf fress gut gemästete klein Rundaugen-Kinder!«

Entsetzt starrte Ruff erst die Süßigkeit in seiner Hand, dann den Häuptling an, der unter Kichern fortfuhr»Ja, wir essen unser Gäst am liebst mit Kümmel und Knoblauch – Quatsch! Kampffloh doch nicht dumm? Tingli macht nur Unsinn. Bemalung weil Kinder spiel groß Jagd. Wenn echt groß Jagd, dann auch Erwachsene mal Gesicht und Körper. Muss doch hübsch sein, falls geh von große Jagd direkt zu Erde und Ahnen.«

Nun ergriff Tingli Ruff am linken und ein Junge, der ihr so ähnlich sah, dass er ihr älterer Bruder sein konnte, am rechten Arm, um ihn gemeinsam mit der lachend davonstürmenden Kinderschar mit sich zu ziehen. Sssnrk rief Ruff noch hinterher:»Kampffloh! Du seh Fackel auch am Tag rund um Dorf brenn? – Du nicht geh weiter, sonst der alte Gelb hat zu einfach!« Dann, bevor er sich endgültig auf den Weg machte, wandte er sich nochmals an Giula und sagte mit Stolz:»Tingli immer großen Mund und bringt viel zum lach, wird bestimmt mal Chef von ein Dorf!«

Giula musste nicht lange warten, bis die angekündigten Helfer – oder Aufpasser? – zu ihr kamen. Zu ihrer Überraschung handelte es sich um eine Frau und einen Mann, beide um die Dreißig, die von ihrer Erscheinung her keineswegs zu den Steppenvölkern gehörten. Die Frau sprach sie auch gleich in tadellosem Engal an:»Hallo und willkommen – du bist Giula und eine Heilerin? Dann zweimal willkommen! So ein Talent können wir hier sehr gut gebrauchen!«

Mit einer gewissen Zurückhaltung antwortete Giula:»Oh! Ich helfe ja gerne, aber bei Gelegenheit würden der Junge und ich doch lieber wieder nach Hause zurückkehren. Außerdem bin ich vor allem Hebamme und Amputiererin, wenn ich mir im Laufe der Zeit durchaus auch Kenntnisse der Heilerinnen angeeignet habe. Und Ihr seid... tatsächlich Engaländer?«

»Wie unhöflich von mir! Ich habe uns ja noch gar nicht vorgestellt«, entgegnete die Frau, »nein, wir sind keine Engaländer. Ich bin Ise von Fels und das ist mein Gemahl, Unold von Fels.«

Diese Namen... erschrocken fuhr Giula einen Schritt zurück und rief: »Ihr seid Schwarzländer!«

Kurz verfinsterte sich Ises Gesicht, dann entgegnete sie: »Keine Angst! Ja, du hast Recht, von unserer Abstammung her sind wir jedenfalls Schwarzländer... Aber keineswegs alle Schwarzländer haben die Herrschaft des Schwarzen Herzogs hingenommen, und wir sind nicht die einzigen, die heute im Exil leben – unter den glücklichen Gegnern des Herzogs, die das noch können.«

Unold, ein kräftiger, braunhaariger Mann schnipste nun zwei Mal mit den Fingern, um Giulas Aufmerksamkeit auf sich zu lenken, dann öffnete er mit verkniffenem Lächeln weit den Mund, deutete auf seinen Rachen und zeigte etwas, das einmal eine Zunge, jetzt aber nur noch ein kurzer, vernarbter Stummel war.

Giula zog hörbar die Luft ein.

Ise erklärte: »Zu Hause war mein Unold Redner und Poet. Ein Redner, der es wagte, Herzog Cosa öffentlich zu kritisieren. Ihr seht die Folgen. Und er lebt auch nur deshalb noch, weil er Fürsprache von Cosas Hofnarr hatte.«

»Was? Der Herzog hört auf seinen Hofnarren?«

»Ach was, natürlich nicht. Unold und der Narr sind befreundet, was Cosa aber nicht weiß. Und so gelang es dem Narren – nicht ohne eigenes Risiko – mit ein paar vorsichtig-beiläufigen Bemerkungen während einer Narretei, Cosa einen Gedanken in den Kopf zu pflanzen: Der Schwarze Herzog hielt es plötzlich für einen ganz vorzüglichen Witz, einem Redner und Dichter die Zunge heraustrennen zu lassen, statt ihn zu töten. Eisenhand, der Führer von Cosas Leibgarde, tat es eigenhändig, während seine Männer meinen Gemahl festhielten und Cosa mit feistem Grinsen zusah. Auch ich...«, schauderndes Entsetzen flackerte in Ises Augen auf, »auch ich habe es gesehen. Dank der Einflüsterung unseres Freundes glaubte Cosa, dass der Verlust der Zunge für meinen Gemahl ein härteres Los sei als der Tod.«

Erschüttert entgegnete Giula: »In welchen Zeiten leben wir, dass es schon ein Freundschaftsdienst ist, einen Freund die Zunge verlieren zu lassen?«

Dann sah sie Unold an und fragte: »Aber das Leben ist dir wichtiger als deine Zunge?«

Der Angesprochene lachte kurz auf und stieß dann ein paar gurgelnde Laute aus, die etwa klangen wie:»Aber selbstverständlich! Was hast Du denn gedacht?« Dann gab er seiner Frau einen zärtlichen Kuss auf die Wange. Diese erklärte Giula:»Ist das Leben nicht immer die bessere Lösung? Mein Gemahl und ich, wir haben die Freiheit, und vor allem: Wir haben uns und unsere beiden Kinder, die auch hier im Dorf sind. Und was wir nach unserer Flucht gar nicht erwartet hatten: Wir haben hier neue Freunde gefunden. Als wir ankamen, konnten Sssnrk und ein paar andere schon einige Brocken Engal. Von mir hat der Häuptling noch einiges dazugelernt. Er ist ein Fuchs und weiß, dass in unseren Tagen Wissen vielleicht die wichtigste Waffe ist, um die Freiheit seines Volkes zu sichern. Mein Mann hat dagegen gelernt, mit dem Kehlkopf und dem Rest seiner Zunge Worte zu formen – er tut es nur nicht gerne.

Außerdem kann er ja noch schreiben. Mit Hilfe unserer Chrrrr-Freunde gelangen immer wieder Gedichte und Pamphlete ins Herzogtum, die, da sei versichert, Cosa kein bisschen komisch findet. Und natürlich lässt uns unser Überleben auch für die Zukunft noch einige Möglichkeiten offen, die wir tot wohl schwerlich wahrnehmen könnten. Zum Beispiel...«, sie schwieg.

Giula sah sie fragend an, und mit einem sanften Lächeln entgegnete Ise mit zarter Stimme:»Rache!«

*

Ise und Unold führten die nachdenkliche Giula zu ihrem Zelt, um ihr bei einem süßen Tee noch einiges mehr zu erklären. Neben dem Zelt der Fels errichteten gerade ein paar Männer ein weiteres, kleineres Zelt, und Ise erklärte:»Das hier wird fürs Erste euer Zuhause sein.« Dann führte sie Giula in den geräumigen, mit Teppichen belegten Innenraum des eigenen Zeltes.

Giula begann:»Ihr seid sehr freundlich, aber... was wird denn jetzt aus Ruff und mir werden?«

»Das kann ich Euch noch nicht sagen. Bald werden sich Sssnrk und einige Unterführer des Stammes im Beratungszelt treffen, danach wissen wir mehr.

Aber Ihr solltet Euch keine allzu großen Sorgen machen. Es sind gute Menschen, die ihre Kinder lieben. Dass Kinder Opfer eines Krieges oder Zwistes werden könnten, ist bei ihnen ohnehin ein Tabu. Und mit dem Schwarzen Herzog wird Sssnrk sicher keine gemeinsame Sache machen.«

»Gerade das Thema beunruhigt mich«, antwortete Giula. »Aus allem, was unsere verräterischen Entführer miteinander gesprochen hatten, kann ich schließen, dass sie bei einer Expedition Steppen-Kriegern in die Hände gefallen waren und dann dem Herzog ausgeliefert wurden, der sie zu Verrätern werden ließ.«

»Tja«, Ise zuckte mit den Schultern, »das Problem ist, dass es nicht nur ein Steppenvolk gibt. Die Chrrrr sind der kleinste der vier Hauptstämme. Neben diesen vier gibt es zudem noch etliche kleinere Abspaltungen und Nebenstämme. So freundlich euch die Chrrrr auch erscheinen mögen, auch sie sind immer wieder in Scharmützel und kleine kriegerische Auseinandersetzungen mit anderen Stämmen verwickelt. Die Stammeskrieger sind stolz. Vielleicht ein bisschen zu stolz und schnell beleidigt, wenn sie untereinander Verhandlungen führen.

Außerdem betrachten sie es als eine Art Sport, den anderen Stämmen Vieh oder Pferde zu stehlen. Wobei sie andererseits überhaupt keinen Spaß verstehen, wenn es um ihr eigenes Vieh geht. Da wird schnell mal unbedacht ein Schwert gezogen. Ich nehme an, dass eure Entführer den Zzzzzt in die Hände gefallen waren. Das ist neben den Chrrrr der zweite Stamm, dessen Gebiet an das Schwarze Land grenzt.«

»Und die, äh, Zzzzzt sind Verbündete des Herzogs?«

»Nein, nein, keineswegs, aber sie und vor allem ihre Häuptlinge lieben das Gold, das Herzog Cosa reichlich besitzt. K'zzzz, ihr oberster Häuptling, hat den Luxus schätzen gelernt, wie ihn sonst die Reichen der nördlicheren Länder lieben. Er ist der einzige Herrscher unter den Steppenvölkern, der nicht mehr mit den Rindern zieht und inzwischen einen festen Palast hat. Das kostet Geld. Nein, er ist kein Freund des Schwarzen Herzogs, aber er will dessen Gold. In den vergangenen Jahren haben sich Krieger der Zzzzzt auch immer wieder als Söldner und ihre Anführer als Strategen des Herzogs verdingt… solange die Kasse stimmt.«

»Und die beiden anderen Hauptstämme?«

»Ihr mögt es noch komplizierter? Bitteschön: Die M'c im Süden der Steppe interessieren sich meist wenig für den Krieg zwischen dem Schwarzen Land und Engaland, weil sie einfach zu weit weg sind. Die Lrrrk dagegen… mit ihnen hat es eine besondere Bewandtnis: Eigentlich sind sie der größte und stärkste Stamm, doch sie bewahren eiserne Neutralität, obwohl ihre Anführerin Herzog Cosa bis auf den Tod hasst.«

»Bitte? Wieso dann die Neutralität?«

»Tja, es heißt, Cosa habe wohl irgendetwas gegen Häuptling Nuré in der Hand. Ihr müsst wissen, sie ist Cosas Schwägerin.«

»Ha???«

»Ja, selbst im Schwarzen Land scheint das inzwischen bei vielen in Vergessenheit geraten zu sein... was daran liegen mag, dass dies zu den Themen gehört, über die man besser nicht spricht, nur für den Fall, dass Cosas Agenten in der Nähe sind. Jedenfalls: Kasim III., Cosas Vater, war diplomatisch gewitzt – mehr als Cosa jedenfalls. Er wollte im Süden Ruhe an der Grenze schaffen, indem er ein Bündnis mit den Steppenvölkern einging. Deswegen schickte er seinen Sohn auf eine mehrjährige Mission zum mächtigsten Stamm der Steppe, zu den Lrrrk.«

Überrascht fuhr Giula dazwischen: »Cosa? Er hat mehrere Jahre in der Steppe gelebt?«

»Aber nein, nicht Cosa. Es war sein älterer Bruder.«

»Wie? Es gab einen anderen Thronfolger?« Die Verblüffung in Giulas Gesicht wurde noch deutlicher – schließlich hatte sie ja auch nicht die Gelegenheit gehabt, auf Seite 16 dieses Buches nachzuschlagen, denn dann hätte sie gewusst, dass es noch einen älteren Bruder gegeben hatte.

Ise erklärte: »Der junge Kasim, aus dem eigentlich einmal Kasim IV. hätte werden sollen, reiste also mit ein paar unerschrockenen Freunden und Begleitern zu den Lrrrk, nachdem sein Vater schon erste diplomatische Bande mit Barrka, dem Stammeshäuptling der Lrrrk geknüpft hatte.

Dem alten Barrka imponierte es, dass der Herzog seinen eigenen Sohn und Nachfolger schickte, und dass dieser die Reise furchtlos und aufgeschlossen angetreten hatte. Barrkas Tochter und Nachfolgerin für das Häuptlingsschwert war die stolze, wilde Nuré, und ein Ziel der Reise war es gewesen, dass Kasim die junge Frau kennenlernen sollte. Und das Ungewöhnliche geschah: Es war – so wurde jedenfalls erzählt – nicht nur der Wunsch der Väter und der Wille, einen Pakt zwischen den beiden Völkern zu besiegeln, dass sich die beiden jungen Leute näher kamen. Sie gingen den Bund ein, und bald erwartete Nuré ein Kind, durch dessen Herz sowohl das Blut der Steppe als auch das Blut des Schwarzen Landes fließen würde. Ihr Vater, der Häuptling, bestand jedoch darauf, dass das Kind im Stammesland geboren und erzogen werden solle.

Erst einige Jahre später und nach energischem Insistieren von Kasim III., der den Thronfolger wieder in seiner Nähe haben wollte, machte sich die junge Familie mit Geleitschutz auf den Weg, um für die nächsten Jahre oder vielleicht auch für immer am Hofe Kasims zu leben.«

Ise seufzte und schwieg.

Giula sprach für sie weiter: »Aber sie kamen nie an?«

Ise nickte bedächtig und fuhr fort: »In der Tat, sie kamen nie an. Es gab einen Überfall. Einen Überfall, der nicht nur die junge Familie zerstörte, sondern auch dem Schwarzen Land und seinen Nachbarn die Pest bescherte, indem er Herzog Cosa nach dem Tode seines Vaters an die Macht brachte.

Cosas Bruder wurde bei dem Überfall kurz vor der Grenze zum Schwarzen Land getötet, ebenso das Kind und die meisten ihrer Begleiter. Nuré wurde schwer verletzt, doch gelang es einer Handvoll Krieger, die Reihen der zahlenmäßig weit überlegenen Angreifer zu durchbrechen und die Tochter des Häuptlings zu retten. Auch von diesen Kriegern fanden die meisten den Tod, als sie sich den Verfolgern entgegenstellten, um schließlich zweien der ihren den vielleicht entscheidenden Vorsprung zu sichern. So konnten diese Beiden mit der bewusstlosen Nuré entkommen und sich verbergen.«

»Wer waren die Angreifer?«

»Zunächst dachte man damals, es seien Steppenkrieger der Zzzzzt gewesen, da die Häuptlinge der Zzzzzt immer gegen die Verbindung des Schwarzen Landes mit dem Stamm der Lrrrk gewesen waren. Denn sie befürchteten, vielleicht nicht ganz zu Unrecht, dass die Lrrrk unter den Stämmen zu mächtig werden würden. Und immerhin liegt das Land der Zzzzzt ja eingeklemmt zwischen dem Herzogtum und dem Stammesgebiet der Lrrrk.«

»Aber Ihr sagtet, man habe zuerst angenommen, dass es die Zzzzzt gewesen seien?«

»Ja, denn als man etwas zur Ruhe gekommen war und die ganze Sache genauer durchdacht hatte, da schien es gar nicht so unwahrscheinlich, dass Cosa selbst dahinter steckte, um seinen Bruder loszuwerden. Während dessen Abwesenheit war er jedenfalls die Nummer Eins nach seinem Vater gewesen. Vielleicht hatte er Geschmack daran gefunden?

So scheint bis heute niemand mit Sicherheit zu wissen, ob die Angreifer Zzzzzt waren oder doch Männer von Cosa, oder ob die Zzzzzt und der Herzog eine unheilige Allianz eingegangen waren. Der alte Barrka jedenfalls begann augenblicklich ein Heer aufzustellen, als man seine verletzte Tochter nach Hause gebracht hatte und er erfahren musste, dass Enkelkind und Schwiegersohn gemeuchelt waren. Ich denke, Barrka war damals in seiner Wut und Verzweiflung bereit gewesen, sowohl die Zzzzzt als auch das

Schwarze Land anzugreifen, und hier, bei den Chrrrr, überlegte man sich, ob man mit ihm in den Krieg ziehen solle. Immer mehr Reiter sammelte Barrka in einem riesigen Heerlager um sich, aber dann...«

»Dann?«, fragte Giula gespannt.

»Von einen Tag auf den anderen schickte er alle wieder nach Hause.«

»Nicht zu glauben! Wieso das denn?«

»Das haben ihn damals viele gefragt, doch er schwieg. Manche vermuten, dass ihn seine Tochter, die sich langsam wieder erholte, dazu überredet hatte. Weil doch ein Angriff auf das Schwarze Land alles andere als Erfolg versprechend sei und zudem zumindest teilweise auch die Falschen treffen würde: Schließlich war damals ja noch nicht Cosa, sondern nach wie vor Kasim III. der amtierende Herzog, der durch den Überfall noch mehr als Häuptling Barrka verloren hatte und nach dem Tod seines Ältesten immer mehr ein Freund des Alkohols wurde.

Für mich bleibt aber nach wie vor offen, warum Nurés Vater damals nicht wenigstens gegen die Zzzzzt gezogen ist. Selbst Kasim III. hatte nach dem Tod seines Sohnes ein Heer ins Gebiet der Zzzzzt geschickt, was aber, außer etlichen Toten auf beiden Seiten, nicht viel brachte. Der alte Häuptling Barrka ist dann, soweit ich weiß, zwei Jahre später gestorben.«

»Und seine Tochter Nuré ist, äh, Häuptlingin geworden?«, wollte Giula wissen.

»Häuptling. Es gibt bei den Steppenvölkern dafür nur die maskuline Form.

Ja, Nuré ist ihrem Vater nachgefolgt. Sie war sein einziges Kind.«

»Hnei, hnei!«, warf Unold, mit den Fingern schnipsend und heftig den Kopf schüttelnd, ein, »Uré 'attè Uder!«

»Ach ja, richtig!«, auch Ise schnipste einmal mit den Fingern, »stimmt ja! – Noch so eine traurige Geschichte, die ich fast vergessen hatte! Ja, eigentlich hatte auch Nuré, wie der Schwarze Herzog, einen älteren Bruder gehabt, dem genau genommen die Nachfolge zugestanden hätte.«

»Und auch er hat nicht lange genug gelebt, um seinem Vater nachfolgen zu können?«, warf Giula ein, »seltsame Ähnlichkeit der Ereignisse.«

»Oh nein«, Ise schüttelte erneut den Kopf, »gelebt hat er durchaus. Und vielleicht tut er es noch immer. Allerdings hatte ihn Häuptling Barrka nie als seinen Sohn, geschweige denn als seinen Nachfolger anerkannt. Bei den Steppenvölkern gibt es durchaus auch Schattenseiten... Barrkas Sohn war eine Missgeburt, wie es hieß. So grenzte es schon an ein Wunder, dass der Häuptling das Kind nicht gleich nach der Geburt töten ließ.

Der Junge lebte erst bei einer Amme. Es soll eine Fremdländerin gewesen sein, die Barrka eigens angeworben hatte. Denn er wollte es keiner Lrrrk zumuten, sich um den Krüppel zu kümmern. Später lebte er allein, mehr oder minder isoliert am Rande der Gemeinschaft.

Wahrscheinlich erinnert man sich seiner ohnehin nur deshalb, weil er etwas Mutiges, aber auch ungeheuer Törichtes tat – und die Steppenreiter lieben solche Geschichten. Er war wohl gerade erst mündig geworden, da marschierte er schnurstracks zu seinem Vater und zu seiner Schwester und verlangte, trotz seiner Missbildung, sein Recht als Ältester.«

»Was geschah?«

»Na was wohl? Seine Schwester lachte ihn aus, sein Vater ließ ihn mit Peitschenhieben aus dem Dorf jagen, nachdem er erklärt hatte, dass er seinem Sohn eigenhändig den Kopf abtrennen würde, falls er ihm auch nur noch einmal unter die Augen kommen sollte. Man hat nie wieder etwas von Nurés Bruder gehört.«

Giula seufzte und meinte: »Wir Engaländer nennen uns zivilisiert, doch auch in unserem Land haben missgebildete Kinder kaum eine Chance. Was mich krank macht. Denn als Hebamme, die so oft das Wunder der Geburt erlebt hat, kann ich nur sagen...« Doch da wurde an der Zelttür gekratzt, und auf einen kurzen Laut von Unold hin, der wohl soviel wie »Herein« bedeuten sollte, wurde das Eingangsleder von außen einen Spalt beiseite gedrückt, ein wohl genährtes Gesicht erschien in der Spalte und rief etwas in der Sprache der Chrrrr hinein.

»Ah! Der Rat tritt gleich zusammen!«, übersetzte Ise für Giula und forderte sie dann auf: »Kommt mit, ich gehe mit Euch zum Ratszelt. Da Ihr von dem, was dort entschieden wird, betroffen seid, solltet Ihr während des Krsch'n vor dem Zelt warten. Das gilt hier als Akt der Höflichkeit, und Unhöflichkeit kommt bei den Chrrrr nicht gut an.«

»Gut, aber... während was soll ich warten? Während Kirschen?«

Unold lachte auf, und Ise erklärte schmunzelnd: »Aber nein, nicht Kirschen, Krsch'n. Das lässt sich eigentlich kaum übersetzen... es ist eine besondere Beratung, deren Ergebnis für den ganzen Stamm richtungsweisend sein könnte. Also kommt jetzt, denn wenn Ihr zu spät am Stammeszelt seid, dann könnte es sein, dass besonders mit den Ältesten nicht gut Kirschen essen ist.«

»Ist es nicht immer so? Wer zu spät kommt, den bestraft das Leben!«

*

Ruff sah sich gehetzt um, meinte, ein Rascheln hinter einem der nahen Büsche zu hören, und sprang seinerseits eilig hinter einen Busch, um aus dem Blickfeld seiner Jäger zu verschwinden. Dann rannte er geduckt weiter. Ruff war jetzt das Wild, das war klar.

Zuletzt hatte er noch geholfen, gemeinsam mit der Meute Brronn zu fangen. Aber wenn sie nicht dessen Schwester Tingli auf ihrer Seite gehabt hätten, die Brronns Schliche kannte, würde der ihnen wahrscheinlich noch immer eine Nase drehen.

Keine fünf Minuten, nachdem die Chrrrr-Kinder Ruff mit sich geschleppt hatten – munter auf ihn einplappernd, ohne Rücksicht darauf, dass er kein einziges Wort verstand –, hatte Tingli ihm auch schon unter großem Gekicher und Hallo mit brauner Erde und der Hilfe ihrer Finger ein paar Snnuurr ins Gesicht gemalt. »Snnuurr«, das waren die Streifen, die sie sich hier zur großen Jagd durchs Gesicht zogen, immerhin soviel wusste Ruff nun schon mal. Und dass ein »Brraff« ein Messer war, »Quolok« soviel wie Jagdbeute hieß und »tsrn« »rennen« oder »fliehen« bedeutete.

Und jetzt war eben Ruff das Quolok.

Brronn hatte sich innerhalb des Dorfes versteckt gehabt. Hinter Zelten, Pferden, Trögen, Wagen, Holzstapeln, Zugochsen und Säcken gab es genug Möglichkeiten. Und die Erwachsenen schienen sich kein bisschen daran zu stören, dass all die anderen Kinder auf der Jagd nach Brronn johlend und kreischend kreuz und quer durchs Dorf jagten. Klar, ein paar neugierige Blicke gab es natürlich schon, wenn die Leute diesen seltsam hellhäutigen Jungen im Pulk der anderen sahen.

Jetzt war dieser Junge aber nicht mehr im Pulk unterwegs. Offenbar, so überlegte Ruff, wollten diese Chrrrr-Pimpfe nun wissen, was er so drauf hatte.

Etwa eine Minute Vorsprung bekamen die Kinder, die als Quolok ausgesucht wurden, zum Verstecken. Ruff musste also schnell überlegen, wie er sich am Besten unsichtbar machte. Eigentlich war die ganze Sache ja nicht besonders fair, denn schließlich war er doch ziemlich im Nachteil, weil er sich im Dorf noch überhaupt nicht auskannte. Hm...

Die meisten der Kinder, die vor Brronn als Jagdbeute an der Reihe gewesen waren, hatten sich ebenfalls innerhalb des Dorfes versteckt. Nur zwei etwas ältere Jungs waren in den lichten Wald hinter dem südwestlichen Rand des Lagers gelaufen. Allerdings waren die noch schneller zur Beute der Jäger geworden, weil jeder von ihnen so dumm gewesen war, eine der am Dorfrand brennenden Fackeln mit unter die Bäume zu nehmen. Durch den leichten Teer-Geruch und den Feuerschein waren sie problemlos aufzuspüren gewesen.

Hmmmmmm… Ruff fasste einen Entschluss. Er würde es den Chrrrr schon zeigen, dass sie einem engaländer Jungen nicht das Wasser reichen konnten.

Durch die vielen Lagerwechsel und die unzähligen Spiele im Wald seiner Heimat konnte es Ruffs Orientierungssinn mit dem eines Waldläufers aufnehmen, und so rannte er, Zelte und sonstige Hindernisse umkurvend, auf dem schnellstmöglichen Weg zum Wald und in diesen hinein. Allerdings ohne eine Fackel mitzunehmen.

Jetzt war er hier zwischen den Bäumen, durch deren Kronen das Licht des frühen Nachmittags helle Flecken auf den dunklen, trockenen Waldboden zeichnete. Offenbar hatte er inzwischen auch einen ordentlichen Abstand zwischen sich und seine »Jäger« gebracht, denn er hörte sie in der Ferne rufen.

»Ruffff, Ruffff«, schallte es zwischen den Bäumen leise bis zu ihm – die Chrrrr-Kinder sprachen das Ende seines Namens, den sie sofort behalten hatten, sehr kurz und hart aus. Manchmal schienen sie auch »Ruffff – tsrna, tsrna!« zu rufen, oder so etwas Ähnliches. Hm. Komisch nur, dass sie ihn überhaupt riefen. Das hatten sie bei den anderen Kindern nicht gemacht. Klar, ein Quolok würde sich ja wohl kaum selbst stellen, wenn man es bei der Jagd rief. Was roch hier plötzlich so seltsam feucht und unangenehm erdig? Diese kleinen Wilden erwarteten doch wohl nicht, dass er aufgeben würde? Oder wollten sie ihm, dem ahnungslosen Fremden, eine ganz simple Falle stellen?

Oder… hatten sie etwa das Spiel beendet?

Da hörte der Junge hinter sich ein leise knisterndes, schlapprig schlürfendes Geräusch. Und noch bevor er sich umdrehte, hatte Ruff aus irgendeinem Grund die Farbe Gelb in seinen Gedanken…

*

Ise führte Giula ins Herz des Wandernden Dorfes. Dort befand sich der Versammlungsplatz, an dessen rückwärtiger Seite ein einziges, großes Zelt stand, das nicht nur durch seine Ausmaße als etwas Besonderes gekennzeichnet war.

Einige Männer und Frauen warteten schon auf dem Platz vor dem Zelt, der Häuptling selbst war jedoch noch nicht da. So hatte Giula Zeit, sich das Stammeszelt und seine Umgebung in Ruhe zu betrachten. Alle anderen Zelte waren Rundzelte von recht einfacher Bauweise. »Wie werden die gemacht?«, wollte Giula von ihrer Begleiterin wissen, während sie auf eines der normalen Wohnzelte deutete.

»Das ist gar nicht schwer«, entgegnete Ise und erklärte: »Zuerst ritzt man mit Hilfe von zwei Pflöcken und einem Seil einen exakten Kreis in den Boden. Auf diesem Grundriss werden dann ein paar etwa zwei Meter hohe Stangen in den Boden gerammt und oben mit flexiblen, ineinander verflochtenen Weidenruten verbunden. Im Mittelpunkt des künftigen Zeltbodens gräbt die Familie dann einen gut drei Meter hoher Pfosten fest in die Erde ein, dessen Spitze ein kleiner, an vier Seilen hängender Weidenring umgibt. Zwischen dem inneren und dem äußeren Weidenring wird nun das Zeltdach gespannt, dann vom äußeren Weidenring zum Boden die Zeltwand. Zusätzlich werden die äußeren Stangen noch mit stramm gespannten Stricken und Pflöcken gesichert, und fertig ist ein Zelt mit Rauchabzug in der Mitte.«

Das große Zelt im Zentrum des Wandernden Dorfes, das sollte Giula später erkennen, verlangte dagegen deutlich mehr Sorgfalt beim Aufbau, da das Dach freitragend war und kein Pfosten in der Mitte störte: Vier große Stämme waren an den Ecken eines quadratischen Grundrisses in den Boden eingelassen, ein kunstvolles Weidengeflecht wölbte das Zeltdach in einem leichten Bogen nach oben. Die fensterlosen Seitenwände waren straff gespannt, der Eingang war durch ein kleines Vorzelt geschützt, das ebenfalls ein gewölbtes Dach hatte.

Giula wunderte sich nur, dass den Chrrrr dieses Zelt zwar sehr wichtig zu sein schien, sie aber dennoch die deutlich in die Jahre gekommene Bespannung ganz offenkundig nicht auswechselten. Sicher, auch bei den Wohnzelten war die Bespannung aus Rindsleder zusammengenäht, aber aus einigermaßen einheitlichen langen Stücken und nur an einigen, wenigen Stellen mal geflickt. Hier dagegen bestand das ganze Zelt nahezu vollständig aus großen und kleinen Flicken. Außerdem schien das Leder an den meisten Stellen viel älter als bei den anderen Zelten zu sein, das ließ wenigstens sein pergamentartiges Aussehen vermuten.

Doch Giula wurde aus ihren Betrachtungen gerissen, als sich die Aufmerksamkeit der übrigen Wartenden plötzlich einer bestimmten Stelle auf der anderen Seite des Platzes zuwandte: Der Häuptling kam.

Bisher hatte Giula ihn noch nicht mit irgendwelchen Insignien seiner Häuptlingswürde gesehen, doch diesmal trug er eine kurzärmelige Weste, und um jeden Unterarm wickelte sich spiralförmig eine goldene Schlange, deren Kopf sich, wie zum Stoß erhoben, über den Handrücken aufrichtete. Giula kannte sich mit Geschmeide nicht aus – ihr Beruf verhalf nicht gerade zu Reichtümern –, doch sie war sich sicher, dass sie hier massives Gold vor sich hatte, und die dunkelblauen Augen der Schlange strahlten in der Sonne auch nicht unbedingt wie einfaches Glas. Überdies schaute aus einem an Sssnrks Gürtel befestigten Futteral das in Silber eingefasste Ende eines mächtigen Rinderhornes heraus.

Der Häuptling wirkte nun viel ernster als noch vor einer Stunde. Er begrüßte die Wartenden nur mit einem stummen Kopfnicken und wurde ebenso zurückgegrüßt. Giula erwartete, dass der Stammeshäuptling nun entweder gleich das Zelt betreten oder vielleicht auch mit einer Zeremonie vor dem Zelt beginnen würde. Doch stattdessen ging er alleine einige Meter weiter nach rechts, legte dort die rechte Handfläche gegen das Zelt und blieb, mit gesenktem Kopf und tief in sich versunken, etwa fünf Minuten still stehen, dann rückte er einen halben Meter weiter und verharrte erneut.

Giula starrte fasziniert zu Sssnrk hinüber und wollte schließlich flüsternd von Ise wissen: »Was tut er da?«

Die Angesprochene wisperte zurück: »Er hält Zwiesprache mit seinen Frauen.«

»Aha... Welche Frauen?«

»Sssanara, seine Jugendliebe, ist bei der Geburt ihres ersten Kindes gestorben. Psiru, seine zweite Frau, starb vor neun Jahren – drei Kinder hatte sie dem Stamm schon Jahre zuvor geschenkt, dann kam, unerwartet, noch ein viertes. Zwei Wochen später war Psiru tot.«

»Oh! Wie traurig. Das tut mir leid. Und das Stammeszelt ist für Sssnrk ein Ort, wo er glaubt, gut mit ihren Geistern in Kontakt treten zu können?«

»Mit ihren Geisern?«, Ise hatte ein schiefes Lächeln aufgesetzt, »nein, nicht direkt; es ist irgendwie... körperlicher.«

»Ich verstehe nicht?«

»Es ist das Zelt.«

»Aha. ... Ich verstehe immer noch nicht.«

»Puh. Das mag Euch jetzt etwas erschrecken. Aber der große Lederflicken, auf den der Häuptling gerade seine Hand drückt, das *ist* Psiru, und links daneben, das *ist* Sssanara.«

Verwirrt begann Giula: »Ich verstehe immer noch... – oh! Diese Leder... das ist kein Rindsleder?«

»Nein.«

»Das... das... das ganze Zelt nicht?«

»Das ganze Zelt nicht. Seit Jahrhunderten wird die Haut der verstorbenen Häuptlinge – egal ob männlich oder weiblich – und ihrer Frauen und Männer Schicht um Schicht in diesem Zelt vernäht.«

Giula war alle Farbe aus dem Gesicht gewichen. Sie schwankte, als sie flüsterte: »Ein Zelt aus Menschenhaut! Das ist ja... das ist...«

»Was ist es?«, entgegnete Ise ruhig, »ist es grausam? Schrecklich? Abartig? So haben Unold und ich es jedenfalls empfunden, als wir vor vier Jahren hier aufgenommen wurden. Und es hat eine ganze Weile gedauert, aber dann wurde uns klar, dass viele Dinge ihre Bedeutung einzig deshalb besitzen, weil wir sie ihnen geben. Dinge, die für den einen grausam und schrecklich sind, können für einen anderen eine ganz andere Bedeutung haben. Die Steppenvölker ehren ihre Toten sehr. Da sie aber Nomaden sind, kommen sie nur selten an die Stellen, an denen sie ihre Vorfahren in der Steppe unter die Graswogen betten. Deswegen wird jedem Verstorbenen ein kleines Stück Haut aus dem rechten Handrücken getrennt – jede Familie hat ein spezielles Muster. Dann wird die Haut gegerbt und im Ahnenkästchen aufbewahrt, das jedes Familienoberhaupt wie seinen Augapfel hütet. Die Häuptlinge... nun, sie symbolisieren den ganzen Stamm, und sie sollen dem Stamm auch noch nach ihrem Tod dienen und ihn schützen. Deswegen nimmt man sie mit.«

Giula schluckte und meinte: »Teilweise, wenigstens. Aber warum vernäht man sie ausgerechnet in ein Zelt?«

»Oh, nicht in irgendein Zelt, sondern in *das* Zelt. Auch die anderen Wanderdörfer der Chrrrr haben spezielle Dorfzelte als Ort des Treffens und der Beratung. Doch das Stammeszelt gibt es nur einmal. Und wenn man sich hier, unter dem Schutz der verstorbenen Häuptlinge, trifft, dann ist man von der ganzen Stammesgeschichte umgeben und – das soll den Beratungen einen guten Verlauf geben – von all den Erfahrungen der früheren Anführer.«

»Auch von den schlechten?«

»Aber ja! Auch Schlechtes bietet die Möglichkeit, daraus zu lernen, und den Ansporn, es besser zu machen. Die Chrrrr akzeptieren die Fehler ihrer Geschichte – denn ohne die geht's auch nicht.«

»Und wenn Sssnrk mal stirbt?«

»Für ihn ist schon ein Platz genau in der Mitte zwischen seinen Frauen reserviert, so dass er mit beiden vernäht werden kann.«

Giula schluckte erneut.

»Er überdeckt dann zum großen Teil Häuptling Pssrka, einen seiner Urgroßväter. Was gut ist, denn der geschätzte Pssrka wird langsam etwas undicht und müsste mal ausgebessert werden.«

Giula schwirrte der Kopf, dennoch wollte sie wissen: »Und ausschließlich Häuptlinge und ihre Frauen…?«

»Ja und nein.«

Giula seufzte: »Es gibt heute offenbar viele Dinge, die ich nicht verstehe.«

»Na ja, wenn ein Mitglied des Stammes eine Heldentat oder eine andere große Leistung für die Chrrrr vollbracht hat, dann ist es die größte Ehre, die ihm zuteil werden kann, dass er nach seinem Tod in den Kreis der Häuptlinge aufgenommen wird. Er oder sie gilt dann als Häuptling.

Auch jeder andere Stamm der Steppenvölker hat ein solches Zelt, das als Symbol für den ganzen Stamm steht – versteht Ihr? Es ist praktisch so, als sei das Zelt der Stamm selbst. Bei Kriegen zwischen den Völkern gibt es zwei Tabus: Kinder zu töten und ein solches Zelt zu zerstören. Und sollte jemals ein Feind von außen eines der Stammeszelte bedrohen, jeder Steppenreiter würde es mit dem Leben verteidigen – und das ist nicht nur so daher gesagt.«

Giula hätte noch weitere Fragen gehabt, doch nun kam Sssnrk im gemessenen Schritt zurück und gab den Umstehenden ein Zeichen, in das Stammeszelt einzutreten. Alle, auch der Häuptling, streiften die Schuhe von den Füßen, und einer nach dem anderen verschwand im Inneren des Zeltes, bis nur noch Sssnrk selbst draußen stand. Zur ihrer großen Überraschung wandte er sich nun an Giula und rief sie: »Du, Frau! Heb-Hammer! Du komm mit in Zelt.«

»Prima!«, flüsterte Ise ihr zu, »das ist ein gutes Zeichen und eine große Ehre!«

»Eine Ehre? Na, solange ich nur ins Zelt und nicht in die Zeltwand muss… Wird mich drin noch irgendeine Überraschung erwarten?«

»Nein. Das heißt… Na ja, vielleicht der Boden im Vorzelt…«

*

Langsam drehte Ruff sich um. Irgendwie hatte er etwas Schreckliches erwartet. Aber... was war das denn? Oder war es ein der? Ruff war jedenfalls viel zu verblüfft, um Angst zu empfinden. In etwa zehn Meter Entfernung lehnte ein... – Mann? – am Stamm einer alten Birke. Ja, die Gestalt eines Menschen hatte dieses knapp zwei Meter große Wesen – Beine, Körper, Arme, Kopf. Doch diese äußere Form war auch schon alles, was an einen Menschen erinnerte. Kleidung gab es nicht, auch keine klar erkennbaren Körperkonturen – nichts, was erkennen ließ, ob es sich um Mann oder Frau handelte. Ruff sah auch keine Zehen oder Finger, keine erkennbaren Gelenke, keine Haare und auch kein – der Junge musste heftig schlucken – auch kein Gesicht. Da war überall nur diese sonderbare Haut. Und sie war gelb. Nicht zartgelb und auch nicht sattgelb wie bei einer Sonnenblume. Es war ein dunkles, fast eitriges Gelb, das von feinen schwarzen und braunen Linien durchzogen und mit winzigen dunkelbraunen Einsprengseln durchsetzt war. Und diese Linien und Punkte – war das eine optische Täuschung im Zwielicht des Waldes? – schienen sich auf dieser seltsamen Haut hin und her zu bewegen. Es musste einfach eine Sinnestäuschung sein, denn wenn Ruff angestrengt hinsah, dann schienen sich nicht nur die Linien über diesen feucht schimmernden Körper zu schlängeln, sondern die ganze Haut schien nicht fest auf dem Körper zu sitzen: Fast konnte man den Eindruck haben, als würde die Haut nach allen Richtungen und chaotisch über den Körper hinwegfließen.

Ruff erwartete zwar keine Antwort, doch in seiner Verblüffung fragte er: »Wer bist du?«

Und zu seiner noch größeren Verblüffung tat sich bei diesem Wesen dort, wo sich bei einem Menschen der Mund befand, schmatzend eine lochartige Einbuchtung auf, aus der es tonlos schmirgelnd zu ihm herüber raspelte: »Gelb. Ich – bin – der – Gelb.«

Ruff war so überrascht, überhaupt eine Antwort zu bekommen, dass es ihm in diesem Moment gar nicht auffiel, wie merkwürdig es war, dass er hier, mitten im Land der Steppenvölker, dieses Ding sogar verstehen konnte. Stattdessen fragte er aufgeregt: »Was willst du?«

Die Antwort war es, die ihm schlagartig klar machte, dass nun womöglich doch die Zeit zum Fürchten gekommen war. Denn die schlichte Antwort lautete: »Der – Gelb – hat – Hunger.«

Dann löste sich das Wesen vom Baum, und zu seinem Schrecken musste Ruff erkennen, dass dort, wo der Gelb gerade eben noch am Stamm gelehnt hatte, die Rinde eine leicht matschige Konsistenz angenommen hatte und ein klein wenig zu dampfen schien.

Jetzt bewegte sich das Wesen auf ihn zu – natürlich tat es das. Und Ruff spürte, wie sich ihm die Nackenhaare aufstellten: Mit fließenden Bewegungen rutschte es, ohne die sich unten verdickenden Beine vom Boden zu heben, auf den Jungen zu (und für Ruffs Geschmack geschah dies viel, viel zu schnell). Langsam ging Ruff rückwärts und beobachtete dabei, wie die Arme der gelben Kreatur, als würden sie vom eigenen Körper eingesogen, in diesem verschwanden, während jedoch gleichzeitig an anderen Stellen neue Arme hervorwuchsen, nur um gleich wieder in den eigenen Körper einzutauchen, um den nächsten heranwachsenden Armstummeln Platz zu machen. Manchmal waren sogar drei, vier Arme gleichzeitig am Wachsen oder Vergehen.

Ruff wollte sich gerade umdrehen und davonstürzen, als...

Der Gelb verschwand ja im Boden! Als wäre ein Mann in besonders feinen Treibsand getreten, sank das gelbe Wesen innerhalb zweier Wimpernschläge in die Erde hinein.

Ruff atmete auf. Allerdings viel zu früh. Denn nur einen Atemzug später quoll es um ihn herum in einem geschlossenen, breiten Ring zäh und gelb aus dem Boden heraus.

Ruff stieß einen panischen Schrei aus und versuchte, über das Gelbe im Boden hinwegzuspringen, schaffte es jedoch nicht ganz. Wäre er mit beiden Füßen aufgekommen, vermutlich hätte er sich nicht mehr befreien und vom Boden lösen können. Doch er war nur auf dem rechten Vorderfuß in der gelben Pampe gelandet und hatte sich gleich wieder weitergeschnellt – dennoch spürte er ein kurzes, beängstigendes Kleben, dann ein Reißen, als er sich wieder vom Boden löste, und durch die dünnen Schuhsohlen hindurch wurden seine Zehen unangenehm warm.

Ohne lange zu überlegen machte Ruff noch drei Sätze – vermutlich die größten seines kurzen Lebens –, stand am Stamm eines jungen Ahorns und kletterte von Angst beflügelt in Windeseile in die Baumkrone hinauf. Nach wenigen Augenblicken saß er in gut vier Meter Höhe auf einem kräftigen Ast und spähte nach unten, in Erwartung, den gelben Kreis noch am Boden zu sehen. Doch dieser war verschwunden. Stattdessen stand die gelbe Kreatur unter dem Ast, das leere »Gesicht« dem Jungen zugekehrt. Dann umarmte der Gelbe den Baum, so dass sich die Armstümpfe berührten und miteinander verschmolzen. Nun presste sich der ganze Korpus flach gegen die Rinde und schien um den Baum herum zu wachsen. Nach wenigen Augenblicken lag eine dicke, pulsierende, gelbe Röhre fest um den Baumstamm. Eine Röhre, aus der an der Oberseite, direkt unter Ruff, der Ansatz von Schultern, ein Hals und ein Kopf herausragten. Wieder tat sich das Mundloch auf und erklärte ungerührt:

»Gelb – hat – Hunger.«

Dann begann die gelbe Röhre nach oben zu fließen.

*

Der Boden im Vorzelt? Als Giula, die geistesgegenwärtig ebenfalls schnell ihre Schuhe abgestreift hatte, gefolgt von Sssnrk vorsichtig eintrat, blickte sie natürlich gleich zu Boden. Dort sah sie aber lediglich eine Art Kopfsteinpflaster. Doch als sie mit bloßen Füßen darüber schritt, fühlte es sich gar nicht wie Stein an… Oh! Das war kein Kopfsteinpflaster. Das war Kopfpflaster – ohne Stein. Sie schritt gerade über Schädeldecken. In dem Moment, als sie es bemerkte, machte sie auch schon einen Satz nach vorne über die letzten Schädel hinweg und blickte schockiert über die Schulter zurück zu Sssnrk. Ihr fiel nichts Besseres ein, als mit zitterndem Finger auf die Schädel zu zeigen und mit ebenso zitternder Stimme zu fragen: »Was ist das? Häuptlingsschädel?«

»Häupt…?«, Sssnrk schien mindestens ebenso verdutzt, »nein, natürlich nicht. Das sein alles Köpf von Feind.«

»Von…? Oh! Ich verstehe. Wenn ihr mit nackten Füßen über ihre Köpfe lauft, dann demütigt ihr sie.«

Verständnislos fragte Sssnrk zurück: »Demütigen? Nein, wieso wir sollten? Wenn Feind hat Ehr und Mut, dann wir ehren Feind. Hat er nicht Ehr und Mut, dann wir vergessen Feind. Aber das da«, er deutete nach unten auf die eingegrabenen Schädeldecken zu seinen Füßen, »das ist nicht wegen Feind, das ist wegen uns. Wenn wir gehen mit Fuß über Kopf, dann wir spüren Feind. Wenn wir spüren Feind, dann wir wissen: Es gibt Feind. Wenn wir wissen, es gibt Feind, dann wir bleiben wachsam. Und wenn wir wachsam, dann wir machen besser Beratung.«

Das Innere des Zeltes war, wie Giula erleichtert feststellte, nicht mit Schädeldecken ausgelegt, sondern mit Kuhfellen. Das Licht tendierte hier allerdings mehr in Richtung Halbdunkel als zum Hellen. Auf dem Boden lagen, im Kreis verteilt, große, grobe Sitzkissen, das des Häuptlings unterschied sich in nichts von den anderen. Giula durfte sogar den Platz neben dem Häuptling einnehmen.

Erst jetzt fiel ihr ein, dass sie sich, da die Einladung doch aus Sicht des Steppenvolks eine Ehre war, dafür bedanken sollte: »Häuptling«, fing sie an, »es ist sehr großzügig von Euch, dass ich mit in das Stammeszelt kommen durfte…«

»Wie großzügig?«, unterbrach sie Sssnrk, »ich dich nur eingeladen, damit wir hab nicht so weit Weg, falls wir entscheid, dass dein Kopf kommt in Boden von Eingang.«

Giula machte große Augen, doch da brach Sssnrk in schallendes Gelächter aus und erzählte den anderen mit sichtlicher Begeisterung, wie er gerade ihren Gast auf den Arm genommen hatte, und die übrigen Chrrrr fielen in das Lachen ein. Überhaupt startete die eigentliche Beratung keineswegs sofort. Ein Mann kam mit Lederbechern und vier großen Karaffen herein, die eine Mischung aus Wasser und Wein enthielten, der fleißig zugesprochen wurde. Und dann wurde erst einmal gründlich drauflos palavert.

Die Luft war schweißtreibend und erwärmte sich immer mehr, da es kein Fenster gab, das geöffnet werden konnte. Doch nach und nach wurde das Zelt von den verschiedensten angenehmen Gerüchen durchzogen. Denn immer mal wieder griff der ein oder andere Chrrrr in einen kleinen Lederbeutel am Gürtel, verrieb irgend etwas gründlich zwischen den Händen und hielt sich dann die Hände nahe vors Gesicht, um einen tiefen, deutlich hörbaren Atemzug durch die Nase zu tun.

Da roch es nach Kräutern, nach Minze, nach Zitrusfrüchten und Honig und nach vielem, das Giula nicht erkannte. Da sie den offenbar angeregten, aber natürlich in der Chrrrr-Sprache geführten Gesprächen nicht folgen konnte, ließ sie ihre Blicke umherschweifen und sah schließlich nach oben zu der trüben Lichtquelle: An zwei Stellen im Dach waren die Häute nicht mehrfach übereinander genäht. Stattdessen war dort jeweils nur ein besonders fein gegerbtes rechteckiges Stück Haut eingefügt. Die Haut war dort jedenfalls dünn genug, dass das Tageslicht milchiggelb hindurchdringen konnte. Als Giula nun wieder daran denken musste, durch welchen Stoff das Licht schien und wo sie in diesem Moment eigentlich saß, murmelte sie: »Was immer es für sie bedeuten mag, das ist gruslig!«, und sie konnte ein kurzes Schaudern nicht verhindern. Sssnrk hatte ihre Bewegung und ihren Blick bemerkt und stellte fest: »Ah! Du schon kenn Geschichte von Stammhaus? Gut. Dir nicht geworden übel, als du gehört?«

Giula schüttelte den Kopf.

»Oh, das mich wundert. Als Ise von Fels erst gehört hat Geschichte von Zelt, sie gekotzt wie kranker Büffel.«

Giula entgegnete: »In meinem Beruf, im Krieg und bei den Soldaten habe ich ja schon einiges gesehen, aber dieses Zelt ist..., äh, wenn man's nicht gewohnt ist, schon ein ganz klein wenig befremdlich.«

»Für uns, man könnt nennen ein Extrakt von Stamm, ja, und ist auch... wie ihr sagt?... Geschichtsbuch von Stamm der Chrrrr.«

»Geschichtsbuch?«

»Ja. Du sehen« – der Häuptling deutete schräg nach oben an die Decke – , »da besonders runzlig, hässlich alt Stück? Das mein Ur-Ur-Ur-Ur-Ur-Ur-Ur-Großvater Brrrrck, bei ihm Häuptlingswürde gehen auf mein Familie. Mehr links unten: noch ein Brrrck, Enkel von Brrrrck oben – in seiner Zeit viel gut Jahr, viel reich mit große Herden. Rechts unter ihm sein Sohn Kzzzrk – unter ihm wir hab übel bekomm Tritt in Hintern bei Krieg mit Stamm der Lrrrk.«

Giula wusste, dass sie besser nicht fragen sollte, doch eine Art durchaus auch morbide Faszination hatte sie gepackt, und so wollte sie wissen: »Und wo ist der letzte – hm – Neuzugang in der Zeltwand?«

»Ah! Gut du frag! Ich so stolz! Sieh, da hinten, hell Stück mit gutem Platz rechts bei Eingang? Das Tongla. Vor vier Jahr, zwei Kinder zu weit weg von Lager. Wölfe kommen. Tongla gesehen, hätte können fliehen mit Pferd, sie selbst zwei Kinder und Mann tot. Aber sie ohn nachdenk gerettet die Kleinen. Aber selbst gestorb an schwer Verletzung.«

»Oh! Und was wurde aus ihren Kindern?«

»Dorf gelost, wer sie bekommt.«

»Wer sich um sie kümmern musste?«

»Musste?«, der Häuptling sah Giula mit großen Augen an und fuhr dann kopfschüttelnd fort: »Du noch muss viel lern über Steppenreiter. Nein, alle Familie in Dorf bitten um Ehre, zu sorgen für Kinder von tapfere Tongla, und wir gelost, wer durfte – und ich dazu noch hab gestellt Tingli und Brronn unter Schutz der Hand von Häuptling.«

Sssnrk sah, in sich versunken, zu jenem Stück Leder in der Zeltwand hinüber, und seine rauen Gesichtszüge wurden plötzlich weich. Dann stimmte er mit dunkler Stimmlage ein leises, melodisches Singen an.

Für die anderen Chrrrr war dies offenbar das Zeichen, langsam mit ihren Gesprächen zu einem Ende zu kommen, und als Sssnrks Lied nach etwa fünf Minuten endete, herrsche Stille im Zelt. Alle Blicke waren auf den Häuptling gerichtet. Der zog jetzt das große Kuhhorn aus dem Futteral, ein junger Krieger kam mit einem großen Lederschlauch hinzu und füllte das Horn mit einer dicklichen, braunen, leicht schäumenden Flüssigkeit, von der Sssnrk einen kräftigen Schluck nahm und dann das Horn rundgehen ließ.

Als das Horn bei Giula angekommen war, sah sie den Häuptling fragend an, der ihr aufmunternd zunickte. Da sie nicht ängstlich erscheinen wollte, nahm sie eine beherzten Schluck. Der malzige, herbe Geschmack war nicht wirklich schrecklich, aber für ihren Gaumen gewöhnungsbedürftig. Und der Alkoholgehalt... als das Horn zum zweiten Mal bei ihr ankam, nahm sie vorsorglich nur einen kleinen Schluck.

Noch fünf Mal wurde das große Horn gefüllt und geleert, und wenn Giula bedachte, wie einige der Chrrrr schon dem verdünnten Wein zugesprochen hatten, musste sie wohl davon ausgehen, dass die Völker der Steppe nicht nur geübte Reiter waren.

Doch dann endlich ging die eigentliche Beratung los – zu Giulas Überraschung mit ihrer eigenen Person. Sie musste die Geschichte ihrer Entführung genau erzählen – Sssnrk übersetzte –, wie sie mit Ruff geflohen war und das Wenige, was sie von der Intrige des Schwarzen Herzogs wusste oder ahnte.

Dann stellten ihr viele der Chrrrr Fragen. Was ihr dabei ungewöhnlich vorkam: Die meisten der Fragen hatten ihrer Ansicht nach gar nichts damit zu tun, wie sie hier bei den Chrrrr gelandet war. Da ging es vielmehr um ihre Beziehung zu Halana, wie diese zu Ruff stehe und um Lusian. Als sie endlich alle Fragen wahrheitsgemäß beantwortet hatte, ging das Palaver unter den Chrrrr los. Giula verstand kein Wort, machte sich aber, nachdem schon das Vorspiel so lange gedauert hatte, für eine ausgedehnte Wartezeit bereit. Und wurde schon wieder überrascht: Nach nicht einmal zehn Minuten nickten sich plötzlich alle wie bekräftigend zu und schwiegen.

Sssnrk sah ihre Verblüffung und hatte plötzlich wieder sein unbefangenes Grinsen im Gesicht, als er Giula erklärte: »Wenn wir viel gut Information, wir schnell entscheid. Und das nicht unser erst Beratung. Wir nicht dumm und hab gekauft paar Aug und Ohr im Land von Schwarz Herzog. Wir wissen, dass dort was geht vor. Macht letzte Zeit nicht viel Kampf mit Engaland, doch immer Rauch in Schmieden und viel Boten zu Stamm der Zzzzzt, für werben Söldner auf Abruf. Und gibt Gerücht, dass Berater von Herzog immer wieder schick Leut, um beobachten Grenze...« – Sssnrks Stimme wurde ehrfürchtig – »...von Zaubererland!«

Dann wurde er sehr ernst und erklärte Giula: »Heb-Hammer-Frau: Wir wiss, kleiner Kampffloh soll zurück zu Mutter und du zu Pflegtochter.«

»Pflegetochter? Ich hab doch gar keine… Oh!«, verblüfft hielt Giula inne, um dann kopfschüttelnd fortzufahren:»Natürlich! Ihr habt recht: Halana ist meine Pflegetochter. Aber Ihr sagt, wir *sollten* zurück, das heißt, wir kommen nicht zurück?«

»Du schlau. Und du gut. Wie gekümmert um jung Kriegerin und ihr Kind… gekümmert ohne Müssen, das macht Chrrrr Eindruck. Aber ihr noch müssen bleiben unser Gast ein Weile. Chrrrr nicht schwach, aber auch nicht so stark, dass können mach viel Fehler bei Schwarz Herzog. Deswegen, bis wissen was los, ihr unsere Gäst. Wir kümmern, aber wir sagen: Ihr erst Mal bleibt. Aber wir denk, Kriegerin Halana schon nicht mehr, wo ihr habt verlass. Sie muss rächen Lusian, und muss finden Sohn und Pflegmutter. Vielleicht schon auf Fährte und näher als denk? Wir sagen unser Aug und Ohr, sollen aufpassen!«

Giula nickte, und dann, ohne großartig darüber nachzudenken – vielleicht tat ja auch der Alkohol seinen Teil dazu –, stand sie auf, räusperte sich und erklärte laut:»Euer Zelt hier ist merkwürdig, ihr selbst seid merkwürdig, und euer Kuhhorn-Getränk ist… sehr gewöhnungsbedürftig. Und, ja, ich wünschte, ich könnte Ruff und mich schnellstmöglich wieder nach Engaland und zu seiner Mutter bringen. Aber wenn dieser letzte Punkt nicht wäre: Ich würde gerne noch eine Weile hier bleiben. Ihr seid aufrichtig. Und ich denke sogar, dass es derzeit für Ruff keinen sichereren Platz geben kann als in eurer Mitte.«

*

Ruff schrie wie am Spieß und kämpfte um sein Leben.

Der nächste Baum war so verdammt weit weg…

Der Gelb war zügig bis zu dem dicken Ast hinaufgeglitten, auf dem Ruff, fest an den Stamm gepresst, gesessen hatte. Eilig hatte sich der Junge erhoben und war, sich an dem über ihm wachsendem Blattwerk festhaltend, so weit wie möglich den Ast entlang gelaufen. Doch natürlich folgte das gelbe Wesen.

Ruff tat einen verzweifelten Sprung nach vorne, wo der Ast schon recht dünn war; der federte zunächst nach unten, und als er wieder in seine Ausgangslage zurückschnellte, stieß sich Ruff wie von einem Sprungbrett nach vorne ab, um etwas tiefer gelegene Äste des nächsten Baumes zu erreichen.

Er schaffte es.

Beinahe.

Zwar konnte er sich mit den Fingern im dünnen äußeren Astwerk festkrallen, doch die Äste waren viel zu schwach, um sein Gewicht zu halten. Nur wenig gebremst sackte er einen Meter tiefer und prallte mit dem Brustkorb gegen einen kräftigen Ast. Der Schmerz ließ ihn seine Finger öffnen. Verzweifelt versuchte er noch, einen anderen Ast zu greifen, rutschte jedoch ab und knallte zwei Meter tiefer mit dem Rücken auf den Waldboden.

Wäre der Untergrund felsig gewesen, es hätte noch übler ausgehen können. Doch hier war der Boden weich vom zur Erde gewordenen Laub der Jahrhunderte. Dennoch: Aus dieser Höhe tat es auch so einen mächtigen Rumms. Ruff wurde alle Luft aus der Lunge getrieben, und er schaffte es nicht, gleich wieder aufzuspringen.

Benommen und ächzend drückte er sich nur ein klein wenig mit den Ellbogen hoch und sah gerade noch, dass sich der Gelb wieder in einen Mann verwandelt hatte – wenn man es denn so nennen konnte. Freihändig und ganz locker stand er auf dem dicken Ast des Ahorns. Dann sprang er, einfach so, mit einer gleitenden Bewegung in die Tiefe. Aber Knochen, die man sich brechen konnte, hatte der ja wohl nicht. Und tatsächlich: Es war, als würde der Gelb geradewegs in die Erde eintauchen und unter ihr verschwinden. Doch Ruff wagte gar nicht erst zu hoffen, dass dieses gelbe Ding auch verschwunden bliebe. Er sollte Recht behalten.

Keine zwanzig Zentimeter neben seinem Kopf wuchs ein gelber, modrig riechender, sich um sich selbst windender, handloser Arm aus der Erde empor.

Ohne zu verharren bog sich der obere Teil des Armes in Ruffs Richtung, sein flacher Stumpf bekam eine Öffnung, die fatal dem Mundloch glich, das Ruff vorhin noch im Gesicht des gelben Wesens gesehen hatte. Die Öffnung stülpte sich immer weiter nach außen, während sie sich dem Gesicht des Jungen näherte, der entsetzt in einen voll gelber Schlieren schleimig wimmelnden Schlund starrte. Dann hörte er einen schrillen, wütenden Schrei und blitzartig tauchte ein nackter Fuß in seinem Gesichtsfeld auf, der kraftvoll gegen den gelben Arm trat, der daraufhin in schleimigen Tropfen auseinander spritzte.

Drei, vier kleinere Tropfen trafen Ruff im Gesicht, und sie brannten wie die Hölle. Doch er hatte nur Augen für Tingli, die, in jeder Hand eine Fackel, schreiend und schimpfend an seiner Seite stand, dann wie wild über ihn hin und her zu springen begann und die Fackeln ohne Unterlass in kurzen, kreisenden Bewegungen gegen den Boden schwenkte. Dort wollten immer wieder gelbe Stümpfe emporwachsen, wurden aber vom Feuer zurückgetrieben.

Gleichzeitig krochen – Ruff traute seinen Augen nicht – die schleimigen Fetzen des zerplatzten Armes aufeinander zu und flossen wieder zu einem Arm zusammen.

Plötzlich merkte Ruff, dass Tingli ihn keuchend anschrie und ihm eine Fackel hinhielt – natürlich, sie hatte Recht. Die Schmerzen in seinen Gliedern ignorierend, sprang Ruff auf, nahm die Fackel und stellte sich nun Rücken an Rücken mit dem inzwischen sichtlich erschöpften Mädchen. Gemeinsam hielten sie die ständig an neuen Stellen aus dem Boden wachsenden Arme auf Abstand, während Tingli immer wieder laute Schreie ausstieß – die nach kurzer Zeit beantwortet wurden: Mit wütenden Rufen brachen Tinglis Bruder und zwei weitere Jungs zwischen den Bäumen hervor. Alle trugen sie Fackeln und bildeten mit Tingli und Ruff einen kleinen Kreis, der nun schnell durch immer mehr Fackeln tragende Kinder ergänzt wurde, bis sie schließlich, paarweise Rücken an Rücken stehend, einen Ring bildeten, den sie nun sowohl nach außen als auch nach innen verteidigen konnten. Ruff hatte erneut Tingli im Rücken und stand selbst, an der Seite von Brronn, im äußeren Verteidigungsring.

Obwohl sich die Kinder nun gut organisiert hatten, wollte sich der Gelb immer noch nicht geschlagen geben. Ruff vermutete, dass dieser Schleimklumpem so etwas wie Wut empfinden konnte und nun gereizt war, weil ihm sein sicher geglaubtes Essen durch die Lappen zu gehen schien.

Der Gelb hatte jetzt seinerseits eine Art Kreis um die Kinder gebildet: Außer Reichweite der Fackeln ragten, unregelmäßig verteilt, gut zwanzig Arme aus dem Boden, von denen ständig welche verschwanden, während an anderer Stelle wieder neue auftauchten. Doch als Ruff schon dachte, dass sie dieses seltsame Ding wohl nie loswerden würden, tat Brronn, der seltsamerweise in die Hocke gegangen war, etwas Gewagtes. Als das nächste Mal etwa zwei Meter vor ihm ein gelber Arm aus dem Boden zu wachsen begann, hechtete er nach vorne und war schnell genug: Diesmal war es ihm gelungen, den feurigen Kopf der Fackel mitten in den gelben Arm hinein zu rammen. Der erzitterte kurz und versuchte, rund um die Fackel herum in den Boden zurückzufließen, doch es war zu spät: Der Arm hatte Feuer gefangen. Und was dann geschah, verfolgte Ruff noch viele Nächte im Traum: In allen Armen, die gerade aus der Erde schauten, taten sich zitternde Mundlöcher auf, aus denen sich ein einziger, langgezogener, schriller Schmerzenschrei entlud, der sich wie mit spitzen Nadeln in die

Gehörgänge grub. Gleichzeitig machten die Arme kurze, ruckartige Bewegungen in die entgegengesetzten Richtungen zum brennenden Teil des Gelb, verstummten dann mit einem raspelnden Seufzer und verschwanden schließlich blitzartig in der Erde.

Die meisten Kinder hatten reflexartig ihre Fackel fallengelassen und pressten die Hände auf die Ohren. Doch Ruff konnte nur starren, während der Schrei auch schon wieder verstummt war und der brennende Arm in Sekundenschnelle zu einem Haufen dampfender, zischender Asche zerfallen war. Dann, etwa zehn Meter weiter, wuchs der Gelb wieder aus dem Boden, diesmal erneut in Menschengestalt.

In einer Art drohender Geste hob er das, was bei einem echten Menschen der rechte Arm gewesen wäre. Zuletzt öffnete sich sein Mundloch, und er rief mit einem seltsamen Widerhall in der raspelnden Stimme: »Das – Essen – hat – dem – Gelb – weh – getan! Das – Essen – ist – böse! Böses – Essen!« Dann stülpte sich sein Körper in die andere Richtung, und er verschwand gleitend zwischen den Bäumen.

Ein erleichtertes, erschöpftes Aufatmen ging durch die Reihen der Kinder. Nur bei Tingli war es ein schmerzhaftes Stöhnen, und Ruff spürte, wie sie an seinem Rücken entlang zu Boden rutschte. Besorgt drehte er sich um und erschrak: Das Mädchen saß, ihr angewinkeltes Knie umklammernd, auf dem Boden und starrte mit großen Augen ihren Fuß an, mit dem sie nach dem Gelb getreten und Ruff gerettet hatte. Die Oberseite des Fußes war bis zum Knöchel hinauf feuerrot und dicht mit einer Art Brandblasen übersät. Wie hatte sie das nur bis jetzt aushalten können?

Brronn ging neben seiner Schwester in die Hocke, redete beruhigend auf sie ein und streichelte durch ihr zerzaustes Haar. Dann sah er zu Ruff hoch und begann ihn fürchterlich auszuschimpfen. Der so Gescholtene verstand zwar Brronns Worte nicht, doch das war in diesem Fall auch nicht nötig.

Brronn hielt erst inne, als ihm Tingli eine Hand auf den Arm legte, ein paar Worte sagte und tatsächlich ein leicht verzerrtes Lächeln zustande brachte, um ihren Bruder zu beruhigen. Brronn warf Ruff, der beschämt zu Boden starrte, noch einen bösen Blick zu. Dann half er seiner Schwester vorsichtig beim Aufstehen, der aber das Auftreten sichtlich Mühe bereitete. Der Junge zögerte nicht lange und nahm seine Schwester Huckepack, um sie zurück zum Lager zu tragen. Zwar schien der Gelb vertrieben, doch die anderen Chrrrr-Kinder bildeten mit ihren Fackeln einen schützenden Ring um die Geschwister, um sie so bis zum Lager abzuschirmen.

Ruff, der sich fast zu Tode schämte, kam sich ziemlich verloren vor, als er hinter den anderen her schlich. Doch schnell drehte sich einer der größeren Chrrrr-Jungs um und gab ihm ein Zeichen, dass er sich in den Geleitschutz einreihen sollte. Dann lächelte er ihn kurz an, zeigte mit der Rechten nach vorne auf Brronn, deutete mit der Linken und großen Augen ein flatterndes Herz an, um dann mit der Rechten eine beruhigende Geste zu machen. Das, so dachte Ruff, sollte wohl heißen, dass sich Tinglis Bruder schon wieder einkriegen würde. Ruff hoffte es, war sich aber gar nicht sicher, wie er selbst an Brronns Stelle reagiert hätte. Und was würde der Häuptling sagen? Ruff wurde nervös und rechnete mit einer harten Strafe, die er ja wohl auch verdient hatte.

Kurz vor dem Lager waren zwei der älteren Kinder vorausgelaufen, und so war ihrer seltsamen Truppe, kaum dass sie das Dorf erreicht hatte, der Häuptling auch schon mit einer ganzen Traube anderer Leute entgegengekommen, darunter Giula, die Ruff entsetzt anstarrte.

Besorgt hob der Häuptling selbst Tingli vom Rücken ihres Bruders, nahm sie auf den Arm und sprach sanft auf sie ein. Dann berichtete das Mädchen leise, was geschehen war, während die anderen schwiegen. Doch plötzlich sprach Brronn, energisch auf Ruff deutend, wütend dazwischen, woraufhin Tingli ihn anzischte und ein kurzes Wortgefecht zwischen beiden folgte, bis der Häuptling ihnen Schweigen gebot, Ruff ansah und fragte: »Tingli will nicht sag, aber hat Ärger gegeb mit alten Gelb weg dir?«

Ruff lief rot an, trat jedoch vor, und es sprudelte aus ihm heraus: »Ja. Es war meine Schuld. Weil ich das mit den Fackeln… na ja, irgendwie… vergessen hatte. Nein. Ich dachte, ich wüsste es besser. Und der Gelb hatte mich schon fast erwischt, als Tingli angerannt kam und diesen gelben Arm beiseite getreten hat. Und dann… Ihr hättet sie mit den zwei Fackeln kämpfen sehen sollen, obwohl sie da schon verletzt war! Jedenfalls hat sie mir das Leben gerettet.«

Der Häuptling sah das Mädchen mit Augen an, in denen sich Sorge und Stolz einen Kampf lieferten. Dann übersetzte er den anderen Chrrrr, was dieser hellhäutige Junge aus Engaland berichtet hatte, und Ruff merkte, dass Sssnrks Stimme ein wenig zitterte. Jetzt schien der Häuptling gerade von Tinglis Heldentat zu erzählen – denn warum sonst sollte sie plötzlich rot bis über die Ohrenspitzen werden?

Doch nun räusperte sich Giula energisch, deutete auf den verletzten Fuß des Mädchens und sagte: »Häuptling, glaubt Ihr nicht, dass das hier Vorrang hat? Unterhalten könnt Ihr Euch auch später noch.«

Sssnrk blickte schuldbewusst auf das Mädchen, das sehr darum kämpfte, tapfer die Zähne zusammenzubeißen, dann gab er schnell ein paar Anweisungen und trug Tingli persönlich zu seinem Zelt. Unterwegs erklärte er Giula: »Ich habe nach Heiler geschickt. Aber Wunde böse. Wenn Wunde so groß, dann der Gelb legt Entzündung in Fleisch. Gut möglich, dass Fuß muss ab.«

Ruff, der, wie auch Brronn, laufen musste, um mit den eiligen Schritten des Häuptlings mitzuhalten, sog erschrocken die Luft ein. Doch Giula entgegnete auf Sssnrks Worte: »Das, Häuptling, werde ich nicht zulassen. Bitte lasst Ise von Fels holen, damit sie übersetzen kann, und dann haltet Leute bereit, die mir ein paar Sachen besorgen können.«

Ruff traute sich nicht, mit in das Zelt des Häuptlings einzutreten, während Boten kamen und gingen, Aufträge entgegennahmen und mit Schalen, Mörsern, Feuerholz, Pflanzen und Tüchern zurückkamen.

Ruff wartete bis spät in die Nacht vor dem Zelt, vor dem inzwischen irgendjemand eine Fackel in den Boden gesteckt hatte. Dass Brronn die ganze Zeit ebenfalls mit besorgtem Blick wartete und Ruff beharrlich anschwieg, machte die Sache nicht einfacher.

Immer wieder kamen Leute vorbei, die sich offenbar bei Brronn erkundigten, wie es seiner Schwester gehe, und die ihm Mut zusprachen. Nur einmal hatte Ruff wirklich etwas verstanden, als nämlich eine große Frau, die überraschenderweise auch keine Chrrrr war, kurz aus dem Zelt getreten war, nur um ihm zu sagen, dass es noch nichts Neues gebe. Er hatte sie noch gefragt, wo denn Tinglis Eltern wären und erfahren, dass ihre Pflegeeltern zur Zeit bei einer weiter entfernten Herde waren und erst in ein paar Tagen zurück erwartet wurden, dass aber Sssnrk selbst Tinglis Pate war.

Es musste schon nach zwei Uhr morgens gewesen sein, als endlich der Häuptling aus dem Zelt trat und nur drei Worte zu Brronn sagte. Der sprang darauf mit einem Jubelschrei auf, der das halbe Dorf geweckt haben musste – und der tatsächlich einige ebenfalls erfreut klingende Echos aus mehreren Zelten erhielt. Dann trat Brronn in das Zelt ein, um seine Schwester zu sehen, und Ruff fragte zaghaft den Häuptling: »Ihr Fuß...? Er bleibt dran?«

»Ja«, die Erleichterung im müden Gesicht des Häuptlings war nicht zu übersehen, »er bleib dran.«

Dann sah Sssnrk dem Jungen in die Augen und sagte: »Ruff...«

Oh je! Er hatte nicht Kampffloh gesagt. Ruff wurde ganz klein.

»Junge, was heut in Wald passiert... Du hab gelernt?«

Gelernt? »Ja. Und wie.«

»Na, dann is ja gut – Kampffloh!«

Dann legte ihm der Häuptling sogar kurz die Hand auf die Schulter und drehte sich wieder zum Zelteingang um.

Wie? Das war alles?

Ruff war verblüfft, aber seltsamerweise nicht wirklich erleichtert.

Bevor Sssnrk im Zelt verschwinden konnte, rief Ruff ihn an: »Häuptling?«

Der blieb kurz stehen und drehte sich fragend um.

Doch was Ruff ihn fragen wollte, kam ihm nicht über die Lippen. So sagte er stattdessen: »Dieser... Gelb, was ist das? Wo kommt er her?«

»Was er ist? Wir nicht wissen. Wir nur ziemlich sicher: Es gibt mehr als ein Gelb. War schon immer hier in Gegend. Haben uns gewöhnt, seit Generationen. Aber ich denk in letzten Jahren, er taucht öfter auf. Vielleicht gibt mehr, jetzt?

Wo er kommt her, wir ziemlich sicher: Berge im Westen, in der Ferne hinter Wald. Denn wenn manchmal Späher in diese Richtung, sie merken: da auf jeden Fall mehr Gelb. Und Chrrrr schon lang nicht mehr war bis ganz an Berg.«

»Von den Bergen soll er kommen? Und ich hab gedacht, er kommt aus dem Norden, weil da auch meine Heimat liegt.«

Jetzt horchte Sssnrk auf und hakte nach: »Warum du das denk?«

»Na, weil er doch meine Sprache gesprochen hat.«

Sssnrk sah ihn kurz entgeistert an und entgegnete schließlich: »Der Gelb? Hat gesproch? Du mach Witz? – Ja, wir wiss, dass Gelb macht seltsame Töne mit Maul... Aber die, die ihn gehört, nicht können Engal. Diese seltsam Töne waren tatsächlich deine Sprach? Was Gelb gesagt?«

»Na ja, fast könnte er einem leid tun... Er scheint nicht gerade sehr helle zu sein. Er sagte nur, dass er der Gelb sei und Hunger hat, und er hielt uns für Essen... und dann war er irgendwie beleidigt, weil wir ihm mit dem Feuer weh getan hatten, und zum Schluss sagte er noch: ›Essen böse!‹ – Und er hat auch mich verstanden.«

»Sowas! Wer hätt gedacht, dass Gelb spricht! Kein Ahnung, was davon halten. Muss morgen besprech mit Freunden. Aber ist gut wissen. Wissen immer gut! So dein – hm – klein Abenteuer auch noch gut für etwas. Aber jetzt ich muss wieder zu Tingli. Tapfer Mädchen ist glücklich, dass Fuß bleib dran, ist aber sehr erschöpft und kann trotz Schlaftrank von Heb-Hammer-Frau nicht schlaf, weil hat in Fuß soviel Schmerz.«

Das brachte Ruff wieder zu der Frage, die er eigentlich hatte stellen wollen, und die er nun zögern stellte: »Häuptling, eine Frage noch, bitte... als Tingli den Gelb getreten hat, um mich zu retten, wusste sie da... dass sie das verletzen würde?«

»Klar. Wir alle wiss, was Gelb kann tun und dass Berührung viel Schmerz. Sie gewusst.« Dann verschwand er endgültig im Zelt, einen Jungen zurücklassend, der zum ersten Mal in seinem Leben wirklich wusste, was es hieß, in jemandes Schuld zu stehen.

Zwei Tage später hatten ein paar Ochsen aus der Herde des Häuptlings nicht viel zu lachen. Sie landeten an Bratspießen, hatten aber immerhin die ehrenvolle Aufgabe, die Bewohner des Wandernden Dorfes bei einem großen Fest mit leckerem Braten zu versorgen.

Die Chrrrr feierten gerne und ließen sich selten Gelegenheiten dazu entgehen. So war wirklich das ganze Dorf auf den Beinen. Die Hauptpersonen aber waren die Kinder: Die erwachsenen Chrrrr organisierten etliche Geschicklichkeitsspiele, feuerten die Kinder an, beklatschten jeden Erfolg frenetisch und servierten ihnen bergeweise eine Art süßes Brot mit Sahne sowie mit Beerensaft gesüßtes Wasser. Für alle Kinder, die zwei Tage zuvor den Gelb vertrieben hatten, gab es kleine Geschenke, und ihre Eltern wurden nicht müde, sich mit den Heldentaten ihrer Söhne und Töchter zu brüsten und sich das anerkennende Schulterklopfen der Freunde und Nachbarn abzuholen. Zwar wusste jeder, dass die Heldentaten mit jedem Erzählen noch ein klein wenig heldenhafter wurden, aber das störte niemanden.

Der absolute Mittelpunkt des Festes aber war die kleine Tingli, die in einer Art Hängematte saß, die zwischen zwei Pfosten gespannt war, mit dick verbundenem Fuß und noch sehr blass, aber wie ein Honigkuchenpferd strahlend. Den ganzen Tag kamen die Dörfler vorbei, um ihr ein paar freundliche Worte zu sagen und sie mit Süßigkeiten und kleinen Leckereien zu mästen, die ihr von allen Seiten zugesteckt wurden.

Ihre Pflegeeltern, die inzwischen von Boten herbeigeholt worden waren, glühten förmlich vor Stolz. Giula hatte sie auch schon kennen gelernt, denn gleich nachdem sie das Dorf erreicht und nach ihrer Tochter gesehen hatten, waren sie zu ihr gekommen, um ihr mit Tränen in den Augen zu danken, dass sie Tinglis Fuß gerettet hatte. Von Ise übersetzt, hatten sie ihr versichert, dass sie Giula von nun an, falls sie irgendwann einmal Hilfe brauchen würde, als ein Mitglied des Stammes ansehen würden – und das, so hatte Ise ihr nachher versichert, wäre als Kompliment einer Fremden gegenüber nicht zu übertreffen.

Auch der Häuptling hatte Giula in einer kurzen Ansprache vor seinen Leuten gedankt und dann mit ernsten Worten erklärt, wie Ise übersetzte: »Wir Chrrrr lieben unsere Traditionen und würden unser Leben nicht mit dem Leben in fremden Völkern tauschen wollen, auch wenn dort manches einfacher sein mag. Und manchmal sind wir sogar ein wenig eitel und starrköpfig…« Der Zwischenruf »Was heißt hier ›ein wenig‹?« sorgte für eine kurze Unterbrechung durch allgemeine Heiterkeit, dann fuhr Sssnrk fort: »Gut, wir können *sehr* dickköpfig sein. Aber dumm sind wir jedenfalls nicht. Daher können wir durchaus erkennen und anerkennen, auf welchen Gebieten andere besser sind als wir. Deswegen würde es mich sehr freuen, wenn wir von Giula, der Heb-Hammer-Frau, lernen könnten, und wenn sie ihr Wissen an unsere Heiler weitergeben würde, vor allem zum Wohl unserer Kinder und Ungeborenen und Schwangeren.«

Nun ruhten alle Augen erwartungsvoll auf der darob zunächst verwirrten Giula, die natürlich immer Ises Übersetzung abwarten musste. Dann aber antwortete sie: »Ihr wisst, dass ich mit Ruff irgendwann wieder zurück muss. Und auch ich habe Kinder, die zwar schon erwachsen sind, die ich aber wiedersehen möchte. Ihr müsst auch wissen, dass es wesentlich bessere Heilerinnen und Heiler als mich gibt. Aber solange ich hier bin, wird es mir eine Ehre und ein Vergnügen sein, das, was ich weiß, weiterzugeben« – eine Antwort, die, nach der Übersetzung durch den Häuptling, großen Jubel auslöste. Auch Brronn kam nicht zu kurz: Sssnrk schenkte ihm für seine gelungene Fackel-Attacke auf den Gelb vor aller Augen ein sorgsam geschmiedetes Messer mit schönem Horngriff.

Der Einzige, der sich am liebsten verkrochen hätte, war Ruff. Doch er hatte Angst, dass es ihm die Chrrrr-Kinder als Feigheit auslegen würden, wenn er jetzt in seinem Zelt verschwinden würde. So stand er recht unbehaglich zwischen all den feiernden Menschen herum. Bis plötzlich Brronn auf ihn zukam, ihn am Ärmel zog und ihm klar machte, dass er ihn beim nächsten Wettbewerb in seiner Mannschaft haben wollte, bei dem ein Fellball zwischen zwei Pfosten hindurch gekickt werden musste. Ruff sah ihn überrascht bis misstrauisch an, doch Brronn grinste zurück, deutete auf ihn und machte eine eindeutige Geste gegen seinen Kopf, zog dann aber sein neues Messer und liebkoste es, theatralisch übertreibend, mit Gelächter.

Da endlich musste auch Ruff lachen und rief: »Ja, du hast recht: Ich war ganz schön bescheuert. Aber ohne mich hättest du jetzt nicht dieses wunderschöne Messer! Na komm, lass uns diese blöde Fellkugel treten, bis wir die andere Mannschaft in den Boden gestampft haben!«

Und so wurde es auch noch für Ruff ein wunderbares Fest. Nur eines blieb ihm jetzt noch zu tun, doch es dauerte bis zum Abend, ehe er genug Mut dafür gesammelt hatte. Dann ging er zu dieser Frau, die ihm Giula inzwischen als Ise von Fels vorgestellt hatte, und fragte sie: »Was, bitte, heißt ›Danke‹ in der Sprache der Chrrrr?«

Lächelnd antwortete sie: »Danke? Dank heißt laan und danke laana.«

Dann ging Ruff zu Tingli hinüber, räusperte sich verschämt, ergriff ihre Hand und sagte leise: »Laana, Tingli.«

Falls das überhaupt möglich war, so wurde das Strahlen in ihrem Gesicht noch breiter.

8. STAHL UND STAUNEN
Die Stadt der Zauberer II

»Was ist das für ein schneebedeckter Berg, da in der Ferne?«, fragte Halana.

»Ah ja! Ist er nicht schön?«, sagte Prim andächtig und blickte zu dem fast ebenmäßigen Felskegel mit abgeflachter Spitze, dessen Silhouette hinter dem Horizont hervorschaute.

Timtom erklärte unterdessen stolz: »Das ist der heilige Berg Yumo, von uns aus gesehen ein gutes Stück links hinter Reinefreudestadt gelegen. Nie würde es ein Zauberer oder ein Normalsterblicher aus unserem Volk wagen, ihn zu betreten.«

»Warum nicht?«

»Na, weil er heilig ist.«

»Und warum ist er das?«

»Warum…? Natürlich, weil es der Schlafende Gott so verfügt hat.«

»Und warum hat er das?«

»Fremdländerin!? Was stellst du für ungebührliche Fragen? Wer wollte es wagen, bei einem Gott nach dem Warum zu forschen?«

»Das heißt, du weißt es nicht?«

»Natürlich nicht!«, fauchte Timtom Halana an.

Die wollte etwas erwidern, wurde jedoch abgelenkt, denn in der Ferne begann sich Reinefreudestadt am Horizont abzuzeichnen. Noch konnte Halana keine Details erkennen, doch allein das Erahnen der Höhen und Formen dieser Gebäude, auf die sie zuflogen, ließ sie ein geradezu körperlich wahrnehmbares Erstaunen verspüren. Und sie hatte ihre Blicke so fasziniert auf die näher rückende Stadt gerichtet, dass sie jenem mit ungewöhnlich hellem, nahezu weißem Gras bewachsenem Hügel, an dem sie gleich vorbeikommen würden, keine nähere Beachtung schenkte. Erst als Prim das Flugfloß mit einem Befehl etwas seitlich vor dem Hügel zum Stehen brachte, lenkte sie ihre Aufmerksamkeit auf diese seltsame Erhebung. Was daran liegen mochte, dass die Erhebung schmatzte.

Prim warf Halana ein leicht boshaftes Lächeln zu, das sie als »Nun mach dich mal auf etwas gefasst« interpretierte, dann rief er dem Hügel zu: »Hallo Skrumps, du alter Gauner. Alles klar bei dir, oder hattest du endlich mal die Gelegenheit, Reinefreude vor irgendeiner schrecklichen Bedrohung zu retten?«

Der Hügel drehte sich langsam um, starrte sie an und erhob sich gemächlich.

Halanas Hand zuckte reflexartig zu ihrem Schwert, doch Prim beruhigte sie: »Das wird nun wirklich nicht notwendig sein. Darf ich vorstellen: Das ist Skrumps, ein D'Goristi. Die D'Goristi sind Wächter und Beschützer in Reinefreude.

Skrumps, das ist Halana. Du wirst es kaum glauben, aber sie ist eine Fremdländerin.«

»Muss sie wohl sein«, kam es gemächlich brummend zurück, »denn sonst würde mich die kleine Frau wohl kaum so anstarren.«

Eigentlich war Halana nach menschlichen Maßstäben nicht klein. Allerdings war der D'Goristi gut vier Meter groß. Noch nie in ihrem Leben hatte Halana von einem Wesen gehört, das diesem da auch nur ein klein wenig ähnlich sah, geschweige denn eines gesehen.

Skrumps Körper war mit weißgrauem Fell bedeckt, das nicht gerade borstig, aber auch alles andere als samtweich wirkte. Seltsamerweise erschien er Halana trotz seiner Größe gedrungen, was vermutlich an seiner mit vielen Muskeln ausgefüllten Breite und dem kurzen, stiernackigen Hals lag. Die starken Arme waren, im Vergleich zu einem Menschen, überproportional lang, das Leder der unbehaarten Schraubstock-Hände hatte etwa den Farbton und die Zeichnung eines bräunlichen Schildkröten-Panzers. Das galt auch für die breiten Füße am Ende der Baumstamm-Beine, denen man besser nicht in die Quere zu kommen schien.

Das Seltsamste aber waren der Kopf und das fellfreie Gesicht: Der breite Schädel ruhte auf einem leicht ausladenden, kantigen Unterkiefer, die dunklen Lippen in dem flachen Gesicht waren ledrig und dickwulstig. Die Nase war derart flach, dass sie fast ganz im Gesicht verschwand, dennoch schien sie pausenlos in Bewegung, während sich die kleinen, dunklen Augen mit den nachtschwarzen, leicht ovalen Pupillen ruhig auf einen Fleck konzentrierten – der in diesem Fall Halana war. Die Augenbrauen waren so hell, dass man sie kaum erkannte, der Schädel flach und etwas wulstig. Die leicht grau wirkende Gesichtshaut wirkte ebenfalls ledrig. Zudem war sie durch vertiefte Linien in Segmente unterteilt, die wiederum entfernt an das Erscheinungsbild eines Schildkrötenpanzers erinnerten.

Doch die eigentliche Krönung – und das Wort war hier durchaus angebracht – befand sich oben auf dem Schädel: Zwei wunderhübsche, etwa 60 Zentimeter lange Hörner, die tatsächlich – das durfte ja wohl nicht wahr sein! – großen Kuhhörnern ähnelten. Allerdings waren sie etwas weniger gebogen und wuchsen auch nicht seitlich aus dem Schädel, sondern an dessen Oberseite heraus.

Aber das konnten ja wohl nicht wirklich Kuhhörner...

»Hüte dich vor diesem Zauberer, kleine Frau«, sprach Skrumps Halana nun direkt an, offenbar kein bisschen erstaunt darüber, wie eine Fremdländerin hierher kommen konnte, »seit Jahren verspricht er mir schon einen Zauber, der das Gras länger wachsen lassen soll, damit das Grasen für die D'Goristi nicht mehr so umständlich ist – aber glaubst du, er hat's getan?!«

»Äh. Nein?«

»Nein. Ach, Prim?«

»Ja?«

»Sollte ich der kleinen Frau nicht das Genick brechen? Weil sie doch Fremdländerin ist?«

»Nein. Sie ist nett. Du brauchst Reinefreude nicht vor ihr zu schützen.«

»Sie ist nett? Na dann ist ja gut. Es wäre mir, ehrlich gesagt, auch sehr unangenehm gewesen... Hallo, nette Frau Halana. Willkommen und ein langes Leben.«

Plötzlich ertönte ein lautes Rumpeln.

Nur mühsam konnte Halana sich beherrschen, nicht gleich wieder zum Schwert zu greifen, während sie besorgt fragte: »Was war das?«

»Oh! Die kleine Halana-Frau muss nicht nervös sein, das war nur der Magen von Skrumps. – Was mich daran erinnert, dass ich noch ein wenig grasen sollte, bevor es dunkel wird. Ihr gestattet?«

»Aber sicher«, antwortete Prim fröhlich, »wir müssen ohnehin weiter.«

»Dann gute Reise«, sagte Skrumps noch, bevor er wieder zusammensank und erneut die schmatzenden Geräusche von vorhin ertönten.

Als Prim das Luftfloß mit einem Befehl wieder vorantrieb – fast hatte sich Halana schon daran gewöhnt –, sah die Kriegerin noch eine ganze Weile über die Schulter zurück und fragte dann: »Was war das? – Das freundlichste Monster, das ich bisher kennengelernt habe? – Mal abgesehen von der Idee, mir das Genick zu brechen, natürlich.«

Timtom kicherte: »Hast du bisher überhaupt schon mal ein Monster kennengelernt, Fremdländerin?«

»Durchaus, Timtom. Mehrere. Aber nur in Menschengestalt. Doch dies...?«

Prim klärte sie auf: »Nein, die D'Goristi sind wirklich keine Monster. Vielleicht optisch etwas gewöhnungsbedürftig, wenn man sie nicht kennt.

Ein paar Tausend von ihnen leben, verteilt in 23 Clans, in Reinefreude. Sie sind magische Züchtungen. So heißt es jedenfalls. Sie wurden von unseren Vorfahren auf der Grundlage anderer Tiere geschaffen, um Reinefreude in jener Zeit zu schützen, als es den magischen Feuerwall noch nicht gegeben hatte. Das jedenfalls lehrte man mich als Kind. Wenn man sie heute sieht, kann man allerdings kaum glauben, dass ihre Vorfahren zum Kampf ausgebildet gewesen sein sollen.«

»Oh?! Ich glaub's!«, murmelte Halana.

»Und es heißt, als sie nicht mehr benötigt wurden und sie ihre nahezu unverwüstlichen Rüstungen ablegen konnten, da wollten einige Zauberer, dass man sie ausrotte. Aber glücklicherweise hat man sich dagegen entschieden. Sie haben eine recht geringe Intelligenz, ja. Aber sie sind sehr freundlich und hilfsbereit und freuen sich über jeden Auftrag, den sie von uns bekommen. Tatsächlich haben die Zauberer sogar irgendwann angefangen, die Freundlichkeit der D'Goristi zu erwidern, indem sie ihnen kleinere Aufgaben anvertrauten, die eigentlich einfacher und schneller mit Magie zu erledigen gewesen wären.

Doch es machte den großen Wächtern, die schon lange nichts mehr zu bewachen hatten, einfach Spaß. So erledigten sie Botengänge zwischen den einzelnen Städten...«, Prim seufzte, »...aber heute gibt es ja die anderen Städte nicht mehr. Und als Kind bin ich manchmal auf einem von ihnen geritten, wenn sie bei Feiern Wettrennen mit Zauberer-Kindern auf ihren Rücken veranstalteten – aber Kinder gibt's ja auch fast keine mehr.«

Traurig sah Prim einen Moment unter sich, dann wanderte sein Blick zu dieser erstaunlichen Barbarin hinüber, die tatsächlich die Grenze zu seinem Land überwunden hatte, und in diesem Blick lag sowohl Skepsis als auch Hoffnung, was es Halana ein wenig mulmig werden ließ. Denn sie erkannte plötzlich, dass sie sich, als sie Prim Hilfe anbot, eine Verantwortung aufgeladen hatte, die sie noch weiter wegführte von dem Leben jener unbeschwerten, jungen Kriegerin, die sie doch vor nicht all zu langer Zeit noch gewesen war.

Für ein Land den Namen Reinefreude auszuwählen fand Halana reichlich bekloppt, zudem manisch egozentrisch und überaus anmaßend. Aber sie musste sich eingestehen, dass der Name Reinefreudestadt – auch wenn er noch so dämlich war – durchaus eine gewisse Berechtigung hatte. Die Stadt war eine reine Freude für die Augen. Und das, obwohl es schon etwas verwirrend war, dass der Blick nirgends hängenblieb, sondern über alles hinüberzugleiten schien.

Halana konnte keine Ecken oder Kanten erkennen, alles war rund oder doch zumindest abgerundet. Obwohl sie es für eine Hauptstadt anders erwartet hätte, waren die Häuser nicht so hoch wie in Whistaun – doch auch das machte sie menschlicher. Die Häuser glichen eigentlich eher Türmen, bis zu zehn Stockwerken hoch, auf runden, ovalen, nierenförmigen oder sternartig geschwungenen Grundrissen. Meist trugen kannelierte Säulen die Etagenböden, wobei die Wände der Etagen erst zwei, drei Meter hinter den Säulen begannen, so dass um jede Etage ein großzügiger, oft begrünter Umlauf blieb. Die Farben der Säulen waren von Haus zu Haus unterschiedlich. Ein helles Taubenblau hatte man häufig genommen, aber auch Sonnenblumengelb oder Nebelgrau. Manchmal schienen die Säulen auch aus Glas oder einer Art Kristall zu sein. Die Wände selbst bestanden aus einem glatten, weißen Material, darin viele große Fenstern. Die Dächer schienen in Anlehnung an Pilzkappen konstruiert zu sein – nicht rund wie ein Champignon, sondern ausladend wie bei Pfifferlingen.

Was Halana aber am meisten verwirrte: Nicht ganz in halber Höhe waren die Häuser durch schwebende Straßen miteinander verbunden – der Begriff Brücke schien ihr hier irgendwie fehl am Platz, zumal es keine Brückenpfeiler gab und Halana sich klar darüber war, dass selbst die besten Baumeister ihrer Heimat niemals über so große Distanzen freitragende, bogenlose Brücken konstruieren konnten, denn die Abstände zwischen den Häusern betrugen zum Teil vierzig, fünfzig Meter – na ja, die Baumeister in Engaland waren halt keine Zauberer.

Zwischen den Türmen gab es immer wieder niedrigere, dafür ausgedehntere Gebäude, die spezielle Funktionen zu haben schienen. Auch gab es Parks und Bäche, die munter durch die Straßen flossen, sowie Brunnen mit derart kunstvollen Wasserspeiern, dass sie einfach magisch sein *mussten.*

Und hier, in Reinefreudestadt, gab es auch noch Menschen. Nicht wenige waren es, die durch die Straßen und da oben über die Brücken schritten, auch etliche Luftflöße waren unterwegs. Was Halana dagegen kaum sah, waren Kinder. Und wenn doch ab und an so ein kleines Wesen in ihrem Blickfeld auftauchte, dann immer in Begleitung mindestens zweier Erwachsener, die es wie eine ängstliche Eskorte abschirmten, während die Blicke der anderen Erwachsenen, die manchmal sogar stehen blieben, nachdenklich und traurig, mitunter auch neidvoll dem Kind folgten.

»Die armen Kinder!«, murmelte Halana, Prim konnte nur nicken.

Manche der Menschen trugen Kleider, die denen jener Figuren ähnelten, die an der Grenze des Zaubererlandes Wache standen. Die meisten trugen allerdings Hosen, Hemden und Röcke aus farbenfrohen, glänzenden Stoffen, wie sie Halana noch nie gesehen hatte. Und ein paar wenige der Männer hatten in einem Futteral einen Zauberstab wie Prim an ihrer Hüfte hängen. Aber dann fiel Halana noch etwas auf – etwas nicht Vorhandenes: Aufmerksamkeit ihr gegenüber. Seit Jahrhunderten, wenn nicht sogar seit Jahrtausenden hatte niemand mehr die Grenzen zum Zaubererland überschritten. Da hätte man ja wohl erwarten können, dass sich gleich eine aufgeregte Menschentraube um Halana scharen würde. Zumal die Kriegerin, schon von ihrer äußeren Erscheinung her, ganz deutlich als etwas Nicht-Zauberländisches heraustach. Aber nichts geschah. Obwohl die Menschen im Vorbeigehen ihre Blicke durchaus auch über Halana wandern ließen. Doch die größte Aufmerksamkeit, die sie erregte, war, dass der ein oder andere Passant kurz erstaunt herüber blickte, aber dann kopfschüttelnd wieder weiterging.

Halana sprach Prim darauf an, der meinte: »Das wundert mich nicht. Ich wollte in den ersten Sekunden auch nicht glauben, dass du die Grenze überschritten hast, und das, obwohl ich es gesehen hatte. Es ist in unseren Köpfen so tief verwurzelt, dass ein Besuch wie der deine absolut undenkbar ist, dass du schon vor ihrer Nase einen wilden Tanz aufführen und ein paar barbarische Lieder grölen müsstest. Erst dann würde es den Ersten ganz, ganz allmählich dämmern, dass sie tatsächlich die Wahrheit vor Augen haben.«

»Ich gröle nicht!«

»War ja auch nur ein Beispiel... Wir nähern uns gleich der Kernstadt. Wenn wir im Palast sind, bringe ich dich durch einen Nebeneingang erst mal in meine Wohnung.«

»Du wohnst im Palast?«, unterbrach Halana überrascht, »bist du ein Prinz oder so was, dass du darin wohnen darfst?«

Von hinten kam ein leises Lachen, dem ein Hauch Verzweiflung beigemengt war, dann rief Timtom: »Was heißt hier *dürfen*? In den neueren Häusern lässt's sich viel bequemer leben. Im Palast wohnt heute nur noch ein Teil des Personals, das sich um die Anlage mit ihren Fest- und Versammlungsräumen und den Gaststätten kümmert. Aber kein Mensch würde dort freiwillig hinziehen... was sag ich? Prim ist ja auch ein Mensch – zumindest dem äußeren Eindruck nach. Aber er muss unbedingt eine Wohnung im Palast nehmen. Damit er näher an seinen geliebten Büchern ist. Und wer darf dort mit ihm ausharren? Meine Wenigkeit und meine Familie...«

»...in einer Wohnung, die mehr als doppelt so groß ist wie andere Diener-Wohnungen und die direkt an den inneren Palast-Park grenzt«, ergänzte Prim, »aber wenn Timtom nichts zu meckern hat, ist es Zeit, den Arzt zu rufen. Wie auch immer, Halana, wir gehen erst in meine Wohnung, da kannst du dich etwas frisch machen und ausruhen. In einer Stunde wird es dunkel, dann tritt das Konkur, das oberste Gremium des hohen Rates im Palast zusammen. Und in dieser Woche werden sie ausnahmsweise wirklich mal was zu bereden haben. – Wir werden einen Frontalangriff starten!«

Verwundert meinte Halana: »Ich hatte eigentlich den Eindruck, du wolltest deine Leute mit Worten überzeugen? Aber gut, du kennst dich hier besser aus, mein Schwert hast du.«

»Bitte!? – Oh Schlafender Gott! – Bei euch da draußen geht's wohl wirklich sehr kriegerisch zu? Ich meinte das doch nur im übertragenen Sinn: Wir marschieren mitten in die Ratssitzung hinein, und wenn du ohne Zwang und friedlich kommst, dann werden sie schon sehen, dass du keine Gefahr für sie darstellst.«

»Ach so. Hm. So einfach drauf los? Hältst du das wirklich für eine gute Idee? Nicht, dass sie mich erst aufknüpfen und dann Fragen stellen...«

»Aber nein«, beruhigte Prim, »natürlich wird es erst mal ein wenig Aufregung geben, aber im Prinzip sind das im Rat, vielleicht mal abgesehen von Puth'O, alles vernünftige Leute. Niemand wird dir ein Haar krümmen.«

*

»Bringt sie um!«, »Hilfe!«, »Verbrennt sie, sie ist ansteckend!«, »Wachen, Wachen!«, »Evakuiert die Stadt!«, »Dummkopf, wir haben gar keine Wachen!«, »Hilfe! Aus dem Weg, ich muss hier raus!«* – im kleinen Saal des großen Rates war das nackte Chaos ausgebrochen. Nicht sofort natürlich...

Die Sitzung der 30 Zauberer des Ersten Gürtels hatte gerade erst begonnen, den Vorsitz an einem leicht erhöhten Pult führten Puth'O, Belac'O und Berin'O. Die anderen 27 Zauberer saßen an der Außenseite von neun edlen, schmalen Kirschholz-Tischen, die so geformt waren, dass sie aneinander gestellt eine Hufeisenform ergaben, vor deren offenem Ende das Podest mit einem etwas breiteren Kirschholz-Pult stand. Die Zauberer, alle in traditionelle Kleidung gewandet – lediglich Puth'O hatte wieder mal auf die Kopfbedeckung verzichtet und zeigte sein zerzaustes, mit viel Grau durchsetztes Haar –, hatten gerade wieder die Debatte darüber aufgenommen, ob man auch die letzten Felder im Süden des Landes nicht der Natur überlassen sollte, statt magische Kräfte auf die Ernte und die Pflege der Felder zu verschwenden. Die Debatte lief nun fast schon seit einem halben Jahr, eine Entscheidung war aber immer wieder vertagt worden.

»Unsere Kornspeicher quellen doch schon seit Generationen über, seit Jahren bleibt das abgeerntete Korn im Süden einfach neben den Feldern liegen – wozu also der ganze Aufwand?«, meinte gerade ein älterer, hochgewachsener Zauberer, der sich hinter der linken Seite des Hufeisen-Tisches erhoben hatte. Von der anderen Seite zischte ihm ein vierschrötiger Zauberer entgegen: »Was soll das, Ternal'O? Glaubst du, wir wissen nicht, dass dein Neffe dort Aufseher ist und einfach keine Lust mehr hat, da draußen alleine mit seiner Familie zu hausen?«

»Also hör mal, Beral'O«, entrüstet schüttelte der große Zauberer die Faust, »wie kannst du es wagen, meine Familie zu beleidigen? Du willst das Gebiet doch nur nicht aufgeben, weil es früher, als dort noch Menschen lebten, deiner Familie unterstellt war.«

»Was heißt hier war?!«, brüllte der andere Zauberer erbost zurück, »es ist uns noch immer unterstellt, und wenn du glaubst, dass...«

»Haltet ihr zwei Holzköpfe jetzt endlich mal die Klappe?«, donnerte es zornig vom Pult herunter; Puth'O, noch keine 50 Jahre alt, jedoch mit bereits ziemlich zerfurchtem Gesicht und einer großen Nase, die davon kündete, dass er alkoholischen Getränken nicht abgeneigt war, blickte mit seinen dunklen Augen nach oben, und er fluchte gen Himmel: »Oh Schlafender Gott! Ich kann gut verstehen, dass du nicht mehr aufwachen willst! Wer möchte schon der Gott solcher Idioten sein! Vielleicht haben wir es ja verdient, dass wir aussterben.«

Dann wandte er sich wieder an die ganze Runde: »Ich habe die Schnauze so voll von eurem Gewinsel! Das ist jetzt Zeitverschwendung genug! Wir legen die Frage bei nächster Gelegenheit dem Großen Rat ohne eine Empfehlung vor, dann wird abgestimmt, und basta! – Wer ist dafür? Na los, die Hände hoch!«

Zuerst gingen zaghaft die Hände der beiden Zauberer neben ihm am Pult in die Höhe. So ermuntert, wurden auch um den Hufeisentisch herum immer mehr Hände in die Höhe gehoben. Kaum waren es mehr als fünfzehn, knurrte Puth'O: »Warum nicht gleich so? Das wär erledigt. Und jetzt sollten wir mal darüber reden...«

Doch was Puth'O nun besprechen wollte, würden die anderen nie erfahren. Denn in diesem Moment wurde an der linken Seite des Saals die zweiflüglige Tür aufgestoßen, und Prim kam herein, eine ganz merkwürdig aussehende Frau im Gefolge.

»He!«, rief ihm ein Zauberer zu, »du bist zwar Mitglied im Großen Rat, aber im Konkur hast du als Zweiter-Gürtel-Zauberer nichts verloren!«

Auch von ein paar anderen Zauberer kam Gemurre, während wieder andere ihm ein kurzes Lächeln und Winken schenkten und dann neugierig auf diese Frau starrten, die irgendwie... *anders* aussah. Puth'O raunzte nur von seinem erhöhten Platz herab: »Was willst du, Prim?«

»Oh, ich denke, ihr werdet heute eine Ausnahme machen und mich anhören«, gab der Angesprochene munter zurück, »und hinhören solltet ihr wirklich: Es hat sich heute eine ganz neue Möglichkeit aufgetan, wie wir unser Problem lösen und unsere Zauberkraft wieder steigern können – mit der Hilfe dieser ganz erstaunlichen jungen Frau hier. Darf ich vorstellen: Das ist Halana, die Kriegerin, und sie kommt... von *jenseits* der Grenze!«

Prim sah sich erwartungsvoll um – doch es geschah das, was er am wenigsten erwartet hatte – nichts. Die Zauberer starrten erst ihn, dann Halana und zuletzt sich gegenseitig an, wobei einige ratlos die Schultern zuckten. Der einzige, der die Augen nicht von Halana abwenden konnte, war Puth'O.

Nach ein paar Sekunden des ratlosen Schweigens, während derer Prims Lächeln gefror, meinte Berin'O, der kräftige Zauberer, der neben Puth'O saß, kopfschüttelnd: »Also hör mal, Prim, ich mag dich ja gut leiden. Du bist ein netter Kerl, auch wenn du manchmal etwas sonderbare Ideen hast. Doch das hier geht nun wirklich zu weit. Ich weiß zwar nicht, was du damit bezweckst, dass du eine Schauspielerin in seltsame Kleidung steckst und dann mit ihr hierher kommst, aber...«

»He!«, rief Prim dazwischen, »was heißt hier Schauspielerin?! Sie ist *echt!*«

Jetzt begannen die Ersten zu lachen, und Prim hörte aus dem einsetzenden Gemurmel Worte heraus wie »total verrückt«, »Spinner« und »wir sollten ihn rauswerfen«. Prim sah seine Felle schon davonschwimmen, doch da ertönte ein mit Hilfe zweier Finger ausgestoßener, greller, durchdringender Pfiff, der Halana die erstaunte Aufmerksamkeit aller sicherte.

»So, ihr Wichte«, knurrte die Kriegerin bedrohlich, und dann war in der Stille ein ganz leises, metallisch singendes Geräusch zu hören, als Halana langsam ihr Schwert aus der Scheide zog. Schließlich trat sie, ihr Schwert erhebend, zwischen zwei verstört dreinblickenden Zauberern an den schmalen Tisch heran, stieß ein gewaltiges Brüllen aus und schlug mit aller Kraft zu. Die Tischplatte war durchtrennt, der Tisch sank in der Mitte zusammen, und Halana grollte: »Ich bin eine Kriegerin, und ich *komme* von jenseits der Grenze.«

Dann war der Tumult losgebrochen.

Neun der Zauberer wollten tatsächlich zur Tür stürzen, doch Halana war zurückgesprungen, stieß sie mit einem Fuß zu und ließ gleichzeitig drohend ihr Schwert kreisen, so dass die neun ängstlich wieder zurückwichen. Und wieder brüllte die Kriegerin: »Ist hier jetzt gleich mal Ruhe?«

Eine halbe Sekunde später hätte man eine Stecknadel zu Boden fallen hören können, als die Zauberer bewegungslos und mit angehaltenem Atem verharrten. Halana konnte nicht widerstehen, zuckte mit dem Kopf vor und stieß ein herzhaftes »Buh!« aus, was ein 29-faches erschrockenes Lufteinziehen zur Folge hatte. Nur der zauselige Grauhaarige oben an diesem Pult saß noch immer auf seinem Platz und sah sie gebannt an.

Halana sprach den Grauhaarigen nun direkt an, aber so laut, dass es auch die anderen hören konnten: »Ihr scheint der Einzige hier zu sein, der sich nicht von mir ins Bockshorn jagen lässt?«

»Nein, mein Kind, sicher nicht.«

»Dann macht Eure Zauberer-Kollegen doch bitte mal darauf aufmerksam, dass ich hier alleine stehe, und« – sie legte ihr Schwert auf das Pult – »unbewaffnet bin, während sie doch alle Zauberer sind und ihre mächtigen Zauberstäbe am Gürtel hängen haben.«

Damit setzte sich Halana lässig im Schneidersitz auf den äußersten Tisch im Hufeisen – den daneben hatte sie halbiert – und fuhr fort: »Ihr könntet mich jetzt sicher mit euren Waffen grillen, aber wenn ihr euch mal beruhigt habt, werdet ihr einsehen, dass ihr zumindest Interessantes erfahren könntet, wenn ihr Prim und mich anhört.«

Jetzt setzte ein überraschtes Murmeln ein, doch einer der Zauberer, die gerade noch fliehen wollten, kreischte hysterisch auf: »Ja! Sie ist unbewaffnet!«

Dann riss er mit glasigen Augen seinen Zauberstab heraus, zielte auf Halana und schrie: »Feuer!«

Prim riss seinen eigenen Zauberstab heraus, doch er hatte zu spät gezogen – ein Anderer aber nicht, von dem er es am wenigsten erwartet hätte: Puth'O hatte seinen Zauberstab schon vorsichtig im Schutz seines Pultes ergriffen und auf seinem Schoß bereit gehalten, nachdem Halana den Tisch zerschmettert hatte. Noch während der panische Magier »Feuer« schrie und eine Reihe rot flackernder, tropfenförmiger Blitze abschoss, rief der grauhaarige Magier: »Fang Feuer!«

Auf halbem Weg zu Halana beschrieben die Tropfenblitze einen engen Bogen, rasten auf das Pult der Vorsitzenden zu, dessen Vorderseite sie spielend durchschlugen.

Puth'O zuckte nicht einmal mit der Wimper, als er nun seinen Zauberstab, dessen Spitze leicht zu rauchen schien, unter dem Pult hervorholte und neben Halanas Schwert legte. Sein Blick hatte sich dabei in den des schießwütigen Magiers gebohrt, der nun leicht zitternd zurückstarrte, während Puth'O ihn anknurrte: »Noch so eine Entgleisung, Durmni'O, und ich puste dich zuerst durch die Wand, und dann sorge ich dafür, dass du dein O verlierst und bis zum Fünften Gürtel zurückgestuft wirst.«

Nun wandte er sich an alle: »Dass wir seit Jahrtausenden in Frieden leben – oder sagen wir besser: ohne Bedrohung von außen leben –, entschuldigt nicht euer lächerliches Verhalten. Und ich muss mich schämen. Dass eine Barbarin mehr Grips an den Tag legt als ihr! Sicher werden wir sie wohl bald wieder aus Reinefreude hinausbefördern müssen – doch sie hat natürlich recht: Es wäre sträflicher Leichtsinn, sie nicht zu befragen und meinetwegen auch den verrückten Prim. Vor allem müssen wir offenbar irgendwo eine Lücke im Zaun schließen, denn…« Mitten im Satz erstarrte Puth'O und starrte auf Halanas Hals. Dann sprang er so ruckartig auf, dass sein schwerer Stuhl polternd nach hinten kippte, während er sich zitternd nach vorne beugte und mit atemloser Stimme Halana ansprach: »Ich sehe, Ihr tragt eine Kette um den Hals… So eine hält doch für gewöhnlich einen Anhänger? Bitte, fremde Kriegerin… – wie sagte Prim, heißt Ihr? Halana? Oh Schlafender Gott! – bitte, Halana, zeigt mir den Anhänger!«

Und als Halana ihn langsam unter ihrem Hemd hervorzog, ahnte sie, dass ein paar ihrer Fragen noch in dieser Nacht eine Antwort finden würden.

*

Der silber-weiße Anhänger, den ihr ihre Mutter vor 23 Jahren an einer Kette aus winzigen Stahlgliedern umgelegt hatte, sah eigentlich nicht besonders spektakulär aus. Von vorne betrachtet wirkte er rechteckig – vier Zentimeter hoch, zwei Zentimeter breit – mit abgerundeten Ecken. Allerdings wölbte er sich, von den Längskanten gesehen, zur Mitte zu, so dass er auf der Mittellinie einen Zentimeter, an den abgerundeten Längsrändern aber nur einen Millimeter dick war. Auf Vorder- und Rückseite waren Rankenmuster eingraviert, die sich auf der Vorderseite um einen im Zentrum liegenden, einen Zentimeter durchmessenden und einen halben Millimeter vertieften Kreis rankten, der mit winzigen blassblau glitzernden Splittern ausgefüllt war.

Puth'Os Augen wurden erst groß, dann schien sich seine Stirn leicht zu umwölken, und er blickte traurig auf den Anhänger. Von den anderen Zauberern starrten die älteren staunend, die jüngeren zweifelnd auf das Schmuckstück, und Halana hörte einen jüngeren fragen: »Ist das…?«

»Ja«, flüsterte fast andächtig einer der älteren Magier, »das ist ein Grenzschlüssel.«

Puth'Os leise Worte waren mehr eine Feststellung als eine Frage: »Deine Mutter gab dir den Anhänger kurz vor… ihrem Tod.«

»Ja.«

»Dann warst du als Kleinkind auch schon mal in unserem Land.«

»Ja.«

»Nun, wir haben wirklich einiges zu bereden. Jetzt ist auch klar, wieso du die Grenze überschreiten konntest: Die Grenzschlüssel sind gefüllt mit uralter Magie, die gegen den Tod der Grenzwächter immun macht. Und wenn du dich wunderst, Halana, warum wir alle so erstaunt sind, den Anhänger zu sehen: Bei uns wurden damals, als du und die anderen unser Land verlassen hatten, alle Steine vernichtet – nein, fragt jetzt nicht warum, das wird vielleicht später noch ein Thema.«

»He!«, sagte Prim, »ich wollte nicht fragen, warum die Dinger vernichtet wurden, sondern warum ich gar nicht wusste, dass es sie überhaupt gibt?«

»Glaubst du etwa, ein Zauberer des Zweiten Gürtels weiß alles?«, sagte Belac'O, der wieder am Pult Platz genommen hatte, mit einer gewissen Arroganz von oben herab, »und von der Existenz der Schlüsselsteine wussten nicht einmal alle Zauberer des Großen Rates etwas, sondern nur diejenigen, die dem Konkur angehörten.«

»Wie auch immer«, fuhr Puth'O fort, »ohne diesen Anhänger, Halana, hättest auch du beim Grenzübertritt dem Tod nicht entgehen können.«

Halana wurde blass – so viel also zu Anselms Überzeugung, dass der Grund für ein unbeschadetes Überschreiten der Grenze in ihr selbst liegen würde.

Genau genommen hätte der Schwarze Herzog ihr also nur die Kette abnehmen müssen, und er hätte seine eigenen Leute ins Reich der Zauberer schicken können – tja, Wissen ist Macht.

Unterdessen fuhr Puth'O fort, diesmal an Halana und Prim gewandt: »Aber erzählt erst ihr eure Geschichte. Und dann werden wir ein paar Dinge zu berichten haben. Gut möglich, Kriegerin, dass du dann bereuen wirst, dein Schwert weggelegt zu haben. Denn möglicherweise wirst du dann ein übermächtiges Verlangen spüren, mit mir das Gleiche wie mit diesem Tisch zu machen. Und ich könnte es dir nicht einmal verübeln.«

So erzählte erst Halana ihre Geschichte, dann Prim. Zum Schluss sagte dieser: »Und vielleicht, ihr großen Zauberer des Ersten Gürtels, wäre dann heute auch der richtige Tag, meine Entdeckung zu akzeptieren und nicht mehr darüber zu lachen: Es gibt ihn tatsächlich, den Bruder des Schlafenden Gottes. Ihr müsstet nur eure Nachforschungen endlich auch einmal in diese Richtung lenken, dann würdet ihr mir glauben!«

Puth'O sah kurz seine Nebenmänner an, die nur mit den Schultern zuckten, dann seufzte er und meinte: »Es ist nicht deine Entdeckung, Prim.«

»Geht das schon wieder los? Ihr müsst mir bloß gestatten, euch ein paar Bücher…«

»Prim. Du hast nicht zugehört«, unterbrach Puth'O, »ich habe nicht gesagt, dass wir dir nicht glauben, ich habe nur gesagt, dass du ihn nicht entdeckt hast, den Bruder des Schlafenden Gottes.«

»Äh?«

Kurz zögerte Puth'O, dann fuhr er fort: »Prim, ich erlege dir auf, und auch dir, Kriegerin, dass meine Worte diesen Raum fürs Erste nicht verlassen dürfen. Du weißt, dass nur diejenigen unter uns Zauberern, die in den Rang des Ersten Gürtels aufrücken, auch die höchste Stufe der magischen Macht erlernen dürfen. Was mich daher wundert, ist jedoch, warum du nie darauf gekommen bist, dass es neben dem magischen auch ganz normales Wissen gibt, das den Magiern des Ersten Gürtels vorbehalten ist?«

Zu überrascht, um zornig zu werden, rief Prim fassungslos: »Ihr habt es die ganze Zeit gewusst? Dass es den Bruder des Schlafenden Gottes gibt? Und mich habt ihr alle, die ihr hier versammelt seid, öffentlich der Lächerlichkeit preisgegeben?«

»Tja«, meinte Berin'O mit bedauerndem Achselzucken, »einige von uns haben es wirklich bewundert, wie du immer wieder neue Hinweise auf den Bruder des Schlafenden Gottes entdeckt hast. Nachdem du zum ersten Mal damit zu uns gekommen warst, hatten wir damit begonnen, selbst in der großen Bibliothek nach entsprechenden Hinweisen zu suchen – und sie in einem gut abgeschlossenen Raum des Palastes verschwinden zu lassen. Doch du hast uns immer wieder damit überrascht, dass du an den unserer

Meinung nach unmöglichsten Stellen gesucht hast – und dann tatsächlich auch noch ein ums andere Mal fündig wurdest!«

»Aber um Himmels Willen«, rief Prim verzweifelt, »warum habt ihr das geheim gehalten? Es geht doch um nicht weniger, als unser Aussterben zu verhindern!«

»Na, in den letzten Jahren hätten wir ohnehin nicht mehr nach außen gekonnt«, meinte Berin'O, »und die Jahrhunderte davor? Offenbar gab es in den frühen Jahren unserer Geschichte immer wieder Bestrebungen einzelner, meist jüngerer Leute, den Kontakt zu den Barbaren auszubauen. Jedoch war es die Aufgabe des großen Rates und des Konkur, unsere Gesellschaft zu schützen – die Barbaren hätten sicher nur allzu gerne an unseren Errungenschaften partizipieren wollen. Also wurde der magische Grenzwall als Schutz vor den Barbaren errichtet – und wenn man behauptete, dass auch niemand von innen nach außen könne und dies im Laufe der Jahrzehnte und Jahrhunderte als allgemeingültig anerkannt wurde, dann bremste das den Wissensdurst der jungen Leute auf alles Barbarische ungemein.«

Fassungslos rief Halana dazwischen: »Ihr habt den Wissensdurst und den Freiheitsdrang eurer eigenen Leute absichtlich beschnitten? Das konnte ja nicht gut gehen!«

Berin'O tat, als hätte er es nicht gehört, und fuhr fort: »Aber als dann unser Gott eingeschlafen war und immer länger und länger schlief, als dann auch noch das stetige Schrumpfen unseres Volkes hinzukam, und als es die Wissenden im Konkur tatsächlich als eine Möglichkeit in Betracht zogen, den Bruder des Schlafenden Gottes zu suchen, nun, da begannen wir tatsächlich damit, ganz, ganz vorsichtig mit Hilfe der Grenzschlüssel die Fühler auszustrecken.

Es gab in jeder Generation immer mal wieder ein, zwei Zauberer des Ersten Gürtels, die unter strengster Geheimhaltung Reinefreude verlassen hatten, um in Engaland oder im Schwarzen Land Agenten anzuheuern. Natürlich kannten die Agenten nie die wahre Herkunft ihrer Auftraggeber. Und auch die Auftraggeber selbst wussten ja nicht, wohin sich der Bruder unseres Gottes begeben hatte, nachdem sich die Wege der beiden getrennt hatten. Und natürlich wusste auch niemand, wie sich dieser Gott manifestierte. So konnten wir diesen Agenten nicht wirklich brauchbare Informationen geben, was wir suchten und wo sie suchen sollten. Dementsprechend schickten sie auch nie wirklich interessante Informationen zu uns zurück. Hätten wir es also doch irgendwann publik gemacht, dass wir das Land verlassen konnten, dann hätte das nur falsche Hoffnungen geweckt.« Dann schenkte sich der kräftige Zauberer aus einer Karaffe, die vor ihm stand, etwas Wasser in seinen Krug, während ihn Prim erst fassungslos anstarrte und dann stöhnte: »Oh ihr ängstlichen, dummen alten Männer!«

»Heee...!«, wollten einige der Zauberer aufbrausen, doch Prim fuhr energisch fort: »Aus euren Reden schließe ich, dass ihr nur wisst, dass der Bruder des schlafenden Gottes existiert, aber nicht, wo ihr suchen sollt?«

»Stimmt.«

»Oh Himmel, was habt ihr angerichtet! Hätten es *alle* Zauberer und *alle* Bürger gewusst, dass es diesen Bruder tatsächlich gibt und dass wir das Land verlassen können, und hätten sie daher ihre Aufmerksamkeit in die richtige Richtung gelenkt, wir hätten sie schon vor Generationen gefunden und handeln können.«

» *Was* gefunden?«, wollte Puth'O wissen.

»Na, die Karte«, sagte Prim leise. »Vor drei Jahren habe ich in der Bibliothek eine kleine Landkarte entdeckt, die zeigt, wo wir suchen müssen.«

Es war ein Prusten zu hören, als Berin'O einen Mundvoll Wasser ausspie. Dann herrschte, abgesehen von Berin'Os Husten, ungläubiges Schweigen.

Puth'O sagte schließlich fassungslos: »In den vergangenen Jahrzehnten, ach was, in den vergangenen Jahrhunderten wurde jedes einzelne Buch aus der geographischen Abteilung und jede einzelne Karte aus dem Kartenlager – und beides ist ohnehin nicht sehr groß – von den Mitgliedern des Konkur immer wieder aufs Genaueste studiert, und nicht der kleinste Hinweis wurde entdeckt... und *du* willst etwas gefunden haben?«

Prim konnte es sich nicht verkneifen: »Ich hatte euch doch alle oft genug beleidigt, dass ihr viel zu engstirnig wärt? Offenbar nicht oft genug... Ich hab die Karte in einer ganz anderen und viel, viel größeren Abteilung gefunden.«

Ein Zauberer rief dazwischen: »In den Bereichen Politik und Historie hatten wir doch auch alles zigfach durchstöbert!«

»Mag ja sein«, seufzte Prim, »aber offenbar habt ihr nie bei den Kochbüchern nachgeschaut.«

»Bei den... Was?! Du machst Witze!«

»Da ich das Konkur für sträflich humorlos halte, würde mir das nie einfallen... Das Buch besteht aus uralten Papyrii-Blättern und scheint noch aus der Zeit zu stammen, bevor unser magischer Grenzschutz aktiv war.

Offenbar hatten wir uns aber schon damals – mit Hilfe der D'Goristi und unserer magischen Waffen – gründlich abgeschottet und das Land nur noch selten zu Expeditionen verlassen. Und furchtsam, so scheint's, waren wir auch damals schon: Bei dem Buch handelt es sich um eine Art Anleitung für Expeditionen, was man in den Fremdländern essen kann und wovon man lieber die Finger lassen sollte, ›*falls man nicht gar schreckliches Bauchgrimmen oder Übleres erleben will*‹. Auch wie man Dinge, die man in den verschiedenen Regionen in der Natur findet, zubereiten und genießbar machen kann, steht dort, teils mit schönen Zeichnungen versehen.«

»Komm zur Sache!«

»Viele Wochen südwestlich von Reinefreude muss es ein großes Waldgebiet geben – oder gab es zumindest damals –, in dem eine ganze Menge offenbar durchaus leckerer Pilze wachsen, die man bei uns nicht kennt. Der unbekannte Autor des Buches hat Zeichnungen sowohl der genießbaren als auch der ungenießbaren Pilze angefertigt und ein paar einfallsreiche Rezepte für Pilz-Ragouts und -Omeletts hinzugefügt. Ein paar davon hab ich mit unseren eigenen Pilz-Züchtungen ausprobiert – wirklich sehr schmackhaft, muss ich sagen.«

»Mann, Prim!«

»Dann fand ich in den Aufzeichnungen eine Skizze, wo in diesem Waldgebiet man, laut Auskunft der Eingeborenen, welche Pilzarten am ehesten finden könne. An der Westseite dieser Karte stand der Vermerk, dass man ab hier selbst als passionierter Pilzsammler besser nicht mehr weiter vordringen sollte, falls man ›*nicht selbst als Nahrung enden will*‹. Tja, so stand es da, denn hier betrete man eine Region, aus der schon lange keiner mehr zurückgekommen sei, nämlich das Gebiet ›*am Tor zur kalten Diamantstraße, die den Weg zu den Höhlenlabyrinthen unseres Brudergottes weist*‹.«

Wieder setzte aufgeregtes Murmeln ein.

»Aber wieso«, fragte erregt der Zauberer, der gerade noch Halana ins Jenseits befördern wollte, »wieso heißt es da ›Brudergott‹ und nicht ›Bruder des Schlafenden Gottes‹? Und wieso hat sich dieser Schreiber mit blöden Pilzen befasst und von irgendeiner Diamantstraße – so ein Quatsch! – gefaselt, statt genauere Angaben über eine so wichtige Angelegenheit zu machen?«

»Ist doch klar«, brummte Puth'O, »und die Antwort auf beide Fragen ist die gleiche: Der Schlafende Gott war damals noch wach, und in Reinefreude lief noch alles genau so, wie es auch laufen sollte. Ja, vermutlich war der Aufenthaltsort des göttlichen Bruders sogar noch bekannt – eine Höhle! Wer hätte das gedacht?! – Welchen Grund hätte es also geben sollen, sich dazu Notizen zu machen? Zumal ganz offensichtlich allenfalls Lebensmüde diese Region betreten würden. – Kriegerin Halana, kannst du uns sagen, ob es dort heute immer noch gefährlich ist?«

Halana zuckte mit den Schultern: »Nein. Die Beschreibung ist nicht sehr genau, aber ich denke, dieser Ort muss irgendwo am Rand oder sogar noch hinter dem Reich der Steppenvölker liegen – und das ist für uns Engaländer unbekanntes Land, zumal auch noch das Schwarze Herzogtum dazwischen liegt. Keine Ahnung, ob man dort heute noch ›als Nahrung enden‹ kann, aber sicher ist jedenfalls, dass es kein Spaziergang wird.«

Wieder trat kurzes Schweigen ein.

Schließlich sagte Belac'O: »Ich denke, auch wenn es bisher noch keiner von uns ausgesprochen hat, so ist es uns doch allen klar, dass wir im Rat in den vergangenen Jahren und Jahrzehnten nichts weiter als geschäftiges Nichtstun praktiziert haben. Es wird Zeit, dass wir nun schnellere Entscheidungen herbeiführen. Prim, bitte hole die Karte – aber sag uns zuvor: Du bist bereit, die Grenze zu überschreiten und nach dem Bruder des Schlafenden Gottes zu suchen?«

»Es gibt nichts, was ich mir sehnlicher wünsche.«

»Aber du kennst dich da draußen nicht aus, du wirst Hilfe brauchen... Kriegerin?«

»Ich stehe zu meinem Wort«, nickte Halana, »Prim wird mir mit seinen magischen Kräften helfen, meinen Sohn zu befreien. Ich werde euch helfen, jenen Ort, den ihr so verzweifelt sucht, und den Bruder eures Gottes zu finden.«

»Ach, und noch etwas«, das war Prim, »ich will ja keine Bedingungen stellen....«, Puth'O lächelte verkniffen, »...aber während ich weg bin, solltet ihr unser ganzes Volk – oder was davon noch übrig ist – darauf einstellen, dass es wichtige Veränderungen geben kann. Nicht, dass sie so überrascht werden wie ihr, wenn ich zurückkomme.«

»Oder«, flüsterte ihm Halana ins Ohr, » falls du zurückkommst.«

9. STAHL UND MENSCHENJAGD
Flucht und Fluch der Kinder

Berthold hatte es überlebt.

Zwar fühlte er sich noch speiübel, aber immerhin: Er lebte! Allerdings war er sich gar nicht sicher, ob das auch in naher Zukunft noch Gültigkeit haben würde – falls er nämlich dem Herzog ohne diesen verflixten Bengel unter die Augen treten müsste!

Der Große Zerstörer sollte diese alte Gifthexe holen…! Und in Engaland konnte er sich auch nicht mehr blicken lassen.

Was war zu tun? Ganz einfach: Er würde den Jungen zurückholen. Der Gedanke hatte eigentlich sogar etwas Angenehmes: Er würde seine Rache bekommen. Denn diese Giula Wasserfrau stand ja nicht auf der Bestell-Liste des Herzogs… Berthold freute sich schon darauf, ihr die Kehle durchzuschneiden.

Den Jungen? Ja, den wollte der Herzog lebend. Aber man konnte ja leben und musste trotzdem nicht an einem Stück sein, oder?

Dadurch, dass die Frau und der Junge auf dem Floß abgetrieben waren, hatten sie wenigstens keine Gelegenheit gehabt, ihn und seine toten Kameraden auszuplündern – nun ja, Talches würde ihn vermutlich nicht mehr als Kameraden bezeichnen wollen, aber was soll's? Talches lebte ja nicht mehr.

Jedenfalls hatte Berthold auch den großzügig bemessenen Vorschuss auf das Verrätergold der anderen an sich genommen, zudem die Reittiere und alle weiteren Wertsachen. Diese und die meisten Pferde machte er in der Grenzstadt Weitfels ebenfalls zu Geld, dann wechselte er in das Reich der Steppenvölker, oder, genauer gesagt, in das Land der Zzzzzt, die in diesem Teil der Steppe das Sagen hatten.

Die Zzzzzt pflegten die meisten Nordkontakte, und sie waren ein paar Goldstücken nie abgeneigt. Nicht wenige hatten sogar schon als Söldner sowohl für das Schwarze Land als auch für Engaland gekämpft.

Durch seine lange Steppen-Expedition mit Ruben und den anderen sprach Berthold ganz leidlich Sasss, die Sprache der Stämme, das war also schon mal kein Problem. Schon eher, dass der Grenzfluss nicht ins Gebiet der Zzzzzt, sondern in die Region der Chrrrr führte, die weitaus weniger Kontakt zur zivilisierten Welt hatten und weniger käuflich waren… Käuflichkeit, das war auch der Grund, warum Berthold das Gold brauchte: Um sich Hilfe zu kaufen, denn ohne Eingeborene würde er den Jungen niemals in den Weiten der Steppe aufspüren.

Schon im ersten Wandernden Dorf der Zzzzzt, auf das Berthold getroffen war, fanden sich fünf Männer gegen Gold und das Versprechen künftiger Belohnungen bereit, Ruben zu begleiten. Zwei von ihnen waren Fährtensucher, und dass zwei andere noch ein Hühnchen mit den Chrrrr zu rupfen hatten – es war wohl irgend so eine alte Pferdediebstahl-Geschichte – konnte ihm nur recht sein.

Einer der beiden Fährtensucher war Zztrrock, ein fast kahlköpfiger, kleiner Mann, der das Kunststück fertig brachte, sowohl über einen ganz manierlichen Schmerbauch als auch über eiserne Muskeln zu verfügen. Er entwickelte sich im Laufe ihrer Reise zu so etwas wie dem Sprecher der fünf Steppenkrieger, und er war es auch gewesen, der Berthold versichert hatte, dass sich die Zzzzzt derzeit nicht in einem aktuellen Krieg mit den Chrrrr befanden. Das war schon mal nicht schlecht, denn klammheimlich wäre so eine Mission wohl kaum durchzuführen gewesen. Gut, zum Besten stand es mit dem Klima zwischen diesen beiden Stämmen auch nicht, aber war das bei diesen Barbaren nicht immer so? Auch in friedlichen Zeiten könnten sich durchaus ein paar Chrrrr bemüßigt fühlen, Bertholds Reisegruppe zu massakrieren, irgendein Grund ließe sich bestimmt finden. Aber das war halt Berufsrisiko…

Die Grenzen zwischen den Stammesgebieten waren nicht strikt gezogen, sondern gingen fließend ineinander über. Seltsamerweise kam es trotz dieser Ungenauigkeit nie zu Gebietsstreitigkeiten. Woran das liegen mochte, konnte sich Berthold nicht so recht erklären. Vielleicht gab es einfach genug Land für alle, oder sie betrachteten Land nicht als etwas, das man besitzen konnte. Oder aber sie hatten ganz einfach genügend andere Gründe, um sich gegenseitig den Schädel einzuschlagen. Normalerweise wäre es Berthold auch herzlich egal gewesen, doch es bedeutete beim Reisen eine gewisse Unwägbarkeit, weil man in manchen Gegenden bei Begegnungen nicht sicher sein konnte, welchem Stamm man nun gerade gegenüberstand.

Die Stammeskrieger hingen an ihrer Steppe. Berthold dagegen fand die ewigen Graslandschaften eher ermüdend, die nur ab und an durch ein Wäldchen, ein paar Hügel oder auch mal durch eine Felsformation unterbrochen waren. Tagelang konnte man hier reiten, ohne auf Menschen zu treffen. So war es fast schon bemerkenswert, dass ihre Gruppe während der mehrtägigen Reise noch durch Zzzzzt-Gebiet auf zwei große Wandernde Dörfer gestoßen war. Das gab ihnen Gelegenheit, ihre Vorräte zu ergänzen und wenigstens zwei geschützte Nächte zu verbringen. Von einer älteren hellgesichtigen Frau mit einem Langnasen-Jungen hatte man in den Dörfern allerdings nichts gehört.

Als sie das nächste Mal auf ihrer Reise auf Stammeskrieger trafen, waren es keine Zzzzzt, sondern Chrrrr. Zztrrock und die anderen Zzzzzt erkannten es sofort, doch wie sie das anstellten, blieb Berthold ein Rätsel. Jedenfalls erwies sich Zztrrock auf eine plumpe Art als guter Diplomat: Er bot den fremden Kriegern zur Begrüßung erst mal einen ordentlichen Schluck aus einem mit Wildweizenschnaps gefülltem Lederbeutel an, so kam man tatsächlich ins Gespräch. Die Chrrrr boten den Zzzzzt sogar ein Nachtlager in der Sicherheit der Gemeinschaft an, was Zztrrock dankend annahm.

Später fragte Berthold Zztrrock leise: »Meinst du nicht, das war ein Fehler, mit denen zusammen zu übernachten?« Doch der entgegnete gelassen: »Sollten wir morgen mit durchschnittenen Kehlen aufwachen, dann war es ein Fehler. Wenn nicht, haben wir schon eine Spur von dem Stallgeruch dieser Bastarde an uns – was kein Fehler ist. Zudem wird uns die Nachricht überholen, dass man uns aufnehmen kann, ohne dass wir am nächsten Morgen mit ein paar Pferden verschwunden sind – ebenfalls kein Fehler.«

Die Chrrrr zeigten sich abends, am Feuer, sogar recht redselig, wussten jedoch auch nichts von einem fremden Jungen.

Allerdings konnten sie Zztrrocks Frage beantworten, wo denn die nächste Mrrr-Hütte sei – etwa zwei Tagesritte im Süden. Während die meisten Steppenreiter ein Nomadenleben führten, gab es unter den Schamanen ihrer Völker einige, die an festen Stellen Hütten mit einem Palisaden-Schutzzaun drumherum errichtet hatten. So waren sie ihren Völkern nicht nur eine spirituelle Stütze, sondern auch eine praktische: als markante Fixpunkte in der Weite der Landschaft und als Rückzugsmöglichkeit für einzelne Reisende.

Als sie am nächsten Tag weiterritten, fragte Berthold spöttisch: »Wieso sollen wir einen Schamanen aufsuchen? Soll der einen Blick in seinen Birkenrauch werfen und darin sehen, wo Halanas Sohn steckt?«

Zztrrock entgegnete kühl: »Du solltest einem Fährtenleser schon mehr zutrauen. Außerdem hast du doch bereits einige Monate bei uns verbracht, da müsstest du wissen, dass unsere Schamanen dergleichen nicht können. Nein, nicht die Geister, sondern die Schwatzsucht der Menschen soll uns helfen. Denn so ein Mrrr, der immer am gleichen Platz zu finden ist, bietet auch immer einen Umschlagplatz für Nachrichten.« Und Berthold sollte merken, dass sich seine Investition in diese Barbaren ausgezahlt hatte.

Mrrr-Tenrick stellte sich als behäbiger Mittvierziger heraus, der sich nur zu gerne von Besuchern ein wenig aus deren Vorräten aufdrängen ließ (das war schließlich einfacher als Fallenstellen), und wenn noch etwas Schnaps obenauf gepackt wurde, dann war er mehr als zufrieden.

Da der Schamane gewohnt war, neuen Menschen zu begegnen und da er auch nicht viel besaß, was sich zu stehlen lohnte, zeigte er sich den Reisenden gegenüber vergleichsweise aufgeschlossen – und, ja, er erinnere sich gut: Er hatte tatsächlich von so einem sonderbaren Jungen gehört.

Erst kürzlich war eine Familie aus einem Wandernden Dorf zu ihm gekommen, die ein Neugeborenes, das nicht leben wollte, betrauerte. Diese Familie wiederum hatte es von einem Cousin des Ehemannes erfahren, der auf einer Hochzeit in einem anderen Dorf eingeladen gewesen war. Dort hatte es ein Gast erzählt: Sssnrk persönlich hatte die beiden aufgelesen – die Frau war leicht verletzt gewesen. Sssnrk war mit ein paar Kriegern auf einem Erkundungsritt gewesen. Wahrscheinlich war es eine Jagd, aber Erkundungsritt hört sich doch für den obersten Häuptling der Chrrrr besser an, oder? Beim Ritt entlang des Breitflusses (der einige Meilen zuvor noch der Grenzfluss gewesen war), da war der Häuptling praktisch über die beiden gestolpert, und er hatte sie mit in sein Dorf genommen.

Das, dachte Berthold, war sowohl gut als auch schlecht. Gut, weil er den Jungen so viel schneller finden konnte. Denn wo sich das Dorf des Häuptlings gerade aufhielt, das wussten viel mehr Leute als den Aufenthaltsort irgendeines kleinen, unbekannten Dorfes, nach dem man monatelang in der Weite des Landes suchen konnte, ohne es aufzuspüren. Schlecht war es, weil Sssnrk ein Fuchs war. Wenn der herausfand, wie dringend Berthold Halanas Sohn brauchte, dann würde er auch davon profitieren wollen. Eine immense Summe Gold loszuwerden, wäre dann das Mindeste, womit der abtrünnige Krieger rechnete.

Kaum hörte er zu, wie der Schamane erzählte, dass wegen dieses Jungen auch eine recht abenteuerliche Geschichte die Runde machte: Ein großes Fest hatte es gegeben, im Dorf des Häuptlings, weil die Kinder des Dorfes dem Jungen das Leben gerettet hatten. Na, was ein Glück aber auch, dachte Berthold, denn wenn der kleine Bastard abgekratzt wäre, könnte er ihn ja wohl kaum dem Schwarzen Herzog bringen. Der Dummkopf hatte sich offenbar zu weit vom Lager entfernt gehabt – wer weiß, vielleicht bei einem Fluchtversuch? – und war von irgendeinem wilden Tier angegriffen worden. Berthold verstand den Schamanen an dieser Stelle zwar nicht so recht, aber Hauptsache, der kleine Scheißer lebte noch.

Berthold drängte nun auch wieder zum Aufbruch, denn er hoffte, das Wandernde Dorf des Häuptlings noch an der Stelle zu erreichen, die der Schamane genannt hatte, damit die Suche endlich ein Ende hätte.

Und Berthold hatte Glück. Sogar mehr, als er erwarten konnte. Die Weidegründe der Chrrrr im Bereich des Wandernden Dorfes waren abgegrast, es war an der Zeit, weiterzuziehen. Als sich Bertholds kleine Truppe am Vormittag dem Lager näherte, sahen sie, dass sich der erste Zug der Chrrrr mit voll beladenen Ochsenkarren bereits langsam in südliche Richtung entfernte.

»Das ist gut!«, meinte Zztrrock.

Berthold sah ihn nur fragend an.

»Wenn unsere Dörfer weiterziehen, dann sind alle vollauf beschäftigt und wollen mit ihrer Arbeit weiterkommen. Sie haben dann anderes im Sinn, als sich mit Kriegern anderer Stämme auf Auseinandersetzungen einzulassen.

Außerdem ist der Häuptling in der Regel immer mit dem ersten Zug unterwegs, um den neuen Platz für das Wandernde Dorf festzulegen. Sssnrk wird uns also kaum in die Quere kommen. Vor allem aber: Die Kinder, die gelernt haben, an solchen Tagen den Erwachsenen nicht zwischen den Füßen herumzulaufen, spielen meistens etwas abseits, irgendwo am Dorfrand. Wenn also dieser Junge noch nicht mit dem ersten Zug unterwegs ist…«

»Aaah!«, ergänzte Berthold, »dann haben wir gute Chancen, dass wir ihn uns ohne viel Aufwand greifen können.

*

»Autsch! Autsch! Uhuhuhuuuu!!«, jammernd und lachend rieb sich der etwa zehnjährige Chrrrr-Junge den Arm – das war eindeutig kein Punkt für ihn beim Blaue-Flecken-Spiel. Eine ganze Horde Kinder hatte sich ein kräftiges Pony geschnappt und es etwas östlich des Dorfes mit einem zwei Meter langen Seil angepflockt. Jeder musste nun mehrmals hinter dem Pony vorbeirennen und ihm einen Schlag auf den Hintern verpassen. Der Trick dabei war, vorbeizukommen, ohne einen Tritt des genervten Tieres zu kassieren. Da aber die meisten Kinder des Dorfes inzwischen eine recht große Geschicklichkeit entwickelt hatten, unbeschadet an dem Pony vorbeizuspringen, versuchten die anderen Kinder, den jeweiligen Läufer zur Unaufmerksamkeit zu verleiten, sei es durch Witze, Tänze, Grimassenschneiden oder deftige Beleidigungen. Zwar beschlugen die Steppenvölker ihre Pferde nicht und die Kinder nahmen in der Regel Ponys für das Spiel, dennoch gab es mitunter zünftige blaue Flecken.

Am Ende mussten dann die fünf, die die meisten Flecken kassiert hatten, fünf Kinder, die fleckenlos geblieben waren, unter dem Gelächter der anderen auf ihren Schultern ins Lager tragen.

Diesmal allerdings würde das Spiel nicht zu Ende gespielt werden.

Zwei Reiter näherten sich von der dem Dorf abgewandten Seite ohne Hast den spielenden Kindern. Der eine für einen Steppenkrieger relativ hoch gewachsen, der andere fast kahlköpfig, klein und mit Schmerbauch, aber dennoch muskulös.

Als Brronn als Erster die beiden bemerkte, stieß er seine Schwester Tingli an und rief überrascht: »He! Das sind ja Zzzzzt!«

Auch Ruff, der inzwischen die Sprache der Steppenvölker recht gut verstand und sich den Kindern problemlos verständlich machen konnte, blickte herüber. Alle drei waren übrigens bisher noch fleckenfrei geblieben, auch wenn es bei Ruff einmal ziemlich knapp gewesen war, als Brronn ihm beim Anlaufnehmen lachend ein Bein gestellt hatte.

Tingli fragte ihren Bruder unsicher: »Sag mal, sind wir eigentlich gerade im Krieg mit den Zzzzzt?«

Brronn zuckte die Schultern und meinte: »Ich glaub, seit zwei Jahren nicht mehr!«

»Ah! Na dann is ja gut.«

Die Reiter hatten nun die ihnen neugierig entgegenstarrenden Kinder erreicht. Der Untersetzte nickte freundlich, ließ seinen Blick kurz über die Reihen der Kinder wandern, der nur einen winzigen Moment auf dem hellhäutigen Jungen unter ihnen verharrte, dann meinte er lächelnd: »Seid gegrüßt, Chrrrr-Kinder. Wir sind Boten vom Stamm der Zzzzzt. Aber das habt ihr ja sicher schon erkannt. Eigentlich wollten wir zu Häuptling Sssnrk. Doch ich befürchte, da kommen wir heute wohl zu spät, oder? Er ist sicher schon mit dem ersten Zug zum nächsten Dorfplatz aufgebrochen?«

»Ja, Bote der Zzzzzt, Sssnrk ist unterwegs«, entgegnete Brronn, »aber Ihr könntet mit Brrrknk reden, dem Dorfhäuptling. Der kümmert sich um alles, wenn der Stammeshäuptling nicht da ist.«

Der Bote schien einen Moment wohlwollend über Brronns Vorschlag nachzudenken und meinte dann: »Ja, das ist eine Möglichkeit… Na ja, aber vielleicht ist das auch gar nicht nötig?« Dann sah er direkt den hellhäutigen, inzwischen achtjährigen Jungen an und fragte: »Du bist sicher Ruff, nicht wahr?«

Überrascht sah Ruff zu ihm auf, und ihm lag schon ein »Ja!« auf der Zunge, als er einen seitlichen Tritt von Brronn gegen den Knöchel erhielt, der misstrauisch entgegnete: »Weiß nicht, ob wir hier einen Ruff haben... wer interessiert sich denn dafür?«

»Ah! Schau an! Ein kleiner Fuchs!«, lachte der Bote. »Aber du hast Recht, Junge: Man kann nicht vorsichtig genug sein. Doch ich kann dich beruhigen. Wir sind zwar Zzzzt, aber nicht als Boten im Auftrag unseres Stammes unterwegs, sondern wir wurden von einer Engaländerin angeheuert, von einer Kriegerin namens Halana...«

Weiter kam er nicht.

»Mama! – Wo ist sie? Wo ist sie?«, rief Ruff aufgeregt und hüpfte regelrecht an die Seite des Reiters, während er ihn unverwandt anstarrte.

Sssnrk hatte inzwischen vorsichtig Erkundigungen einziehen lassen und erfahren, dass die Mutter des Jungen, eine hochgeachtete Kriegerin ihres Landes, eines Tages aus einem Lager verschwunden und nicht mehr zurückgekehrt war – was für einiges Aufsehen gesorgt hatte, zumal das Gerücht ging, dass ihre ebenfalls verschwundene und nicht minder geachtete Schwertschwester ermordet worden sei.

Ruff war felsenfest davon überzeugt, dass seine Mutter nur verschwunden war, weil sie sich auf die Suche nach ihm gemacht hatte. Und genau das hatte er auch immer wieder seinen neuen Freunden erzählt. So hing er gebannt an den Lippen jenes Mannes, der sein großes Sehnen ganz bestimmt gleich wahr werden ließ.

»Na, das wird eine Freude werden!«, lachte der Mann nun, »deine Mutter, Ruff, ist gar nicht weit von hier. Sie hat uns – mich und gut 20 andere – in einer Grenzstadt angeworben, ihr bei der Suche zu helfen. Sie selbst ist natürlich auch mitgekommen. Unterwegs haben wir uns dann aufgeteilt, um in verschiedenen Himmelsrichtungen loszuziehen. Sie war heute Morgen noch bei mir, ist dann aber mit zwei anderen in Richtung Norden, weil wir von einem Mrrr gehört hatten, dass dort noch ein anderer Zug auf der Suche nach einem neuen Dorfplatz unterwegs ist. Ich denke, wenn wir uns beeilen, sollten wir sie in ein paar Stunden eingeholt haben.«

Ruff stieß einen Freudenschrei aus und begann um das Pferd zu tanzen, während ihm zwei Tränen die Wange hinunterliefen.

Der Reiter sagte: »Gut, dann wollen wir uns beeilen. Also pass auf, Ruff: Bitte den Dorfhäuptling, dass er Nachricht an euren alten Dorfplatz schickt, wenn ihr wisst, wo ihr euer Wanderndes Dorf aufbauen werdet. Ich hole deine Mutter, hier finden wir dann, hoffentlich, die Nachricht, und dann folgen wir euch. Das wird so zwar noch ein paar Tage dauern, bis ihr euch wieder in die Arme schließen könnt, aber ich denke...«

»Ein paar Tage!?«, unterbrach Ruff, »ein paar Tage statt ein paar Stunden? Nein! Ich komme sofort mit!«, dann, an Brronn und Tingli gewandt: »Sagt bitte Giula, dass ich bald mit Halana bei ihr sein werde!«

Damit band er das Pony los, das ihn skeptisch anblickte, schwang sich auf dessen ungesattelten Rücken und rief freudig erregt: »Es kann losgehen!«

Doch plötzlich zuckte sein Pferd zur Seite, als hinter ihm ganz offensichtlich noch jemand auf den Rücken des Tieres kletterte. Jetzt hielt sich jemand an ihm fest, und er hörte Tinglis Stimme hinter sich: »Nachdem du soviel über deine Mutter erzählt hast, will ich sie auch kennen lernen. Ich komme mit!«

Kurz sah es so aus, als wolle der Zzzzzt-Bote etwas einwenden, doch dann zuckte er nur mit den Schultern und meinte: »Nun aber los, damit wir Mama bald eingeholt haben.«

Dann ließ er sein Pferd mit schnellen Schritten den Waldrand entlanglaufen – in entgegengesetzter Richtung zum Zug der Chrrrr. Eilig folgte ihm Ruff mit Tingli, hinter ihnen her kam der zweite Zzzzzt-Krieger.

Ruff drehte sich um und sagte zu Tingli: »Das finde ich sehr nett von dir, dass du mitkommst... warum guckst du so ernst?«

»Ich traue den Zzzzzt nicht.«

Gut 20 Minuten waren sie geritten, als sie ein Stückchen vor sich plötzlich vier Pferde sahen, und dann vier Männer, die sich aus dem Gras erhoben, aufsaßen und offenbar auf sie warteten.

»Ach, da sind ja noch welche aus unserer Gruppe!«, rief ihr Führer grinsend. Tingli fand, dass es irgendwie gar nicht überrascht klang.

Drei aus dieser fremden Gruppe hatten sich ihnen zugewandt – es waren auch Zzzzzt. Der vierte, der keine in der Steppe übliche Bekleidung zu tragen schien und der die anderen ein gutes Stück überragte, hatte ihnen den Rücken zugedreht. Erst als sich das Pony mit Ruff und Tingli inmitten der anderen Reiter befand, drehte sich der Mann um.

»Hallo Ruff«, sagte Berthold, und man konnte nicht sagen, was überwog – die Bosheit oder die Befriedigung in seinem Lächeln.

Ruff war auf seinem Pony erstarrt und brachte keinen Ton hervor.

»Nein, Junge, ich bin kein Geist«, sagte Berthold genüsslich, »ich habe das Gebräu der Gifthexe überlebt. Dafür musste ich zwar dem armen Talches den Bauch aufschlitzen, aber besser er als ich, nicht?«

Dann beugte er sich vor und versetzte dem Jungen eine schallende Ohrfeige, so dass er seitlich von seinem Pony stürzte. Tingli schrie entsetzt auf und sprang hinterher, um Ruff vorsichtig wieder aufzurichten.

»Und wer ist diese Göre?«, wollte Berthold von Zztrrock wissen.

»Keine Ahnung. Ist aber nicht von Bedeutung.«

Berthold überlegte nur kurz und meinte dann: »Gut. Sie würde uns nur unnötig aufhalten. Tötet sie und werft ihren Kadaver da hinten in den Wald, damit sie nicht so schnell gefunden wird.«

»Nein.«

»Wie? Nein?«

»Du hast uns angeheuert, damit wir den Langnasen-Jungen zurückbringen. Hätten wir dabei ein paar Krieger töten müssen... na gut, dagegen wäre nichts einzuwenden. Aber ein Steppenkrieger wird niemals ein Kind der Steppe umbringen. Unter gar keinen Umständen, und ganz egal, von welchem Stamm es ist.«

»Was für Umstände! Gut, dann mache ich es eben selbst.«

»Nein. Wir werden auch nicht zulassen, dass du eines von unseren Kindern tötest.«

Verwirrt und verärgert fragte Berthold: »Ihr wollt doch nicht allen Ernstes, dass wir die Göre auch noch mitschleppen?«

»Sicher wollen wir das«, sagte Zztrrock, während die anderen vier Zzzzzt bestätigend nickten und wie zufällig ihre rechten Handflächen auf den Schwertknäufen liegen hatten.

Wer allerdings ganz und gar nicht mitkommen wollte, waren die Kinder.

Tingli hatte Ruff wieder auf die Beine geholfen. Der sagte, während die Krieger noch stritten, entsetzt zu dem Mädchen: »Dieser Mann... er war es, der Tante Lusian ermordet hat...«

Dann wurde er sehr wütend und dachte daran, dass sich seine Mutter jetzt auch nicht fürchten würde. Und dann fiel ihm auf, dass nur Tingli und er auf dem Boden standen, die streitenden Krieger aber auf ihren Pferden saßen. Er sagte zu Tingli: »Wir sollten jetzt das Blaue-Flecken-Spiel machen – aber so richtig.«

Nur kurz sah ihn das Mädchen fragend an, dann riss sie die Augen auf und sagte: »Jaaa, das hätte meiner Mutter gefallen... – sag ›jetzt‹.«

»Jetzt!«

Laut brüllend schlug jeder der beiden dem jeweils rechts stehenden Pferd mit Wucht den Ellbogen in die Flanke, dann sprangen sie zu den nächsten Pferden und gaben ihnen, erneut schreiend, einen Fausthieb auf die Nase.

Die Wirkung war nicht schlecht. Die beiden in die Seite getroffenen Pferde sprangen, laut wiehernd und bockend, einige Schritte beiseite, eines ging sogar ein paar Meter durch, bevor sein Reiter es wieder bändigen konnte. Die an der Nase getroffenen Pferde stiegen mit schlagenden Hufen in die Höhe, ein Reiter wurde abgeworfen. Bertholds und Zztrrocks Tiere waren zwar nicht getroffen worden, doch die beiden Reiter waren einige Momente damit beschäftigt, ihre ebenfalls erschrockenen Pferde zu bändigen und nicht von irgendwelchen Hufen getroffen zu werden. Das Pony war unruhig ein paar Schritte zur Seite getänzelt. Zwei Sprünge, und Ruff kniete, einen Buckel machend, seitlich vor dem Tier, einen Wimpernschlag später sprang Tingli, Ruffs Schulter als Sprungbrett benutzend, auf den Rücken des Pferdes. Dann langte sie hinunter, um Ruffs Hand zu fassen und seinen Sprung zu unterstützen.

Er saß noch nicht richtig hinter ihr, da jagte sie das Tier auch schon mit einem Triumphschrei nach vorne.

Tingli war, das erkannte Ruff neidlos an, die bessere Reiterin. Schließlich lernten die Kinder der Steppe das Reiten fast noch vor dem Laufen. Aber dementsprechend waren auch die Krieger der Zzzzzt fantastische Reiter. Ein schneller Blick zurück sagte Ruff, dass er damit leider richtig lag: Schon hatten die anderen ihre Pferde wieder im Griff, jagten hinter ihnen her und holten schnell auf. Auch wenn das Pony von Tingli und Ruff alles andere als ein Kinder-Pferdchen, sondern groß und kräftig war, so hatte es in einem Rennen gegen die Pferde keine Chance. Da war der erste Verfolger auch schon heran, und nur indem Tingli einen gewagten Haken schlug, konnten sie dem Zugriff des Mannes entgehen, der jetzt ins Leere ritt und erst wieder umschwenken musste. Fest stand jedoch: Bis zu den Chrrrr würden sie so nie und nimmer durchkommen.

»In den Wald!«, brüllte Ruff Tingli ins Ohr.

»Bist du verrückt, Langnase?«, rief das Mädchen zurück.

»Tu es einfach!«

»Na, was ein Glück, dass ich seit damals meistens Schuhe trage!«

Damit riss sie erneut das Pony herum, so dass sie hinter zwei Zzzzzt-Reitern vorbeischoss, die sie schon überholt hatten, und raste auf den etwa 50 Meter entfernten Waldrand zu. Berthold, der etwas hinter die Zzzzzt zurückgefallen war, versuchte noch, die Kinder abzufangen, aber durch einen Doppelhaken konnten sie auch ihm entgehen und ritten schließlich mit gefährlich hoher Geschwindigkeit zwischen die ersten Bäume. Doch auch die

Verfolger trieben ihre Pferde in den Wald, der einigermaßen frei von Unterholz war.

Mit dem Pony konnten sie zwar ganz gut um die Bäume herum reiten, jedoch…

»Da! Da hinten hab ich sie zwischen den Bäumen gesehen!«, rief einer der Zzzzzt-Fährtensucher.

Die Verfolger trieben ihre Pferde an und standen kurz darauf vor dem Pony, das friedlich ein wenig Rinde von einem Baum abzupfte, während von den Kindern jede Spur fehlte.

»Verdammt! Wie haben sie das gemacht?!«, brüllte Berthold zornig.

»Still, Rundauge«, entgegnete Zztrrock ungehalten, »sie müssen noch ganz in der Nähe sein, und wenn du die Klappe hältst, hören wir sie.«

Doch die schwitzenden Pferde schnaubten und waren unruhig. So stiegen alle bis auf einen Krieger ab, der eilends mit den Pferden und dem Pony im Schlepptau wieder aus dem Wald ritt.

Nun war es still im Wald, bis auf… »Ich höre sie! Vor uns und etwas in südliche Richtung, da laufen sie tiefer in den Wald!«, sagte einer der Fährtensucher. Eilends spurteten die Männer hinterher, hielten kurz inne, merkten, dass sie ihrem Ziel näher kamen und fächerten sich zur Treibjagd auf.

Als sie unter die Bäume geritten und nach einigen Metern hinter ein paar dicken Baumstämmen kurz aus dem Blickfeld ihrer Verfolger verschwunden waren, war Ruff, Tingli unsanft mit sich reißend, vom trabenden Pony herunter in eine Ansammlung dichter Farne gesprungen. Wenige Sekunden später waren ihre Verfolger vorbeigeritten. Als die Kinder leise losschlichen, konnten sie sogar noch zwischen den Bäumen hindurch sehen, wie die Männer bei ihrem Pony anhielten. Ein paar Meter weiter rannten Ruff und Tingli dann los, schräg an ihren Verfolgern vorbei und tiefer in den Wald hinein.

Sie waren schon völlig außer Puste, als Tingli Ruff abrupt stoppte und ihm ängstlich zuraunte: »Riechst du das nicht? Dieses erdige, feuchte… und es wird immer stärker.«

Ruff keuchte zurück: »Ich rieche es auch… und ich höre, dass Berthold und die anderen nicht mehr weit hinter uns sind… los, ein kleines bisschen noch.« Und zu Tinglis Erstaunen begann der Junge nun, während sie weiterliefen, laut zu rufen, aber sie verstand ihn nicht, denn es war nicht ihre Sprache.

Nicht nur Tingli war erstaunt. Auch die Zzzzzt, die die Worte ebenfalls nicht verstanden, und Berthold, der die Worte zwar verstand, jedoch ihren

Sinn nicht entschlüsseln konnte. Aber jedenfalls war er seinem Ziel nahe.... ganz nahe.

Plötzlich hatte das Rufen des Jungen wieder aufgehört, und rennen hörte man die Kinder nun nicht mehr. Vielleicht hatten sie sich ja wieder versteckt? Zztrrock musste es auch gemerkt haben. Er stieß einen kurzen Pfiff aus, der auch von einem Waldvogel hätte stammen können, und augenblicklich hielten alle an, horchten, schlichen leise weiter.

Sie brauchten nicht mehr lange zu gehen, und versteckt hatten sich die Kinder auch nicht. Die Jäger kamen an eine Stelle mit etwas weniger Baumbestand, fast schon eine kleine Lichtung. Und dort standen die Flüchtlinge mitten auf dem freien Platz. Der Junge hielt das Mädchen umarmt, das zitterte und fürchterliche Angst zu haben schien. Und dazu hatte sie auch allen Grund, dachte sich Berthold, während er und die anderen unter den Bäumen hervortraten.

Der Junge hatte offenbar das Rascheln des Laubes gehört, denn er drehte sich nun um, sah Berthold an und sagte traurig: »Manchmal träume ich davon. Manchmal sogar am Tag. Was hat Tante Lusian gedacht? Als du sie erstochen hast und sie gestorben ist? Sie wusste, dass sie stirbt – das hat Mama zu Hanumann gesagt. War sie da wütend? War sie verzweifelt? Hat es sehr wehgetan? Hatte sie viel Angst?«

Berthold war stehengeblieben, war überrascht, dass der Junge so gar nicht erschrocken schien, schüttelte den Kopf und sagte: »Junge, wenn du wüsstest, wie egal mir das ist.«

»Du solltest jetzt aber an Tante Lusian denken. Und an den Tod, an den auch. Und daran, was ich dir versprochen hab, als du Ohm Giula und mich entführt hast. *Ja! Hier! Hier ist das viele Essen!*«

Das Mädchen kniff jetzt die Augen fest zusammen, drückte sein Gesicht gegen die Schulter des Jungen.

»Was redest du da?«, rief Berthold, verärgert darüber, dass der missglückte Fluchtversuch der Kinder ihn nur unnötig Zeit gekostet hatte und entschlossen, das Mädchen doch zu beseitigen, »ist ja auch egal. Du kommst jetzt mit. In den Kerkern des Schwarzen Herzogs wartet schon ein hübsches Verlies auf den Teil von dir, den ich dort abliefern werde.«

10. STAHL UND SCHLAFENDER GOTT
Gelöste Rätsel, neue Fragen

Tief in der Nacht, nachdem ein grober Plan stand, der in den beiden kommenden Tagen noch verfeinert werden sollte, gingen Prim und Halana müde zurück in die Gemächer des Zauberers. Besonders eine Sache machte der Kriegerin Kopfzerbrechen: Falls sie gehofft haben sollte, dieser seltsame Magier, der sie da begleitete, müsste nur mit seinem Zauberstab wedeln, um die Burg des Schwarzen Herzogs mit einem einzigen Blitz in einen Trümmerhaufen zu verwandeln... – nein, so einfach würde es nicht werden. Denn zum einen hatte Halana erfahren, dass die Magie, die in diesem sonderbaren Volk wirkte, in den vergangenen Jahrzehnten zwar sehr langsam, aber dennoch stetig an Kraft verloren hatte.

Die Zauberer führten dies darauf zurück, dass sie immer weniger wurden, wodurch sich wohl auch die Kraft der Magie als Ganzes verringerte. Daher rechnete man damit – und die Berichte der Wenigen, die einst im Geheimen das Land verlassen hatten, bestätigten dies –, dass auch ein einzelner Zauberer außerhalb von Reinefreude über weniger Magie verfügte als in seinem Land. So war zum Beispiel bekannt, dass ein Zauberer zwar schon ab dem Zweiten Gürtel innerhalb des Landes einen großen Kugelblitz beschwören konnte, wie ihn der unglückliche Speerwerfer aus der Garde des Herzogs zu spüren bekommen hatte, dass jedoch außerhalb des Landes nicht einmal ein Magus des Ersten Gürtels dazu in der Lage war und dort nur kleine Feuerkugeln direkt mit seinem Stab erzeugen konnte.

Als sie Prims Wohntrakt erreicht hatten, der nur ein Stockwerk über dem kleinen Beratungssaal und ein Stückchen weiter westlich lag, bot der Magier Halana noch etwas Brot, Käse und ein Glas Wein an, was diese nach der langen Nachtsitzung dankend annahm. Und sie freute sich auf das Bett im Gästezimmer des Zauberers, das Timtom für sie hergerichtet hatte und das bisher noch nie genutzt worden war, wie er ihr anvertraute. Doch sie sollte noch nicht zur Ruhe kommen.

Für ihren schnellen Nachtimbiss hatten sich die beiden in der geräumigen Küche des Zauberers an einem großen Buchentisch niedergelassen. Und Halana registrierte trotz ihrer Müdigkeit, dass sich hier auch, wohlgeordnet, allerhand blitzblanke Gerätschaften und Tiegel befanden, die nicht dem Kochen dienten, dazu zwei hohe Regalwände mit geschlossenen Tontöpfchen. Sie aßen schweigend und hingen ihren Gedanken nach.

Doch keine zehn Minuten, nachdem sie sich zum Essen niedergelassen hatten, klopfte es an der Tür.

»Nanu? Um die Zeit? Wer mag das sein?«, fragte Prim überrascht, während er sich erhob. Halana setzte achselzuckend den Zinnpokal ab, aus dem sie gerade einen Schluck Wein genommen hatte, und erklärte gelassen: »Puth'O.«

»Hm? Was ist mit ihm?«

»Na, er steht vor deiner Tür. Nun lass ihn schon rein.«

»Seid ihr Barbaren Hellseher, oder woher willst du das... Natürlich! Die offene Frage!«

Und wenige Augenblicke später saß der grau zerzauste Magus an ihrem Tisch, ebenfalls einen Kelch Wein vor sich. Augenscheinlich fühlte er sich nicht ganz wohl in seiner Haut. Mehrmals setzte er zum Sprechen an, doch es dauerte eine Weile, bis er schließlich begann: »Prim, du bist jung und hast mich deshalb nicht als jungen Mann kennengelernt. Ich war jedoch nicht immer der zynische Griesgram, der ich heute bin. Und jedenfalls in dieser einen Hinsicht habe ich dir sehr geähnelt, dass auch ich mit glühendem Eifer nach einer Lösung suchte, um unser Volk vor dem Aussterben zu retten. Meine Verzweiflung und die einiger anderer war schließlich so groß, dass wir sogar verbotene und moralisch mehr als zweifelhafte Wege eingeschlagen hatten.«

»Ja«, nickte Prim, »die Entführung der Barbarenfrauen und ihrer Kinder.«

»Du weißt es schon!«, fuhr Puth'O überrascht auf, legte die rechte Hand gegen die Stirn und murmelte: »Natürlich... Timtom... ich hätte seinen Vater damals doch... nein, natürlich nicht. Und jetzt spielt es ohnehin kein Rolle mehr.«

Halana war nun wieder hellwach und konnte die Aufregung in ihrer Stimme nicht verbergen, als sie sagte: »Aber was wir nicht wissen: Wieso sind all diese Frauen damals, wieso ist meine Mutter gestorben? Wieso wurden sie... umgebracht?«

Puth'Os Stimme zitterte leicht, als er entgegnete: »Ja, sie wurden umgebracht. Und derjenige, der die Tat letztlich ausführte – zwar unwissentlich, aber dennoch ausführte... derjenige sitzt vor euch.«

Halana, überrascht, dass Puth'O dies so offen aussprach, fuhr erst erschrocken zurück und wollte dann schon nach ihrem Schwert greifen, beherrschte sich aber mühsam und knurrte stattdessen: »Unwissend? Was heißt das? Was, genau, ist damals geschehen?«

Und Puth'O begann: »Wir waren elf Zauberer – alle Mitglieder des Konkur –, zudem ein paar unserer Diener und bestochene Arbeiter, denen wir
trauen konnten und die wir als Wächter einsetzten. Wir hatten alles ganz
rational durchgeplant, die Entführungen und Experimente. Was dann aber
die ganze Sache – mal abgesehen von der Erfolglosigkeit des Projektes –
vollkommen aus dem Ruder laufen ließ, das waren Emotionen. Dagegen
kam unsere rationale Planung nicht an.

So eine dumme Sache: Ein Zauberer verliebte sich in eine der gefangenen Frauen – die schöne Ranjia. Und noch viel überraschender: Sie erwiderte seine Liebe. Ja, alles schien geradezu unverschämt perfekt zu sein,
als es ausgerechnet Ranjia war, die schließlich – tatsächlich von dem Zauberer! – ein Kind empfing, das gesund war und überlebte. Etliche der Frau-
en waren ja bereits schwanger gewesen, als sie nach Reinefreude verschleppt worden waren. Doch von den anderen hatte keine einzige in unserem Land ein gesundes Kind zur Welt gebracht – keine außer Ranjia.«

Halana unterbrach entsetzt: »All die Frauen, die noch kein Kind in sich
trugen, als sie hier ankamen... habt ihr ihnen Gewalt angetan, damit sie
schwanger werden sollten?«

»Nicht wirklich. Das sagten wir uns damals jedenfalls, um uns zu beruhigen und das schlechte Gewissen zu bekämpfen. Aber es stimmte nicht.
Letztlich war auch dies ein Akt der Gewalt. Schon deshalb, weil sie nicht
freiwillig an den Experimenten teilnahmen. Experimente, die neues Leben
in ihnen entstehen lassen sollten.

Von unseren besten Trank-Brauern bekamen sie täglich verschiedene
Mittel, um jenen Prozess zu unterstützen, von dem wir hofften, dass er zur
Schwangerschaft führen würde. Körperlich gestärkt, wurde jede einzelne
der gefangenen Frauen schließlich mit Hilfe eines weiteren Tranks in einen
magischen Schlaf versetzt, und Dienerinnen sollten mit einer eigens entwickelten Spülung, die auch die Manneskraft eines Zauberers enthielt, das
neue Leben in ihren Leib bringen. Doch nur eine dieser Frauen wurde tatsächlich schwanger. Ihr Kind starb wenige Minuten nach der Geburt.«

»Aber Ranjias Kind...?«

»Oh, das war auf natürlichem Weg und in Liebe gezeugt worden.«

»Woher weißt du das so genau?«

»Ich muss es wissen... Ich bin der Vater.«

Prim verschluckte sich an einem Stück Käse und starrte mit großen Augen ins das zerfurchte Gesicht des Magiers, während Halana aufgeregt rief:
»Dann bist du vielleicht...? Bist du...?«

»Dein Vater?«, Puth'O lachte, »Kindchen, nein, tut mir leid, aber das bin ich nicht.«

Wäre wohl auch zu einfach gewesen. Enttäuschung stand in Halanas Gesicht geschrieben, und so erklärte Puth'O: »Ranjia hatte mir einen Sohn geschenkt – ein wunderhübsches Kind. Beriac sollte er heißen. Deine Mutter, Halana, war nicht meine große Liebe, aber ich kannte auch sie, denn sie war in der Gefangenschaft eine Freundin von Ranjia geworden. Für die Frauen war ein geheimes Lager in den Grenzhügeln errichtet worden, wo die Leute unseres Volkes nicht hinkamen und wo sich die Gefangenen einigermaßen frei bewegen konnten. Deine Mutter, Kriegerin, gehörte zu jenen Frauen, die schon ein kleines Kind bei sich hatten, als sie zu uns kamen. Dieses Kind warst du.«

»Wie… wie hieß sie? Meine Mutter?«

»Irissa – so hat sie sich jedenfalls genannt. Ihren Nachnamen hat sie nie verraten.«

»Irissa?? Nachname??? Das ist aber nicht… Oh Großer Zerstörer! Meine Mutter war keine Engaländerin?«

»Nein.«

»Dann bleibt ja nur…!«

»Genau. Sie war Schwarzländerin.«

Puth'O sah Halanas entsetztes Gesicht und begann sich erstmals eine reale Vorstellung über die Feindschaft zwischen Engaland und dem Herzogtum zu machen, von der er bisher nur vom Hörensagen wusste. Halana schien wirklich erschüttert, und es überraschte Puth'O selbst, so dass er sie trösten wollte:

»Aber ich denke, wenn du in Engaland groß geworden bist, von ihnen aufgenommen wurdest und für sie gekämpft hast, und wenn du dich bisher für eine Engaländerin gehalten hast, dann kannst du das wohl getrost auch weiter tun.«

»Ich soll…? Eine Schwarzländerin…? Nein! Ich… ich bin Engaländerin. Und mein Vater?«

»Nun, deine Mutter war, wie die meisten anderen gefangenen Frauen auch, uns Zauberern gegenüber recht reserviert. Was ihnen nicht zu verdenken ist. Aber Ranjia hat mir einmal erzählt, dass deine Mutter dich zwar abgöttisch liebte, nicht jedoch deinen Vater. Tut mir leid. Sie scheint jedenfalls nicht freiwillig die Geliebte deines Vaters geworden zu sein. Mehr kann ich dir allerdings auch nicht sagen.«

Das alles war fast zu viel für Halana, die wie erschlagen auf ihrem Stuhl zurücksank, während nun Prim fortfuhr:»Ehrlich gesagt, Puth'O, es fällt mir sehr schwer, in Euch einen vom Liebespfeil zu einer Barbarin entflammten Mann zu sehen.«

Der Angesprochene lächelte traurig und schilderte:»Wie gesagt, Prim, ich war nicht immer der Menschenfeind, als den du mich kennst. Ranjia, meine Frau – denn das ist sie bis heute für mich –, war das entzückendste Wesen auf der Welt. Sanft und gut und schön... Durch unsere Liebe lernte ich – und das war ein sehr schmerzhafter Prozess –, wie hochmütig es von uns Zauberern war, alle Menschen jenseits unserer Grenzen › *nur‹* für Barbaren zu halten, die man nach Belieben unserem Willen unterwerfen durfte. Unsere Liebe war es aber auch, die die Katastrophe besiegelte.

Mein Pate und geistiger Ziehvater, als ich drei Jahre zuvor in den Kreis der Zauberer des Ersten Gürtels und bald auch in das Konkur aufgenommen worden war, das war Fulk'O gewesen. Und er war nun, genau wie ich selbst, eine der treibenden Kräfte hinter unserem unmenschlichen Experiment. Fulk'O, keine zehn Jahre älter als ich, kannte mich gut und merkte, dass etwas nicht stimmte. Er entdeckte meine Liebe zu Ranjia.

Zwar verriet er es niemandem, doch war er überzeugt, etwas dagegen unternehmen zu müssen. Das Schrecklichste daran wurde mir erst später klar: Er zweifelte keine Sekunde, mir damit Gutes zu tun... Jedenfalls sah er die Zeit gekommen, das monatelange Experiment mit den Befruchtungen für gescheitert zu erklären und die Säuglinge endlich an Zaubererfamilien zu verteilen. Denn wenigstens das hatte ja geklappt: Die Frauen, die bei ihrer Entführung schwanger gewesen waren, hatten inzwischen alle gesunde Kinder zur Welt gebracht, und auch die Säuglinge, die mit entführt worden waren, entwickelten sich gut. Und Fulk'O plante zudem, zumindest diesen Teil unseres ›Projektes‹, wie er es nannte, fortzusetzen und weitere Schwangere und Kleinkinder zu entführen.

Doch was sollte mit den Müttern und den anderen entführten Frauen geschehen? Ich und nur drei andere plädierten dafür, sie zu Dienerinnen zu machen. Aber das, so sagte die große Mehrheit, würde nur Ärger geben, wenn diese Frauen anfingen, nach ihren Kindern zu suchen und sie zurückzufordern. Außerdem hätte dann über kurz oder lang ganz Reinefreude von dem Experiment erfahren und davon, dass es noch immer Möglichkeiten gab, das Land zu verlassen. Die Frauen einfach wieder aus dem Land werfen? Dann hätten sie auch Informationen nach draußen gebracht und die uns schützende Aura des Gefährlich-Geheimnisvollen beschädigt. Es blieb nur der Tod für die Barbarinnen. Doch das konnte ich nicht zulassen.«

Mit atemloser Spannung hörten Halana und Prim zu, als Puth'O weitersprach: »Die Verschwörer konnten sich allerdings nicht gleich einigen, wie es getan werden und vor allem wer es tun sollte. Aber es konnte nun jeden Tag so weit sein. Ich durfte nicht zögern. Es waren nie alle der eingeweihten Zauberer gleichzeitig im Lager, und diejenigen, die da waren, fuhren in der Regel für die Nacht zurück nach Reinefreudestadt. Ich brach diesmal unter einem Vorwand besonders früh auf, hielt mein Luftfloß nicht an, bis ich am Palast war. Ich kannte den geheimen Raum in den Kellergewölben, in dem die Grenzsteine aufbewahrt wurden, wusste, wie man hineinkommt. Ich nahm sie alle mit, jeden einzelnen – genau 100 Stück gab es. Es sollte nie wieder ein Zauberer die Möglichkeit haben, das Land zu verlassen, um Frauen und Kinder zu rauben.

Dann machte ich mich eiligst auf den Rückweg zum Lager, diesmal mit einem kleinen Umweg, um nicht den anderen Zauberern zu begegnen, die inzwischen auf der Rückreise sein mussten. Kurz vor Mitternacht kam ich wieder an. Die Wachen merkten nichts und wissen bis heute nicht, wer sie damals mit Hilfe eines Zauberstabes einen nach dem anderen in Tiefschlaf versetzt hatte. Dann weckte ich die erschrockenen Frauen und erklärte ihnen, dass wir sofort fliehen müssten, da sie sonst der Tod erwarte. Und Ranjia überzeugte die Zögernden, dass man mir vertrauen könne. Was für ein Fehler!

Ich erklärte Ranjia, dass ich mit ihr fliehen und mein sicheres Leben in der Zaubererwelt für sie und unseren Sohn aufgeben würde. Ich glaube, nie liebten wir uns mehr als in diesem Augenblick. Und ich hegte den Traum, im Barbarenland mein Wissen als Zauberer zu verkaufen, von dem Geld weiter zu forschen und eines Tages meinem Volk vielleicht doch noch die Rettung zu bringen. Oh, wie naiv ich war!

Die Grenze war nicht weit entfernt vom Lager. Die etwas größeren Kinder packte ich unter Aufsicht zweier Frauen auf mein Luftfloß, die anderen Frauen liefen, abwechselnd die Säuglinge tragend, im Eilschritt nebenher. Bevor wir die Grenze überschritten, hängte ich den Kindern und einem Teil der Frauen die Grenzschlüssel um. Die Schlüssel reichten nicht für alle, doch als ich die erste Gruppe hinübergeführt hatte, sammelte ich einfach die Schlüssel wieder ein, um so auch die anderen Frauen in Sicherheit zu bringen. ... In Sicherheit! – Ha!

Wir waren nicht weit von der Grenze entfernt, als die ersten Frauen über Schwindel und Leibschmerzen zu klagen begannen. Im ersten Moment dachte ich noch, schuld daran seien vielleicht die Aufregung und die Strapazen der Flucht, und ich hieß die ganze Gruppe rasten. Aber schnell zeigten immer mehr Frauen die gleichen Symptome, jedoch keines der Kinder! So schwer es mir auch fiel es zu glauben, doch wenn ich zwei und zwei zusammenzählte, gab es nur eine Erklärung für die rätselhafte Massenerkrankung: Gift! Und jetzt war auch Ranjia davon betroffen. Ihr könnt euch nicht vorstellen, welche Angst, welche Panik mich in diesem Augenblick überfiel!

Ich versprach Ranjia, dass ich sie und all die anderen retten würde und machte mich, so schnell es ging, auf den Rückweg ins Lager, um vielleicht in der großen Südküche, in der auch unsere Experimente stattgefunden hatten, einen Hinweis auf das Gift und somit auf ein Gegengift zu finden. Als ich keuchend die Tür aufstieß, bot sich mir ein Anblick, den ich nie, nie, nie vergessen werde: Eine einzige magische Leuchtkugel war auf einem Ofen in der Mitte des Raumes abgelegt. Sie genügte nicht, die ganze Küche auszuleuchten. Die Wände verschwammen im Zwielicht. Etwa in der Mitte zwischen Kugel und Wand stand ein Mann, der mir den Rücken zugekehrt hatte und auf etwas zu seinen Füßen starrte.

Trotz des schlechten Lichts erkannte ich sofort, was es war, und mir blieb das Herz stehen: Es waren drei zerbrochene Amphoren, deren Inhalt nur noch ein dunkler Fleck auf dem festgestampften Lehmboden war. Dann sagte der Mann, mir noch immer den Rücken zukehrend, in die Stille hinein: ›Ach Puth'O, hast du denn wirklich geglaubt, ich hätte keine Vorkehrungen getroffen? Es geht schließlich um unser Land! Sollte ich vielleicht riskieren, dass es wegen ein paar Barbaren-Weibern in Gefahr gerät? Man stelle sich vor, nur eine von ihnen wäre geflohen und nach Reinefreudestadt gelangt… Unter den Tränken, die sie jeden Tag bekamen, war, in den richtigen Abständen, immer auch ein Gift und ein Gegengift. Wäre eine geflohen und zu Fuß in Richtung Hauptstadt gelaufen – nun, sie hätte bedauerlicherweise den Termin für das Gegengift verpasst und die Stadt nie erreicht.

Und nachdem du heute so auffällig früh abgereist warst, entschloss ich mich, die Verantwortung zu tragen: Alle Frauen bekamen ihren abendlichen Kräutertee diesmal ohne das Gegengift. Nachdem ich aus meinem Versteck gesehen hatte, was du mit den Wachen gemacht hast – du hast es echt drauf, Puth'O! – und wie du mit den Frauen geflohen bist, habe ich die beiden Amphoren mit dem Gegengift zerstört und noch eine Gift-Amphore obendrauf geworfen, damit niemand auf die seltsame Idee kommt, diese Erde hier zu verfüttern.‹

Spielerisch fuhr er nun mit seiner Stiefelspitze durch den feuchten Lehm. Dann erst drehte sich Fulk'O um, schenkte mir ein breites Lächeln und erklärte munter: ›So, Puth'O, das wäre erledigt. Keine Angst, ich verrate dich nicht. Wäre nicht gut für deine Karriere. Na komm, schau nicht so entsetzt. Du bist als Mitglied des Konkur sehr begehrt, also such dir unter den Zauberinnen eine richtige Frau. Deine Barbaren-Schlampe wird ja inzwischen auch schon nicht mehr leben.‹

In diesem Moment kam wieder Leben in mich. Einen gewaltigen Schrei der Wut und der Verzweiflung ausstoßend zog ich den Zauberstab und war mit zwei großen Sprüngen bei ihm. Ich nutzte nicht etwa die Magie des Stabes, oh nein, in meinem rasenden Zorn schlug ich ihm den schweren Metallstab mitten ins Gesicht. Ich glaube, sein Nasenbein brach und er verlor zwei Zähne…

Und ich nahm mir auch nicht die Zeit, ihm zu erklären, was für ein Monster er sei, sondern ich wollte nur eines wissen, und zwar sofort: woraus das Gegengift bestanden hatte. Er schien über meine Attacke tatsächlich überrascht, verfluchte mich und wollte mir nichts sagen. Doch ich tat etwas, was ich nie zuvor und nie danach wieder mit einem Menschen getan hatte: Ich fügte ihm Schmerzen zu. Schnell und hart. Es zeigte sich, dass Fulk'O zwar gut im Planen, Intrigieren und Austeilen war, jedoch nicht im Nehmen. Ich kannte den Trank, den er mir nannte. Ich paralysierte meinen einstigen Ziehvater und braute den Trank. Magie ersetzte das Feuer. Ich braute so schnell wie noch nie.

Dann machte ich mich auf den Rückweg zu den Frauen, dem Schlafenden Gott mein Leben versprechend, wenn er nur dieses eine Mal aufwachen und mich erhören wollte. Er tat es nicht.

Als ich ankam, waren alle Frauen tot. Auch meine Ranjia. Ich wiegte sie in den Armen, bat sie, zurückzukommen. Ich hatte ihr doch versprochen, sie zu retten. Doch sie war alleine gestorben, und ich war nicht einmal da gewesen, um ihre Hand zu halten. Ich schrie und tobte und weinte, und dann nahm ich Anlauf und rannte in die Feuerlinie der Grenzwächter hinein – und war ziemlich überrascht, danach immer noch am Leben zu sein. Ich hatte schlicht vergessen, den Grenzschlüssel abzulegen, den ich selbst trug. Die Überraschung brachte mich immerhin wieder ein klein wenig zur Besinnung. Ich dachte an die Kinder und meinen Sohn. Ich versetzte alle in einen friedlichen Schlaf, eilte mit dem Luftfloß zum nächsten Dorf, ließ mein Gefährt etwas abseits stehen und hämmerte die Leute in der nächstbesten Hütte wach. Ich brüllte die Schlaftrunkenen aus dem Schatten vor ihrer Tür heraus an, dass ich ein reisender Händler sei und nahe an der Grenze zum Zaubererland tote Frauen und hilflose Kinder liegen würden, die Dörfler sollten zur Rettung kommen. Ich würde schon mal nach den Kindern sehen. Dann verschwand ich wieder und hoffte, sie würden reagieren. Auch meinen eigenen Sohn ließ ich in meiner Verzweiflung zurück. Ich tat es in der Überzeugung, dass er besser bei den Barbaren aufgehoben sei als bei den Zauberern, die seine edle Mutter ermordet hatten. Es gibt Tage, an denen ich diesen Entschluss bitter bereue und mich bis zum Umfallen betrinke. An anderen Tagen beglückwünsche ich mich zu meinem Entschluss – und betrinke mich trotzdem.

Nicht einmal den Körper meiner geliebten Ranjia nahm ich mit zurück. Wenigstens im Tod sollte sie in der Freiheit sein. Nur eines blieb mir jetzt noch zu tun. Zunächst überlegte ich ernsthaft, ob ich Fulk'O einfach totschlagen sollte. Doch dann fiel mir etwas Besseres ein. Ich wuchtete ihn auf mein Luftfloß, fesselte und knebelte ihn, dann hob ich die Paralyse auf, damit er sehen sollte, was mit ihm geschah.

Als wir an einer abgelegenen Stelle die Grenze passierten – ich hatte auch ihm einen Schlüsselstein umgelegt –, stieg seine Panik ins Unermessliche. Etwa eine Stunde lang drang ich mit höchstmöglicher Geschwindigkeit ins Barbarenland vor. Der Morgen dämmerte bereits, und ich ging ein hohes Risiko ein, doch das war mir gleichgültig, und ich denke, niemand hat mich gesehen.

Schließlich stieß ich ihn auf freiem Feld auf die Erde des Barbarenlandes und sagte das erste und letzte Mal während unserer Reise etwas zu ihm, während ich ihm mit meinem Dolch sämtliche Kleider vom Leib schnitt und die Lumpen auf mein Floß warf: ›Ich werde niemals mehr Ranjia in den Armen halten können. Du liebst Reinefreude? Du wirst es nie wieder betreten. Du hasst und fürchtest die Barbaren? Nun, du wirst dich mit ihnen arrangieren müssen.‹

Damit nahm ich ihm als Letztes seinen Schlüsselstein ab und fuhr fort: ›Wenn ich wieder in Reinefreude bin, werde ich alle Steine zerstören. Auch meinen eigenen. Niemand wird jemals hinauskommen, um weiteren Schaden anzurichten. Und selbst wenn du den Rest deines verfluchten Lebens damit verbringst, an unserer Grenze entlangzulaufen, um einen Zauberer zu sehen, der dir hinein helfen könnte: Es wird nicht möglich sein. Und ich werde dafür sorgen, dass dein Name in Misskredit gerät und dir in Abwesenheit jeder Gürtel aberkannt wird… ich werde dafür sorgen, dass jeder einzelne Zauberer des Inneren Zirkels überzeugt ist, dass du es warst, der die Frauen befreit und die Steine gestohlen hat.‹

Fulk zitterte – und ich lasse hier das für die hohen Gürtel stehende Ehren-O, das man mit dem Eintritt in den Konkur an seinem Namen tragen darf, bewusst beiseite. – Fulk zitterte und keuchte mit hervorquellenden Augen wie ein Wahnsinniger in seinen Knebel. Ich achtete nicht darauf, sondern versetzte ihn mit einem gezielten Fluch aus meinem Zauberstab nochmals in Paralyse und nahm ihm die Fesseln ab. Dann bestieg ich mein Luftfloß, gab meinem ehemaligen Mentor aus sicherem Abstand wieder seine Bewegungsfreiheit zurück und machte mich auf den Rückweg. Nackt und verzweifelt schreiend rannte Fulk noch eine Weile hinter dem Floß her, bis er zusammenbrach und ich ihn schnell aus den Augen verlor.

Am frühen Morgen erreichte ich wieder das Lager in Reinefreude. Ohne zu zögern zerstörte ich alle Grenzsteine. Erst als der letzte mit Hilfe eines Hammers zertrümmert war, fiel mir auf, dass es zu wenig waren. Ich hatte nicht daran gedacht, auch die Steine der Frauen, die in der zweiten, kleineren Gruppe über die Grenze gegangen waren, wieder an mich zu nehmen. Und jetzt war es zu spät. Denn ich selbst konnte nicht mehr hinaus. Doch Fulk wusste ja nichts von meinem Versäumnis.

Ich fuhr, wieder auf einem Umweg, zurück in die Hauptstadt. Das Aufwecken der Wachen überließ ich den Zauberern, die am frühen Vormittag wieder im Lager ankamen. War das eine Aufregung unter den neun verbliebenen Mitverschwörern! Die Frauen und Kinder verschwunden, ebenso Fulk'O und die Grenzschlüssel, von denen man Trümmer in der Werkstatt des Lagers fand.

Ich erklärte zwar, dass mein Mentor mir gegenüber einmal angedeutet habe, dass er eine der gefangenen Frauen sehr nett fände. Dennoch konnten es die anderen Zauberer nicht so recht glauben, dass ausgerechnet Fulk mit den Frauen geflohen sein könnte. Dazu kannten sie ihn und seinen Eifer zu gut. Mich verdächtigte allerdings auch niemand. Schließlich war ich ja selbst noch kurz zuvor ein Eiferer gewesen.

Groß war die Verwirrung, als man erfuhr, dass die Frauen gestorben waren. Denn auch wenn die Zauberer ihr Land nicht mehr verlassen konnten, so gab es doch noch immer die Möglichkeit, über die Grenzen hinaus Beobachtungen anzustellen. Und zu beobachten, wie die Frauen nahe der

Stelle, an der sie den Tod gefunden hatten, von den Dörflern beigesetzt wurden, ließ keinen Zweifel an ihrem Schicksal aufkommen.

Dann blieb noch das Problem, wie man es den anderen Zauberern des Ersten Gürtels, die nichts von der Verschwörung wussten, erklären sollte, dass die Grenzschlüssel plötzlich verschwunden waren. So belasteten schließlich die gescheiterten Verschwörer doch Fulk, nur um selbst nicht aufzufallen: Einige der zerstörten Grenzschlüssel wurden in seiner Wohnung platziert. Und da er verschwunden war und blieb, wurde der Diebstahl schließlich doch ihm angelastet, obwohl man sich den Hintergrund seiner Handlung – abgesehen von der eher dürftigen Vermutung, dass er wohl verrückt geworden sei – nicht wirklich erklären konnte.

Ein kleines Nachspiel gab es noch, das mir zeigte, an welchem Grad von Irrsinn unsere Gesellschaft in ihrer Verzweiflung inzwischen angekommen war: Fulk wurden tatsächlich das O und sämtliche Gürtel aberkannt. Das Konkur machte sich diese Mühe, obwohl es doch völlig sinnlos war, denn schließlich durfte es ja niemand außer den Trägern des Ersten Gürtels erfahren; eine offizielle Erklärung, *warum* man Fulk alle Ehren aberkannte, konnte man ja unmöglich geben. So hieß es dann, er sei überraschend verstorben. Da ich doch ein guter Freund von ihm gewesen sei und bei ihm, in den Zeiten seiner Mentorenschaft, ein und aus gegangen war, bat man mich zu erzählen, dass ich ihn gefunden hätte.

Nun, das stimmte ja sogar auf gewisse Weise, und ich willigte grimmig ein. Dann wurde feierlich und mit allen Ehren ein Sarg in die Erde gebettet, in dem sich drei große Schweineschinken und die Trümmer der Grenzschlüssel befanden. Der echte Fulk hatte vermutlich schon an seinem ersten Tag im Barbarenland – wahrscheinlich aus schierem Entsetzen – sein Leben ausgehaucht. Ich jedenfalls hatte, in der Gewissheit Reinefreude von einem Monster befreit zu haben, mit Fulk abgeschlossen. Vom Tag seiner ›Beerdigung‹ an bis heute bemühe ich mich, ihn, so gut es geht, aus meinem Gedächtnis zu streichen.

Ha! Hätte mir noch gestern jemand gesagt, dass ich all diese üblen Geheimnisse ausgerechnet Prim und vor allem einer fremdländischen, barbarischen Kriegerin anvertrauen würde, ich hätte ihn auf seine geistige Gesundheit hin untersuchen lassen. Aber bitte: Jetzt kennt ihr meine Geschichte. Und ihr seid die einzigen auf der Welt, die sie so komplett und vollständig kennen.«

Die fremdländische, barbarische Kriegerin murmelte zunächst: »Komisch eigentlich, dass für euch wir die Barbaren sind. Für uns sind die

Steppenvölker die Barbaren... Wie Menschen, so scheinen auch Völker das Gefühl der Überlegenheit zu brauchen.«

Dann überlegte Halana ein Weile, holte schließlich tief Luft und meinte zu Puth'O: »Ja, Ihr seid durch eure verrückte, skrupellose Idee und deren Umsetzung mitschuldig am Tod meiner Mutter und vieler anderer Frauen. Ihr seid mitschuldig, dass Familien auseinandergerissen wurden und irgendwo Eltern und Ehemänner vielleicht bis heute um ihre verschwundenen Töchter und Frauen trauern. Ihr seid mitschuldig daran, dass viele Kinder ohne Eltern aufwachsen mussten. Aber... gerade weil ich weiß, wie es ist, seine Angehörigen zu vermissen und besonders das eigene Kind – jede Nacht flehe ich den Großen Zerstörer an, dass es Ruff gut geht und ich ihn wieder finde –, gerade weil ich dies alles weiß... Nun, ich bin sicher nicht in der Lage, Euch im Namen aller Opfer und im Namen der Welt von Eurer Schuld freizusprechen, aber soweit es mich betrifft, denke ich, dass Ihr für Eure Vergehen gebüßt habt. Und sich dann auch noch sein eigenes Gefängnis zu schaffen... denn nichts anderes habt Ihr in meinen Augen getan, als Ihr diese Grenzschlüssel zerstört habt.

Selbst wenn Euch noch ein ganzes Land für Eure Bewegungsfreiheit bleibt, so finde ich die Vorstellung dennoch schrecklich, niemals über die eigenen Grenzen hinausgehen zu können.«

Verwundert fragte Puth'O: »Heißt das etwa: Du könntest mir verzeihen?«

»Verzeihen? Weiß nicht. Mag sein. Jedenfalls spüre ich nicht mehr das Verlangen nach Rache.« Dann lachte Halana kurz auf und ergänzte: »Vielleicht liegt das aber auch einfach daran, dass ich es erst mal verkraften muss, eine Schwarzländerin zu sein – oder doch, bevor Ihr mich fresst, zumindest schwarzländischer Abstammung. Aber sagt, Puth'O, wie ist es Euch denn selbst nach den Erlebnissen von damals ergangen?«

»Mir selbst? Meine Tage und Nächte sind zu einer Art zähem Brei geworden. Ich vermisse meine Frau und meinen Sohn bis heute. Um damals in meiner Trauer nicht doch noch ins Grenzfeuer zu rennen, stürzte ich mich in die Arbeit und versuchte wieder, wie schon vor unserem unseligen Experiment, ein Mittel magischer oder medizinischer Natur gegen unser Aussterben zu finden – alles vergebens.

Einmal probierte ich sogar den Weg, den Prim einzuschlagen versuchte und der von uns anderen immer bespöttelt wurde: Ich wollte mit trunkenem Kopf unseren Gott endlich aus seinem beschissenen... – Verzeihung!

– Schlaf wecken. Und ich vermute, das hat schon jeder aus dem Konkur, der den Zugang hat, einmal versucht. Aber er pennt einfach weiter.«

»Woher wisst ihr Reinefreude-Leute das eigentlich so genau?«

»Was?«

»Na, dass er schläft, euer Gott. Ich meine, er wird sein Nickerchen ja wohl kaum hier im Palast halten, oder?«

Prim und Puth'O sahen sich kurz überrascht an, um dann wie aus einem Munde zu antworten: »Aber selbstverständlich!«

Halana kniff die Brauen zusammen und meinte: »Ihr macht Witze?«

»Niemand in Reinefreude macht Witze, wenn es um den Schlafenden Gott geht«, entgegnete Puth'O.

Fassungslos rief Halana: »Er ist wirklich hier? Ich meine, nicht nur im übertragenen Sinn oder als Statue oder so, sondern ganz echt? In persona?«

»Aber natürlich«, entgegnete Prim leicht genervt, »was denkst du denn, für wen dieser Palast einst gebaut wurde? Lebt euer ›Großer Zerstörer‹ vielleicht in irgendeiner Fischerhütte?«

»Aber nein. Oder... doch.«

»Ja, was denn jetzt?«

»Na ja – oh verdammt, ist das schwer, das sollte eigentlich besser einer unserer Priester erklären... Also, genau genommen lebt der Große Zerstörer überall und nirgends, weil er unsichtbar, wie eine Art Geist, über allem schwebt und alles durchdringt.«

»Bitte? Und da findest du es verrückt, dass unser Gott hier direkt um die Ecke wohnt?«

Alle drei starrten sich kurz an, dann entluden sich die Müdigkeit und die Absurdität des Gesprächs in einem dreistimmigen Gelächter, das in ein paar erschöpften Atemzügen und Japsern endete.

Doch plötzlich sah Prim neugierig Puth'O an und meinte: »Aber wenn ich's mir recht überlege: Das ist ja auch so eine Sache, die den Zauberern des Konkur vorbehalten ist. Nur ihr Zauberer des inneren Kreises wisst, wie man in die Gemächer des Schlafenden Gottes gelangt, nur ihr habt ihn schon leibhaftig gesehen.«

Kurz starrte Puth'O zurück, dann meinte er achselzuckend: »Na gut, darauf kommt's jetzt auch nicht mehr an. Und wenn ihr schon den Hals für den Fortbestand unserer Leute riskiert... Kommt mit.«

»Wohin?«

»Na, zu ihm.«

»Zu wem?«

»Schwer von Begriff, was? Zum Schlafenden Gott, natürlich.«

*

Prim war so heftig aufgesprungen, dass ein leer getrunkener Weinkelch umkippte und ein paar blutrote Tropfen über den Tisch liefen. Draußen zog schon langsam das Morgengrauen herauf. Gespannt folgten Prim und Halana Puth'O in den geräumigen, reich mit Stuckarbeiten verzierten Gang hinaus, der durch mehrere auf kleinen Säulen ruhenden magischen Kugeln erleuchtet wurde.

»Und wohin jetzt?«, fragte Prim eifrig, »müssen wir durch den großen Empfangssaal, um in die oberen Gemächer zu kommen?«

»Oh, nein, nicht ganz so weit«, meinte Puth'O, während er seinen Zauberstab aus der Tasche zog und vor der nächsten Tür stehenblieb.

»Aber... das ist doch nur meine leer stehende Nachbar-Wohnung.«, entgegnete Prim verwirrt.

Mit einem leisen Befehl und Winken seines Zauberstabs ließ Puth'O die Türe beiseite gleiten und meinte: »Die einen nennen's leere Nachbarwohnung, die anderen geheimen Zugang zu Seiner Göttlichkeit – so wurde der Schlafende Gott vor seiner großen Schläfrigkeit genannt«, fügte er, an Halana gewandt, erklärend hinzu.

Prim stöhnte unterdessen: »Direkt hier? Vor meiner Nase?!«

»Ja, was hast du denn gedacht, warum dir und deinem Diener Timtom auf der anderen Seite genau diese Wohnungen überlassen wurden? Ein guter Grund, hier alles in Schuss zu halten und auch mal Leute vorbeizuschicken.«

Halana, die gar nicht merkte, dass sie immer noch einen halb gefüllten Weinkelch in der Hand hielt, betrat gespannt hinter den beiden Anderen die Wohnung, in der Puth'O mit Hilfe des Zauberstabs schon ein paar magische Lichtkugeln entzündet hatte – und wurde enttäuscht, denn die Wohnung war, abgesehen von den Lichtkugeln, absolut leer. Doch dann richtete Puth'O in einem großen Zimmer seinen Zauberstab gegen die mit Holzkassetten getäfelte Decke und murmelte einen kurzen Befehl. Vier der großen Täfelungen rutschten ein kleines Stück in die Decke hinein, verschwanden dann geräuschlos zu den Seiten und gaben den Blick auf einen großen, quadratischen Schacht frei, dessen Ende in Finsternis lag.

Halana glaubte zu träumen, während Puth'O sie und Prim unter den Schacht bugsierte und dann erneut, diesmal mit dem Stab nach unten zeigend, einen Befehl gab. Es ruckte.

Sie standen auf einem exakt in den Boden eingearbeiteten quadratischen Luftfloß, dessen Oberfläche wie der umgebende Boden mit blank poliertem Holzparkett belegt war. Allerdings bewegte sich dieses Luftfloß nicht in der Horizontalen, sondern in der Vertikalen: Langsam und völlig lautlos stieg es in die Höhe und verschwand mit seiner lebenden Last in dem Decken-Schacht.

Halana war eine mutige Kriegerin, die furchtlos in jeden Kampf ging, doch als sie in die Dunkelheit des Schachtes eintauchten, hatte sie Angst. Hier drin war es stockdunkel.

Nach Geschwindigkeit und Zeit zu urteilen, hatten sie drei Stockwerke durchmessen, als das Luftfloß mit einem klickenden Geräusch anhielt. Noch immer war es so dunkel, dass Halana die Hand nicht vor Augen sehen konnte, doch irgendwie hatte sie nun das Gefühl von Luft und Weite, als neben ihr Puth'O »Licht!« sagte und damit ein ganzes Arsenal von Lichtkugeln entflammte. Geblendet schloss Halana einen Moment die Augen. Dann öffnete sie sie wieder und stand im größten Saal, den sie jemals gesehen. Etwas Derartiges hätte sie niemals für möglich gehalten. Der Thronsaal von König Róge VI. wirkte dagegen wie ein ärmliches Kinderzimmer.

Der Saal nahm offenbar im 4. und 5. Stock ein Rechteck im Zentrum des Palast-Mitteltraktes ein, dessen Ecken fast an die Außenwand des Gebäudes stießen. Uralte, große und meist Szenen aus Sagen zeigende Gemälde schmückten die strahlend weißen, fensterlosen Wände. Marmorne Halbsäulen an den fünf Meter hohen Wänden trugen die Querrippen des stark abgeflachten Tonnengewölbes. Unzählige weiche Teppiche bedeckten den Boden. Tische aus edlem Holz, umstellt mit brokatbezogenen Stühlen, standen entlang der Wände, dazu mit Schnitzereien verzierte Sideboards, auf denen es vor glitzernden Karaffen, antiken Schriftrollen, goldenen und silbernen Pokalen und Kerzenständern nur so wimmelte. Ja, sehr viele Dinge sah man hier – wertvolle Dinge. Und doch wirkte der riesige Saal auf eine gespenstische Weise leer.

Natürlich, es gab hier all diese *Sachen*, doch nirgendwo das kleinste Anzeichen von Leben und Bewegung. Das taghelle Licht kam von schwebenden – tatsächlich schwebenden – Lichtkugeln, die sich in regelmäßigen Abständen unter der Decke verteilten.

Als sie von dem Luftfloß heruntertraten, das jetzt kaum noch vom übrigen Boden zu unterscheiden war, lösten sich augenblicklich drei der Lichtkugeln aus ihrer Armada heraus. Jede dieser drei Kugeln gesellte sich nun zu einem von ihnen und blieb als schwebender Begleiter über dem jeweiligen Kopf, während sich die Hunderte noch unter der Decke schwebenden Kugeln wie in einem kleinen Ballett verschoben, um wieder ein einheitliches Muster herzustellen.

Puth'O führte Halana und Prim auf ein Ende des gigantischen Saales zu, wo ein riesiger Baldachin stand. Was sich darunter befand, wurde durch bis zum Boden reichende rote Samtvorhänge verborgen. Auf dem Weg dorthin schritten sie geräuschlos über die dicken Teppiche.

Dabei musste Halana, unbewusst irritiert, ihren Blick einmal kurz nach oben wenden. Einer der Leuchtbälle trug kein Feuer in sich, und es war nur ein leeres, milchiges Weiß darin zu sehen. Dann konzentrierte sich Halana wieder nach vorne, um nicht über einen der sich überlappenden Teppiche zu stolpern, und stand schließlich gemeinsam mit den beiden anderen vor dem großen Baldachin.

Puth'O sah kurz nach links und rechts, wo Halana und Prim neben ihm standen, dann hob er den Zauberstab, ließ seine Finger über die eingravierten Zeichen gleiten und befahl: »Vorhang – öffne dich!«

Langsam glitt der rote Stoff beiseite.

Halana starrte mit offenem Mund auf das, was sich ihrem Auge darbot.

Dann flüsterte sie: »Ist er... ist er *da* drin?«

»Nein,« antwortete Puth'O, sich darüber wundernd, dass auch er flüsterte,

»er ist nicht da drin... das ist er.«

Halana hatte sich bemüht, nichts Bestimmtes zu erwarten. Aber dies hier war absolut jenseits aller Vorstellungskraft.

»Er hat... mehrere Köpfe?«

»Scheint so.«

»Und diese Rüstung!«

Der Schlafende Gott war auch nicht annähernd mit irgendeinem Wesen zu vergleichen, das Halana sich vorstellen konnte, geschweige denn wirklich gesehen hatte, aber... »Er ist wunderschön!«, hauchte die Kriegerin.

»Ja, das ist er«, gab Puth'O inbrünstig zurück.

Prim, der andächtig geschwiegen hatte, meinte nun: »Es gibt keine Insignien der Macht, keinen Schmuck. Aber wozu auch? Er hat es nicht nötig.«

Puth'O wandte ein: »Nur eine einzige kleine Gravur gibt es am Rücken-schutz der silbernen Rüstung: ein senkrechter Strich, ein zweiter Strich mit einer Welle daran und vier sich berührende schräg stehende Striche, die so aussehen, als würden zwei steile Dächer direkt aneinander stehen. Genera-tionen von Zauberern aus dem inneren Zirkel haben gerätselt, was diese Zeichen wohl bedeuten mögen, und es wurden Hunderte teils aberwitziger Theorien aufgestellt. Doch keine davon ist wirklich beweisbar.«

Andächtig waren sie noch eine Weile in die Betrachtung des Schlafenden Gottes versunken, bis Prim schließlich zu Puth'O meinte: »Er sieht so friedlich aus, in seinem Schlaf. Aber... – ich meine, klar, es ist das, was wir glauben – doch seid Ihr sicher, dass er nur schläft?«

Puth'O antwortete nicht. So stellte Prim nach einer Weile seine Frage er-neut: »Glaubt Ihr, dass er jemals wieder erwachen wird?«

Puth'O schwieg, und die anderen dachten schon, dass er wieder nicht antworten würde. Doch schließlich sagte er ganz, ganz leise: »Nein. Ich glaube nicht, dass er wieder erwachen wird. Und wenn es euch nicht ge-lingt, seinen Bruder zu finden, dann Gnade uns Gott! Welcher auch im-mer.«

11. STAHL UND ANGRIFF
Der Zug gegen den Turm

Die Abreise hatte sich schließlich um zwei Tage verzögert, und das lag vor allem an Prim. Schon zu Beginn ihrer Planungen hatte er Halana nervös gefragt, ob man nicht vielleicht doch in einem kleinen Verband magischer Luftflöße reisen könne.

»Bist du irre?«, war Halanas undiplomatische Antwort gewesen, »was meinst du, wie die Leute des Herzogs reagieren, wenn wir schwebend auf Vandar zukommen? So viele Blitz-Flüche könntest du in einem Jahr nicht aus deinem Zauberstab schleudern, wie dann Pfeile auf uns herabregnen würden. Nein, wir waren uns doch einig: Wir treten als fahrende Gaukler auf. Was dir mit ein paar Zauberer-Tricks nicht schwerfallen dürfte. Und ich kann gegebenenfalls die Messerwerferin spielen. Ich muss nur aufpassen, dass mich der Herzog nicht zu Gesicht bekommt.«

»Aber können wir nicht wenigstens *ein* Luftfloß...?«

»Jetzt reicht's aber! Das Luftfloß kannst du auf gar keinen Fall mitnehmen! Schon bei dem Gedanken, dass so ein Ding dem Herzog in die Hände fallen könnte, sträuben sich mir die Nackenhaare.«

»Aber...«

»Nichts da! Das Ding bleibt hier, und damit Schluss! Wir reisen in einem großen Planwagen, wie ihn das fahrende Volk benutzt.«

»Du meinst... ein Pferdewagen? Mit echten Pferden, und so?«

»Ja. Was denn sonst?«

»A... Aber wir haben in Reinefreude doch gar keine Pferde, die Kutschen ziehen können.«

»Hast du Puth'O nicht zugehört? Es gibt bei euch nicht nur die Wildpferde, sondern auch noch eine Handvoll Bürger, die sich als *Hobby* – seltsames Wort – Pferde halten, und vier von ihnen haben sogar Kutschen und Gespanne.«

»M... mag sein. Aber die können wir uns doch nicht einfach so holen!?«

»Prim! Beim Großen Zerstörer! Was soll das denn jetzt schon wieder heißen? Du... Oh!« Halana sah ihn überrascht an und fuhr dann fort: »Du hast Angst vor Pferden?«

Prim wurde erst blass, dann rot und meinte: »Mmh... nein... na ja, vielleicht ein ganz kleines bisschen.«

Halana konnte sich ein Kichern nicht verkneifen, als sie antwortete: »Keine Bange, diese Viecher fressen nur selten Menschen. – He! Guck nicht so! War'n Scherz! Pferde sind völlig harmlos, und ich werd schon auf dich aufpassen.«

Nach Prims Gesichtsausdruck zu schließen, war er nicht wirklich beruhigt.

Und dann konnte er sich nicht entscheiden, was er mitnehmen sollte. Er ließ den Wagen in eine kleine Werkstatt bringen, verschloss die Türen und begann, die verschiedensten Dinge, die er zur Ausübung seiner Magie benötigen könnte, ein- und wieder auszuräumen. Denn da er nicht wusste, was genau auf sie zukam, konnte er auch nicht wirklich wissen, was er benötigen würde – und *alles*, was ihm in den Sinn kam, konnte er beim besten Willen nicht in den Wagen packen, denn dann hätten sie zehn davon gebraucht. Wäre Halana nicht am Nachmittag des dritten Tages vorbeigekommen, um überrascht festzustellen, dass der Wagen, inmitten eines undefinierbaren Chaos stehend, noch halb leer war, die Verzögerung wäre noch größer geworden. Doch sie stellte Prim verärgert ein Ultimatum, dass sie nämlich in drei Tagen abreisen würde – egal ob mit oder ohne ihn.

Also ließ sich Prim einen Holzmeister und Bretter kommen und werkelte, unterstützt vom murrenden Timtom, bis spät in die Nacht verzweifelt, um möglichst viel im und am Wagen unterzubringen. Wobei ihn das Gefühl fast wahnsinnig machte, möglicherweise genau die Sachen auszusortieren, die er am Ende dann doch brauchen würde. Aber schließlich war es, spät am Abend vor ihrer Abreise, endlich geschafft. Einschlafen konnte Prim allerdings trotz seiner Müdigkeit nicht. Morgen! Morgen würde er tatsächlich Reinefreude verlassen und ins Barbarenland ziehen! Was für ein aufregender Gedanke. Was für ein höchst beunruhigender Gedanke…

So startete er schließlich, völlig übernächtigt und verängstigt neben Halana auf dem Kutschbock sitzend, am frühen Morgen ins große Abenteuer.

Puth'O und die eingeweihten Zauberer des Konkur hatten für eine stattliche Reisekasse gesorgt. Vier Säckchen Gold-Nuggets waren im Wagen verborgen. Das würde reichen, um Ausrüstungen zu kaufen, Helfer zu bezahlen, Bestechungen zu finanzieren oder Mörder zu verpflichten.

Zudem hatten es die Zauberer fertiggebracht, die wenigen Kupfer- und Silbermünzen, die Halana sowohl aus dem Königreich als auch aus dem Herzogtum bei sich trug, in kürzester Zeit zu kopieren und zu einer prall gefüllten Börse zu vervielfältigen. In ihrem eigenen Land, dachte Halana bewundernd, hätte das mindestens zwei Wochen gedauert!

Der lange Planwagen wurde von sechs großen und muskulösen Kaltblütern gezogen. Am Wagen angeleint lief zudem ein Reitpferd für Halana hinterher. Sie wäre ja gerne dem Wagen vorangeritten, doch Prim den Kutschbock zu überlassen war völlig undenkbar.

Schweren Herzens hatte Puth'O eingesehen, dass er nicht mitkommen konnte. Seine Autorität und grantige Überzeugungskraft würden im Konkur gebraucht werden, um alle Zauberer des Ersten Gürtels dazu zu drängen, die neuesten Ereignisse und die Existenz des Bruders des Schlafenden Gottes publik zu machen. Das Volk musste darauf vorbereitet werden, dass womöglich einschneidende Veränderungen anstanden.

Der Weg mit dem Pferdewagen durch Reinefreudestadt brachte ihnen unzählige staunende Blicke vom Straßenrand ein. Aber was immer die Bürger auch denken mochten: sicher nicht, dass hier einer der ihren gemeinsam mit einer Fremdländerin unterwegs war, um deren Sohn zu retten und den Zauberern einen neuen, nicht schlafenden Gott zu suchen, der ihre Probleme lösen sollte.

Begleitet von Timtom auf einem Luftfloß, blieben sie noch eineinhalb Tagesreisen im Gebiet der Zauberer. Sie übernachteten in einem Haus eines gespenstisch leeren Dorfes, wo ihnen Timtom unter Zetern und Schimpfen noch einmal ein köstliches Mal aus Hühnerfilets, gesottenen Teigbällchen und Erbsen bereitete. Unter dem Zetern meinte Halana den Satz herauszuhören: »Wer soll denn dem Magus das Essen zubereiten, wenn ich nicht mitkommen kann?«

»Keine Angst«, murmelte Halana leise, so dass es die beiden Männer nicht hören konnten, »wir werden einen wirklich guten Koch haben.«

Gegen Mittag des zweiten Tages erreichten sie die Grenze zum Schwarzen Herzogtum an einer Stelle, die fast einen Tagesritt von dort entfernt lag, wo vermutlich noch immer Ruben, Junas von Anselm und die überlebenden Gardisten des Herzogs auf Halanas Rückkehr warteten. Würden sie jetzt noch länger in Reinefreude reisen, dann würde sich nicht nur der Abstand zur Hauptstadt des Herzogtums unnötig vergrößern, sondern auch eine gute Möglichkeit verstreichen, auf eine günstig gelegene Handelsstraße zu stoßen. Diese Straße würde sie in vier bis fünf Tagen nach Vandar bringen. Grenzposten gab es natürlich nicht auf der Seite des Schwarzen Landes, denn seit Jahrtausenden war niemand mehr jenseits dieser Grenze im Land der Magier gesichtet worden, geschweige denn von dort herübergekommen.

Als sie sich den magischen Grenzwächtern der Zauberer auf 20 Meter genähert hatten, zügelte Halana die Pferde, und Prim ließ das neben ihnen schwebende Luftfloß anhalten. Dann kletterte er nach hinten in den Wagen, um in eine braune Wollhose und ein naturfarbenes Leinenhemd zu schlüpfen, die ein Schneider in Reinefreudestadt unter kopfschüttelndem Staunen nach Halanas Angaben gefertigt hatte – ebenso wie die Lederweste, an deren Innenseite ein verborgenes Futteral für den Zauberstab eingearbeitet war. Seine eigenen Sachen hatte er unter den Arm geklemmt und warf sie nun auf das Luftfloß hinüber, während er zu Timtom sagte: »So, wie besprochen: Hier trennen sich unsere Wege. Und da du mir als Diener folgen müsstest, dürfte dies ein Freudentag für dich sein: Hiermit, Diener Timtom, entlasse ich dich ehrenvoll aus meinen Diensten.«

Seltsamerweise machte Timtom jedoch keineswegs ein glückliches Gesicht. Und noch seltsamer war, dass er wortlos hinter sich langte, einen kleinen Weidenkorb griff und ihn ruckartig zu seinem früheren Herren hinüberreichte. »Was ist das?«, fragte Prim erstaunt.

Timtom brummte: »Brot und Lammpastete und ein Walnusskuchen.«

Jetzt wich Prims Erstaunen tiefer Verblüffung, und er rief: »Das ist ja mein Lieblingsessen! Für dessen Zubereitung dir doch sonst meistens – aus reinem Zufall, wie ich vermute – irgendwelche Zutaten gefehlt haben. Danke!«

Dann seufzte Prim tief, sah mit bangem Blick nach vorne zur Grenze und sagte zu Halana: »Na los, fahr rüber, bevor ich mir die ganze Sache doch noch anders überlege.«

Doch Halana verdrehte nur die Augen und meinte dann kopfschüttelnd: »Glaubst du nicht, es wäre deiner Zukunft irgendwie dienlicher, wenn du erst einmal absteigen würdest?«

Prim sah sie nur verwirrt an, doch Halana deutete gelassen auf ihren Hals, wo der Grenzschlüssel wieder an seiner Kette hing. Der junge Magus wurde blass und sprang eilig vom Kutschbock, erst dann gab Halana den Pferden die Zügel und steuerte langsam über die Grenze, wo sie gleich wieder anhielt, abstieg, ihren Anhänger abnahm und ihn über die Grenzlinie zurück zu Prim warf. Der legte sich nun selbst die Kette um. Dann kniff er fest die Augen zusammen und machte, die rechte Hand wie tastend nach vorne gestreckt und die Luft anhaltend, ein paar unsichere Schritte nach vorne, bis Halana lachend rief: »Du kannst die Augen wieder aufmachen! Du bist durch. Ja, so ist's gut. Und jetzt solltest du auch wieder anfangen zu atmen – ist auf Dauer besser.«

Prim machte drei laute, unsichere Atemzüge, blickte sich leicht verstört um und meinte dann: »Die Luft… schmeckt auch nicht anders als bei uns drüben.«

»Was hast du denn erwartet?« Dann nahm sie dem Magus den Stein wieder ab, rief: »He! Timtom!« und warf den Stein zu dem ehemaligen Diener über die Grenze, der ihn überrascht auffing und stotterte: »Ihr… Ihr trennt Euch von dem einzigen noch existierenden Schlüssel?«

»Ja. Erstens wäre es nicht gut, wenn er hier aus irgendeinem Grund in die falschen Hände fallen würde, zweitens könnte es gut möglich sein, dass ihr doch mal euer Land verlassen müsst. Bring ihn Puth'O, aber er soll schwören, dass er nicht wieder mit einem Hammer darauf herum klopft und dass er ihn weise einsetzen wird.«

Timtom nickte und rief zurück, während er wieder auf das Luftfloß stieg: »Ich werde auf den Stein aufpassen… und, fremde Kriegerin, dank meines ehemaligen Herren hier bin ich ein Meister im Suchen geworden. Ich werde Puth'O helfen, nach den Unterlagen jenes unglückseligen Experimentes zu forschen und sehen, ob dort der Name Eures Vaters verzeichnet ist. Ach, und Magus Prim…?«

»Ja?«

»Falls Ihr… ich meine, wenn Ihr wieder zurückkommt und, äh, keinen neuen Diener finden solltet…«

»Dann werde ich dich fragen, ob du wieder in meine Dienste treten willst. Mach's gut, grüße deine Familie, und danke für alles.«

»Äh. Magus…«

»Timtom, wir sollten jetzt wirklich Abschied nehmen!«

»Sicher, sicher, aber wie denkt Ihr Euch das? Soll ich vielleicht zu Fuß zurücklaufen? Auch wenn ich jetzt kein Diener mehr bin, so bin ich doch noch lange kein Zauberer!«

»Oh!« Peinlich berührt zog Prim den Zauberstab heraus, richtete ihn über die Grenze hinweg auf das Luftfloß und rief: »Wind, bring das Luftboot… – äh, welche Nummer war es noch mal?«

»Oh Schlafender Gott! Es ist die C-35987!«

»Ah. Danke, Timtom. Also: Wind, bring das Luftboot C-35987 auf direktem Weg und sicher nach Reinefreudestadt und setze Timtom am Palast ab, danke.«

Und während das Luftfloß an Fahrt aufnahm, rief Timtom verzweifelt zurück: »Kriegerin! Passt um Himmels Willen auf den Magus auf – auch wenn er sich nur die Schnürsenkel bindet…«

*

Drei Tage waren Halana und Prim nun unterwegs, ohne behelligt zu werden – was eigentlich, so überlegte sich Halana, schon eine ganz ordentliche Leistung war, wenn man bedachte, dass sie mitten im Feindesland auf Reisen waren. Dann fiel ihr ein, dass sie ja genau genommen selbst eine Schwarzländerin war, und sie lenkte ihre Gedanken lieber anderen Dingen zu. Etwa jenem Mann neben ihr auf dem Kutschbock, der sich dann doch nicht gar so schlecht geschlagen hatte, wie man es am Beginn ihrer Reise noch vermuten konnte. Jedenfalls zuckte er jetzt nicht mehr bei jedem Knacken zusammen und wollte auch nicht mehr bei jeder Begegnung im Planwagen verschwinden. Ja, gestern hatte er sich während ihrer Fahrt sogar zwei Mal todesmutig je eine halbe Stunde auf Halanas Pferd gesetzt – das natürlich am Wagen angebunden geblieben war –, um sich, zumindest in der Theorie, in die Kunst des Reitens einweihen zu lassen.

Sie waren auch durch ein paar Dörfer und zwei kleine Städtchen gekommen, ohne allzu viel Aufsehen zu erregen. Vielleicht mit Ausnahme der Geschichte in dem Badehaus, an dem sie in der zweiten Stadt vorbeigekommen waren. Erfreut, den Staub der Reise loszuwerden, hatte Halana Prim zu einem Besuch der Badestube überredet. Nachdem sie im Vorraum den Eintritt bezahlt und frische Handtücher sowie Seife erhalten hatten, waren sie in den Zuberraum eingetreten.

Während Halana ihre Kleider ablegte, fiel ihr plötzlich das sonderbare Verhalten ihres Begleiters auf: Prim stand stocksteif kurz hinter der Tür und blickte mit weit aufgerissenen Augen in den Raum, dann wanderten seine Augen zu Halana hinüber und wurden, falls das überhaupt möglich war, noch größer. Verwundert ging die Kriegerin auf ihn zu, was Prim zu einem hörbaren Luftholen veranlasste.

Leise fragte Halana: »Was ist los? Ist dir nicht gut?«

Sekundenlang sagte Prim gar nichts, dann: »Du bist… *nackt*!«

»Schlau beobachtet. Hängt vielleicht damit zusammen, dass ich mich gerade ausgezogen habe? Weil wir in einem Badehaus sind?«

»Und… und in ein paar der Zubern hier im Raum sind Männer, in anderen Frauen…?«

»Ja. Was sie da machen, nennt sich baden, solltest du mal probieren, ist eine wirklich angenehme Sache…«

»Und... und da drüben, in dem großen Zuber, über den die beiden Bediensteten gerade ein großes Brett gelegt haben, auf dem sie jetzt Wein, Bier, Brot, Schinken und Käse abstellen... in diesem Zuber sitzen, redend und lachend Männer und Frauen gleichzeitig?«

»Das könnte daran liegen... warte, wie war das noch mal? Ach ja: Es ist ein Badehaus! Und jetzt stell dich um Himmels Willen nicht so an, die ersten Leute gucken schon zu uns herüber. Wenn du nicht auffallen willst, dann mach jetzt, dass du in einen Zuber kommst. Da hinten stehen noch zwei freie nebeneinander, die nehmen wir.«

Es hatte Halana daran erinnert, wie Prim die Grenze überschritten hatte, als er mit geschlossenen Augen eilig aus seinen Kleidern gestiegen und mit einem schnellen Satz in den hohen Zuber eingetaucht war.

Inzwischen begegneten sie auf ihrem Weg immer öfter anderen Fahrzeugen oder Reitern, was wohl ein Zeichen dafür war, dass sie sich der Hauptstadt näherten. Einmal waren sie sogar an den Straßenrand gefahren, um eine Truppe von etwa 500 Soldaten passieren zu lassen, die ihnen entgegen gekommen war (diesmal *hatte* sich Prim ins Wageninnere verzogen).

Halanas letzter Erkundigung zufolge lag bis Vandar nur noch eine knappe Stunde Fahrt vor ihnen. Sie rumpelten jetzt an einer größeren Baumgruppe, fast einem kleinen Wäldchen, vorbei. Und wieder mal war ein Geräusch vom Rande der Straße zu hören. Diesmal war es jedoch das Schnauben eines Pferdes. Eines hinter den Bäumen versteckten Pferdes. Das Schnauben war noch nicht verklungen, da lag auch schon Halanas Schwert in ihrer rechten Hand, während sie mit der linken die Zügel zog und den Wagen anhielt. Gleichzeitig rief sie: »Kommt raus und zeigt euch!«

Jetzt erst merkte Prim, dass etwas nicht stimmte und blickte erschrocken in die Richtung, die auch Halana fest im Blick behielt.

Es raschelte, schnaubte, wieherte, und drei wenig vertrauenserweckende Gestalten ritten gemächlich zwischen den Bäumen hervor.

»Sind das Räuber?«, wandte sich Prim erschrocken an Halana.

Die gab die Frage an den vordersten der Reiter, einen kräftigen einbeinigen Mann, weiter: »Mein Freund hier möchte wissen, ob du schon mal jemanden ausgeraubt hast?«

»Na ja, weiß nicht so recht... die meisten waren schon tot, als ich ihnen in die Taschen griff. Kann man das dann Raub nennen? Außerdem war's immer auf dem Schlachtfeld, und da ist das doch kein Mord, sondern ehrenhaft – die Toten mögen's anders sehen. Hallo, Halana. Wir hatten schon befürchtet, du kommst nicht mehr. Wie geht's?«

»Hallo, Hanumann, hallo, Olav das Rohr, könnte kaum besser gehen – bin nur etwas aufgehalten worden. Erklär ich euch später. Und wer ist euer Freund?«

Der schwarzhaarige, muskulöse junge Mann mit dem dunklen Teint stellte sich selbst mit einer angedeuteten Verbeugung vor: »Man nennt mich Gupp den Jüngeren.«

»Aus der bekannten Artistenfamilie?«, fragte Halana überrascht, »wie passt Ihr hier herein?«

»Ihr kennt uns? Ich bin geschmeichelt. Warum ich dabei bin? Ich muss es tun, und ich will es tun, denn Lusian hat ihr Leben für uns eingesetzt. Wir waren erschüttert zu erfahren, dass sie ihres auf so schändliche Weise verloren hat. Ihr können wir unsere Schuld nicht mehr vergelten, so werden wir sie bei ihrer Schwertschwester einlösen und ihr helfen, ihren Sohn zu befreien. Umso besser, wenn es dabei gegen jene geht, die den Tod unserer Freundin zu verantworten haben.«

»Das heißt, ich kann dir vertrauen?«

»Unbedingt!«

»Gut.«

Zaghaft meldete sich Prim zu Wort: »Könnte mir vielleicht mal jemand erklären…?«

»Keine Angst«, entgegnete Halana, »ist so eine Angewohnheit von mir, ein paar Karten in der Hinterhand zu behalten. Hanumann der Koch und Olaf der Späher sind gute Freunde und Waffengefährten von mir und Lusian. Nachdem mich mein geliebter verräterischer Ruben informiert hatte, dass ich mit ihm kommen müsse, wenn mir das Leben meines Sohnes lieb sei, hatte ich den Mistkerl zunächst gefesselt zurückgelassen, um Lusian die letzte Ruhe zu geben. Danach bin ich aber nicht gleich zu Ruben geritten, sondern erst einmal zurück ins Lager, um meine Freunde um Hilfe zu bitten. Dank Lusians letztem Kampf wusste ich, dass mich Herzog Cosa zu irgendetwas erpressen wollte. Also bat ich Hanumann, mir in Cosas Hauptstadt zu folgen, sich umzuhören. Und falls er herausfinden sollte, dass ich nicht mehr in der Stadt war, sollte er an der östlichen Einfallstraße Ausschau nach mir halten, denn ich wollte mich auf irgendeine Weise absetzen und in die Stadt zurückkommen, um zu erfahren, wie und wo ich Ruff retten kann.«

»Vor etwa zehn Tagen sind wir eingetroffen«, schilderte Olav, »Gupps kleine Truppe bietet einen wunderbaren und unauffälligen Stützpunkt. Schließlich waren sie schon öfter als Artisten und Gaukler in der Stadt.

Aber sag, Halana, wer ist denn dein neuer Freund hier, der uns die ganze Zeit anstarrt wie eine Fliege den Frosch?«

»Nun, sagen wir mal, eure Gaukler-Truppe hat jetzt auch einen Zauberer bekommen.«

Prim brummte zu Halana: »Hast wohl rein zufällig vergessen, mir von deiner Rückversicherung zu erzählen?«

Halana erwiderte mit einem breiten Grinsen im Gesicht: »Was nützt ein Ass im Ärmel, wenn's jeder kennt?«

*

Vand, die Burg des Schwarzen Herzogs, war in keiner Beziehung mit dem Königspalast in Berlundel zu vergleichen. Engalands Hauptstadt hatte ihre Anfänge auf einer Insel im Fluss Berlund genommen, die jedoch schon vor Jahrhunderten zu klein geworden war. So wuchs Berlundel immer weiter über die Insel hinaus und in die weite Ebene hinein.

Dabei hatte man den Schutz der Stadt aber nicht nur hohen Stadtmauern aus weißem Kalkstein, sondern auch weiterhin dem Fluss überlassen, der gespalten und um die Mauern der Stadt herum geleitet worden war. Der neue Königspalast war dann vor gut 60 Jahren an der Stelle der alten Burg auf der nun innerhalb der Stadt liegenden Flussinsel errichtet worden. Der Palast stand dort innerhalb einer kleinen Parkanlage mit nur noch niedrigen Schutzmauern.

Die äußere Stadtmauer Vandars, aus dunkelgrauem Granit gebaut, zog sich dagegen komplett um die Westhälfte des kleinen, mit zwei flachen Gipfeln versehenen Berges Vandris herum, schlängelte sich aber im Osten über den Berg, um ihn dort, zwischen seinen beiden höchsten Erhebungen, zu teilen. Die Gebäude der Stadt standen auf den sanften Ausläufern des Berges, aber auch auf zahlreichen Terrassen in den oberen, felsigen Regionen des West-Hügels, wo nur eine große Straße um den Berg herum nach oben führte und die Häuser ansonsten mit einem Gewirr aus steinernen Treppen und hölzernen Stiegen miteinander verbunden waren.

Der noch ein wenig höhere Ost-Hügel war dagegen ganz der etwas außerhalb der eigentlichen Stadt liegenden Burg Vand vorbehalten, die auf seiner Kuppe thronte. Aus der unregelmäßigen, schroffen Burg, deren Grundriss sich der Bergform anpasste, ragten an den Außenmauern insgesamt fünf nicht sehr hohe, quadratische Türme heraus – sie mussten nicht hoch sein, da schon die Burg selbst weitaus höher als das Umland lag.

Doch es gab noch einen sechsten, runden Turm, der die anderen weit überragte und dessen einziger Zweck es ursprünglich gewesen war, die Macht der Herzöge zu demonstrieren. Der Turm mit seinem kleinen, wachhausartigen Vorraum stand fast frei in einem Hof, nur wenige Meter neben dem Herrscherhaus und direkt an einer Außenmauer am Rande eines schroffen Felsensturzes. »Und genau in diesen Turm müsst ihr hineinkommen – und zwar bis ganz unters Dach – wenn ihr das Kind retten wollt«, sagte der Hofnarr, der einen Tag zuvor zu ihrer kleinen Gruppe gestoßen war.

»Na, das wird ein Spaß«, murmelte Halana und blickte über die Häuserreihen Vandars hinauf zu Burg und Turm. Die Kriegerin hatte große Mühe, ihre Aufregung zu unterdrücken und ihre Gedanken davor zu bewahren, zu einem rotierenden Bienenkorb zu werden. Endlich. Da oben, fast zum Greifen nah, wie es ihr erscheinen wollte, war ihr Ruff. Jetzt hinaufspazieren und ihn lange, lange in den Arm nehmen, ihm durchs Haar streichen... So nah… und doch unerreichbar.

Zwei Tage zuvor waren sie in die Stadt eingeritten. Was ihr Begehr sei, hatte einer der fünf Torwächter gefragt. Man habe einen Kontrakt mit der Schaustellertruppe, die vor ein paar Tagen in die Stadt gekommen war und zu der auch die beiden dem Wagen folgenden Reiter gehörten. Man wolle in der Stadt einen Zirkus aufführen. Sie sei Messerwerferin und der Kerl neben ihr Zauberer.

»Zauberer?«, hatte der misstrauische Hauptmann der Wache gesagt, »sieht mir aber irgendwie nicht aus wie ein Zauberer – und warum stiert er so schreckhaft herüber und kriegt den Mund nicht auf?«

»Oh wisst ihr, eigentlich ist er auch eher die komische Nummer im Programm – so ein Zauberer, dem alles schiefgeht.«

»Ach so einer! Ja, so sieht er schon eher aus.«

»Nicht wahr? Und heute Morgen hat er eine neue Nummer ausprobiert, bei der er sich schließlich eine weiße Maus aus dem Mund zieht.«

»Igitt!«

»Lecker, nicht? Auf jeden Fall ging was schief, und die Maus hat ihm fast ein Loch in die Zunge gebissen. Das muss er erst mal überwinden, und deswegen hält er auch die Klappe.«

»Na dann. Vielleicht komm ich mir euren Mummenschanz mal ansehen.«

»Ja, tut das, es lohnt sich! Und wenn Ihr Kinder habt, dann solltet Ihr die auf jeden Fall mitbringen.«

Dann hatte Halana den Pferden nochmals die Zügel gegeben und war mit dem Wagen in die Höhle des Löwen eingefahren, während Prim sie angiftete: »Komische Nummer? Du bist wohl nicht bei Trost? Außerdem würd ich niemals irgendwelche Zaubertricks mit Mäusen...«

»Prim?«

»Ja?«

»Halt die Klappe.«

Die Sipp waren es gewohnt, dass man sie nicht in Gaststätten einquartieren wollte. So hatten sie – zu einem überteuerten Preis, auch das waren sie gewohnt – einen großen Stall komplett angemietet und darin Quartier bezogen.

Immerhin hatte man so keine neugierigen Ohren zu fürchten. Halana hatte ihren Wagen ebenfalls in der Scheune untergestellt und sich den Sipp kurz bekannt gemacht. Dann war sie gleich zu dem Haus gegangen, dessen Adresse ihr von diesem geheimnisvollen Hofnarren bei seinem nächtlichen Besuch genannt worden war. Dort hatte sie auch das rote Tuch als vereinbartes Zeichen aus dem Dachfenster gehängt. Sie war aber nicht dort geblieben, sondern hatte auf dem Bett des spärlich möblierten Zimmers eine Nachricht hinterlassen, wo sie zu finden sei.

Schon am nächsten Tag war der Hofnarr gekommen, zwar in normaler Kleidung, aber dennoch stach er aus der Menge heraus mit seiner papierweißen, sommersprossigen Haut, den roten Haaren und den wässrighellen, fast rötlichen Augen. Erst war er misstrauisch gewesen, hier unerwartet so viele weitere Verbündete zu treffen. Doch schnell gab es eine fast spürbare Sympathie zwischen den Sipp und dem Narren.

Das mochte daran liegen, dachte Halana, dass die Sipp und der Narr in ihrem Leben auf ähnliche Probleme stießen, denn sie alle waren Außenseiter, die Sipp wegen ihrer Abstammung, die ihr dunkler Teint verriet, der Hofnarr wegen seines Aussehens.

Damals, bei Kerzenlicht, war es Halana nicht so sehr aufgefallen, doch der Narr war ganz eindeutig ein Albino.

Nicht alle Sipp aus Gupps Gruppe waren mitgekommen. Einige waren bei den älteren Frauen und den Kindern geblieben und Gupp der Ältere selbst war noch nicht wieder vollständig von seinen Verletzungen genesen. So waren es schließlich acht weitere Artisten gewesen, die Gupp der Jüngere dem Hofnarren vorstellen konnte: »Da drüben hätten wir Gupp den ganz Jungen, meinen zweitgeborenen Zwillingsbruder, wie ich Jongleur – aber natürlich nicht so gut. Unsere liebreizende Schwester Lugta hier ist

Seiltänzerin. Der lange Dünne da, mit den hässlich zerzausten Haaren nennt sich Der Rot – seinen richtigen Namen hab ich vergessen –, ein begnadeter Feuerspucker und Trickser.

Dann haben wir hier noch den starken Errit – schmächtiges Kerlchen, was? –, die Cousins Jan und Jeun aus der Artisten-Familie Terzin, sowie unseren Meister-Bogenschützen und Waffenkünstler Knrrrk. Er ist ein Mann des Steppenvolkes, der sich uns vor gut sechs Jahren angeschlossen hatte und überraschenderweise trotz geradezu zum Weinen lächerlicher Bezahlung geblieben ist – und ich möchte wirklich nicht wissen, was er ausgefressen hatte, dass er seine Heimat verlassen musste und zu uns gekommen ist. Zu guter Letzt haben wir hier noch Gampa, unseren wortgewaltigen Sprecher und Possenreißer.

Ich glaube, seine Witze hatten schon meinen Urgroßvater in den Selbstmord getrieben.«

Alle Genannten hatten Gupp dem Jüngeren scherzhaft gedroht und ein paar freundliche Worte an den Neuankömmling gerichtet. Lediglich über Gampas Lippen war nur ein kurz angebundenes »Hmpf!« gekommen; der Ansager und Aufpeitscher der Truppe war ein Mann in den Vierzigern mit breiter Nase, leicht schmollendem Mund, im Moment schläfrigen Augen und einer Frisur, als habe man ihm einen Topf auf den Kopf gesetzt und dann seine dicken schwarzen Haare rundherum abgeschnitten.

Die ganze Gruppe war schließlich hinaus in den kleinen Hinterhof der Scheune getreten, um hinauf zur Burg zu sehen, während der bleiche Hofnarr berichtete, wo genau das Kind im Turm des Herzogs gefangen gehalten wurde. Zudem schilderte er, dass er es sei, der täglich das Essen hoch in den Turm schaffen musste.

»Und wo ist Giula?«, wollte Halana wissen.

Der Hofnarr zuckte mit den Schultern und entgegnete: »Jedenfalls nicht bei dem Kind im Turm.«

»Sie wurden also getrennt. Aus Cosas Sicht eine vernünftige Entscheidung…

Nun gut, holen wir erst Ruff, vielleicht weiß er ja, wo sie Giula gefangen halten. Wie viele Wachen stehen vor dem Turm?«

»Wie gesagt, der Turm steht im Vorhof des Herrscher-Traktes, wo der Schwarze Herzog, seine Großmutter und einige wichtige Vertraute ihre Gemächer haben und wo sich auch der Empfangssaal und der große Bankettsaal befinden.

Vor dem Eingang des Hauptgebäudes stehen immer zehn Leibgardisten, die den Turm gleich mit bewachen. Nachts ist die Burg zudem abgeriegelt und auch der Vorhof selbst...«

»Also können wir wohl nachts noch schlechter in den Turm eindringen als am Tag«, warf Halana ein.

»...und tags herrscht ein ständiges Kommen und Gehen in dem Hof.«

»Gut. Tagsüber wird's also auch nicht lustig.«

»Es wird noch besser«, fuhr der Hofnarr fort. »Die Turmtür ist in der Regel verschlossen, und ich muss mir den Schlüssel immer vom Hauptmann der Leibgarde holen. Allerdings ist wenigstens diese Problem schon gelöst: Ich habe einen Nachschlüssel machen lassen.«

»Sehr gut!«

»Leider hilft uns der Schlüssel oben, am Turmverlies, nicht weiter.«

»Anderes Schloss?«

»Keine Tür! Die Zelle ist zugemauert.«

»Verdammt! Dieser Bastard von Cosa ist ein ziemlicher Sicherheits-Fanatiker, oder?«

»Bei den vielen Leuten, die ihm ans Leder wollen, kein Wunder. Was es besonders heftig macht: Es ist nicht einfach eine zugemauerte Türöffnung, sondern die Treppe zum Dachgeschoss wurde schlicht abgerissen und statt der alten Zwischendecke wurde eine flache Kuppel gemauert, darüber liegen Eichenbretter als Boden.«

»Und wie gelangt das Essen hinauf?«

»Ein winziger Schacht, durch den man eine Art schmale Kiste nach oben schieben kann.«

»Ein Kamin...?«

»Drei voneinander getrennte, nur armdicke Rohre, die durch die Wand verlaufen.«

»Verdammt. Fenster? Ein Abort?«

»Schießscharten-Fenster, durch die kein Mensch passt, ebenso wenig wie durch die Abort-Öffnung. Zudem gibt es eine zwei Meter lange Eisenkette, das eine Ende ist fest in der Mauer verankert, das andere mit einer Eisen manschette, die um den Hals des Kindes zusammengenietet ist.«

Entsetzen befiel Halana, als sie sich Ruffs Lage vorstellte, allein und angekettet in einer Zelle in schwindelnder Höhe ohne Ausgang.

»Ich... ich gehe sofort!«, rief sie, »mit den Wachen werde ich fertig, das verdammte Gewölbe reiße ich ein...«

»Ruhig, ruhig!«, sagte Hanumann und legte Halana eine Hand auf die Schulter, »ich traue dir sogar zu, dass du zehn Wachen im Alleingang erledigst und bis zu Ruff gelangst. Aber damit ist weder ihm noch dir geholfen, wenn ihr nicht auch mit heiler Haut wieder hinauskommt.«

Einen Moment sah es so aus, als wolle Halana Hanumann an die Gurgel gehen, doch dann schloss sie die Augen, atmete zweimal heftig ein und flüsterte: »Ich weiß, ich weiß... so geht's nicht. Aber... was sollen wir bloß tun?«

Prim meinte: »Also, was das Gewölbe betrifft... Wir müssten bloß den mittleren Zentralstein heraushauen, und das ganze Ding kracht zusammen.«

»Hätte nur den kleinen Schönheitsfehler, dass wir dann darunter stehen...«

»Hmmm... aber wenn man nur am Rand ein kleines Stück heraussprengt, und den Schlussstein gerade *nicht* trifft, müsste der Rest des Gewölbes eigentlich halten.«

»Heraus *sprengen*? Und der Krach?«

»Den wird man nicht hören... Sagt, Hofnarr, im Dachgeschoss sind nur schießschartengroße Fenster, aber wie sieht es mit dem Geschoss darunter aus, von dem Ihr das Essen hinauf schickt?«

»Das war nie als Kerker geplant... da gibt's größere, rechteckige Fenster, in die allerdings Eisenstäbe eingelassen sind.«

»Seeehr interessant«, grübelte Prim, »und ihr, Gebrüder Gupp, könntet ihr eine Vorführung in der Burg im Hof organisieren?«

»Wir Artisten haben einen guten Namen... das sollte sich einrichten lassen.«

»Schön, schön. Und Ihr, Hofnarr, könntet Ihr auch ein paar größere Gegenstände bis unter das Turmverlies bringen?«

»Nun ja... ich bringe immer mal Wassereimer und Brennholz hoch, und da die Wachen immer wechseln, wissen sie auch nicht, wann ich was hochgetragen habe... also, das müsste funktionieren. – Allerdings werde ich so kaum Menschen nach oben schmuggeln können.«

»Das wird vielleicht nicht notwendig sein. Bedenkt, dass ihr einen Zauberer unter euch habt.«

»Ach?«, lächelte Gupp der ganz Junge skeptisch, »möchtest du diejenigen von uns, die nach oben sollen, schrumpfen und in des Narren Tasche stecken?«

»Schrumpfen? Nein, viel besser. Ich werde sie unsichtbar machen.«

Gampa stieß ein überraschtes »Hmpf!« aus, während die Augen der Anderen groß wurden und Halana aufgeregt fragte: »Wie funktioniert das? Mit einem magischen Mantel, der unsichtbar macht?«

»Nein, das war eine andere Geschichte.«

»Vielleicht mit einem Zaubertrank?«

»Nein – bin kein besonders guter Trankbrauer – zaubere dabei meist nur Sodbrennen.«

»Aber womit willst du uns dann unsichtbar machen?«

»Mit einem Seil.«

»Mit einem – *Seil*!?!«

»Mit einem Seil!«

*

Prim erklärte seinen Plan zunächst in groben Zügen und sah schließlich mit erwartungsvollem Lächeln in die Runde. Dann verzerrte sich sein Lächeln langsam, während ihn die anderen anstarrten, die unterschiedlichsten, aber deutlichen Anzeichen von Skepsis im Gesicht. Schließlich fragte Hanumann Halana laut: »Dein neuer Freund..., kann es sein, dass er verrückt ist? So richtig?«

Nach kurzem Bedenken meinte Halana: »Natürlich ist er verrückt. Andererseits muss man wohl auch verrückt sein, um zu versuchen, praktisch unter den Augen Herzog Cosas einen Gefangenen aus dem am besten gesicherten Kerker des Schwarzen Landes zu befreien, oder? Außerdem habe ich in seinem Land Dinge gesehen, die mich durchaus glauben lassen, dass sein Zauber gelingen kann.«

Die schöne Lugta meine: »Das wird garantiert eine Riesenpleite...«

»Danke für euer enthusiastisches Vertrauen«, murmelte Prim ungehalten.

»...aber aus Sicht der Artistin«, fuhr Lugta fort, »würde ich gerne Zeugin dieses Versuchs werden. Selbst wenn er misslingt. Was sehr wahrscheinlich ist. Na, was soll's... Solange niemandem etwas Besseres einfällt, können wir ja schon mal mit den Vorbereitungen beginnen. Sagt, wer soll denn eigentlich die Ehre haben, in den Turm einzudringen?«

Halana rieb sich das Kinn und überlegte laut: »Also, es sollten nur wenige sein, die leichter rein- und wieder rausschlüpfen können. Außerdem haben wir da oben nicht viel Bewegungsfreiheit, und mit Masse können wir ohnehin nichts ausrichten. Drei Leute sollten genügen. Dass ich selbst gehe, ist ja wohl klar. Dann natürlich unser Zauberer...«

Weiter kam Halana nicht, denn ein Entsetzensruf Prims, der sie entgeistert anstarrte, unterbrach sie, gefolgt von den hastigen Worten des Magus: »Kommt nicht in Frage! Du bis die Kriegerin. Ich bin nur ein Zauberer des Zweiten Gürtels, und mich bekommen da keine zehn Pferde hoch!«

»Hast du etwa Angst?«, wollte Lugta wissen, während Gampa ein abfälliges »Hmpf« hören ließ.

»Aber selbstverständlich hab ich Angst!«, rief Prim aufgebracht, »wo ich herkomme, hat es schon seit Tausenden Jahren keine wie auch immer gearteten Kampfhandlungen mehr gegeben! Wenn ich mit meiner Magie helfen kann, gerne...«

Jetzt war es Halana, die Prim überrascht unterbrach: »Wie? Hast du wirklich gedacht, meinen Sohn und dein Volk zu retten, das klappt ohne jede Gefahr für dich selbst? Außerdem: Sei getrost, du wirst da oben ganz sicher Gelegenheit haben, mit Magie zu helfen! Allein schon mit deinem Zauberstab.«

»Ich leih ihn dir!«

»Soll ich ihn als Keule benutzen? Nur du kannst damit umgehen. Und wenn du selbst mitkommst, dann kann ich überdies sicher sein, dass du beim Wirken deines Zauber-Seils auch ganz, ganz besonders sorgfältig sein wirst.«

»Ich will da aber nicht rauf! – Jedenfalls nicht so!«

Langsam wurde Halana ärgerlich. Sie stemmte die Hände in die Hüften und fuhr Prim an: »Bist du ein Mann oder eine Maus? Verdammt, ich brauch dich da oben!«

Da wich die Angst in Prims Gesicht der Überraschung, und er fragte nach: »Du brauchst wirklich *mich*? Nicht einen der durchtrainierten Artisten? Nicht den Meisterschützen oder den Kraftprotz? Und auch keinen der Krieger?«

»Ich hab's doch gesagt, oder?«

Prim seufzte und sagte geschlagen: »Gut. Dann tu ich's.

»Hmpf!«, grunzte Gampa befriedigt, während Lugta dem Zauberer lachend auf die eingesunkene Schulter klopfte und Halana zublinzelte.

»So! Nachdem das geklärt wäre«, Hanumann rieb sich fröhlich die Hände, »wer ist der Dritte im Bunde? Halana, du brauchst keine Rücksicht auf mein Holzbein zu nehmen. Zumal die Artisten ja eher unten gebraucht werden...«

» *Ich* bin der Dritte!«, unterbrach der Hofnarr mit Bestimmtheit. »Dass ich geschickt bin – auch mit der Klinge –, hat Halana gesehen.«

»Das Angebot ehrt Euch«, entgegnete Halana, »aber Ihr habt schon so viel für mich getan. Ich dachte eigentlich, Ihr verlasst den Turm, bevor wir mit dem Budenzauber loslegen, so dass kein Verdacht auf Euch fällt?«

»Nein. Ich bin der dritte Mann, oder ich helfe Euch nicht hinein. Und eines ist sicher: Sobald wir den Turm stürmen, endet mein Leben als Hofnarr – entweder mit der Befreiung des Kindes oder mit meinem Tod«, und er sagte es mit großer Erleichterung.

»Hmpf!«, grunzte Gampa anerkennend, während Gupp der Jüngere kurz den Arm des Narren drückte und erklärte: »Wenn das alles vorbei ist und Ihr eine schlecht bezahlte Stelle als Gaukler sucht, hässlicher kleiner Mann, dann seid Ihr mir herzlich willkommen!«

Noch am gleichen Tag besorgten Der Rot und der starke Errit einen großen Kessel für Prim und richteten ihm eine Feuerstelle im Hof ein, während Gupp der Jüngere einen großen Stapel Baumwolltücher und einige dünne Zinnkelche organisierte, die Prim aufschnitt, um daraus ein paar Trichter zu improvisieren.

Olaf suchte unterdessen eine Wäscherei und schwatzte dem Inhaber für gutes Geld eine Tuch-Walze ab, während Halana Geschmeideschmiede, Emailleure und Graveure abklapperte und alles Schwefelpulver aufkaufte, dessen sie habhaft werden konnte.

Am nächsten Morgen begann Prim in aller Frühe mit der Arbeit, indem er drei kleine Fässchen aus seinem Wagen holte und eine ziemlich zähflüssige, seltsam staubig riechende schwarze Masse in den Kessel kippte.

»Was ist das?«, fragte Halana, die mit Lugta hinzugetreten war.

»Kemai.«

»Aha. – Ich denke, du bist kein guter Trankbrauer?«, sagte Halana, während sie Lugta achselzuckend anblickte.

»Bin ich auch nicht«, entgegnete der Magus und entzündete mit einem knappen Befehl und der Hilfe seines Zauberstabs ein paar Holzscheite unter dem Kessel, was Lugta erschrocken zurückfahren ließ.

»Aber du wirst uns doch hier sicher kein Frühstück kochen?«, bohrte Halana weiter.

»Natürlich nicht. Ich koche uns ein Seil.«

Fasziniert flüsterte Lugta Halana ins Ohr: »Er ist wirklich verrückt, oder?«

Prim hörte nicht hin, sondern bat: »Seid so gut und bringt mir den Schwefel, ach ja: Und einen Mess-Kelch – der müsste in der Truhe direkt hinter dem Kutschbock liegen.«

Als die schwarze Flüssigkeit erwärmt war, aber noch nicht kochte, schubste Prim die brennenden Scheite mit einem Stock beiseite und begann unter Murmeln, eine genau abgemessene Menge Schwefel in die Brühe zu kippen und das Ganze mit einem kleinen Paddel gründlich zu durchmischen. Nach etwa zehn Minuten wischte er sich den Schweiß von der Stirn und meinte laut: »So, jetzt könnte ich ein wenig Hilfe gebrauchen! Ich zeig euch, wie's geht.«

Damit breitete er ein Tuch auf dem festgestampften Boden des Hofes aus, holte eine große Schöpfkelle und kippte eine etwa einen Meter lange, dicke Linie der nun leicht schweflig riechenden Masse auf das Tuch – »das saugt schon mal etwas Flüssigkeit raus« –, dann rollte er die noch flache Linie mit den Händen zu einem dünnen runden Strang aus, den er vorsichtig hochhob und zwischen die beiden Walzräder einführte. Zügig kurbelte er den Strang dreimal durch die Walze, so dass eine dünne schwarze Brühe herauslief, rollte dann den Strang nochmals mit geschickten Händen und hatte schließlich eine etwa einen halben Zentimeter durchmessende, gut einen Meter lange, schwarze Schnur vor sich liegen. »So! Das muss jetzt nur noch zwei Tage trocknen«, meinte er befriedigt.

»*Das* soll unser Zauberseil sein?«, fragte einer der Gupps irritiert.

»Na ja«, entgegnete Prim munter, »wenn es erst mal mit den anderen verknüpft und verknotet ist... Wir brauchen etwa 300 davon, plus 20 in Reserve. – Also worauf wartet ihr? Macht euch mal an die Arbeit!«

Zwei Tage brauchten sie, um alle Stränge fertigzustellen, die schließlich in der ganzen Scheune verteilt zum Trocknen hingen. Nach zwei weiteren Tagen wurden die Einzelteile zu einem einzigen, seltsamen, schwarzen Seil gedreht und verknüpft. Als es endlich fertig war, fragte Gupp der Jüngere skeptisch: »Und das soll nun so lang sein, wie der Turm hoch ist?«

»Nein, ist es sicher nicht«, entgegnete Prim, »aber zieh mal dran.«

»So? – *Oh!* «

Der Hofnarr hatte unterdessen jeden Morgen, Mittag und Abend nach den Wachtwechseln etliches Material in das vorletzte Turmzimmer hinaufgeschleppt. Schon am ersten Tag war ein aus Lederriemen geflochtenes Seil dabei, das er in dem Wasserfass einweichte, schließlich stramm zwischen die Gitterstäbe zweier Fenster spannte und verknotete.

Am nächsten Tag, als das Leder getrocknet war und sich zusammengezogen hatte, waren die Eisenstäbe schon ein klein wenig verbogen. Er wiederholte die Prozedur immer aufs Neue und konnte am fünften Tag den inzwischen richtiggehend krummen Eisenstab im Nordostfenster ohne große

Probleme herausziehen. Und jedes Mal, bevor er wieder den Turm hinunterstieg, flüsterte er in den kleinen Schacht: »Nicht mehr lange, nicht mehr lange, mein Kind! Halt nur noch ein paar Tage durch!«

Dann, sie saßen gerade beim Abendmahl zusammen, kam Lugta mit wehenden Haaren in die Scheune gestürmt und rief: »Morgen!«

»Was ist morgen?«, wollte ihr ältester Bruder wissen.

»Morgen müssen wir losschlagen! Ich hab mich an die Fersen des Oberkommandierenden der Burgwachen geheftet und mich von ihm zu einem Wein einladen lassen – irgendwie hatte ich auch den Eindruck, er wollte eine Gegenleistung haben, – na egal. Jedenfalls hat der Gute morgen Geburtstag. Und ich hab ihm in den Kopf gepflanzt, dass er bei seinen Leuten mächtig Eindruck schinden könnte, wenn er uns zu einer Vorführung in den Burghof bestellen würde. Weil er doch so ein toller Hecht ist, würden wir's auch für kleines Geld tun. Anfangs zögerte er, weil er Bammel hatte, so etwas ohne Cosas Erlaubnis zu veranlassen. Aber Cosa ist drei Tage auf der Jagd. Der Oberkommandierende hatte trotzdem Schiss, bis ich ihm klarmachte, dass sich ein so mutiger Mann doch nicht wegen so einer Kleinigkeit fürchten würde. Jedenfalls haben wir den Auftrag! So eine Chance kommt nicht wieder!«

»Morgen schon?«, seufzte Prim. Aber irgendwann musste es halt sein. So übergab er dem Hofnarren noch einen übergroßen Seesack, um diesen auch noch in den Turm hinaufzubringen. »Wie?«, fragte der, »ich dachte, es ist schon alles oben?«

»Alles. – Bis auf Plan B.«

*

Noch immer war Sorna, dem Hauptmann der Wachen, etwas mulmig zumute. Herzog Cosa wäre wohl nicht erfreut, wenn er von dem kleinen Vergnügen erführe, das der Hauptmann sich und seinen Freunden ohne des Herzogs Genehmigung gönnte…

Etwas zerstreut gab er dem Hofnarren den Schlüssel, der mal wieder das Essen für das gefangene Kind in den Turm brachte. Kurz darauf marschierten auch schon die Artisten unter großem Hallo in den Hof. Auch diese wunderhübsche junge Frau war dabei. Sie wirkte so wild und verwegen, ganz anders als die Schwarzländerinnen. Na gut, sie war nur eine Sipp… aber er würde sie ja nicht gleich heiraten müssen, wenn er sie für einige Zeit als Gespielin gewinnen könnte…

Bereits am Vormittag hatten die Schausteller eine kleine Bühne aufgebaut, so dass alle Zuschauer gut sehen konnten – und ihre Blicke nicht sonst wohin wenden würden. Immer mehr Schaulustige kamen aus dem Haupthaus und den anderen Gebäuden der Burg, während die Artisten in ihren wilden, bunten Kostümen die Bühne betraten. Die war im größtmöglichen Abstand gegenüber dem Haupthaus aufgebaut, was auch bedeutete, dass die Artisten ihre Nummern – so ein Zufall aber auch – dem Turm gegenüber präsentieren würden. Und es waren wahrlich atemberaubende Vorführungen, welche die Schaustellertruppe zu bieten hatte.

Gampa trat unscheinbar nach vorne, räusperte sich mit einem »Hrmpf«, und plötzlich ertönte seine tiefe, sonore Stimme laut über den ganzen Platz: »Tapfere Männer! Edle Frauen! Liebe Kinder! Habt ihr schon einmal in eurem Leben über irgendetwas gestaunt? Nein! Das habt ihr nicht! Das wird euch nach unserer heutigen Vorführung klar sein. Denn heute, jetzt und hier erlebt ihr die besten Artisten, die gefährlichsten Nummern, die aufregendsten Aufführungen, welche die bekannte Welt jemals gesehen hat! Wir beginnen mit der atemberaubendsten Jonglage des Universums! Die drei Geschwister Gupp!!!«

Falls jetzt noch nicht alle Augen auf die Bühne gerichtet waren, dann spätestens, als die drei Genannten nach vorne traten und ihre Umhänge abwarfen: Die eingeölte, dunkle Haut glänzte im Sonnenlicht, die muskulösen Männer traten mit bloßem Oberkörper auf, Lugta trug einen Rock aus bunten Stoffstreifen, zwischen denen immer wieder ihre geschmeidigen Beine hervor blitzten, und eine gerade bis unter die Rippen reichende ärmellose Seidenbluse, die vorne nur mit einem kleinen Goldkettchen zusammengehalten wurde. Sicher hätte so mancher Mann unter den Zuschauern ob seines stieren Blicks einen heftigen Stoß von seinem Eheweib erhalten, wenn dieses in der Lage gewesen wäre, ihren Blick von den jungen Männern abzuwenden.

Doch die Augen wurden, falls dies überhaupt möglich war, noch weiter aufgerissen, als die eigentliche Jonglage-Nummer begann und immer mehr rote Keulen auf die abenteuerlichsten Arten zwischen den jungen Artisten durch die Luft kreisten.

Bald brandeten immer wieder »Bravo!«-Rufe durch die Burgmauern, und kein Mensch achtete auf den nervös schwitzenden jungen Mann und die junge Frau, die etwas seitlich hinter dem Publikum an der Turmmauer standen – an einer Stelle, die von den Wachen am Eingang des Haupthauses, die ohnehin nur Augen für die Vorführung hatten, nicht einzusehen war. Halana und Prim trugen dabei Hosen und Umhänge, deren Farbe nicht unähnlich dem Granit-Grau des Turmes war.

Oben im Turm, direkt unter der Zelle, hatte der Hofnarr das wundersame Seil des Zauberers schon längst mit einem herkömmlichen Seil an einem der Fensterkreuze gesichert. In der Maueröffnung, in der das Fensterkreuz fehlte, hatte er einen schweren Sandsack auf das Fenstersims gewuchtet, ihn mit noch mehr Sand gefüllt, dann zugeschnürt und mit einer großen Schleife an die andere Seite des Zauberer-Seils gebunden. Dann quetschte der Narr seinen Kopf an dem Sack vorbei und sah nach unten.

Auf der Bühne sprang Lugta einen Salto rückwärts, während sie gleichzeitig zwei Keulen in die Luft schleuderte und nach ihrer Landung im Spagat wieder auffing. Durch das Publikum ging ein Aufschrei der Begeisterung. Halana hob den Arm. Der Hofnarr gab dem Sandsack einen kräftigen Stoß, worauf dieser augenblicklich in die Tiefe raste, das schwarze Seil hinter sich herziehend. Das Seil war nicht einmal so lang wie die halbe Turmhöhe, doch als der Sandsack diese Höhe erreicht hatte, gab es nicht etwa einen Ruck, sondern das Seil begann sich in die Länge zu ziehen, erst rasend schnell, dann immer langsamer, bis der Sandsack nahezu sanft neben Halana gegen den Boden stieß. Augenblicklich steckte die Kriegerin ihre linke Hand durch eine Lederschlaufe am Ende des Seils und löste die Schleife am Sandsack. Ein schmerzhafter Ruck ging durch Hand- und Schultergelenk, als sie, fast wie vom Katapult geschossen, in die Höhe gerissen und noch über die Mitte des Turmes hinaus pfeilgerade nach oben geschleudert wurde. Die Turmwand flog wie eine graue Masse an ihr vorbei, doch schnell wurde die Kriegerin auch wieder langsamer und erreichte kurz unterhalb des Fensters den höchsten Punkt ihres Fluges, wo ihr der Hofnarr schon seine mit Kalk eingeriebene Hand entgegenreckte.

Halana griff zu, der Narr warf sich zurück, und die Kriegerin lag japsend und keuchend auf dem Boden des Turmzimmers, während der Albino schon den zweiten Sandsack auf die Fensterbank stemmte und noch zusätzlichen Sand hineinfüllte. Schließlich kam auch Halana torkelnd auf die Beine und schnaufte: »Großer Zerstörer! Was ein Flug!! Einmal im Leben reicht vollkommen.«

Bis Halana ihr Schwindelgefühl abgeschüttelt hatte, war der Hofnarr schon mit den Vorbereitungen fertig.

Unten war, zwischen zwei Nummern, Gampa auf die Bühne getreten und rief: »Ihr seid das größte Publikum auf Erden! Aber wie überragend die Schwarzländer sind, das weiß ich ja schon, seit meinem Erlebnis neulich in einer Schankstube eures schönen Örtchens Taranta, direkt an der Grenze. Da saß ein ziemlich klein gewachsener Schwarzländer vor einem Humpen Bier, und plötzlich kommt ein riesiger Engaländer herein, greift sich einfach den Humpen und leert ihn in einem Zug. Der kleine Schwarzländer fängt an zu weinen und zu jammern, der große Engaländer lacht und verspottet den Mann: ›Du Memme! Was flennst du hier rum wegen eines Bieres?‹« – Aus dem Publikum kamen ein paar ungehaltene Zwischenrufe, doch Gampa fuhr ungerührt fort: »›Du hast gut Reden, Engaländer‹, entgegnete der Kleine, ›aber als ich heute nach Hause gekommen bin, musste ich feststellen, dass mich meine Frau mit meinem besten Freund betrogen und mich verlassen hat. All mein Geld haben sie mitgenommen, und sogar der Hund war nicht mehr da. Da hab ich beschlossen, meinem Leben ein Ende zu setzen. Ich geh also zum Brunnen und will mich hineinstürzen – doch der Brunnen ist ausgetrocknet. Dann nehm ich mir einen Strick, doch der Strick reißt. Schließlich kauf ich mir vom wirklich letzten Geld, das ich noch in der Tasche hatte, Gift und ein Bier. Und jetzt hab ich's reingerührt und will's trinken – und was passiert? Du kommst daher und trinkst mir das auch noch weg!‹«

Das Publikum johlte vor Lachen, Magus Prim reckte zaghaft die Hand in die Luft, und der zweite Sandsack fiel, von Halana gestoßen, in die Tiefe.

Auch der Magus steckte nach der Landung des Sandsacks seine linke Hand in die Schlaufe, zog an der Schleife und wurde emporgerissen. Dummerweise begann er, wie wild mit Armen und Beinen in der Luft zu rudern, und dachte gar nicht daran, dem Hofnarren seine Hand entgegenzurecken. Der grapschte vergeblich nach dem rudernden Arm, und Prim sauste, als er den Scheitelpunkt erreicht hatte, zeternd und mit geschlossenen Augen geradewegs wieder in die Tiefe.

»Großer Zerstörer!«, zischte Halana, riss den Hofnarren zurück und ließ sich blitzschnell rücklings aus dem Fenster gleiten, während sie sich mit den Kniekehlen an den Seiten des Fensters einhakte.

Prim war inzwischen, während sein Jammern von einer erneuten Lachsalve übertönt wurde, wieder am tiefsten Punkt angekommen und schnellte erneut in die Höhe – allerdings nicht mehr ganz so hoch wie beim ersten Mal. Halana hing nun mit dem Kopf nach unten über dem Abgrund, die Arme weit ausgestreckt, und konnte Prim gerade noch am Kragen packen, als er den Scheitelpunkt seiner Flugbahn erreicht hatte.

Der Hofnarr griff nach Halanas Knöchel, stemmte sich mit einem Fuß gegen die Turmwand, riss erst Halana zurück, griff um und bugsierte Prim, unsanft an dessen Hosenboden zerrend, ebenfalls in das Turmzimmer. Dort blieb der Zauberer mit weit aufgerissenen Augen und starr wie ein Brett auf dem Boden liegen.

Im Hof unten zupfte unterdessen ein kleines Mädchen, das Gampas letzten Witz nicht verstanden hatte, ihre Mutter am Ärmel und flüsterte ihr aufgeregt zu: »Du, Mama, da ist gerade ein Mann am Turm hochgeflogen!«

Die Mutter wandte sich verwirrt dem Kind zu und fragte: »Was hast du gesagt?«

Doch statt des Mädchens antwortete ein einbeiniger Mann, der neben dem Kind stand: »Ja, Eure Kleine hat Recht, die Luftakrobatik dieser Truppe ist wirklich einmalig! Seht doch nur, da vorne!« Und die Aufmerksamkeit aller wandte sich wieder der nächsten Nummer zu.

Im Turm hatte Prim unterdessen seine Sprache wiedergefunden – mehr aber auch nicht. Er lag nach wie vor starr auf dem Boden, flüsterte jetzt allerdings ohne Unterlass: »Ich bin tot! Ich bin tot! Ich bin tot! ...«

Aus den Sachen, die der Narr den Turm hinaufgeschafft hatte, zog Halana eilig ihr Kettenhemd und ihr Schwert hervor und legte beides an. Dann warf sie einen sehnsüchtigen Blick zur Decke hinauf und flüsterte schließlich zu Prim: »Tut mir leid, keine Zeit zum Totsein. – Das da hinten ist das Wasserfass, von dem Ihr mir erzählt habt, Narr?«

Der Angesprochene nickte verstehend, schubste den Deckel vom Fass herunter und half Halana, Prim unter den Achseln emporzuzerren, bis zum Fass zu ziehen und ihn mit dem Kopf unterzutauchen. Nach etwa zehn Sekunden begann der Magus wild mit den Füßen zu zappeln und der Narr meinte lakonisch: »Scheint, er hat seinen Schock überwunden...« Dann zogen sie den hustenden und prustenden Zauberer wieder heraus. Halana packte ihn am Kragen, schüttelte ihn kräftig und verlangte eindringlich: »Reiß dich jetzt zusammen! Errit muss gleich mit seiner Nummer dran sein! Also beim Großen Zerstörer: Hol jetzt deinen Zauberstab raus, oder ich werfe dich ohne Seil aus dem Fenster!«

»Ja..., ja, bin wieder da!«, stotterte Prim und fischte mit zitternder Hand das Verlangte aus dem Innenfutteral seiner Weste hervor, »wo soll ich...?«

»Dort drüben«, der Hofnarr deutete in Richtung Südwesten an die Decke, »das ist, etwas versetzt, die gegenüberliegende Seite zum Abort.«

Nun erst nahm sich Halana die Zeit, zu dem kleinen Schacht in der Wand zu stürzen und aufgeregt nach oben zu rufen: »Ruff! Ruff! Ich bin gleich bei dir! Jetzt kauere dich im Abort zusammen, zieh die Decke über dich, die dir der Hofnarr hochgegeben hat, und halt dir die Ohren zu!«

Aus Angst, den Einsatz zu verpassen, sprang sie gleich wieder zum Fenster und schärfte Prim noch ein: »Ziele und mach dich bereit, aber wirke deine Magie erst, wenn ich ›Jetzt!‹ sage, nicht früher und nicht später!« Dann blickte die Kriegerin wieder hinunter auf das Treiben im Hof und sah gerade noch, wie Gampa den Starken Errit ankündigte.

»Jaaa, ihr könnt mir glauben! Das wird ein neuer Rekord! Noch nie hat ein Mann – und der Große Zerstörer möge mich niederstrecken, wenn ich lüge! – eine *sooo* dicke Kette zerrissen! Aber der Starke Errit wird es mit eurer Hilfe schaffen! Feuert ihn ordentlich an, und es wird gelingen!«

Es war wirklich eine Monster-Kette, die vorhin durchs Publikum gewandert war und die der Hüne nun schon zwischen seinen Fäusten gespannt hielt – gut, eines der mittleren Kettenglieder war aus gefärbtem Zinn statt aus Eisen, doch bei *der* Größe musste man auch da ganz ordentlich daran zerren, um es auseinanderzureißen.

Die beiden Gupps standen hinter einer großen Pauke und ließen mit vier Schlagstöcken einen donnernden Trommelwirbel erschallen, Errit spannte seine Muskeln und ließ einen markerschütternden Urschrei hören, während das Publikum begeistert mitbrüllte und Halana 20 Meter weiter oben »Jetzt!« rief.

Der Magier hatte, bis auf die letzte, schon alle notwendigen Runenbewegungen auf seinem Zauberstab vollzogen. Nun schob er auch die letzte Rune in Position und brüllte: »Kugelblitz!« Und während unten unter dem Jubelschrei der Menge und dem Dröhnen der Trommel die Kette entzweiriss, krachte oben ein Feuerball seitlich in die flache Ziegelstein-Kuppel und sprengte ein Loch von gut einem Meter Größe hinein. Steine, Staub und Holzsplitter regneten zu Boden.

Der Staub und Prims Husten hatten sich noch nicht ganz verzogen, da hatte Halana auch schon den Deckel wieder auf das Fass gelegt, war hinauf und von dort zum Loch in der Decke empor gesprungen. Sie bekam eine zur Seite geschleuderte, aber noch über dem Loch liegende Eichendiele zu fassen und zog sich mit einem eleganten Schwung hinauf.

»Ruff! Jetzt wird alles gut!«, rief sie, während sich eine Träne den Weg durch ihr mit Ziegelstaub bedecktes Gesicht bahnte. Dann stand sie mit zwei Sprüngen vor der kleinen Gestalt, die, noch unter der Schutzdecke verborgen, in dem Aborterker kauerte. Lachend zog sie das Kind an sich, streifte die Decke beiseite und blickte in die verängstigt aufgerissenen Augen eines etwa vierzehnjährigen Mädchens.

*

Für zwei, drei Sekunden herrschte die absolute Leere in Halanas Kopf.
Dann stieß sie, mit panisch flackernden Augen, das Mädchen schroff von
sich, blickte sich um und keuchte fassungslos: »Ruff!? Ruff, wo bist du?«

Doch es gab nicht den geringsten Platz in der kargen Zelle, an dem sich
ein Junge hätte verbergen können. Wider besseres Wissen ging Halana zitternd zu der zerschlissenen Strohmatratze und stieß sie mit dem Fuß beiseite. Selbst den kleinen Haufen alter Kleider, der neben der Matratze lag,
zerrte sie auseinander.

Vergebens. Dann drehte sie sich langsam zu dem Mädchen um und fragte: »Wo ist mein Sohn? Und wer, beim Großen Zerstörer, bist du?«

Das Mädchen war aufgestanden. Sie trug ein Männerhemd und eine Lei-
nenhose, beides durch häufiges Waschen zerschlissen, viel zu groß und an
ihrem zierlichen Körper schlotternd. Um die Füße waren Lumpen gewickelt und zugeschnürt. Dunkle, leicht mandelförmige Augen starrten Halana aus einem fast leichenblassen Gesicht mit hohen Wangenknochen und
einer zierlichen Nase entgegen. Die ordentlich gekämmten, aber augenscheinlich selbst geschnittenen Haare reichten in rotbraunen Locken bis zu
den Schultern. Um ihren Hals war ein enger, eiserner Ring zusammengenietet, von dem eine schwere Kette bis zur Wand führte und darin verschwand. Von dem Ring sah man allerdings fast nichts, weil Stoffstreifen
um ihn herum gewickelt waren, um das Scheuern auf der Haut zu vermin-
dern. Halana konnte sich jedoch sehr gut vorstellen, was der Wulst um den
Hals des Mädchens bedeutete.

Zweimal hatte sich das Mädchen geräuspert, dann erklärte sie mit leiser
Stimme: »Tut mir leid, ich kenne deinen Sohn nicht. Ich bin Wiesel… ich
bin Rrrricka. Hast du schon mal das Meer gesehen?«

»Hm? Nein.«

»Oh! Schade. Wirst du mich jetzt töten?«

»Was?« Die Frage riss Halana aus ihrer Trance. »Nein, natürlich nicht.«

»Du hast aber gerade dein Schwert gezogen.«

»So? Tatsächlich, nun, sicher nicht wegen dir«, grollte sie. Dann fuhr sie
herum und betrachtete mit hasserfülltem Blick den Hofnarr, der sich ebenfalls durch das Loch gezogen hatte, stumm hinter ihr stand und nur Augen
für das Mädchen hatte. Von unten rief Prim: »Verdammt, kann mir vielleicht mal jemand hoch helfen? Was ist da oben los? Geht es Ruff gut?«

Der Hofnarr ging langsam an Halana vorbei, ohne sie oder ihr Schwert zu beachten, blieb vor Rrrricka stehen und sah sie stumm an. Sie sagte schüchtern: »Du.... Du bist es?« Zögernd und behutsam legte sie die Fingerspitzen ihrer rechten Hand auf die Wange des Mannes, reckte ihr Gesicht nach vorne und blähte ihre Nasenlöcher weit, um mit einem kaum vernehmbaren Seufzer den Geruch ihres Gegenübers einzusaugen. Jetzt lächelte der Narr vorsichtig und sagte nur: »Hallo, Wieselchen.«

Nun lächelte auch das Mädchen, legte ihm beide Hände auf die Wangen und flüsterte verträumt: »So fühlt sich also ein Mensch an.«

Doch der Zauber des Augenblicks wurde jäh unterbrochen, als Halana den Narren mit Macht zurückriss und ihn anbrüllte: »Wo ist Ruff? Wo ist mein Sohn?«

Der Narr senkte den Blick und sagte: »Ich weiß es nicht.«

Als sie das hörte, durchströmte eine solche Gluthitze aus Wut und Verzweiflung den Körper der Kriegerin, dass alle ihre Muskeln plötzlich ein einziger Block glühendes, zähflüssiges Eisen zu sein schienen. Kaum gelang es ihr noch, Luft in ihre Lungen zu ziehen, als sie zornbebend einen halben Schritt zurück trat und ihr Schwert hob. Der Narr machte keine Anstalten, sich zu verteidigen. Doch Kettenrasseln zeigte an, dass sich das Mädchen nun auch bewegte – und zwar flink. Die bedrohliche Frau entsetzt anstarrend, schob sie sich zwischen diese und ihren Retter und flüsterte nur leise: »Bitte…!«

Und als sie in die Augen des Mädchens sah, begann Halanas heiße Wut plötzlich zu zerfasern, hinterließ ein Gefühl von pochender Übelkeit in ihrem Magen. Langsam, unendlich müde senkte sie das Schwert und fragte verzweifelt: »Narr! Was hast du getan?«

Der antwortete leise: »Den Narren gibt es nicht mehr. Ich bin Barrkaron. Und ich habe dich betrogen.«

»Warum?«

»Das Mädchen, das du hier vor dir siehst, ist seit sieben Jahren in dieser Zelle eingesperrt.«

»Was?! Das würde nicht einmal der Schwarze Herzog…«

»Oh doch. Er würde. Und er hat es getan. Rrrricka hat seit sieben Jahren nicht mehr die Strahlen der Sonne auf ihrer Haut gefühlt, sieben Jahre keine Erde mehr unter den Füßen gespürt, sieben Jahre keinen anderen Menschen mehr berührt, sieben Jahren nur diesen in acht Schritten zu durchmessenden Raum gekannt, sieben Jahre nicht gespielt und sieben Jahre den eisernen Ring um den Hals ertragen.

Darum, Halana, habe ich dich betrogen. Um sie zu retten. Und genau das wäre auch der Gefallen gewesen, um den ich dich bitten wollte, wenn wir deinen Sohn befreit hätten: auch Rrrricka zu retten. Doch etwas lief falsch. Nachdem du mit Ruben, Anselm und der Garde zum Land der Zauberer aufgebrochen warst, habe ich mich unverzüglich daran gemacht, nach dem Jungen zu forschen. Zuerst erfuhr ich nur, dass die Entführer überfällig waren und auch Cosa langsam unruhig wurde.«

»Das heißt«, unterbrach Halana verblüfft, »als er mich erpresste, da hatte er meinen Sohn in Wirklichkeit noch gar nicht in seiner Gewalt?«

»Nein. Damals nicht, und später auch nicht.«

»Der gerissene Hund! Alle Knochen sollen ihm im Leib verfaulen! – Aber was war passiert?«

»Offenbar ist uns deine Freundin Giula zuvorgekommen, und es ist ihr gelungen, den Jungen und sich selbst aus der Hand ihrer Entführer zu befreien.«

»Oh Giula!«, rief Halana, »dem Zerstörer sei Dank...!«

»Aber sie sind verschollen.«

»Was!?«

»Vor wenigen Tagen ist Nachricht von Berthold gekommen, dem Anführer der Verräter, der offenbar in einem elenden Zustand ein Dorf am Grenzfluss erreicht hatte. Sein Bote musste dem Herzog berichten, dass die anderen Entführer tot, die Gefangenen entkommen sind. Doch Giula war durch einen Pfeilschuss verletzt, und sie und der Junge sind auf einem Floß den Grenzfluss hinunter abgetrieben. Und der Grenzfluss führt tief hinein in das Land der Steppenvölker.

Aus Gründen, die ich nicht kenne, war Berthold selbst offenbar zwei, drei Tage außer Gefecht gesetzt und konnte die Verfolgung daher nicht sofort beginnen. Aber später hat er auf irgendeine Weise Kontakt mit den Zzzzzt aufgenommen, dem Steppenvolk an der Grenze des Schwarzen Landes.

Deren Fährtensuchern hat er im Namen des Herzogs eine hohe Belohnung geboten, wenn sie ihm helfen, den Jungen wieder zurückzubringen. Und so ist er ihm und deiner Freundin gemeinsam mit ein paar Zzzzzt-Kriegern gefolgt.«

»Himmel! Ruff!«

»Und ich«, fuhr der Mann fort, der sich Barrkaron nannte, »ich war verzweifelt. Erinnerst du dich, Halana, als du vor wenigen Tagen überzeugt warst, dass sich dein Sohn hier oben befände und du nichts weiter wolltest, als sofort die Burg zu stürmen und ihn aus den Klauen des Herzogs zu befreien? Genau so fühle ich mich seit Jahren – jeden einzelnen Tag. Aber dann, als du nach Vandar gebracht wurdest, da war das für mich die einzige, die unmögliche Chance, endlich jemanden zu gewinnen, der Rrrricka vielleicht, vielleicht würde befreien können.

So klein die Chance auch war, ich war so glücklich wie seit Jahren nicht mehr. Doch plötzlich war das Einzige, was ich dir als Gegenleistung bieten konnte, außerhalb meiner Reichweite. Aber ich konnte nicht noch länger warten und hoffen. Ich konnte nicht zulassen, dass Wieselchen in diesem schrecklichen Kerker sterben würde. Und so tat ich etwas Schreckliches: Ich habe dich betrogen.«

Und leise fügte Rrrricka, die sich an den Arm des Mannes geklammert hatte, hinzu: »Es ist genauso meine Schuld. Er hat mir von seinem Plan erzählt. Und ich habe nicht versucht, ihn davon abzubringen. Ich weiß, ich hätte es tun sollen. Aber ich möchte doch das Meer sehen.«

»Nun, Mädchen«, entgegnete Halana mit einem resignierten Kopfschütteln, »ich habe wirklich nicht den Eindruck, als hättest du das deinem Freund auf irgendeine Weise ausreden können.«

Sie schob ihr Schwert in die Scheide zurück, blickte dem Albino erst schweigend in die Augen und sagte schließlich: »Du schuldest mir noch einen Sohn. Aber bevor wir meinen Jungen suchen, und bevor du mir erzählst, warum dieses Kind hier gefangen gehalten wird und was dich mit diesem Mädchen verbindet, lass uns Rrrricka erst einmal von diesem scheußlichen Halsband befreien.« Dann begann sie, vorsichtig das Tuch unter dem Metallband hervorzuziehen.

»Bekommt ihr das auch auf?«, fragte das Mädchen ruhig, »denn wenn nicht, dann lasst mir ein Messer hier, bevor ihr geht.«

Halana spürte, dass das Mädchen seine Worte ernst meinte, darum sagte sie schnell: »Keine Angst, der Mann, den du da eine Etage tiefer zetern hörst, weil er nicht rauf kann, das ist mein ganz privater Kettenöffner.«

Gemeinsam mit Barrkaron zog sie Prim hinauf, der überrascht das Mädchen ansah und Halana fragte: » *Das* soll dein Sohn Ruff sein?« Und als Halana die Augen verdrehte, fügte er hinzu: »Eeeh... – es gab wohl eine kleine Änderung im Plan?«

»Erklären wir dir später, aber jetzt sei so gut und nimm Rrrricka den Eisenring ab.«

»Hmm... Das werden wir wohl später mit Schmiede-Werkzeug erledigen müssen, denn nach meiner Methode würde es zu heiß werden... Keine

Angst, ihr braucht nicht so entsetzt zu schauen, die Kette bekomme ich problemlos durch, aber nicht allzu dicht am Hals, das ist zu riskant.«

Damit bat er Rrrricka, sich auf den Boden zu setzen, legte etwa 50 Zentimeter von ihrem Hals entfernt einen der herausgesprengten Ziegel unter die Kette und zückte erneut seinen Zauberstab. Rrrricka sah die anderen fragend an, während Prim warnte: »Seht nicht in das weiße Licht, das tut in den Augen weh!« Dann bewegte er die Runen auf dem Stab und flüsterte: »Ganz kleine Sonnenflamme«, und aus der Spitze des Stabs schoss ein nur fünf Zentimeter langer, dünner Strahl in einem gleißenden, fast funkelndem Weiß hervor. Mit nahezu komplett geschlossenen Augen hielt Prim die Spitze des Strahls auf eines der über dem Backstein liegenden Kettenglieder. Nach wenigen Sekunden war das Glied durchtrennt, als habe Prim mit einem warmen Messer durch Butter geschnitten.

Barrkaron und Rrrricka waren schlicht sprachlos, während Halana murmelte: »Ich muss zugeben: Er verblüfft auch mich immer wieder.«

Als Rrrricka klar wurde, dass die Kette, nach all den langen Jahren, wirklich und wahrhaftig durchtrennt war, da stand sie langsam auf, verbeugte sich lächelnd wie vor einem Publikum, breitete die Arme aus und begann sich so lange mit geschlossenen Augen im Kreis zu drehen, bis ihr schwindlig wurde.

Glücklich seufzte sie: »Keine Kette mehr!« Dann umarmte sie Barrkaron, als wolle sie ihn nicht mehr loslassen und sagte schließlich leise: »Danke – Onkel.«

Barrkaron fuhr überrascht zurück und fragte: »Du... du kennst meinen Namen?«

»Oh, ich war immerhin schon fünf Jahre alt, als ich entführt wurde, und es gab viele, viele Stunden, in denen ich nichts weiter zu tun hatte, als mich zu erinnern.«

»Aber ich hätte nicht erwartet, dass man meinen Namen zu Hause überhaupt noch erwähnen würde.«

»Oh doch. Mutter hatte ein paar Mal von dir gesprochen, und andere auch.«

Halana unterbrach das Gespräch: »Schön. Wir haben hier also eine Familienzusammenführung, soviel hab ich kapiert. Aber warum hat Cosa das arme Kind hier so lange eingekerkert? Und wie hängst du da mit drin, Barrkaron? Wir müssen eh noch etwas warten, bis wir hier verschwinden können, also könntest du uns vielleicht einen Schnelldurchlauf der Ereignisse geben?«

Barrkaron nickte und begann: »Es hängt letztlich damit zusammen, dass ihr hier nicht einfach das Mädchen Rrrricka vor euch seht, sondern Prinzessin Rrrricka.«

»Eine Prinzessin?«, entfuhr es Halana, »ist aber nicht grade ein Palast hier?«

»Ja. Und daran ist ihr anderer Onkel schuld. Ich bin der Bruder ihrer Mutter, Herzog Cosa ist der Bruder ihres Vaters.«

Staunend sahen Prim und Halana das Mädchen an, während es der Kriegerin durch den Kopf schoss, welcher Monstrositäten der Herzog wohl noch fähig wäre, wenn er nicht einmal davor zurückschreckte, einem Mädchen seines eigenen Blutes auf so grausame Weise die Kindheit zu rauben. Barrkaron fuhr unterdessen fort: »Ihr werdet es an unseren Namen gemerkt haben, dass wir weder Schwarz- noch Engaländer sind?«

Halana nickte: »Ihr seid vom Steppenvolk – Rrrricka jedenfalls zur Hälfte, so dass man es ihr nicht unbedingt ansieht. Und bei dir, Barrkaron, merkt man es nicht wegen deiner weißen Haut.«

»Ja, meine weiße Haut« – und es schwang Bitterkeit in seiner Stimme mit – »die hat auch mit der ganzen Geschichte zu tun. Und nein, Halana, wir sind nicht ›vom Steppenvolk‹, denn das sind unsere Stämme nur für die Menschen anderer Länder, denen die Unterschiede herzlich egal sind. Doch es gibt mehrere Steppen-Stämme. Rrrricka und ich sind Lrrrk – das heißt: ich war es jedenfalls mal –, und die Lrrrk sind einer der vier größten Stämme. Mein Vater und Rrrrickas Großvater war Barrka, der oberste Häuptling der Lrrrk. Ein großer Häuptling, oh ja. Deshalb fragten sich alle, wieso ihn das Schicksal so strafte, an jenem schlimmsten Tag seines Lebens – dem Tag meiner Geburt.

Der Große Mrrr – ihr würdet es vielleicht oberster Schamane nennen – schrie Zeter und Mordio, als er meine hässliche weiße Haut sah. Wie konnte es sein, dass meine Mutter, die schöne und prächtige Banré, mitten im großen Meer der Steppe, in dessen Zentrum unser Stamm lebt, so ein Kind geboren hatte? Das konnte nur, das musste ein schlechtes Omen sein.

Ich galt als Missgeburt, und noch bevor sich die Sonne am ersten Tag meines Lebens zur Ruhe begab, war ich von der Erbfolge ausgeschlossen. Da brauchte der Mrrr bei meinem Vater nicht allzu viel Überzeugungsarbeit zu leisten, denn schließlich musste das Schicksal ja besänftigt werden. Soweit ich weiß, verdanke ich es nur meiner Mutter, dass ich überhaupt am Leben blieb – und es gab Tage, da verfluchte ich sie dafür. Ja, mein Taufname war Barrkaron – das war schon vor meiner Geburt festgelegt worden.

Doch meine Rufnamen waren andere, und es waren keineswegs nur die anderen Kinder meines Dorfes, die sie gebrauchten: Tarkmana, Weißer Schreck, das war noch einer der höflichen Namen. Andere sagten Kurkmana – Weiße Schande. Ich will es kurz machen: Die Zahl der Freunde in meiner Kindheit blieb sehr überschaubar, der Zorn in mir dagegen, der Zorn gegen mein Schicksal, gegen meine Familie und gegen mich selbst, wuchs ins Unermessliche.

Nur ein gutes Jahr nach meiner Geburt erwarteten meine Eltern erneut ein Kind. Der ganze Stamm wartete ängstlich gespannt mit ihnen, ob es vielleicht wieder... doch nein, die Erleichterung war groß: Das Schicksal war wohl besänftigt, denn es war diesmal keine Missgeburt mit papierweißer Haut, sondern ein wunderschönes Mädchen mit einem hellbraunen Teint, wie es sich für einen Lrrrk geziemt. Nuré, meine jüngere Schwester war geboren – und ich hasste sie.«

Rrrricka hatte gebannt an den Lippen Barrkarons gehangen und ließ jetzt ein entsetztes »Nein!« hören.

Ihr Onkel sah sie traurig an und fuhr fort: »Verzeih mir, Wieselchen. Für dich, in deiner Erinnerung, ist Nuré die Mutter, die dich liebt. Für mich war sie – auch wenn vieles davon ohne ihr Zutun geschah – die Schwester, die jenes Glück hatte, das mir auch zugestanden hätte, die Schwester, die die ganze Liebe unserer Eltern bekam, die jeder gerne ansah, mit ihrer hübschen braunen Haut, die geliebt und geachtet war, während ich... nun, es war, wie es war.

Schon in meiner frühen Jugend begehrte ich auf und wurde rebellisch – und das ist milde ausgedrückt.

Natürlich sollte Nuré die Nachfolgerin Barrkas als Häuptling werden. Dass ich es vielleicht doch werden könnte, war undenkbar. Eher würde die Erdscheibe zur Kugel werden, als dass sich Vater eines anderen besinnen würde.

Das wusste ich auch. Doch als junger Mann wollte ich den endgültigen Bruch... aber *sie* sollten ihn vollziehen. So ging ich, als meine Schwester auch dort war, geradewegs zum Häuptling und verlangte mit herrischen Worten mein Recht. Es geschah das, was ich erwartet hatte: Ich wurde davongejagt.

Ich hasste sie ohnehin, und jetzt hatten sie mir endgültig den Grund gegeben, Rache zu nehmen.

Auch damals waren die Zeiten kriegerisch. Es gab immer wieder Auseinandersetzungen zwischen den Stämmen, gelegentlich auch mit Engaland, vor allem aber mit dem Schwarzen Land. Mit den Steppenvölkern wollte ich nichts mehr zu tun haben, also ging ich an den Hof Kasims III. Der nächste Krieg würde schon kommen, und ich gedachte, zum Verräter an meinem eigenen Volk zu werden. Schließlich konnte ich dem Herzogtum einiges an Wissen über die Stärken, Schwächen und Taktiken der Steppenvölker bieten, und ich hatte auch so meine Ideen, wie man die einzelnen Stämme und ihre Eitelkeiten gegeneinander ausspielen könnte.

Doch ich offenbarte mich nicht gleich, da ich mich im Herzogtum nicht auskannte und erst einmal die Sprache erlernen wollte. Schließlich wollte ich nicht Gefahr laufen, mir aus Unwissenheit selbst ein Bein zu stellen.

Ich ging nach Vandar, wurde Schmied-Gehilfe und Pferdeknecht. Nach zwei Jahren sprach ich Engal wie ein Schwarzländer. Aber in diesen zwei Jahren geschah auch etwas, das ich nicht erwartet hatte: Der alte Herzog Kasim hatte die diplomatischen Beziehungen zu den Lrrrk, dem damals mächtigsten Stamm in der Steppe, verstärkt, hatte gar seinen Sohn Kasim IV. mit einer Mission betraut. Und der hatte nichts Besseres zu tun, als sich ausgerechnet in meine Schwester zu verlieben. Und sie erwiderte seine Liebe, was mich damals noch mehr erzürnte, aber auch sehr verwirrte, denn schließlich hatte ja auch der junge Kasim zwar keine schmutzig-weiße, aber doch immerhin eine ebenfalls helle Haut.

Jedenfalls durchkreuzte all das zunächst einmal meine Pläne. Denn auf absehbare Zeit würde es nun wohl nichts mehr werden mit dem Krieg. Immerhin gab es bald eine Möglichkeit, in den Palast einzuziehen.

Auch dies hatte ich später oft bereut, doch damals dachte ich, das würde mir vielleicht die Gelegenheit bieten, eine Intrige zu spinnen. Jedenfalls: Der alte, bucklige Hofnarr war vom Pferd gefallen und gestorben. Der Humor von Kasim III. war, sagen wir mal, recht einfacher Natur, und er fand meine weiße Haut mit den inzwischen zahlreichen Sommersprossen ungeheuer komisch.

So bot man mir die Stelle des Possenreißers an, und ich willigte ein, nur leicht überrascht, wie schnell ich bereit war, für meine Rache sogar meinen Stolz über Bord zu werfen.

Der Narr, der ich damals war, wurde nun also wirklich zum Narren. Was unter Kasim III. sogar noch ganz erträglich war und überraschenderweise anständig bezahlt. Nur Cosa war schon damals widerwärtig und gemein, was sich noch steigerte, nachdem seine Eltern gestorben waren. – Doch soweit sind wir noch nicht ganz. In einer Beziehung zumindest hatte ich recht behalten: Die Burg wurde für mich schnell zur nie versiegenden Quelle zahlreicher Informationen. Selbst so manches Geheimnis blieb nicht vor mir verborgen, da ich bald zu einer Art Inventar geworden war. Und wer würde sich schon scheuen, über Geheimes zu sprechen, nur weil zum Beispiel ein Tisch in der Nähe steht?

Dann kam der Tag der großen Freude für Kasim III., als die Nachricht eintraf, dass sein Sohn, nach sechs Jahren im Land der Lrrrk, endlich wieder zurückkommen wollte. Und ich begann zu schwitzen, weil auch seine Frau – meine Schwester – mit ihm reiten würde. Doch dann kam der Tag der bodenlosen Trauer für das Haus des Herzogs, als die Nachricht eintraf, dass die Karawane seines Sohnes überfallen worden war. Seinen Sohn und die meisten seiner Begleiter fand man erschlagen auf dem Schlachtfeld, von dem Kind fehlte jede Spur, und man war überzeugt, Wölfe oder Kojoten hätten den kleinen Körper weggeschleppt.

Die toten Krieger jedenfalls waren durch die Aasfresser entsprechend zugerichtet, bis man sie gefunden hatte. Nur Nuré hatte es mit Hilfe zweier überlebender Krieger geschafft, dem Gemetzel schwer verletzt zu entkommen und wieder in ihre Heimat zu gelangen.

Und ich? Ich habe vor Freude gelacht und getanzt. Ja, mein Wieselchen, du hast allen Grund, mich entsetzt anzusehen. Ich habe gelacht, weil ich ohne jedes Zutun meine Rache bekommen hatte. Denn nun wussten mein Vater und meine Schwester, was Schmerz bedeutet, und jetzt erfuhr mein ganzer Stamm, wie sich unabwendbares Schicksal anfühlt, denn die Toten ließen sich nicht zurückholen. Allerdings geschah auch etwas Seltsames: Eigentlich hätte ich jetzt meine verhasste Stelle als Hofnarr aufgeben können, oder? Hatte ich nicht meine Rache gehabt? Doch ich tat es nicht.

Ich glaube, ich redete mir zunächst ein, dass ich noch mehr Rache haben wollte, dass es nun, da keine familiären Bande mehr zwischen dem Herzogtum und den Lrrrk bestanden, doch wieder zum Krieg kommen könnte. Aber heute... heute wünsche ich mir, dass es damals auch die Scham gewesen war, die mich auf sonderbare Weise am Fortgehen hinderte.

Schließlich kam Kasim III. bei jenem grotesken Sturz vom Turm ums Leben – wenn es denn ein Sturz gewesen war –, und Cosa übernahm das Regiment. Auf gewisse Weise muss ich fast dankbar dafür sein, denn damit begann endgültig die Zeit, in der mein Herz und mein Verstand langsam wieder die Oberhand über Wut und Verzweiflung gewannen. Und wenn ich bedenke, dass ich in einem Punkt viele Jahre meines Lebens Cosa sogar recht ähnlich gewesen war, ekelt es mich noch heute.

Cosa ist so voller Hass... Selbst sein Vater hatte ihn nur mühsam im Zaum halten können. Weder philosophische Lehren noch harte Exerzitien konnten seinen lodernden Charakter bezähmen. Cosa war noch nicht lange zum Manne gereift, da hatte ihn sein Vater sogar mit einer jungen Frau aus adligem Haus vermählt, in der unsinnigen Hoffnung, dass vielleicht die Ehe seinen Zweitgeborenen in etwas ruhigere Bahnen führen könnte. Doch keine vier Monate später war die Frau aus der Burg geflohen, was ihr niemand verdenken konnte. Zwar war sie selbst Cosa herzlich egal gewesen, doch allein ihre Flucht war Beleidigung genug für ihn, um dafür zu sorgen, dass sie nie zu Hause ankam.

Auch seine Diener zitterten und zittern noch heute vor ihm. Es kann tagelang gut gehen, dann bricht sich seine Wut plötzlich wegen irgendeiner Kleinigkeit Bahn in einer Gewaltexplosion. Immer mehr dämmerte es mir, dass ich in doppelter Hinsicht ein Narr war: Wie konnte ich jemals daran denken, mein Volk an diesen Mann zu verraten? Zumal die Lrrrk ja nicht nur aus meinem Vater, meiner Schwester und den Leuten meines Dorfes bestanden. Nun machte ich mich wirklich bereit, den Hof des Herzogs in Richtung Engaland zu verlassen. Es würde einer Flucht bei Nacht und Nebel gleichen müssen, denn ich wollte nicht auch als ›Beleidigung‹ enden. Doch dann geschah etwas, das meinen Entschluss wanken ließ.

Es war nicht lange nach dem Tod des alten Herzogs, als plötzlich Umbau-arbeiten im hohen Turm befohlen wurden. Eine ganz besondere Kerkerzelle sollte dort entstehen, die nicht einmal den Gedanken an Flucht erlauben und jeden Versuch einer Befreiung im Keim ersticken sollte. Und es gab ein Raunen unter den Vertrauten des Herzogs.

Eines Morgens sah ich Cosa persönlich mit einem Sack über der Schulter, der irgendetwas Großes enthielt, im Turm verschwinden, gefolgt von einem Schmied und zwei Maurern. Als sie keine zwei Stunden später wieder herauskamen, hatte der Schmied nur noch einen leeren Sack in der Hand. Dann wurden in den ersten Tagen Soldaten mit Essen hinaufgeschickt, denen der mühsame Aufstieg aber bald zuviel war. Da brachte ich mich vorsichtig ins Spiel, denn das aufgeschnappte Raunen wollte mir nicht mehr aus dem Kopf gehen. So wurde die Aufgabe der ›Fütterung‹, wie es ein Hauptmann damals nannte, an mich übertragen.

Bei meinem ersten Mal stieg er noch mit mir hinauf und klärte mich unterwegs auf, dass es mir bei Todesstrafe verboten sei, auch nur ein Wort mit der Gefangenen zu wechseln – an jenem Tag und in all den noch kommenden Jahren.

Als wir dann in dem Raum unter dem Kerker standen, hörte ich ein leises Weinen. Und während ich schließlich so, wie es mir der Hauptmann erklärte, das Essen hinaufschob, flehte uns durch den Schacht eine Kinderstimme an, dass wir doch mit ihr reden sollten. Genau in diesem Augenblick vergaß ich jeden Gedanken an meine Flucht. In diesem Augenblick war klar, dass ich den Hof Cosas nicht verlassen konnte. Nicht ohne sie.

Nie wieder stieg irgendjemand gemeinsam mit mir die lange Treppe hinauf, und so missachtete ich schon am nächsten Tag den Befehl und sprach mit dem Mädchen. Es war – ihr wisst es – Rrrricka, meine Nichte.«

»Warum hast du mir all die Jahre nicht gesagt, wer du bist?«, fragte das Mädchen ihren Onkel.

»Auch wenn es nicht wahrscheinlich war, so bestand dennoch die Möglichkeit, dass jemand im Auftrag des Herzogs oder gar er selbst mit dir sprechen würde, und dann wäre es immer noch besser gewesen, ein mitleidiger Narr zu sein als ein Blutsverwandter, der womöglich auf deine Rettung hinarbeitet.«

»Ich hätte dich nie verraten!«

»Du hättest es sicher nicht gewollt... Jedenfalls war ich überaus verblüfft, als ich feststellte, dass die Gerüchte wahr waren: Bei dem Überfall auf die Karawane ihrer Eltern war das Mädchen nicht getötet, sondern entführt worden. Entweder von Leuten des Zweitgeborenen und späteren Herzogs Cosa oder von Kriegern eines Steppen-Stammes, dem das Bündnis zwischen Kasim III. und den Lrrrk missfallen hatte und der Rrrricka an Cosa verkaufte. Aber Cosa war klar, dass die überlebende Mutter der Kleinen und deren Vater, der Häuptling der Lrrrk, ihn verdächtigen würden, für den tödlichen Überfall verantwortlich zu sein. Tatsächlich hatte Häuptling Barrka in seinem Zorn in kürzester Zeit ein großes Heer mobilisiert, um es gegebenenfalls gegen das Herzogtum zu schicken. Doch plötzlich konnten die Krieger wieder nach Hause gehen. Der Häuptling und seine Tochter hatten eine eindeutige Nachricht von Cosa erhalten: Die einzige Enkelin und Tochter lebte noch, würde aber bei einem Angriff auf sein Land oder seine Person einen qualvollen Tod sterben.

Zunächst war Wieselchen auf einer Burg im Nordwesten des Schwarzen Landes gefangen gehalten worden, die unter dem Lehen des Zweitgeborenen stand. Denn schließlich durfte ja Kasim III., Cosas Vater, nichts von der ganzen Sache wissen. Aber durch Spione erfuhr Nuré, wo ihre Tochter festgehalten wurde. Es gab mindestens zwei gescheiterte Befreiungsversuche, vielleicht mehr, von denen wir nichts wissen.

Auch mein flinkes Wieselchen selbst versuchte mehrmals zu entkommen, denn dort hatte sie noch Bewegungsfreiheit gehabt, und der Burgverwalter war nicht so herzlos, sie den ganzen Tag einzusperren. Doch ihr letzter Fluchtversuch war einer zu viel gewesen.

Inzwischen war Kasim III. gestorben und Cosa der neue Herr auf Vand. Der ließ das Mädchen in die Hauptstadt bringen und im Turmverlies anketten und einmauern. Den Rest kennt ihr. Der Schwarze Herzog wollte das Mädchen weiterhin als Druckmittel gegen die Lrrrk in der Hand haben und sie gleichzeitig so sichern, dass er sich keine Sorgen mehr um eine etwaige Befreiung machen musste. Allerdings: mit Letzterem hat er ja jetzt eindeutig falsch gelegen. Dank dir, Halana, und auch dank dir, seltsamer Zauberer.«

»Ich will ja kein Spielverderber sein«, erinnerte Prim nervös, »aber noch sind wir nicht draußen.«

»Ja«, nickte Barrkaron, »deswegen muss ich jetzt auch gehen, damit der Hauptmann nicht doch noch Verdacht schöpft.«

Ängstlich ergriff Rrrricka seine Hand und murmelte mit flackernden Augen: »Geh nicht!«

Barrkaron strich ihr sanft über die Haare und erwiderte: »Nur einmal noch. Morgen wirst du diesen Turm für immer verlassen. Zusammen mit mir.«

Doch das Mädchen wollte seine Hand nicht loslassen, und so sah er bittend zu Halana hinüber. Die zögerte kurz, seufzte dann und sagte: »Lass ihn jetzt los, Rrrricka, und hab keine Angst. Ich werde dich beschützen, solange Barrkaron nicht da ist.« Der zog nun mit sanftem Druck seine Hand aus der Umklammerung des Kindes und machte sich, nach einem dankbaren Nicken für Halana, wieder auf den Weg nach unten.

Bald darauf ebbte auch der Lärm aus dem Burghof ab. Die Artisten hatten unter großem Applaus ihre Vorführung beendet und waren wieder abgezogen.

Rrrricka bettelte Halana die Erlaubnis ab, die Treppe des Turmes wenigstens bis zur Hälfte hinabsteigen zu dürfen. Die Stufen waren aus Stein, und sie trug ja keine Schuhe mit Sohlen, so würde niemand etwas hören. Erst war sie langsam hinuntergestiegen, schon beim zweiten Mal rannte sie fast, beim dritten Mal sprang sie über Stufen...

Schließlich war sie elf Mal bis zur Hälfte der Treppe hinunter und wieder hinauf gerannt und wollte, keuchend wie ein Blasebalg, aber übers ganze Gesicht strahlend, noch ein zwölftes Mal losrennen, doch leise lachend hielt Halana sie diesmal zurück: »Kind, deine Beine tragen dich ja schon nicht mehr! Lass es für heute genug sein.«

»Ooch – bitte, bitte, nur einmal noch!«

»Nein, wirklich, es wäre nicht lustig, wenn wir dich hier morgen mit gebrochenen Beinen rausschaffen müssten.«

»Gut. Aber dann müsst ihr mir etwas erzählen!«

So berichteten Halana und Prim abwechselnd von ihren Abenteuern. Schließlich aßen sie noch ein wenig Brot, Käse und Räucherwurst, die Barrkaron in den Turm gebracht hatte, dann machten sie sich in dem Raum unter der Zelle – Rrrricka weigerte sich, den Kerker noch einmal zu betreten – ein provisorisches Nachtlager.

Halana wunderte sich nicht, dass das Mädchen ihre Decken neben denen der Kriegerin ausbreitete, sich an sie kuschelte und sagte: »Erzähl mehr! Ich will mehr hören!«

So erzählte Halana von ihrer Kindheit und von Lusian, und als sie schließlich über Ruff sprach, merkte sie, dass Rrrricka sanft atmete und eingeschlafen war. Dennoch sprach Halana leise weiter und fragte sich zum wiederholten Mal, ob ihr Sohn noch am Leben war, ob es ihm gut ginge und ob sie ihn eines Tages wieder in die Arme schließen könnte.

12. STAHL UND STAHL
Vier gegen dreihundert

So oder so: Dies würde das letzte Mal in seinem Leben sein, dass er die Kluft eines Hofnarren trug. Dessen jedenfalls war sich Barrkaron gewiss, als er sich am frühen Nachmittag des nächsten Tages kurz nach der Wachablösung dem Turm näherte. Schon jetzt passte es wohl kaum zum Narrenkostüm, dass er, verborgen unter seinem Umhang, auf dem Rücken zwei kurze Schwerter und unter seiner Weste einen Messergürtel trug. Als er an dem Befehlshaber der Wache vorbeikam, einem großen Kerl mit breitem Gesicht und braunen Zähnen, fragte er beiläufig: »Na, Manro, sind die Handwerker schon wieder unten?«

»Handwerker? Welche Handwerker?«

»Also noch nicht...? Die lassen sich ja ganz schön Zeit. Aber eigentlich ist das ja auch kein Wunder. Wenn der Befehl von Cosa persönlich kommt, dann würde ich auch alles sehr gut planen wollen. Der Herzog will unter dem Kerker eine Folterkammer einrichten lassen. Vor zwei Stunden hat Hauptmann Sorna zwei Spezialisten – was immer das auch heißen mag – und einen Lehrling hoch geführt.«

»So?«, brummte Manro, »na, mir sagt der Hauptmann ja nie etwas. Nein, sie sind noch nicht wieder unten.«

Hätten Unbekannte in den Turm hinein gewollt, wäre das nicht ohne eine Überprüfung gegangen. Aber da sie bereits drin waren, musste eine Überprüfung ja wohl schon durch die vorherige Wachmannschaft stattgefunden haben, oder? Eine solche Reaktion hatten sich jedenfalls Halana und ihre Freunde von den Wachen erhofft – und bisher schien ihr Plan aufzugehen. Sicher hätte auch die Idee, im Turm eine Folterkammer einzurichten, bei den Wächtern etliche Fragen aufkommen lassen können, jedoch nicht, wenn diese Idee vom Herzog kam.

Schlecht wäre es allerdings, falls plötzlich Wachhauptmann Sorna auftauchen sollte. Was wohl kaum geschehen würde, wenn man bedachte, dass er gerade selig in einem Zimmer einer Taverne der Stadt schlummerte. Die schöne Lugta hatte sich am Vortag, nach einigem Zieren, erweichen lassen, den Hauptmann nach dessen Dienstschluss zu treffen. Dass sie dazu allerdings weniger sinnliches Verlangen mitbrachte als vielmehr ein wenig Schlafzauber in Form eines Pülverchens, welches ihr dieser sonderbare Magus mitgegeben hatte, das konnte der Hauptmann natürlich nicht ahnen.

Als Barrkaron die steinerne Wendeltreppe erklommen und den unteren Raum in der Turmspitze betreten hatte, sprang ihm Rrrricka augenblicklich in die Arme – wobei er sie im ersten Moment fast nicht erkannte. Er schob sie auf Armeslänge von sich weg und betrachtete das grinsende Mädchen staunend, obwohl er doch selbst das Päckchen mit ihrer Verkleidung und der Schminke zusammengestellt und in den Turm gebracht hatte. Halana hatte Rrrrickas Haare kurz geschoren, so dass sie jetzt eine Igel-Frisur hatte. Zudem trug das Mädchen nun eine grobe braune Wollhose, wie sie bei Handwerkern beliebt waren, ein weites Hemd und eine Lederweste mit vielen Taschen, die ebenfalls in verschiedenen Zünften häufig als Arbeitskleidung diente. Dazu hatte sie derbe Lederschuhe an, und der Eisenring um ihren Hals war unter einem kecken Tuch verborgen, der Rest der Kette unter dem Hemd versteckt.

Ihr blasses Gesicht, das so lange die Sonne nicht gesehen hatte, war mit einem Hauch Schminke aus Nussöl und dem Puder getrockneter Fukabohnen-Wurzeln gebräunt und durch zwei hübsche Schmutzstreifen verziert worden – so konnte sie problemlos als Junge durchgehen.

»Na denn«, sagte Halana und überprüfte den Sitz ihres Schwertes unter ihrem Umhang, »worauf warten wir noch? – Und, Prim...«

»Ja?«

»Gelassen bleiben!«

»Oh, so ganz langsam gewöhn ich mich dran. Was war es doch in Reinefreude so langweilig...«

Dann marschierten sie, Halana vorneweg, schweigend die Treppe hinunter. Unten wartete die Kriegerin, bis alle hinter ihr in dem kleinen Vorraum des Turmes standen, blickte ihnen nacheinander noch einmal in die Augen, atmete tief durch... und öffnete entschlossen die Tür, um gemessenen Schrittes ins Freie zu treten.

*

Nach außen ruhig, innerlich zum Zerreißen angespannt, ließ Halana ihre Blicke über den Hof wandern, während sie gemächlich voranschritt. Es herrschte wenig Betrieb. Die zehn Wachen waren da – wie immer. Und auf der anderen Seite kam gerade eine Gruppe Männer in Reiseumhängen durch das Hofportal. Zwei Mägde eilten vorbei, und nahe des Haupthauses stritt sich ein Koch lauthals mit zwei Lieferanten. Halana sah kurz zurück – Barrkaron winkte dem Befehlshaber der Wache im Vorbeigehen lässig zu,

Prim, ebenfalls in Handwerker-Kluft, schien in ein Gespräch mit seinem Gesellen vertieft zu sein. Halana blickte wieder nach vorne. Und starrte aus etwa vier Metern Entfernung in die äußerst überraschten Augen Junas von Anselms, der an der Spitze der Reisegruppe ging. Nicht weniger erstaunt sah Ruben aus, der ein paar Schritte hinter Anselm stand.

Eine Sekunde verharrten alle in der Bewegung. In der nächsten Sekunde überstürzten sich die Ereignisse: Zwei Schwerter sprangen in Halanas Hände, »Verrat!«, brüllte Anselm, während er gleichzeitig einen weiten Satz nach hinten, hinter die Krieger in seiner Gruppe machte, »die Gefangene wird befreit! Schließt das Tor!«

»Zurück! Zurück in den Turm!«, brüllte Halana, schnellte herum und stürmte los.

Leider begriffen die Wachsoldaten schnell, und die ersten von ihnen waren vor den Flüchtlingen an der Turmtür. Auch Barrkaron hatte blank gezogen, und so schlugen er und die Kriegerin mit wütenden Schreien und klingendem Stahl in Sekunden eine Schneise für Prim und das Mädchen.

Schließlich parierte Halana mit gekreuzten Klingen einen brutal von oben geführten Hieb Manros und schleuderte ihn mit einem heftigen Tritt in den Unterleib zurück, so dass er noch gegen einen weiteren Krieger stolperte. Dessen dadurch ungeschützte Seite bot ein gutes Ziel für einen tiefen Stich nach einem Ausfallschritt der Kriegerin. Dann standen sie endlich vor der Turmtür. Doch aus den Augenwinkeln bemerkte sie, dass ein Schütze aus Anselms Gruppe seine Armbrust gespannt und nun freies Schussfeld auf sie hatte. Halana sah schon ihr Ende kommen, aber in diesem Augenblick zog endlich auch Ruben, der die ganze Zeit wie erstarrt gestanden hatte, sein Schwert, jedoch mit solch ungelenkem Schwung, dass er dem Armbrustschützen neben sich einen Stoß mit dem Ellbogen versetzte. So traf dessen Schuss nicht Halana, sondern einen der herandrängenden Wächter-Krieger in die linke Schulter.

Der Mann wurde durch den Einschlag des Bolzens um 180 Grad herumgewirbelt und prallte, einen Schmerzensschrei ausstoßend, gegen zwei weitere Krieger. Dennoch wurde die Übermacht nun immer größer. Zwar gelangten alle, gedeckt von Halana, die mit ihren beiden Schwertern den Feind auf Abstand hielt, in den Turm-Vorraum, doch da die Gardesoldaten Cosas mit brutaler Gewalt nachdrängten, bemühten sich Barrkaron und Prim vergeblich, die Tür hinter Halana zuzuschlagen.

»Nach oben!«, keuchte Halana, »auf der Treppe können wir sie aufhalten!«

Die Stufen waren etwa 1,40 Meter breit und würden, zumal sie in der Mitte der Wendeltreppe eng zusammenliefen, nur Platz für einen Kampf Mann gegen Mann bieten. Zuerst verschwand Prim die Stufen hinauf, wollte Rrrricka mitziehen. Aber sie entzog sich seinem Zugriff. Sie konnte nicht ohne Barrkaron gehen, der gerade gegen zwei Gegner kämpfte. Doch fast in der gleichen Sekunde stieß er einem die Klinge durch den erhobenen Schwertarm, während er mit links den zweiten Gegner parierte und ihm dann das frei gewordene rechte Schwert beim Zurückspringen an der Hüfte entlang zog, so dass auch dieser Gegner verletzt zurückwich. Nun konnte Barrkaron, erschöpft keuchend und rückwärts hinter Rrrricka hergehend, die ersten Stufen der Treppe erklimmen.

Nur mit der Linken einen vorsichtig nachrückenden Krieger auf Abstand haltend, schob Barrkaron das zweite Schwert hinter seinen Gürtel, griff unter seine Weste und zog ein Wurfmesser. Keine Sekunde später sank der Krieger, der ganz offensichtlich doch nicht vorsichtig genug gewesen war, mit dem Messer in der Kehle röchelnd zusammen, und der Lrrrk konnte Halana, die durch drei weitere Krieger in erhebliche Bedrängnis geraten war, mit weiteren Wurfmessern etwas Luft verschaffen. Einen letzten Krieger mit einem wütenden Schrei beiseite drängend, stand nun auch Halana im Aufgang zum Turm. Aber der Kampf sollte noch lange nicht vorbei sein.

Zwar behinderten die Toten, die in dem kleinen Vorraum lagen, die Soldaten aus Cosas Garde, dennoch stiegen sie furchtlos über ihre Kameraden und rückten nach.

Langsam tastete sich Halana rückwärts die Treppe hoch, während sie die wütenden Hiebe eines dürren Kriegers parierte, der sie nicht zur Ruhe kommen ließ. Dem Großen Zerstörer sei Dank, dass die Männer Cosas in dem engen Aufgang keine Schilde einsetzen konnten, sonst hätte Halana auf verlorenem Posten gestanden. Nach etwa zehn Stufen gelang es ihr, den Dürren leicht an der Schulter zu verwunden, doch der trat daraufhin einfach zwei Stufen zurück und ließ einen anderen Krieger vorbei. Zwei weitere Krieger konnte Halana außer Gefecht setzen. Aber langsam ermüdeten ihre Arme, und der vierte Krieger fügte ihr selbst einen leichten Schnitt an der Wade zu.

»Ich bin jetzt dran«, hörte sie von hinten Barrkaron mit ruhiger Stimme sagen. Der Lrrrk, inzwischen wieder etwas zu Kräften gekommen, presste sich, in jeder Hand wieder ein Schwert, mit dem Rücken gegen die Innensäule des Turms und ließ Halana vorbei. Dann empfing der Steppenkrieger den nachfolgenden Mann Cosas mit einer links schnell vorgestoßenen Klinge und hatte so den Flüchtenden noch einmal ein paar Sekunden Luft verschafft, während Rrrricka in der Enge des Aufgangs vor Halana kauerte und ihr in aller Eile mit einem Streifen aus ihrem Hemdärmel die Wunde am Bein verband.

Doch hinter dem nun nachrückenden Krieger des Schwarzen Herzogs – die Kämpfenden hatten inzwischen gut die Mitte des Turms erreicht – folgte ein weiterer nach, und der war ein Speerträger. Dieser Krieger hatte den Schaft seiner Lanze mit einem Schwerthieb gekürzt, damit er sie auch in der Enge des Turmaufgangs einsetzen konnte. Barrkaron hatte alle Mühe, nicht nur die Hiebe des vorderen Kämpfers, sondern gleichzeitig das schnelle Zustoßen des Lanzenmannes aus der zweiten Reihe abzuwehren. Plötzlich machten beide Gegner mit Lanze und Schwert gleichzeitig eine Ausfallbewegung nach vorne. Nur durch einen Rückwärts-Sprung konnte der Lrrrk einem Treffer entgehen. Fatalerweise blieb er mit dem Fuß an einer Stufe hängen, fiel nach hinten und prellte sich schmerzhaft den Ellbogen an einer steinernen Stufenkante.

Noch bevor er den Hauch einer Chance hatte, sich wieder zu verteidigen, war der Krieger mit erhobenem Schwert über ihm. Halana merkte entsetzt, dass sie zu weit weg stand, um zu helfen, denn noch immer kauerte Rrrricka vor ihr.

Barrkaron schien verloren... Panisch schrie das Mädchen den Namen ihres Onkels – und stieß sich mit aller Kraft, derer sie fähig war, aus der Hocke heraus ab, die Treppe hinunter.

Die zierliche Gestalt krachte gegen den breitschultrigen Krieger und riss ihn um, auch der Speerträger konnte die geballte Masse, die nun auf ihn einstürzte, nicht halten, und alle drei polterten in einem Knäuel, schreiend und zwei weitere Krieger umstoßend, mehrere Stufen hinunter und verschwanden hinter der Biegung der Treppe.

Sofort sprang Halana über den Steppenkrieger, um dem Mädchen zur Hilfe zu kommen, während Barrkaron »Rrrricka!!!« brüllte und sich wieder aufrappelte.

Zwanzig Stufen weiter unten hatte sich Rrrricka als Erste stöhnend aus dem Gewirr benommener Krieger befreit, zog sich mühsam wieder die Treppe hinauf, hörte ihre Freunde schon zu ihr hinabeilen und schaffte es... fast. Doch bei dem wüsten Sturz war die kurze Kette, die an dem Eisenring um ihren Hals befestigt war, aus ihrem Hemd gerutscht. Eine Hand schnellte plötzlich von hinten heran, ergriff die Kette und riss das Mädchen erbarmungslos zurück, das nun, schreiend und strampelnd, weitere Treppenstufen hinuntergezerrt wurde.

Als Halana nur Sekundenbruchteile später eintraf, wurde ihr der Weg von drei Lanzen versperrt, über die hinweg sie drei aus kleinen Wunden blutende Krieger böse anstarrten, während sie einen vierten Mann nach unten brüllen hörte:»Wir haben einen gefangen!«

»Bestens!«, hörte sie Manros Stimme antworten, »lasst Wachen im Treppenhaus Stellung beziehen, der Rest zieht sich zurück. Mal sehen, wie lange sie im Turm bleiben, wenn wir ihren Kameraden im Hof langsam rösten!«

Zähneknirschend hastete Halana, Rrrrickas verzweifelte Hilferufe im Ohr, wieder die Treppe hinauf und zischte Barrkaron zu: »Es ist noch nicht vorbei, ich hole sie.«

»Aber sie ist doch unten!«

»Ich weiß. Errichte oben mit Prim eine Sperre, aber so, dass wir wieder rein können.«

Dann stand sie keuchend in dem Raum unter dem Dachgeschoss, wo Prim verwirrt beobachtete, wie sie das noch immer an einem Ende befestigte Zauberseil wieder zum Fenster brachte und hinunter spähte. Sie trug ihr Kettenhemd und würde deutlich schwerer sein als gestern. Das war gut.

Ein Schwert im Gürtel, das zweite in der rechten Hand, schob sie den linken Fuß in die Schlaufe am Ende des Seils, schlang es ein Stück weiter oben um ihren linken Unterarm und schwang sich auf die Fensterbank. Gerade wurde unten Rrrricka von zwei Kriegern ins Freie getragen, wo mehrere andere Krieger standen. Halana zählte sie nicht. Das Mädchen schrie und wand sich wie ein Aal, doch ein Krieger hatte eisern ihren Oberkörper und ihre Arme umklammert, der zweite ihre Beine. Halana zögerte nicht und sprang, sich leicht zur Seite abstoßend, in die Tiefe.

Mit einem wütenden Schrei raste sie hinab. Alle Krieger im Hof wandten sich ihr zu, die Augen entsetzt aufgerissen angesichts dessen, was da wohl über sie kommen würde. Doch verhindern konnten sie es nicht mehr.

Als sich das Tau des Magiers straffte und den Sturz schon deutlich gebremst hatte, trennte Halana, noch fast vier Meter über dem Boden, im Sekundenbruchteil das Seil über ihrer linken Hand durch. Das Nächste, das ihren Fall bremste, waren die Krieger des Herzogs. Zwei bekamen Halanas Stiefel gegen Kiefer und Schläfe, zwei weitere, während die Kriegerin vom Schwung über die beiden ersten hinweg getragen wurde, einen Ellbogen gegen die Kehle und ein Knie in die Magengrube. Dann erst berührte die

Kriegerin den Boden, wandelte, gleichzeitig ihr zweites Schwert ziehend, den Überschlag in eine Rolle und rammte die Klingen beim Hochschnellen zwei Kriegern schräg von unten in Kehle und Unterkiefer. In wenig mehr als drei Sekunden hatte sie sechs Mann ausgeschaltet, und wie sie dies getan hatte, ließ einige ihrer Feinde zögern, ja zwei Zaghafte sogar an Flucht denken. Und nur noch zwei Krieger standen jetzt zwischen ihr und der Tür. Doch sie musste noch das Mädchen holen. Das konnte ihr alleine unmöglich gelingen. Aber sie bekam unerwartete Hilfe.

Der Mann, den Halana bei ihrer Geschoss-Landung an der Schläfe erwischt hatte, war dabei auch heftig gegen den vorderen der beiden Krieger gestoßen worden, die Rrrricka umklammert hielten. Taumelnd lockerte sich sein Griff, die junge Lrrrk konnte nun ihren Kopf und Oberkörper freier bewegen und hatte plötzlich den Unterarm des Mannes direkt vor ihrem Mund. Mit der angestauten Wut über sieben Jahre Gefangenschaft biss sie so fest zu, wie sie nur konnte. Der Krieger ließ sie mit einem gewaltigen Schmerzensschrei fallen.

Allein an ihren Beinen konnte sie der zweite Gardesoldat auch nicht mehr halten. Rrrricka stürzte seitlich zu Boden, zog gleichzeitig ihr linkes Knie an und stieß dann ihren Fuß heftig gegen die Kniescheibe des zweiten Mannes. Ein unschönes Knirschen und ein zweiter Schrei waren zu hören, während sich Rrrricka halb krabbelnd, halb schnellend, wieder dem Turmeingang näherte.

Ein wildes Lachen ausstoßend stürmte Halana auf die beiden ihr im Weg stehenden Männer zu. Sie unterlief den ersten, rammte im Vorbeihechten das Schwert in ihrer Rechten nach hinten und spürte es, ohne hinzusehen, ein Ziel finden, während sie gleichzeitig mit einer Kreisbewegung ihrer zweiten Klinge das Schwert des anderen Mannes beiseite drehte und ihm die Stahlspitze, die Kreisbewegung geschmeidig fortsetzend, tief unter die linke Augenhöhle rammte.

Junas von Anselm fand endlich seine Stimme wieder, riss sich wütend sein schickes Barett vom Kopf und brüllte: »Jetzt erledigt sie doch endlich!«

Doch das Durcheinander wurde noch größer: Ein breiter Soldatenhintern stieß von innen die Turmtür auf. Zu dem Hintern gehörte ein rückwärts gehender und laut fluchender Krieger, die Beine eines toten Kameraden haltend, der von einem weiteren und ebenfalls schimpfenden Krieger unter den Achseln getragen wurde. Doch Rrrricka war schon, noch immer geduckt, vor der Tür angekommen. Der rückwärts Gehende fiel über sie, sich dabei so krampfhaft wie vergeblich an den Stiefeln des Toten festklammernd. Das Mädchen konnte sich gerade noch zur Seite rollen, als auch schon der Leichnam und der zweite Mann, der ebenfalls nicht loslassen wollte, durch die Tür stürzten. Jetzt war auch Halana heran, packte Rrrricka am Kragen und riss sie mit sich, während sie sich nach vorne auf den Eingang zu warf. Dahinter stand ein weiterer Krieger des Herzogs, dessen verdutzter Blick Entschlossenheit wich, während er sein Schwert zog, dann jedoch glasig wurde, als Halanas geschleudertes Schwert zitternd in seinem Brustkorb steckte. Stöhnend kippte er zur Seite.

Endlich waren das Mädchen und die Kriegerin wieder im Turm, und diesmal gelang es, die Tür zuzuschlagen und den Riegel umzulegen. Ihr letzter Blick nach draußen hatte Halana noch etliche weitere, schon gefährlich nah herangestürmte Krieger gezeigt. Darunter auch Ruben.

Doch der musste heute seinen ungeschickten Tag haben: Beim Rennen war er zwei anderen Kriegern in die Fersen getreten, für die damit der Tag gelaufen war.

Eigentlich hätten Halana und Rrrricka gleich weiter nach oben eilen müssen, doch das war ausgeschlossen. Kaum hatte Halana den schweren Riegel vorgeschoben und mit einem Blick festgestellt, dass sich zumindest kein lebender Soldat mehr im Vorraum des Turmes befand, war sie auf die Knie gesunken und hatte sich heftig übergeben, vor Anstrengung am ganzen Körper zitternd. Rrrricka lag bäuchlings auf dem Boden und keuchte wie ein Blasebalg, geschüttelt von Hustenattacken, da sich ihr Hals immer noch nicht von dem Reißen und Zerren an dem Eisenring erholt hatte.

Erst als sich von außen Soldaten des Herzogs mit wütenden Flüchen gegen die Tür warfen, meinte Halana, während sie sich mit dem Ärmel den Schweiß aus dem Gesicht wischte: »Wir sollten jetzt besser gehen, der Riegel wird nicht ewig halten. – He! Mädchen! Du blutest ja!«

»Tatsächlich? Oh, stimmt…« Rrrricka hatte eine kleine Wunde am linken Oberarm, konnte sich aber beim besten Willen nicht erinnern, wie sie sich die eingefangen hatte, »nun, ich hab ja noch einen zweiten Hemdärmel.«

Noch immer schwer atmend meinte Halana: »Beim Großen Zerstörer, Rrrricka, du bist wirklich mutig.«

Das Mädchen wälzte sich stöhnend auf die Seite und murmelte: »Nein, nicht wirklich mutig. Ich will bloß nie wieder Cosa in die Hände fallen. Und falls wir hier nicht rauskommen sollten, werde ich meinen Onkel um einen wirklich großen Gefallen bitten müssen…«

Darauf fiel Halana keine Erwiderung ein. Achselzuckend schleppte sie sich zu dem Getöteten, unter dessen Brustbein noch immer ihr Schwert steckte, zog es heraus und wischte die Klinge am Hosenbein des Gefallenen ab. Dann half sie Rrrricka beim Aufstehen und musste sie beim Weg die Treppe hinauf halb tragen. Und irgendwo da oben würde sie noch auf einen Wachposten treffen. Ob sie da in ihrem Zustand vorbei käme? Ach was, bloß jetzt nicht zweifeln. Sie war nun schon recht gut aufgewärmt, das war doch ein echter Vorteil, oder?

Als sie die Hälfte des Weges geschafft hatten, hörten sie von unten die Tür bersten. Als sie drei Viertel des Weges geschafft hatten, trafen sie auf zwei Soldaten des Herzogs. Hinter ihnen trampelten schwere Schritte die Treppe hinauf.

»Großer Zerstörer!«, seufzte Halana, zog ihre beiden Schwerter, stellte sich mit dem Rücken dicht an die Außenwand und wies Rrrricka an: »Geh vor mir in die Hocke, kauere dich möglichst klein zusammen und schütz deinen Kopf mit den Armen.« Dann hielt sie ein Schwert treppauf gerichtet, das andere treppab und wartete auf den Angriff.

Der ließ nicht lange auf sich warten. Die Krieger zu beiden Seiten tasteten sich erst mit vorsichtig geführten Hieben, Stichen und Finten heran, doch schon jetzt war es für Halana nicht einfach, aus ihrer ungewohnten Position heraus die Angriffe von beiden Seiten gleichzeitig zu parieren.

»Jetzt«, murmelte Halana, »wäre es eigentlich Zeit für ein paar Messer von Barrkaron.«

Doch es kamen keine Messer. Stattdessen hörte sie von oben plötzlich den zittrigen Ruf »Blitz!«, und fast im selben Moment schlug ein kleiner, kaum wahrzunehmender Flammenpfeil in den Hinteren der beiden Krieger über ihr. Er brach auf der Stelle tot zusammen. Eine Sekunde später folgte ihm der andere Soldat auf die letzte Reise. Der Krieger unterhalb Halanas hatte das Ende seiner Kameraden mit angesehen. Aufschreiend ließ er sein Schwert fallen, warf sich herum und raste nach unten, sich rücksichtslos an den nachfolgenden Kriegern vorbeidrängend, während er immer wieder brüllte: »Sie ist eine Hexe! Sie ist eine Hexe!«

Nun tauchte zitternd und bleich Prim in Halanas Blickfeld auf, gefolgt von Barrkaron.

»Dich schickt der Große Zerstörer!«, seufzte Halana dem Zauberer entgegen, schleppte Rrrricka noch ein paar Stufen weiter, um sie Barrkaron zu übergeben und sagte zu Prim: »Mit Stahl allein können wir sie nicht viel länger aufhalten. Puste die Treppe weg.«

Prim nickte, denn die Frage, wie sie dann selbst jemals wieder vom Turm kommen sollten, war derzeit nicht vordringlich. Schon lugte wieder ein Krieger des Herzogs vorsichtig um die Biegung. Prim richtete den Zauberstab vor sich auf den Boden und rief: »Kleiner Kugelblitz«.

Ein bläulicher, mit roten Adern durchsetzter Flammenball schoss aus der Spitze des Zauberstabs und schlug quer in drei Stufen ein, die explosionsartig barsten, herabpolterten und für weitere Verletzungen bei den Kriegern des Herzogs sorgten. Barrkaron trug Rrrricka hinauf, Halana, die sich alt und müde wie noch nie in ihrem Leben fühlte, folgte mit Prim, der während ihres Rückzugs immer weitere Stufen zerbersten ließ, bis es auf etwa fünf kompletten Windungen der Turmtreppe keine Stufen mehr gab.

Oben angekommen ließen sich alle bis auf Prim, der noch vergleichsweise ausgeruht war und als einziger keine Verletzung davongetragen hatte, mit dem Rücken an der Wand auf den Boden sinken. Sie mussten erst einmal durchatmen. Währenddessen reinigte und verband der Zauberer die Wunde am Arm des Mädchens.

Vom Hof und von unten aus dem Turm drangen Rufen und Flüche herauf, im Turmzimmer blieb es dagegen mehrere Minuten ruhig, und jeder hing erschöpft seinen Gedanken nach. Wobei sich Halana wunderte, wieso sie gerade jetzt an Ruben denken musste. Ruben, wie er den Armbrustschützen anstieß, und Ruben, wie er zwei sie verfolgende Krieger in die Fersen trat. Und Ruben, der sie verraten hatte, was zum Tod ihrer Schwertschwester Lusian führte...

Ein erst leises, dann immer lauter werdendes Lachen riss sie aus ihren Gedanken. Es war Rrrricka, die sich plötzlich vor Lachen nicht mehr halten konnte. Das Lachen war aber gleichzeitig mit »Autsch«s und »Oh«s durchsetzt, weil es ihr offenbar auch Schmerzen bereitete. Schließlich beruhigte sie sich langsam wieder und entgegnete auf die überraschten Blicke der anderen:

»Entschuldigt, aber... – oh verdammt, Großer Zerstörer!, tut das weh! – ich dachte gerade: Ich hätte nie erwartet, dass ich schon an meinem ersten Tag in – hi, hi – in Freiheit so viel Farbe abbekommen würde. Ich habe das Gefühl, mein ganzer Körper ist ein einziger blauer Fleck. Was hab ich mich die letzten sieben Jahre tagtäglich nach etwas Abwechslung gesehnt, aber es müsste ja nicht alles an einem einzigen Tag nachgeholt werden...«

»Tut mir leid, Rrrricka«, seufzte Halana, »ich hatte mir das auch anders vorgestellt. Aber wer hätte ahnen können, dass ausgerechnet jetzt dieser Anselm mit seiner Truppe wieder hier einrücken muss.«

»Tut dir leid?«, fragte Rrrricka überrascht, »aber das muss es nicht! Du kannst doch nichts dafür. Außerdem, wie du mich da unten wieder rausgehauen hast, das war fantastisch... du hast jedenfalls dein Versprechen gehalten.«

»Welches Versprechen?«, fragte Halana verwirrt.

»Na ja, mich zu beschützen.«

Dann rutschte das Mädchen vorsichtig ein wenig näher an die Kriegerin heran, gab ihr einen sanften Kuss auf die Wange und sagte leise: »Danke! Und ich würde fast sagen, ich sterbe lieber mit euch zusammen kämpfend als alleine hier oben zu verrotten – wenn das nicht bedeuten würde, dass ihr wegen mir ebenfalls sterben müsstet.«

»Schön, dass du das sagst«, entgegnete Halana lächelnd, »aber noch sind wir nicht tot. Auch wenn mich das ein klein wenig überrascht... Sag, Barrkaron, wie viele Krieger sind eigentlich, mal abgesehen von denen in der großen Garnison weiter unten in der Stadt, dauerhaft in der Burg?«

»Cosas Leibgarde besteht aus 300 Kriegern. Es sind nicht ständig alle in der Burg, dafür tummeln sich hier aber auch immer noch ein paar andere Krieger... also, 300, das kommt schon etwa hin.«

»Vier gegen 300«, seufzte Halana, »wenn das doch Lusian sehen könnte.«

»Was meinst du, wie viele wir erledigt haben?«, wollte Barrkaron wissen.

»Keine Ahnung. Hab nicht mitgezählt«, entgegnete Halana und sah überrascht, wie Prim nach der Frage Barrkarons die Hände vor die Augen schlug und nun auch an der Wand entlang zu Boden rutschte.

»He, Zauberer, was ist los?«, wollte sie sanft wissen.

Der nahm nun die Hände beiseite, sah sie fast wütend an und rief: »Ich weiß es! Jedenfalls, wie viele ich getötet habe. Zwei! Ich habe zwei Menschen getötet! Und das ist schrecklich!«

»Prim! Du hast ja Recht. Es ist schrecklich, und es bleibt schrecklich. Aber du hast mich, du hast uns dadurch gerettet. Und du hast dich wirklich tapfer geschlagen.«

»Ach, lass mich doch in Ruhe!« Damit verschränkte Prim die Arme und sah trübsinnig unter sich.

Doch den anderen sollte keine Zeit bleiben, Prim zu trösten, denn aus dem Treppenaufgang rief nun eine herrische Stimme herauf: »He, Engaländerin, ich will mit dir reden!«

Es war eine Stimme, die Rrrricka sofort, ihre Schmerzen missachtend, mit ängstlichem Wimmern aufspringen ließ, dann flüchtete sie sich zu Barrkaron, der ebenfalls aufgestanden war, und presste sich Schutz suchend an ihn.

Der Schwarze Herzog selbst war in den Turm gekommen.

Achselzuckend stieg Halana die verbliebenen Stufen hinab, sah hinunter und rief: »Wir sind hier oben gerade so nett am Plaudern. Warum störst du uns?«

Nur kurz trat der Herzog zwei Etagen tiefer hinter der Biegung hervor, zog sich dann gleich wieder drei Stufen zurück – was für ein misstrauischer Mensch – und rief hinauf: »Ich bin beeindruckt, Kriegerin – Halana ist dein Name, nicht? –, dass du es bis in den Turm geschafft hast. Und sogar fast wieder hinaus. Aber eben nur fast… Doch warum bist du da überhaupt rein?«

»Oh, ich dachte, ich schnapp mir mal eben deine Nichte. Wo mein Sohn ist, konnte ich nicht herausfinden, also hole ich mir Rrrricka statt seiner. Dann hast du kein Druckmittel mehr gegen die Lrrrk, und ich kann sie gegen Ruff austauschen«, improvisierte Halana.

Kurz herrschte Schweigen, und Halana glaubte fast bis zu sich herauf die Gedanken des Herzogs kreisen zu hören, doch dann rief er zornig hinauf: »Verarsch mich nicht! So wahnsinnig kannst selbst du nicht sein, dir einen so komplizierten und aussichtslosen Rettungsplan auszudenken. Nun gut, ich werd schon noch rausfinden, was du eigentlich geplant hattest. Und jetzt ergebt ihr euch besser, sonst lasse ich deinen Sohn langsam in kleine Scheiben schneiden.«

»Gib dir keine Mühe. Ich weiß inzwischen, dass Ruff zu schlau für deine Leute war und ihnen entkommen konnte – wirft kein gutes Licht auf dich, oder?«

Jetzt konnte Cosa nicht länger an sich halten, und er brüllte hinauf: »Du verdammte engaländer Hure…!«

»Schon wieder falsch. Ich schäme mich zwar ziemlich dafür, aber im Zaubererland habe ich erfahren, dass meine Eltern offenbar Schwarzländer waren. Viel mehr jedoch nicht – mal abgesehen davon, dass mein Vater wohl ein echter Kotzbrocken sein muss. Vielleicht könntest du ihn ja für mich ausfindig machen? Könnte interessant werden, wenn du mich mit ihm zu erpressen versuchst.«

»Es interessiert mich einen Dreck, ob du nun eine engaländer oder eine schwarzländer Schlampe bist!«, kreischte der Herzog, »ich komme von der

Jagd zurück und muss erfahren, dass ihr fünfzehn meiner Leute massakriert habt, etliche weitere sind verletzt, mein Turm ist zur Hälfte in Schutt
und Asche gelegt, und jetzt wagst du es auch noch, mich zu verspotten?«

»Ah! Danke! Wir hatten uns schon gefragt, wie viele wir erledigt haben.
Um die anderen 285 kümmern wir uns dann morgen.«

Der Herzog raste jetzt vor Wut und brüllte hinauf: »Meine verdammte
Nichte kannst du meinetwegen an die Kakerlaken verfüttern, aber ich will
den Zauberer! Jetzt! Du hast geschworen, mir einen zu fangen!«

»Oh, oh, Irrtum! Ich hatte geschworen, einen zu fangen, und das hatte
ich tatsächlich getan. Aber in dem Schwur war nie die Rede davon, dass
ich ihn für dich fangen sollte, du Schlaumeier! Zwei Sekunden, nachdem
ich ihn in meine Gewalt gebracht hatte, hab ich ihn wieder laufen lassen.
Ach, was hätte der dir für wunderbare Waffen bauen können! Aber leider…
er wollte einfach nicht mitkommen.«

»Der Zerstörer soll dich holen! Für wie blöde hältst du mich?«

»Sehr?«

»Meine Leute haben von Blitzen und Feuerbällen und einem verhexten
Seil berichtet. Gib ihn mir! Ich will ihn!«

»Deine Mutter mag versäumt haben, es dich zu lehren, deshalb – du
brauchst dich nicht zu bedanken – sag ich's dir: Man bekommt nicht immer
alles, was man haben möchte.«

Ein paar Sekunden blieb es ruhig, dann zischte es schlangengleich herauf: »Wie viele Vorräte habt ihr? Wie lange könnt ihr im Turm bleiben?
Drei Tage? Drei Wochen? Drei Monate? – Es spielt keine Rolle. Irgendwann werdet ihr aufgeben müssen. Und dann, mein Täubchen, wird sich
jeder einzelne von euch wünschen, nie geboren worden zu sein.«

Halana schwieg. Denn damit hatte der Herzog recht: Sie konnten sich
nicht ewig im Turm verschanzen. Von unten rief der Herzog: »Na, Täubchen, was ist jetzt mit deinem frechen Maul? Bist du noch da?«

»Noch hast du uns nicht!«

Als er ihre Stimme hörte, trat der Herzog nochmals hinter der Biegung
hervor – mit einer Armbrust im Anschlag und feuerte. Doch Halanas Krie-
ger-Reflex funktionierte, ihr Oberkörper zuckte zur Seite und der Bolzen
zischte an ihr vorbei ins Leere. Dann starrten sich beide hasserfüllt an, und
nun war es Halana, die zischte: »Cosa, du bist nichts weiter als ein dummes Schwein, und ich sage dir, genau so wirst du enden, wie ein
Schwein!«

Dann stieg sie langsam wieder die Treppe hinauf.

»Und?«, fragte Barrkaron, als sie oben ankam.

»Ich glaube nicht, dass ich einen Freund fürs Leben gefunden habe.«

Die nächste Stunde verbrachten sie dösend. Rrrricka war sogar vor Erschöpfung tief und fest eingeschlafen, Prim lehnte nach wie vor traurig an der Wand. Schließlich fragte Barrkaron leise, um das Mädchen nicht aufzuwecken: »Hat jemand eine Idee, wie wir hier einigermaßen heil wieder rauskommen?«

Halana zuckte die Achseln und meinte: »Der Turm steht doch ziemlich nah an einer Außenwand der Burg. Vielleicht können wir uns ja direkt über die Mauer abseilen?«

»Wo uns dann garantiert nicht 100 Krieger des Herzogs erwarten – ha, ha.«

»Fällt dir was Besseres ein?«

»Vielleicht kann Prim mit einigen seiner Kugelblitze – ganz beachtlich, die Dinger – von hier oben die Burg in Brand setzen, so dass sich die Krieger zurückziehen müssen?«

»Und wir selbst werden nicht geröstet, wenn wir versuchen, herauszukommen? Und falls es uns wider Erwarten doch gelingen sollte, den Flammen zu entkommen, würden dennoch Cosas Leute auf uns warten.«

Wieder herrschte Schweigen. Prim hatte schon über eine Stunde kein Wort mehr gesagt. Plötzlich murmelte er etwas.

»Was sagst du?«, wollte Halana wissen.

»Ich sagte: Ich habe Höhenangst.«

»Tja, nach deiner Nummer heute an diesem Seil glaube ich dir das sofort, aber warum sagst du das jetzt?«

»Weil ich Plan B eigentlich lieber nicht versuchen würde.«

»Plan B? Welchen Plan B?«

Barrkaron starrte unterdessen Prim an, dann schlug er sich mit der Hand gegen den Kopf und rief laut, so dass sich Rrrricka unruhig im Schlaf bewegte: »Der große Seesack! Das letzte Gepäckstück, das ich hier hochschleppen musste! Er hat gesagt, da sei Plan B drin!«

»Und warum fällt dir das erst jetzt ein?«, wollte Halana überrascht von Prim wissen.

»Sag ich doch«, erklärte dieser kleinlaut, »weil ich Höhenangst habe.« Und dann schilderte er ihnen, was sich in dem Sack befand und wie der Plan funktionieren sollte. Jedenfalls in der Theorie. Ausprobiert hatte es nämlich noch niemand.

Nachdem Prim geendet hatte, kratzte sich Halana schweigend am Ohr, dann meinte sie: »Irgendwie passt der Plan zu uns. Er ist ziemlich verrückt, oder?«

»Bescheuert würde es besser treffen«, ergänzte Barrkaron.

»Ihr wollt es also nicht tun?«, fragte Prim hoffnungsvoll.

»Doch«, antworteten zwei Stimmen gleichzeitig.

»Schade«, seufzte Prim, »na gut. Also weg mit dem Dach.«

*

Langsam senkte sich die Dunkelheit über das Land. Von den Mauern und aus den anderen Türmen heraus beobachteten mehrere Fünferschaften den Turm, der heute für so viel Aufregung gesorgt hatte. Auch auf der anderen Seite des Hofes war eine Fünferschaft postiert, deren Männer, wegen ihrer exponierten Lage, ein ziemlich mulmiges Gefühl im Magen hatten. Plötzlich hörten sie von oben ein lautes Rufen: »Huhu! Ihr da unten! Könnt ihr mal euren Ober-Arsch rufen? Wir wollen ihm was zeigen.«

»Wen meinst du?«, rief der Anführer der Fünferschaft nervös zurück.

»Na, den Herzog, was dachtest du denn?«, rief Halana hinunter.

Kurz berieten sich die Krieger, dann ging tatsächlich einer davon. Nach gut zehn Minuten kam der Herzog ins Freie, abgeschirmt von 40 Kriegern mit schweren Schilden. Ohne Umschweife brüllte er hinauf: »Gebt ihr auf?«

»Wie kommst du denn darauf?«, rief Halana munter zurück, »nein, wir wollten dich nur darauf aufmerksam machen, dass du da ein Loch im Dach hast. Denn so ein Schaden wird ja bekanntlich schnell größer.«

»Was!? Und deswegen ruft ihr mich hier…«

In diesem Moment unterbrach ein gewaltiges Krachen die Worte des Herzogs. Ein fast 50 Zentimeter durchmessender Feuerball durchschlug von innen das Turmdach und ein Regen von Ziegeln und Putz prasselte nach allen Seiten davon. Erschrocken stoben die Männer im Hof auseinander und suchten Deckung, während weitere Blitze durchs Dach schlugen, bis von diesem nichts mehr übrig war.

Der Herzog hatte sich längst wieder ins Haupthaus geflüchtet, als Halana schließlich herunterrief: »Sagt eurem Boss, dass er es sich gut überlegen soll, ob er uns nicht doch ziehen lässt. Wer weiß, welches Haus wir als nächstes von hier oben aus abdecken? Unsere Vorräte reichen jedenfalls, um nach und nach die ganze Stadt in Schutt und Asche zu legen.«

Das stimmte zwar nicht – sowohl was die Vorräte als auch die Reichweite von Prims Zauberstab betraf –, aber das musste man dem Gegner ja nicht auf die Nase binden, oder?

An diesem Tag blieb, abgesehen von einer kargen Mahlzeit, nur noch eines zu tun. Es war Prims Idee gewesen, als er sich etwas Wasser aus dem Fass geschöpft hatte. Vorsichtig, um den wunden Hals zu schonen, unterfütterte Halana Rrrrickas Halseisen mit nassen Stoffstückchen, dann musste sich das Mädchen über das Fass beugen, und während Halana immer wieder Wasser über den Hals von Barrkarons Nichte schöpfte, damit das Eisen nicht zu heiß würde, machte sich Prim mit seinem Zauberstab überaus vorsichtig an den zusammengenieteten Laschen des Reifs zu schaffen. Nach knapp zehn Minuten war es geschafft. Vor Glück weinend umarmte Rrrricka erst Prim und die Kriegerin, bevor sie sich den Hals vorsichtig säubern und richtig verbinden ließ. Dann war es Zeit, Kraft zu sammeln.

Und während unten große Aufregung herrschte, begaben sich oben Halana und ihre Freunde zur Ruhe, um sich mal richtig auszuschlafen.

Am nächsten Tag machten sie sich daran, mit Ausnahme der Balken, Bretter und kleineren Holzteile, alle Trümmer in den Hof zu werfen, die noch auf dem Boden des ehemaligen Kerkers lagen. Rrrricka erfand dabei, ihre schmerzenden Glieder ignorierend, das Spiel Dachziegelweitwurf: Mit lauten Jauchzern beim Werfen versuchte sie, Trümmerstücke so weit wie möglich über die Turmwand hinauszuschleudern. Ein paar Mal gelang es ihr sogar, mit einem besonders gut in der Hand liegenden Stück das Dach des Haupthauses zu treffen.

Und als die Sonne schließlich über dem Rand der nun dachlosen Turmmauer erschien, begann sie erst einen aufgeregten Hüpf-Tanz, um sich dann mitten im ehemaligen Kerker auf den Boden zu legen und die Sonne auf ihrer Haut zu genießen, bis Halana sie fast gewaltsam zwingen musste, wieder in den Schatten zu gehen, um keinen Sonnenbrand zu riskieren.

Mitten in tiefster Nacht klopfte es aufgeregt an die Tür zu den Gemächern des Herzogs. Ein verschlafener Diener weckte Cosa, der schließlich knurrend einen aufgelösten Boten empfing. Der Bote stotterte gleich los:

»Die... die Gefangenen... also, die Leute im Turm...«

»Ja, schon klar, weiter!«

»...die haben den Turm angezündet!«

»Was!? Aber die sind doch noch drin!«

»Erst haben sie noch mehr Stufen einstürzen lassen, dann haben sie die Dachbalken im Turm hinabgeworfen und angezündet.«

»Großer Zerstörer!«, Cosa eilte davon in den Nordwest-Turm, um das Geschehen von dort beobachten zu können. In den Hof wollte er lieber nicht, nachdem dort den ganzen Tag lang Trümmerteile eingeschlagen waren, während dieses dumme Gör oben gelacht hatte.

Tatsächlich: Aus den mittleren Schießscharten des Turmes sah er Flammenschein. Wollten diese Narren sich selbst umbringen und dabei noch einen Teil der Burg zerstören?

Kaum hatte er es gedacht, begannen von oben Feuerbälle herunterzuzucken, die an den verschiedensten Stellen einschlugen. Augenblicklich ließ Cosa Löschtrupps zusammenstellen, die alle Hände voll zu tun hatten und schließlich an zehn verschiedenen Stellen im Einsatz waren. Cosa ließ sich ständig Bericht erstatten und ging immer wieder in den Nordwest-Turm, um zu sehen, ob der Beschuss andauerte oder ob sich diese Bande endlich zu Tode geräuchert hatte. Wenn er doch wenigstens diese Blitze schleudernde Waffe bekommen könnte! Als er nach gut einer Stunde nochmals hinüber zum Turm spähte, schien der Beschuss geendet zu haben. Jedenfalls war nur noch der Feuerschein hinter den Schießscharten zu sehen, oben dagegen konnte man nur wenig erkennen. Auch die dunkle Silhouette des Turm-Daches war vor dem nächtlichen, mit Wolken verhangenen Neumond-Himmel nur schwer auszumachen. Moment mal… Des Turm-Daches? Der Turm hatte doch gar kein Dach mehr!

Der Herzog sah genauer hin. Eine gigantische schwarze Blase schien sich über den Turm hinauszuwölben. Und jetzt löste sich die Blase, um ganz, ganz langsam nach oben zu steigen.

Der Herzog brüllte: »Bogenschützen! Armbrustschützen! Da ist was über dem Turm! Schießt es ab!«

Doch kaum ein Armbrustschütze war da, der Cosas Ruf hörte und der auch mit gespannter Armbrust reagieren konnte. So flogen nur drei, vier Bolzen und ein paar Pfeile an Halana und ihren Freuden vorbei, ohne größeren Schaden anzurichten.

»Ihr Zauberer seid wirklich überaus erstaunlich!«, rief Halana begeistert im kühlen Nachtwind, »das hier wird mir jedenfalls keiner glauben, wenn ich es erzähle.«

Der Angesprochene erwiderte nichts. Die Kiefer fest zusammengepresst, die Augen zugekniffen, hielt er sich krampfhaft an einem Seil fest, obwohl er doch auch daran festgebunden war.

Aus dem großen Seesack, den Barrkaron zuletzt in den Turm getragen hatte, war ein großer Ballen hauchdünner, aber fester schwarzer Stoff zum

Vorschein gekommen, wie ihn die anderen noch nie gesehen hatten. Ganz oben zwischen den Turmwänden vertäut, hatte sich der Stoff durch die aufsteigende Hitze zu einer riesigen Kugel aufgebläht, die unten von einem starken Lederriemen zusammengehalten wurde, von dem wiederum mehrere Seile mit Schlaufen herabbaumelten.

Schließlich waren die vier – wobei Halana ihr Kettenhemd zurücklassen musste – in die Schlaufen gestiegen, hatten sich festgebunden und an vier Schnüren gezogen, die die Halteseile lösten.

Es war ein ungemein kitzliges, aber auch aufregendes Gefühl im Magen, mit einem leichten Ruck emporgehoben zu werden. Der sanfte Wind würde ausreichen, sie über die Stadt und weit genug fortzutragen. Sollte Cosa ruhig versuchen, ihre Spur wieder aufzunehmen, das würde dauern.

»Seht doch! Seht doch! Die Feuer in der Stadt! Wie klein sie sind!«, rief Rrrricka aufgeregt, was Barrkaron ein lautes Lachen und Prim ein entsetztes »Oh nein!« entlockte.

Halana jauchzte: »Diese Nacht vergeht wirklich wie im Flug! Verdammt, Prim, und du hattest dieses Teil wirklich vier Jahre bei dir rumliegen und nicht benutzt? Du hättest damit Reinefreude verlassen können!«

»Na eben!«, brüllte Prim mit zitternder Stimme zurück, »man kann diesen Flugball nicht steuern! Ich wäre wohl nie wieder zurückgekommen.«

»Mit anderen Worten: Du hattest Schiss?«

»Was heißt hier *hatte*?«

Durch die Anstrengungen der vorigen Tage übermüdet, schien es den so sonderbar Reisenden beinahe ein Traum zu sein, in dem sie sich bewegten. Und als schließlich die Sonne über einer weiten Graslandschaft aufging, war es wirklich ein atemberaubender Traum, dem sich selbst Prim nicht entziehen konnte. Doch sie sanken nun schnell tiefer und schwebten eine Stunde später nur noch in rund zwei Metern Höhe über den Boden hinweg.

»He!« rief Rrrricka begeistert, »da vorne kommt ein kleiner Wald!«

»Tatsächlich«, rief Barrkaron, »Prim, wenn wir da nicht reinrasseln wollen, wird es höchste Zeit, dein fantastisches Fahrzeug anzuhalten.«

»Anhalten? Was heißt hier anhalten?«

»Wie? Du kannst nicht...? Großer Zerstörer! Schützt eure Augen! Autsch!« – Schon wurden sie zwei, drei Meter zwischen die Bäume geschleift, bis die Unterseite des großen Flug-Balles an den Ästen hängenblieb, aufriss, und der Luftkoloss von einen Moment zum anderen in sich zusammensank.

»Oh Großer Zerstörer!«, murmelte nun auch Halana, »leben noch alle?«

Prim stöhnte und Barrkaron rief: »Nur ein paar Kratzer mehr... – He! Rrrricka, nicht!«

Doch das Mädchen, das sich köstlich zu amüsieren schien, hatte schon ihre Halteschlinge gelöst und war lachend aus fast zwei Metern Höhe auf den Boden gesprungen, berührte ihn, griff mit beiden Händen hinein und erklärte begeistert: »Das hier, das ist Erde! Und das... das ist altes Laub! Wie das knistert!« Dann zog sie eilig ihre Schuhe aus und rannte jauchzend unter den Bäumen hervor ins Freie, hüpfte durchs hohe Gras, rupfte mit ihren Zehen Grashalme aus und rief, sich lachend um die eigene Achse drehend: »Jetzt! Jetzt glaub ich es! Jetzt bin ich wirklich *frei*!«

Mehr oder minder humpelnd kamen nun auch die drei Erwachsenen aus dem Wald. Rrrricka raste auf sie zu, sprang ungestüm in Halanas Arme und verkündete: »Und jetzt suchen wir deinen Sohn!«

Während Halana lachend ins Gras plumpste, meinte sie: »Na, hoffentlich wird das nicht so einfach wie bei dir! Nicht dass es uns langweilig wird. Aber im Ernst: Wenn es gefahrlos für euch möglich ist, dann sollten sich unsere Wege trennen.«

»Aber nein!«, protestierte Rrrricka entsetzt, »das geht doch nicht! Wir schulden dir doch noch deinen Sohn!«

Geduldig erklärte die Kriegerin: »Der Grenzfluss, auf dem Giula und Ruff abgetrieben sind, führt eher in das Gebiet der Chrrrr, und dort will ich suchen. Ihr müsst aber so schnell wie möglich zurück zu den Lrrrk – ja, auch du, Barrkaron! Ihr wollt Rrrrickas Mutter doch nicht länger als nötig auf ihr Kind warten lassen, das sie nun schon seit neun Jahren vermisst?«

Betreten sah Rrrricka unter sich und bekannte: »Ich vermisse sie auch. Und meinen Vater.«

»Siehst du? Aber denkt nicht, dass ihr mich und Prim dann im Stich lassen würdet. Ganz im Gegenteil: Wenn du endlich wieder zu Hause bist, Prinzessin Wieselchen, dann kann deine Mutter ihre Krieger wieder gegen das Schwarze Land schicken – und das wird vielleicht auch nötig sein. Du kannst deine Mutter zudem bitten, Späher auszusenden und Kontakte zu den anderen Stämmen herzustellen. Vielleicht kann ja irgendjemand etwas über meinen Sohn berichten. Jetzt schau nicht so traurig, schließlich werden wir uns ja noch nicht gleich trennen. Denn im Augenblick scheint es mir noch sicherer, wenn wir zusammenbleiben. Zumal wir uns noch keine Pferde besorgt haben. Das wäre jetzt wohl das Wichtigste.«

»Da mach dir mal keine Sorgen«, das war Prim, »ich denke, die werden uns die Sipp mitbringen.«

»Wie kommst du denn darauf? Die sind doch sicher längst über alle Berge. Das wünsche ich ihnen jedenfalls von Herzen.«

»Oh, sicher sind sie schon aus Vandar abgehauen – aber ganz nach Plan B: Ich hatte die Gupp-Brüder gebeten, ihre Reise-Route den Wolken folgen zu lassen, falls uns die Flucht aus dem Turm nicht gelingen sollte. Außerdem habe ich ihnen ein magisches Auge geschenkt, das Weites beim Hindurchsehen in die Nähe rückt. Und dann haben wir auch noch, nachdem uns Gampa den Plan eines Kartenmeisters besorgt hatte, in einem Radius von 150 bis 250 Kilometer um Vand herum ein paar markante Treffpunkte ausgemacht. Wenn wir dem Waldrand hier weiter in Richtung Süden folgen, dann müssten wir eigentlich in drei, vier Stunden den Grenzfluss erreichen.«

»Schneller Fluss«, unterbrach Barrkaron.

»Bitte?«

»Hier heißt er nicht Grenzfluss, sondern Schneller Fluss.«

»Na, auch nicht sehr einfallsreich.«

»Warte ab, bis du ihn siehst, dann verstehst du es.«

»Jedenfalls: Wenn wir der Waldlinie folgen und auf den *Schnellen* Fluss treffen, dann werden wir auch die Sipp finden – oder sie uns.«

»Na dann auf! – Rrrricka, willst du nicht deine Schuhe wieder anziehen?«

»Auf gar keinen Fall!«

*

Noch einen Tag zuvor war Liebrose von Burgis mit glühendem Stolz zum Tempel der Elf Gebote geschritten und hatte dem Erleuchteten voller Begeisterung berichtet, dass es dieser fürchterlichen Kriegerin offenbar tatsächlich gelungen war, einen Zauberer aus dem geheimen Land hervorzulocken und dass dieser jetzt im großen Turm der Burg in der Falle saß.

Und zu ihrem größten Glück hatte ihr der Erleuchtete huldvoll seine Zufriedenheit zu erkennen gegeben: Er hatte ihr gestattet, die Fingerspitzen seiner rechten Hand zu küssen! Natürlich steckte die Hand in einem Handschuh, doch seine bloße Haut zu berühren – allein der Gedanke daran verschaffte Liebrose einen wohligen Schauer des Entsetzens – wäre fast einem Sakrileg gegen den Großen Zerstörer selbst gleichgekommen. Und immerhin hatte es sich, da war Liebrose sich fast sicher gewesen, um einen sehr *dünnen* Seidenhandschuh gehandelt.

Doch heute, nach diesem glücklichen Tag der Ekstase, dann das: Die Falle war offenbar nicht dicht genug gewesen, und sie hatte, weinend vor dem Erleuchteten auf den Boden liegend, diesem die Nachricht überbracht, dass der Zauberer tatsächlich wieder geflohen war.

Eine Sekunde schien der Erleuchtete tatsächlich wie erstarrt, und Liebrose glaubte ihn murmeln zu hören: »So nahe dran!«

Aber schnell hatte er sich wieder gefasst, gab dem Bruder Diener ein Zeichen, der Alten aufzuhelfen. Dann musste der Diener die Schreibstube verlassen, weil der Erleuchtete mit Liebrose allein sein wollte – Zeugen konnte er jetzt nicht gebrauchen.

Der Orden der Elf Gebote betrieb in den meisten größeren Städten einen oder mehrere Tempel für den Großen Zerstörer – jedenfalls in der zivilisierten Welt. Jeder Erleuchtete des Ordens wechselte im Laufe seiner Amtszeit mitunter seinen Wohn-Tempel, um jedes Volk mit seiner Anwesenheit zu beglücken. Allerdings blieben die Oberhäupter des Ordens selten längere Zeit in den Hauptstädten der kleineren Länder, sondern vorwiegend in Berlundel oder Vandar. Der momentane Erleuchtete hatte sich jedoch ganz offensichtlich dauerhaft für Vandar entschieden, denn seit seinem Amtsantritt war er kaum jemals außerhalb der Hauptstadt des Schwarzen Landes gesehen worden.

Der Erleuchtete war spät in den Orden eingetreten, und niemand hätte damals gedacht, dass er noch Karriere machen könnte. Doch in kürzester Zeit war er in der Hierarchie des Ordens geradezu nach oben geschossen. Selbst die mächtigen Männer im Ordensrat waren schnell von seinem Wissen und seinen Künsten beeindruckt, so dass er bald einer der ihren wurde. Und als der letzte Erleuchtete vor beinahe acht Jahren zum Großen Zerstörer gerufen wurde, war es keine Überraschung, dass dieser Mann vom Rat zum neuen Beherrscher des Ordens gemacht worden war.

Nun ließ er Cosas Großmutter ganz genau berichten, was sie über jenen Zauberer erfahren hatte, der erst mit der Kriegerin in den Turm eingedrungen und dann wieder geflohen war. Viel war es ja nicht. Ein junger Mann sei es gewesen, Blitze habe er aus einem Stab geschleudert, eine geheimnisvolle fliegende Kugel gezaubert und so maßgeblich zur Flucht der Gruppe beigetragen.

»Cosa und Anselm hatten also nicht den Eindruck, dass er ein *Gefangener* der Kriegerin gewesen war?«

»Ein Gefangener? – Nein, sicher nicht. Sie hat meinen Enkel sogar damit zur Weißglut gebracht, dass sie ihm vor Augen führte, wie unvorsichtig er mit diesem unbrechbaren Schwur war. Weil sie doch nur schwören musste, einen Zauberer zu fangen, jedoch nicht, dass sie ihn auch bei Cosa abliefern musste. Das stelle man sich einmal vor: Da nimmt sie diese Gefahr auf sich und dringt in das Zaubererland ein, und dann lässt sie ihn wieder frei, kaum dass sie ihn in ihrer Gewalt hat!«

»Hmmm…«, jetzt sprach der Erleuchtete mehr zu sich selbst als zu Liebrose, »das heißt ja dann wohl, dass dieser junge Zauberer Reine…, dass er sein Land freiwillig verlassen hat. Äußerst merkwürdig. Warum sollte er das tun? Die Sicherheit seiner überlegenen Heimat verlassen, nur um mit einer Barbarin, die er gerade erst kennengelernt hat…«

»Aber die Kriegerin ist keine Barbarin! Sie kommt aus dem Königreich…«

»Schweig still! *Warum* hat er freiwillig sein Land verlassen? Und ihr auch noch bei der Befreiung dieses Kindes geholfen? – Wobei sie sicher vermutete, dass ihr eigenes Kind in diesem Turm gefangen säße, ich hätte zu gerne ihr Gesicht gesehen. Aber ich frage mich, ob der Zauberer und die Kriegerin nicht eine Art Allianz geschmiedet haben. Er hilft ihr bei der Befreiung des Kindes, wenn sie… wenn sie…« Die dunklen Augen des Erleuchteten verengten sich hinter seiner Maske zu Schlitzen, wurden plötzlich groß, und er rief: »Er sucht etwas! Dieser Bastard sucht etwas und weiß auch, wo er suchen muss! Aber er braucht die Hilfe von jemandem, der sich auskennt. Und es muss etwas sehr Bedeutendes sein, wenn es ihn aus seinem Land herauslocken kann. Was sucht er? Oder… *wen* sucht er? Sollte es wirklich…? Dann ist es möglicherweise gar nicht so schlecht, dass er entkommen konnte – fürs Erste.«

Der Erleuchtete wandte sich nun wieder an Liebrose. Sie spürte erfreut, dass sich seine Laune wieder gebessert hatte, als er ihr mit leicht erregter Stimme Anweisungen gab: »Meine Tochter, der Große Zerstörer hat mir in seiner unergründlichen Gnade offenbart, dass dieser Zauberer etwas sucht. Und was immer es ist: Ich will es haben. Darum gebt diesem Berater, wenn er wieder zurück ist, folgenden Auftrag: Er soll Cosa empfehlen, die besten Kopfjäger und Fährtensucher aufzutreiben, die für Geld zu haben sind, und sie auf diese Kriegerin und den Zauberer hetzen. Denn falls der Magier und die Kriegerin mit ihrer Suche Erfolg haben, dann werden sie irgendwann wieder auftauchen. Spätestens auf dem Rückweg zum Land der Zauberer. – Und Cosa soll sein Heer weiter ausbauen. Für den Krieg, den er dann gewinnen wird.«

Ihr Alter vergessend, war Liebrose aufgesprungen und rief: »Oh Erleuchteter! Ist es jener Krieg, auf den wir warten? Den noch erleben zu dürfen ich so sehr hoffe?«

»Ja, meine Tochter. Der Krieg der totalen Zerstörung. Alles wird vernichtet. Jeder wird vernichtet. Sogar die Zauberer und all ihre Macht! Gerade sie dürfen der Zerstörung nicht entgehen. Und dann wird der Große Zerstörer kommen, und es wird Neues kommen aus dem Nichts, und er wird der einzige Herrscher über das Neue sein, und wir, meine Tochter, ich und du, wir werden an seiner Seite sitzen!«

»Aber Erleuchteter«, wagte sie einen Einwand, der doch nur das Heischen nach Bestätigung war, »Erleuchteter, muss wirklich erst *alles* zerstört werden? Kann das richtig sein?«

»Es ist richtig, meine Tochter«, entgegnete der Erleuchtete mit gönnerhafter, öliger Stimme, »und weil du mir so treu dienst, werde ich dir Gewissheit verschaffen. Du kennst die Zehn Gebote unserer Bruderschaft?«

Welch eine Frage, natürlich kannte sie Liebrose, die gleich enthusiastisch begann: »Erstes Gebot: Der Große Zerstörer steht über allem. Zweites Gebot: Du sollst Tod und Zerstörung nicht missachten, denn daraus entstand unsere Welt. Drittes Gebot: Jeder Schlacht und jedem Blutvergießen soll ein Feiertag folgen, zu ehren des Großen Zerstörers. Viertes…«

»Ja, meine Tochter, natürlich kennst du sie«, winkte der Erleuchtete ab, der sich die Litanei der nachfolgenden Gebote ersparen wollte, »doch kennst du auch das Elfte, das geheime Gebot unserer Bruderschaft?« Diese Frage war natürlich rein rhetorisch, wenn nicht gar unsinnig, denn niemand außer den wenigen Männern des Ordensrates kannte das Elfte Gebot.

Und so ahnte Liebrose, dass etwas Bedeutendes kommen würde…

»Ja, meine Tochter«, fuhr der Erleuchtete, ohne eine Antwort abzuwarten, mit pathetischer Stimme fort, »ja, meine Tochter, die allumfassende Zerstörung ist richtig, und sie ist das einzig Richtige. Denn dir, die du mir treu ergeben bist, dir und nur dir allein will ich das Elfte Gebot offenbaren!«

Fast war es ein Liebesseufzer, der auf diese Ankündigung hin Liebroses Mund entfuhr. Verzückt griff sie sich ans Herz, als der Erleuchtete weiter sprach: »Denn genau dies ist das Elfte Gebot: Ihr, die ihr über den Ängsten der anderen Menschen steht, ihr, die ihr durchdrungen seid vom Großen Zerstörer, ihr, die ihr seiner Belohnung teilhaftig sein werdet, weil ihr etwas Besseres seid als die Unwissenden – ihr Getreuen erfüllt SEINEN Willen, indem ihr alles daran setzt, um die Welt in einem Meer aus Blut ertrinken zu lassen, denn dann ist SEIN Weg bereitet!«

Der Erleuchtete, der bei seinen letzten Worten aufgestanden war und die Hände langsam gen Himmel gereckt hatte, sah nun, wie Liebrose fast ohnmächtig vor Verzückung mit verdrehten Augen in ihren Stuhl zurücksank. Eine Reaktion, die besonders dann überraschend erscheinen musste, wenn man bedachte, dass der Erleuchtete dieses Elfte Gebot gerade aus dem Stegreif frei erfunden hatte. Was dieser hohlen Nuss, da war sich der Erleuchtete sicher, natürlich niemals in den Sinn kommen würde. Jedenfalls hatte er nur durch diesen kleinen Mummenschanz die Großmutter des Schwarzen Herzogs noch fester am Haken als ohnehin schon, und über sie den Schwarzen Herzog selbst.

Ironischerweise, so schoss es dem Erleuchteten durch den Kopf, war diese verrückte Greisin tatsächlich seine einzig wahre Anhängerin. Sicher, ohne jeden Zweifel war die totale Zerstörung wirklich sein Ziel – allerdings sein ganz persönliches. Die Wenigen, die das echte Elfte Gebot kannten, würden es jedenfalls sicher sehr interessant finden, was er gerade daraus gemacht hatte.

Aber natürlich würde er Liebrose im Namen des Großen Zerstörers größtes Stillschweigen auferlegen. Und sollte sie dennoch ausgerechnet zu einem Mann aus dem Rat der Bruderschaft darüber reden... nun, wem würde der glauben? Einer hysterischen Alten oder dem Erleuchteten?

13. STAHL UND RACHE
Auf Leben und Tod

Ja, Berthold hatte wirklich genug von diesem Jungen. Aber auf dem Rückweg zum Schwarzen Herzog würde er ausreichend Zeit finden, um grausam Rache zu nehmen für den Ärger, den ihm dieser Wicht bereitet hatte.

Er wollte auf der kleinen Waldlichtung einen Schritt nach vorne machen, um Ruff am Kragen zu packen und zu sich heran zu zerren, als sich, ganz sanft und weich und feucht und saugend, so etwas wie eine Hand auf seine linke Schulter legte. Mit einem Schreckensruf fuhr Berthold herum und starrte aus nur wenigen Zentimetern Entfernung in ein... Gesicht??? Es war schleimig dunkelgelb, mit sich bewegenden Schlieren, Linien und Punkten durchzogen.

Doch zu näheren Betrachtungen hatte Berthold keine Zeit, denn das Wesen hatte auch eine Art Mundöffnung, und die sagte: »Essen!«

Dann fiel das ganze Gesicht nach vorne, direkt auf Bertholds linke Schulter, und es war ein Gefühl, als würden sich Tausende winzig kleine, rotglühende Zähnchen in seine Haut, in sein Fleisch bohren. Mit einem gewaltigen Schmerzensschrei wollte er beiseite springen, doch irgendetwas hielt seine Füße fest. Er kippte zur Seite, schlug der Länge nach hin und sah etwas Gelbes langsam, ganz langsam seine Beine entlang fließen, sah mit ungläubig geweiteten Augen, wie der Stoff seiner Hosenbeine aufgelöst, weggefressen wurde, dann zuckte noch als letzter klarer Gedanke durch seinen Kopf, dass es ein Fehler gewesen war, Lusian zu töten. Zuletzt war da nur noch Schmerz. Gelber Schmerz.

Berthold bekam auch nicht mehr mit, was mit den anderen Kriegern geschah. Einem war von oben etwas Gelbes auf die Schulter getropft. Er blickte hinauf. Das Letzte, was er in seinem Leben sah, war eine kleine gelbe Gestalt, die auf ihn zuzufliegen schien und mitten in sein Gesicht klatschte. Immerhin hatte dieser Krieger das Glück, zuerst tot zu sein.

Zztrrock war es noch gelungen, sein Schwert zu ziehen – aber das war keine Fackel. Er schlug wie wild auf die gelben Hände ein, die aus dem Boden heraus nach ihm griffen, und wenn er sie mit der flachen Seite der Schwertspitze traf, spritzten sie auch auseinander. Fast hätte er es so tatsächlich geschafft, zu entkommen. Doch als er sah, dass die zerspritzten gelben Tropfen dieser grausamen Hände wieder zusammenflossen, um sich neu zu formieren, da überflutete ihn zum allerersten Mal in seinem bald beendeten Leben ein Gefühl abgrundtiefer Panik. Zztrrock sprang über mehrere Hände, wollte aus dem Wald fliehen, hatte jedoch seinen Blick nur noch nach unten gerichtet und rannte mit gesenktem Kopf so heftig gegen einen Baum, dass seine Schädeldecke einen Riss bekam. Er brach bewusstlos zusammen, was in Anbetracht der Umstände seines nun folgenden Todes eine glückliche Fügung für ihn war.

Überzeugt, der Große Zerstörer sei über sie gekommen, war einer der beiden Fährtensucher schon im ersten Moment so panisch gewesen, dass er erstarrte und sich nicht rühren konnte, bis es zu spät war. Von den vier Zzzzzt, die sich im Wald an der Jagd auf die Kinder beteiligt hatten, überlebte nur der zweite Fährtensucher, leicht verletzt, die Mahlzeit des Gelb.

Auch er hatte sich die gelbe Masse mit seinem Schwert auf Abstand halten können und nur ein paar Spritzer auf Wange und Arm abbekommen. Als sich dann die meisten Teile des Gelb, den Magen umdrehende Geräusche verursachend, mit seinen Kameraden befassten, sprang er zwischen ihnen hindurch und rannte aus dem Wald, als wäre der Große Zerstörer persönlich hinter ihm her.

Etwa auf halben Weg kam ihm, herbeigerufen durch die aus dem Wald hallenden Schmerzensschreie, mit gezogenem Schwert der Krieger entgegen, der die Pferde aus dem Wald geführt hatte. Der Fährtensucher rief ihm nur zu:»Zurück, und renn um dein Leben!«

Seinen Kameraden so heranstürmen zu sehen, ließ in dem fünften Zzzzzt kein Zweifel aufkommen, dass er besser tat wie geheißen.

Völlig außer Atem durchbrachen sie die Waldgrenze. Und sahen gerade noch, wie 30 Meter weiter diese beiden verflixten Kinder eilig auf zwei Pferden davonritten. In einer Reihe aneinandergeleint trabten die anderen Pferde hinterher.

Als Ruff und Tingli genügend Abstand von den beiden überlebenden Zzzzzt-Kriegern hatten, ließen sie ihre Pferde automatisch wieder in Schritttempo fallen. Schließlich war es für Tingli gar nicht so einfach, die anderen Pferde am Zügel des vordersten hinter sich herzuziehen.

Lange Zeit sprach keiner von ihnen ein Wort, beide blickten geschockt und stur zum Horizont. Eigentlich war es ruhig in der Steppe. Nur das sanfte Wogen des Grases im leichten Wind war zu hören, das lockere Auftreten der unbeschlagenen Pferdehufe auf dem weichen Boden und ab und an ein leises Schnauben der Tiere. Doch die Schreie der Männer im Wald hallten noch immer in den Ohren der Kinder.

Erst nach einer ganzen Weile fragte Tingli leise: »Du… du kannst mit dem Gelb reden?«

»Ich war mir nicht sicher. Ganz und gar nicht. Aber ich hatte schon bei unserer ersten Begegnung gemerkt, dass er – oder es – Worte in meiner Sprache gesagt hat, und dass sein Verstand offenbar der eines Kleinkindes mit Hirnbrand ist. Als ich ihn dann gerufen hatte…«

»Du hast ihn gerufen?«, unterbrach Tingli entsetzt und doch fasziniert.

»Was sollte ich denn sonst machen? Ich hab bloß mehrmals ›Gelb, Gelb!‹ in den Wald hineingebrüllt, und als ich es dann zwischen ein paar Ästen schmutziggelb und feucht schimmern sah, da hab ich in diese Richtung gerufen, dass es mir sehr leid täte, dass wir ihm damals sein Essen weggenommen hatten, und dass ich gekommen sei, mich zu entschuldigen. Und ich hätte ganz viel Essen mitgebracht, das gleich hinter uns kommen würde. Wir beide hätten Feuer dabei, würden es aber in der Tasche lassen. Das Essen nach uns habe aber bestimmt kein Feuer dabei und sei auch viel leckerer als wir.«

»Leckerer?! – Oh Großer Zerstörer!«

Noch während der Gelb die Männer angegriffen hatte, war Ruff, Tingli mit sich ziehend, auf der anderen Seite im Wald verschwunden, und dann waren sie wie der Teufel zurückgerannt. Ob der Gelb sie nicht attackierte, weil Ruff ihm das Essen »gebracht« hatte, oder ob er sich vor dem angeblichen Feuer in ihren Taschen fürchtete, oder ob er ganz einfach zu sehr mit der größeren Beute beschäftigt war, um auf sie zu achten, konnte Ruff beim besten Willen nicht sagen. Jedenfalls glaubte er keineswegs, dass er in dem Gelb nun auf irgendeine Weise einen Freund gefunden hatte, und er würde lieber nicht noch einmal in diesen Wald gehen, um sein Glück ein weiteres Mal zu strapazieren.

Die Kinder hatten auf ihrem Heimweg noch ein paar Kilometer bis zum Wandernden Dorf vor sich, als ihnen etwa 50 Reiter entgegenkamen.

Tinglis Bruder Brronn hatte den angeblichen Boten der Zzzzzt genauso wenig getraut wie seine Schwester. Er hatte umgehend Dorfhäuptling Brrr-knk aufgesucht, bei dem sofort alle Alarmglocken geläutet hatten. Augenblicklich war er selbst mit 50 Kriegern aufgebrochen, um nach den Kindern und diesen seltsamen Boten zu suchen.

Jetzt würden sie nach zwei Zzzzzt-Reitern suchen, die zu Fuß in der Steppe unterwegs waren.

14. STAHL UND TREUE
Der Kampf um die Furt

Halana, Prim, Barrkaron und Rrrricka waren nur etwa eine knappe Stunden zu Fuß unterwegs, als ihnen zwei Reiter mit vier Pferden im Schlepp entgegen kamen. Es waren die Gupp-Brüder, die ihnen, als sie ihre drei Freunde erkannten, mit großem Hallo entgegen ritten. Gupp der ganz Junge rief schon von weitem: »Ihr lebt! Und wir glaubten euch schon verloren! Nach eurem Befreiungsversuch war es wie ein Lauffeuer durch die Stadt gegangen, dass sich ein kleines Häuflein im Turm verschanzt hatte und gegen das ganze Heer des Herzogs kämpfte!«

»Ach was!«, rief Gupp der Jüngere, »mein kleiner Bruder, der Zauderer, mag euch verloren gegeben haben, ich dagegen... He! Halana! Ich dachte, dein Sohn wäre jünger?« Inzwischen herangekommen, musterten beide Gupp nun neugierig Rrrricka, die nicht minder neugierig zurückstarrte und meinte: »Ihr seid also Sipp? Ihr seid aber hübsche Kerle. Sind die jungen Männer bei euch alle so nett anzusehen?«

Auf die verwirrten Blicke der Gupp-Brüder erklärte Halana lachend: »Es gab, ohne unser Wissen – jedenfalls ohne das Wissen der meisten von uns – eine kleine Planänderung: Das hier ist erstens kein Junge, sondern ein Mädchen, das allerdings ganz offensichtlich noch ein paar Umgangsregeln insbesondere mit dem anderen Geschlecht lernen muss. Zweitens ist sie somit auch nicht mein Sohn. Darf ich vorstellen: Das ist Rrrricka, die Nichte des Schwarzen Herzogs und Tochter seines älteren und ermordeten Bruders Kasim IV., zudem die Tochter von Nuré, Häuptling der Lrrrk, und somit, wenn ich's recht bedenke, möglicherweise sogar zweifache Thronfolgerin. Und jener hier, der uns das ganze eingebrockt hat...«, damit deutete sie mit dem Daumen auf den Albino, »ist auch nicht wirklich ein Hofnarr, sonder Barrkaron, Nurés älterer, aber verstoßener Bruder und somit ebenfalls ein Onkel von diesem Mädchen hier.«

Gupp der Ältere kratzte sich am Kopf und meinte: »Deine Worte hab ich wohl gehört, doch bis ich deren Sinn verstehe, mag noch ein Weilchen vergehen... aber ihr könnt ja alles unterwegs ein wenig genauer erklären.«

Etwa eine dreiviertel Stunde brauchten sie, um das Lager der Sipp zu erreichen. Diese hatten gemeinsam mit Hanumann und Olav Vandar unverzüglich verlassen, als die Nachricht von dem Kampf in der Burg bis zu ihnen gedrungen war. Schließlich wollten sie schon ein Stück von der Stadt entfernt sein, bevor dort jemand zu genau darüber nachdachte, wie die drei Eindringlinge in den Gefängnisturm gelangt waren. Sie nahmen auch den Wagen Halanas und des Zauberers mit, als sie sich davonmachten. Dann zogen sie in Richtung der Wolken und suchten mit Prims magischem Fern-Seh-Gerät den Himmel ab, genau so, wie sie der Magus gebeten hatte.

Als an diesem Morgen der starke Errit gerade dabei war, den Himmel zu beobachten, hatte er plötzlich einen Entsetzensschrei ausgestoßen und ungläubig nur noch in eine Richtung gestarrt. Zunächst war er überzeugt gewesen, dort drüben, weit im Nordosten, sei noch eine zweite, eine schwarze Sonne aufgegangen. Doch nachdem alle ungläubig jenes weit entfernte Ding angestarrt hatten, waren sie schließlich übereingekommen, dass dort eine riesige Kugel am Himmel schweben musste, die sich langsam der Erde näherte. Und in der Richtung, aus der die Kugel kam, lag Vandar. So hatten sich die beiden Brüder schließlich in Richtung des kleinen Waldes auf den Weg gemacht, in dessen Nähe sie ein Aufsetzen dieser sonderbaren Flugkugel vermuteten.

Ihr Lager hatten die Sipp direkt an einer großen Furt aufgeschlagen, die als einer der möglichen Treffpunkte mit Prim vereinbart worden war. Es war die einzige Furt weit und breit. Der Schnelle Fluss hatte sich hier auf etwa 40 Meter plus einiger kleiner Bäche und Rinnsale verbreitert. Bis kurz vor der Furt und auch bald wieder danach sprudelte der Fluss zwar nur auf 20 Metern Breite, dafür aber mit sehr hoher Geschwindigkeit über und um Felsen. Selbst ein sehr geübter Schwimmer hätte sich hier in Lebensgefahr begeben, wäre er auf die verrückte Idee gekommen, das andere Ufer schwimmend zu erreichen.

Halana und die anderen waren noch nicht lange im Lager angekommen und hatten gerade den anderen eine knappe Schilderung ihrer Flucht gegeben, als Knrrrk, der Meisterschütze der Artistengruppe, im gestreckten Galopp und mit abgehetztem Pferd angeritten kam. Da er selbst kein Sipp war, sondern von einem der Steppenvölker abstammte, war er äußerlich auch nicht als ein Mitglied der Gauklertruppe zu erkennen. Darum hatte man ihn ausgesucht, in Vandar zurückzubleiben, um Augen und Ohren offen zu halten. Nach einer kurzen Begrüßung berichtet er hastig: »Ich bin die ganze Nacht wie der Zerstörer persönlich geritten und habe jetzt vielleicht eine knappe Stunde Vorsprung – mehr, wenn die anderen eine Pause eingelegt haben, was ich aber nicht glaube... etwa 60 Reiter des Schwarzen Herzogs kommen die Straße am Fluss entlang. Keine Ahnung, wieso sie ausgerechnet auf diese Richtung gekommen sind...!«

»Aber ich!«, sagte Halana alarmiert. »In welche Richtung Prims magische Flugkugel verschwunden ist, wird der Herzog, auch wenn es Nacht war, herausgefunden haben. Und er braucht keinen Berater, um zu vermuten, dass ich zu der Stelle möchte, an der Ruff und Giula verschwunden sind. Außerdem ist ihnen klar, dass Barrkaron Rrrricka so schnell wie möglich zu ihrem Volk zurückbringen will. Für mich wäre es also der richtige Weg, dem Fluss zu folgen, für Rrrricka wäre entweder die Route hier durch die Furt der schnellste Weg zu den ihren, oder auch sie folgt noch eine Weile dem Fluss und überquert ihn dann zwei, drei Tagesritten weiter im Westen... Wie auch immer: Mit unseren schweren Wagen werden wir den Reitern nicht entkommen können.«

»Hmmm...«, machte Gupp der Jüngere, »wir Sipp können unsere Wagen ruhig zurücklassen, unsere Ausrüstung haben wir bei unseren Familien in Engaland schnell wieder ergänzt. Aber ich schätze, dass Meister Prim in seinem Wagen noch einige interessante Dinge bereithält? Außerdem würde ich es keinem Pferd zumuten wollen, ihn auf seinem Rücken zu tragen. Davon mal abgesehen, könnt ihr ohnehin einen besseren Vorsprung gebrauchen... Gut, es ist beschlossen: Ihr zieht euren Aufgaben entgegen, wir werden die Krieger des Herzogs aufhalten.«

»Das ist ein großzügiges Angebot«, entgegnete Halana, »aber wie wollt ihr euch mit zehn Leuten 60 erfahrenen Kriegern in den Weg stellen?«

»Glaub mir«, lächelte Gupp, »auch die Sipp haben ihre ganz eigene Art von Kampferfahrung. Und ich habe da schon so meine Idee...«

*

Junas von Anselm war fix und fertig. Nächtliche Gewaltritte gehörten sicher nicht zu den Dingen, die er zu seinem Beschäftigungsgebiet zählte... Aber Herzog Cosa hatte es sehr unmissverständlich klar gemacht: Junas könne ruhig mal seinen vornehmen Hintern bewegen – gut, er hatte sich einer deutlich weniger feinen Ausdrucksweise befleißigt –, um die engaländer Kriegerin und seine Nichte zurückzuholen, vor allem aber diesen Zauberer. So war Junas widerstrebend mit 60 Gardekriegern des Herzogs davongeritten und wusste nicht so recht, was ihm lieber sein sollte: Die Flüchtigen zu finden... oder sie nicht zu finden?

Wenn er an seine letzte Begegnung mit dieser unheimlichen Kriegerin dachte... und er war schließlich Berater, kein Krieger. Wenigstens hatte er beim Schwarzen Herzog ein paar Punkte sammeln können, indem er als

Einziger seinen Grips angestrengt hatte: Er musste nur ein klein wenig nachforschen, und schon konnte er Cosa berichten, wer dieser Kriegerin geholfen hatte. Was allerdings die Laune des Herzogs nicht wirklich verbesserte... verständlich, denn wer lässt sich schon gerne von ein paar dahergelaufenen Sipp hereinlegen? Hauptmann Manro jedenfalls... der *ehemalige* Hauptmann Manro dürfte sich vermutlich sehr glücklich schätzen, falls er mit einem Bad in heißem Teer und, sagen wir mal, einer kleinen Amputation davonkommen sollte. Junas von Anselm, erfolgreicher Berater vieler Herren, konnte es sich jedenfalls nicht im Entferntesten vorstellen, dass irgend so ein Gauklerpack ihn an der Nase herumführen könnte.

Nur zwei Stunden hatten sie in der Nacht gerastet, weil es die Pferde unbedingt gebraucht hatten. Jetzt näherten sie sich der Furt. Und dort war etwas sonderbar...

»Vorsicht!«, sagte Hauptmann Loban, ein hagerer, gut 30-jähriger Mann mit Schildkrötenhals und der Ranghöchste der 60 Krieger, »wenn das da vorne nicht nach einer Falle aussieht, dann weiß ich's auch nicht...«

Nichts schien sich an der Furt zu rühren. Was die Tatsache noch sonderbarer erscheinen ließ, dass auf der anderen Seite, direkt hinter dem nicht sehr steilen Aufgang vom Wasser zum Ufer, drei große Planwagen standen. Allerdings waren die Planen von den Holzaufbauten entfernt worden. Vor allem aber: Die Fahrzeuge standen dicht an dicht quer zur Fahrtrichtung und versperrten den Weg.

Man brauchte es den Gardekriegern gar nicht erst zu sagen: Alle stiegen ab, die Schwert- und Axtkämpfer nahmen ihre Schilde vor, die Bogenschützen, in der zweiten Reihe stehend, griffen schon mal zu ihren Waffen, legten einen Pfeil locker auf die Sehne und hielten ihn mit Mittel- und Zeigefinger so am Bogen fest, dass sie nur noch zu spannen und zu schießen brauchten.

»Heda! Zeigt euch!«, rief Loban hinüber.

Nichts rührte sich.

»Wir kommen im Namen des Schwarzen Herzogs! Gebt die Furt frei!«

Wieder nichts.

Nach kurzer Beratung formierten sich zwanzig Mann und marschierten, hinter ihren Schilden geduckt und durch Bogenschützen vom Ufer gedeckt, langsam durch die kaum knietiefe Furt.

Als sie sich bis auf drei Meter dem anderen Ufer genähert hatten... Ein Geräusch!

Die Krieger erstarrten, griffen Schwerter und Schilde noch fester...

Da! Wieder das Geräusch…

Verblüfft sagte einer der Krieger halblaut: »Aber… das waren doch Schellen von einem Tamburin?«

Da setzte leises und rhythmisches Schlagen und Klingen eines Tamburins ein, und dann wurden, langsam und grazil, hinter der Brüstung des mittleren Wagens ein Fuß und ein Bein in die Höhe gereckt, das sich zum Takt des Tamburins sanft hin und her bewegte. Es war das Bein einer jungen Frau. Es war ein schönes Bein. Es war ein nacktes Bein.

Man kann sagen, dass die Krieger abgelenkt waren.

In diesem Moment ertönte ein gewaltiges Brüllen aus dem linken Wagen, ein Riese von einem Mann schnellte empor, stemmt ein großes Wagenrad über den Kopf, als sei es ein Spielzeug und schleuderte es mit Macht quer in die Reihen der Krieger. Gleichzeitig war im rechten Wagen blitzartig ein magerer Sipp mit dick geblähten Backen und einer kleinen Fackel in der Hand hinter der Wagenbrüstung erschienen und hatte auf seiner Seite mit leichter Drehung des Halses einen breit gefächerten Flammenstrahl gegen die Krieger gespuckt.

Die Garde des Schwarzen Herzogs bestand aus handverlesenen, harten und gut trainierten Männern, die ohne mit der Wimper zu zucken auch gegen eine vierfache Übermacht in den Kampf gezogen wären. In einen Kampf, wie sie ihn kannten.

Doch das hier war zuviel für sie.

Es konnte nicht einmal von einem ordentlichen Rückzug die Rede sein, als die Krieger, immerhin noch die Verletzten mit sich ziehend, so schnell wie möglich durch die Furt zurückrannten.

Die Bilanz des gescheiterten Überquerungsversuchs waren drei Ausfälle (zwei durch Knochenbrüche, ein Krieger war noch nicht wieder bei Bewusstsein), zudem drei durch die Oberkante eines Schildes ausgeschlagene Zähne, Prellungen, mehrere kleine Brandwunden im Gesicht, versengte Haare und etliche abgefackelte Helm-Verzierungen.

Auch die Bogenschützen hatten eine Schrecksekunde überwinden müssen, und bis die Pfeile durch die Luft schwirrten, waren diese beiden unheimlichen Männer längst wieder in Deckung gegangen. Das hübsche Bein natürlich auch, aber an das dachten die entsetzten Krieger in diesem Augenblick nicht mehr.

Anselm brüllte Loban an: »Man! Unternimm was!«

»Toller Ratschlag, Berater«, brummte der zurück, ließ aber seine fünfzehn Bogenschützen in Stellung gehen. Drei Salven schossen sie über den

Fluss, und die Wagen auf der anderen Seite bekamen schnell eine gewisse Igel-Ähnlichkeit – das war aber auch schon alles.

Nach der dritten Salve war von drüben ein lauter Pfiff auf zwei Fingern zu hören, dann wurde eine Hand mit einem ausgestreckten Zeigefinger emporgereckt, der in einer heftigen »Aber-so-doch-nicht!«-Geste geschüttelt wurde. – Und dann wurde etwas kleines, rundes, möglicherweise ein Apfel, weit hinauf in die Luft geschleudert. Es folgte ein kurzes Sirren, und ein gefiederter Pfeil durchschlug den Apfel mitten in seinem Flug.

»Hauptmann«, meinte einer der Gardekrieger und schluckte, »darf ich vorschlagen, dass wir uns ein wenig weiter vom Ufer zurückziehen?«

»Kommt gar nicht in Frage!«, zischte statt des Hauptmanns Anselm, der vor Zorn kochte, weil ihnen die Zeit davonlief. Dann brüllte er über die Furt hinüber: »Verdammt noch mal! Lasst uns auf die andere Seite!«

Eine fröhliche Stimme brüllte zurück: »Ich weiß gar nicht, was Ihr wollt? Ihr seid doch schon auf der anderen Seite!«

Anselm, die Fingernägel in die Handballen gegraben, die Zähne gefletscht, konnte vor lauter Wut nicht einmal mehr zurückbrüllen. Hauptmann Loban schob ihn kopfschüttelnd beiseite, meinte: »Lasst mich mal!«, und rief dann mit ruhiger, aber befehlsgewohnter Stimme hinüber: »Hört zu, ihr da drüben. Ich gehe davon aus, dass ihr die Sipp seid, die jener Kriegerin aus Engaland in Vandar geholfen haben. Ich gebe zu, dass ihr ein paar nette Tricks auf Lager habt, und offenbar auch einen Meister der Bogenkunst in euren Reihen. Aber damit allein könnt ihr uns auf Dauer nicht aufhalten. Sicher, ihr werdet uns Verluste bereiten. Aber ihr selbst werdet dafür ausgelöscht. Komplett und ohne Erbarmen. Ist es das wert?«

»Wert!«, rief die Stimme zurück, »das ist ein gutes Stichwort! Sicher werdet ihr uns mit großer Wahrscheinlichkeit besiegen. Doch wer von euch ist nachher noch da, um weiterzureiten? Und wenn wir euch zwei, drei Mal zurückwerfen, bevor ihr uns überrennt, wie viel Zeit wird es euch kosten? Soviel Zeit, dass ihr keine Chance mehr habt, die flüchtige Geisel und den Zauberer einzuholen?«

»Krieger!«, brüllte Loban, »formiert euch zum Kampf!«

»Aber meine Herren! Ich war doch noch gar nicht fertig…«, kam es wieder von der anderen Seite. »Warum eigentlich kommt keiner von euch auf die Idee, uns ein Angebot zu machen, das wir nicht ablehnen können? Ich meine, Halana hat uns doch schließlich auch bezahlt, oder was glaubt ihr, warum wir ihr geholfen haben?«

»Ihr wollt *nur Gold?!* «, kreischte Anselm überrascht.

Der Hauptmann knurrte den Berater abfällig an: »Dass gerade Euch das erstaunt, Junas von Anselm, wundert mich. Seid Ihr es nicht, der sein, hm, Können immer an den Meistbietenden verkauft? Was erwartet Ihr da von so ein paar vaterlandslosen Sipp? Die doch, wie jedes Kind weiß, fürs Lügen und Betrügen bekannt sind?« Dann rief er hinüber: »Wie viel!?«

»Fünf Goldstücke«, kam die umgehende Antwort.

» Waaas!?!? «, brüllte nun Anselm zurück, »seid ihr des Großen Zerstörers? – Das ist mehr, als eure ganze Bande in zehn Jahren verdient!«

»Da mögt Ihr Recht haben, aber unser Publikum hat es in der Regel auch nicht so eilig wie ihr! – Außerdem sind fünf Goldstücke sicher viel weniger, als ihr in einem Monat verdient. Und obendrein ist es ja das Gold des Schwarzen Herzogs, mit dem er euch bestimmt reichlich ausgestattet hat, falls ihr unterwegs Hilfe oder Informationen kaufen müsst.«

Anselm konnte es nicht lassen und versuchte noch einige Zeit zu feilschen, doch schließlich gab er klein bei. Als er endlich zustimmte, kam ein Pfeil über den Fluss geflogen und blieb zitternd vor seinen Füßen im Boden stecken. An dem Pfeil waren das Ende einer Schnur und ein kleiner Lederbeutel befestigt.

Zähneknirschend steckte Anselm fünf Goldstücke in den Beutel und sah zu, wie sich die Leine straffte und den Beutel erst in den Fluss und dann drüben wieder hinaus zog.

Gleich rief Anselm: »So, ihr Sipp-Pack, jetzt lasst uns endlich rüber!«

»Ist gut. Machen wir. Sofort. Wenn ihr uns unsere Wagen abgekauft habt.«

» Ihr Betrüger!!! «, kreischte Anselm auf und ab hüpfend.

»Was für ein unfreundliches Wort! Aber Ihr müsst doch einsehen, dass wir unsere Wagen zurücklassen müssen? Schließlich wollen wir ja auch nicht, dass ihr uns einholt. Doch keine Angst, wir machen's ganz preiswert… Nur zwei Goldstücke!«

»Aber soviel hab ich nicht mehr!«

»Dann macht eine Sammlung bei den Kriegern.«

Tatsächlich bekam Anselm auf diese Weise in Kupfer und Silber den Wert von zwei Goldstücken zusammen und obendrein die Drohung, dass man ihm jeden einzelnen Knochen im Leib brechen werde, wenn er nicht alles auf Heller und Pfennig zurückzahle. Mit ihrem Sold verstanden die Krieger keinen Spaß.

Endlich hatte der Lederbeutel ein zweites Mal den Fluss gekreuzt, und dann…

»So, jetzt müssen wir uns nur noch schnell einigen, wie wir das mit dem Übergang machen...«

Anselm verdrehte die Augen.

Schließlich machten sie es so: Die Garde-Krieger mussten sich 400 Meter zurückziehen, damit die Sipp unbehelligt über die Furt und zur Seite davonreiten konnten – als kleine Dreingabe würden sie sogar noch die Wagen aus dem Weg räumen.

Junas von Anselm trieb seine Leute zur Eile an und erwartete fast zähneknirschend, dass den Sipp wieder eine Verzögerung einfallen würde. Doch, oh Wunder: Kaum hatten die Krieger den gewünschten Abstand erreicht, brachten die Sipp hinter einer etwas zurückliegenden Felsnase ihre Pferde hervor, spannten je zwei provisorisch an die drei Wagen, ließen sie nochmals durch den Fluss rollen, stellten sie drüben seitlich der Furt ab und ritten, einige der überzähligen Pferde mit sich führend, im Trab davon.

Aufatmend brüllte Anselm ihnen hinterher, auch wenn sie es garantiert nicht hören konnten: »Kommt ihr mir noch mal in meine Reichweite, ihr elendes Pack!« Dann ritten er und die Krieger eilig zur Furt und hindurch. Sie waren noch keine zweihundert Meter weit gekommen, als ein Krieger kurz zurückblickte, große Augen bekam und rief: »Was zum...!? Was machen die da?«

Nun drehten sich alle herum und sahen es: Im gestreckten Galopp, flach über den Rücken ihrer Pferde liegend, kamen fast alle der Sipp wieder zurück zur Furt gejagt, sprangen ab, drückten und zogen an den Wagen und hatten den Übergang in Windeseile wieder blockiert – diesmal von der anderen Seite.

»Himmel! Ich ahne Böses!«, sagte Loban, galoppierte, gefolgt vom verwirrten Anselm, zurück zum Ufer und rief hinüber: »Wieso tut ihr das?«

Als Antwort kam zurück: »Wer hat euch eigentlich gesagt, dass Halana und ihre Freunde über die Furt gesetzt haben und nicht auf dieser Seite hier weitergeritten sind? Oder habt ihr das bloß vermutet, weil wir mit unseren Wagen da drüben ein kleines Päuschen eingelegt hatten?«

Anselm war außer sich und kreischte mit überschlagender Stimme: *»Lasst mich sofort auf die andere Seite!«*

»Aber Ihr seid doch schon auf der anderen Seite!«

Junas raufte sich jetzt die Haare und Loban konnte ihn nur mit Mühe davon abhalten, alleine über die Furt zu laufen.

»Ihr wisst wirklich nicht, was Ihr wollt«, schallte die Stimme mit einem deutlich amüsierten Unterton herüber, »erst hierhin, dann wieder dahin, mal hü, mal hot… könntet ihr euch vielleicht mal entscheiden? Na ja, gut, wenn ihr wieder zurück wollt, dann lassen wir euch auch. – Vorausgesetzt, ihr lasst euch das eine Kleinigkeit kosten.«

»Aber wir haben kein Geld mehr dabei!«

»Tja, das nenn ich Pech. Was müsst ihr aber auch so überteuerte Kutschen kaufen?«

Während Anselm noch tobte, schnallte Loban seinen Helm enger, beorderte mit Handzeichen seine Krieger zurück und gab Befehle für eine Angriffsformation. Doch während seine Krieger sonst aufs Gehorchen getrimmt waren, murrten diesmal nicht wenige und verlangten zu wissen, warum man nun plötzlich wieder zurück wolle.

»Weil wir in den Arsch gekniffen sind«, war Lobans Antwort, der inzwischen auch so wütend war, dass er einen Frontalangriff zu Pferde befahl, vom Flussufer aus seitlich gedeckt von den Bogenschützen. Das würde, so schätzte er, etwa zehn bis zwanzig seiner Leute das Leben kosten, aber das war leichter zu überstehen als der Zorn des Schwarzen Herzogs, falls er ohne die Geflüchteten zurückkäme.

Mit einem Kampfschrei auf den Lippen rasten die 30 Mann der ersten Angriffswelle mit gezogenen Waffen in die Furt hinein – und mussten ihre Tiere in letzter Sekunde herumreißen, als alle drei Wagen wie auf ein geheimes Kommando mit einem schrillen Fauchen in Flammen aufgingen. Gleichzeitig zerbarsten neben und unter den Wagen mit brennenden Stoffstreifen umwickelte Krüge, deren Inhalt – eine zähe schwarze Flüssigkeit – schnell Feuer fing und eine dicke Front beißenden, fetten Qualm zum Himmel schickte. Und nur einen Wimpernschlag später ertönte von der anderen Seite her schnelles Hufgetrappel.

Die angreifenden Reiter mussten sich vor der Hitze zurückziehen. Die Bogenschützen rannten schnell einige Meter weiter zur Seite, um am Feuer vorbei die Flüchtenden zu sehen und ihnen Pfeile hinterherzuschicken. Doch die Sipp ließen ihre Pferde immer wieder kleine Haken schlagen und einer von ihnen drehte sich sogar im Reiten um, spannte, sich nur mit den Schenkeln haltend, einen schweren Bogen… und eine Sekunde später stieß ein Schütze des Herzogs einen Schrei aus, während er zurückfiel, weil ihm ein Pfeil direkt über der Beinschiene ins Knie eingedrungen war.

Die Krieger des Herzogs mussten zwar keine zehn Minuten warten, bis das Feuer so weit genug gebrannt war, dass sie seitlich an den Wagen vorbei konnten. Doch bis dahin waren die Sipp längst außer Sicht.

Plötzlich von einer abgrundtiefen Müdigkeit befallen, seufzte Junas: »Na dann können wir vielleicht *jetzt* endlich die Verfolgung des Zauberers aufnehmen.«

»So? Glaub ich nicht«, seufzte Loban zurück.

»Hm? *Wieso* nicht?«

»Na, habt Ihr mal auf die Sonne geschaut? Diese Bastarde haben uns mit all den Verhandlungen und dem Hin und Her glatt vier Stunden gekostet. Und wer sagt uns denn eigentlich nach all dem, dass die, die wir suchen, nicht *doch* hier über die Furt sind? Und so wie die alles durchgeplant haben, würde es mich nicht wundern, wenn sie mit Wagen und Pferden heute Morgen noch ein paar Runden gedreht haben, um falsche Spuren zu legen. Jedenfalls dürfen wir uns wohl glücklich schätzen, wenn wir die richtigen Spuren in weniger als einer Stunde finden. Aber wie auch immer: Wir können sie, selbst wenn sie mit einem Wagen unterwegs sind, ganz unmöglich eingeholt haben, bevor die Nacht anbricht, und dann können sie ihren Vorsprung wieder ordentlich ausbauen.«

»Verdammt! Dann verfolgen wir wenigstens diese Bastarde von Sipp! Ich *muss* irgendjemanden umbringen!«

»Tja, die haben Pferde zum Wechseln. Wir nicht. Wir reiten mit Kettenhemden, Arm- und Beinschienen und Kriegshelmen. Die nicht. Die haben eine ganz vorzügliche Reisekasse. Wir nicht – mehr. Soll ich Euch verraten, wie diese Verfolgung ausgehen wird?«

Anselms Arme begannen jetzt leicht zu zittern, schließlich rief er: »Na gut. Dann suchen wir jetzt alle nach den richtigen Spuren. Wir wissen von diesem Stallburschen, dass die Sipp und diese Halana mit dem Zauberer zusammen in vier Kutschen und mit ein paar zusätzlichen Reitpferden unterwegs waren. Und die Sipp haben alle vier Kutschen mitgenommen, als sie aus Vandar verschwunden sind. Hier sind aber nur drei. Also trennen wir uns und suchen in einem weiten Bogen das Umland ab…«

»Und unsere Verletzten?«

»*Was scheren mich die Verletzten!?* – Wir suchen das Umland ab, und zwei bauen aus diesen Kutschen-Resten Fackeln. Dann verfolgen wir die Spuren auch in der Nacht. Und scheiß drauf, wie lange es dauert, bis wir sie eingeholt haben!«

Erst gut zwei Stunden später kamen sie zu einem Ergebnis. Und es war das verblüffendste Ergebnis, das ihnen möglich schien: Ja, es gab falsche Spuren. Und, ja, sie fanden auch echte Spuren von drei Pferden, deren Reiter offenbar doch über die Furt geritten und sich dann in südsüdwestliche

Richtung davon gemacht hatten. Und nochmals ja: Die Spuren zeigten ebenfalls, dass vier Wagen hier angekommen waren. Nur gab es keine Spuren, die zeigten, was aus dem vierten, dem nicht verbrannten Wagen geworden war. Der Wagen fehlte ganz einfach. Aber er konnte sich ja wohl kaum in Luft aufgelöst haben, oder?

Doch alles Überlegen half nichts. Anselm musste sich geschlagen geben. Inzwischen war es so spät geworden, dass sie beschlossen, gleich hier an der Furt ihr improvisiertes Nachtlager aufzuschlagen. Mit dem Zurückreiten hatten sie es irgendwie nicht besonders eilig. Obwohl er todmüde und zerschlagen war, brauchte Anselm Stunden, bis er einschlafen konnte. Das lag nicht so sehr an dem unbequemen Lager aus einer Decke und nackter Erde. Auch nicht an dem gelegentlichen Aufstöhnen der Verwundeten. Vielmehr kreisten Anselms Gedanken unaufhörlich darum, wie er am Besten möglichst viel der Schuld ihres Scheiterns Loban anlasten konnte.

Und Halana? Wenn sie und Prim nicht über die Furt gezogen waren, aber auch nicht diesseits des Flusses weiter an ihm entlang – wo waren sie dann?

Auf dem Fluss.

Rrrricka hatte bitterlich geweint und Halana und den überraschten Prim heftig umarmt, als sie sich verabschiedet hatten.

»Ach Prinzessin Wieselchen, wir werden uns ganz bestimmt wiedersehen«, hatte Halana gerührt und sich gleichzeitig die Umarmung ihres Sohnes herbeisehnend gesagt, »du und dein Onkel, ihr wisst ja, in welche Richtung wir wollen. Bitte deine Mutter, Boten auszusenden, falls die Lrrrk nicht gerade mit den Chrrrr im Krieg liegen. Falls doch, solltet ihr den schnell beilegen. Denn es wird einen ganz anderen, größeren Krieg geben – zwischen Engaland und dem Schwarzen Herzog. Einen großen Krieg, der alles bisher Dagewesene in den Schatten stellt, und der nicht nur das Schwarze Land und Engaland betrifft. Und ich denke, mein König wäre sehr erfreut, wenn er die Krieger der Lrrrk an seiner Seite wüsste. Deine Mutter kann jetzt wieder frei als Häuptling handeln. Nach allem, was Cosa dir und vermutlich auch deinem Vater angetan hat, wird sie wohl nicht unbedingt dazu neigen, für ihn Partei zu ergreifen.

Ach ja, und du musst natürlich auch ganz unbedingt einen Boten schicken, weil ich und Prim auf jeden Fall wissen müssen, wie es dir ergangen ist.«

Dann sagte Barrkaron: »Halana, was die Leute erzählen, ist wahr: Du bist eine einzigartige Kriegerin…«

»Ach was«, unterbrach sie, »wir haben gut zusammen gekämpft, Lrrrk-Krieger, und vermutlich hat ja allein schon dein hässliches weißes Gesicht die Hälfte unserer Feinde vertrieben!«

Barrkaron grinste und wandte sich an Prim: »Und du, seltsamer Zauberer mit Höhenangst, der du so gar nicht bist, wie ich mir je einen Zauberer vorgestellt habe. Auch in deiner Schuld stehe ich bis ans Ende meiner Tage.«

»Nicht doch«, Prim sah erst verlegen unter sich, doch dann erklärte er: »Wisst ihr, in meinem Land lehrt man, dass alle Menschen jenseits unserer Grenze Barbaren und schrecklich seien. Und einige sind es ja auch. Aber ebenso einige in meinem eigenen Land, wie ich leider erkennen musste. Du, *Hofnarr* – ha! –, du hast dein Land verlassen, hast dich nicht vor dem Fremden gefürchtet, hast gezeigt, dass man Hass und Angst überwinden kann und hast all die Jahre in höchster Gefahr gelebt, um dieses wunderbare Mädchen zu befreien. Ja, ich denke, wir Zauberer können einiges von den Barbaren lernen. – Na ja, von denen, die nicht schrecklich sind. Und wenn es nichts mit großer Höhe zu tun hat. – Versprich du mir nur, dass du auch auf eurer langen Reise gut auf das Mädchen aufpasst. Denn das wenigstens wissen wir aus bitterer Erfahrung in meinem Land, dass Kinder kostbar sind.«

Dann waren Rrrricka, die Halana schon jetzt vermisste und die sich gleichzeitig nach ihrer Mutter sehnte, und Barrkaron, der sich fragte, wie ihn sein Stamm wohl aufnehmen würde, eilig über die Furt geritten und bald in dem leicht hügeligen Gelände verschwunden.

Für Halana und Prim, denen auch weiterhin Koch Hanumann und Olav der Späher zur Seite standen, war es Zeit geworden, an die eigene Abreise zu denken.

An beiden Seiten ihres Wagens, den der Magus aus Reinefreude mitgebracht hatte, war je ein dünner, wurstförmiger, jedoch über die ganze Länge des Fahrzeugs reichender Sack befestigt, ebenso kleinere Versionen an der Rückseite und vor der Schutzerhöhung vorne vor dem Kutschbock. Prim öffnete die groben Säcke der Länge nach, wo sie nur durch ein paar Schnüre zusammengehalten wurden. An jeder Seite entrollte sich ein ganz seltsamer, dicker, dunkler Stoff, der labbrig nach unten hing. Halana strich darüber. Das war etwas ganz anderes, als dieser dünne Stoff, aus dem die fliegende Kugel bestanden hatte.

Aber auch dies hier hatte Halana noch nie gesehen. Dieser Stoff war überaus glatt, schien beinahe an den Fingerspitzen haften zu bleiben, wenn man darüber strich. Wie war es möglich, so eng zu weben? Die Kriegerin konnte jedenfalls gar keine einzelnen Fäden oder gar Maschen unterscheiden und begann sich zu fragen, ob es denn überhaupt Stoff war.

Prim brachte jetzt zwei etwa 50 Zentimeter hohe und 15 Zentimeter durchmessende Holzzylinder herbei, aus denen oben je ein Handgriff und zur Seite je ein kleiner Lederschlauch heraus ragte. Das Ende des Schlauches stopfte er in eine Öffnung an einer der sonderbaren Stoffbahnen und begann an dem Griff zu pumpen, was ein leise zischendes Geräusch hervorrief. Gleichzeitig bat er Hanumann und Olav: »Holt bitte die andere Pumpe und fangt schon mal bei einem anderen Kissen an.«

»Pumpe?«, fragte Olav, »was für eine Pumpe? – Und was für ein *Kissen*?«

»Macht es einfach so wie ich.«

Bald erkannte Halana, dass sich die Stoffbahnen zu beiden Seiten der Kutsche mit Luft füllten. Das Überraschende daran war, dass die Luft auch tatsächlich drin blieb, ohne durch den Stoff oder an irgendwelchen Nähten wieder zu entweichen!

»Magus Prim«, sagte Halana fast ehrfürchtig, »ich muss mich bei dir entschuldigen.«

»Wieso?«, kam es ehrlich überrascht zurück.

»Dass ich dich damals so angeschnauzt und gedrängt habe, als du diesen Wagen hier gepackt hast. Was hast du da noch für Zauberdinge drin verborgen?«

Prim zuckte nur grinsend mit den Schultern und pumpte, inzwischen etwas keuchend, weiter.

Nach etwa einer halben Stunde war der Planwagen – die Plane war allerdings ebenfalls entfernt worden – von vier wulstigen und etwa 60 Zentimeter durchmessenden luftgefüllten Kissen umgeben, die fast wie dicke Riesenwürste aussahen.

Dann wurden noch, die Außenwand eines anderen Wagens als Rampe benutzend, die beiden stärksten Pferde in die Kutsche geführt und dort angebunden – für mehr war kein Platz.

»Tja«, meinte Hanumann bedauernd, »zwei auf einem Pferd mit Gepäck, das wird eng werden, bis wir ankommen, wo immer das auch sein mag.«

»Wieso?«, entgegnete Prim überrascht, »die sollen doch wieder die Kutsche ziehen, darum kommen sie ja mit?«

»Magier, bei all deinen Künsten bist du doch weltfremd! Wie, glaubst du, sollen nur zwei Pferde diese Kutsche ziehen, ohne nach zehn Minuten zusammenzubrechen?«

»Oh, das wird schon gehen«, sagte Prim nur, wurde dabei aber leicht rot im Gesicht.

Olav sah ihn mit zusammengekniffenen Augen an und meinte: »Hanumann, ich weiß zwar nicht so genau warum, aber wenn ich in dieser Frage wetten müsste – auf dich würde ich nicht setzen!«

Schließlich zog Prim noch zwei lange, aber leichte Ruder, deren breite Blätter etwas schräg standen, unter dem Boden des Wagens hervor, ebenso zwei normale Ruder und vier an langen Zapfen bewegliche Stahlringe, die man aufklappen konnte. Die Zapfen schlug er in Löcher jeweils in der Mitte der Kutschumrandungen ein, befestigte die längeren Ruder vorne und hinten, die normalen zu den Seiten hin. Dann verabschiedeten sie sich von jedem der Sipp mit Handschlag, und Halana bat Gupp den Jüngeren mit einer kleinen Rolle in der Hand: »Falls du das hier überlebst, mein Freund, und du wieder nach Engaland zurückkommen solltest, dann sorge bitte dafür, dass entweder Fürst Rudgar oder Fürst Ludgar diesen Brief bekommt.«

Endlich stiegen die Vier in die zum Floß gewandelte Kutsche, während Halana Prim lächelnd fragte: »Wenn ich an die Geschichte mit deinem Zauber-Seil denke... du bist nicht zufällig auch wasserscheu?«

Prim lächelte, nur ein klein wenig verkniffen, zurück und meinte: »Ach, seit wir zusammen gebadet haben, hab ich da alle Scheu verloren...«

Unter Lachen und fröhlichen Rufen wie »Bloß nicht absaufen!« rollten die Sipp den Wagen mit vereinten Kräften in die Furt und drehten ihn dabei in die Strömung. Dann schoben sie weiter, bis die Räder über die Seite der Furt hinaus rollten und den Boden nicht mehr berührten. Augenblicklich trieb das sonderbare Floß rasch davon. Für das Vorankommen sorgte die Strömung, und zwar um einiges schneller, als es Prim lieb war. Hanumann und Olav dagegen lachten und jubelten, wenn es besonders knapp an einem Felsen vorbeiging oder das Floß gar einmal gegen das Ufer rummste, dass die beiden Pferde und Prim ängstlich schnaubten. Die Ruder waren nur da, um das Gefährt einigermaßen auf Kurs zu halten, was, nach etwas Übung, auch immer besser gelang.

Gegen Abend wurde der Fluss wieder etwas breiter und langsamer, und so riskierten sie es, unter den Sternen noch weit in die mondhelle Nacht hinein zu fahren, bis sie das Floß an einer Flussbiegung aufsetzen ließen, um die Pferde an Land fressen zu lassen und etwas Schlaf zu finden.

Als die Pferde versorgt waren, stand Halana etwas abseits am Ufer des Flusses, über dem ein großer Mond stand und sein silbriges, langgezogenes Spiegelbild sanft über kleine Strudel und Wellen glitzern ließ.

Still trat Prim an ihre Seite, berührte sie sachte an der Schulter und meinte leise: »Du vermisst ihn sehr, nicht wahr!«

»Oh ja. Auch Giula und Lusian, und seltsamerweise auch dieses unglaubliche Lrrrk-Mädchen. Aber ihn – obwohl ich mich dadurch gegenüber Lusian schuldig fühle – ihn am meisten.«

Prim atmete tief und meinte, fast abwesend: »Ich vermisse sie auch so sehr, meine Kinder.«

Überrascht blickte Halana zur Seite: »Du hast Kinder?«

»Du weißt doch, welche Probleme mein Land hat... Nein, ich habe keine Kinder. Aber ich vermisse sie trotzdem. Komm, wir haben anstrengende Tage hinter uns, und ich befürchte, auch vor uns, lass uns zu Bett gehen«, plötzlich zuckte er leicht zusammen, und seine versonnene Stimmlage war verschwunden, als er hastig ergänzte: »Äh, ich meine, schlafen gehen, jeder für sich, ah, natürlich, was auch sonst!«

»Ja, natürlich«, kicherte ihm Halana hinterher, als er eilig ein paar Schritte voraus zu ihrem kleinen Lager ging. Doch dann dachte sie auf einmal wieder an Ruben... nein, *den* vermisste sie ganz sicher nicht – wirklich. Nun sah sie wieder Prim hinterher, den sie eigentlich am Anfang vor allem für einen etwas unbeholfenen, na ja, Magier eben, gehalten hatte. Und ein gewandter, vor Mut strotzender Krieger war er sicher nicht. Aber Ideen hatte er. Und er war dabei, auf ihrer Reise. War er also doch mutig? Und er sehnte sich nach Kindern...

Halana schüttelte rasch den Kopf, um ihre sonderbaren Überlegungen zu vertreiben, die sie derzeit auch überhaupt nicht gebrauchen konnte. So dachte sie, während sie sich in ihrem leicht schaukelnden Floß zur Ruhe legte, wieder an Ruff. Und das half ihr, schnell alle anderen Gedanken zu vergessen.

14. STAHL UND TRAUER
Rrrricka gegen den Mrrr

Der Krieger in ihm hatte sich dagegen gesträubt, die Sipp an der Furt alleine kämpfen zu lassen. Doch zu allererst musste Barrkaron natürlich an Rrrricka denken und daran, sie unverletzt zu den Lrrrk zurückzubringen – und natürlich zu Häuptling Nuré, ihrer Mutter. So hatten sich der ehemalige Hofnarr und die befreite Häuptlingstochter vier gute Pferde ausgewählt und waren im Trab in Richtung ihres alten Stammeslandes aufgebrochen – Rrrricka traurig darüber, ihre neuen Freunde und Retter verlassen zu müssen, doch voller Vorfreude, ihre Mutter nach so vielen Jahren der Gefangenschaft wieder in die Arme schließen zu können.

Da Barrkaron nicht wissen konnte, wie lange die Sipp ihre Verfolger aufhalten würden, trieb er das Mädchen die ersten beiden Tage bis zur Erschöpfung zum Eilritt an. Danach konnte er einigermaßen sicher sein, jeden Verfolger abgeschüttelt zu haben, denn den direkten Weg hatten sie ohnehin nicht einschlagen können, da sie zunächst das komplette Stammesgebiet der Zzzzzt durchqueren mussten.

Das Verhältnis zwischen den Lrrrk und den Zzzzzt war schon immer – um es einmal freundlich auszudrücken – ein klein wenig ambivalent gewesen. Und es war nicht besser geworden, seit bei den Zzzzzt Häuptling K'zzzz das Sagen hatte. Denn seither machten die Zzzzzt zwar nicht unbedingt gemeinsame Sache mit den Schwarzländern, aber ihre Neigung, das Gold des Schwarzen Landes gegen gewisse Gefälligkeiten anzunehmen, war deutlich gestiegen. Noch eine Generation zuvor praktisch undenkbar, hatte Häuptling K'zzzz sogar für sich und seine Familie mit der Tradition des Nomadentums gebrochen. Er war der erste und einzige Steppenhäuptling, der sich in einem festen Palast niedergelassen hatte, umgeben von einer Zeltstadt für fast 1000 Krieger und deren Angehörige. Gut, aus Sicht der zivilisierten Völker war dieser Palast wohl allenfalls eine besonders große Villa, deren Architektur zudem sehr stark an ein Zelt erinnerte. Dennoch war es für die Steppenreiter eine ziemliche Ungeheuerlichkeit gewesen, an die sie sich erst einmal gewöhnen mussten.

Sobald Barrkaron auf eine Spur stieß, die ihm die Nähe von Zzzzzt anzeigte, vermied er möglichst jeden Kontakt zu ihnen und nahm lieber einen Umweg in Kauf. Und um die »Hauptstadt« der Zzzzzt machte er ohnehin einen großen Bogen. So waren sie fast zwei anstrengende Monate unterwegs, bevor Barrkaron überzeugt war, dass sie nun die – keineswegs exakte – Grenze überschritten hatten und sich bereits wieder im Gebiet ihrer alten Heimat befanden.

Falls Barrkaron jedoch erwartet hätte, bei ihrer ersten Begegnung mit den Lrrrk gleich mit offenen Armen empfangen zu werden, so hätte er sich getäuscht. Aber er hatte es nicht erwartet. Und da den beiden Flüchtlingen in den zurückliegenden Abenden und Nächten, die sie gemeinsam am Lagerfeuer verbracht hatten, Zeit zu langen Gesprächen geblieben war, hatte Barrkaron auch das Mädchen auf diesen Fall vorbereitet.

Wie kaum anders zu erwarten, war das Erste, was sie von den Lrrrk zu Gesicht bekamen, eine ihrer riesigen Viehherden. Als sie sich den Tieren näherten, sahen sie in der Ferne einen Reiter und hörten ein Hornsignal herüberwehen.

»Er hat uns ebenfalls gesehen«, erklärte Barrkaron dem Mädchen, »und nun hat er andere Hirten und Wächter herbeigerufen. Denn aus der Ferne betrachtet könnten wir ja durchaus auch zwei fremde Reiter sein, die Verlangen nach ein paar Rindern verspüren.«

Schließlich waren es neun Steppenreiter, die ihnen, manche mit Lanzen in der Hand, entgegengeritten kamen. Ihre erstaunten Blicke, als sie den Albino in Begleitung eines jungen Mädchens sahen, wunderten den ehemaligen Hofnarren nicht.

Der älteste aus der Reitergruppe, dessen Blick unverhohlen abfällig auf Barrkarons weißer Haut ruhte, fragte schließlich fast unhöflich barsch: »Wer seid ihr, und was wollt ihr?«

Barrkaron entgegnete nicht minder schroff: »Als ich noch zu den Lrrrk gehörte, war es gute Sitte, sich Reisenden erst einmal selbst vorzustellen. Nun, ich jedenfalls brauche mich meines Namens nicht zu schämen: Ich bin Barrkaron, der Bruder von Häuptling Nuré. Und ich möchte zu meiner Schwester gebracht werden.«

Nach Barrkarons Tadel war ein verärgertes Raunen zu hören, das aber schnell in überraschtes Tuscheln umschlug, als er seinen Namen genannt hatte. »Der Albino ist zurück!«, war zu hören – und dann die leise gemurmelten Worte: »Die weiße Schande«.

Augenblicklich lag Barrkarons Schwert in seiner Hand, und er sagte mit Eiseskälte in der Stimme: »Ich bin nicht zurückgekehrt, um mich beleidigen zu lassen. Seid versichert: Wer es noch einmal wagt, mir einen Spottnamen zu geben und es an der nötigen Achtung fehlen zu lassen, dem stoße ich mein Schwert ins Herz.«

Nun starrten sie ihn ungläubig an. Wie konnte es einer wagen, so mit neun Kriegern der Steppe zu sprechen? Aber dieser Barrkaron, der nicht mehr viel mit jenem verzweifelten jungen Mann gemein hatte, als der er einst geflohen war, schien jedes Wort ernst zu meinen. War er wahnsinnig? Oder mutig? Mut wäre jedenfalls etwas, das den Kriegern Respekt abnötigen könnte.

Schließlich hatte sich der Sprecher der neun Reiter wieder gefangen und entgegnete: »Du nimmst den Mund ganz schön voll, Barrkaron. Aber als dich dein Vater damals davongejagt hat, da hieß es, dass du dich nie wieder blicken lassen dürftest, wolltest du dein Leben nicht verwirken. Wir könnten also ohne weiteres die Steppe mit deinem Blut nähren, und kein Hahn würde danach krähen.«

»Wie heißt du?«, fragte in diesem Augenblick unvermittelt und sehr freundlich das Mädchen, das mit dem Albino zusammen ritt und auf das die neun Krieger schon gar nicht mehr geachtet hatten.

So überrumpelt sagte der Angesprochene ohne lange nachzudenken: »Erran ist mein Name.«

»Nun, mein guter Erran«, sprach das Mädchen lächelnd und fröhlich, »du hast Barrkaron noch nicht kämpfen sehen. Ich dagegen schon, weshalb ich keineswegs sicher bin, wessen Blut im Falle eines Kampfes den Boden tränken würde. Aber soweit wird es nicht kommen, denn ich verbiete euch im Namen meiner Mutter, Barrkaron anzugreifen, und ebenso befehle ich euch, ihm den Respekt zu zollen, den er sich überaus verdient hat.«

Für die neun Männer war es der Tag der ungläubigen Blicke, die diesmal allerdings nicht lange anhielten und schnell von Gelächter abgelöst wurden. Schließlich sagte Erran spöttisch: »Du hast dir eine tapfere Beschützerin ausgesucht, Barrkaron. Allerdings sollte die Göre ihre Zunge vielleicht doch lieber etwas im Zaum halten, ich möchte mir nicht die Mühe machen müssen, sie übers Knie zu legen.«

»Das«, unterbrach Barrkaron, »würde Nuré gar nicht gefallen. Und ebenso wenig, wenn ihr den Befehl meines ohnehin längst verstorbenen Vaters ausführen und mich aufhalten wolltet. Denn schließlich möchte ich meiner Schwester ihre Tochter zurückbringen.«

»Was meinst du?« Erran hatte Barrkaron offenkundig nicht verstanden.

Deshalb deutete dieser auf das Mädchen und erklärte ruhig: »Diese ›Göre‹ hier ist Rrrricka, Nurés Tochter, und somit auch irgendwann einmal euer Häuptling.«

Jetzt starrten alle mit großen Augen auf das Mädchen, doch schließlich stieß Erran wütend hervor: »Das ist eine Unverschämtheit! Unseren armen Häuptling so zu verspotten! Jeder Lrrrk weiß es und denkt mit Schmerzen daran, dass ihr einziges Kind bei jenem Überfall getötet wurde, bei dem auch ihr Mann sein Leben hingab!«

»Du irrst«, entgegnete Barrkaron, »meine Schwester und wohl auch eine Handvoll Eingeweihter wissen durchaus, was tatsächlich geschehen ist, durften es jedoch nicht sagen, um das Kind nicht zu gefährden. Wie jeder, so werdet auch ihr euch damals gewundert haben, dass Häuptling Barrka und seine Tochter den Rachefeldzug gegen die Mörder von Kasim IV. und Rrrricka so plötzlich wieder abgebrochen hatten. Der Grund war ganz einfach: Rrrricka war nicht tot, sondern wurde von Cosa, dem späteren Schwarzen Herzog, all die Jahre gefangen gehalten. Als Barrka die entsprechende Nachricht Cosas erhielt, verbunden mit der Drohung, dass man seine Enkelin dem Henker übergeben werde, falls sich die Lrrrk in irgendeiner Weise gegen Cosa wenden würden, da hat er das schon bereitstehende Heer wieder aufgelöst. Ich hatte mich an Cosas Hof eingeschlichen, doch es hat Jahre gedauert, bis sich eine Gelegenheit zur Rettung meiner Nichte bot: Eine Kriegerin namens Halana, die ebenfalls noch eine Rechnung mit dem verfluchten Cosa offen hat, ihre Leute und meine Wenigkeit konnten Rrrricka vor etwa zwei Monaten aus dem Turm befreien, in dem sie angekettet war. Und jetzt will ich sie so schnell wie möglich zu ihrer Mutter bringen.«

Erneut starrte Erran das Mädchen an, und Zwiespalt spiegelte sich in seinem Gesicht wider. Schließlich sagte er leise: »Ihr Alter könnte stimmen…

Hinzu kommt: Zweimal hatte ich Nuré gesehen, als sie selbst noch ein Mädchen war, und ich meine, eine Ähnlichkeit zu diesem Mädchen hier zu erkennen. Oder ist das nur Wunschdenken? Kind, sieh mir in die Augen und lüge mich nicht an, denn das würde böse für dich enden: Bist du die Tochter unseres Häuptlings?«

Rrrricka hielt gelassen dem Blick des Mannes stand und erwiderte: »Barrkaron spricht die Wahrheit. Ich bin Rrrricka, die Tochter von Nuré und Kasim IV. Ich habe meinen Vater sterben sehen, und viele Jahre lang rechnete ich jeden Tag damit, ihm in den Tod zu folgen. Wäre Barrkaron nicht gewesen, der immer wieder sein Leben für mich riskierte, ich hätte längst aufgegeben. Doch er und eine Handvoll Tapferer haben mich schließlich aus Cosas Turm befreit.«

»Wie gerne würde ich es glauben!«, seufzte Erran, »Häuptlings Nurés Trauer – oder vielleicht auch Sorge – um ihre Tochter ist in all den Jahren nicht weniger geworden. Ganz im Gegenteil: Seit etwa zwei Jahren hat sie ihr Wanderndes Dorf nicht mehr verlassen und lebt völlig abgeschirmt und zurückgezogen. Und unser Stamm fühlt sich nicht wohl, seit dieser Mrrr... Nun gut, ja, ich würde es nur zu gerne glauben, dass dies Rrrricka ist und keine kleine Hochstaplerin in deinen Diensten, Barrkaron. Aber ich kann es nicht glauben. Dennoch werden wir euch sofort eine Eskorte geben. Ich und fünf Krieger werden euch zu Nurés Wanderndem Dorf begleiten – es soll derzeit gut zehn Tagesritte von hier im Südosten sein. Dort wird man eure Geschichte überprüfen können. Und, Barrkaron...?«

»Ja?«

»Sollte deine Geschichte stimmen, dann werde ich dich – weiße Haut hin oder her – öffentlich um Entschuldigung bitten und künftig jeden zum Kampf fordern, der verächtlich von dir spricht. Doch wenn du lügst, dann werde ich Nuré um die Gunst bitten, eines der Pferde führen zu dürfen, wenn du geviertelt wirst.«

Im Lager der Herde-Hüter hatte Erran noch schnell drei Packpferde mit Proviant beladen sowie mit Klein-Zelten, die in den Winternächten die Hirten vor dem Wetter schützten. Dann waren sie sofort aufgebrochen.

Jeden Tag musste Rrrricka mehrmals ermahnt werden, langsamer zu reiten, um die Pferde nicht über die Maßen zu verausgaben. Doch die Ermahnung hielt nie lange an, denn das Mädchen wurde von Stunde zu Stunde, die sie ihrer Mutter näher kam, nervöser und aufgeregter. Jeden Morgen war sie die Erste, die, mit wachsenden Ringen unter den Augen, aus dem Zelt kroch und die Anderen zum Aufbruch und zur Eile antrieb, so dass irgendwann einer der Lrrrk-Krieger Erran zuflüsterte: »Glaubst du, dass das gespielt ist? Die Kleine will wirklich zu Nuré.«

»Scheint mir auch so«, hatte Erran erwidert und geseufzt: »Was wäre das für ein verdammtes Wunder, wenn wir unsere Häuptlingstochter wieder hätten! Dann könnten bald wieder ehrenvollere Zeiten für die Lrrrk anbrechen, wenn dieser elende Mrrr nicht mehr das Sagen hätte! Ach, wenn es doch nur wahr wäre... ich würde dem Großen Zerstörer einen großen Schlauch Bier opfern!«

»Indem du ihn austrinkst?«

»Natürlich.«

Es hatte schließlich sogar nur acht Tage gedauert, bis sie am Morgen zunächst auf eine Patrouille aus dem Wanderdorf des Stammeshäuptlings und am frühen Nachmittag auf das Dorf selbst gestoßen waren. Die fünf Männer der Patrouille, nicht minder erstaunt als acht Tage zuvor Erran und seine Leute, hatten sich der Gruppe angeschlossen und waren schließlich im Galopp vorausgeritten, so dass Rrrricka und Barrkaron schon gut 200 Meter vor dem Dorf von einer kleinen Gruppe Männer und Frauen erwartet wurden.

Als sie näher heranritten, flüsterte Barrkaron Rrrricka zu: »Der große alte Mann in der ersten Reihe, mit den langen grauen Haaren und der Geiernase im Faltengesicht, das ist Kerrick, der Dorfhäuptling.«

»Ja, ich glaube, ich erkenne ihn auch. Er war nett. Aber... ich kann meine Mutter nirgends sehen«, antwortete Rrrricka nervös.

»Ich denke, die hier sind uns entgegengekommen, damit wir erst gar nicht zu Nuré vordringen, falls Kerrick uns als Betrüger entlarven sollte.«

Schließlich waren sie heran. Die Blicke der Wartenden schienen das Mädchen durchdringen zu wollen, doch nur für einen kleinen Moment, dann ertönte aus der zweiten Reihe der Freudenruf: »Rrrricka! Oh Rrrricka, meine Kleine! Was für ein Tag! Du lebst! Du lebst!«

Gleichzeitig drängte eine gut 40-jährige kräftige kleine Frau mit ausgebreiteten Armen durch die Reihe der Krieger nach vorne.

Nur einen winzigen Moment starrte Rrrricka die Frau verwundert an, dann riss sie erkennend die Augen auf, sprang vom Pferd und rief: »Lakte! Meine Amme!« Dann lagen sich die Beiden weinend in den Armen.

Schließlich räusperte sich Kerrick und fragte Lakte: »Als wir Rrrricka zuletzt gesehen hatten, war sie ein kleines Mädchen von fünf Jahren. Dieses Mädchen hier wird schon bald zur Frau. Lakte, bist du dir wirklich mit unumstößlicher Gewissheit sicher, dass dies hier unsere Rrrricka ist?«

Lachend und mit funkelnden Freudentränen auf den Wangen wandte sich die Angesprochene an den Dorfhäuptling: »Kerrick, du alter Esel, wie kannst du nur eine Sekunde daran zweifeln, dass ich meine Rrrricka nicht wiedererkennen würde? Selbst wenn sie schon zwanzig Jahre alt wäre... ein einziger Blick in ihre Augen hat mir genügt. Aber wenn du noch einen Beweis brauchst...« Sie bat nun das Mädchen: »Rrrricka, mein Schatz, würdest du uns bitte deinen rechten Unterarm zeigen?«

»Warum? Oh, ich verstehe.«

Sie schob die Ärmel von Mantel und Hemd zurück und drehte den Unterarm nach oben. Lakte ergriff mit der Linken ihr Handgelenk, deutete auf eine gut fünf Zentimeter lange Narbe fast genau in der Mitte des Unterarms und erklärte: »Als sie zwei Jahre alt war – sie war ein ziemlich ungestümes

Kind –, hat sie einen Schmalztiegel zerbrochen und sich ganz fürchterlich an einer Scherbe geschnitten. Ich werde diesen Tag niemals vergessen, denn Nuré hätte mir fast den Kopf abgerissen, weil ich nicht sorgsam genug auf ihre Kleine aufgepasst hatte.«

Kerrick reckte nun sein Gesicht und die geballten Fäuste Richtung Himmel und rief: »Es ist wahr!«, und es klang, als würde eine zentnerschwere Last von seinen Schultern fallen.

Dann umarmte er gerührt Rrrricka mitsamt ihrer Amme. Schließlich wandte er sich an Barrkaron, der inzwischen ebenfalls abgestiegen war, und erklärte: »Ich gehörte zu den Wenigen, die wussten, dass Nurés Tochter noch am Leben, aber in der Gewalt des Schwarzen Herzogs war. Doch nach fünf gescheiterten Befreiungsversuchen und nachdem wir schließlich nicht einmal mehr herausfinden konnten, wo der Herzog das Kind versteckt hielt, da dachte ich nicht, dass wir sie jemals lebend wiedersehen würden. Aber du hast es geschafft!«

»Nicht alleine. Ich hatte Hilfe von einer ganz erstaunlichen Kriegerin und ihrem nicht weniger erstaunlichen Freund sowie ein paar Gauklern…«

»Aber Onkel Barrkaron war es«, unterbrach Rrrricka, »der jahrelang und jeden Tag sein Leben riskierte, der getarnt als Hofnarr direkt in der Burg des Schwarzen Herzogs lebte, der jeden Tag zu mir kam und mir Mut zusprach, und der mein Lehrmeister war, so dass ich meine Zelle schließlich nicht als kleines Kind, sondern mit Wissen über unsere Welt, unseren Stamm und unsere Sprache verlassen konnte.«

Kerrick ergriff Barrkarons Hand und rief verzweifelt: »Was haben wir nur getan! Wie haben wir dich behandelt und schließlich aus unserer Mitte gejagt! Und jetzt beschämst du uns mit deiner Großmut und bringst Nuré ihr verlorenes Kind zurück! Ich bitte dich, Barrkaron, verzeih mir! Verzeih uns Narren! Du magst anders als ein Lrrrk, ja, anders als die meisten Menschen aussehen, doch du bist der größte Lrrrk von uns allen, und du hast die Art von Menschlichkeit gezeigt, die nur wenige Menschen wirklich haben. Wirst du uns jemals vergeben können?«

»Oh!«, lachte Barrkaron, »ich gebe zu, es war ein schweres Stück Arbeit. Aber ich habe euch schon verziehen… irgendwann, während der vielen Stunden, in denen ich mit Rrrricka gesprochen habe, die auch eine Lrrrk ist, und jeden Einsatz wert, den man bringen kann.«

Wieder meldete sich Rrrricka zu Wort und bat: »Wir werden sicher noch reichlich Gelegenheit finden, unsere Geschichte zu erzählen, doch nun bringt mich zu meiner Mutter! Bitte, ich möchte sie endlich wiedersehen!«

Für einen kurzen Moment erschien es Barrkaron, als verdüstere sich der Blick des Dorfhäuptlings, während er erklärte: »Gewiss, mein Kind, das verstehe ich. Wir werden dich und deinen Onkel sofort zu unserem Häuptling führen. Doch musst du wissen, dass es um Nurés Gesundheit nicht gut bestellt ist. Die Sorge um ihr Kind... nun, ihr Gemüt hat sich auf die Reise in eine andere Welt begeben.«

»Was... was meinst du damit?«, fragte Rrrricka ängstlich.

Kerrick seufzte: »Ich hoffe sehr, dass sie durch deine Rückkehr wieder genesen wird. Aber im Moment..., ach, es ist so schwer zu erklären. Kommt mit, ihr müsst es selbst sehen.«

Beunruhigt bestiegen Rrrricka und Barrkaron wieder ihre Pferde und folgten hastig den in ihr Dorf zurückeilenden Lrrrk. Das Mädchen und der ehemalige Hofnarr bemerkten in ihrer Aufregung kaum die vielen neugierigen Blicke, die ihnen bei ihrem Weg durch das Wandernde Dorf folgten. Schließlich gelangten sie, fast in der Mitte des Dorfes, an einen Platz, auf dem die Spitze eines großen Zeltes hinter einem fast zwei Meter hohen Zaun aus Stoffbahnen hervorragte, der das Zelt in einem Abstand von fünf Metern komplett umschloss. Die wildesten Befürchtungen schossen durch Rrrrickas Kopf, als sie diesen Sichtschutz sah, der ganz eindeutig ihre Mutter vor den Blicken der anderen Dorfbewohner abschirmen sollte. Vor dem Durchgang durch diese Umzäunung, der ebenfalls mit einer Stoffbahn verhängt war, standen sogar zwei Wachen.

Nachdem Rrrricka und Barrkaron abgesessen waren, griffen sie sich, nach einem kurzen Blick, an den Händen, bevor sie schließlich gemeinsam den Vorhof des Zeltes hinter der Umzäunung betraten. Kerrick ging mit ihnen, und gemeinsam betraten sie schließlich das große Häuptlingszelt.

Rrrricka erkannte ihre Mutter sofort wieder.

Nuré, die inzwischen etwa 35 Sommer gesehen hatte, war ungewöhnlich groß und schlank für eine Frau der Steppenvölker. Sie ruhte auf einem weichen Lager aus Fellen, starrte gedankenverloren zur Zeltdecke und zwirbelte eine Strähne ihrer langen schwarzen Haare um den Zeigefinger ihrer rechten Hand. Sie musste das Eintreten ihrer drei Besucher gehört haben, die nach ein paar Schritten zögernd stehen geblieben waren, aber es dauerte einige Sekunden, bis sie ihr Gesicht ganz langsam in deren Richtung drehte. Doch als dann ihr Blick auf Rrrricka haften blieb, wurden ihre dunklen Augen groß. Dann sprang sie hastig von ihrem Lager auf, eilte auf das Mädchen zu und rief: »Rrrricka! Meine Tochter! So viele Jahre... Endlich habe ich dich wieder!«

Und sie umarmte stürmisch das lachende Kind. Für drei Sekunden. Dann ließ Nuré ihre Tochter abrupt los, trat drei, vier Schritte zurück und starrte sie mit leerem Blick an.

»Mutter! Was ist mit dir?«, wollte das Mädchen verwirrt wissen und zu ihr gehen. Doch Kerrick hielt sie zurück: »Einen Moment, ich habe gerade nach meiner Tochter Orrina schicken lassen, wartet, bis sie hier ist.«

Fast im gleichen Augenblick betrat auch schon ein stämmiges Mädchen etwa in Rrrrickas Alter das Zelt. Kaum hatte sich der Vorhang hinter ihr wieder geschlossen, da eilte Nuré ihr entgegen und rief: »Rrrricka! Meine Tochter! So viele Jahre… Endlich habe ich dich wieder!« Und sie umarmte das betreten dreinblickende Mädchen stürmisch. Ebenso schnell löste sie sich wieder von ihr, trat zurück und sah sie verwirrt an. Dann wandte sie sich an den Dorfhäuptling und fragte besorgt: »Mein lieber Kerrick, hast du meine Tochter irgendwo gesehen? Sie ist doch erst fünf und soll sich nicht dauernd alleine draußen herumtreiben. Na, wenn mein Mann von der Jagd kommt, werde ich ihn bitten, sie zu suchen.« Dann flüsterte sie geistesabwesend nochmals »…mein Mann…«, drehte sich langsam zu Barrkaron, ergriff seine Hand und sagte zärtlich: »Mein lieber Gemahl! Hattest du eine gute Jagd?«

Rrrricka, eine Hand vor den Mund gepresst, hatte die ganze Zeit entsetzt ihre Mutter angestarrt. Nun brach ein verzweifeltes Aufstöhnen hinter der Hand hervor, und das Mädchen rannte taumelnd ins Freie.

Augenblicklich machte sich Barrkaron von seiner Schwester los und folgte seiner Nichte vor das Zelt, wo er sie, kniend und von Weinkrämpfen geschüttelt, wiederfand. Sachte zog er sie hoch und nahm sie in die Arme, doch Worte des Trostes fand er nicht. Barrkaron selbst zitterte am ganzen Leib und starrte fassungslos über die Schulter seiner Nichte ins Leere.

Kerrick, der ihnen gefolgt war, erklärte leise: »Es hat vor etwa zwei Jahren angefangen. Zuerst war sie nur manchmal etwas verwirrt. Doch es wurde schlimmer, und bald fiel sie fast jeden Tag irgendeinem Mädchen um den Hals und behauptete, Rrrricka sei zurückgekehrt. Es gab immer wieder lichte Momente, doch die wurden immer seltener und immer trauriger, weil Nuré dann auch erkannte, wie es um sie bestellt war. Das letzte Mal, dass sie in unserer Welt weilte, ist nun schon über ein halbes Jahr her.«

»Aber wer führt in der Zwischenzeit unseren Stamm?«, wollte Barrkaron wissen.

Kerricks Gesicht verdüsterte sich noch mehr. Er erklärte: »Als Nuré merkte, dass ihre Reisen in die Anderswelt immer häufiger kamen, immer länger währten und sie immer schwerer in unsere Welt zurückfand, lautete einer ihrer letzten bei klarem Verstand gegebenen Befehle, dass der Stammes-Mrrr, unser oberster Schamane, ihr Stellvertreter während ihrer Krankheit sein solle.«

»Der Mrrr?«, entgegnete Barrkaron verwundert, »das ist allerdings ungewöhnlich, dass sich ein Mrrr in die Politik einschaltet.«

»Wem sagst du das?«, seufzte der Dorfhäuptling, »aber du warst in jenen Jahren – leider, wie ich jetzt sagen muss – nicht hier gewesen. Dein Schwester war... *ist* ein guter Häuptling. Zudem hatte sie einen messerscharfen Verstand und war nie zugänglich für irgendwelchen Hokuspokus. So hätte man es eigentlich nicht erwarten sollen. Doch Verzweiflung kann auch die klügsten Köpfe zu Verzweiflungstaten treiben.

Nachdem jede Hoffnung geschwunden war, Rrrricka aus eigener Kraft und mit den Mitteln unserer Welt wiederzufinden, wandte sich Nuré schließlich an den Mrrr.

Schritt für Schritt umgarnte er sie, machte ihr Hoffnung, veranstaltete Rituale und fand immer wieder Erklärungen, warum sie noch ein bisschen, nur noch ein kleines bisschen Geduld haben müsse, bis seine ›Fähigkeiten‹ ihr Kind zurückbringen würden. Schritt für Schritt unterlag sie immer mehr seinem Bann, legte ihre ganze Hoffnung in seine ›Zauberkräfte‹, während der Mrrr im Gegenzug immer mächtiger wurde. Sein angehäuftes Gold – gegen dessen Glanz nicht jeder in unserem Stamm unempfänglich ist –, dürfte inzwischen sogar die Notreserve unseres ganzen Stammes übertreffen, und... Ah! Wenn man vom Teufel spricht...!«

Mit einem Ruck war die Stoffbahn zum Eingang der Umfriedung beiseite gerissen worden, und ein unglaublich dicker, kleiner Mann kam in Begleitung von zwei Kriegern schnaufend herein gewatschelt. Er trug einen wertvollen weißen Hermelin-Mantel, der fast bis zum Boden reichte und ihm, zusammen mit dem hohen Hermelin-Hut, ein kegelförmiges Aussehen gab. Unter dem Hut schauten zottelige, grauschwarze Haare hervor, die bis auf die Schultern reichten.

Um seinen Hals hing eine mit kleinen Knochen, Steinchen, Muscheln und Federn überladene Kette. Zudem hielt er in der rechten Hand einen menschlichen Oberschenkelknochen, auf dessen oberem Ende ein Katzenschädel ohne Unterkiefer befestigt war. Ein lächerliches Ziegenbärtchen saß unter den wulstigen Lippen in der Mitte des kleinen Kinns, über die feisten Backen waren je zwei schwarze Linien gezogen.

Die kleinen, tiefliegenden Schweinsäuglein des Mannes blitzten wütend, als er herrisch und ohne eine Begrüßung zu wissen verlangte: »Wer hat euch erlaubt, den Häuptling ohne meine Einwilligung zu stören? Ich mühe mich jeden Tag aufopferungsvoll für ihre Heilung ab, und ihr kommt daher und macht alles wieder zunichte.«

»Ja«, unterbrach ihn der Dorfhäuptling an Barrkaron gewandt mit vor Sarkasmus triefender Stimme, »Mrrr Drack gibt sich wirklich alle Mühe: Jeden Tag schreitet er einmal um das Zelt herum, wedelt dabei mit seiner Knochenkette und stößt einen Singsang aus, den kein Mensch versteht. Auch opfert er Täubchen und Enten, die wir ihm bringen müssen – natürlich gebraten. Und in jeder Vollmondnacht lässt er eine Jungfrau um Mitternacht um das Dorf herum laufen, sie muss natürlich in Richtung Norden starten, sonst bringt es nichts. Wobei: Wenn ich's mir recht überlege, hat bisher ohnehin noch keiner seiner Heil-Zauber gewirkt.«

»Weil all die Ungläubigen hier im Dorf ihn nicht zur Entfaltung kommen lassen!«, rief der Mrrr empört, »doch wenn *ich* nicht wäre, dann stünde es um Nuré noch viel schlimmer. Und jetzt verlasst augenblicklich das umfriedete Gelände!«

»Oh nein, Drack!«, lachte jetzt der Dorfhäuptling, »die Zeit, in der du über Nurés Besuche entscheiden durftest, ist vorbei. Du wirst sicher schon gehört haben, dass ihre Tochter und ihr Bruder zurückgekehrt sind.«

»Pah!«, fuhr der Mrrr dazwischen und warf Rrrricka einen verächtlichen Blick zu, »was die Leute so alles erzählen, davon lasse ich mich nicht ins Bockshorn jagen. *Ich* werde entscheiden, ob das da ihre Tochter ist oder nicht, und ich sage, es ist nicht...«

»Bist du jetzt völlig übergeschnappt!?«, brüllte ihn Kerrick an. »Seit über einem Jahr spielst du dich als Häuptling auf, hast dir aber nie die Mühe gemacht, etwas über die Rechte und *Pflichten* eines Häuptlings zu lernen. Auch ein Häuptling hat nicht die Macht, eine Wahrheit zu etwas Falschem zu machen. Dieses Mädchen hier ist Rrrricka, das ist ganz zweifelsfrei erwiesen. Und es spielt nicht die geringste Rolle, ob du es glaubst oder nicht. Und kein Häuptling und auch kein Stammesrat der Lrrrk oder eines anderen Steppenvolks hat das Recht, Familien gegen ihren Willen zu trennen. Das heißt: Rrrricka und auch Barrkaron können Nuré besuchen, so oft sie wollen und so lange sie wollen, und du, Drack, darfst nicht das Geringste dagegen unternehmen!«

Der Mrrr stutzte kurz, dann wandte er sich mit einem gequälten Lächeln an Rrrricka und sagte mit honigsüßer Stimme: »Mein liebes Kind, wenn du möchtest, dass deine Mutter jemals wieder gesund wird, dann musst du mir vertrauen. Sieh her...«, damit wedelte er ihr mit dem Oberschenkelknochen vor der Nase herum, »das hier ist ein Knochen des großen Mrrr T'Nkrrrck, der mir auch ein Stück seiner Macht verleiht, damit kann ich...«

»Vergiss es!«, unterbrach ihn Rrrricka böse. »Ich kenne dich noch keine fünf Minuten, aber du machst es einem leicht, dich zu erkennen: Du bist nichts weiter als ein nutzloser, böser, gieriger alter Mann, und ich werde alles tun, um meine Mutter und meinen Stamm aus deinen schmutzigen Klauen zu befreien, wenn ich und mein Onkel ihre Nachfolge antreten.«

Könnten Blicke töten, wäre Rrrricka auf der Stelle tot umgefallen. Dann spuckte der Mrrr deutlich hörbar aus und sagte gehässig: »Dein Onkel ist von seinem Vater ganz klar von der Erbfolge ausgeschlossen worden, daran kann auch der Stammesrat nichts ändern. Und du, mein Täubchen? Wie alt bist du? Vierzehn? Eine Minderjährige kann ebenfalls nicht die Nachfolge eines Häuptlings antreten, auch daran kann der Stammesrat nichts ändern. Besuche deine Mutter ruhig, so oft du möchtest. Aber bis du mit achtzehn Jahren volljährig wirst, bin ich der Stammeshäuptling. Und in vier Jahren kann viel passieren.«

Dann wandte er sich mit einem Lachen ab und schritt davon.

»Oh ja«, flüsterte ihm Rrrricka mit geballten Fäusten und vor Zorn bebend hinterher, »in vier Jahren kann viel passieren.«

16. STAHL UND SUCHE
Das Kind

Schon fast acht Wochen waren Halana und ihre Freunde nun auf der Suche nach einem Lebenszeichen von Ruff und Giula. Es war inzwischen Spätherbst geworden, und jeder von ihnen war froh über die dicken Strümpfe (bei Hanumann war es natürlich nur ein Strumpf) und die dicken Jacken, die sie trotz des wunderbaren Wetters beim Start ihrer Reise eingepackt hatten. Die Menschen am Fuße des Roten Gebirges dürften jetzt bereits den ersten Schnee haben, und etwas weiter oben lag er vermutlich schon meterdick. Hier in der Steppe würde es sicher nicht so schlimm werden – viele Winter blieben in den Gebieten der Stämme sogar komplett schneefrei. Empfindlich kalt war es dennoch geworden, und der Wind, der nun beständig aus Westen wehte und einem das Gesicht langsam zu Leder gerbte, schien noch viel kälter zu sein.

Etwa zehn Tage nach ihrem ungewöhnlichen Aufbruch von der Furt am Schnellen Fluss hatten sie jenen Ort erreicht, von dem aus Ruff und Giula ins Land der Steppenkrieger abgetrieben worden waren. Dass es die richtige Stelle gewesen war, hätten sie nicht gemerkt, wenn sie bei Nacht durchgekommen wären. Doch bei Tag war es unverkennbar: Die Reste eines menschlichen Rückgrats mit ein paar Rippen daran lagen im Ufer-Kies. Als sie an Land gingen, fanden sie weiter oben im Gras weitere Knochen, einen Schädel, Kleidungsfetzen und Helme, die insgesamt auf drei Tote schließen ließen, zudem die Spuren eines kleinen Lagers.

Prim starrte mit bleichem Gesicht den Schädel an und fragte: »Warum... warum finden wir von den Skeletten nur noch so wenige Knochen?«

»Na, die Viecher hier in der Gegend müssen doch auch von etwas leben, oder?«, hatte Olav munter geantwortet und Prim lachend auf die Schulter geschlagen, während Hanumann Halana zuflüsterte: »Ob unser zartbesaiteter Magier wohl irgendwann mal wirklich bei uns ankommt?«

Halana war allerdings mit ihren Gedanken nicht so recht bei der Sache. Immer wieder ging ihr durch den Kopf, dass hier, an genau dieser Stelle, ihr Sohn gestanden hatte. Hatte er mit ansehen müssen, wie diese Männer gestorben waren? Hatte er Angst gehabt? Und hatte er sich seine Mutter herbeigewünscht? Vor allem aber: Wohin hatte ihn und Giula ihre Reise von diesem Punkt aus geführt? Alles war möglich. Sie konnten Rettung gefunden haben, aber auch den Tod. Hier draußen lauerten viele Gefahren.

Wenn Halana nun dem Flusslauf weiter folgte, könnte irgendwo noch ein Skelett im Uferschlamm liegen – ein kleines. In dem Moment war sie erschrocken zusammengefahren: Prim hatte ihr eine Hand auf die Schulter gelegt und geflüstert:»Keine Angst, wir finden ihn. Ganz bestimmt.«

Sie hatten das Gelände genau untersucht, ohne allerdings zu wissen, worauf sie dabei hoffen sollten. Schließlich entschlossen sie sich, noch einen Tag weiter mit dem Floß zu treiben, wie auch Ruff und Giula abgetrieben worden waren. Doch wie weit? Sicher hätte Giula versucht, bald an Land zu gehen, um einen Weg zurückzufinden. Aber sie war verletzt gewesen.

Vielleicht musste sie auf Hilfe hoffen und war auf dem Floß geblieben, weil die Menschen nun mal häufig in der Nähe des Wassers siedeln. Vielleicht war die Verletzung aber auch so schwer gewesen, dass Giula sie nicht überlebt hatte und Ruff nun irgendwo ganz allein... Nein! Solche Gedanken durfte Halana nicht zulassen.

Schließlich waren sie nach einem weiteren Tag Floßfahrt an Land gegangen – etwa einen halben Tagesritt hinter der Stelle, an der Ruff und Giula von den Chrrr aufgegriffen worden waren.

Es hatte aller Kraft der beiden Pferde und der vier Menschen bedurft, den schweren Wagen wieder aus dem Flussbett zu bugsieren, obwohl sie sich ein besonders flaches Uferstück ausgesucht hatten. Hanumann und Olav waren jedenfalls schon sehr gespannt darauf gewesen, wie es Prim wohl erreichen wollte, dass nur zwei Pferde einen Wagen durch die Steppe zogen, für den eigentlich sechs erforderlich gewesen wären. Doch sie bekamen gar nichts davon mit. Während sie noch damit beschäftigt waren, die tagelang dem Wasser ausgesetzten Eisenteile an Rädern und Achsen einzufetten, die Luft aus diesen unglaublichen Schwimmkissen abzupumpen und sie wieder zusammenzurollen, hatte Prim in einem unbeobachteten Moment seinen Zauberstab hervorgeholt, ein paar Runen verschoben und, sich verstohlen umsehend, halblaut zwei Sprüche gemurmelt.

Nachdem die Pferde eingespannt waren, hatte Olav schließlich herausfordernd gesagt:»Na, nun mach mal, Zauberer!«

»Oh, wir müssen nur aufsteigen, und es kann losgehen«, hatte Prim leichthin geantwortet. Hanumann hatte schließlich den Platz auf dem Kutschbock eingenommen und mit einem Zungenschnalzer versuchsweise an den Zügeln gewackelt. Zu seiner Überraschung waren die Pferde augenblicklich gemütlich losgetrabt, als hätten sie keinerlei Gewicht zu ziehen.

Mit großen Augen starrten Hanumann und Olav den Zauberer an, der voller Genugtuung grinste, bis er Halanas gerümpfte Nase und skeptischen

Blick bemerkte. Schnell sah er unter sich und hoffte, dass sie nicht merkte, wie er ein klein wenig rot wurde.

Jedenfalls hatten sie das gelöste Transportproblem als gutes Omen für die Reise angesehen. Doch Woche um Woche war verstrichen, ohne dass sie auch nur eine einzige Spur von Ruff oder Giula finden konnten.

Immerhin hatten sich die Chrrrr, auf die sie bisher getroffen waren, als friedlich erwiesen. Mit Händen und Füßen gestikulierend, hatten sie sogar zwei weitere Pferde kaufen können. Halana ritt lieber, als in der Kutsche zu fahren, und mit dem anderen Pferd verpasste sie dem sich sträubenden Prim Reitunterricht. Aber mehrfach hatte es Halana inzwischen schon bereut, dass sie Barrkaron aus seinem Versprechen entlassen hatte, ihr zu helfen. Denn die Sprache war ein echtes Problem. Es nutzte auch nicht viel, dass Barrkaron ihr noch ein paar Fragen und Worte aufgeschrieben hatte.

Kaum einer der Steppenreiter sprach mehr als ein paar Brocken Engal. Nur ein einziges Mal war ein freundlicher, untersetzter Schamane, bei dem sie Station gemacht hatten, zu ein paar radebrechenden Sätzen in der Lage gewesen. Doch als sie ihn nach ihrem Kind gefragt hatte, redete er die ganze Zeit nur davon – wenn sie ihn richtig verstand –, wie kürzlich ein mutiges Chrrrr-Mädchen einen Spielkameraden aus großer Gefahr gerettet hatte. Schön für die Beiden, aber ihr half es nicht weiter.

Von Tag zu Tag wuchs Halanas Frustration, bis es Olav war, der zu ihr sagte: »So geht das nicht weiter. Bei uns Spähern gibt es einen Spruch: Wenn du den Hasen nicht finden kannst, dann sieh nach dem Habicht.«

»Weil der den Hasen findet?«

»Jo.«

»Aber was sollte uns hier auf Umwegen zum Ziel führen?«

»Wir brauchen jemanden, der unsere Sprache spricht. Und so jemanden findet man am ehesten unter den Beratern des Häuptlings. Sssnrk gilt als schlauer Fuchs, der immer die Augen offen hält. Und wenn er wissen will, was sich im Schwarzen Land tut, wird er auch Leute haben, die Engal verstehen. Vielleicht lässt er sich ja sogar überreden, uns zu helfen. Und wo ihr Häuptling zu finden ist, werden die Chrrrr ja wohl wissen.«

Halana willigte ein und hoffte nur, dass sie der Besuch beim Häuptling nicht zu weit von ihrem eigentlichen Ziel entfernen würde.

Tatsächlich kamen sie schon am nächsten Tag, als sie auf ein paar Nachzügler aus einem reisenden Dorf trafen, an brauchbare Informationen. Halana machte, mit der Hand über den Augen, die Geste des Suchens und fragte: »Sssnrk? Sssnrk?«

Ihre Verständigungsmethode sorgte zwar, wie sie es schon ein paar Mal erlebt hatten, für einige Erheiterung unter den Steppenreitern, doch eine dicke Frau stieg schließlich vom Pferd und bedeutete ihnen, dass sie Richtung Westen reiten müssten. Dann ritzte sie zwei Wellenlinien in den Boden, von denen sie die zweite in einer welligen Blase enden ließ, an die sie ein Kreuz malte. Schließlich machte sie, imaginäre Zügel haltend, eine Geste des Reitens, deutete auf Halana, dann über die erste Wellenlinie hinweg zur zweiten und an dieser entlang bis zu dem Kreuz. Auf dieses pochte sie zwei Mal und sagte langsam und betont: »Sssnrk!«

»Wenn ich das recht verstehe, dann müssen wir in diese Richtung weiter«, deutete Olav in die Ferne, »dabei einen Bach oder Fluss überqueren, bis wir auf einen zweiten stoßen. Dem folgen wir in Richtung Süden bis zu einem Teich oder See, an dem sich derzeit das Wandernde Dorf des Häuptlings befindet.«

Als sie am Nachmittag tatsächlich einen Bach überquerten und am Mittag des darauffolgenden Tages an ein kleines Flüsschen gelangten, fühlte sich Halana schon etwas wohler, weil sie nun doch die Chance auf eine echte Spur gekommen sah.

Sie folgten dem Flusslauf nach Süden. Halana und Prim, der sich schon gar nicht mehr so dumm auf dem Pferd anstellte, ritten vorneweg, Hanumann und Olav fuhren mit dem Wagen hinterher. Der kalte Wind hatte heute ausnahmsweise etwas nachgelassen, und eine angenehme Frühwinter-Sonne erwärmte ihre Gesichter.

Eine ganze Weile ritten sie schweigend nebeneinander her, dann sagte Halana leise: »Danke.«

»Was?«, fragte Prim überrascht, der gerade bemüht gewesen war, eine für seinen Hintern etwas bequemere Position im Sattel zu finden.

»Danke, hab ich gesagt.«

»Ja. Aber warum?«

»Du hast all die Tage kein einziges Mal gedrängt und gefragt, wann wir uns endlich deiner Aufgabe zuwenden. Ich meine: Für dein Volk könnte es überlebenswichtig sein, dass du diesen Bruder eures Schlafenden Gottes aufspürst. Aber du hilfst mir ohne Aufhebens bei der Suche nach meinem verlorengegangenen Jungen.«

»Aber... das war doch abgemacht? Wir finden Ruff, dann hilfst du mir.«

»Ja«, sagte Halana lachend, und fast schien es Prim für einen kurzen Moment, als schenkten ihre Augen ihm ein anderes Lachen als ihre Stimme, »ja, Magus, es war abgemacht.«

Verwirrt schüttelte Prim den Kopf, dann nahm er seinen Mut zusammen und begann: »Halana, ich gebe ja zu, dass es anfangs Momente gab, in denen ich mir nichts sehnlicher wünschte, als wieder die so wunderbar eintönige Sicherheit von Reinefreude um mich zu spüren. Doch jetzt, wenn wir... ich meine... je weiter wir zusammen reiten, hm, also...«

»He! Seht mal da vorne! Das ist gut!«, unterbrach sie ein Ruf von Olav, der neben Hanumann auf dem Kutschbock saß.

In ihr Gespräch vertieft, hatten es Halana und Prim erst gar nicht gemerkt, doch etwas weiter vorne waren ein paar kleine Gestalten am Ufer des Flüsschens zu erkennen. Es waren Kinder beim Angeln, in der Nähe grasten drei Pferde.

»Oh!«, schreckte Prim aus seinem Satz auf, halb betrübt und halb erleichtert, dass er ihn nicht zu Ende sprechen konnte, »wieso ist das gut?«

»Weil es bedeutet«, erklärte Halana, »dass wir nicht mehr allzu weit von dem Dorf entfernt sein können, denn so ganz allein werden sich die Pimpfe hier sicher nicht rumtreiben. Ja! Ich meine fast, dort hinter dem Horizont Rauch aufsteigen zu sehen.«

Drei Kinder waren es, die an der sanften Böschung des Flüsschens, mit Angeln in der Hand, den Reitern neugierig entgegenstarrten. Die beiden Jungen und das Mädchen trugen warme Schafspelzjacken mit Kapuzen, die auch die Ohren warm hielten. Selbst der Wintereinbruch hatte die Farbe nicht aus ihren Gesichtern vertreiben können, die durch den ständigen Aufenthalt im Freien tief von der Steppensonne gebräunt waren.

Im Vorbeireiten fragte Halana freundlich, nach vorne Richtung Dorf deutend: »Sssnrk?«

Der größere Junge und das Mädchen bestätigten kichernd: »Sssnrk!«, nur der zweite Junge schien etwas schwerer von Begriff zu sein und starrte sie bloß mit großen Augen an. Erst als sie schon ein paar Meter weitergeritten war, hörte sie hinter sich den zaghaften Ruf: »M... Mama?«

Wie vom Blitz getroffen fuhr Halana herum. Ihr wurde erst heiß, dann eiskalt, während sie ihrerseits den Jungen anstarrte. Dann wollte sie es herausschreien, doch es kam nur als Hauch über ihre Lippen: »Ruff!«

Später fragte sie sich, warum ihr in diesem Augenblick nichts Besseres eingefallen war, als zu ergänzen: »Beim Großen Zerstörer, Junge, du bist groß geworden!« Dann war sie mit einem Satz vom Pferd, riss ihren Sohn in ihre Arme und drehte sich, gleichzeitig lachend und weinend und immer wieder seinen Namen rufend, wie verrückt mit ihm im Kreis und wollte ihn nie, nie, nie wieder loslassen.

Halanas Begleiter, ja überraschenderweise sogar die beiden Kinder, waren so diskret, sich ein Stück zurückzuziehen und das Wiedersehen nur aus der Ferne zu beobachten.

Hanumann reichte den beiden Kindern ein paar dicke Scheiben Trockenapfel, die sie nach kurzem Zögern annahmen, erst vorsichtig kosteten und dann, angenehm überrascht, eilig in sich hineinstopften.

Doch nun wurden auch die Männer überrascht, als das Mädchen mit vollem Mund sagte: »Das sein Mama-Ruff, Halana, nicht? Er sehr viel erzählt, von Mama. Sehr viel!«

»Du sprichst unsere Sprache?«, fragte Prim erfreut und erstaunt.

»Ja. Wenig. Ruff lernt mein Sprache, Tingli lernt ein Stück sein Sprache.«

Es dauerte fast eine Stunde, bis sich Halana und Ruff wieder zu den anderen gesellten, Ruff noch immer mit verweinten Augen und leuchtendem Gesicht. Als erstes bedankte sich Halana sehr ernst bei Brronn und Tingli, dass sie ihrem Sohn des Leben gerettet hatten, wie sie gerade erfahren hatte, und sie versicherte ihnen, dass sie in ihrer Schuld stünde. Kichernd übersetzte Tingli ihrem Bruder und sagte dann ihrerseits: »Oh. Ist gern geschehen. Hat schönes großes Fest gegeben.« Doch dann blickte sie etwas ängstlich, als sie fortfuhr: »Sag, Halana, Mutter des Ruff, du nimmst Ruff mit? Jetzt?«

»Nein, du brauchst nicht so besorgt zu schauen. Jetzt gleich noch nicht. Ich denke, wenn uns dein Häuptling und Pate lässt, dann haben wir hier in der Gegend noch eine Weile zu tun.«

»Oh.« Jetzt lächelte Tingli wieder. »Das gut. Weil: Wenn Ruff groß und wenn Tingli groß, dann Tingli will nehm Ruff als Mann. Du erlaub? Und kann ich noch hab ein paar Apfel-Dings? Sehr lecker!«

Halana wandte sich mit großen Augen zu ihrem Sohn um, doch der hatte sich die Kapuze mit beiden Händen tief übers Gesicht gezogen.

Gemeinsam mit den Kindern machten sie sich auf die letzte Wegstrecke zum Wandernden Dorf des Stammeshäuptlings. Ruff hatte unterwegs schnell begonnen, dem »echt echten Zauberer?!« Löcher in den Bauch zu fragen, und Tingli bettelte Hanumann ein »Apfel-Dings« nach dem anderen ab, um es dann mit ihrem Bruder zu teilen.

Dass es auch Giula gut ging, hatte Halana schon von Ruff erfahren, doch am liebsten hätte sie ihre Freundin gleich selbst aufgesucht, als sie das Dorf endlich erreichten. Jedoch gebot die Höflichkeit, dass sie zuerst beim Häuptling vorsprach und ihn um Gastfreundschaft bat. Zu Halanas Überraschung konnte sie sich allerdings einen Weg sparen, denn als sie dort ankamen, war Giula gerade beim Häuptling.

Mit einem Schrei und alle Chrrrr-Etikette vergessend, stürzte sich die ältere Frau in die Arme der jüngeren. Häuptling Sssnrk lächelte nur kurz und meinte: »Vorstellung erledigt. Ich denk, ich weiß, wer Frau ist. Freu mich schon auf ein paar gut Geschichten, die langen Abende.«

So wurden die vier Reisenden offiziell als Freunde willkommen geheißen, was, wie Halana schnell bemerkte, Ruffs und Giulas unbeabsichtigter, aber ausgezeichneter Vorarbeit zu verdanken war. Seit Giula Hilfe bei Entbindungen und als Heilkundige gab, waren tatsächlich mehr Neugeborene am Leben geblieben, und das ließ die Chrrrr schnell über ihre hellere Haut hinwegsehen.

Auch Ruff hatten zunächst viele im Dorf noch wegen seiner »Langnasigkeit« mit Skepsis betrachtet. Doch das Kinderrudel, das ständig zwischen den Zelten sein Unwesen trieb, hatte ihn akzeptiert, also taten es irgendwann auch die Erwachsenen, und schließlich war »der Junge, der auf seine Mutter wartet« vom ganzen Dorf adoptiert worden. Als er dann auch noch diese Bande von nichtsnutzigen, aber immerhin ausgewachsenen Zzzzzt-Betrügern unter Einsatz seines Lebens ausgetrickst und diesmal Tingli gerettet hatte, waren ihm die Herzen schon deshalb zugeflogen, weil ihm der Stamm einen so wunderschönen Tag verdankte: Ein Chrrrr-Kind – na ja, fast ein Chrrrr-Kind –, das eine Horde Krieger der Zzzzzt reinlegt und auch noch mit ein paar Pferden als Beute zurückkehrt! Das würde an so manchem Abend mit viel Gelächter erzählt werden.

Halana war noch nachträglich blass geworden, als sie hörte, wie Berthold ihren Sohn beinahe doch erwischt hatte. Und nun sollte der Mörder Lusians also endgültig tot sein, aufgefressen von dieser merkwürdigen gelben Kreatur, von der ihr Ruff so überaus anschaulich berichtet hatte? Auf sonderbare Weise war die Kriegerin, wofür sie sich schämte, etwas enttäuscht. Sie trug Lusians Schwert noch immer bei sich, und irgendwie hatte sie gehofft, dass es dieses Schwert sein würde, mit dem das Leben jenes Mannes sein Ende fand, der ihrer Schwertschwester den heimtückischen, den tödlichen Stich versetzt hatte.

Doch hätte ihr das Lusian zurückgebracht? Außerdem: Der eigentliche Mörder hatte nicht selbst die Klinge geführt, und er lebte noch immer. Halana würde Lusians Schwert weiter bei sich tragen.

17. STAHL UND GEFAHR
Der Weg ins Ungewisse

Vier Tage taten sie nichts weiter als reden, reden und reden. Häuptling Sssnrk hörte oft zu und war besonders erpicht auf Informationen aus dem Schwarzen Land. Dass er, bei aller Gelassenheit, auch über eiserne Selbstdisziplin verfügte, zeigte sich, als Prim ihm seine Herkunft beweisen wollte und einen kleinen Kugelblitz aus seinem Zauberstab hervorlodern ließ.

Sssnrk wich nicht zurück, nur seine Augen flackerten einen winzigen Moment, und er bat:»Du besser nicht zeig meine Leut – könnt sein, sie Angst. Könnt auch sein, sie dich erschlag – wär schade.«

Freude zu zeigen war dagegen kein Problem für Sssnrk, und das tat er ausgiebig, als er erfuhr, dass Nurés Tochter Rrrricka keineswegs bei jenem Überfall ums Leben gekommen, sondern all die Jahre gefangen gehalten und nun befreit worden war:»Das freut mich sehr für Stamm der Lrrrk! Wir Chrrrr komm ganz gut zurecht mit Lrrrk-Stamm – Gebiete berühren nur wenig, und so Lrrrk und Chrrrr nur wenig Gelegenheit für stehlen Pferde des anderen.«

Besonders Häuptling Nuré müsse es unendlich guttun, ihre Tochter wieder in die Arme zu schließen. Denn man wisse, dass ihre Trauer im Laufe der Jahre nicht weniger, sondern mehr geworden sei. Schon lange habe sie sich zurückgezogen und ihre Aufgaben in die Hände des obersten Schamanen der Lrrrk gelegt,»doch ein Mrrr soll sich um Geist von Mensch und Steppe kümmern, nicht um Herrschen – besser für Stamm, wenn Häuptling herrscht.«

Am Abend des vierten Tages, nachdem sich Ruff und Halana wiedergefunden hatten und die Kriegerin ihrem Sohn einen Gutenachtkuss gegeben hatte, ging sie zu dem kleinen Gast-Zelt, das die Chrrrr für Prim, Hanumann und Olav errichtet hatten.

Der einbeinige Koch und der lange Späher hatten gerade Brrrtl für sich entdeckt, einen Wildbeerenschnaps der Steppenstämme. Der Zauberer jedoch weigerte sich nach einem flüchtigen Geruchstest, auch nur die Zungenspitze in das Gebräu zu tunken.

»Es ist soweit, Zauberer«, kam Halana ohne Umschweife zur Sache,»ich weiß, dass mein Sohn gerettet ist und dass es ihm gut geht. Und du hast mir sogar noch vier köstliche Tage geschenkt. Von jetzt an geht es um die Rettung deines Volkes. Von jetzt an suchen wir nach dem Bruder eures

Schlafenden Gottes. Und wenn wir ihn gefunden haben, dann trete ich ihm, wenn's sein muss, so lange in seinen brüderlichen Hintern, bis er mit der Sprache rausrückt, was ihr tun müsst, um eure Zauberkräfte zu erneuern und um wieder Kinder zu bekommen.«

Noch am selben Abend hatte Halana den Häuptling um eine Unterredung gebeten, der auch zwei alte Krieger hinzuzog, die als besonders ortskundig galten. Zudem hatte er Ise von Fels rufen lassen, die Exil-Schwarzländerin, um beim Übersetzen behilflich zu sein.

*

Als die Beratung spät in der Nacht zu Ende gegangen war, hatte Prim einen leichten Eisklumpen im Magen. Wie, um des Schlafenden Gottes Willen, sollten sie dort jemals lebend hin gelangen und dann obendrein noch den Bruder ihres Gottes finden?

Wenn man mit aller Gewalt etwas Positives aus der langen Gesprächs-runde herauslesen wollte, dann allenfalls, dass ein sehr, sehr grobes Lokali-sieren des gesuchten Ortes nicht schwer gewesen war – immer vorausge-setzt, die Skizze jenes unbekannten Pilzbuch-Schreibers war richtig.

Zu dessen Zeit war der beschriebene Wald wohl noch ein gutes Stück größer gewesen, doch der Häuptling und seine Leute waren sich sicher, dass es sich um jenen Wald handeln musste, in dem Ruff seine erste Be-kanntschaft mit dem Gelb gemacht hatte. Denn bei klarem Wetter konnte man hinter dem Wald die Ausläufer des unermesslichen Roten Gebirges erahnen, und nur die kamen ihrer Meinung nach als Standort für Höhlen in Frage. Außerdem war der Waldrand noch immer für seinen Pilzreichtum bekannt – viel tiefer als ein paar Meter ging allerdings für gewöhnlich nie-mand in diesen Wald, und schon gar nicht ohne Fackeln.

Der Gelb – oder vielleicht waren es auch mehrere, wer wollte es schon sagen? – war bereits vor ein paar Generationen aufgetaucht, und die Chrrrr hatten sich längst an ihn gewöhnt. Das würde es aber auch nicht einfacher machen, durch den Wald hindurch zu kommen. Der Weg drumherum, erst nach Süden, dann nach Westen und schließlich wieder nach Norden, wäre ebenfalls eine Möglichkeit, die noch bedacht sein wollte, auch wenn dieser Weg Wochen dauern würde.

Doch wenn man dann erst einmal die untere Region des Gebirges er-reicht hatte, dann stand man vor absolutem Neuland. Die Chrrrr und andere Steppenvölker waren schon seit Jahrzehnten, wenn nicht sogar seit Jahrhunderten nicht mehr dort gewesen, und so blieb den Reisenden nur das Wissen aus Sagen und Märchen, mit denen man kleine Kinder erschrecken wollte. Denn am Fuße des Gebirgsausläufers, da war der unsichtbare Tod umgegangen.

Wer dort tagsüber unterwegs war, der sah nichts, was gefährlich sein könnte. Wer sich jedoch nachts zu weit vorwagte, der konnte nicht mehr davon berichten, was dort umging, denn er kam nie mehr zurück.

»Immerhin«, hatte Halana mit erzwungenem Lächeln gesagt, »auch das ist ein Zeichen, dass wir in der richtigen Gegend suchen. Schließlich hatte doch der unbekannte Schreiber an einer Stelle in Prims Plan vermerkt, dass man dort nicht weitergehen solle, ›wenn man nicht selbst als Nahrung enden will‹ – vielleicht ist ja dort, am Fuß der Berge, die eigentliche Heimat der Gelb, und nur ab und an kommt einer von ihnen tiefer in den Wald?«

Häuptling Sssnrk hatte widersprochen, denn der Gelb versteckte sich nicht und ging auch tags auf Jagd. Zudem verließ der Gelb den Wald fast nie. Es musste schon ein von der Herde getrenntes Rind in einer Neumondnacht sehr nah an die Waldgrenze herankommen, dass sich der Gelb auch nur ein paar Meter herauswagte, um sich über das Tier zu stülpen. Jene andere, unbekannte Macht war aber, solange noch Menschen an den Süd-Ausläufern des Vorgebirges gelebt hatten, in besonders dunklen Nächten bis ins Flachland vorgedrungen. In solchen Nächten war es immer wieder vorgekommen, dass am nächsten Morgen nicht wenige Rinder oder Pferde fehlten – manchmal auch die Wächter oder Männer, Frauen und Kinder, die in einem der Zelte am Dorfrand schliefen.

Und eines machte Häuptling Sssnrk Halana sehr freundlich, aber bestimmt klar: Er würde ihnen helfen, aber nur, solange keiner aus seinem Stamm darunter zu leiden hatte. Denn so sehr er auch Halanas Kampf gegen den Schwarzen Herzog verstand und so sehr er den Wunsch des Zauberers, sein Volk zu retten, verstehen konnte, so waren dies doch nicht die Kämpfe der Chrrrr, die derzeit auch nicht im Krieg gegen Cosa standen – was der Häuptling für seinen einzelnen Stamm gegen die immer weiter wachsende Armee Cosas auch lieber vermeiden würde.

Er war der Häuptling der Chrrrr, und deswegen durfte er sie nicht leichtfertig in einen Krieg führen. Er würde sicher kein Heer aufstellen, um sich damit durch den Wald des Gelb zu hacken und das Rote Gebirge gegen einen unbekannten Gegner zu stürmen.

Am nächsten Tag brachen Halana, Prim, Olav und Hanumann kurz nach Sonnenaufgang zu einer Exkursion nach Westen auf. Bevor die drei den

Wald durchqueren würden, wollten sie ihn wenigstens einmal selbst in Augenschein nehmen und sich an seinem Rand ein paar Schritte hinein wagen. Nachdem sie etwa zwei Stunden unterwegs waren, fiel Olav etwas auf: »Halana, was hast du?«

»Wieso?«

»Du wirkst angespannt und siehst dich dauernd um.«

»Tu ich das? – Hm, jetzt wo du's sagst... Irgendwas hat mich irritiert. Fast würde ich sagen, ich fühle mich beobachtet. Nur dass es hier in Sichtweite keine Möglichkeit gibt, sich irgendwo zu verstecken.«

Jetzt zügelten alle ihre Pferde und sahen sich suchend nach allen Seiten um. Doch als niemand irgendetwas Verdächtiges entdeckte, zuckte Halana nach ein paar Sekunden mit den Schultern und meinte: »Vielleicht hab ich meinen siebten Sinn etwas überstrapaziert, nach all dem, was wir bisher erlebt haben. Lasst uns weiterreiten.«

Hätten sie nur ein klein wenig länger in nordwestliche Richtung hinter sich geblickt, ein kurzes helles Aufblitzen in der Ferne wäre ihnen nicht entgangen. So jedoch blieb es unentdeckt.

Nach weiteren zwei Stunden erschien am Horizont ein dünnes grünes Band, das sich nach beiden Seiten so weit erstreckte, bis es aus dem Sichtfeld verschwand. Der dünne grüne Streifen wurde immer deutlicher als Wald erkennbar, hinter dem sich schon, in weiter Ferne, das Glitzern der oberen Regionen eines Gebirgsmassivs erahnen ließ.

Als sie schließlich nur noch ein paar Meter von den ersten Bäumen des Mischwaldes entfernt waren, hielten sie an, saßen ab und Hanumann meinte: »Sieht eigentlich wie ein ganz gewöhnlicher Wald aus. Wenn ich Ruffs Geschichte nicht gehört hätte, dann würde ich nie vermuten, dass es da drin so gefährlich ist. Sind wir hier, so dicht vor den Bäumen, sicher?«

»Na ja, solange wir nicht tiefer unter die Bäume vordringen, denke ich schon. Der Gelb soll sich nie ins Freie wagen.«

Der Gelb nicht, aber...

»Angriff!«, war ein heiserer Schrei hinter den ersten Bäumen zu hören, und schon preschten zehn Reiter auf großen Pferden ins Freie und hatten die Vier in wenigen Augenblicken umzingelt.

Geistesgegenwärtig gruppierten Halana, Olav und Hanumann ihre vier Pferde in einem provisorischen Karree um sich herum, so dass sie nicht ohne weiteres über den Haufen zu reiten waren.

Dumm jedoch, dass zu den Angreifern auch vier Armbrustschützen gehörten, die nun auf sie anlegten, während der Anführer der zehn zu sprechen begann. Es war ein großer, knochiger Kerl mit einem Pferdegebiss, der einen langen Pelzmantel und einen Helm mit einem Rosshaarschweif trug: »Wer von den Männern ist der Zauberer? – Und keine Spielchen!«, brüllte er mit drohend erhobenem Schwert.

»Genau, keine Spielchen mehr!«, knurrte einer der Armbrustschützen, dessen Gesicht durch ein Gittervisier an seinem Rundhelm verborgen war. Dann zielte er sorgfältig, um zwei Fliegen mit einer Klappe zu schlagen, und drückte ab. Der Bolzen durchschlug von der Seite die Kehle des nächsten Armbrustschützen und hatte, durch Weichteile und Knorpel kaum gebremst, noch genug Kraft, um unterhalb des Helms durch die Schläfe eines weiteren Armbrustträgers in dessen Hirn einzudringen.

Während der zweite Getroffene augenblicklich tot vom Pferd stürzte, hatte der erste Mann noch Zeit, mit seiner Linken überrascht an die Reste seiner Kehle zu fassen, aus der es rot hervorspritzte. Dummerweise betätigte dabei sein rechter Zeigefinger im panischen Reflex den Auslöser der Armbrust, was einen lauten Schmerzensschrei von Olav zur Folge hatte.

»Verrat!«, brüllte fast gleichzeitig der Mann mit dem Rosshaarhelm, während auch der vierte Armbrustschütze die Situation zu erfassen schien, jedoch zu hastig auf den Gitterhelm-Träger feuerte, der sich seitlich wegduckte und so knapp dem Pfeil seines ehemaligen Kameraden entging.

Halana hatte zwar nicht den Schimmer einer Ahnung, was da gerade vor sich ging. Doch als gute Kriegerin wusste sie, wann es Zeit zum Handeln war – Fragen konnten warten. Augenblicklich gingen sie und Hanumann zum Angriff über und kämpften gemeinsam mit dem Unbekannten gegen die verbliebenen sieben Angreifer. Auch Olav hatte blank gezogen, musste sich allerdings mit der Linken am Sattelknauf seines Pferdes festklammern, da ein Pfeil mitten in seinem rechten Oberschenkel steckte und auf der anderen Seite wieder herausragte.

Allgemein denkt man, dass in einem Kampf Reiter gegen Infanterist der Reiter im Vorteil ist. Das mag stimmen, wenn der Reiter mitten im Sturm der Attacke ist. Doch nicht unbedingt, wenn das Pferd steht, der Infanterist kühlen Kopf behält und dabei auch bereit ist, auf jegliche Art von Ritterlichkeit zu verzichten. Die Pferdeköpfe und -hälse als Deckung benutzend, hatten Halana und Hanumann in nur wenigen Sekunden dreien ihrer Gegner schmerzhafte, tiefe Stiche in Beine und Waden beigebracht, so dass diese sich eilig aus dem Kampfgeschehen zurückzogen. Der unbekannte Gitterhelm-Träger ließ unterdessen sein Pferd nach hinten auskeilen, um sich den Rücken frei zu halten, während er gleichzeitig im wütenden

Schlagabtausch die Klinge mit einem weiteren der Angreifer kreuzte und ihm schließlich mit einem kurzen heftigen Stoß den Stahl durch das Lederwams hindurch in den Bauch rammte.

Der Anführer dieser Bande war weise genug, um zu erkennen, wann ihm seine Felle mit zunehmender Geschwindigkeit davonschwammen. »Rückzug!«, brüllte er und preschte als Erster davon. Er nahm sich gerade noch die Zeit, über die Schulter zurückblickend, dem Gitterhelm-Träger zuzurufen: »Wir sprechen uns noch!« Seine fünf überlebenden, teils verletzten Kumpane folgten ihm im gleichen halsbrecherischen Galopp.

Die kleinen Pferde der Steppenvölker waren zwar sehr kräftig und ausdauernd, konnten aber im Wettrennen nicht mit großen Pferden aus dem Schwarzen Land oder dem Königreich mithalten. So versuchten Halana und Hanumann erst gar nicht, die Verfolgung aufzunehmen. Auch der unbekannte Krieger schien keine Lust zu verspüren, alleine den sechs Flüchtenden hinterherzujagen. Allerdings war er gleich vom Pferd gesprungen und hatte die noch gespannte Armbrust des jetzt mit einem Pfeil im Kopf tot am Boden liegenden Angreifers aufgenommen.

Halana verstand und kniete sich, einen Katzenbuckel machend, seitlich vor den Unbekannten. Der ließ sich auf ein Knie nieder, legte die Armbrust auf Halanas Schulter auf, zielte sorgfältig und drückte ab. Knapp drei Sekunden später stürzte in gut 100 Meter Entfernung der letzte der Flüchtenden vom Pferd. Aus dieser Entfernung hörte man seinen abgehackten Schrei kaum noch.

»Einer weniger«, murmelte Olav durch zusammengebissene Zähne.

Das Zurückschlagen des Angriffs war so schnell geschehen, dass der zuerst getroffene Armbrustschütze erst jetzt ohne einen Laut vom Pferd rutschte, mit nur noch wenig Blut und Sauerstoff im Körper auf den Boden klatschte und wenige Sekunden später unbeachtet starb.

Halana atmete einmal tief durch, dann sagte sie zu dem Unbekannten: »Ich weiß zwar noch nicht so genau, was das jetzt alles war, aber auf jeden Fall danke ich dir.«

»Hätte wirklich nicht gedacht, dass du dich irgendwann noch einmal bei mir bedankst«, lautete die Antwort.

Dann klappte Ruben sein Visier hoch.

Sekundenlang starrte ihm Halana sprachlos ins Gesicht, während sie dachte, dass ihre Hand eigentlich zum Schwert zucken müsste, um dem Verräter den gebührenden Empfang zu bereiten, der mit verantwortlich war für Lusians Tod. Schließlich presste sie nur hervor: »Erklär mir das!«

Ruben meinte achselzuckend: »Ist das nicht klar? Schließlich habe ich geschworen, Ruff zu schützen.«

»Aber ich bin nicht Ruff.«

»Na ja, Zufall, dass du mir zuerst über den Weg gelaufen bist… Außerdem beschützt die Mutter das Kind, also beschützt man das Kind, wenn man die Mutter beschützt.«

»Schön. Toll, dass du das alles so genau nimmst. Aber erstens bedeutet das nicht, dass ich dir verzeihe, und zweitens verstehe ich immer noch nicht, wie du hier her gekommen bist und was das für eine Bande war. Und gib mir bitte die Kurzversion von allem!«

Die anderen – Olav von Hanumann gestützt – waren inzwischen auch näher gekommen, und Ruben schilderte: »Nachdem ihr aus dem Turm geflohen wart – Cosa hat ganz schön getobt, kann ich euch sagen –, hat der Schwarze Herzog auf den Rat Anselms hin das beste Kopfjäger-Team zusammenstellen lassen, das für Geld aufzutreiben war. Der nette Herr mit dem Pferdegebiss, das war Tankred von Weiher, besser bekannt als Tankred Zehnköpfe – das war sein Jahresrekord. Mit in seiner Truppe sind Spurensucher und Scharfschützen… na ja, waren Scharfschützen. Und da ich weiß, wie du aussiehst, auch als passabler Fährtenleser gelte und ohnehin im Sold des Herzogs stand…«

»Pah!«

»…wurde ich mitgeschickt. Was ich aus gegebenem Anlass ganz praktisch fand: Du suchtest deinen Jungen, Tankred suchte dich, wenn ich also bei ihm bliebe, könnte ich auch Ruff finden – und dich. Das Ende meiner Suche hast du gerade miterlebt. Hast du Ruff gefunden? Geht es ihm gut?«

»Ja, danke, er… He! Tu nicht so, als würde dich das wirklich interessieren!«

»Ich will euch ja nicht unterbrechen«, meldete sich Hanumann zu Wort, »das heißt: ehrlich gesagt will ich es schon. Könnten wir uns vielleicht erst einmal um Olav kümmern, bevor wir mit unserem geschätzten Verräter Wiedersehen feiern?«

Halana schnitt vorsichtig die Spitze des Armbrustbolzens ab, der aus Olavs Oberschenkel herausragte. Dann hielten ihn die anderen fest, während Halana den kurzen Holzstab aus seinem Bein zog und Olav dabei ohnmächtig wurde.

Hanumann legte einen Verband an, bei dem vorne und hinten ein Stück Stoff auf die Wunde gepresst wurde, was die Blutung tatsächlich zu stoppen schien.

Dennoch sah Hanumann besorgt aus und meinte: »Damals hatte ich auch keine allzu große Wunde am Bein. Aber die Wunde hatte sich entzündet…«, er klopfte auf sein Holzbein, »das Resultat seht ihr hier.«

»Keine Angst«, beruhigte Prim, »in meinem Wagen habe ich auch einen Vorrat an Gesundheits-Zauber in Trank- oder Pulverform. Da ist auch was dabei, das Entzündungen verhindert.«

»Aha«, sagte Ruben, »du bist dann wohl der Zauberer? Hmmm… sehen bei euch alle so aus, als seien sie recht leicht zu beschädigen?«

»Und du«, gab Prim mit eisigem Lächeln zurück, »musst der Verräter sein, von dem Halana erzählt hat?«

Ruben zuckte kaum merklich zusammen, meinte dann aber: »Ja, der bin ich wohl.« Dann wandte er sich an Halana und fuhr fort: »Und wenn es etwas gibt, das ich bis in mein Grab hinein bereuen werde, dann ist es genau das.«

Lange sahen sich die beiden stumm an. Dann wandte sich Halana ab, ohne ein Wort zu sagen. Prim gefiel das überhaupt nicht.

»Nun, Ruben«, sagte Hanumann, »es scheint außer Frage zu stehen, dass du uns heute gerettet hast. Aber du wirst verstehen, dass ich dir trotzdem nicht um den Hals fallen werde. Um die Wahrheit zu sagen: Ich misstraue dir selbst jetzt. – Wie hat deine nette Kopfgeld-Truppe uns eigentlich hier erwarten können?«

»Erstens ist es nicht meine Truppe, zweitens haben wir euch nicht erwartet, sondern verfolgt. Tankred Zehnkopf mag ein opportunistisches Schwein sein, aber er und seine Begleiter verstehen ihr Handwerk. Nach einigen Hinweisen hatten wir schließlich bei einem vertrauensseligen Schamanen eure Spur aufgenommen – ihr wart nur knapp zwei Tage vor uns dort gewesen – und bis zu Sssnrks Wanderndem Dorf verfolgt. Natürlich konnte Tankred euch nicht aus dem Dorf rausholen. Also legten wir uns auf die Lauer und warteten auf eine Chance, die ihr uns heute Morgen geboten habt. Wir folgten euch in sicherer Entfernung, bis wir merkten, dass ihr auf den Wald zugesteuert seid. Dann haben wir euch außer Sichtweite im Norden überholt und uns im Schutz der Bäume dem Punkt genähert, an dem ihr auf den Wald stoßen würdet.«

»Aber wie konntet ihr uns sehen, ohne dass wir euch bemerkt haben?«

»Da wird die Sache wirklich interessant… Kurz nachdem wir aus Vandar aufgebrochen waren, hat uns ein Reiter am Straßenrand abgepasst und Tankred eine Tasche übergeben, die etwas ganz Erstaunliches enthielt: zwei etwa 50 Zentimeter lange, dünne Rohre, in deren Öffnungen runde

Gläser eingesetzt sind, so makellos geschliffen, wie ich es noch niemals irgendwo gesehen habe. Und wenn man durch so ein Rohr hindurch sieht, dann geschieht das Wunder, dass weit Entferntes nahe erscheint, und man kann Menschen in der Ferne beobachten, ohne selbst gesehen zu werden.«

»Du willst uns auf den Arm nehmen?«, fragte Hanumann skeptisch.

»Nein, will er nicht«, meldete sich Prim mit durch und durch verblüffter Stimme, »jedenfalls haben wir solche magischen Fern-Seh-Rohre auch in Reinefreude! Aber wie kommt so etwas ins Barbarenland, äh, zum Schwarzen Herzog?«

Alle sahen fragend Ruben an. Der entgegnete achselzuckend: »Gute Frage. Aber ich kann nur so viel sagen, dass ich keineswegs sicher bin, ob der Herzog selbst etwas von diesem Gerät weiß. Warum hätte der das seinen Spürhunden nicht gleich in der Burg mitgeben sollen? Außerdem habe ich den Mann erkannt, der die Tasche überbracht hat: Es war ein Diener von Cosas Großmutter Liebrose von Burgis. Warum sollte der Herzog einen Diener seiner Großmutter mit einer wichtigen Aufgabe betrauen, statt einen eigenen Mann? Ich kann mich jedenfalls des Eindrucks nicht erwehren, dass die Kopfgeldjäger nicht nur im Dienste des Herzogs stehen, sondern auch noch nach einer anderen Seite hin die Hand aufhalten.«

»Das würde ja bedeuten«, warf Halana ein, »dass Liebrose ihren eigenen Enkel hintergeht und ihr eigenes Süppchen kocht?«

»Der verrückten Alten ist so ziemlich alles zuzutrauen. Allerdings kann ich mir nicht vorstellen, dass sie den Nutzen eines solchen Fern-Seh-Rohres erkennt, geschweige denn eines besitzt oder gar zu dessen Erschaffung beigetragen hat.«

Halana fragte nachdenklich: »Soll das bedeuten, dass hinter dieser Halbwahnsinnigen noch eine weitere Kraft steht, die in diesem verrückten Spiel mitmischt? Der große Unbekannte? Aber wer? Und vor allem: warum?«

»Und nicht zu vergessen«, brummte Prim leise in Halanas Ohr, »stimmt das überhaupt, was uns dieser Kerl hier auftischt, oder führt er uns an der Nase herum, weil er sein eigenes Süppchen kocht?«

Halana wusste auf keine Frage eine Antwort. Schließlich fragte sie Prim nur: »Bleibt es bei unserem Plan? Ich meine, jetzt, wo Olav ausfallen wird, ist das Abenteuer, das wir vorhaben, noch gefährlicher – nur zu zweit und ohne Olavs Schwert und seine Erfahrung als Späher.«

Lässig warf Ruben ein: »Ihr braucht noch ein Schwert und einen Späher?

Nun, wie es der Zufall so will, war ich der Späher, als ich damals mit Berthold und den anderen Kundschaftern in den Ländern der Steppenvölker war. Warum nehmt ihr also nicht mich mit?«

»Dich!?«, rief Prim, »damit du uns nachts dein Schwert in den Rücken bohrst?«

»Andererseits hätten wir ihn so unter Beobachtung«, warf Halana versonnen ein und fragte sich gleichzeitig, ob das wirklich der Grund war, warum ihr der Gedanke an Rubens Nähe nicht wirklich Bauchschmerzen zu bereiten schien.

Prim sah Halana einen kurzen Moment überrascht und gekränkt an, doch dann lachte er und meinte: »Wenn er erfährt, was wir vorhaben, dann wird er ohnehin nicht mehr mitkommen wollen.«

Doch Ruben wollte.

Er ließ sich auch dadurch nicht abhalten, dass Häuptling Sssnrk seine Gäste zwar gerne beherbergte, aber nicht gedachte, auch nur einen seiner Leute mit ihnen in den Kampf zu schicken oder gar ein Heer für sie durch den verflixten Wald bis zu den Gebirgsausläufern zu schicken.

Drei Wochen später zogen 5000 Krieger der Chrrrr dem Wald entgegen.

Aus 10000 Pferdenüstern stieg in der Abenddämmerung warmer Atem empor. Eine zarte Schneedecke lag über der Steppe und gab dem Stapfen von 20000 Pferdehufen einen gedämpften Klang.

Etwa 30 Kilometer nördlich der Stelle, an der das Wandernde Dorf des Häuptlings noch vor ein paar Monaten gestanden hatte, trafen die Reiter auf den Wald. Wie zum Krieg gerüstet, hatten sie auch ihre kleinen Schilde auf dem Rücken und ihre Schwerter gegürtet. Doch jeder von ihnen hatte zusätzlich noch eine große Axt in einer Schlaufe am Sattel hängen, und ein paar Packpferde trugen Zug-Druck-Sägen sowie Hunderte Fackeln, die in den vergangenen Wochen eigens für diesen Tag hergestellt worden waren.

Als das Heer den Waldrand erreichte, gab Sssnrk den Befehl zum Absitzen, und auf einer Länge von über 100 Metern wurden ein gutes Dutzend Feuer vor der Front des Waldes entfacht.

Dann gab der Häuptling das Signal zum Angriff.

Aus 5000 Kehlen antwortete ein schrilles Trillern, und augenblicklich näherten sich die sechs ersten Hundertschaften dem Wald, je 300 Mann mit Äxten und 300 mit lodernden Fackeln. Nur Sekunden später war die Stille im Wald durch ein stetiges Dröhnen von 300 Äxten auf Holz abgelöst worden, das den Boden erzittern ließ.

Die Steppe hatte den Wald angegriffen und hackte eine Schneise hinein.

Bald gesellte sich zum Hämmern der Äxte auch das Surren der großen Sägen, die jeweils von zwei Mann hin und her gezogen wurden, und schnell folgten auch die Warnrufe, als die ersten Bäume fielen. Das Kleinholz in den Kronen wurde weggebrannt, die Stämme und größeren Äste mit Hilfe von Pferden und Ketten aus dem Wald geschleift. Etwa hundert Meter vor der Front des Waldes wurden die Stämme in Stapeln gelagert. Da 5000 Mann bei der Arbeit waren und sich kontinuierlich gegenseitig ablösten, wuchsen die Stapel sehr schnell unter dem Mondlicht.

An den Rändern der Wunde, die ohne Unterbrechung in den Wald geschnitten wurde, patrouillierten Krieger mit Fackeln. Auch zwischen den Arbeitern waren Fackelträger unterwegs, die den Waldboden im Auge behielten.

Unter den Kriegern, die an der Front des Einschnittes patrouillierten, war auch Hanumann. Eine gute halbe Stunde nach Beginn des Angriffs glaubte er, am Rande des Fackelscheins vor sich im Wald eine schleimige gelbe Bewegung wahrzunehmen, und er brüllte in der Sprache Engal: »Wir werden nicht mehr dein Futter sein! Wir kommen, um dem Gelb seinen Wald zu nehmen! Der Gelb hat bei uns genug Schaden angerichtet! Jetzt kommen wir mit Feuer und töten den Gelb!«

Das wiederholte Hanumann bei jeder Gelegenheit und die ganze Nacht hindurch.

Drei Mal hatte es sogar tatsächlich eine Art Gegenangriff des Gelb gegeben, oder genau genommen der Gelb, wie sich jetzt zeigte: Etwa zehn schleimig gelb wabernde Wesen in menschenähnlicher Form hatten versucht, einzelne Krieger am Rande der Schneise anzufallen. Doch schnell zogen sich auch mehrere Fackelträger an der gleichen Stelle zusammen und trieben die schauerliche Töne ausstoßenden Kreaturen zurück.

Einmal war es ihnen sogar gelungen, einen der Gelb, der mit Gewalt durchzubrechen versuchte, in Brand zu setzen. Mit einem schrillen Schrei, der seltsamerweise aus mehreren Kehlen zu kommen schien, war er brennend in den Waldboden hinein zerflossen.

Als der Morgen heraufdämmerte, hatten sich die Krieger fast 100 Meter in den Wald hinein gehackt. Das war eine immense Leistung, änderte jedoch nichts daran, dass es auf diese Weise noch fast ein Jahr dauern würde, den kompletten Wald zu zerteilen.

Sssnrk hatte sich die ganze Nacht zwischen seinen Kriegern bewegt. Unter den ersten Sonnenstrahlen machte er nochmals einen Rundgang am Rande der künstlichen Einbuchtung. Als er auf Hanumann traf, reckte sich der Häuptling gähnend und meinte grinsend zu dem einbeinigen Koch: »Denke, wir jetzt hab genug Brennholz für ganze Stamm der Chrrrr und zwei Jahr. Sollte langen… Lass und reit nach Hause. Häuptling braucht jetzt Frühstück und dann geht schön lang schlaf.«

»Ja«, gähnte Hanumann zurück, »ich könnt jetzt auch eine ordentliche Mütze voll Schlaf gebrauchen.«

Dann gab Sssnrk seinen Kriegern den Befehl zum geordneten Rückzug.

Als der Häuptling schließlich aufsaß, um an der Spitze der 5000 gemächlich zurück ins Wandernde Dorf zu reiten, da fragte er sich, wie weit die engaländer Kriegerin und ihre beiden Begleiter inzwischen gekommen sein mochten.

Würden sie ihr Ziel erreichen? Und vor allem: Würden sie auch wieder zurückkommen? Oder würde er als Stammeshäuptling die Ehre haben, eine weitere Patenschaft über ein elternloses Kind zu übernehmen?

Vielleicht, so dachte Sssnrk weiter, sollte er dieser Tage erneut ein Krsch'n einberufen, um gemeinsam mit den Stammesältesten zu beschließen, ein neues Wort in die Sprache der Stämme einzuführen. Denn womöglich genügte es doch nicht, dass man in seiner Sprache nur ein einziges Wort für »Fremde« und »Feinde« kannte. Mutig war sie, diese Halana.

Und da es ihr selbst in ausweglosen Situationen nicht in den Sinn zu kommen schien, sich selbst und ihre Sache aufzugeben, war sie auch eine Siegerin. Denn hatte sich nicht ihr Teil des Abenteuers erfüllt? War nicht ihr größter Wunsch Wirklichkeit geworden, als sie nach vielen Kämpfen ihren Sohn wieder in die Arme schließen konnte? Dennoch zögerte sie nicht, Ruff schon wenige Tage später wieder zu verlassen, um zu ihrem Wort zu stehen und mit diesem sonderbaren Mann, der sich Zauberer nannte, in einen neuen Kampf zu ziehen. Und obwohl in diesem Kampf der Tod viel näher lag als der Erfolg, zweifelte Sssnrk nicht daran, dass Halana jede Gefahr auf sich nehmen würde, um gemeinsam mit Prim jenes geheimnisvolle Wesen zu finden – den Bruder des Schlafenden Gottes.

STAHL UND DUNKELHEIT
Der Ritt in die Nacht

Eine gute halbe Stunde, nachdem die 5000 Krieger der Chrrrr mit Getöse ihren Angriff auf den Wald gestartet hatten, war es knapp 20 Kilometer weiter im Süden sehr viel leiser zugegangen. Hier war die Stelle, an der, betrachtete man bei Tageslicht die Berge im Hintergrund, der Weg durch den Wald am schnellsten zu bewältigen sein schien. Natürlich einmal abgesehen davon, dass niemand wusste, was gerade auf dieser Route an Gefahren lauern mochte.

Seit ihr Plan gereift war, hatte Prim jeden Tag intensiven Reitunterricht von den Chrrrr und Halana erhalten. Wer ihn noch vor zwei Monaten auf einem Pferd gesehen hatte, der konnte kaum glauben, dass es sich um denselben Mann handelte. Aber schließlich musste er auch reiten können, in dieser Nacht.

Schweigend waren Halana, Prim und Ruben zunächst am Waldrand entlang geritten. Nur diese drei würden den nächtlichen Ritt wagen – und das, was danach kam. Hanumann hatte schon vor einiger Zeit, Verwünschungen ausstoßend, einsehen müssen, dass sein Holzbein ihn nicht wirklich zu einem guten Kandidaten für eine Höhlenexkursion machte. Ruff und Tingli hatten es dagegen keineswegs eingesehen, warum sie im Dorf bleiben und nicht an diesem Abenteuer teilhaben sollten. Heimlich, wie sie dachten, waren sie am Abend losgezogen, um Halanas Truppe abzupassen und ihr zu folgen. Doch Halana hatte Lunte gerochen und ein paar schnelle Reiter hinterher geschickt, die schließlich lachend die schimpfenden Kinder an den Ohren zurück ins Dorf führten.

Halana, Prim und Ruben zügelten ihre Pferde. Sie hatten die richtige Stelle erreicht.

Obwohl sie in dieser Nacht nicht in die Schlacht ziehen wollten, trugen Halana und Ruben ihre Helme – Halana den Rundhelm einer engalischen Kriegerin, über die Ohren hinweg bis zum Nacken gezogen und vorne mit einem Nasenschutz, Ruben den kleinen, glatten Schädelhelm der Späher, der die Ohren frei ließ. Zum allerersten Mal in seinem Leben trug auch Prim einen Helm. Unold von Fels hatte ihm das alte Ding, das einem Chrrrr-Krieger gehört hatte, eigens für diesen Ritt besorgt. An der Unterkante war der Helm mit einem Streifen Marderpelz besetzt, im vorderen

Bereich ragte oben aus dem Helm rechts und links je eine kleine Horn-spitze. Das hatte in Prim die Frage geweckt, ob er wohl mit dem Ding auf dem Kopf genau so lächerlich aussah, wie er sich fühlte. Andererseits: Für ein wenig mehr Sicherheit auf diesem Ritt konnte man sich ruhig etwas lä-cherlich machen, oder?

Sie hatten ihre Pferde nun dem Wald zugewandt und hielten einen kurzen Moment inne. Irgendwo hinter diesem Wald, das wusste Prim, da würde er ihn finden, den Bruder des Schlafenden Gottes. Da musste er ihn finden, wenn er sein Volk retten wollte.

Auch Ruben hoffte, auf dieser Reise etwas zu finden. Etwas, das er schon einmal besessen, jedoch wieder verloren hatte: den Weg zu Halanas Herz – dafür konnte man es schon mal mit einem Wald voller Gelb und unbekannten Gefahren im Roten Gebirge aufnehmen.

Halana hatte das Wichtigste bereits gefunden: Ruff, ihren Sohn. Und dazu hatte sie – so schien es jedenfalls im Moment – die Pläne des Schwar-zen Herzogs durchkreuzt. Doch nach wie vor trug sie Lusians Schwert auf dem Rücken, das sein letztes, sein endgültiges Ziel noch nicht gefunden hatte.

Aber das musste warten. Denn nun galt es, für ihren Freund, den Zaube-rer, zu kämpfen.

Wie auf ein geheimes Zeichen nickten sich die drei unter dem silbrigen Licht des Vollmondes kurz zu. Dann trieben sie ihre Tiere zu einem kurzen Galopp an, um nach wenigen Metern, etwas langsamer werdend, unter den Bäumen des lichten Waldes zu verschwinden.

ENDE
des ersten Teils

Zeittafel

Jahr 11769 des Großen Zerstörers: Der spätere Herzog Cosa wird geboren.

Jahr 11782: Eine Gruppe hochrangiger Zauberer beginnt mit geheimen Experimenten, um den Fortbestand ihrer Rasse zu sichern.

Jahr 11783: Halana wird im Alter von ungefähr einem Jahr gemeinsam mit anderen Kindern in der Todzone gefunden.

Anfang 11796: Cosas älterer Bruder wird bei einem Überfall getötet. Seiner Frau gelingt die Flucht, ihre fünfjährige Tochter wird verschleppt.

Ende 11796: Cosa beseitigt seinen Vater und wird Herzog des Schwarzen Landes.

Ab 11797: Nach Festigung seiner Macht im eigenen Land versucht Cosa, das Königreich Engaland durch Gewalt in die Knie zu zwingen.

Jahr 11798: Kleine Schlacht des Königreichs Engaland gegen die abtrünnigen Wolfsgaukrieger. Halana wird von einem unbekannten Krieger geschwängert.

Jahr 11799: Halanas Sohn Ruff wird geboren.

Jahr 11801: Die Schlacht am kleinen Horn.

Jahr 11803: Die kriegerischen Auseinandersetzungen zwischen Engaland und dem Schwarzen Land kommen zum Stillstand, da keine Seite die Oberhand gewinnen kann. Cosas Versuch, das Königreich durch eine Heirat mit König Róges ältester Tochter unter seinen Einfluss zu bringen, scheitert. Prinzessin Karandra weist ihn zurück.

Jahr 11804: Cosa und seine Berater planen, Engaland mit Hilfe der Magier niederzuwerfen. Durch ein Komplott soll ein Zauberer in ihre Hände fallen.

Jahr 11806: Ruff und Giula werden im Auftrag Cosas entführt. Halana trifft erstmals auf den Herzog und begegnet dem Magier Prim. Mit ihm zusammen will sie zum Turm des Schwarzen Herzogs vordringen.

Ende 11806/Anfang 11807: Halana und Prim sind beim Steppenvolk der Chrrrr, um von dort den Bruder des Schlafenden Gottes zu suchen.

Mitte 11807: Die Vorbereitungen auf den großen Krieg beginnen.

Ausblick

Die Abenteuer von Halana und ihren Gefährten sind noch nicht zu Ende...

Sie holten das Letzte aus ihren Pferden heraus. Einen Hauch von Licht gab es bereits, als sie vor den weißen Schatten flohen, die sie hechelnd hinter sich herjagen hörten. Da traf etwas mit Wucht die Hinterseite von Halanas Helm.
Sie wurde nach vorne geschleudert und konnte sich gerade noch mit dem rechten Arm am Hals des Tieres halten. Mit aller Macht kämpfte sie dagegen an, die Besinnung zu verlieren, denn ein Sturz vom Pferd, da gab sie sich keiner Illusion hin, hätte ihren Tod bedeutet. »Wenn man nicht selbst als Nahrung enden will«, hörte sie es wie ein fernes Echo in ihrem Kopf – was ihr half, die Schwärze abzuschütteln, die sie niederwerfen wollte.

Gespannt, wie es weitergeht?
Dann lesen Sie auch Band 2 des Zweiteilers:

Halana
und der Bruder des Schlafenden Gottes

Ebenfalls von Marco Reuther im Armbrustverlag erschienen:

- Des Königs Verräter – Die Entführung

Eine Prophezeiung erfüllen? Alter Hut! – Aber ein Orakel erpressen, damit es die gewünschten Voraussagen trifft und sich dabei so richtig schön in die Sch... zu reiten, das ist neu!

- Des Königs Verräter – Meerfeuer

»Iiiiiiiii« – *schon seltsam, was einem an Details auffällt, während man gerade stirbt. – Ohne Gnade von sechs starken Händen unter Wasser gedrückt, hörte Peter von seinem eigenen verzweifelten Hilfeschrei nur diesen schrillen Vokal, immer leiser werdend, mit den Luftblasen nach oben steigen.*

Während Peter dem Waldstamm mit einem verwegenen Plan gegen die Piraten beistehen will, ist ein erbarmungsloser Mörder vom Clan der Attentäter Prinz Rétep in unsere Welt gefolgt und bringt hier auch Peters Schwester in Gefahr. Prinzessin Ky lernt unterdessen ihr wahres Ich kennen, und Tulpe muss unter Lebensgefahr den *Stein des Greisen* finden, um mit seinem Freund in der Sagenwelt Kontakt aufzunehmen.

- Für junge und jung gebliebene Leser:

Klara Plotzky und der Elfenvampir

Verwegen und furchtlos geht die zwölfjährige Klara dem gefährlichen Rätsel von Schloss Tunkelhagen auf den Grund und legt sich sogar mit Vampirelfen an! Und wenn es sein muss, erträgt sie sogar Elfenvampire.

Dass Klara in ihrem Kampf auch ein paar sehr seltsame magische Fähigkeiten verpasst bekommt, die ganz schön nach hinten losgehen können, macht es ihr und ihren Freunden nicht eben leichter, ein Elfenreich zu retten ...

Der Autor

Marco R. J. L. Reuther wurde 1963 in Saarbrücken geboren und hat dort auch diverse Schulen getestet. In Trier studierte er Politik, Kunstgeschichte, Ethnologie und die eine oder andere Kneipe. Heute ist er Lokalredakteur der Saarbrücker Zeitung. Mit Frau und Tochter sowie den Katern Lupin und Winston lebt er in einer saarländischen Kleinstadt. In seinen Romane kommt es ihm auf Abenteuer, ausgeklügelte Geschichten, Humor, starke  Charaktere und ein wenig Hinterlist an. Erschienen ist neben den im Armbrustverlag veröffentlichten Romanen auch der Saarland-Fantasyroman »Der Lemmes – Das Saarland hat ein Geheimnis« (Uli Burger Verlag/UBV), in den auch ein Hauch Familienbiographie eingeflossen ist.

Mein Dank gilt:

– Carmen für ihre Geduld
– Peter Meyer, weil er zur richtigen Zeit am richtigen Ort war
– Werner Moritz für seine professionellen Tipps zu meiner Homepage, zu finden unter: marco-reuther.de (alles, was dort nicht stimmt, geht auf meine Kappe; vielleicht komme ich ja irgendwann mal dazu...)
– Stephan Reuther fürs Lesen und sachdienliche Hinweise
– dem ganzen Clan für Zuspruch und Interesse
– Johanna, weil sie da ist
– Gabriela Hoffmann für die Einblicke in die spannende Kunst des Lektorierens

… ach ja, und natürlich Schiller für seine allabendliche Gesellschaft (auch wenn die Tatzen auf der Tastatur manchmal etwas hinderlich waren).

Impressum

Halana und der Turm des Schwarzen Herzogs (auch als E-Book erhältlich)
Alle Rechte vorbehalten
© Dezember 2016 Armbrustverlag, Püttlingen
Zweite, überarbeitete Auflage. (Erste
Auflage erschienen im Gollenstein Verlag)
www.armbrustverlag.de
Herstellung: BoD – Books on Demand, Norderstedt
Covergestaltung: Armbrustverlag
Fotos: Bildagentur 123RF

- Urheber Kriegerin (Cover und 1. Innenblatt): Zoomteam
- Urheber Burg u. Hintergrund (Cover): vanilladesign
- Urheber „Gelbe Gestalt" (Cover): Valerii Sidelnykov
- Urheber Burg (Innenblatt): isoga
- Original-Illustration Armbrust (im Logo):
  Mikhail Avdeev (Bildagentur 123RF)
Satz: Armbrustverlag
Schrift: Times New Roman

Bibliografische Informationen der Deutschen Nationalbibliothek:
Die Deutsche Nationalbibliothek verzeichnet diese Publikation in der
Deutschen Nationalbibliografie, detaillierte bibliografische Daten sind
im Internet über http//:dnb.dnb.de abrufbar.

ISBN: 978-3-946966-00-5

www.ingramcontent.com/pod-product-compliance
Lightning Source LLC
Chambersburg PA
CBHW020642030726
47498CB00002B/331